鏡影劇場

Das Spiegelbildtheater

逢坂剛

新潮社

鏡影劇場

〈編者識語〉

好奇心豊かな読者諸君。

編者はここに、三・五インチのフロッピディスクに記録された、ある原稿をお目にかけようとする。

フロッピディスクは、今やＵＳＢメモリー、ＳＤカード等の新しい記録メディアに取って代わられ、絶滅同然の存在になってしまった。

だが、二十一世紀の声を聞くとともに生産停止となった、あのワープロを今なお愛用する文筆家は、決して少なくない。

かくいう編者もまた、その一人である。

ワープロは、上記のような新しい記録メディアに対応しておらず、基本的にフロッピディスクしか、使えない。逆にいえば、フロッピディスクはそうしたワープロ愛用者にとって、まことに貴重な記録メディアなのである。

編者は、問題のフロッピディスクが宅配便で届いたとき、正直なところ困惑した。

発送人を確かめたところ、依頼主の欄に〈新潮社総務部〉とあったので、なんの疑いもなく開封したのだった。

宅配便には、フロッピディスクとともに、〈逢坂　剛先生　侍史〉とおもて書きされた、手紙が添えられていた。

あけてみると、実際の発送人は〈本間鋭太《ほんまえいた》〉と称する、未知の人物と判明した。

どうやら〈本間鋭太〉氏は、宅配便が未開封のまま処分されないように、依頼主に新潮社の名前を、借用したらしい。

　一応、先方の連絡先は書いてあったものの、ただちにアクセスできる電話番号や、メールアドレスのたぐいは、書かれていなかった。

　手紙には、おおむね次のようなことが、したためてあった。

　まず、フロッピディスクに記録された原稿を、ぜひ編者に読んでほしいこと。

　もし、編者において出版する価値ありと判断したときは、しかるべき編集者なり出版社なりに、推薦してほしいこと。

　幸いにして出版が決まった場合、条件や手続きはすべて編者に一任すること。

　もし、手直しが必要と思われる箇所があった場合は、編者の考えどおりに手を入れてもらって、かまわないこと。

　読み終わって、編者もさすがに当惑した。

　勝手に原稿を送りつけてきた上、かかる頼みごとをそっけない手紙ですませる、一面識もない送り主の神経には、首をひねらざるをえなかった。

　そもそも、原稿をフロッピディスクで送ること自体、時代遅れもはなはだしい。常識的には、先に挙げたような新しい記録メディアを、使用するはずだ。それとも、編者がワープロの愛用者だと承知の上で、送ってきたのだろうか。

　ついでながら、フロッピディスクの記録内容を、パソコンに取り込むための変換ソフトは、これまた絶滅寸前とはいえ市場に残っており、ネットを利用すればまだ入手が可能、と思われる。

　したがって、取り込んだデータをパソコンの画面に呼び出し、通読するのはむずかしいことではない。それに、接続したプリンターに送信すれば、印字することもできる。

　ただ忙しい編者としては、勝手に送りつけられた原稿を読む余裕は、時間的にも心理的にも、

いのだ。

たとえ読んだにせよ、時間のむだにならなかった、と思える佳作に出会うことは、めったにないのだ。

編者は、ひとまず手紙に書かれた連絡先に宛てて、フロッピディスクを受け取ったことと、多忙のためすぐには読む時間がないこと、読んだとしても期待にそえるかどうか、かならずしも約束できないことなどを、丁重に書き送った。

こうした場合、多くの作家や出版社は送られてきた原稿を、黙殺するか廃棄するのが常だから、編者の対応は一応礼を尽くしたもの、といっていいだろう。

言い訳めいたことを、くどくどとここに書き連ねたのは、ほかでもない。

編者はこの原稿を、ついつい手持ちのパソコンに取り込み、ごていねいにも印字したあげく、読んでしまったのである。

それも、結果として非常に興味深く読んだことを、正直に告白しなければならない。

時間に追われる編者が、海のものとも山のものともつかぬこの原稿を、ともかくも読んでみる気になったのは、それなりの理由がある。

まず、『鏡影劇場《きょうえいげきじょう》』なる不思議なタイトルに、興を引かれたこと。

さらに、そこに添えられた〈ある文学者、音楽家、画家にして判事の、途方もなく深刻な悩みについて〉という、長たらしい上によく分からぬ副題に、なんとなく興をそそられたこと。

この二つである。

副題から察するに、これは音楽関係の評論か。

それとも小説、随筆等の文学書のたぐいか。

あるいは、美術名画の案内書か。

はたまた、ただの法律家の回想記か。

いずれにせよ、時好に投じるタイトルでないことは、確かである。

とはいえ、映画や演劇、音楽、文学、絵画など、芸術一般に深い関心を持つ編者としては、無視することのできないもののように、思われた。

まずもって、プロローグの部分に目を通したところ、編者のよく知るスペインのマドリードで、物語が始まることを知った。しかも、内容は評論でも回想記でもなく、一応小説と判断できるものだ。

作者はどうやら、編者の性癖や嗜好を知った上で、送りつける相手に選んだらしい。となれば、もう先へ進むしかない。

その結果、本作品を読了した編者はまったく予想外の、感銘を受けることになった。

そこで編者は、ただちに社名を勝手に使われた、新潮社と連絡をとった。

その結果、識語なり解説なりを書くという条件で、新潮社から出版の承諾を得たのである。

もっとも、編者の評価が当を得たものかどうかは、好奇心豊かな読者諸君の判断に、ゆだねられよう。

あらかじめ申し上げておきたいが、この小説はいささか複雑な入れ子の状態に、構成されている。そのため、オリジナルのままでは読者諸君に、多少の読みにくさを感じさせるかもしれない。

そこで、編者は原作者の手紙の指示に従い、つながりの悪い箇所や、分かりにくい部分などについて、若干の手入れや変更を行なった。

それでもまだ、読者に忍耐をしいるものがあるとすれば、どうかがまんしつつ読み進んでくださるよう、お願いするしかない。編者としては、そのがまんが価値のあるものだった、と読者に感じていただけるように、ひたすら祈るだけである。

最後に、この作品の作者について、もう一度確認しておく。

同梱された手紙によれば、前述のとおり作者は本名か筆名かはともかく、〈本間鋭太〉となっている。一応、年配の男性と思われるが、年齢は不詳。

出版の仲介をするにあたり、条件その他の話し合いを申し出た編者の手紙に対して、作者は無条件で出版手続きを編者にゆだねる旨、返事をよこした。

ただ、面会や電話、メールによる連絡の要請には、いっさい応じなかった。やむなく、版元と作者とのあいだの交渉、ゲラ等のやり取りはすべて、編者が代行した。

作者の職業も不明だが、この小説のテーマ、内容からしてドイツ文学の研究者、ないしは古典ギターの演奏家、あるいは研究家ではないか、とも推察される。しかし、それはあくまで推察であって、確たる証拠は何もない。

覆面作家は、これが最初というわけではないし、むろん最後でもないだろう。

何か事情があるのかもしれず、単なる話題作りを狙っただけかもしれない。

いずれにしても、編者はその理由を作者に問うのを、控えることにした。それはこの小説の本質と、関わりのないことだからである。

そうしたわけで、作者に関する編者へのお問い合わせには、応じられないことをお断りしておく。

編者はただ、好奇心豊かな読者諸君の手に、この作品をゆだねたいと思う。そして、編者と同様興味深く読んでくださることを、心より望んでいる。

さいわいにして、その願いが少しでもかなうものならば、編者の苦労も報いられることになる。

編者・逢坂　剛　識

鏡影劇場

——ある文学者、音楽家、画家にして判事の、途方もなく深刻な悩みについて——

本間鋭太・作
逢坂　剛・編

プロローグ

マドリードの、晩春の夕暮れどき。

プエルタ・デル・ソル（太陽の門）広場から続くアレナル街は、パセオ（散策）を楽しむ夫婦連れや家族連れ、恋人同士や学生仲間等の群れで、たいへんな人出だった。

とはいえ、それは昨日今日始まったことではない。たそがれどきのパセオは、すでに何十年、いや、おそらくは何百年も続いてきた、スペイン人に欠かせぬ習慣の一つ、といわれている。

差し当たり、ドミンゴ・エステソのギターを後生大事に抱えて、人とぶつからないように歩くのが、精一杯だった。

そのエステソは、一九二一年に製作された年代ものだが、所有するギターの中で特別古い、というわけではない。もっと古いギターを、何本か持っている。

ちなみに今は、アレナル街と交差するボルダドレス街にある、ビセンテ・サグレラスのピソ（マンション）へ、向かう途中だった。

サグレラスは、マドリード王立音楽院の元ギター科教授で、退職した今も自宅でギターの個人レッスンを、行なっている。

そのレッスンを受けるため、ちょうど三カ月前マドリードに、やって来たのだ。

この日は、マドリード滞在の最終日にあたるので、別れの挨拶をしに行く約束になっていた。

腕に抱いたエステソは、サグレラスが若いときに愛用していた逸品で、今回のマドリード留学中にようやく、譲り受けることに成功したものだった。

マドリードへ来るたびに、そのエステソを譲ってもらえないかと、口がすっぱくなるほど、懇願し続けてきた。

にもかかわらず、これまでは一度も色よい返事を、もらえなかった。

その望みが、なんと今回の留学中にようやく、叶ったのだ。

支払いがすむのを待って、サグレラスはまだどこか気の進まない様子で、ギターを引き渡してくれた。

案の定、エステソへの未練が断ち切れぬとみえて、マドリードを発つまでにもう一度、愛器を弾かせてもらえないか、と泣きついてきた。

その願いにこたえるため、最終日にわざわざペンションから、持ち出して来たわけだ。

実のところ、このエステソはこちらが専門とする、いわゆる十九世紀ギター（一八〇〇年代初頭から半ばくらいまで使われた、古いタイプのギター）ではない。それどころか、クラシックギターですらない。

一般に、フラメンコギターと呼ばれる、裏板と横板にシープレス（糸杉）を使った、軽めのギターだった。クラシックギターの場合は、おおむねハカランダ（ブラジル産ローズウッド）が、使われるのだ。

このエステソが製作された時代は、現在のようにクラシック用、フラメンコ用という具合に、まだ明確に用途が分かれていなかった。定かではないが、単にシープレスの方が安上がりにできる、という程度の違いしかなかったらしい。

サグレラスは、このエステソを師匠から受け継いだ、と言っていた。

師匠は、今ではだれも覚えていないような、無名のギタリストだった。サグレラスは、ただエステソを譲り受けるだけのために、習い続けたのだそうだ。

もっとも、サグレラス自身はギター界のみならず、クラシック音楽全体の世界でも、よく知られた存在だった。だれもが、サグレラスを優れた弾き手、と認めている。自分としても、ギターを譲ってもらうだけのために、習っていたわけではない。

このエステソは、フラメンコギターの中でも小ぶりで軽く、さして大きな音では鳴らない。しかし、十八世紀から十九世紀にかけての古典ギターの曲を弾くと、えもいわれぬ実にいい音を出すのだ。

サグレラスを説得するのに、毎回レッスン時間の三分の一以上を費やした、といっても過言ではない。

いつものように、最初は頭から相手にされなかったのだが、辛抱強く説得するうちに少しずつ、耳を傾けてくれるようになった。

やがて、自分もそろそろ引退していい年になったし、プロのギタリストを目指す二人の孫に、今の時代に通用するいいギターを、買ってもやりたい。

そんな本音を漏らすようになり、サグレラスは最終的にこちらの説得を聞き入れ、譲渡することを決めたのだった。

価格はあえて言わないが、日本の口座からサグレラスの銀行に振り込ませるのに、少々時間がかかる額であったことは確かだ。

　いわゆる十九世紀ギターは、一八〇〇年代後半にギターの名工、アントニオ・デ・トレスが出現したことで、衰退を余儀なくされた。

　トレスは、従来の小ぶりな十九世紀ギターの構造を改良し、大型化してこの楽器に画期的、ともいうべき変化を与えた。音量の点でも音質の点でも、それまでのギターを根本から、変えてしまった。トレスを、ギターにおけるストラディバリと呼ぶのも、むべなるかなというべきだろう。

　ともかく、現在流通しているギターは多かれ少なかれ、トレスのギターの流れを汲むもの、といっても間違いではない。

　しかし、かならずしも大型のギターがよく鳴る、とはかぎらない。遠達性の点で、トレス以前のギターの方がすぐれている、という場合もある。

　バロックから古典派をへて、浪漫派までの古典ギター、楽曲の研究と演奏が、当方の専門だ。十九世紀半ば以降の、新しい楽器と楽曲の研究と演奏は、他のギタリストに任せている。


　サグレラスは、そうしたこちらの志向をよく理解し、辛抱強く教えてくれた。

　どこかで鐘が鳴り、午後七時を告げる。

　約束の時間は七時半だから、その前にいくらか腹を満たしておこうと、早めに出て来たのだった。

　サン・ヒネス教会の脇まで来たとき、派手な絵をプリントしたTシャツ姿の、筋骨隆々としたモヒカン刈りの男が三人、奇声を発しながら前方からやって来た。家族連れ、子供連れは関わるのを恐れて道の端に逃げ、男たちをやり過ごした。

　こちらも同様に、教会の横手の引っ込んだ裏道にまぎれ込み、トラブルを回避した。

　エステソに、万が一のことがあっては泣くに泣けないし、どのみちサグレラスのピソに行くときは、その抜け道を利用することが多いからだ。

　そこは、パサディソ・デ・サン・ヒネス（サン・ヒネス裏小路）と呼ばれる抜け道で、そのわずかなスペースに小さな古書店が、店を出している。

　といっても、本が並ぶのは吹きさらしの二つの平台と、壁をくりぬいて作った書棚だけで、それもたいした量ではない。

奥の建物に、ひさしのついた狭い勘定場が見え、そこに髪も髭も白くなった眼鏡の老人の、ぽつんとすわる姿があった。

老人は、ときおり上目遣いに売り場に目を向け、不心得者がいないかどうかを、チェックする。それだけが仕事のごとく、あとはおおむね居眠りをしている。

そのたたずまいが、いかにものんびりしたスペインを象徴するようで、いろいろな角度から何度も繰り返して、写真を撮ったものだった。

実のところ、この店にはたまに音楽関係の古書が出るので、通りかかるたびに平台をのぞくのが、ならいになっていた。

とはいえ、この日はサグレラスを訪れる前に、軽く食事をする腹づもりだったから、立ち寄る気はなかった。

店の横を抜けて、ボルダドレス街の方へ向かおうとした。

ところが、ふと壁の書棚に気にかかるものを見て、足を止めてしまった。

それは、ひどく古めかしい茶色の紙袋に包まれた、何かだった。

かつて、イギリスのヘイ・オン・ワイの古書店で、それとよく似た紙袋にはいった、貴重な古楽譜を見つけたことがある。

ギターとは直接関係のない、十九世紀前半の室内楽の楽譜だったが、予想よりかなり安い値段だったので、つい買ってしまったのを思い出す。

帰国後、それをギター・トリオ用に編曲して、十分にもとを取った。

そんな具合に、古書店にはときどき予想外の価値を持つ、古い楽譜が流出することがある。パブロ・カサルスも古物市で、バッハの〈無伴奏チェロ組曲〉の楽譜を、発掘したではないか。

体を横にして、斜めになった平台のあいだを抜け、壁の書棚のところへ行った。

エステソを、持ち逃げされぬよう目の前に置いて、書棚のいちばん下に押し込まれた、紙袋を抜き出す。古い紙袋だが、補強用の繊維でも編み込んであるのか、どこにも破れはない。

糸でくくられた、開き口をていねいにほどいて、袋の中身を取り出す。

見るからに時代がかった、ごわごわした固めの紙の束だった。

　かなりの量のように見えたが、それはどうやら紙の厚みのせいらしく、実際にはせいぜい百枚くらいのものだろう。一枚の大きさは、Ａ４を一回りか二回り上回るが、Ｂ４よりは小さい。

　薄い焦げ茶に変色しているので、作られてから百年以上たっているのではないか、と思われた。

　紙束を、ギターケースの縁に載せて、一枚ずつ点検する。

　残念ながら古楽譜ではなく、ただの古文書らしい雰囲気だった。羽根ペンか何かで書かれた、直筆もののように見える。いわゆる手稿、というやつだろう。

　右斜めに傾いた癖字だが、いかにも流麗な筆致で書かれているので、達筆と呼んでいいかもしれない。

　しかし、単語一つ読み取れない状態では、お手上げだった。

　英語とスペイン語なら、なんとか見当をつける自信があるが、この文書はいったい何語なのか、いっこうに分からない。

　とにかく、古楽譜ではないかという期待は、はずれてしまった。

　あきらめて、紙束を袋にもどそうとしながら、なにげなく一番上の紙をめくり、裏をのぞいて見た。

　驚いて、手が止まる。

　いきなり、五線譜に書かれた楽譜らしきものが、目にはいったのだ。

　あわてて、もう一度紙束を調べ直す。

　すべての紙ではないが、ところどころ同じような楽譜が裏に書かれた、十数枚の紙が見つかった。全体の、十分の一というところか。

　どの楽譜も、ゆがんだト音記号つきの五線譜ともども、手書きされている。

　とりあえず、その楽譜が書かれた紙だけを抜き取り、あらためてチェックした。

　楽譜は、万国共通の言語といってもよい。

　それは、ト音記号のみで書かれていることや、あちこちにつけられた符号からみて、ギターかリュートの楽譜のようだった。

　ページの終わりと頭をつなげながら、楽譜を順序どおりに並べ換えてみる。

　思わず、ため息が出た。

　最初の曲の上部に、曲名と作曲者名が書いてある。

フランス語らしいが、日本でも何度となく目にした覚えがあるので、なんとか読み取ることができた。

〈Introduction et Variations sur un Thême de Mozart....Leipzig, au Bureau de Musique de Peters.〉

作曲者名は、〈Fernand Sor〉となっている。

少し、手が震えた。

どうやら、ライプツィヒのさる音楽出版社から出た、フェルナンド・ソルの『モーツァルトの主題による序奏と変奏』の楽譜を、だれかが手書きで写したものらしい。

もっと詳しくいうなら、それはソル作曲の『モーツァルトの〈魔笛〉の主題による序奏つき変奏曲』として知られる、古典ギターの定番ともいうべき名曲の、楽譜だった。

通覧したところ、その楽譜は現今市場に流布している楽譜と、異なる部分が何カ所かある。むろん、曲想が変わるほどの大きな違いではないが、比較検討したくなる程度の相違はあった。

その曲だけで八枚が費やされ、ほかの八枚に同じくソルの小品とみられるものが、いくつか続いている。

それらの曲にも見覚えがあり、確か作品番号六の〈十二の練習曲〉のうちの、何曲かと思われた。

もしや、これらの楽譜はソルが出版社に渡したときの、自筆の原稿ではないか。

そう思って、一瞬胸を躍らせた。

いやいや、と思い直す。

そんな貴重なものが、このようなマドリードの裏道の古書店の店頭に、出回るはずがない。

気持ちを落ち着け、〈魔笛〉の変奏曲につけられたタイトル文字を、よくよく眺めた。それから、紙を裏返して表に書かれた例の癖文字と、丹念に見比べる。

字の傾き具合、線の延び具合や曲がり具合から推察して、表の手稿と裏の古楽譜の書き手は、同一人物のように思われた。

だれとも知れぬ書き手は、ひとまずまとまった長い文章を紙の表に書き散らし、そのあとどういう風の吹き回しか、裏にソルのギター曲を書き写したらしい。

理由は分からないが、そうとしか考えられない。

ともかく、ソルが〈十二の練習曲〉を作曲したのは、ナポレオン戦争のあおりで一八一三年、パリへ亡命した直後のことだった、と記憶する。

一八一五年、ソルはさらにロンドンへ拠点を移して、八年間イギリスで活動した。

モーツァルトの『魔笛』は、一八一九年にロンドンで大評判をとった、とどこかで読んだ覚えがある。それに触発されて、ソルがその主題による変奏曲を作曲したとすれば、同じ年か一八二〇年、ないし二一年のことだろう。楽譜が出版されたのも、そのころだと承知している。

それを書き写した人物は、いったいだれなのだろうか。

フェルナンド・ソルは、記憶によれば一七七八年にバルセロナで生まれ、一八三九年にパリで死んだ、偉大なギタリストであり、作曲家だった。その偉大さは、〈ギターのベートーヴェン〉と呼ばれることからも、ある程度想像できる。

むろん、ベートーヴェンとは比すべくもないが、ソルはギターの世界ではそれほどに敬愛される、際立った存在なのだ。

ふと視線を感じて、勘定場の方に目を向ける。

例の白髪の老店主が、いかにも頑固そうに唇を引き結んで、こちらを睨んでいた。

やむなく、ただのひやかしではないことを示すために、紙袋に貼られた値段シールを確かめる。

千ユーロとなっている。日本円にして、軽く十万円を超える値段だ。思ったより、はるかに高い価格に少なからず、腰が引けた。

正直なところ、裏に楽譜が書かれた以外の古文書には、用がない。とりあえず、楽譜をもとにもどす。

肚を決めて、その紙袋とエステソのギターを取り上げ、勘定場に行った。

とっかかりに、老人に尋ねてみる。

「この手稿の書き手は、だれだか分かりますか」

老人は紙袋に目をやり、黙って首を振った。

さらに質問する。

「では、これがどういう種類の、あるいはどんな内容の文書か、分かりませんか。書簡とか小説とか、日記とか演説原稿とか」

老人は、また首を振った。

「分からんね。宛て名がないから、書簡じゃあるまい。日付がないから、日記でもあるまい。タイトルがないから、小説でもないだろうな。そもそも、どこの国の言葉か分からんのだから、見当のつけようもないわけさ」

あっけらかんと言うので、思わず笑いそうになる。

それでよく、古書店をやっていられるものだ。

「しかし、内容も分からず書き手も分からない反故《ほご》に、千ユーロとはいい値段をつけましたね」

老人は、肩をすくめた。

「なんといっても十九世紀初頭、今から二百年も前の文書だからな」

書かれた時代だけは、把握しているようだ。

「古いというだけでは、たいした価値はありませんよ。これが、ナポレオンの起草した歴史的文書だ、というなら話は別でしょうけどね」

「そうかもしれんじゃないか」

老人は抜けぬけと、そう言った。

ギターを舗道に置き、紙袋から裏に楽譜が書かれた例の十数枚の紙だけを、取り出す。

「わたしが手に入れたいのは、裏に楽譜が書かれたこの反故だけなんです。ものは相談ですが、この分だけ一枚当たり十ユーロで、別売りしていただけませんか」

老人の目が、計算高い光を帯びる。

紙束を引ったくるように取り、指に唾をつけて数え始めた。

数え終わると、顔を上げて厳粛に言う。

「十六枚あるな」

「ええ。トータルで、百六十ユーロになりますが」

日本円にして、二万円前後だ。

実のところ、駆け引きで三百ユーロくらいまでは、出してもいいと思った。安いとはいえないが、全部買う場合の出費を考えれば、まだ救いがある。

老人は、少しのあいだ考えていたが、やがてぐいと腕を伸ばすなり、こちらの手から紙袋を奪い取った。

てこでも渡すまいというように、しっかりと膝の上に抱え込む。

「その取引には、応じられんな。この種の文書は、全体で意味を持つものだ。一枚欠けても、値打ちがなくなる。まして、十六枚をばら売りしてしまったら、まったく価値が失われる。そうは思わんかね」

「その文書が、実際に価値のあるものなら、おっしゃるとおりでしょう。しかし、ただ古いだけでどんな内容か分からない、そういう反故を店ざらしにしておいても、しかたがないじゃありませんか。こう見えても、わたしはプロのギタリストです。この楽譜が手にはいれば、わたしの仕事にきっと役に立ちます。少なくとも、ここでほこりをかぶっているよりは」

老人は、足元に置いたギターケースにちらり、と目をくれた。

だめを押すように、ゆっくりと首を振る。

「確かにわしは、この文書がどんな内容のものか知らんし、調べてみたこともない。しかし、きちんとそろっているかどうかで、文書の価値に大きな差ができることは、よく承知している。こいつは、もう三年も壁の書棚にさらされたままだが、あと十年でも待つつもりだ。そう、わしは信じとるんだよ。この文書を必要とする人間が、いつかかならず現れる、とな」

願望を込めた口調だ。

少しのあいだ、考えた。

そもそも、その文書が全部そろっているものかどうか、疑わしい気がする。それ自体、もっと長い文書の一部ということも、ありうるではないか。

ためしに提案してみる。

「それでは、あなたの後ろにあるコピー機で、この楽譜の部分だけ複写していただく、というわけにいきませんか。現物と同じ、百六十ユーロをお支払いしますから」

老人は、鋭い目で睨んできた。

「わしの商売では、売り物の商品をコピーして金を取るのは、道義に反する行為だ。あんたも、それくらい知らぬわけではあるまい」

冷や汗をかく。

おそらく、赤面したに違いない。

それにしても、ここまで頑固なおやじ、とは思わなかった。

こうなったら、最後の賭けに出るしかない。

さんざん、未練がましい表情をこしらえたあげく、ギターケースを取り上げた。

「残念ですが、あきらめるしかありませんね。今度、いつマドリードに来られるか分かりませんが、それまでその文書が売れないことを、心から祈っています。来ると決まったときは、今度こそお金を用意して来ますから」

老人に背を向け、アレナル街の方へゆっくりと歩き出す。頑固とはいえ、老人にもいくらかの商売気があるはずだ、と期待しながら。

案の定、平台の横を通り抜けたとき、後ろから声がかかった。

「お若いの」

そう呼ばれるほど若くはないが、老人に比べれば息子ほどの年齢だ。

振り向いて、老人を見る。

そのとき、周囲にほかの客や通行人は、途絶えていた。

老人は言った。

「ばら売りはできんが、あんたがこの文書に目をつけたのも、何かの縁だろう。八百ユーロに、まけてやるよ」

十万円前後に、値が下がった。

また、少し考えるふりをしてから、首を振る。

「いや、とてもそんなには、出せません」

老人は、肩をすくめた。

向きを変え、ふたたびアレナル街への出口へ、足を運ぶ。

もう一度、声がかかることを期待したが、老人はもう呼び止めなかった。

アレナル街に出て、人込みの中をボルダドレス街に向かう。

すぐに足を止め、ゆっくり十を数えた。

それから、もう一度パサディソ・デ・サン・ヒネスに、引き返す。

老人は、まるでそれを予測したかのごとく、こちらを見ていた。

そばに行って、いやいやながら尋ねる。

「クレジットカードは、使えますか」

老人の頬が、わずかに緩んだ。

「使えるとも」

そう応じたきりで、さらにまけてやろう、とは言わない。

観念して、カードを取り出した。

決済手続きが終わるのを待って、領収証をもらう。

老人は愛想笑い一つせず、ぶっきらぼうに言った。

「ギターの楽譜もだいじだが、この手稿が何かを調べるのも、一興だろう」

つい、苦笑が出る。

「そうしてみます」

実のところ、日本に帰ったら楽譜の部分だけ複写を取り、手稿は洋書専門の古書店にでも持ち込んで、処分するつもりだった。

たとえコピーでも、譜面があればそれでいい。

楽譜も含めて、もとの手稿そのものには、興味がない。

＊

ビセンテ・サグレラスは、胡麻塩の豊かな髪をオールバックになでつけた、端正な顔立ちの男だ。

七十六歳という年相応に、顔には深いしわが刻まれている。しかし色艶はよく、染み一つ見当たらない。

どんなときでも、かならずスーツとネクタイに身を固め、靴もぴかぴかに磨き上げている。いかにも、学者然とした物静かな人物で、細い銀縁の眼鏡がその印象を、いっそう引き立てる。

妻のマリア・ルイサと二人暮らしで、四人の子供は全員独立していた。

ピソの居間は広く、壁にかかった絵もサイドボードに載った皿も、時代がかった趣味のよいものだ。

サグレラスは、ギターの名器のコレクターとしても知られ、パノルモ、ラコート、アントニオ・デ・トレス、マヌエル・ラミレス、サントス・エルナンデスなど、所持する名器は枚挙にいとまがない。いずれも、十九世紀前半から百年ほどの間に製作された、貴重なギターばかりだ。

その中にあって、譲り受けたドミンゴ・エステソは、すでに百年近い年月がたっているとはいえ、比較的新しい部類に属する。

サグレラスは、ケースから出したそのエステソを膝に載せ、いとおしそうになでさすった。

それを見ているうちに、サグレラスがエステソを手放したくなくなり、譲渡を白紙にもどすと言い出しはしないか、といういやな予感がしてきた。

しかし、すでにサグレラスの銀行口座には、金を振り込んである。今さらなかったことにしよう、と言われても挨拶に困るだけだ。

さりげなく、サグレラスの気を紛らせようとして、テーブルの上に例の紙袋を置いた。

「実はここへ来る途中、珍しいものを見つけましてね。先生にも、ぜひ見ていただきたいのです」

サグレラスは、紙袋にちらりと目を向けただけで、すぐにギターに視線をもどす。

「このエステソは、わたしが所有するギターの中でも、一二を争う名器だった。十九世紀ギターでもなく、クラシックギターでもない異端の楽器だが、とにかく浪漫派時代の曲には、ぴったりの音質といってよい」

「それは、わたしもよく承知していますよ、先生。ただ、どんなによい楽器でも、それに見合うだけの楽曲がなければ、宝の持ち腐れになります。わたしはさっき、そういう古い楽曲の楽譜を、見つけたのです」

紙袋から、手稿の束を引き出して、テーブルの上に広げる。

サグレラスは、その紙の色の古さから興味を抱いたらしく、ギターを隣のソファにそっと置いて、テーブルにかがみ込んだ。

ハンカチを取り出し、ていねいに両手をふく。

ギター以外のものに触れるとき、サグレラスがそんなことをするのを見るのは、初めてだった。

「いちばん上の十六枚の、裏側を見てください」

サグレラスは、律義に紙を数えてきちんとそろえ、くるりと裏側に引っ繰り返した。

「おう」

口から嘆声が漏れ、サグレラスはあわただしい手つきで、楽譜を繰り始めた。

それから、残った手稿の束を取り上げ、裏を確かめる。

「残念ながら、ほかの紙には何も書かれていません。裏側に、手書きの楽譜が書いてあるのは、その十六枚だけなのです」

サグレラスは、ほとんど呆然とした様子で、楽譜に目をもどした。

「それにしても、十九世紀初頭のソルの作品の楽譜とは、驚いた。まさか、自筆の楽譜ではあるまいな」

「それはない、と思います。同時代の、ギタリストか作曲家か分かりませんが、とにかくギターや器楽に素養のある人物が、写譜したものだと思います」

サグレラスは顔を上げ、食い入るようにこちらを見た。

「こんな貴重な楽譜を、どこで手に入れたのかね」

そう聞かれて、サン・ヒネスの裏道の古書店でそれを見つけ、多少の駆け引きのあと購入したいきさつを、詳しく話して聞かせた。

聞き終わると、サグレラスは感に堪えない様子で首を振り、興奮した口調で言った。

「言っておくがね、きみ。この楽譜だけでも、十分に千ユーロの価値がある。八百ユーロで買ったのなら、安すぎてばちが当たるくらいだ」

「そうでしょうか。古い楽譜には違いありませんが、そこまで貴重なものかどうか」

「この、『モーツァルトの〈魔笛〉の主題による序奏つき変奏曲』のオリジナルは、一八二〇年以降にライプツィヒで、出版された楽譜だ。だれかは分からぬが、写譜するときに自分なりに手を加えて、悪く言えば改竄した可能性がある。少なくともわたしは、このようなバージョンの楽譜を、見たことがない」

「だれが写譜したにせよ、表の文書の筆跡と細かいところが、よく似ています。書いたのは同一人物、と見て間違いないんじゃないでしょうか」

サグレラスは眉根を寄せ、裏面の楽譜と表に書かれた原稿の筆跡を、何度も見比べた。

「楽譜〈魔笛〉のタイトルは、フランス語で書かれている。しかし、表の原稿はフランス語ではない。達筆なので断言はできないが、あるいはドイツ語ではないか、という気がする。ナハト（夜）、クリーク（戦争）といった、なんとか読めるドイツ語の単語が、出てくるのでね」

「先生は、ドイツ語がお分かりになるのですか」

「分かる、というほどではない。若いころ、モーツァルトやベートーヴェンを学んだときに、多少かじっただけさ。きみは、ドイツ語をやらなかったのかね」

しかたなく、肩をすくめる。

「英語とスペイン語以外は、ほとんどゼロに等しいんです。どちらにしても、その書き文字では、判読できませんしね」

サグレラスは、文書の束をテーブルに置いた。

楽譜の部分だけを取り上げ、遠慮がちな口調で言う。

「差し支えなければ、この楽譜だけコピーを取らせてもらえんかね。手持ちの楽譜と、比べてみたいのだ」

その言葉は、予想していた。

「もちろん、かまいませんよ。無理をお願いして、だいじなエステソを譲っていただいたのですから、それくらいのお返しはしないと」

サグレラスは、ほっとしたように頬を緩めた。

「ありがとう」

すぐに立ち上がり、サイドボードの上に置かれた、小さなコピー機に向かう。

　一枚ずつ、ていねいに原紙を手でセットするのと、コピー機の速度がのんびりしているせいで、全部複写するのに少々時間がかかった。

　ソファにもどると、サグレラスはオリジナルの楽譜を手稿に重ね、紙袋にしまった。

「時間があればこの文書も、コピーしたいくらいだ。同時代のドイツ人が書いた、ソルに関する思い出やエピソード、ということもありうるからね」

　確かに、その可能性もないではない。

　とはいえ、写譜した人物がたまたま、手近にあった文書の裏を利用しただけ、と考えるのが妥当だろう。

　サグレラスは、こちらの考えを読んだように眉を寄せ、人差し指を立てた。

「その文書を、粗末にしないようにな。ちゃんと、日本に持ち帰って、ドイツ人かドイツ語に堪能な日本人に、解読してもらうがいい。もし処分する気なら、それからでも遅くなかろう」

　笑ってごまかす。

　やはりサグレラスには、お見通しのようだった。

1

古閑沙帆《こがさほ》は、テーブルに置かれたものを見つめた。

それは、二センチメートルほどの厚さの、いかにもごわごわした紙の束だった。

　一見して、手書きと思われる横文字がびっしりと、書き連ねてある。

　紙は茶色に変色しており、ところどころ染みが浮き出ていることから、かなり長い年月をへたものだ、と分かる。

　その厚さからして、ざっと百枚ほどもありそうだ。

　沙帆は手を触れず、向かいの椅子にすわる倉石学《くらいしまなぶ》に、目をもどした。

「見てほしいものがある、とおっしゃったのはこの紙の束のことですか」

　倉石は、いくらかぎこちないしぐさで、肩をすくめた。

「まあ、そんなところです。女房の錆びたドイツ語じゃ、とても歯が立たない、と分かったものでね」

　紙の束に、もう一度目を落とす。

「これ、ドイツ語なんですか」

「確信はありません。女房も含めて、多少ドイツ語の素養のある人たちが、そう言っているだけで」

そのとき、ドアが開いて倉石の妻麻里奈《まりな》が、リビングにはいって来た。

話が聞こえたらしく、すぐにあとを続ける。

「そう、たぶんドイツ語。卒業してから、わたしはドイツ語とすっかり縁が切れてしまったし、ここは専門家の沙帆に頼るしかない、と思ったわけ」

そう言いながら、紅茶のカップを三つ載せたトレーを、テーブルに置く。

麻里奈は、ベージュの麻のシンプルなワンピースを、身に着けていた。

聖独大学に在籍していたころから、ファッションのセンスに関する限り、沙帆は麻里奈にかなわなかった。ただ、ドイツ語に関しては麻里奈の言うとおり、沙帆が上をいっていた。

卒業後、麻里奈はドイツ語とは直接関係のない、一般企業に就職した。

一方、沙帆は初志を貫徹してドイツ語の勉強を続け、今は修盟大学文学部の独文科で、ドイツ語の准教授をしている。

これまで、ドイツ文学の翻訳もいくつかこなしたから、まずまずのキャリアといえた。

紙の束を、そっと取り上げる。

乱暴に扱うと、ぼろぼろに崩れてしまうのではないかと思ったが、紙質は意外にしっかりしていて、簡単に破れることはなさそうだ。

一枚目を見ると、タイトルも章立てもない横文字の文章が、いきなり始まっている。

羽根ペンで書かれたらしい、いかにも時代がかった癖のある文字で、すぐには読むことができない。

ただ、そのページは文書の始まりではなく、中途の部分だと見当がついた。

念のため、二枚目以降もめくってみる。

意味ははっきりしないが、なんとなく文章がつながらない印象がある。おそらく、順序どおりに重ねられていないのだろう。

沙帆も、フラクトゥール（亀甲文字《かめのこ》）ならなんとか読めるものの、古いドイツ語の手書き文字となると、正直なところ自信がない。

フラクトゥールは、〈ひげ文字〉〈亀甲文字〉などと呼ばれる活字文字だが、それでさえ読みこなすまでに、ずいぶん苦労したものだ。

ともかく、今手にしている文書がドイツ語らしいことは、断片的に頭にはいる冠詞や前置詞、いくつかの単語から想像がつく。

とはいえ、すらすらと内容を読み取るまでには、いたらない。

沙帆は、紅茶にミルクだけ入れ、一口飲んで言った。

「確かに、これはドイツ語のようだけれど、わたしの手にも負えないわ。そもそも、こんなかびくさい文書をどこで、どうやって入手なさったんですか」

その問いに、倉石が応じる。

「先月末に、短期留学で行ったスペインからもどる直前に、マドリードの古本屋で見つけたんですよ」

「どういう内容の文書か、倉石さんはご存じなんでしょう」

「残念ながら、まったく分かりません」

ちょっと驚く。

「でも、古本屋さんでどんな文書なのか、お聞きになったんじゃ」

そこで言いさすと、倉石はまた肩をすくめた。

「聞いてはみましたが、古本屋のおやじ自身がどういう文書か知らない、と言うんだからどうしようもない」

沙帆は笑った。

「だったら、そんなものをなぜ、なんのために、お買いになったんですか」

「買った理由は、頭の十数枚をめくって裏側を見ると、分かりますよ」

そう言って、倉石は沙帆が持つ紙の束に、うなずきかけた。

沙帆は、文書の最初の何枚かを、裏返してみた。

するとそこに、やはり読みにくい癖のあるタッチで、楽譜が書かれているのが見えた。

五線も音符も記号も、すべて手書きだ。

倉石が続ける。

「それは、フェルナンド・ソルというギタリストが作曲した、『モーツァルトの〈魔笛〉の主題による序奏つき変奏曲』と、いくつかの練習曲の楽譜なんです」

「フェルナンド、ソルですか」

沙帆が繰り返すと、倉石はうなずいた。

「そう。十八世紀の末から、十九世紀前半にかけて活躍した作曲家、兼ギタリストです。ギター曲に関するかぎり、ベートーヴェンやモーツァルトに匹敵する大作曲家、といわれています」

沙帆は、文書をじっくり調べた。

裏に、手書きの楽譜が書かれているのは、最初の十六枚だけにすぎない。残りの文書の裏は、すべて空白だった。

倉石が、読めもしない文書を買った理由は、この楽譜を手に入れたかったからだ、と察しがつく。

倉石は、クラシックギターの演奏家であり、中学生以下の子供たちにギターを教える、ギター教室の主宰者でもあった。

沙帆自身、以前は倉石と麻里奈が現在居住する、ここ文京区本駒込《ほんこまごめ》のマンション〈オブラス曙《あけぼの》〉に、住んでいたのだ。

しかし一年前に、夫の古閑精一郎《せいいちろう》を心臓病で失ったため、息子の帆太郎《はんたろう》を連れて夫の父母が住む、北区神谷《かみや》のマンション〈パライソ神谷〉に、移り住んだ。

義父の古閑信之輔《しんのすけ》は、JR目白駅に近い目白通りで日本料理の店、〈しんのすけ〉を経営している。

夫精一郎は生前、コンピュータ関係の企業に勤める、技術者だった。

一人息子の帆太郎は、倉石夫婦の娘由梨亜《ゆりあ》と小学校が同級で、その縁もあって倉石にギターを習っていた。

小学校を卒業したあと、由梨亜は四谷にある私立五葉学園にはいり、帆太郎は地元神谷の区立中学に、進学した。

しかし、ギターだけは続けたいと言い張り、いまだに倉石のもとにかよっている。どちらの住まいも、同じ地下鉄南北線の沿線にあるので、かようのに不便はない。

倉石が続ける。

「ギターのベートーヴェン、といわれるソルの古い楽譜と出会ったら、見捨ててはおけない。まして、わたしのような十九世紀ギターの研究者、というか愛好家となるとね」

沙帆はわれに返り、楽譜を文書の山にもどした。

「これは、そのソルという作曲家の、自筆の楽譜なんですか」

「いや、自筆ではない、と思う。もちろん、断言はできませんがね。ただ、楽譜に添えられた注釈の字体から、表の文書の書き手と同一人物だろう、と推測される。文書の書き手が、どういう風の吹き回しか知らないけれども、その裏に写譜してしまったんでしょう」

「逆に言うと、かりにこの楽譜がソルの自筆だとしたら、表の文書もソルが書き残したもの、ということになりますね」

沙帆が指摘すると、倉石はいくらか虚をつかれたように、唇を引き締めた。

「まあ理論的には、そういうことになる。しかし、そこに写譜された曲はすでにソルが、それより前に作曲したものだ、と思います。それを、自分であらためて反故紙に書き写すことは、まずないでしょう」

そう言って、紅茶を飲む。

隣にすわった麻里奈が、同じように紅茶に口をつけて、おもむろに言った。

「それで、どうなの。沙帆のキャリアをもってしても、この手書きのドイツ語には歯が立たない、というわけ」

挑発するような言い方に、少しむっとする。

学生時代からの、麻里奈の悪い癖だ。

「まったく歯が立たない、とまでは言わないわ。でも、解読するにはそれなりの知識と経験と、時間が必要よ。わたしは、そのうちのどれにも恵まれていないし、安請け合いするわけにいかないわ」

麻里奈は腕を組み、思慮深い目で沙帆を見た。

「もちろん沙帆に、ただ働きをさせるつもりはないわ。このばらばらの文書を、順序どおりにきちんと並べ直して、解読する仕事をお願いしたいの。そうしたら、それなりの翻訳料を、お支払いするわ」

沙帆は、首を振る。

「あなたとは高校時代、大学時代を通じての長いお付き合いだわ。ざっと二十年よね」

「ええ。それがどうしたの」

「そういう、気心の知れたお友だちと、お金がからむ仕事をするのは、気が進まないの。それで仲がこじれた、という人を何人も見てきたから」

麻里奈が、心外だというように首をかしげて、言い返す。

「でも、人さまの能力と時間に見合う謝礼を払うのは、友だちであろうとなかろうと、関係ないと思うわ」

沙帆は手を上げ、麻里奈をさえぎった。

「待って。翻訳料を払う用意があるのなら、話は簡単だわ。わたしより、ずっとこの仕事にふさわしい専門家を、知っているの。その人に、ビジネスとして翻訳をお願いしたら、どうかしら。安くはないかもしれないけれど」

麻里奈は眉を寄せ、疑わしい目になった。

「信用できる人なの」

「ドイツ語の解釈、という点においてはね。でも、それで十分でしょう。別に、個人的にお付き合いするわけじゃないし、わたしが責任をもってあいだを取り持つから」

倉石が、口を挟む。

「古閑さんがそこまで言うなら、そういう専門家に任せてみてもいい、と思うな」

沙帆は、倉石を見た。

「一つだけ、お尋ねしてもいいですか」

倉石は、とまどった顔で、沙帆を見返した。

「いいですよ。なんですか」

「この文書に、倉石さんのご専門に役立つような、十九世紀ギターの情報が眠っている、ということですか」

「いや。そんなことは、分からない。少なくとも、期待はしていませんよ」

「それじゃ、なぜお金を払ってまで翻訳してもらおう、という気になったんですか」

沙帆が突っ込むと、倉石より先に麻里奈が応じた。

「翻訳してほしい、と思っているのは彼じゃなくて、わたしなの」

驚いて、麻里奈に目をもどす。

「どういうこと。ドイツ語とは、縁が切れたと言ったじゃないの」

「ドイツ語とは切れたけれど、ドイツ文学に対する興味は途切れずに、続いているわ。ことに、浪漫派の文学についてはね」

それを聞いて、沙帆は顎を引いた。

にわかに、記憶がよみがえる。

沙帆と麻里奈は、聖独大学独文科でドイツ写実主義文学の、ゼミにはいった。

実際には、二人とも後期浪漫派の作家、作品群が主たる関心領域だったが、ほかにそのテーマに近いゼミが、なかったせいもある。

そんなわけで、二人はゼミのテーマと微妙に重なる、後期浪漫派の研究に力を注いだ。

それもあって卒論のテーマは、沙帆がアデルベルト・フォン・シャミッソー、麻里奈がE・T・A・ホフマンになった。

担当教授は、十九世紀後半の写実主義、自然主義の文学が専門だったことから、むろんいい顔はしなかった。

教授からは、せめてフリードリヒ・ヘッベルか、オットー・ルートヴィヒを取り上げたらどうか、とアドバイスされた。

しかし沙帆も麻里奈も、後期浪漫派に属するシャミッソーやホフマンが、その後の写実主義と自然主義の先駆になった、という位置づけをかたくなに維持し、そのテーマで論文を構成した。

おかげで、教授はしぶしぶながらなんとか、及第点をくれたのだった。

沙帆は言った。

「この文書が、ドイツ浪漫派と何か関係がありそうだ、という口ぶりね」

「大ありよ」

麻里奈は、テーブルの上から文書の束を取り上げ、ぱらぱらと紙を繰った。

その中から一枚を抜き取り、沙帆に向けて差し出す。

「ここを、見てごらんなさい。わたしも、なんとなく紙をめくっていて、ふっと気がついたんだけど」

麻里奈の指す箇所を、沙帆はのぞき込んだ。

体の奥が、じわりと熱くなる。

いかにも分かりにくいが、〈ETA〉と読み取れる崩れた書き文字が、そこに認められた。

その前後にも目を通したが、やはりドイツ語の手書き文字の読解能力が、圧倒的に不足していることを実感しただけで、文脈をたどることはできなかった。

麻里奈が続ける。

「その〈ETA〉が、この文書のあちこちに、出てくるのよ」

沙帆は、麻里奈を見た。

「それが、あのホフマンを指している、というの」

「ええ。ETAといえば、E・T・A・ホフマンのこと以外に、考えられないじゃないの」

決めつけるような口調だ。

確かに、それには一理あった。

ホフマンの本名は、エルンスト・テオドル・ヴィルヘルム・ホフマンという。頭文字で書けば、名前はE・T・Wになる。

しかし後年、アマデウス・モーツァルトに心酔したホフマンは、その名にちなんでサードネームのヴィルヘルムを、アマデウスに変えてしまった。

その結果、〈E・T・A・ホフマン〉が筆名になった、と承知している。

そばから、紅茶を飲み干した倉石が顔を突き出し、からかうように言った。

「ETAは、ホフマンとは限らないぞ。スペインのバスクで、独立運動をやっていた過激派グループも、ETAと呼ばれていた。エウスカディ・タ・アスカタスナ（バスク祖国と自由＝Euskadi Ta Askatasuna）の略だが」

麻里奈が、わずらわしげに眉根を寄せて、倉石を睨む。

「この文書が、スペイン語かバスク語だ、とでもいうの」

「そうは言わないよ。ただ、ドイツ語と決めつけるのはどうか、と思っただけさ」

「たとえ読めなくても、これがドイツ語だということくらい、見当がつくわよ。それに、バスクの過激派が活動を始めたのは、二十世紀にはいってからでしょう。この文書は、そこまで新しいものじゃないわ」

「そのとおりだ。たぶん、一八二〇年前後のものだろう」

しれっとして言う倉石に、麻里奈はあきれたように首を振った。

「知ってるんだったら、まぜ返さないでよ」

麻里奈の言葉には、どことなくとげがあった。

また倉石には、そんな麻里奈の反応を楽しんでいる、といった風情がうかがわれる。

麻里奈は沙帆に目をもどし、あらためて言った。

「それで、沙帆が仲立ちしてくれるという専門家は、どこのどういう人なの」

沙帆は、一呼吸おいて答えた。

「名前は、本間鋭太。日本の本に、間が悪いの間、それに鋭く太いと書いて、本間鋭太。わたしたちが在籍していた、聖独大学のドイツ語の先生よ。ただ、わたしたちが入学する前に、中途退職してしまったから、習ったことはないけれど」

麻里奈が、視線を宙に泳がせる。

「本間鋭太、本間鋭太。ええ、わたしも名前だけは、聞き覚えがあるわ。なんでも、伝説的なドイツ文学者だ、という話だったわよね」

「そう。ドイツ浪漫派の専門家で、今度のテーマにはぴったりの先生だ、と思うわ」

「でも、沙帆もわたしも本間先生とは入れ違いで、会ったことないでしょう」

「実はわたし、卒業したあと一年ほどかしら、個人教授を受けたことがあるの、本間先生に。修盟大学に奉職する前に、ドイツ語をもう少し勉強しておきたかったから。ゆくゆくは、ドイツ文学の翻訳もやってみたかったし、そのための特訓も受けたわ」

沙帆の説明に、麻里奈はぽかんとした。

「ほんとに。全然、知らなかったわ。だれに本間先生を、紹介してもらったの」

「別に、だれにも。聖独大学の事務局で、先生の住所と電話番号を教えてもらって、押しかけただけ」

「相変わらず、いい度胸してるわね」

麻里奈は、あきれたように笑ったが、すぐに真顔にもどって続けた。

「それで、どんな先生なの」

沙帆はちょっと、言いよどんだ。

「ドイツ浪漫派については、一家言を持っている人よ」

「それは、もう聞いたわ」

急いで、付け加える。

「ドイツ語の素養も、半端じゃないわ。会話も読み書きも、ネイティブそこのけよ。それに、日本語力がすごいから、翻訳のときにいつも助けられるの。ドイツ語の構文って、文章が長くて読みにくいでしょう。それをすらすらと、読みやすい日本語に訳すのが得意でね。ちょっと、まねができないわ」

麻里奈は、少しうんざりした顔になり、手を小さく動かした。

「ドイツ語の能力は、よく分かったわ。わたしが聞きたいのは、本間先生の人となりよ」

沙帆は、紅茶を飲み干した。

「ドイツ語の能力だけで、十分じゃないの。人となりなんて、二の次だわ。どうせ、わたしが中継ぎをするんだから、お付き合いする必要はないし」

黙って聞いていた倉石が、からかうような口調で言う。

「古閑さんの話を聞いていると、本間先生はドイツ語とドイツ文学の権威らしいが、どうも人間的に問題がありそうな、そんな口ぶりですね」

沙帆はためらい、あいまいに手を振った。

「別に、問題があるわけじゃないんですけど、ちょっとした変人であることは、認めざるをえませんね」

倉石が、ぴくりと片方の眉を動かす。

「ほう、変人ね。夜中に突然、第九を歌い出すとか」

「まさか。ただ、ドイツ語やドイツ文学にのめり込むあまり、自分はドイツ人作家の生まれ変わりだ、と言ったりするんです。もちろん、本気じゃないんですけど」

「ドイツ人作家って、だれですか。ゲーテですか、シラーですか」

「いいえ、そんな文豪じゃありません」

「じゃ、だれなんですか」

倉石の無邪気な追及に、少し気分が悪くなる。

嘘をつくわけにもいかず、沙帆はしかたなく答えた。

「ホフマンなんです」

それを聞くと、麻里奈は背筋を伸ばした。

「ホフマンですって。Ｅ・Ｔ・Ａ・ホフマンのこと」

「ええ」

麻里奈は腕を組み、思わぬ朗報を聞いたというように、うなずいた。

「それじゃ、本間先生はこの文書に出てくるＥＴＡに、興味を示すに違いないわね」

心なしか、目が妙に輝いている。

「そのＥＴＡが、ほんとうにホフマンのことだ、としたらね」

沙帆が釘を刺すと、麻里奈は軽く首をかしげた。

「本間先生に見てもらえれば、そのあたりのことがはっきりするかもね」

「ええ。少なくとも、わたしより適任であることは、確かよ」

半分やけ気味に言ったとき、来客を告げるチャイムの音が響いた。

倉石が腕時計に目をくれ、あわてて立ち上がる。

「おっと、生徒が来たようだ。それじゃ、よろしくお願いします」

リビングの隣に、ギターのレッスン室があるのだ。

沙帆は、急いで言った。

「この文書、お預かりしていいんですか。裏に、楽譜が書いてあるものが、混じったままですけど」

「ああ、かまいません。楽譜の部分は、もうコピーを取りましたから」

「この文書そのものも、コピーの方をお預かりした方が、いいんじゃないかしら。貴重な文書のように、見えますし」

「枚数が多いし、コピーするのはめんどうだから、そのまま持って行ってください。本間先生とやらも、オリジナルの文書を見た方が、やる気が出るでしょう。それじゃ、失礼」

倉石はそう言い残し、そそくさとリビングを出て行った。

麻里奈は、ほとんど心ここにあらずという様子で、倉石に目も向けなかった。

2

奇矯がそのまま、人の形をなしたような男だ。

初めて本間鋭太に会ったとき、古閑沙帆は直感的にそう思った。

半白の豊かな髪は、一度も櫛を入れたことがないように、もじゃもじゃのまま。

同じ色合いの、もつれにもつれた長いもみあげが、ほとんど口の脇まで届いている。

背丈は、せいぜい百五十五センチあるかないかで、体つきもいたって華奢だ。

まだ、古希を迎えてさほど間がないはずだが、それにしては額や目尻のしわが深く、八十歳近くに見えたりもする。

記憶をたどると、沙帆が初めて会ったときからそうだった、という印象がある。もともとが、老け顔なのだ。

今、新宿区弁天町《べんてんちょう》にある本間のアパートに来て、玄関脇の一風変わった洋室で当人を待ちながら、沙帆はそんなことを考えていた。

奥の方から、ピアノの音が漏れてくる。

本間が、ＣＤならぬ古いレコードを、聴いているのだろう。

二日前、電話で本間から面会の許可を取りつけ、やって来たところだった。

玄関には鍵がかかっておらず、勝手にとっつきの洋室に上がり込んだ。それが、本間を訪ねるときの、いつものやり方なのだ。

老け顔とはいいながら、本間の表情や体の動きに年寄りじみたものは、まったく感じられない。

一本の線に等しい薄い唇は、黙っているとき常に強く引き結ばれたまま、微動だにしない。それは、意志の強さを物語るというよりも、意志そのものといった風情だ。

話すときには、その唇のあいだからいかにもしっかりした、象牙色の歯がちらちらとのぞく。自前の歯に違いなく、入れ歯や義歯とは無縁だろう。

優雅に、弓形の弧を描く半白の眉毛は、それ自体が別の生き物のように、活発に動く。

その下に、漆黒の瞳を擁する驚くほど大きな目があり、それがじっとこちらを見据えてくる。

多くの者が、その強い視線をまともに受け止め切れず、目を伏せてしまう。沙帆も慣れるまでに、ずいぶん時間がかかったものだ。

本間は、ほかのどんな職業の人間に見えたとしても、ドイツ文学者には見えなかった。

ことに、E・T・A・ホフマンの研究家には、見えなかった。

むしろ、ホフマンその人に見えた。

そう、本間はホフマンの研究に没頭するあまり、ホフマンその人になってしまった、という気がする。

沙帆は、何かの本でホフマンが描いた自画像を、一度だけ見たことがある。

それは、本間を三十歳か四十歳若くした顔と、そっくりだった。

本間が、ホフマンについて驚くほど詳しいのを知ったのは、沙帆がドイツ語を習い始めて、だいぶたってからのことだ。

教材の中に、ホフマンの『Die Genesung（治癒）』という短編小説があり、沙帆はその解釈に四苦八苦した。入り組んだ構文を、どう日本語に訳したらいいか分からず、たびたび立ち往生した。

なんでも、ホフマンが死ぬ直前に口述した短編の一つで、発表されたのは死後だというから、文脈がだいぶ乱れているに違いないと思った。

ところが、苦労して手に入れた英訳本を読んだところ、なんと問題なく理解できる。

そこで、英語から訳したものをパソコンで打ち出し、あたかもドイツ語から訳したように装って、本間に提出した。

すると、本間は一目でそのからくりを見破り、ドイツ語を冒瀆した罪で沙帆を破門にする、と宣言した。

入門したつもりはないので、別に破門されてもどうということはなかったが、さすがに悔しかった。

本間自身が、その複雑な構文をどういう日本語にするのか、興味もあった。

沙帆は、しおらしく本間にわびを入れ、破門を取り消してもらうとともに、模範解答を示してほしい、とせがんだ。

本間がよこした解答は、沙帆にはとても読み取れない悪筆で書かれており、なおさら辟易する結果になった。

本間が、いまだにワープロの愛用者であることは、よく知っている。

しかし、ドイツ語やドイツ文学に関する論文、エッセイ等を書くときは、かたくなに手書きを守る。

本間は、そういう頑固な男だった。

しかたなく、その悪筆をなんとか解読してみると、あっけにとられるほど流麗な日本語訳が、そこに出現した。

本間は、ドイツ語だけでなく日本語にも堪能だ、ということがあらためて分かった。

もっとも、本間がホフマンについて語ることは、めったになかった。

論文、エッセイの類いを書いてはいるようだが、それを紀要や専門誌に発表した、という話は絶えて聞かない。

そんなこんなで、沙帆は親しく本間の謦咳《けいがい》に接しながら、ホフマンについて特に教えられることもなく、今日にいたっているのだった。

沙帆が知る限り、ホフマンは『悪魔の霊液』『黄金宝壺』『牡猫ムルの人生観』、あるいは『くるみ割り人形とねずみの王様』といった幻想小説、童話等で知られるドイツ浪漫派の作家だ。

また、作曲家としてもオペラ『ウンディーネ』のほか、交響曲やピアノ・ソナタなどを作曲し、モーツァルトの焼き直しといわれながらも、そこそこの評価を得ている。

さらに、カリカチュア（戯画）風のスケッチ画も、よくするという。

本格的な絵画ではないが、素人の手慰みというには惜しいほどの、なかなかの腕前だったらしい。

酒場で描き散らしたもの、あるいは知人への手紙に描き添えたものなど、少なからぬ戯画が残っている、と聞いた。

つまりホフマンは、文学、音楽、絵画と、表現芸術一般に通じた人間、つまりきょうびでいうマルチ・タレントだったのだろう。

しかし、それだけではない。

実のところ、ホフマンはもともとが法律家で、一八二二年六月に死ぬまでのおよそ六年間、ベルリンの大審院に判事として勤務し、法律問題の処理を日常の仕事としていた。その完璧な判決文に、だれもが舌を巻いたという。

要するに、ホフマンが小説や作曲に精を出したり、絵を描いたりしたのは判事の仕事と隔絶した、あくまでも時間外の営みだったのだ。

本間の話によれば、ホフマンは夜になるとだいたい市内の酒場で、知人友人と飲んだくれていたらしい。

そうした生活習慣から考えると、いったいいつ執筆や作曲をしていたのか、と首をかしげたくなる。

そんな人間に限って、いわゆる器用貧乏のせいでどれも大成せず、中途半端に終わることが多い。

しかしホフマンの場合、曲がりなりにも文学の分野で後世に名を残したわけだから、どこからも後ろ指を差されないだろう。

ちなみに、一七七六年一月生まれのホフマンは、死んだときわずかに四十六歳だった。時代が違うとはいえ、これは早死にの部類に属する。

かつて、沙帆が倉石麻里奈に聞かされたところでは、ホフマンは人並み以下の小男で、容貌も見栄えも決してよい方ではなかった。

といえば控えめな方で、むしろかなり見劣りがしたらしい。

ただ、信じられないほど頭の回転が速い上に、才気煥発な話術ではだれにも負けなかった、という。

麻里奈がホフマンに傾倒したのは、作品だけでなく一風変わったそのキャラクターに、引かれたからに違いない。

だとすれば、豊富な知識にいろどられたホフマンの研究者で、外見もホフマンを彷彿とさせる本間と出会ったら、麻里奈はどんな反応を示すだろうか。

そんなことを考えるのは、自分でもおかしいと思う。

むろん、麻里奈がホフマンに入れ込んでいるのは確かだが、だからといって本間に関心を抱く、とは限らない。

ただ、沙帆が本間を麻里奈に引き合わせるのを避け、仲立ちするだけにしようと考えたのは、二人の反応にいくばくかの危惧があったからだ。

もし引き合わせれば、本間はホフマンに傾倒する麻里奈に興味を抱き、麻里奈は麻里奈で本間の深い学識に打たれて、親密な関係に発展する可能性がある。

男女間の問題ではまったくなく、沙帆は本間の目が自分から麻里奈に移ることに、本能的な不安を覚えるのだ。

とはいえ、一度仲立ちの約束をしてしまったからには、逃げるわけにいかない。

沙帆にしても、倉石と麻里奈から預かった古文書を、本間に解読翻訳してもらうことには、大いに興味がある。

まして、自分からそれを言い出した以上は、きちんとけりをつけなければならない。

そう考えたとき、外の廊下に乱れた大きな足音が響き渡り、洋室の引き戸ががたぴしと音を立てて、勢いよく開いた。

われに返った沙帆は、あわてて立ち上がった。

戸口から、濃緑色の絹のシャツに黒いチョッキ、同じく黒のスパッツを身につけた本間鋭太が、踊るような足取りではいって来た。

相も変わらぬ、奇矯そのもののいでたちだ。

「すまん、すまん。たまたま、ホフマンのピアノ・ソナタを聴いていたら、つい時間を忘れてしまってね」

そう言いながら、スプリングが飛び出しそうな向かいのソファに、どさりと体を沈ませる。

背が低いので、爪先が板の間から浮き上がるのが、見てとれた。

本間は、世俗のことにあまり関心を示さず、夜間でも家に鍵をかけない。

この日のように、面会や訪問の約束さえ取りつけておけば、客はたとえ夜なかでも勝手に上がり込み、洋室で待つことができる。

しかし、約束なしに訪れる者があったときは、本間はたとえ在宅していても、相手にしない。

気安く来意でも告げようものなら、驢馬《ろば》追いの鞭で叩き出されるのがおちだ。

沙帆はすわり直して、しおらしく応じた。

「どうぞ、お気遣いなく。そんなに長く、おじゃまするつもりは、ありませんので」

本間は、片方の眉をぴくり、と引き上げた。

「遠慮することはないよ、きみ。残念ながら、きみのドイツ語とドイツ文学の理解度は、まだ六十パーセント程度にすぎん。きみが、ドイツ語の准教授だなどと聞くと、膝の裏がこそばゆくなるわい」

「でも、一応口頭で修業証書をいただいた、と認識しておりますが」

本間は唇をねじ曲げ、指を振り立てた。

「わしのドイツ語に、修業証書などというばかげたものは、ないんじゃよ」

今どき、自分のことを〈わし〉と称したり、話の語尾に〈じゃ〉とか〈わい〉とか〈のう〉をつける老人に、東京でお目にかかることはめったにない。

本間は、その数少ない例外の、一人だった。

「きみは、ホフマンに興味がないから知らんだろうが、ホフマンがいちばんなりたかったのは、作家でも画家でもなく作曲家だったんじゃ。しかし後世に残ったのは、皮肉にも小説だけよ。ホフマンの心中、いかばかりであったかのう」

本間は、そう言って顔を上向かせると、親指と人差し指で目頭を押さえた。

そんな芝居がかったしぐさを、なんのてらいもなくやってのけるのだ。

「でも、先生がさっきお聴きになっていたのは、ＬＰですよね。レコードの時代に、ホフマンのピアノ・ソナタが出ていたとすれば、それなりの評価があった、ということでは」

本間は肩を落とし、さも悔しそうな表情になった。

「いや、あれはレコードではない。いまいましい、ＣＤじゃよ」

「あら。ＣＤプレーヤーを、お買いになったのですか」

「ああ、買った。近ごろになって、ホフマンのオペラや交響曲やピアノ曲が、やたらとＣＤで出回るのさ。ＣＤは、レコードより使い勝手がいいし、慣れたらやめられんのだ」

沙帆は苦笑した。

さすがの本間も、世の中の動きには勝てないらしい。

もっとも、何十年か遅れてはいるが。

本間が腕を広げ、周囲をなで回すようなしぐさをする。

「ところで、この部屋をどう思うかね、きみ」

沙帆はあらためて、部屋の中を見回した。

六畳ほどの広さだが、置かれているサイドボードやチェスト、ライティング・デスクといった調度品は、いかにも時代がかったものばかりだ。

「一口で言えば、レトロ調のインテリアのようですけれど、それとはちょっと違うモダンな味わいも、感じられます。正直言って、よく分かりませんが」

「まあ、分からんだろうな。これは、ビーダーマイヤー様式といってな、一八〇〇年代前半によく見られた、質素単純にして明快優雅な雰囲気を、基調としておる。その、チェストの上の人形にしても、いわゆるフランス人形とは、趣を異にしておろうが」

「はい」

その、顔の表面がつるんとした人形は、どうやら上半分が陶器でできているようだ。

ドイツ文学を専攻した以上、ビーダーマイヤー時代の文化については、知らないでもない。

卒論で選んだシャミッソーも、その時代まで生き延びている。しかし、生活様式の詳細までは、調べが及ばなかった。


本間は続けた。

「壁にかかった絵は、ジャック・カロの複製画だ」

「ジャック・カロというと、ホフマンの『カロ風幻想作品集』のタイトルになった、画家のカロのことですか」

沙帆が聞き返すと、本間はソファの肘掛《ひじか》けを二度、三度と叩き、体を激しく上下させてうなずいた。

「そう、そのカロじゃよ。それを知っているとは、きみもいくらかホフマンのことを、調べたようじゃないか」

興味がなくても、それくらいはビーダーマイヤー様式と同様、聞きかじっている。

要するに、ホフマンは十七世紀前半のフランス人画家、ジャック・カロの絵にぞっこん惚れ込み、それをイメージした小説集を書いた、というだけのことだ。

「先生と、これだけ長くお付き合いしていれば、いくらかは知識が身につきますよ」

沙帆はそう言って、本間の虚栄心をくすぐった。

本間は、ますますうれしそうな顔になり、ソファの上でぴょんぴょんはねた。

最後には、勢いよくソファから飛びおりて、部屋の隅のサイドボードに駆け寄る。

観音開きの扉をあけると、中から小さな書物を何冊か取り出して、うやうやしく運んで来た。

本間はそれを、そっとテーブルに置いた。

「これがなんだか分かるかね、きみ」

「拝見してよろしいですか」

「いいとも。本来なら、白手袋をはめてもらうところだが、特別に素手で見ることを許可しよう」

沙帆は、本間のまねをしてうやうやしく、書物を取り上げた。

それは、四巻ものの革装の小型本で、ほぼ新書判と同じ大きさに見える。厚さは、どれも一・五から二センチ、というところだ。保存状態はよい。

いちばん上の、第一巻を開いてみる。

遊び紙を二、三枚めくり、扉のタイトルを読んで驚いた。

ハープを弾く若者のイラストの上に、例のフラクトゥールが並んでいる。

なんとか読み取ろうと、印字に視線を食い込ませた。

Fantasiestücke
in Callot's Manier.
Blätter aus dem Tagebuche
eines reisenden Enthusiasten.

苦労したあげく、どうにか〈カロ風幻想作品集／旅する一熱狂者の日記帳より〉、と読み取った。

しかもその下に、〈ジャン・パウルの序文つき〉とある。

ジャン・パウルは、ホフマンよりだいぶ年長の上に、当時はるかに名の売れた作家だった。

その下には、〈バンベルク、１８１４〉と出版年度が表示され、さらにいちばん下には〈Ｃ・Ｆ・クンツ〉なんとか財団と、版元らしきものが刷り込んである。

沙帆は、本間の顔を見た。

本間が、さも得意げに目をきらきら輝かせて、沙帆を見返す。

「これは、ホフマンの『カロ風幻想作品集』の、原書ですね」

沙帆の問いに、本間はしかめつらをした。

「ただの原書ではないぞ、きみ。出版年度を見ただろう」

「はい。一八一四年、バンベルクとなっています。復刻版ということでしょうか」

それを聞くと、本間は顔の部品がばらばらになるほど、表情を変えた。

「復刻版だと。ばかを言いたもうな。そいつは正真正銘、本物の初版本さ。それも、初刷りの珍本だよ、きみ」

その見幕に、たじたじとなる。

本間は続けた。

「詳しくいえば、第一巻から第三巻までは一八一四年に、そして第四巻だけが翌一五年に、刊行された。版元は、ホフマンのバンベルクでの友人でもあり、ワインの販売業と貸本業を兼ねていた、カール・フリードリヒ・クンツという男だ。クンツは、ホフマンの最初の作品集を出版した人物、ということになる。覚えておくがいい」

沙帆は、それほど価値のあるものかと思い、また書物に目をもどした。

確かに、天金革装の小じゃれた書物には違いないが、おそらくどこかの金持ちが買ったあとで、装丁し直したものだろう。

中身は初版にせよ、最初からこんな金のかかった装丁で売り出された、とは考えられない。買い手が買った装丁のし直しを頼むのが、当時の習慣だったと聞いたことがある。人手に渡るたびに、装丁もやり直されたらしい。

本間が、少し冷静になってソファにもたれ直し、うなずきながら言った。

「きみが何を考えているか、わしにはよく分かるぞ。そう、きみが考えるとおり、その装丁は後世のものだ。しかし、中身はぱりぱりの初版初刷りに、間違いない」

沙帆は、顎を引いて四巻本をつくづく見直し、さも感心した表情をこしらえた。

「すごいですね、こんな希覯本をお持ちになっていらっしゃる、なんて。ちなみに、おいくらくらいするんですか、これは」

本間は、いかにもさげすむような目をして、また指を振り立てた。

「値段など、つけられやせんよ。たとえ、目の前に一千万円積まれても、わしはこれを売る気はない。手放したら、二度とお目にかかれない、しろものだからな」

さほどのものとは思えなかったが、いわばホフマン教の信者たる本間にとっては、それだけの価値があるのだろう。

本間は、腕を伸ばして四巻本をていねいに取り上げ、サイドボードに収め直した。

ソファにもどって言う。

「きみが卒論で、シャミッソーを取り上げたことは、承知しておる。写実主義、自然主義のゼミで、牧村《まきむら》がよく通したものよのう」

牧村謹吾《きんご》は、沙帆と麻里奈が受けたゼミの教授で、本間の後輩に当たる。

「シャミッソーは、ホフマンと並ぶ後期浪漫主義の代表的作家ですが、写実主義にも影響を与えたはずですから」

本間はうなずいた。

「そのとおりだ。あの卒論は、なかなかよく書けていた」

沙帆はびっくりして、本間の顔を見直した。

「あの、わたしの卒論を、お読みになったのですか」

「うむ。牧村に頼んで、コピーを読ませてもらった」

卒論に、シャミッソーを選んだことは話した覚えがあるが、まさかそれを本間が読んでいたとは、きょうのきょうまで知らなかった。

「先生も、お人が悪いですね。今までずっと、黙っていらしたなんて」

「きみが、わしのところへ入門したいと言ってきたから、どの程度のレベルか知ろうと思って、読ませてもらっただけさ」

入門、入門としつこく言うのが、気に障る。

「あれはもう、とうに処分してしまいましたから、何を書いたか覚えていません」

それは、嘘ではなかった。

「まあ、読み直さぬ方がいいだろうな。欲をいえば、シャミッソーとホフマンの付き合いを、もう少し書き込んでほしかった」

「確かホフマンは、シャミッソーの『影を売った男（ペーター・シュレミール奇譚）』に触発されて、何か短編を書きましたよね」

「うむ。『大晦日の夜の冒険』だ」

「ペーター・シュレミールは、悪魔に影を売り飛ばしましたけれど、ホフマンの主人公は確か鏡に映る、自分の映像を魔女に与えてしまったんでしたね」

「そうだ。しかし、あの作品に関するかぎりホフマンは、シャミッソーに及ばなかった」

「もともとホフマンは、あちこちの本からエピソードを勝手に引いて、自分の小説に転用することが多かった、と聞いています。例の『悪魔の霊液』にも、ネタ本があったのでしょう」

それを聞くと、本間は露骨にいやな顔をした。

「あの時代には、そういう例が珍しくなかったのさ。それより、きょうきみが訪ねて来たのは、こんな無駄話をするためではあるまい。さっさと、用件を言いたまえ」

にわかに、その話題と口調が事務的になったのは、機嫌をそこねた証拠だ。

考えてみれば、あまり無駄話をしている時間はない。

沙帆は、脇に置いたトートバッグの中から、例の古い手稿を取り出した。

テーブルで、とんとんときれいに束ね直し、一度膝へもどす。

「わたしの知り合いが、先日スペインへ行ったおりに、マドリードの古書店でこんな古文書を、購入して来ました。十九世紀の初めごろに書かれた、ドイツ語と思われる手書きの文書なんです。これを先生に、解読していただけないかと思って、おうかがいしました」

沙帆がしゃべっているあいだに、向かいにすわる本間の顔が徐々に引き締まり、目が爛々と輝き始める。

本間は、最下位でゴールインした長距離ランナーのように、息を切らしていた。

大きな瞳が、沙帆の膝の上に乗った紙の束を見据えて、今にも顔から飛び出しそうだった。

中身も見ないうちに、急激に変化した本間の様子に不審を覚え、沙帆は顔をのぞき込んだ。

「先生、だいじょうぶですか。お水でも、お飲みになったらいかがですか」

本間は、手稿から目をそらさなかった。

「だいじょうぶじゃ。そんなことより、早くその文書を見せてくれんか」

声が少し、かすれている。

手稿の束を見ただけで、そんな反応を示す本間を目にすると、自分の判断が正しかったのかどうか、不安になる。

本間は、沙帆が差し出した束を引ったくるように受け取り、もどかしげに中身をあらため始めた。

3

一言も口をきかず、古い手稿をめくり続ける。

ふだんからは考えられない、そうした本間鋭太の異常な反応に、古閑沙帆は当惑した。

倉石学、麻里奈の夫婦から託された、ドイツ語の古い手書きの文書に接して、本間がこれほど興奮するとは、想像もしなかった。

長年の付き合いから、沙帆は本間がにわかに饒舌になったり、頭や手足を激しく動かしたり、椅子の上でぴょんぴょん跳ねたり、そこらじゅうを駆け回ったりするとき、実は見た目ほどの興奮状態にないことを、よく承知している。

ほんとうに興奮すると、本間は極端に口数が減る。目がすわって、異様な光を帯び始める。

さらに、鼻孔が広がったりすぼまったりして、しだいに鼻息が荒くなる。

こうした状態に陥った場合、本間の興奮が収まるまでにはかなり時間がかかり、二十分や三十分はすぐに過ぎてしまう。

そんなとき、はたにいる者がへたに声をかけたりすると、本間は手近にある湯飲みやグラス、菓子鉢などをいきなり投げつけてくる。

つまり、自分の思考の邪魔をする者に対しては、容赦なく痛棒を食らわすのだ。

今、まさに本間はその症状を呈しており、沙帆は黙って様子を見守るしかなかった。

ひととおり目を通し終わると、本間は手稿を几帳面にそろえ直し、あらためて一枚目から、チェックし始めた。

本間のことより、沙帆は自分の方が強い喉の渇きを覚えて、そっと唇をなめる。

無性に、水が飲みたくなった。

しかし、今何か声を発すると、火矢が飛んで来そうな、いやな予感がある。

沙帆は、さりげなく長椅子を立って、戸口へ向かった。

そばをすり抜けるとき、手稿に集中している本間の姿を、横目でちらりと見る。

本間は、沙帆がこの部屋にいることさえ忘れたように、ひたすら手稿をじっと見つめるだけで、身じろぎ一つしなかった。

もし、目にある種の熱を発する力があるとしたら、手稿の表面に穴があいたに違いないほど、揺るぎない視線だった。

まるで、彫像になったようといいたいところだが、手稿を持つ両手が小さく震えているので、その表現は当たらないだろう。

沙帆は洋室を出て、狭い廊下を奥のキッチンへ向かった。

この住まいの間取りは、すっかり頭にはいっている。

古くて汚いアパートだが、なぜか部屋数だけはたくさんあって、一人暮らしには十分な広さだ。一つひとつの部屋は狭いものの、今風にいえば3ＤＫプラス納戸、ということになる。

どの部屋にも、多かれ少なかれ書斎の趣が漂っているのは、どの部屋にもふぞろいの書棚が並び、その隙間や隅の死角にところかまわず、本が詰め込んであるからだ。

沙帆はキッチンにはいり、傷だらけの食器戸棚からグラスを二つ、取り出した。

とりあえず先に喉を潤したあと、テーブルに積まれた洋書を片側にずらし、南部鉄の急須に水を満たして、グラスと一緒に盆に載せる。

それを持って、洋室にもどった。

本間は、さっきとまったく変わらぬ姿勢で、手稿の点検に余念がない。

沙帆は、本間の前のテーブルに、盆を置いた。

急須から、二つのグラスに水を注ぐ。

「先生。お水をどうぞ」

必要最小限の言葉をかけると、本間は顔も上げずに手稿から左手を離して、沙帆の方に突き出した。

その手へ、グラスを持たせてやる。

本間はそれを口に当て、一息に飲み干した。

飲みながらも、手稿から目を離そうとしないので、最後には上を向く角度が足りなくなり、口元から水がこぼれ落ちる。

本間は、あわてて手稿を横へどけたが、黒いチョッキの胸に水がしたたって、染みを作った。

沙帆は、急いでハンカチを取り出し、チョッキをふいてやった。

本間は、そのあいだも手稿から目を離さず、されるままになっている。

「コップ」

本間に言われて、沙帆は目の前に突き出されたグラスを取り、盆にもどした。

それから、本間の向かいにすわり直す。

本間は、手稿を慎重な手つきで膝にもどすと、ソファの背に身をうずめた。

沙帆を見て、おもむろに言う。

「きみの知り合いとやらは、この手稿をマドリードの古書店で手に入れた、と言ったそうだな」

「はい。ただし、彼はその文書が何語で書かれたものか分からず、内容を判断することができませんでした。また古書店の主人も、どういう種類の文書なのか分からない、と正直に言ったそうです」

本間の右の眉が、ぴくりと跳ね上がる。

「そんなわけの分からぬものを、その知り合いは何ゆえに高い金を出してまで、買ったのかね」

沙帆は、唇を引き締めた。

倉石には、手稿をいくらで買ったのか、聞かされなかった。したがって本間にも、価格の話はしていない。

それなのに、なぜか本間はその手稿を高いものだ、と決めつけた。

「先生は、どういう理由で値段が高かっただろう、と推察されたのですか。わたし自身、彼がその手稿をいくらで買ったのか、聞かされていないのに」

本間が、投げやりなしぐさで、手を振る。

「古書店というのは、自分でも価値の分からぬ本に対して、屑のような安い値段をつけるか、逆に途方もない高値をつけるかの、どちらかと決まっておる。買った場所がスペインとなれば、目の玉が飛び出るほどの大金を、吹っかけられたに違いあるまい。わしは、その男がこんな読めもしない汚い反故の束に、なぜ大金をはたいたのか興味がある。ぜひとも、理由を教えてもらいたい」

沙帆は手稿に、うなずいてみせた。

「そのわけは、手稿のいちばん上から十六枚目までの裏に、手書きの楽譜が書いてあったからです」

本間は急いで、手稿の裏をあらためた。

しばらく眺めたあと、独り言のように言う。

「ふむ、なるほど。これは、フェルナンド・ソルの曲だな」

沙帆は驚いて、聞き返した。

「先生は、ギター音楽にも、お詳しいのですか」

そんな話は、これまで聞いたことがない。

本間はそれに答えず、勝手に話を先へ進めた。

「となると、これを買った男はギタリストか、希少楽譜の収集家だな」

沙帆は、息を整えた。

「おっしゃるとおりです。その手稿の買い手は、十九世紀ギターの研究家であり演奏家でもある、知り合いのギタリストなんです」

本間の喉が、胃でもせり上がってきたかのように、大きく動く。

「すると、きみはそのギタリストに頼まれて、これをわしに解読してもらおうと、やって来たわけだな」

少しためらったが、しかたなくうなずく。

「はい。実をいえば、そのギタリストの奥さんがわたしの友人で、もし先生に解読していただけるなら、翻訳料をお支払いする用意がある、と申し出ています」

本間の目が光った。

「その奥さんとやらは、何ゆえ亭主が買った反故紙なんぞの解読に、金を出す気になったのかね。むしろ、ばかな買い物をしてくれたと、怒るのがふつうだろう」

さすがに、核心をついてくる。

「正直に言いますと、実際に解読を望んでいるのはそのギタリストの、奥さんの方なんです」

「奥さんの方だと」

「はい。彼女は、わたしの大学時代の古い友人で、同じ独文のゼミの同期生でした。今はもう、ドイツ語から離れてしまいましたけれど、浪漫派の小説にはまだ興味があるようです。ご主人が、楽譜目当てに買った古文書の記録を見て、ドイツ語らしいと分かったものですから、わたしに相談する気になったと言っています」

当面、麻里奈の卒論のテーマがホフマンだったいきさつは、言わずにおくことにする。

本間が、またも担当教授だった牧村謹吾に手を回して、麻里奈のリポートを読む気になったら、めんどうなことになるからだ。

本間は、グラスに残った水を飲み干し、いきなり言った。

「ところで、翻訳料はいくらかね」

むきつけに聞かれて、ちょっとたじろぐ。

「翻訳料は、わたしと先生の交渉に任せる、と言われています。それで考えたのですが、その古文書一枚あたりの翻訳料を千円、ということでお願いできないでしょうか。ギタリスト夫妻に、あまり負担をかけたくないので」

恐るおそる言うと、本間は白目をむいて考えた。

「かりに、この手稿が百枚あるとすると、十万円だな」

「はい。お安くて、すみません」

「きみのマージン込みかね」

あわてて、首を振る。

「友人の頼みごとですから、マージンはいただきません」

「そうか」

本間はうなずき、少しのあいだ考えてから、また口を開いた。

「それでは、こういう条件でいこう。翻訳料はいらんから、解読を終えた文書の原稿と引き換えに、この手稿をわしに無償で譲り渡す、というのはどうだ。その夫婦も、手稿の内容さえ分かれば、現物に用はなくなるはずだ」

予想外の申し出に、沙帆はとまどった。

「わたしの一存では、なんともお答えいたしかねます。ご夫妻の意向を確かめるあいだ、ご返事を保留させていただけませんか」

本間は、肩をすくめた。

「いいとも。しかし、この手稿を手放したくない、あくまで翻訳料を金で払いたいというなら、やむをえまい。その場合は、一枚当たり一万円がとこ、頂戴することになる。百枚なら、百万円という計算だ。そのご夫妻とやらに、どっちが得かよく考えるように、言っておきたまえ」

「分かりました」

沙帆は、自分の水を飲んだ。

本間は、この手稿に並なみならぬ興味を示し、翻訳料と引き換えに現物を手に入れたがっている。

それにしても、翻訳料として百万円払えとは、吹っかけたものだ。

そんな大金を、一介のギタリストが右から左へ払う余裕など、あるとは思えない。それを見越した上での、駆け引きに違いあるまい。

　そうまでして、この手稿を手に入れたい理由は、いったい何なのか。

　沙帆の顔色を見て、本間は薄笑いを浮かべた。

「これは言いたくないことだが、きみだから特別に教えてやろう。そのギタリストが、古書店のおやじにいくら支払ったにせよ、この手稿が持つ価値はおそらく買値の十倍、へたをすると五十倍の値打ちがあるだろう」

　沙帆は、危うく水をこぼしそうになり、グラスを置いて本間を見た。

「この文書は、それほど価値のあるものなのですか」

「少なくとも、わしにとってはな」

　沙帆は、居住まいを正した。

「参考までに、その手稿の内容はいったいどういうものなのか、教えていただけないでしょうか。日記とか書簡とか、論文とか小説とか、いろいろあると思いますが」

　本間は、手稿を慎重にテーブルの上にもどし、あらためてソファにもたれた。

　指先を突き合わせて言う。

「きみも、わしについてドイツ語を学んだくらいだから、ずぶの素人ではない。ざっと目を通せば、少しくらいは見当がつくだろう」

「わたしには、まだ古い手書きの亀甲文字を、すらすら解読できるほどの力は、ありません。まあ、日記でも書簡でもなさそうだ、くらいは見当がつきますけれど。見たところ、順序がばらばらに乱れている上に、通しナンバーも打たれてないので、とてもわたしの手には負えないと思います」

　沙帆が正直に応じると、本間は満足そうな笑みを浮かべた。

「うむ。率直でよろしい」

「ただ、その手稿の中に〈ＥＴＡ〉という記号が、よく出てくるのに気づきました。それで、もしかするとその文書は先生のご専門の、Ｅ・Ｔ・Ａ・ホフマンと関わりがあるのではないか、という気がするんです」

　それは、麻里奈が指摘したことだったが、黙っていた。

　本間は、そろえた指先を伸ばして唇に当て、思慮深い目で沙帆を見た。

「ふむ。きみも、いくらか目端がきくように、なったようだな。確かにこれは、ホフマンに関わりのある記録だ。それも、相当貴重な記録、といってよかろう」

沙帆は緊張を隠し、微笑を浮かべてみせた。

「つまり、先生が翻訳料を返上してでも手に入れたい、とお考えになるほど貴重な記録、というわけですね」

本間は、短い足の爪先を床に下ろして、わざとらしくすわり直した。

「きみが、この記録の価値をありていに伝えれば、そのギタリスト夫婦はこいつを手放したくない、と言い出すかもしれん。それが、ちと心配じゃ」

また〈じゃ〉が出てくる。

「少なくとも、裏に楽譜が書かれた部分だけは渡せない、と言うかもしれませんね」

そう言ったものの、倉石がそこまで手書きの楽譜にこだわる、とは思えなかった。

倉石は、楽譜さえ残ればたとえコピーでもいい、と考える男だろう。

しかし、麻里奈の方がどのような反応を示すか、予断を許さぬものがある。

麻里奈は、ドイツ語と縁が切れたといいながら、卒論で選んだE・T・A・ホフマンについては、まだ興味を失っていないようにみえる。

とにかく、本間の意向を伝えるだけは、伝えてみよう。

本間が、探るような目で、見てくる。

「念のため聞くが、この手稿はわしが手元に預かっても、差し支えないだろうな。コピーでは、解読に力がはいらんのだよ」

「差し支えありません。ご夫妻からも、オリジナルをお渡しするように、と言われていますので」

麻里奈のことだから、かならずコピーをとったはずだ。

本間は、相好を崩した。

「そうか。おかげで、やる気が出てきたぞ」

「どれくらい、お時間がかかりますか」

沙帆が聞くと、本間は厳しい表情にもどった。

「それは、やってみなければ分からん。わしも、これぱっかりにかかずらっとるわけに、いかんからな。飯を食うためには、売れないドイツ文学の翻訳もやらねばならんし、ドイツ語学習のテキストの原稿も、書かねばならん」

沙帆は、少し考えた。

「それでは、一週間に一度解読原稿を取りにうかがう、ということでどうでしょう。そのときに、できただけの原稿を頂戴していく、というのでは」

「一週間では、たいしてはかどらんぞ。せめて、二週間に一度にしてもらおう。そうすれば、そのつど二枚か三枚、渡せるかもしれん」

二週間で、たったの二枚か三枚か。

しかし、沙帆はその不満を顔に出さぬように努め、しおらしくうなずいた。

「分かりました。その時点で、できたところまでいただければ、けっこうです。では、とりあえず二週間後の今日、おじゃまさせていただくことにします。翻訳料をどうするかは、できるだけ早く結論を出すようにします」

本間は、壁にかかった時代物の掛け時計に、目を向けた。

「よろしい。それでは二週間後を皮切りに、一週おきの金曜日の午後三時に、取りに来てもらうということで、作業を進めよう」

「承知しました。ちょっと、これを片付けてきます」

沙帆は、テーブルから急須とグラスを載せた盆を取り上げ、キッチンへ行った。

グラスを洗って片付け、洋室へもどる。

本間はまた、手稿と睨めっこをしていた。

すわり直し、思い切って質問する。

「先生。もしかしてその文書は、ホフマン自筆のものでしょうか」

本間は顔を上げ、驚いたように沙帆を見た。

「だとしたら、わしがこれほど冷静にしている、と思うかね」

自分でもおかしくなり、沙帆は笑ってごまかした。

「そうですね。もし自筆の原稿だとしたら、マドリードなんかの古書店に出ることは、ないですよね」

本間が眉根を寄せ、重おもしく言う。

「ホフマン当人ではないが、おそらくホフマンのきわめて身近にいた人間が、書き残したものだ。すでに知られている人物か、未知の人物かはよく読んでみないと、分からん。とにかく、順序正しく並べ直すところから、始めねばなるまい。見たところ、前後の文書が欠けているようだし、あいだも何枚か抜けているかもしれん。まあ、二週間後にはそのあたりもいくらか、明らかになっているだろうが」

「分かりました。今日はこれで、失礼させていただきます」

沙帆は長椅子を立ち、トートバッグを取り上げた。

本間が、すわったまま顔を上げ、質問してくる。

「差し支えなければ、依頼主のギタリストの名前を、教えてくれんかね」

倉石からも麻里奈からも、別に口止めされたわけではないが、沙帆は少し躊躇した。

あくまでこの一件は、本間と自分のあいだのこととして、処理したかった。

わずかに間があいたことで、本間の表情がいくらか硬くなる。

「名前を明かしてはいかん、とでも言われたのかね」

あわてて、首を振った。

「いいえ、そんなことはありません。ギタリストの名前は、倉石学といいます。倉敷の倉に石垣の石、学問の学と書きます」

それを聞くと、本間の目がかすかに揺れた。

「クライシ・マナブか。それで、奥さんの方は」

「倉石麻里奈。リネンの麻に山里の里、それに奈良の奈でマリナ、と読みます」

本間の瞳の色が、変わったように感じられる。

「子供はいるのかね」

「はい。娘さんが一人います。名前は由梨亜。理由の由に果物の梨、大東亜戦争の亜と書きます」

本間は、一瞬とまどったような顔をしたが、すぐに笑ってごまかした。

「名前までは、聞いておらんよ。それに、大東亜戦争の亜と言ったところで、今の若い者には分からんだろう」

それから、すぐに真顔にもどって続けた。

「そうか、由梨亜というのか」

何か、感慨深げな口調だった。

「もしかして、倉石さんのご一家をご存じなんですか」

本間は、あっさり首を振った。

「いや、知らんよ。ただ、倉石学の名前はどこかで見たか、聞いたような気がする」

「それは、あるかもしれませんね。倉石さんは、ギターの専門誌などにときどき寄稿したり、インタビューを受けたりしていますから」

本間は、なるほどというようにうなずいたが、あまり耳にはいっていないようだった。

また、独り言のように、つぶやく。

「なるほど。由梨亜というのか」

どうやら、娘の名前に気を奪われたようだ。

4

倉石学が、麻里奈に言う。

「カード払いとはいっても、あの手稿にはすでに八百ユーロ、つまり十万円前後の金を、つぎ込んでるんだ。これ以上は、舌も出したくないね。翻訳料と引き換えでいいなら、ぼくは喜んであれを本間先生とやらに、進呈するよ」

麻里奈は眉を曇らせ、古閑沙帆を見た。

「でも、本間先生はあの手稿の書き手を、ホフマンゆかりの人物じゃないかって、そう言ったんでしょう。だとしたら、かなり価値のある、貴重な記録に違いないわ。それを、翻訳料のかわりによこせだなんて、ちょっと虫がよすぎるわよ。そう簡単に、引き渡すわけにいかないわ」

沙帆は、小さくため息をついた。

案の定だ。

倉石はともかく、麻里奈がすなおに交渉に応じるとは、思っていなかった。

倉石が、沙帆に目を向ける。

「それにしても、翻訳料に百万とは吹っかけたもんですね、その先生も。したたかなところは、マドリードの古本屋のおやじ以上だ」

沙帆は苦笑した。

「そうですね。確かに、百万は高いですよね」

麻里奈が割り込む。

「つまり、こちらの足元を見すかして、吹っかけたわけよ。本間先生が、そこまでして手に入れたいとすれば、あの手稿にはかなりの値打ちがある、ということだわ。それを、ちょっとした翻訳の手間で手に入れようなんて、先生も相当の古狸ね」

くどく繰り返すと、倉石が首を振って言った。

「きみも、なかなかの女狐じゃないか」

これには沙帆も、当の麻里奈も笑ってしまった。

倉石が、真顔にもどる。

「とにかく、これ以上あの古文書に金を遣うのは、ばからしいよ。解読が終わったら、翻訳料のかわりに先生に進呈しても、かまわないんじゃないか」

麻里奈は、頑固に首を振った。

「わたしは、反対だわ。くどいようだけど、あの手稿は間違いなくホフマンに関する、貴重な記録だと思うの。だとしたら、本間先生には翻訳料を別にお支払いした上で、正当な価格で引き取っていただくのが、筋じゃないかしら」

そう言って、同意を求めるように、沙帆を見た。

沙帆は考えた。

麻里奈の提案が、別に理不尽なものでないことは、よく理解できる。

しかし、本間鋭太がそうした交渉に応じるかどうかは、別問題だ。

倉石が、麻里奈を見て口を開く。

「かりに、あれがホフマンに関する貴重な記録だとして、きみはそれをどうするつもりなんだ。だいじに、床の間に飾っておくのか。それとも、洋書専門の古書店へ持ち込んで、ひともうけしようというのかい」

麻里奈は、むっとしたように顎を引いた。

「まさか。お金もうけしようなんて気持ちは、これっぽっちもないわ。ただ、貴重な記録と分かっているものを、みすみす人手に渡すのはいかがなものか、と思うだけよ」

「しかし、本間先生はE・T・A・ホフマンの、権威なんだろう。むしろ、そういう人の手元にあった方が、古文書が生きるんじゃないかな」

倉石に反論されて、麻里奈は唇を引き結んだ。

「だったら、コピーを進呈すれば、それでいいんじゃないの。コピー代くらいは、こちらが持つから」

なんとなく、険悪な空気になりそうになったので、沙帆は割り込んだ。

「それじゃ、もう一度本間先生のご意向を、確かめてみます。かりに、翻訳料をお金で支払う場合、どれくらいまでなら許容できるか、聞かせてもらえないかしら」

麻里奈は、ちらりと倉石を見てから、眉根を寄せて言った。

「相場がいくらかは知らないけれど、かりにあの手稿が百枚あるとして、一枚当たり千円がいいところね」

最初に沙帆が、本間に申し出た額だ。

それを聞いて、倉石が口を挟む。

「十分の一の付け値じゃ、その先生もうんと言わないだろう。せめて半値、片手くらいは出さないと」

「だったら、一枚二千円。それ以上は、出せないわよ」

倉石は、沙帆がどう思うか探るように、目を向けてきた。

沙帆は答えあぐね、さりげなく目を伏せた。

麻里奈が続ける。

「その線でまとまらなければ、別の先生に頼むしかないわ。古文書を読めるのは、別に本間先生だけじゃないでしょう」

倉石が指を立てて、沙帆に言った。

「たとえば、本間先生には手書きの文字を解読して、それを活字体に打ち直す作業だけ、お願いできませんかね。でき上がったものを、古閑さんに日本語に翻訳してもらえば、問題ないんじゃないかな」

麻里奈の顔が、明るくなる。

「そうだ、それがいいわ。沙帆も、活字体なら古いドイツ語でも、翻訳できるわよね。わたしはもう、だめだけど」

沙帆は、わざとらしく、首をかしげてみせた。

「まあ、時間さえあればなんとかなる、とは思うけれど。でも、あの手稿は本間先生の手元に置いてきたし、今さらこの話はなかったことにしてください、とは言いにくいわ」

麻里奈が、いらいらした口調で言う。

「なしにするわけじゃないわ。主人が言ったように、活字体にしてもらうだけは、してもらうのよ。それだったら、そんな法外な料金を要求しないでしょう」

「それだけの作業を、引き受けてくださるかどうか、説得する自信がないわ」

「だったら、わたしから直接お話ししてもいいのよ。沙帆の口からは、言い出しにくいでしょうし」

沙帆は、唇の裏を噛んだ。

麻里奈を、直接本間に引き合わせるのは、どうも気が進まない。

「分かったわ。今の提案を、本間先生に伝えてみます。了解してくださるかどうか、なんとも言えないけれど」

きっぱり言うと、麻里奈が乗り出した。

「もし、それじゃいやだということなら、すぐに手稿を回収してね。コピーでも取られたら、あまりいい気持ちがしないし」

倉石は、苦笑した。

「コピーくらい、いいじゃないか。あれを、研究論文の素材として使うなら、死んでいた資料が生きることになる。それくらいの功徳は、施してあげなくちゃ」

麻里奈が、不満げな顔をする。

「そうかしら。本間先生は、ホフマンの権威かもしれないけれど、これまでまとまった本を書いた、という話を聞かないわ。せいぜい、大学の紀要か何かに寄稿するだけの、デモシカ学者じゃないかしら」

その辛辣な口調に、沙帆もさすがに気分を害した。

「それは、言いすぎよ。本を書くだけが、学者の評価基準じゃないと思うわ」

「でも、本を書かない学者先生は、索引も書誌もない学術書と同じで、学界では低い評価しか、与えられないでしょう」

倉石が、口を開く。

「かもしれないが、どうも古閑さんの話から察する限り、本間先生はそうした俗事に関わるものと、あまり縁のない人物のような気がするな」

沙帆は、苦笑まじりにうなずいた。

「おっしゃるとおりですね。まわりの評価には馬耳東風で、自分の好きなことだけこつこつやる、というタイプなんです」

そのとき、玄関のドアが開閉する音が、耳に届いた。だれかが、はいって来たらしい。

ほどなく、リビングの戸口に倉石夫婦の一人娘、由梨亜が姿を現す。

麻里奈は顔を振り向け、声をかけた。

「お帰りなさい」

「ただいま」

由梨亜はそう言ってから、沙帆に気づいて続けた。

「いらっしゃい、古閑のおばさま」

「おじゃましています。遅くまでたいへんね」

「今日はちょっと、図書館で調べものをしてきたんです」

学校帰りで、チェックのブレザーに紺のスカート、といういでたちだ。

確か音楽部に所属しており、なぜかギターでなくフルートをやっている、と聞いた。

由梨亜は四谷の進学校、五葉学園にかよう中学一年生で、体はまだ子供の域にとどまっているが、顔は母親に似て目をみはるほどの、美少女だった。

髪を引っ詰めに、ポニーテールに結っているせいで、利発そうな広い額が全部見える。

由梨亜は、通学用のバッグとフルートらしい細長い袋を置き、スマホを取り出した。

「お父さん、古閑のおばさまと一緒の写真、撮ってくれる。中学にはいってから、一度も撮ってないし。いいでしょ、おばさま」

今どき、人からおばさまなどと呼ばれることは、めったにない。しかし、由梨亜の口から出るといかにも自然で、胸が温かくなる。

「いいわよ。そのかわり、わたしのスマホにも転送してね」

「分かりました」

由梨亜は、スマホを倉石に渡して撮り方を説明し、沙帆のそばにやって来た。

心なしか、麻里奈があまり愉快そうでないように見え、沙帆は緊張した。

由梨亜とは、そうのべつ顔を合わせるわけではないが、お互いに話が合うとでもいうのか、気の置けないあいだ柄だった。

反抗期かどうか知らないが、父親とはともかく母親との関係は、かならずしも仲がいいとは、いえないように見える。

写真を撮り終えると、由梨亜は沙帆におおげさに手を振り、リビングを出て行った。

倉石が言う。

「由梨亜は、古閑さんと気が合いそうですね」

麻里奈は、肩をすくめた。

「沙帆はやさしいから、だれとでも気が合うのよ。由梨亜ったら、反抗期なのかしら。わたしの言うことなんか、馬の耳に念仏なんだから」

投げやりな口調で言うのを、沙帆はさりげなくいなした。

「母親と娘の関係って、一時期ぎくしゃくすることがあるって、どこかで読んだことがあるわ。わたしの場合は、息子だからよく分からないけれど」

「由梨亜は、父親っ子でね。わたしとは、よく気が合うんですよ」

倉石が口を挟んだが、麻里奈はそれを無視して言った。

「話をもどしましょう。できるだけ早く、本間先生の意向を聞いてほしいわ。話が折り合わなければ、手稿を返してもらわなくちゃいけないし」

沙帆は背筋を伸ばし、立ち上がる姿勢になった。

「分かったわ。今日にでもお電話して、そのあたりを確かめます」

案の定、めんどうなことになった。

マンションを出て、地下鉄南北線の本駒込駅の方へ歩きながら、思わず知らずため息が出た。

以前は、ほとんど感じたことがなかったのだが、このところ倉石夫婦と一緒にいると、なぜか疲れを覚える。

駅についたとき、スマホの着信音が鳴った。

開いてみると、由梨亜が写真を送ってくれたのだった。

くったくのない、由梨亜の美しい笑顔になんとなく胸を打たれ、沙帆は少しのあいだ階段の上に、立ち尽くした。

その夜。

古閑沙帆が、電話で倉石麻里奈が提示した条件を伝えると、本間鋭太は受話器をかじらぬばかりの勢いで、言いつのった。

「これほどの貴重な記録を、ドイツ語にイッテイジもないやからが、物置の奥に死蔵しよう、というのかね。それとも、古本屋に高値で売り払って、小遣い稼ぎをするつもりか。そんなことをしたら、日本だけでなく世界のドイツ文学研究の、一大損失になる。かかる貴重な資料は、わしのように真に価値を知る者こそ、持つにふさわしい人間じゃ。そうは思わんかね。翻訳料百万と聞けば、恐れをなして差し出すだろうと思ったが、そんなこざかしい取引に出るとは、なかなか小知恵の回る夫婦じゃないか」

糾弾の毒舌は、さらにしばらく続いた。

しかし、最初のイッテイジという言葉が理解できず、沙帆はしきりにその意味を考えていたので、長広舌は途中から耳にはいらなくなった。

「聞いとるのかね、古閑君」

本間に呼びかけられて、はっとわれに返る。

「あ、はい。ちゃんと、聞いています」

「だったら、きみの意見を聞こうじゃないか」

「ええと、そうですね。あの手稿が、どれだけ貴重なものかを、正直に話したのがいけなかったかもしれません。でも、それを言わずにすませるのは、フェアでないと思ったものですから」

「そのことは、かまわんよ。それを知った上で、かかる貴重なドイツ文学の資料は、わしのような人間に託すのが正しいことを、理解してもらわねばならぬ。きみはその点を、強調しなかったのかね」

「もちろん、しました。実を言うと、そのギタリストの奥さんは、大学時代からホフマンの小説を愛読していて、それが今も変わっていません。ドイツ語とは縁が切れたのに、ホフマンに対する愛着だけは途切れずに、続いているようなのです。というわけで、あの手稿は古書店に売り払わずに、手元に置いておくと思います」

少し間があく。

「倉石麻里奈、とかいったな」

「はい」

「ふむ。ホフマンには、一度引きつけた者を一生離れさせぬだけの、魔性のようなものがあるから、無理もないだろう。しかし、それとこれとは別問題だ。手稿そのものより、そこに何が記録されているかの方が、はるかにだいじとは思わんかね」

「はい。わたしは、そう思います」

「わしが解読し、翻訳した日本語を二行でも三行でも読めば、途中でやめることはできまいよ。そもそものドイツ語を、筋の通った日本語に翻訳できる者は、わしのほかにおらん。言っておくが、活字体にするだけで仕事は終わった、と思ったら大間違いだぞ。このドイツ語は、きみら風情の手に負えるような、生やさしいしろものではない」

きみら風情、ときたか。

「それは重々、承知しております。いずれにしても、倉石ご夫妻はお手元の手稿を、翻訳料のかわりに差し出す気持ちは、今のところないようです。もし、活字体にしていただくだけでは、気が進まぬということでしたら、やむをえません。このお話は、白紙にもどさせていただきます」

自分でも吐き気を覚えながら、事務的な口調でそう言ってのける。

受話口の向こうが、しんとなった。

何か雑音のようなものが始まったが、どうやら本間がぶつぶつとこぼしているらしい、と分かった。

沙帆は続けた。

「もし、倉石さんの出した条件で、折り合わないようでしたら、残念ながらお預けした手稿を、引き取らせていただかなければなりません。ただし、コピーをお取りになるかどうかは、わたしのあずかり知らぬことですので、念のため申し上げておきます」

大風が吹いたような音が、受話口から流れてきた。

本間が、ため息をついたらしい。

「やむをえん。翻訳料の一枚一万、という方は撤回しよう。ともかく、解読した上で翻訳するという、当初の約束は果たさねばならぬ。翻訳料、あるいは手稿そのものをどうするかは、そのときにあらためて、相談しようではないか」

「かりに翻訳していただいても、倉石夫人が先生に手稿を引き渡す気になる、とは思えないのですが」

「どうしても手放したくない、というならしかたがあるまい。そのときは、あらためて翻訳料の相談を、しようじゃないか」

「はい。できるだけ、お安くしていただけるように、祈っています」

「わしの方は、そのこちこち頭のホフマニアンの奥方が、せいぜい気持ちを変えてくれるように、祈っとるよ」

電話を切ったあと、倉石の家にかけ直す。

由梨亜が出てきた。

「ああ、由梨亜ちゃん。写真を送ってくれて、ありがとう」

「どういたしまして、おばさま。今度から、季節の替わり目ごとに写真、撮りませんか。できたら、帆太郎君も一緒に」

「いいわね。帆太郎にも、そう言っておくわ。お母さん、いらっしゃる」

「はい。ちょっとお待ちください」

麻里奈が出てくるまでに、しばらく間があいた。

たかだか三十秒ほどかもしれないが、じっと待つ身にはけっこう長い時間だ。

「お待たせ。本間先生に、電話してくれた」

「ええ。麻里奈の意向を伝えたわ」

本間とのやりとりを、かい摘まんで報告する。

聞き終わると、麻里奈は猜疑心を含んだ口調で、問い返した。

「まさか本間先生、なしくずしに自分のものにしよう、というつもりじゃないわよね」

「それはないわ。変わった先生だけれど、人さまからの貴重な預かりものを、返せと言われて返さないほど、非常識な人じゃないもの」

「だといいけど。とにかく、あの手稿については沙帆が責任をもって、回収してよね。あいだに、立ってくれた以上はね」

その言い方に、内心かちんときたものの、沙帆は冷静に応じた。

「分かったわ。再来週の金曜日の夕方に、最初の翻訳が上がるはずなの。よければ、翌日の土曜日に、持って行くわ」

「だったら、土曜日のお昼過ぎはどう。うちで、何か取ってもいいし」

「お昼ご飯は、食べて行くわ。二時でどうかしら」

「了解」

電話を切ったあと、沙帆は背中にいやな汗をかいているのに気づき、ため息をついた。

5

【E・T・A・ホフマンに関する報告書・一】


(前段不明)――によれば、ETAは一八〇三年の十月一日から日記を、つけ始めたという。

あなた(ホフマン夫人ミーシャ)は、ときどきそれを盗み読みしていたものの、ポーランド生まれだからドイツ語が不得手で、またラテン語を含む見慣れぬ外国語が多出するために、よく内容が理解できなかった、と言った。

だからこそ、あなたはETAが自分がいないところで、だれと何をしているのか知りたい、とわたしに漏らしたのだろう。

それでわたしも、ETAが自分と一緒にいるとき、どこでだれと何をしていたかを、ときどきあなたに報告してさしあげよう、と考えたわけだ。

わたしが、自分でそう決めたことだから、あなたが気に病む必要はない。

わたしの字も、あなたにとっては決して読みやすくないだろうが、できるだけ分かりやすく書くことにする。

＊

ETAは一八〇四年の三月、判事として在勤したプロックから、転勤命令を受けてあなたとともに、ワルシャワへ転任した。

同じ年の十二月には、ナポレオンがフランス皇帝の座に就いたが、ETAにとってこの〈ちびの英雄〉は、自分の生活を乱すおそれのある困った存在、としか映らなかっただろう。

同じくこの月、クレメンス・ブレンターノが台詞を書いたジングシュピール（歌芝居）、『陽気な楽士たち』にETAが曲をつけた。

そのとき、ETAはスコアの表紙に署名するに当たって、第三洗礼名である〈Wilhelm（ヴィルヘルム）〉のかわりに、初めて〈Amadeus（アマデウス）〉を使った。すなわち、〈Ernst Theodor Amadeus Hoffmann〉と署名したのだ。

むろん、モーツァルトを敬愛するあまりだろうが、それがいつしか〈E.T.A.Hoffmann〉として、世に行なわれるようになった次第だ。

ETAが、モーツァルト（一七五六～一七九一年）に心酔したのは、神童と呼ばれたその音楽的才能に、惚れ込んだだけではない。

おそらくモーツァルトが、自分に劣らぬ短軀の持ち主で、あまり見栄えのしない男だったことに、親しみを覚えたと思われる。もともとETAには、そういう志向があった。

実を言えば、わたしもETAもモーツァルトの、四つの洗礼名の中に、〈アマデウス〉がはいっていないことを、承知していた。

現に、モーツァルトが書類や楽譜、手紙などにみずからの手で、〈アマデウス〉と署名したことは、生涯に一度もなかった、と聞く。

それなのに、なぜ〈アマデウス〉が通り名になったのか、そのいきさつはよく分からない。

ただモーツァルトは、洗礼名の一つであるテオフィルスを、ラテン語形のアマデウス、あるいはイタリア語のアマデオとして、遣ったことがある。それがいつの間にか、通り名になってしまったという次第らしい。

もっとも当人は、〈アマデオ〉と自署することはあったものの、〈アマデウス〉と自署したことは、一度もないという。

どちらにせよ、ETAにすれば、〈E・T・A〉と表記するかぎり、アマデオでもアマデウスでも同じだということで、こだわらなかった。

ちなみに、ブレンターノの『陽気な楽士たち』は、翌一八〇五年の四月にワルシャワのドイツ劇場で、初演された。

しかし、たいして評判にもならず、可もなく不可もなしという、平凡な評価しか得られなかった。

ETAにとっては、さぞ不満な結果だったに違いない。なにしろ、音楽家としてひとかどの存在になりたい、というのがETAの最大の望みだったのだから。

それとほぼ同時期に、ベートーヴェンの交響曲〈英雄〉が、初めて公開演奏された。

この曲が最初、ナポレオンをたたえるために作られたことは、あなたもご存じだろう。

そしてまた、ナポレオンが皇帝の座についた、と聞いたベートーヴェンが、憤激のあまり献辞を抹消したことも、すでに広く世に知れ渡っている。

ETAにはその気持ちが、よく分かったはずだ。

同じ年の五月に、フリードリヒ・シラーが若くして、帰らぬ人となった。あの、シラーと親しかったゲーテも、ショックを受けたことだろう。

その月の末、ETAらの奔走によってワルシャワに、〈音楽協会〉が設立された。

音楽振興のためという名目だが、その目的にETAがどの程度、貢献するところがあったかは、怪しいものだ。検事総長のモスクヴァを会長に据え、ETA自身は副会長に収まったものの、さしたる成果を上げたようにはみえなかった。

ただ七月に、あなたとETAのあいだに女児ツェツィリアが生まれたのは、ワルシャワ時代の最大の慶事だった、といえよう。

そして翌一八〇六年の春、あなたとETAはツェツィリアとともに、市内のフレタ街からセナトルスカ街へ、移転したのだった。家も広くなって、少しは暮らしやすくなったはずだ。

ツェツィリアが一歳になった七月には、ETAは満を持して〈交響曲変ホ長調〉を、書き上げた。

翌月、〈音楽協会〉発足記念のコンサートに当たり、ETAはみずからこの曲を指揮して、披露に及んだ。この日はまた、プロイセン国王フリードリヒ・ヴィルヘルム三世の、誕生日にも当たっていた。

わたしもその場に居合わせたが、正直なところETAの敬愛するモーツァルトが、ひどく体調の悪いときに書いた交響曲、という印象だった。モーツァルト風ではあるものの、ETAはまだモーツァルトではなかった。

ＥＴＡに、音楽的才能があることは疑いないが、それが十分に発酵しきっていないところに、不満が残る。

こんなことは言いたくないが、音楽に対する知識や感性、理解力ははるかに常人を超えているのに、いざ作曲となるとどうももう一つ、何かが足りないのだ。

なぜ、こんなことをくどくどと書き連ねるのか、と不思議に思うかもしれない。

それはわたしが、ＥＴＡにいかに心酔しているか、ということに尽きる。

ＥＴＡがその日、どこで何をしたかを報告しようとすると、決まってそれより以前の思い出がよみがえり、つい筆を費やしてしまうのだ。

ついでに書いておこう。

同じ一八〇六年の晩秋、ナポレオン率いるフランス軍が、ワルシャワに兵を進めて、進駐した。その結果、プロイセン政府は封鎖された。

裁判所も閉じられて、ＥＴＡを含む判事は全員、失職した。

さらにその半年後、フランス軍はプロイセンの残留官吏に対し、ナポレオンへの服従と忠誠を誓うか、それとも一週間以内にワルシャワを立ち去るか、どちらかを選ぶように迫った。

もちろんＥＴＡは、後者を選んだのだった。

あなたはそのころ、ツェツィリアとともにポーゼンに避難していたので、ＥＴＡの心の葛藤をご存じあるまい。

当時のことを、お伝えしておこう。

ＥＴＡは、反ナポレオンの立場だったというよりも、自分の芸術活動を妨げる人物、環境、あるいは状況などに対する嫌悪感が、人一倍強いのだ。

職を求めて、ＥＴＡは一八〇七年六月、単身ベルリンへ乗り込んだ。

しかし到着したその日に、投宿したホテル〈金鷲亭〉の食堂で食事中、客室の壁を何者かにノコギリで破られ、所持していた全財産（六フリードリヒスドール＝三十ターラー）を盗まれた。

これがたたって、ＥＴＡは当分水とパンしか口にはいらぬ、窮乏生活を送るはめになったわけだ。

［本間・訳注］
十九世紀初頭のドイツ語圏では、フリードリヒス

ドール、ターラー、グルデン、フロリン、ドゥカテン、グロシェン、クロイツァなど、種々雑多な貨幣が流通していた。しかも、相互の換算率の変動がいちじるしいため、当時ですら混乱が大きかった。したがって、現代の貨幣価値と対比することは、ほとんど不可能、というより無意味だろう。

あくまで参考の数字だが、『ホフマン――浪曼派の芸術家』を書いた吉田六郎によれば、ポーゼン時代のホフマンの年俸は、八百ターラー（一九七〇年前後の換算率で約二十四万円）にすぎなかった。現在の感覚では、ずいぶん低額のように思えるが、当時の現地の物価に比較すると、これでも高額だったという。

だとすれば、ETAにとって六フリードリヒスドール、すなわち三十ターラーの盗難は、やはり大きな痛手だったに違いない。

しばらく、ETAは仕送りや借金で食いつないでいたが、八月にはあなたが重病で床に臥し、あまつさえ娘ツェツィリアが亡くなった、との報に接して絶望状態に陥った。

そんな状況のもとで、ETAのもう一つの才能を揺り動かす、新たな展開があった。

当時、すでに名を知られていた学者、文人との親しい交流が、始まったのだ。

ベルリンには、ワルシャワの上級裁判所でETAの同僚だった、ユリウス・エドゥアルト・ヒツィヒが、先に来ていた。

ヒツィヒはその方面に顔が広く、ETAをあちこちの会合に連れ回して、いろいろな著名人に引き合わせた。

たとえば、ゴトリープ・フィヒテやフリードリヒ・シュライアマハア、アデルベルト・フォン・シャミッソー、ラーエル・レーヴィン（女性の文芸サロン主宰者）など、錚々《そうそう》たる顔触れだった。

ことに、哲学者フィヒテはその年から翌年にかけて、〈ドイツ国民に告ぐ〉の講演で国民を鼓舞し、大いに人気を博した人物だ。

ただ、もったいないことにETAは哲学に、あまり関心を示さなかった。

ケーニヒスベルク大学時代、当時学生のだれもが聴講したがった、あの大哲学者エマヌエル・カントの講義にも、わけが分からないと言って出席しなかった。

ともかく、そうした知識人と文学や音楽、芸術の話ができるようになったことで、ＥＴＡが強い刺激を受けたことは、間違いない。

もともとＥＴＡを支配していたのは、みずから才能ありと認める音楽によって、世に出たいという熱烈な願望だった。文学に対する深い関心といえども、音楽への愛着には勝てなかった。

そのＥＴＡに、文学への目を開かせたという意味で、ヒツィヒは大いに功徳を施した、といっていいだろう。思えば、ヒツィヒとＥＴＡとの縁も、けっこう長くなった。

ワルシャワにいるころ、あなたたち夫婦とヒツィヒは隣同士の建物の、同じ階の部屋に住んでいた。

そのため、ＥＴＡがピアノを弾き出すのを合図に、ヒツィヒが向かい合った窓をあけ、長話を始める習慣がついたようだ。あなた自身、二人のとめどないおしゃべりに引かれ、朝まで耳を傾けていたこともある、とＥＴＡがよく話してくれたものだ。

そうした社交生活のあいだにも、ＥＴＡは職探しの方にやっきになっていた。

一八〇七年の八月末には、〈帝国公報〉という新聞に、広告を出した。

いかにもＥＴＡらしい、ひねった表現の広告だったから、ここに再録しておこう。

「音楽の理論、実践に十分な知識と経験を持ち、作曲家としても高い評価を受けている某氏は、著名な音楽協会の要職を務めた経験を生かして、劇場ないし楽団の楽長のポストを、求職中である。彼は、劇場運営に関する知識と経験に恵まれ、舞台装置や衣装の製作にも精通している。ドイツ語のほかにフランス語、イタリア語にも通じており、音楽や絵画はむろんのこと、文学に関する造詣も深い。劇場監督として、これ以上の人物は求めがたいであろう。劇場関係者の中で、このようなたぐいまれな人物を必要とされる向きは、郵税前納郵便をもって、ベルリンのフリードリヒ街一七九番地の判事、ホフマン氏宛にご照会ありたい」

この一文は、あなたにはむずかしすぎようが、要するにＥＴＡが自分のことを、臆面もなく（つまり、おおっぴらに）売り込んでいる広告だ。
いかにも、ＥＴＡらしいではないか！

［本間・訳注］

順序の狂った文書を、正しく並べ直した上で解読し、翻訳したものの冒頭部分が、上の訳文である。いつ書き始められ、いつまで書き継がれたものかは、いずれ明らかになろう。

この報告書の筆者は、ホフマンのことをよく知る人物と思われるが、まだ正体を特定するにはいたらない。筆者が、〈あなた〉と文中で呼びかけている相手は、ホフマンの妻であるマリア・テクラ・ミヒャリナ・ローラー・トゥルツィンスカ（一七八一？～一八五九年）と推定される。

彼女は通常、〈ミーシャ〉の愛称で呼ばれている。ホフマンとミーシャは、一八〇二年七月二十六日に結婚した。

本文中にもあるが、ホフマンはモーツァルトの名にちなんで、第三洗礼名のヴィルヘルムを、アマデウスと変えた。

ただ、報告書にもあるとおり、モーツァルトは〈アマデウス〉の呼称を、生涯に一度も自署に使わなかった、という。

フランツ・サヴァ・ニーメチェク、というチェコ生まれの評論家が、一七九八年に書いた最初のモーツァルトの評伝でも、〈Wolfgang Gottlieb Mozart〉と表記するだけで、アマデウスの名を入れていない。ホフマンも、そのことを承知していたようだが、あまりこだわらなかったようだ。

ついでながら、まずこの文書が書かれた時代、つまり十八世紀末から十九世紀前半にかけての、ドイツの状況を俯瞰しておこう。

実のところ、この時代はまだドイツという、統合された単一国家は存在しなかった。とりあえず、オーストリアのハプスブルク家を頂点とする、中世以来の〈神聖ローマ帝国〉が、形成されていたにすぎない。

つまり、ゲーテがいみじくも指摘したように、神聖ローマ帝国は〈国家〉ではなく、単なる〈状態〉にとどまっていた。

その中にオーストリア、プロイセン、バイエルン、ザクセンなど、全部で三百前後もあった国、あるいは都市国家が、ようやく四十ほどに整理された時代、と理解すればよかろう。

その〈神聖ローマ帝国〉も、一七八九年のフランス革命の勃発、さらにナポレオンの台頭によって、十九世紀初頭に事実上、崩壊してしまう。

さらにナポレオンが失脚したあと、メッテルニヒのヴィーン体制からドイツ連邦、オーストリア＝ハンガリー帝国をへて、ようやく統一されたドイツ帝国、いわゆる帝政ドイツが成立したのは、一八七一年のことだ。

すなわち、ホフマンが生きたころのドイツ（語圏）は、まことに動乱に次ぐ動乱の時代だった、といってよい。

別に、歴史の講釈をするつもりはないが、こうした時代背景があったことだけは、承知しておいてほしい。

6

倉石学が、本間鋭太の仕上げた翻訳原稿から、顔を上げる。

「うん、さすがですね。古閑さんご推薦の、先生だけのことはある。ドイツ語が、どれだけできるか知りませんが、すらすらと読ませるこの日本語力は、すごいと思う。人名、地名にはあまりなじみがないけれども、書いてあることはすっと頭にはいってくる。学者先生の翻訳は、やさしいことをむずかしく訳すというか、自分でも分かってないいんじゃないか、と疑いたくなるような文章が多いんです。しかし、この先生は違いますね」

古閑沙帆は、ほっとした。

「そう言っていただけると、うれしいです」

麻里奈が、少し意地悪な口調で言う。

「それはちょっと、言いすぎじゃないの。沙帆だって大学の先生だし、翻訳の仕事もしてるのよ」

倉石は、あわてて手を振った。

「もちろん、古閑さんのことじゃない。単なる一般論ですよ」

沙帆は笑った。

「分かっています。おっしゃるとおり、語学の専門家はなんとか正確に訳そうとして、日本語をいじりすぎるんです。ぴったりの訳語が見つからないと、自分でもいやになるくらい訳文が、ぎくしゃくしてしまいます。その点、本間先生はよく日本語を知ってらっしゃるから、文章がこなれてますよね」

麻里奈が、もったいらしくうなずく。

「確かに、すらすらと読めることは、認めるわ」

「やはり、内容をちゃんと把握していないと、こううまくは訳せないだろう」

倉石はそう言って、原稿をテーブルに置いた。

ワープロで打たれた、きれいな原稿だった。

麻里奈が、沙帆を見る。

「本間先生の訳注によると、この報告書はまだ名前の分からないだれかが、E・T・A・ホフマンの奥さん、ええと、ミーシャでしたっけ、奥さんに宛てて報告したもの、ということのようね」

「ええ、そう書いてあるわ」

「文面からすると、その人物は奥さんに頼まれて報告を始めた、というわけじゃないみたいね」

「そうね。奥さんの気持ちを察して、自分からそうしたみたいね」

「どうして、そんなおせっかいを、始めたのかな」

麻里奈の問いに、沙帆は首をひねった。

「それはまだ、分からないわ。そのうち、はっきりするんじゃないの」

そうとしか、答えようがない。

麻里奈は、一度唇を引き結んでから、あらためて言った。

「その人物は、奥さんがホフマンの行動に、何か疑いを抱いているようだ、と感じたのかしら」

「さあ、どうかしらね」

適当にはぐらかして、沙帆はさりげなく麻里奈の顔を、見直した。

言いたいことがありながら、何かの理由で言いそびれているような、もどかしげな印象を受ける。

結局、麻里奈はそれ以上その件に触れず、話の方向を変えた。

翻訳原稿を手に取り、最後のページをめくって言う。

「この報告書の筆者は、ホフマンのことをよく知る人物と思われるが、まだ正体を特定するにはいたらない。訳注に、そう書いてあるわよね」

「そうね」

沙帆が応じると、麻里奈は妙に猜疑心のこもった目を、向けてきた。

「それって、ちょっとおかしくないかしら。本間先生には、もうこの報告者の正体がだれなのか、分かってるんじゃないの」

「どうして」

「だって先生は、この文書の翻訳に取りかかる前に、全体をざっと通読したはずだもの。前後の乱れた文書を、順序正しくそろえ直すためにも、そうするのが当然でしょう。全部を読んだとしたら、だれが書いたのかも見当がつくんじゃないかしら」

もっともな指摘だが、すなおには認めたくなかった。

「それは、なんとも言えないわね」

沙帆があいまいに言葉を返すと、麻里奈は不満そうな顔で倉石を見た。

「あなたは、どう思う」

倉石は、軽く肩を動かした。

「まあ、全部を読み通しても正体がつかめない、ということはあるだろう。そもそも、途中から始まって途中で終わっている、そんな断片的な文書だからね。とにかく、詳しく読んでいくうちに、これこれこういう人物らしい、と見当がつくんじゃないか。別に、焦ることはないさ。先生の訳注は、そういう含みだろう」

「わたしも、そう思うわ」

沙帆が言うと、麻里奈がしらけたような顔をして、もう一度原稿に目を落とした。

「今回の原稿では、わたしが知らないこともいくつかあったけど、まったく目新しい事実が出てきた、という感じではないわ。ミーシャが、夫の行動について周囲の親しいだれかに、愚痴をこぼしたということ以外はね」

「それだけでも、かなりの新事実じゃないの。麻里奈が、知らないくらいだから」

「そうね。そのあたりの事情が、詳しく分かるといいんだけど」

「これからおいおい、分かってくると思うわ」

麻里奈は原稿を、テーブルに置いた。

「もう一つ、不満があるの。これって、二週間でこなす仕事の量としては、ちょっと少なすぎるんじゃない。沙帆の方から先生に、もう少しねじを巻いてもらえないかしら。このペースだと、全部解読するのに一年くらい、かかりそうだわ。解読を終えたあと、日割り計算で翻訳料を請求されたりしたら、かなわないもの」

沙帆は少し、むっとした。

「本間先生も、この翻訳だけにかかりきりというわけには、いかないのよ。それに、翻訳料を日割り計算にするなんて、そんなことを言い出す先生じゃないわ」

麻里奈の眉が、ぴくりと動く。

「そうであってほしいわ。沙帆の推薦だから、間違いはないと思うけど」

いくら長い付き合いでも、麻里奈の言葉には遠慮がなさすぎる。

今さら、この話を白紙にもどすことはできないが、一瞬そうしたいと思ったほどだ。

それを察したように、倉石が割り込んでくる。

「何も、あわてることはないさ。こういう仕事は、じっくり時間をかけてやってもらわないと、いい結果が出ないだろう。やっつけ仕事でこなされるより、ずっとましじゃないかな」

麻里奈が、きっとなって倉石を見る。

「あなたは、裏の楽譜のコピーを取ってしまったから、もうあの古文書には用がないのよね。それで、そんなのんきなことを、言ってられるんだわ。わたしは、あの古文書に書かれている、内容そのものに興味があるのよ。できるだけ早く、それを読んでみたいの」

「読んで、どうするんだ。その昔ゼミでやった、ホフマンの卒論をもう一度書き直す、とでもいうのか」

倉石に反問されて、麻里奈は頬をこわばらせた。

「からかうのはやめて。場合によっては、そうしようかと思ってるんだから。わたし、本気よ」

沙帆は驚いて、麻里奈の顔を見直した。

「ほんとうなの、麻里奈」

麻里奈は、沙帆に目をもどした。

「そんなに、驚かないでよ。確かに、わたしは沙帆と違って早ばやと、ドイツ語に見切りをつけたわ。でも、まるっきり縁を切った、というわけじゃないの。今だって、辞書さえあればなんとか読めるし、書こうと思えば手紙くらい書けるわ。ホフマンだけに限れば、沙帆にも負けていないと思うの。今度のことで、またむらむらと興味がわいてきたのよ」

沙帆は、麻里奈の目に明らかな敵愾心を認め、少したじろいだ。

「確かに、ホフマンについては麻里奈の方が、ずっと詳しいわよね」

また倉石が、口を挟んでくる。

「そもそも、あの古文書を見つけて買ったのは、このぼくじゃなかったかな。二人とも、お忘れのようですが」

その、冗談めかした言い方に、麻里奈は倉石を睨んだ。

「あなたはただ、ソルの楽譜がほしかっただけじゃないの。古文書には、はなから興味なんか、なかったのよ。古書店主に、コピーでもいいから楽譜の部分だけ売ってくれ、と持ちかけたと言ってたじゃない」

倉石が苦笑する。

「まあ、そのとおりだけどね」

「それを、まるごと高いお金で買わされちゃって、自分でもばかな買い物をした、と思ってるんでしょう」

「しかし、そのおかげで貴重なホフマンの資料が、手にはいったじゃないか」

倉石が言い返したが、麻里奈は負けていない。

「でも、それは要するに結果論であって、あなたのお手柄というわけじゃないわ。実のところは、ホフマンの霊がわたしの手元に届くように、あなたを動かしたということよ」

真顔で言う麻里奈に、沙帆はとまどいを覚えた。

これまで麻里奈は、そんな神がかったことを口にもしなければ、信じたこともなかったのだ。

もしかすると、ほんとうにE・T・A・ホフマンの霊が、この出会いを仕組んだのではないか、という気がしてくる。

なにしろ相手は、いつのころからか〈お化けのホフマン〉、などと異名を取るようになった、尋常ならぬ作家なのだ。

沙帆は、自分の気持ちを落ち着けるつもりで、話を少し横へそらした。

「あの手書き文書は、本間先生にしてもすらすら読めるほど、簡単じゃないと思うの。日本の古文書だって、専門家が解読するのにずいぶん時間がかかる、と聞いたわ。大橋流だったか御家流だったか、徳川幕府の公文書で遣われた筆記体ならまだしも、自己流で書かれた手紙や写本は癖字だらけで、解読がたいへんだっていう話よ。ましてドイツ語となれば、はるかに手間がかかるに違いないわ」

麻里奈は、引き下がらない。

「日本語は、当て字もあれば変体仮名もあるから、たいへんなのは当然よ。だけど、欧米のアルファベットなんか、たったの三十字足らずじゃないの」

その見幕に、沙帆も倉石も口をつぐんだ。

しんとなったせいで、麻里奈も言葉が過ぎたことに、気づいたらしい。

少し、口調を和らげて言う。

「とにかく、本間先生にはできるだけ急いで、やっていただきたいわ。お仕事自体は、十分に信頼できる、と思っているから」

取ってつけたような言葉に、沙帆はなんとなく鼻白む思いがしたが、顔には出すまいと努めた。

「分かった。本間先生に、一応お願いしてみるわ」

そのとき、来客を告げるチャイムが鳴った。

倉石が、体を起こす。

「お、来たかな」

麻里奈は、インタフォンのところへ行って、モニターのボタンを押した。

「こんにちは。古閑です」

息子の帆太郎の声が流れてきて、沙帆は救われた気分になった。

麻里奈が、妙に愛想よく応答する。

「はい、いらっしゃい。オートロック、あけるわね」

毎週土曜の午後三時、帆太郎はここ倉石のマンションへ、ギターのレッスンを受けに来ている。

この日、沙帆は麻里奈との約束時間が午後二時と早く、一緒に来られなかったのだ。

一分ほどして、今度は玄関のチャイムが鳴る。

倉石は、腰を上げた。

「それじゃ、ちょっとレッスンしてくるから、終わるまで待っていてください」

沙帆に手を振り、リビングを出て行く。

7

少し遅れて、倉石麻里奈もソファを立った。

「コーヒー、入れ替えるわね」

飲み残しのカップをトレーに載せ、ダイニングキッチンと直結する、もう一つのドアに向かう。

古閑沙帆は、ほっとして長椅子にもたれた。

このマンションは、リビングルームとダイニングキッチンが、隣り合わせながらそれぞれ独立する、変わった構造になっている。購入したときに、オプションのオーダーでそうしたのだ、と聞かされた。

麻里奈によると、来客にキッチンを見られたくないから、という。

よほど片付けが苦手で、水回りが乱雑になっているのかと思うと、全然そういうことではない。

シンクもガスレンジもぴかぴかだし、洗い残しの食器など見たことがなかった。沙帆なら、ぜひだれかに見せて自慢したいくらい、きれいに使っているのだ。

たぶん麻里奈は、神経質すぎるのだろう。

ほどなく、麻里奈がもどって来た。

新しいコーヒーを置き、向かいのソファにすわる。

一転して、弱よわしい笑みを浮かべると、沈んだ声で言った。

「ごめんね、沙帆。わたしは、別に本間先生に対して、悪気があるわけじゃないのよ。ただ、倉石があまり能天気なものだから、ついいらいらしちゃうの」

麻里奈はおおむね、夫のことを名字で呼び捨てにするのが、習いだった。

沙帆も、表情を緩める。

「いいの、気にしないで。倉石さんは、紙の裏に書かれたソルの楽譜のほかに、興味がないのよ。たとえおもての文書が、本物のマグナ・カルタだとしてもね」

麻里奈は、わざとのように渋い顔を、こしらえた。

「ほんとに、あの人ったらギター以外に、なんの興味もないんだから」

「いいじゃないの、それでご飯が食べられるなら、文句を言う筋合いはないわ」

沙帆が言うと、麻里奈は唇を引き締めて腕を組み、ソファの背にもたれた。

「沙帆だから言うけれど、このマンションを買ったお金は、父の遺産から出たのよ。倉石は、一銭も出していないわ。沙帆のように、亡くなったご主人が稼いだお金で買った、というわけじゃないの」

突然、関係ないことに話が及んだので、沙帆は当惑した。

そういう内輪の問題は、いくら親しいあいだ柄でも、聞きたくない。

コーヒーを、一口飲んで言う。

「そんなこと、どうでもいいじゃないの。自分の好きな仕事で、お金を稼げる人ってそうはいない、と思うわ。倉石さんのギターは、趣味と実益を兼ねたものでしょう。上司の顔色を見ながら、好きでもない仕事に憂き身をやつす、平凡なサラリーマンがたくさんいるのよ。それを考えると、倉石さんはむしろ幸せじゃないかしら」

麻里奈も、カップに口をつけた。

「それを言ったら、サラリーマンがかわいそうだわ。彼らの方が、よほど苦労していると思うもの」

「倉石さんは、苦労を外に出さないだけよ」

沙帆がなだめると、麻里奈はおおげさにため息をついた。

「そうかしら。ほんと、倉石は好き勝手なのよね。今度のスペイン行きでも、わたしに一言も相談せずに、ドミンゴなんとかいう古ぼけたギターを、買って来たのよ。あんな古文書なんか、おまけみたいなものだわ」

「でも、ギターはいわば商売道具だから、大目に見てあげないと」

麻里奈は、とげのある笑いを漏らした。

「まあ、自分が稼いだお金で買ったんだから、別にいいんだけど。でも、何台あったら気がすむのかしら。いっぺんに、五台も六台も弾けるわけじゃなし」

正確な数は知らないが、倉石はギターを何台か持っている、と聞いた。

「それも、自己投資の一つよ」

麻里奈の口から、ため息が漏れる。

「沙帆はほんとに、人がいいのね。倉石の奥さんになってみないと、わたしの気持ちは分からないわ」

「冗談はやめてよ」

沙帆は、半ば本気で怒った表情を作り、麻里奈を睨んだ。

それから、意識して話題を変える。

「でも、ホフマンのことをまた書きたいって、さっき言ったのはほんとうなの」

麻里奈は、きゅっと眉を寄せて、少し考えた。

「まあ、思いつきといえば、思いつきだけどね。でも、言ってからそうだったんだ、と自分で気がついたの」

「いいんじゃないの、書いてみれば。麻里奈に先を越されたら、本間先生が悔しがるかもしれないけれど」

沙帆がけしかけると、麻里奈はあわてて手を振った。

「別に、本間先生に対抗しようなんて、だいそれたことは考えてないわ」

「さっきも言ったように、麻里奈のホフマンに対する関心と知識は、かなりのものだと思うわ。別に、本間先生と張り合う必要はないけれど、麻里奈なりにやってみたらどう」

麻里奈は、膝に手を下ろした。

「そうね。大学時代に、あれだけのめり込んだくらいだから、ホフマンとは縁があるんだわ。あの古文書のこと、ホフマンのお導きと言ったら言いすぎだけど、なんだかそういう巡り合わせのような、そんな感じがするのよね」

その気持ちは、分かるような気がした。

「麻里奈だって、ずっとドイツ語を続けていたら、わたしみたいに独文の先生に、なっていたかもね。今からでも、遅くないんじゃないかな」

麻里奈は笑った。

「今さら、ドイツ語の先生になれるわけ、ないじゃないの」

「先生とまでは言わないけれど、小説の翻訳くらいならいくらでも、こなせるわよ。基礎ができてるんだから」

沙帆が力説すると、麻里奈はまんざらでもない顔になり、体を乗り出した。

「とにかく、この報告書の続きを、早く読みたいわ。今回はともかく、これから先ホフマンに関する未知の情報が、はいってるかもしれないし」

「ええ。その可能性は、十分にあるわね」

沙帆のあいづちに、麻里奈は自分を元気づけるように、腕を組んだ。

「実は、大学時代に書いた卒論のコピー、まだ取ってあるのよ。助走する意味で、一度読み返してみようかしら」

どうやら、本気になったようだ。

「それがいいわ。きっと、やる気が出てくるわよ」

そう言いながら、沙帆はそれを好ましいことと思う反面、ややこしいことになったという気持ちも、いくらかあった。

かりにも、本間鋭太と自分とのあいだに、麻里奈がずかずかとはいり込んで来たら、どうしよう。

そう思うと、あまりいい心地はしない。

麻里奈が続ける。

「でも、わたしがそんなことを考えてるなんて、本間先生には黙っててね。つむじを曲げて、それなら解読はやめるなんて言われたら、元も子もないから」

「分かった。麻里奈のことには、触れないようにするわ」

正直なところ、自分でもそのことを本間に告げるつもりは、もとからなかった。麻里奈の話は、必要最小限度にとどめておきたい。

防音対策はしてあるのだろうが、レッスン室からかすかにギターの音が、漏れてくる。

帆太郎が、家で最近よく練習している、〈禁じられた遊び〉だ。

これが、ひととおり弾けるようになれば、第一関門は突破したことになる、と聞いた。

もっとも、その曲の難易度がどの程度なのか、沙帆には分からない。メロディは単純だが、三連符のアルペジオがけっこう、むずかしそうな気がする。

麻里奈が言った。

「帆太郎君、だいぶうまくなったわね」

「そうかしら。だとしたら、お師匠さんのおかげよ」

「倉石は結局、コンサート・ギタリストにはなれなかったけど、教えるのはうまいのかもね」

「そうよね。生徒さんの中から、コンクールの入賞者が何人か出ている、と聞いたわ」

「ええ。ゴルフと同じで、いわゆるレッスン・プロなのよね。やっぱり、向き不向きがあるのかしら」

「ステージで弾くのは、生徒さんの発表会のときだけというのも、もったいない気がするわ」

「アンサンブルとかは、ときどきやってるんだけどね。自分で編曲した、クラシックの曲なんかを」

「たまには、ソロのコンサートも、すればいいのに」

「まあ、自信がないのか、それとも欲がないのか」

麻里奈は途中で言いさし、肩をすくめた。

「ところで、由梨亜ちゃんはなぜ、フルートなのかしら。ギターをやればいいのに。身近に、いい先生がいるのだから」

沙帆が言うと、麻里奈は軽く眉をひそめた。

「倉石は、由梨亜が自分から言い出さないかぎり、教えるつもりがないみたいよ。身内だからといって、強要はしたくないんですって」

「由梨亜ちゃん自身は、ギターを習う気がないの」

「分からない。倉石に関しては、自分の父親であってほしいけれど、先生にはなってほしくないって、そう言ったことがあるけど」

「ふうん。そういうものかしらね」

そんな雑談をしているうちに、帆太郎のレッスンが終わった。

沙帆と帆太郎は、一緒に倉石のマンションを出た。

帆太郎は、手ぶらだった。ギターは自宅に一台、レッスン用に倉石のマンションに一台と、合わせて二台持っているのだ。

「最近、由梨亜ちゃんの顔、見てないんじゃないの」

「うん。由梨亜ちゃん、土曜の午後は塾で、帰りが夕方なんだって。ぼくとはいつも、すれ違いなんだよね」

帆太郎は、中学一年生のわりには背が高く、百六十センチの沙帆にもう少しで、追いつきそうだ。髪は五分刈りで、よく日焼けしている。

「今度一緒に、晩ごはんでも食べようか」

帆太郎は目を輝かせ、沙帆を見上げた。

「ほんと。ぼくは、うなぎがいいな」

「うなぎか。渋いわね」

晴れていた空に、いつの間にか雲が出てきた。

沙帆と帆太郎は、駅へ急いだ。

8

ギターの音が聞こえる。

古閑沙帆は、例によって鍵のかかっていない玄関をはいり、とっつきの洋室に腰を落ち着けた。

いつも思うのだが、ここはアパートメントハウス〈ディオサ弁天〉と称しながら、いわゆる普通のアパートとは、趣を異にする。

今風にいえば、小さめのマンションに匹敵する広さと、グレードを持っているのだ。

どれほど前にできたのか知らないが、アパートメントハウスという呼称がモダンで、高級感を与えた時代の建物に、違いない。

新宿区は、弁天町、余丁町《よちょうまち》、払方町《はらいかたまち》、二十騎町《にじっきまち》といった古い町名がそのまま残る、都内でも珍しい地区だ。

そんな町にも、むろん新しいビルやマンションが立ち並んでいるが、〈ディオサ弁天〉はそうした谷間にぽつんと残る、古色蒼然としたアパートメントだった。

沙帆は、耳をすました。

ギターの音は、まだ続いている。

例によって、本間鋭太がレコードかCDを聞いているのだ、と思った。

しかし、その音が演奏半ばで突然途切れたり、同じ箇所が繰り返されたりするのに気づいて、首をひねる。

もしや本間自身が、弾いているのだろうか。

いや、それはないはずだ。本間がギターを弾く、という話は耳にしたことがないし、むろん弾くのを見たこともない。

壁の時計に目を向けると、約束の午後三時にあと二、三分だった。

ほどなく、ギターの音が途絶えたかと思う間もなく、廊下にどしどしと足音が響いた。本間が、引き戸を壊さぬばかりの勢いで、はいって来る。

白いシャツに赤いチョッキ、黄色のスパッツという、いつもながらピエロ顔負けの、派手ないでたちだ。

沙帆が立って挨拶すると、本間はおざなりに手を振って、向かいのソファにどさりと、身を預けた。

手にした紙の束を、テーブルに置く。

「二回目の原稿だ。こいつ、なかなか手ごわいドイツ語でな。わし以外に、解読できる者はおらんだろう」

のっけから、得意の〈わし〉が出た。

沙帆は原稿を押しいただき、ていねいにファイルケースに入れて、トートバッグにしまった。

すわり直すのを待って、本間が言う。

「きみは、いつも中身を読まずにバッグにしまう、悪い癖があるな。書いた者に、失礼だと思わんかね」

沙帆は、顔を上げた。

「この場で読んで、けっこうなお原稿をありがとうございます、と申し上げればよいのですか」

本間が照れもせずに、こくんとうなずく。

「まあ、そんなところだ」

そんな本間を、まともに見返した。

「先生は、これに限らずご自分のお仕事に、自信をお持ちのはずです。わたしの、見えすいた社交辞令など、必要とされないでしょう」

本間は二、三度まばたきして、ソファの肘掛けをぽん、と叩いた。

「もちろん、自信は持っとるとも。ただ、その解読文書の内容についてどう思うか、それを聞きたいのさ」

沙帆は、膝の上で両手をそろえた。

「わたしは人に頼まれて、このお仕事の中継ぎをしただけなんです。あれこれと、感想を申し上げる立場には、ありません」

本間はおおげさに、眉根を寄せた。

「お固いことを、言いたもうな。子供の使いでもあるまいし、まさか原稿をまったく読まずに渡す、というわけではなかろう」

そう言われると、嘘はつけない。

「ええと、まあ一応は、拝読しましたが」

「そればかりか、たぶんコピーも取ったろうな」

沙帆は図星をつかれ、ちょっとたじろいだ。

「はい。勉強になる、と思ったものですから」

本間は、自分の読みが当たったのがうれしいのか、ソファの上でぴょんと跳ねた。

「そうだろう、そうだろう。よろしい。きみの感想は、とりあえずおくとしよう。では、きみに解読を依頼したという友だちは、前回渡した最初の解読文書について、なんと言っとるのかね」

「何はさておき、訳文が分かりやすくて読みやすい、と感心しきりでした」

沙帆が、当たり障りのない返事をすると、本間は不満そうに眉を動かした。

「それだけかね」

少し迷ったが、正直に答える。

「先生は訳注に、あの文書の書き手はまだ特定できていない、と書いておられましたね」

「ああ、書いたとも」

「倉石麻里奈は、それに異議を唱えています。彼女は、あの文書を書いた人物がだれなのか、本間先生にはもう分かっているはずだ、と言いました。その点に関しては、わたしも同感です。当然先生は、乱れた文書の順序を正すためにも、全文に目を通されたはずですから」

「ふむ」

本間は鼻を鳴らし、笑いをこらえるような顔をして、おもむろに続けた。

「書いた人物の名前は、分かっとるよ。しかし、その人物はこれまでホフマン関係の書物どころか、新聞雑誌のあちこちに名前の出てくる太郎、花子のたぐいでな。名字が分からぬかぎり、特定はできないんだ」

「男性なのですか」

「少なくとも、名前は男のものだ。それを読めば、分かるだろう」

そう言いながら、トートバッグに顎をしゃくる。

どうやら、その名前が今度の原稿に、出てくるらしい。

「ホフマンと交流があって、先生もご存じないような人物が存在するとは、信じられませんね」

「わしも、信じられんよ。もしかすると、後世のいかさま研究者による偽作ではないか、という気がしないでもないくらいだ」

沙帆は、思いもしなかったことを耳にして、反射的に聞き返した。

「偽作の可能性がある、とお考えなのですか」

「どんな著作物にも、つねにその可能性があるという意味では、可能性があるな」

本間の落ち着いた口ぶりに、沙帆は疑惑をつのらせた。

「そのご様子ですと、むしろ偽作とお考えになっているように、お見受けしますが」

もし、あの古文書が本物の未発見原稿だとしたら、本間はこんなに冷静ではいられないはずだ、と思う。

本間は肩をすくめ、足をぶらぶらさせた。

「たとえ偽作でも、ホフマンの死後それほど時間がたってから、書かれたものではない。紙の古さからしても、十九世紀半ばよりあとに書かれた可能性は、ほとんどあるまいよ」

だとすれば、ホフマンが死んでからほぼ三十年以内の作、ということになる。

それはそれで、価値がないわけではない気もする。

しかし、偽作の可能性など考えたこともなかったので、沙帆は少なからずショックを受けた。

倉石麻里奈にしても、それを聞いたら愕然とするに違いない。

もっとも、まだ偽作と決まったわけではないと思い直し、気分を変えようと別の話を持ち出す。

「そういえば、さっきこちらにおじゃましたとき、ギターの音が聞こえましたね。また、レコードかCDをお聞きになっている、と思ったのですが、耳のせいでしょうか」

話がそれたことに、本間はいささかとまどいを覚えたようだが、薄笑いを浮かべて言った。

「レコードやCDが、あんな具合に弾き間違えたり、同じフレーズを繰り返したりする、と思うかね」

「でも」

そう言ったきり、沙帆は口をつぐんだ。

本間が続ける。

「わしのほかに、だれが弾くというのかね。一人暮らしだということは、きみも知っとるだろう」

ではやはり、本間が弾いていたのか。

「でも、まさか先生がギターをお弾きになるとは、少しも存じませんでした」

正直に言うと、本間は人差し指を立てた。

「ギターばかりではない。ピアノも弾けば、バイオリンも弾くぞ」

そう言って、自慢げに鼻をうごめかす。

沙帆は、うなずいた。

「それで、分かりました。あの、古文書の裏の楽譜をごらんになって、これはフェルナンド・ソルの曲だな、とおっしゃったわけが」

本間の口から、くすぐったそうな笑いが漏れる。

「ふふん、そのとおりだ。きみもなかなか、観察力が鋭いな。さっき弾いていたのは、ソルの〈二十四の練習曲〉のうちの一つで、『月光』という有名な曲さ」

「『月光』ですか。すると、ベートーヴェンのピアノ・ソナタと、同じ曲名ですね」

「さよう。もっともこの曲名は、ソルが自分でつけたものではない。曲想が、ベートーヴェンのソナタを思わせるので、だれかがあとでそう呼んだのが始まりだろう」

「ドビュッシーにも、『月の光』というのがありますが」

「うむ。ほかにも、あるかもしれんぞ。なにしろ、月は狂気を呼ぶといわれているから、音楽家もいたく曲想を刺激されるのさ」

本間はそう言って、くっくっと笑った。

このいでたちで、本間がギターを弾く姿を想像すると、沙帆はついおかしくなった。

あわてて、話を先へ進める。

「先生は、どんなギターをお使いなのですか」

本間は、疑わしげな顔をした。

「きみが、そんなことに興味を示すとは、思わなかったな」

「前にお話ししたとおり、倉石麻里奈のご主人はギタリストなんです。わたしの息子も週に一度、習いにかよっています」

「ふむ。確か、倉石学といったな」

「はい」

「そして、十九世紀ギターの研究家でもある、と」

「そうです」

本間は口元に、意味ありげな笑みを浮かべた。

「だとしたら、倉石はわしの持っているギターにも、興味を示すかもしれんな」

沙帆は、本間の顔を見直した。

「先生のギターも、そんなに古いのですか」

「まあな。見てみるかね」

「はい、お差し支えなければ」

さして興味はなかったが、少し機嫌をとっておく必要がある。

本間は部屋を出て行ったが、一分もしないうちにギターを片手に、もどって来た。

ソファにすわり、膝の上に立てて見せる。

ふだん見慣れている、帆太郎のギターとは似ても似つかぬ、小ぶりのギターだ。

全体に細身で、その分サウンドホールが、大きく感じられる。

ヘッドの部分は、瓢箪を逆さにしたような形をしており、少々頭でっかちに見えた。

弦を調節する仕組みは、金属ねじではなく、バイオリンと同じように、木ねじで巻き上げる方式だった。

何より目立つのは、あきれるほどデコラティブなことで、表面板やサウンドホールの周囲に、貝殻装飾がふんだんに施されている。

本間が膝の上で、くるりとギターを回した。

すると、横板や裏板にも同じような装飾や筋彫りがあり、相当凝った作りだということが分かった。

「かなりの、年代物ですね。いつごろのギターですか」

沙帆の問いに、本間はしかつめらしい顔をした。

「まあ、おおざっぱに十九世紀前半、としか言えぬだろう。ラベルはないが、ヘッドや装飾の具合からみると、フランシスコ・パヘスの作品ではないか、と思う。倉石学なら、むろん分かるだろうが」

「パヘスって、そんなに有名な製作家なのですか」

「ギターの世界ではな。ただ、現存するギターは五本しか、確認されておらん」

「そんな貴重なギターを、よく手に入れられましたね」

「三十年前に、キューバのハバナへ行ったとき、蚤の市で買ったのさ」

「ということは、パヘスはキューバの製作家なのですか」

「分からん。ほぼ同時期に、スペインのカディスに近いサン・フェルナンドにも、同姓同名の製作家がいたからな。どちらにせよ、日本円にして五千円だから、安い買い物だったよ」

沙帆は耳を疑い、ほとんどのけぞった。

「五千円。そんな貴重なギターが、たったの五千円ですか」

「ほこりだらけで、弦も張ってなかった。最初は、一万円くらいだったのを交渉して、半額にまけさせたんだ。これが本物のパヘスなら、とんでもない掘り出し物さ」

本間は、そう言ってギターを横抱きにすると、先刻耳にしたソルの『月光』とやらを、弾き始めた。

思ったより大きな音なので、沙帆は驚いて少し体を引いた。

「ずいぶん、よく鳴りますね。音は古風というか、とても典雅ですけど」

数小節弾いただけで、本間は弾くのをやめた。

「典雅に聞こえるのは、木が乾いて枯れた音が出るからだ。このギターはいわば骨董品だが、実用にもなるところがすごい。もちろん、自分の手であちこち、修復はしたがね。まあ、二百年にもなろうという古楽器にしては、よく鳴るだろう」

沙帆は、すなおに感心した。

「すごいですね、二百年とは」

「なんの。バイオリンには、とてもかなわんよ。ストラディバリのギターも、バイオリンほどは長持ちしなかった」

「ストラディバリは、ギターも作ったんですか」

「ああ、作った。どこかの博物館に、一つ二つ保存されている、と聞いとるよ」

興味のある話だったが、沙帆は本間に別の頼みがあることを、思い出した。

「すみません、すっかり話し込んでしまって。そろそろ、失礼しなければ」

区切りをつけると、本間はまたギターを膝の上に立てた。

「なに、かまわんよ。ではまた、再来週来てくれたまえ」

思い切って言う。

「そのことですが、倉石麻里奈がもっとペースを上げてもらえないか、と言っているのです。それと、できれば量の方ももう少し、増やしてほしい、と。もちろん、お忙しいのは重々承知していますが、あまりにおもしろい内容なので、二週間に一度の間隔では物足りない、というのです」

本間は、すぐには返事をしなかった。

ギターを支えたまま、右手の指先で神経質に胴の部分を叩くのを見ると、何かを考えていることは確かだった。

やがて、黒目がちの瞳に小ずるい光を浮かべ、猫なで声で言う。

「それには、条件があるぞ」

「条件、とおっしゃいますと」

沙帆が聞き返すと、本間は少しのあいだ言いよどんでいたが、唐突に質問してきた。

「倉石麻里奈の娘は、確か由梨亜といったな」

「はい」

返事をしたあと、以前沙帆がその名前を教えたとき、本間が妙な反応を示したことを、思い出した。

「由梨亜君は、いくつになったのだ」

「今年、十三歳になったはずです。わたしの息子と、同学年なので」

「ほう」

本間は、さもいいことを聞いたというように、頬を緩めた。

一度すわり直し、内緒話をするように言う。

「由梨亜君を一度、ここへ連れて来てくれんかね」

沙帆は、思いも寄らぬ本間の言葉に、当惑した。

「それは」

そう言ったきり、先が続かない。

本間が、いったい何を考えているのか、見当がつかなかった。なぜそうも、由梨亜にこだわるのか。

それに絡んで、何か遠い記憶をくすぐられるような気がしたが、にわかには思い出せなかった。

沙帆が絶句するのを見て、本間はあわてたように付け加えた。

「もちろん、母親と一緒でもかまわんよ。倉石麻里奈は、ホフマンに興味を持っとるんだろう。わしとは話が合うはずだし、解読文書についてもいろいろ意見交換ができる、と思うんだが」

沙帆は、自分のことを〈わし〉と呼ぶ本間が、急にうとましくなった。

あまりに年寄りじみているし、今どきそんな古臭い言葉を遣うのは、時代遅れもいいところだ。

まして、由梨亜や麻里奈に興味を示す、とは。

沙帆は、背筋を伸ばした。

「由梨亜ちゃんを連れて来たら、解読のペースと分量を上げていただけるのですか」

本間は、ほとんど間をおかずに、こくりとうなずいた。

「ああ、そのように、努力してみよう。場合によっては、解読料や翻訳料を返上してもいいぞ」

沙帆は、本間をつくづくと、見直した。

いったい、この男は何を考えているのだろう。

「お会いになったこともないのに、どうして由梨亜ちゃんにこだわるのですか」

本間は、ほんの少しいやな顔をして、沙帆を見返した。

「何か、思い当たることは、ないのかね」

沙帆は口をつぐみ、その言葉の意味を考えた。

前かがみになって、さっき浮かびかけた記憶の切れ端を、もう一度たぐり寄せる。

由梨亜。

ゆりあ。

ユリア。

電撃に打たれた感じで、沙帆は身を起こした。

「思い出しました。ホフマンが音楽を教えた、ユリアのことですね」

本間が、どこか照れ臭そうな顔をして、うなずく。

「そう。その、ユリア・マルクじゃよ」

じゃよ、もないものだ。

その昔、麻里奈からよくホフマンの話を聞かされたが、沙帆の興味の対象はシャミッソー、クライストなどに傾いていたため、あまりよく覚えていない。

しかし、ユリア・マルクについては確かに、記憶があった。

ユリアは、ホフマンにその才能を見いだされて、教え子になった女性だ。

そのとき、ユリアは女性というより、まだほんの少女だった、と聞いた覚えがある。

教えているうちに、すでにミーシャという妻がありながら、ホフマンはすっかりユリアに熱を上げ、めんどうなことになったのではなかったか。

ミーシャが、今のところ正体の分からない何者かに、ホフマンの行動を知りたいと漏らしたのも、ユリアのことがあったからかもしれない。

最初の原稿を読んだあと、麻里奈が何か言いたそうにして言わなかったのは、そのことだったのではないか。

麻里奈は、ミーシャがホフマンとユリアの仲を疑い、身近な何者かに夫の行動を見張るよう、そそのかしたのではないかと、そう推測したに違いない。

しかし沙帆は、そのことを頭から振り払った。

「ところで、由梨亜ちゃんをここへ連れて来たら、どうなさるおつもりですか」

沙帆の問いに、本間は肩をすくめた。

「別に、どうもせんよ。ホフマンが惚れた娘と、同じ名をつけられた娘がどんな少女なのか、ちょっと会ってみたくなっただけのことさ」

沙帆は、トートバッグを取り上げた。

「分かりました。倉石さん夫妻と由梨亜ちゃんに、意向を聞いてみます。もし、オーケーということでしたら、来週の金曜日にお連れします」

本間が、瞬きする。

「来週かね、再来週じゃなくて」

「早い方がいいのでは、と思ったのですが」

沙帆が応じると、本間の目元がいかにもうれしそうに、くしゃりと崩れた。

「ああ、もちろんんだ。早い方がいい」

「そのときに、三回目のお原稿をいただけますよね」

遠慮なしに言ってのけると、本間は一瞬うろたえたように顎を引いたが、してやられたという顔つきで、うなずいた。

「そうだな。再来週と言いたいところだが、由梨亜君を連れて来てくれるなら、来週の金曜日に渡せるよう、努力するさ」

「そのあとも、一週間に一度お原稿をいただけるもの、と期待してよろしいですね」

本間が、じろりという感じで、沙帆を見返す。

「きみは、いつからそんなに、押しつけがましくなったのかね」

9

【E・T・A・ホフマンに関する報告書・二】


――一八〇七年一月。

あなた（ミーシャ）と一歳半の娘ツェツィリアを、ポーゼンの義母のもとへ送り届けたあと、ETAは単身ワルシャワにもどり、一人暮らしを始めた。

春になって、悪性の神経熱に苦しんだものの、あなたを心配させまいとして、何も知らせなかったと思う。

その後、ETAがナポレオンに屈従するのを拒み、ワルシャワを去ってベルリンへ向かったことは、すでに報告したとおりだ。この一八〇七年が、ETAにとってもあなたにとっても、最悪の年だったことは間違いない。

繰り返しになるが、ETAはベルリンに着いたとたん全財産を盗まれ、長いあいだ食うや食わずの生活を、余儀なくされた。あなたはあなたで重病にかかり、しかも二歳になったばかりのツェツィリアを、病気で失ってしまったのだ。

これほどの不幸に、それも立て続けに見舞われることは、めったにない。お力落としではあろうが、なんとかETAとともに、立ち直ってほしい。わたしもできるかぎり、お力添えをするつもりだ。

まずは年が明けて、ETAにようやく曙光が射し始めたことを、お伝えしておこう。あなたは、別居しているあいだのETAの生活を、詳しくはご存じないだろう。それを承知しておくことも、以後のETAの生活をお知らせするに当たって、むだにはならないと思う。

一八〇八年の一月、三十二歳の誕生日を迎えてほどなく、ETAが前年〈帝国公報〉に出した求職の広告に、反応があった。

バンベルク劇場の支配人、ユリウス・フォン・ゾーデン伯爵が、音楽監督を探しているのだが、応募する気はないかと打診してきたのだ。

むろんETAは、喜んで応募すると返事を出した。折り返し伯爵から、自作の歌劇の台本『不死の妙薬』が送付され、それに曲をつけるように、との要請があった。その出来いかんによって、ETAの作曲家、音楽監督としての力量や資質を、判断する心づもりと思われた。

ETAは、ほぼ一カ月かけてその台本に音楽をつけ、伯爵に送った。

結果は上々で、ゾーデン伯爵はETAを音楽監督に採用することを決め、九月からバンベルク劇場で働いてほしい、と招請状をよこした。年俸として、六百ターラーを支払う用意がある、という。ETAが、どれほど喜んだことか、お分かりになるだろう。

もっとも、それによってベルリンでの生活が、にわかに好転したわけではない。なんとしても、仕事が始まるまでの半年間を、食いつながなければならない。

しばらくのあいだは、相変わらずその日暮らしの生活が続いた。わたしも含めて、ETAを援助する余裕のある者は、周囲にいなかった。これほど、絶望的な状態に追い込まれたことは、かつてなかったとETAはこぼした。

そうした状況下で、空腹を抱えてティアガルテン（動物園のあるベルリンの大公園）を歩く途中、ETAはたまたま旧知の人物と出くわした、とわたしに打ち明けた。

なんでも、ETAと同い年のテオドル・H・フリードリヒ、という男だそうだ。

フリードリヒは、やはりワルシャワで判事を務めていたが、ナポレオン戦争のせいでETA同様失職し、生活に追われているとのことだった。

ETAは見栄もあって、困窮していることを隠そうとしたが、フリードリヒは鋭くそれを見抜いた。そして、自分も同じように失職中の身でありながら、なにがしかの金を分けてくれた、というのだ。

ETAはわたしに、そのときの感謝と感激を終生忘れない、と涙ぐみながら言った。

とはいえ、こうした僥倖に巡り合うことなど、めったにあるものではない。あとは、あなたも知る幼なじみの親友ヒペルに、手紙で借金を請うしかなかった。

ヒペルは十年以上も前、西プロイセンのライステナウに、広大な領地を相続していた。そのため、ETAのたびたびに及ぶ借金の申し入れに、こころよく応じる余裕があった。ETAも、それを十分に承知しており、ヒペルの善意に甘えていたふしがある。

しかし、あなたの苦労を考えるならば、それもやむをえなかっただろう。

初夏になって、ようやく状況が好転した。

ナポレオンのせいで、公職追放の憂き目にあったプロイセンの官吏に、国務大臣から財政援助が行なわれる、との決定がくだった。一回限りとはいえ、失職役人にはまことにありがたい措置で、当然ETAもその恩恵にあずかった。

幸運も、重なるときは重なるものだ。

同じころ、借金を申し入れたヒペルから送金があった上、チューリヒの楽譜出版社に預けてあった、ET

A作曲の歌曲の出版報酬が、支払われた。続いて、同じ出版社から新たな作曲の依頼も、舞い込んできた。

このとき、ETAの音楽家として名をなしたい、という強い願望は、文筆によって身を立てることへの、漠とした思惑をはるかに上回っていた。

したがって、ゾーデン伯爵の招請によるバンベルク行きも、なにがしかの不安を抱きながら、喜んで受け入れたのだった。

同年八月、ETAはポーゼンへあなたを迎えに行き、手を携えて九月一日にバンベルクに到着した。

しかし、実のところそのときすでに劇場は、暗雲におおわれていた。

というのは、ゾーデン伯爵はETAの招聘を決めた直後、劇場経営をやめてただの後援者の立場に、身を引いていたからだ。伯爵があとを託したのは、ハインリヒ・クノという役者だった。

クノは、役者として二流だったばかりか、劇場運営についても音楽についても、素人同然の男だった。そのせいか、あるいはそれにもかかわらずか、ETAが提示する計画や改善案に、耳を貸そうとしなかった。

ETAは十月二十一日、アンリ＝モンタン・ベルトンのオペラ『ゴルコンダの女王アリーヌ』で、音楽監督兼指揮者としてデビューした。

このときの、彼の指揮が大失敗に終わったことは、すでにお聞き及びだろう。

しかし、実際に何が起きたかについては、当日現場にいあわせたわたしほどには、ご存じあるまい。ETAにとって、その事件の顚末を実際に起きたとおりに、あなたにそのまま報告することは、自尊心が許さなかったはずだからだ。

公演は、出だしからつまずいた。

観客の前に姿を現し、オーケストラ・ボックスにはいったETAは、おもむろにピアノの席に着いた。

とたんに、楽団員のあいだに当惑の色が広がり、観客席もなんとなくざわめいた。

というのは、バンベルクでも他の都市の劇場と同様、指揮者はバイオリンを手に現れるのが、ふつうらしいのだ。

その上で、歌い手が歌い出しを間違えそうになったり、曲がむずかしい箇所に差しかかったりしたとき、指揮者がバイオリンですばやく音出しをして、楽団を統制するのが常識だという。

ETAは、このようなレベルの低い楽団を、指揮したことがなかった。

一方、楽団や聴衆の側からすれば、妻であるあなたには失礼ながら、ETAの風采は決してりっぱ、とはいえない。

背は極端に低いし、もじゃもじゃの髪は伸びほうだいだし、いつも不機嫌そうに結ばれた唇は、無愛想な顔をいっそう気むずかしく見せる。

ただ、両手だけはその持ち主の外見を裏切って、美しく華奢にできている。その手が、鍵盤の上を自在に駆け巡るさまは、実に見ごたえのある光景だ。

しかし、聴衆はETAのいいところなど、見ようともしない。

奇妙な風貌の、見も知らぬ男が手ぶらで楽団席に姿を現し、バイオリンならぬピアノの前に、陣取ったのだ。

いったい、何が始まるのか。

「おい、どうなってるんだ、今度の指揮者は」

「そもそも、あれで指揮がとれるのかね」

「どんなことになるか、こいつはお楽しみだぞ」

まわりの席で、こんな声がささやかれるのが聞こえた。いや、ささやき声どころではなく、聞こえよがしの発言だったから、ETAの耳にも届いたに違いない。

この日、これまで指揮者を兼ねていた、コンサート・マスターのディトマイヤー、という第一バイオリニストが、舞台に上がるのを拒否した。ETAに、トップの座を奪われたことに、腹を立てたのだ。

そのため、楽団員のあいだに不安と不満が広がり、統制がとれなくなった。

おかげで、主役のソリスト嬢は突拍子もない声で歌い、合唱団は音程がめちゃくちゃだった。聴衆は騒ぎ出し、足踏みする者や奇声を発する者が、相次いだ。

公演は、さんざんのうちに終わった。

楽団の質が悪く、歌い手が練習不足だったことも、確かな事実ではある。

しかし、ふだんバイオリンによるリードに慣れた連中に、いきなりピアノのリードを受け入れよ、といっても無理な話だった。

その結果、ETAはクノによって音楽監督の職を解かれ、ディトマイヤーがもとの地位にもどった。ETAは、単なる座つきの作曲者、舞台監督の仕事に、甘んじることになった。

ETAが、あなたにどう説明したか知らないが、実情はこういうことだった。

半年前、ゾーデンから声がかかったとき、ようやく曙光が見えたと喜んだのに、それは幻にすぎなかったのだ。

この屈辱は、音楽家として世に出ようとするETAに、大きな打撃を与えた。計算違いがあったにせよ、おおやけの場で受けた大きな屈辱は、ほとんど致命的ともいえた。

なるほど、ディトマイヤーはベテランの指揮者で、地元でも人気のある人物だ。ベルリンからやって来た、縁もゆかりもないよそ者のETAが、受け入れられなかったのは当然だろう。

それはさておき、経営能力にも管理能力にも欠けるクノに、劇場の維持運営は荷が重すぎた。バンベルク劇場は、翌一八〇九年二月にあえなく破産し、ふたたびゾーデン伯爵が乗り出すはめになった。

しかし、一度頭をもたげた衰運は、いかんともしがたい。

ゾーデンは、劇場運営の権利をバンベルクの著名な病院長、アダルベルト・フリードリヒ・マルクス博士に、無償で譲ることになる。

それを機に、ETAは劇場といっとき、距離を置くことにした。

そして、舞台用の音楽を作曲するかたわら、新たに音楽評論、音楽教師の仕事で暮らしを立てるべく、方向転換した。楽曲、オペラなどの評論を書き、上流家庭の子弟にピアノや声楽を教えて、生計を維持しようというわけだ。

そのためにETAは、〈AMZ(Allgemeine Musikalische Zeitung＝一般音楽新聞)〉という、ライプツィヒの音楽専門紙の編集長、フリードリヒ・ロホリッツに連絡して、その力添えを得る約束を取りつけた。

さらにつてを頼って、バンベルクの上流家庭との接触にも、なんとか成功した。

茶会やパーティ、個人の演奏会などに出入りして、いかに自分がピアノや声楽の教授法にたけているか、事あるごとに売り込んだ。そのあたりの事情は、あなたもよく承知しておられよう。

ただ、ETAがピアノのほかにギターまで教える、と言い出したときはさすがのわたしも、あっけにとられた。

＊

それには、いささかのいきさつがある。

実はだいぶ前、ＥＴＡが司法官試補試験に合格して、初めてベルリンに赴任したとき、ある出会いがあったのだ。

あれは一七九八年の、九月のことだったと思う。まだ、はたちにもならないフランチェスコ・フォンターノ、という売り出し中のギタリストが、ホテル〈シュタット・デ・パリス（パリ市）〉で、公演を行なった。ＥＴＡもまだ二十二歳で、フォンターノはさらにその三歳年下だった。

この公演が、けっこうな評判を呼んだことから、ＥＴＡとわたしは一夜その演奏を聞きに、ホテルに出向いた。

公演は広間で行なわれたが、その演奏スタイルにＥＴＡもわたしも、いささか驚いた覚えがある。ふつうは、組んだ脚の太ももにギターの胴を載せるか、足台に左足を載せるかして弾くのだが、そうではなかった。

フォンターノの場合は、演奏する椅子の前にそれより少し高い、小机が置いてあった。

椅子にすわったフォンターノは、小机の端にギターの胴のくびれた部分を載せ、終始その格好で演奏したのだ。

曲名は忘れたが、イタリアの歌曲とドイツのリートを、たっぷりと弾き語りした。

フォンターノは、年齢のわりに声量が豊かな上に、ギターのわざもなかなかのもので、ご婦人を中心とする多くの観客を喜ばせた。

何より、音量の乏しいギターがよく鳴って、会場の隅ずみまで届いたのには、もっと驚かされた。ＥＴＡによれば、ギターの音が小机をへて床に伝わり、会場全体が共鳴したためだろう、という。

公演が終わると、わたしたちはフォンターノを食事に誘い、モーレン通りにある古いホテル、〈エングリーシェス・ハウス（イギリス館）〉へ、連れて行った。レッシングや、フィヒテも利用したという、由緒あるホテルだ。

食事のあいだ、ＥＴＡはフォンターノにギターについて、あれこれと質問した。

ギターの支えに、目の前に置いた小机を使う理由は、ETAが考えたとおりだった。フォンターノはやはり、ギターが部屋全体に鳴り響くように、小机を使ったことを認めた。

ETAはさらに話を進め、これからはギターの構造を工夫して、楽器そのものの音量を、増大させなければならない、と言った。そうすれば、ギターは単なる伴奏楽器ではなく、独奏用の楽器としても使えるようになる。

するとフォンターノも、一度だけレッスンを受けたギターの大家、フェルナンド・ソルもそう言った、と請け合った。

「でもマイスター・ソルは、それが実現するまでに早くても、あと五十年くらいはかかるだろう、とおっしゃいました」

それを聞くと、ETAは笑って応じた。

「じゃあ、ぼくの生きているあいだは無理、ということだね」

そのあとわたしたちは、〈シュタット・デ・パリス〉へもどった。

今度は、フォンターノの招きで客室に上がり、二人してギターのレッスンを受けた。フォンターノは公演旅行に、いつもギターを三台持ち運んでいるので、数がちょうど足りたのだった。

これは、ETAにとってもわたしにとっても、貴重な体験といえた。

わたしは、フォンターノの教えを思い出しつつ、その後もまめにギターの練習をした。

一方、ETAは演奏よりも楽器としてのギターに、興味を覚えたとみえる。ゲーテや、シラーの詩にギター伴奏の曲を、つけたりし始めた。

ちなみに、フォンターノは単なる芸名で、実名はフランツ・フォン・ホルバインという。フォンがつくからには、貴族の出なのだろう。それがなぜ、ギター奏者になって巡業するのか、詳しいことは分からない。

話がそれてしまったが、そのような次第でギター演奏に関するかぎり、ETAはひとさまに教えられるような、高いレベルには達していない。

わたしはといえば、フォンターノと出会ってからギターに惚れ込み、断続的に勉強を続けてきた。プロにはなれなかったが、演奏にかけても教え方にかけても、一応の技術を身につけたつもりだ。

おそらく、ETAはそれを当てにしているらしく、ギターを習いたいという相手が現れると、かならずわたしに同行するよう求める。

そして、まるでわたしが彼の弟子であるかのごとく、生徒に教えるよう指示するのだった。

そのときの決まり文句は、こうだ。

「では、ヨハネス。わたしが教えたように、弾いてみせてやりたまえ」

わたしは内心苦笑しつつも、言われたとおりにする。

確かにETAも、ギター伴奏による歌曲をいくつか作って、ライプツィヒの楽譜出版社、ブライトコプフ・ウント・ヘルテルに、売り込むくらいの熱意はあった。

ETAは、ヘルテルへの楽譜の売り込みに当たって、書いた手紙を見せてくれた。

そこには、こう書かれていた。

すべての楽譜店は、スパニッシュ・ギターのための曲を、求めています。今や、ギターはたとえ一時の流行にせよ、趣味のよい紳士淑女が手に取る楽器、となりました。この楽器は小型で、ほかの楽器にない技術が要求されるため、作曲するのに深い知識が必要、と考えられています。ギター曲、ことにドイツ歌曲の伴奏楽譜が不足しているのは、おそらくそのためでしょう……。ご要望がありしだい、一週間以内に浄書した楽譜を、お送りします。その報酬として、十フリードリヒスドール（五ターラー金貨十枚）を頂戴するとしても、不当な金額ではありますまい。その一部を、そちらが在庫する楽譜の購入費で代える、という決済方法もご検討ください。

少なくとも当時のETAは、ドイツでその十年ほど前から普及し始めた、ギターという楽器にかなりの関心があったようだ。

ETA自身も、どこで手に入れたのか知らないが、今では見かけない風変わりな形の、古びたギターを一台持っていた。ギターというより、ビウエラといった方が正しいかもしれない。今でも、お宅のどこかにしまってあると思うし、あなたも一度か二度は目にしているはずだ。

ギターには通常、裏板の内側に製作者を明らかにする、ラベルが貼ってある。

胴の響孔から中をのぞくと、端が欠けた古いラベルが残っており、かろうじてその文字が読み取れた。

〈ステファノ・パチーニ製作、ヴェネチア、一五三二年〉

聞いたことのない製作家だったが、一五三二年に製作されたとすれば、三百年近くも前の作品という、ほとんど骨董的なギターだ。

最近定着してきた、六本の単弦からなるギターではなく、弦はいずれも複弦になっている。大きさは、今のものより二回りほども小さく、しかも胴が細長い。

それでも、なかなかいい音で鳴るギターで、保存状態も悪くない。ETAも、ときどき引っ張り出して、弾いているようだ。

ともかく、そんな具合にETAはなりふりかまわず、音楽を好むバンベルクの上流家庭に、食い込んでいった。

そのETAの前に現れたのが、あなたにとって頭痛の種ともいうべき、例のユリア・マルクという次第だ。

知りたくもないだろうが、先ざきのために二人がどこで、どんな風に出会ったか、ひととおり書き留めておこう——（以下欠落）

［本間・訳注］

前回の報告書に出てきた、エドゥアルト・ヒツィヒについて、補足しておく。

ヒツィヒは、ホフマンと同じく文筆をよくし、浪漫派の作家群と交流があった。ホフマンを、ヴィルヘルムとフリードリヒのシュレーゲル兄弟、ルートヴィヒ・ティーク、ノヴァーリスらの著作に親しませたのは、ヒツィヒだった。

ヒツィヒは、元来ホフマンと同じ司法官だが、のちに書店を経営したほか、出版業にも手を染めている。ホフマンの、最初の伝記作者としても、名を残した。

もっとも、〈ホフマン伝〉の著者吉田六郎は、ヒツィヒにはホフマンを美化する傾向があるため、そのあたりを割り引いて考える必要がある、と指摘している。

ほかにいくつか、要点を挙げておく。

文中にあるとおり、ホフマンは本記録の筆者に、〈ヨハネス〉と呼びかけている。

しかし通覧したところでは、この人物はファーストネームで呼ばれるだけで、ファミリーネームは明らかにされていない。

ヨハネスという名前は、ドイツでは石を投げればかならず当たる、といわれるほど多い。しかし、ホフマンと関係があって、なおかつヨハネスの名を持つ人物は、さほど多くない。

親しいものの中に、テオドル・ヒペルに次ぐホフマンの親友で、バイオリニスト兼作曲家のヨハネス・ザムエル・ハムペという人物がいる。ただ、ハムペはホフマンと住む都市が異なり、常時行動をともにした形跡はない。したがって、この報告書を書いたヨハネス某は、ハムペではない。

留意すべきは、ヨハネスはホフマンの作品にしばしば登場する、楽長クライスラーのファーストネームだ、ということである。

ヨハネス・クライスラーは、広く知られた『牡猫ムルの人生観』や、『クライスレリアーナ』に奇矯の人として描かれ、ホフマン自身の創作上の分身、と見なされている。

とはいえ、ヨハネス・クライスラーはあくまで、作中の人物である。

したがって、もしこの報告者がヨハネス・クライスラーを名乗るなら、それは何者かが隠れみのとして、詐称したとも考えられる。

＊

報告者が、フェルナンド・ソルの名前を挙げて、ギター演奏をよくするところをみれば、この文書の一部の裏にソルの楽譜が書き写されていることと、なんらかの関連がありそうに思われる。

ホフマンが所持するギターの製作者、〈ステファノ・パチーニ〉はあの『牡猫ムルの人生観』の中で、クライスラーが弾くギターの製作者として、名前が出てくる。

ただ、報告書にも指摘されているとおり、この楽器は時代的にギターというよりも、ビウエラと呼んだ方が適切かもしれない。

いずれにせよこの一致によって、クライスラーがホフマンの分身である、との見方が補強されるだろう。

ちなみに、今回登場するギター奏者のフォンターノ、実名フランツ・フォン・ホルバインは、いずれまたホフマンの前に現れ、関わりを持つことになるはずだから、覚えておいてほしい。

＊

ついでに、ホフマン夫妻にとってもっとも苦しかった、この第二次ベルリン滞在時の状況を、もう少し詳しく述べておこう。

本文の冒頭にもあるとおり、ホフマンはこの年の春先バンベルク劇場の支配人、ゾーデン伯爵と音楽監督就任の契約を交わした。

ただし、契約の発効日は九月一日で、それまでの半年ほどはベルリンで、食いつながなければならない。しかしホフマンには、ほとんど収入の当てがなかった。

報告書にあるとおり、ティアガルテンで旧知の元同僚に出会い、わずかな金を恵まれていたく感激した話は、当時の苦境をよく伝えるものだ。

さらに、そのころの窮状を明らかにするため、ホフマンの一八〇八年五月七日付の、テオドル・ヒペル宛の手紙を紹介しよう。

わが親愛なる、ただ一人の友よ。

このところ、きみからまったく便りがないのは、どういうわけだろう。こちらは、何もかもが、うまくいっていない。バンベルクからも、チューリヒからもポーゼンからも、一ペニッヒの金すら送ってこないのだ。ぼくは、くたくたになるまで仕事をしているが、体の具合が悪くなるだけで、なんの実入りもない。こんなことを書き連ねたくはないが、ぼくの窮状はもう限界に達している。この五日間というもの、ぼくはパン以外に何も口にしていない。こんな経験は、過去に一度もなかったことだ。

今は、朝から晩まですわったきり、レアル出版社から刊行されるツァハリアス・ヴェルナーの戯曲、『アッティラ』の銅版の原画ばかり、描いている。ぼくが、その全部を描くことになるかどうか未定だが、そうなったら四ないし五フリードリヒスドールは、稼げるだろう。しかし、それも家賃と借金の返済で、消えてしまう。もしできることなら、二十フリードリヒスドールばかり、送ってもらえないだろうか。さもないと、ぼくはどうなるか分からない。

ちなみに、バンベルクの劇場支配人との契約は、すでにサインずみだ。九月一日に就任する予定なので、八月まではベルリンにいなければなるまい。ただ、ぼくの唯一の望みは、一日も早くここを引き払って、バンベルクへ行くことだ。そのためには、旅装を整えなければならないし、何かと金がかかる。自分で稼ぐようになったら、たとえ少しずつでもきみへの借財を、返済するつもりだ。もし、きみのふところに余裕があるなら、さらに二百ターラーほど貸してもらえないだろうか。そうすれば、この苦境を脱するだけでなく、バンベルクへ行くこともできる。

ぼくが、苦境におちいっているからといって、どうか悪く受け取らないでくれたまえ。こんなふうに、きみに窮状を訴えるのがいかにつらいことか、神さまだけが知っているだろう。

それでは、返事を待っている。

死ぬまできみの忠実な友
ホフマン

このような手紙を書くことなど、恵まれた境遇に育ったゲーテのような作家には、想像もつかぬことだろう。

＊

報告者のヨハネスは、当初ホフマンの妻が夫の行動を知りたい、と漏らしたのに応じて、この報告書を作成し始めたことを、におわせている。

しかし、読めばわかるようにこの報告書は、日を追って断片的に記録されたメモではなく、不定期に提出された随想ふうのリポート、というかたちをとる。ときに分断されるものの、時系列に沿った記述が無秩序に続いており、内容的にもその時点でのホフマンの行動よりも、過去の出来事や行動の回想的報告、という意味合いが強い。

報告書、あるいはむしろ手記と呼ぶべきこの文書は、こうした諸もろの事情や背景を念頭において、読まれなければなるまい。

10

倉石学と麻里奈は、それぞれ本間鋭太の原稿を、読み終えた。

顔を見合わせ、それから申し合わせたように、古閑沙帆に目を向ける。

麻里奈が先に、口を開いた。

「なんだか、不思議な報告書ね。卒論を書いたときのことを、なんとなく思い出してしまうわ」

「だんだん、内容が専門的になってきた、という感じね」

沙帆が応じると、倉石は麻里奈に尋ねた。

「ここに書かれた、ホフマンの動静というか行動記録、つまり何年何月にどこでどうしたという記述は、史実に合っているのかな」

麻里奈がうなずく。

「細かい年月日はともかく、わたしの記憶する限りではほぼ間違いない、と思うわ。もちろん、知らないことや忘れたことも、あるけど」

それから、沙帆を見て質問した。

「本間先生は、この報告書を書いたとされるヨハネスについて、訳注以外に何か言ってなかった」

記憶をたどる。

「その原稿の内容や形式に関するかぎり、そこに書かれている以上のことは、おっしゃらなかったと思うわ」

麻里奈は、納得のいかない顔をした。

「先生も書いているけど、ヨハネスという名前はドイツでは、そんなに珍しくないはずよね。訳注に書いてある、ハムペとかいう人物以外の友人や知り合いで、ヨハネスという名前の人は、いないのかしら」

「それはわたしより、麻里奈の方がよく知っているんじゃないの」

沙帆が言い返すと、麻里奈は視線を宙に浮かせて、考えるしぐさをした。

それから、あきらめた様子で首を振る。

「思い出せないわ。ヨハンだったら、同時代にフィヒテやゲーテがいるけれど、ヨハンとヨハネスは別だから」

「それじゃ、やはりこれまで知られていない未知の人物、ということになるわね」

「あるいは訳注にあるように、だれかがヨハネス・クライスラーの名を借りて、これを書いたのかもしれないわね」

「どちらにしても、ふだんからホフマンと行動をともにしている人物、と考えていいと思うわ。名前はともかく、そういう人物に心当たりはないの、麻里奈は」

沙帆の問いに、麻里奈はまた少し考えた。

「そういえば、卒論を書くときに参考にした資料の中に、ホフマンがバンベルクで親しくなった、ワイン業者のクンツという人物が、出てきたわ。確かホフマンは、そのクンツの家に入りびたっていたとか、よく一緒にピクニックや狩りに行ったとか、そんなことが書いてあったと思う。なんでもクンツは、私設図書館といってもいいくらい、本をたくさん持っていたらしいの。ホフマンは、ちゃっかりワインと本の両方を目当てに、クンツの家に入りびたったそうよ」

沙帆は、本間の口からクンツの名前を聞いたことを、思い出した。

「最初に、翻訳のお願いにうかがったとき、本間先生からそのクンツのことを、聞いた覚えがあるわ。なんでも、ホフマンの『カロ風幻想作品集』という、最初の作品集を出版した人ですって」

麻里奈が、瞬きする。

「ええ、そのとおり。クンツはのちに、出版業もやってたのよ」

「先生は、クンツが出したその本の全四巻を、初版のオリジナルで持っていらしたわ」

沙帆が言うと、麻里奈はほとんどのけぞった。

「ほんと。初版といったら、確か一八一〇年代に出た本よ。ほんとに、そんな貴重書を持ってるの、その先生」

「ちゃんと、見せてくださったわ。革張りで小型の、きれいな本だった」

麻里奈の顔が、疑わしげになった。

「それって、本物かしら。本物そっくりに作った、復刻本じゃないの」

倉石が、口を出す。

「きれいだからって、復刻本とはかぎらないだろう。ヨーロッパじゃ、古い本を革や布できれいに装丁し直す、優雅な習慣があるからね。少なくとも、中身は本物だと思うな。本間先生も、素人じゃないんだから」

麻里奈は手を上げ、それをさえぎった。

「そんなことより、クンツの名前はなんだったかしら。もしかすると、ヨハネスだったかも。だとしたら、これはクンツが書いた報告書、ということになるわよね」

沙帆は、首を振った。

「残念だけれど、本間先生から聞いたクンツの名前は、カール・フリードリヒだったわ」

麻里奈が、肩を落とす。

「そうか、残念」

そのとき、もう一つ記憶がよみがえった。

「それで、思い出したわ。先生の話によると、あの手稿はだれか後世の人が書いた、偽作の可能性もあるそうよ」

麻里奈は愕然とした様子で、体をこわばらせた。

倉石が、あわてて言う。

「ほんとですか、それは」

二人の反応に、今度は沙帆があわてた。

「いえ、どの古文書にも偽作の可能性はある、という意味でそうおっしゃったんです。何か、それを疑わせるものがあるわけではない、と思います。ごめんなさい、ややこしいことを言って」

麻里奈も倉石も、ほっと肩の力を緩めたが、まだどこか釈然としない様子だった。

少しのあいだ、気まずい沈黙が流れる。

それを振り払うように、倉石が口調を変えて言った。

「そうでしょうね。実際、偽作かもしれないと疑ってるなら、訳注で触れるはずだから」

沙帆は冷や汗をかき、コーヒーカップを取り上げて、一口飲んだ。

すっかり、冷めていた。

倉石が、続けて口を開く。

「ヨハネスがだれかはさておいて、その男はフォンターノというギタリストに、ギターを習ったとか書いてますね。だとすると、本間先生も訳注で指摘しているけど、例の手稿の裏にソルの曲が筆写してあったことも、説明できるんじゃないかな」

話が変わったので、沙帆はほっとした。

「そうですね。わたしも、そう思います」

「だけど、ホフマン夫人に差し出す報告書の裏に、楽譜なんか書き写すかしら」

麻里奈が疑問を呈すると、倉石は指を立てて反論した。

「逆に、楽譜の裏に報告書を書いたとも、考えられるよ。まあ、どちらにしてもいいかげんというか、不自然な感じは免れないな」

沙帆は言った。

「本間先生が訳注に書かれたとおり、この報告書は単純な行動報告とは違う、という気がします。筆者は、ホフマン夫人にご主人の行動を報告するのに、なぜこんな手記や手紙のようなかたちを、とったのかしら。簡単に、ホフマンの行動をチェックするだけなら、何月何日どこへピアノのレッスンに行ったとか、だれそれとどこそこで食事したとか、箇条書きか短いメモですませるのが、普通ですよね」

倉石がうなずく。

「わたしもそう思う。この内容からすると、日ごとの報告よりは過去のホフマンの活動を、おさらいしているような感じでしょう」

麻里奈は、眉根を寄せた。

「確かに、今のところはそのとおりね。これから、どうなるのかしら」

沙帆も含め、三人そろって考え込んだが、答えが出ない。

やがて倉石が、また指を立てる。

「その話は、それくらいにしましょう。そんなことより、あの手稿はだれの手から古書市場へ流出した、と思いますか。それもよりによって、マドリードの古書店なんかに」

麻里奈が、分かり切ったことだというように、肩を動かした。

「それはホフマン夫人、つまりミーシャ自身が出したのよ。もともと、夫の行動を知りたいと言い出した、張本人なんだから。当然、受け取った報告書をずっと、保管していたはずよね」

「しかし、ご当人がそんなものを簡単に手放す、とは思えないな。おそらく、だれかがミーシャから現物を手に入れて、売り飛ばしたんじゃないか。あるいは、遺族や子孫がそれと知らずに放出したか、そのどちらかだろう」

倉石が、断定的な口調で言うと、麻里奈はこめかみに指を当てた。

「でも、ホフマン夫妻のあいだにいた一人娘は、幼いうちに亡くなったはずよ。遺族とか子孫の話は、少なくともわたしが昔読んだ資料には、載っていなかったと思うわ」

「ミーシャは、八十歳前後まで生きたのよね」

沙帆が確認すると、麻里奈は同じ姿勢で応じた。

「生まれた年は、説がいくつかあって、特定されていないのよ。ホフマンとは、二つ違いから六つ違いまで、ばらつきがあるの。かりに、中を取って三つ違いだとすると、ホフマンが一八二二年に四十六歳で亡くなったとき、四十三歳かそこらよね。ただ、亡くなったのは一八五九年で、こちらは特定されていた。だとすると、ざっと八十歳まで、生き延びたことになるわけね。ただ、ミーシャの周囲にだれか相続人がいたかどうか、少なくともわたしの記憶にはないわ」

ホフマンのこととなると、さすがによく覚えている。

「しかし、ミーシャにも兄弟姉妹がいたかもしれないし、そうなれば甥や姪が相続人になることも、ありうるぞ」

倉石が言い、沙帆も付け加えた。

「その甥や姪から、さらに彼らの子供たちの手に渡ることも、考えられるわね」

「そう、そのとおりだ。そういう連中が、たぶん価値も分からずに処分したのが、巡りめぐってマドリードへ流れたわけさ」

麻里奈が、こめかみから指を離して、すわり直す。

「その可能性なら、書き手のヨハネスの遺族や子孫にも、同じことがいえるわ」

「ミーシャに渡したとしたら、ヨハネスの手元には残らないはずだけどね」

倉石の指摘に、麻里奈は唇を引き結んだ。

「なんらかの方法で、回収したかもしれないでしょう」

倉石は腕を組み、ソファの背にもたれた。

「ヨハネスが、ホフマン夫人に報告書を手渡したあと、記憶をたどって自分用にまとめ直した、とは考えられないかな。そのために、報告書じゃなくて回想録スタイルになった、と」

麻里奈が、軽く眉をひそめて、倉石を見る。

「どうして、そんなことをする必要があるの。二重手間じゃないの」

「ホフマンとの交遊録とか、場合によっては伝記、評伝とかいったものを、書こうとしたかもしれないだろう」

「それだったら、ミーシャに読ませたあと手元に回収した方が、よほど楽だと思うわ」

「ああ、そうしたかもしれないな」

倉石はあっさり認め、背伸びして続けた。

「とにかく、なかなか興味深い男ではあるな、このヨハネスとやらは」

その目が、心なしか輝いているような気がして、沙帆は少し胸をつかれた。

逆に麻里奈が、妙にさめた目で倉石を見る。

「あなた、いつからこの古文書の内容に、興味を持つようになったの。楽譜のことしか、頭になかったくせに」

11

どこかとげのある口調に、古閑沙帆はひやりとした。

しかし、倉石学はさほど気を悪くした様子もなく、すぐに応じる。

「それは、この筆者がフォンターノにギターを習ったとか、ホフマンが古いギターを持っていたとか、ぼくの好奇心をくすぐる話が出てきたからさ」

麻里奈の頬がこわばるのを見て、沙帆はすかさず割り込んだ。

「倉石さんは、ステファノ・パチーニとかいう、ヴェネチアの古いギター製作家を、ご存じですか」

麻里奈は、出ばなをくじかれた感じで、開きかけた口を閉じた。

倉石が答える。

「いや、残念ながら、知りません。ヴェネチアに、ヴェネチア派と呼ばれる製作者たちがいた、という話は聞いたことがあるけど」

「それじゃ、ホフマンの創作かもしれませんね」

「さあ、どうかな。ホフマンが、その小説の中でそう書いているなら、実在したんじゃないか、と思いますよ」

少し間をおいて、沙帆は続けた。

「それじゃ、フランシスコ・パヘスという製作家は、いかがですか」

倉石は、驚いたように腕組みを解いて、ソファから背を起こした。

「もちろん、知ってますよ。古閑さんこそ、どうしてパヘスの名前なんか、ご存じなんですか」

そこへ今度は、麻里奈が割り込む。

「ちょっと。どうして話題が、そっちへいってしまうのよ。それとも、パヘスとかいう人がこの件と、何か関係あるの」

沙帆は、麻里奈を見た。

「ごめんなさい、関係なくもないの。実はね、この解読文をいただきに上がったとき、本間先生もギターを弾くことが、分かったのよ。すごく古いギターを持っていらして、それがフランシスコ・パヘスという人の、製作したものなんですって。倉石さんなら、きっと知っているだろうと、そうおっしゃったわ」

倉石は顎を引き、ごくりと音を立てそうな勢いで、喉を動かした。

「一応、十九世紀ギターは、わたしの関心分野ですからね。そうか、その先生、ギターを弾くのか。しかも、パヘスのギターを持っている、と」

さも、感に堪えない、という口調だ。

それを見て、沙帆はもう少し驚かしてやろう、という気になった。

「先生はそのギターを、キューバの蚤の市で買ったそうですけど、いくらくらいだと思いますか」

倉石は口を引き結び、しばらく考える。

「蚤の市か。その口ぶりでは、だいぶ安く買ったようですね。そう、日本円にしてざっと十万、というところかな」

沙帆は、とっておきの微笑を浮かべ、おもむろに答えた。

「残念でした。最初につけてあった値段は、一万円だったそうです。それを、半分の五千円に値切って、買ったんですって」

倉石は、あっけにとられた顔で、沙帆を見返した。

一呼吸おき、少し意地悪な口調で言う。

「それって、ほんとにパヘスのギターかな。ラベルを見ましたか」

「いいえ、見ませんでした。先生も、ラベルはもとから貼ってなかった、とおっしゃいました」

倉石は、むずかしい顔をした。

「そうか、ラベルなしか。だとすると、逆に本物かもしれないな。偽物だったら、ラベルだけ本物のコピーを貼りつける、という手も珍しくないから」

「先生も本物だ、とは断定していません。ヘッドや装飾の様子からみて、パヘスじゃないかと思う、とおっしゃっただけで」

麻里奈が、乾いた笑い声を上げる。

「なんだ、その程度のことなの。そんなの、証拠にならないわよ。駆け出しの製作家が、パヘスのギターをまねて製作した、偽作に違いないわ」

「でも、とにかく古いギターであることは、確かだったわ。音も古風だったし」

倉石が、好奇心を隠さぬ目で、沙帆を見つめる。

「できれば、この目で見たいものだな」

それを聞くと、麻里奈は露骨にいやな顔をした。

「やめてよ。本間先生とは、あまり関わってほしくないわ」

その話が、好ましくない方向に進まないうちに、懸案の一件を持ち出す。

「一つ、相談があるの。このあいだ、麻里奈から解読のペースを上げてほしい、という注文が出たわよね」

麻里奈は、沙帆に目をもどした。

「それと解読料、翻訳料のこともね」

「ええ。実は本間先生から、自分の希望をかなえてくれたら、解読のペースを上げるのと同時に、その翻訳料もちゃらにしていいという、思いがけない条件を出されたの」

沙帆が言うと、麻里奈は信じられないという顔をして、倉石をちらりと見た。

倉石も、麻里奈を見返す。

それから、半信半疑の面持ちで、沙帆に言った。

「どんな希望なんですか」

麻里奈が乗り出し、強い口調で言う。

「まさか、またあの古文書をただでよこせという、例の話の蒸し返しじゃないわよね。それだったら、お断りよ」

「違うわ」

否定してから、沙帆は慎重に言葉を選んで、先を続けた。

「その条件は、今度来るとき由梨亜ちゃんを連れて来てほしい、ということなの」

いかにも、予想外のことを聞いたという風情で、倉石は背筋を伸ばした。

麻里奈も、虚をつかれた様子で動きを止め、沙帆を見返す。

「本間先生に、由梨亜のことを話したの」

なじるような口調に、沙帆はちょっとたじろいだ。

「麻里奈のことを話したときに、なんとなく由梨亜ちゃんの名前を、出してしまったの。ごめんなさいね、勝手なことをしちゃって」

さらに、何か言いつのろうとする麻里奈を制して、倉石が口を開いた。

「それはつまり、本間先生が由梨亜に会いたがってい る、ということですか」

話を先へ進めて、麻里奈の沙帆に対する腹立ちを抑えようと、助け舟を出してくれた感じだった。

沙帆は、ほっとして応じた。

「そうだと思います。もちろん、それにはそれなりの理由があって」

全部言い終わらぬうちに、麻里奈が割ってはいる。

「ユリア・マルクでしょう」

当然とはいえ、さすがに鋭い。

「ええ。倉石さんに、説明してあげてよ」

麻里奈は、何か言いたげに沙帆を見つめたが、思い直したように倉石に目を移した。

ため息をついて言う。

「今回の報告書の最後に、ユリア・マルクという名前が出てきたわよね」

倉石が、報告書を見直す。

「ああ、これだな。ホフマンの前に、ミーシャの頭痛の種ともいうべき、ユリア・マルクが現れた、というくだりだろう」

「ええ。ユリアは、ホフマンが音楽の家庭教師をしていたときの、生徒の一人なの。次の報告書に出てくると思うけど、ホフマンはそのユリアに血道を上げちゃって、ミーシャを困らせたわけ」

麻里奈の説明に、倉石は首をかしげた。

「血道を上げるって、要するに惚れたってことか」

「まあ、そういうことになるわね。ところが、そのユリアというのは、初めてホフマンと会ったとき、まだ十二か十三の子供だったのよ」

「ふうん。で、そのユリアもホフマンに惚れちゃった、というわけか」

麻里奈は、芝居がかったしぐさで、くるりと瞳を回した。

「とんでもない。いくらなんでも、愛の恋のという年じゃないでしょう。好意を抱いたとしたって、それは単なる先生への尊敬というか、あこがれにすぎないわ。だから、ユリアの母親もまさかと思って、放置したのよ」

倉石が、沙帆に目を移す。

「古閑さんによれば、本間先生はホフマンに傾倒するあまり、自分をホフマンの生まれ変わりだ、と言っている。そういう話でしたね」

「ええ。むろん言葉のあやで、それくらいホフマンを身近に感じている、ということだと思いますが」

倉石は、顎をなでた。

「それで、ホフマンが惚れた少女と同じ名前を持つ、うちの由梨亜に会ってみたいと、そういうわけですね」

「だと思います。どっちにしても、子供っぽい発想ですよね」

冗談にまぎらそうとしたが、倉石は真顔を崩さなかった。

麻里奈を見て、硬い声で言う。

「きみはどう思う」

麻里奈は、少しのあいだ考えを巡らしてから、沙帆に目を向けた。

「本間先生は、なんというか、危ない人なの」

沙帆は答えあぐね、首をひねった。

「危ない、という意味にもよるわね。でも、いわゆる少女愛があるかといえば、ないと思うわ。ただ、母親の麻里奈がホフマンを愛読していて、生まれた娘に由梨亜とつけたことに、興味を抱いたんじゃないかしら」

麻里奈の顔に、あきれたような表情が浮かぶ。

「要するに、わたしがホフマンに心酔していることや、娘の名前が由梨亜だということも含めて、洗いざらい先生にしゃべってしまったわけね。あんまりだわ」

そこまで言われると、さすがに黙っていられない。

「だって、あの古文書を引き渡すとか引き渡さないとか、解読翻訳のスピードを上げてほしいとか、本間先生といろいろ駆け引きをするのに、麻里奈のホフマン好きを説明しなければ、話が進まないじゃないの」

倉石は、不穏な空気が漂うのを感じたのか、おどけた口調で麻里奈に言った。

「きみが、娘の名前を由梨亜にしたいと言ったとき、ぼくにはそんな背景や由来があることを、一言も言わなかったね」

麻里奈は、眉をぴくりとさせた。

「あなただって別に、反対しなかったじゃないの。あなたから、こういう名前はどうかとか、そうした提案もなかったし」

倉石は、軽く肩をすくめた。

「女の子だったから、きみの考えを優先したのさ。それに、由梨亜という音の響きも、字づらも気に入ったからね」

「だったら、文句はないでしょう」

「ああ、別に文句はない」

倉石はあっさり引き下がり、逆に質問した。

「それで、きみの考えはどうなんだ。本間先生に、由梨亜を会わせていいのか」

麻里奈は、ぞっとしない表情を浮かべて、しばらく考えた。

それから、皮肉っぽい口調で言う。

「本間先生が、由梨亜に首ったけにならない、という保証さえあればね」

「それが心配なら、麻里奈も一緒に行けばいいわ。本間先生は、それでもかまわないそうよ。麻里奈と、ホフマンやこの古文書について、意見交換もしたいだろうし」

沙帆が請け合うと、麻里奈はあまり気の進まない様子だったが、それ以上は何も言わなかった。


沙帆は続けた。

「とにかく、何も心配することはないわ。わたしが、一緒に行くんだから」

麻里奈は、眉根を寄せてちょっと考え、それから倉石を見た。

「あなたは、どう思う。わたしは、沙帆に任せるけど」

倉石もうなずいた。

「そうだな。古閑さんがついていれば、別に問題はないだろう」

麻里奈が、沙帆に目をもどす。

「由梨亜を連れて行けば、解読翻訳料を返上してもいい、と請け合ったのよね」

「文書にしてもらった方がいいかしら」

皮肉に聞こえないように、ふだんどおりの口調で言ったつもりだが、麻里奈はきつい目をした。

「そういう言い方は、やめてほしいわ」

「でも、こういう口約束は言った言わないで、もめることが多いから」

言い返そうとする麻里奈を、倉石が手を上げて止める。

「いいじゃないか、そういう言質を取ったというだけで。あとは古閑さんに、任せておこうよ」

言いすぎたと思ったのか、麻里奈はすぐに表情を緩めた。

「そうね。由梨亜に会わせるだけで、古文書の解読がスピードアップされるなら、わたしも文句はないわ」

倉石はそれが癖の、指を立てるしぐさをした。

「ただ、ぼくたちだけで決める、というわけにはいかないよ。肝腎の、由梨亜の意見を、聞かなければね」

沙帆は苦笑した。

確かに、それを忘れていた。

12

ポニーテールが、大きく揺れた。

スキップしながら、倉石由梨亜が前を歩いて行く。すらりと伸びた脚に、膝下まである白いハイソックスが、目にまぶしい。

古閑沙帆も子供のころ、よくスキップした記憶がある。

しかし、それはせいぜい小学校までだった、と思う。今どきの女の子は、中学生になってもまだ、スキップするのだろうか。

息子の帆太郎は、由梨亜と同い年の中学一年生だが、小学校のころからスキップなど、したことがなかった。そのかわり、石ころを見つけては蹴り飛ばし、サッカーのまねをしていた。それでしばしば、叱ったものだった。

由梨亜がスキップをやめて、沙帆の方に向き直る。

そのまま、後ろ向きに歩きながら眉根を寄せ、質問してきた。

「本間先生って、どんな人なんですか」

すぐには答えられず、曇り空に目を向ける。

「なんていうか、ちょっと変わった先生ね。ううん、悪い人じゃないのよ。ただ、変わっているだけ」

「どんな風に」

「そうねえ。自分の好きなことには、わき目も振らずに没頭するけれど、興味のないことには、見向きもしないの」

由梨亜は、足を止めて沙帆が追いつくのを待ち、並んで歩き始めた。

白いセーラーブラウスに、紺のスカートという、夏の制服姿だ。

「でも、人ってみんなそうじゃないかなあ。わたしもそうだし」

　思慮深い口調で、独り言のように言う由梨亜を、沙帆は斜めに見た。

「本間先生が好きなことって、すごく狭い範囲に限られているの。それ以外は、ほとんどのことに、興味がないのよ」

「ふうん。言ってみれば、仙人みたいな人かしらね」

　おとなびた口調に、沙帆は笑った。

「そうね、それがいちばん、当たっているかもね」

「ホフマンていう、ドイツの作家の研究者でしたよね」

「まあ、それ専門というわけじゃ、ないけれど。でも、ホフマンなんて、聞いたことなかったでしょう」

「知りませんでした。ええと、ドイツの作家で読んだ覚えがあるのは、グリム童話を別にすれば、ゲーテとシラーだけ。ヴェルテルと、ウィリアム・テル。テルテルね」

　あっけらかんとした口ぶりだ。

　先週、二回目の解読原稿を届けた日に、由梨亜が下校して来るのを待ち、本間鋭太に会ってもらえないか、と打診したのだった。

　由梨亜は、同席した倉石学と麻里奈の意見も聞かず、すぐにオーケーした。

　本間がどういうタイプの人間で、何ゆえに会わなければならないのか、聞こうともしなかった。

　麻里奈が、そばからそれを指摘して念を押すと、由梨亜は即座に応じた。

「別に、聞かなくてもいいよ。古閑のおばさまと一緒なら、吸血鬼ドラキュラと会うのだって、平気だもん」

　その妙な理屈に、みんな笑ってしまった。

「でも、吸血鬼ドラキュラに会ったら、血を吸われちゃうわよ」

「だいじょうぶ。前の晩に餃子を食べて、ニンニクのにおいで撃退しちゃうから」

「それじゃわたしは、十字架をかついで行くわ」

　沙帆が茶々を入れたりして、話はそのままスムーズに決まったのだ。

　順番が前後したが、あらためて由梨亜に本間の人柄を伝え、会いたがっている理由を手短に、説明した。

ホフマンについても、ひととおり話して聞かせた。

麻里奈の話では、まだ幼いころ由梨亜に自分の名前の由来を、聞かれたことがあったらしい。

ただ、子供にはむずかしすぎると思って、詳しくは話さなかったという。由梨亜も、そんな質問をしたことを、覚えていなかった。

都営地下鉄大江戸線の、牛込柳町《うしごめやなぎちょう》駅から外苑東通りを北へ歩き、寺の手前の細い道を右へ曲がって、奥のアパートメントへ向かうところだった。

横手の寺の本堂は、近代的なコンクリートの建物に変わってしまい、周囲をマンションに囲まれている。

その奥に、突然異次元に迷い込んだように、〈ディオサ弁天〉の古い建物が現れた。

由梨亜は、ほとんど言葉を失ったように、門柱の手前で立ちすくんだ。

「どう。古風な建物でしょう」

声をかけると、われに返った様子で、こくりとうなずく。

「ええ。でも、人が住んでるんですよね」

「もちろん。間口は狭いけれど、中はけっこう広いのよ」

腕時計を確かめると、約束の時間までまだ五分あった。

鉄柵を押しあけ、ガラス戸の玄関にはいって、いつもの洋室に上がる。

並んで長椅子にすわると、由梨亜が心配そうにささやいた。

「こんにちはも言わずに、勝手に上がっていいんですか」

「だいじょうぶ。そういう約束になっているの。あと二、三分したら本間先生が、はいってらっしゃるわ。でも、びっくりしないでね。わりと、ユニークなファッションだから」

沙帆が言うと、由梨亜は急に不安に襲われたように、ぴたりと体をくっつけて、すわり直した。

ほどなく、廊下を派手に踏み鳴らしながら、本間がやって来る気配がした。

由梨亜が、無意識のように沙帆の左肘に、つかまる。

引き戸が、がたぴしと大きな音を立てて開き、本間がはいって来た。

由梨亜は、大砲で撃ち出されたように立ち上がり、沙帆もそれに引きずられて、腰を上げる。

戸を閉じた本間は、紺地に赤い青海波《せいがいは》を浮き出させた、作務衣《さむえ》風の上下を身につけていた。裾の方は、足首で絞り込んである。

いつもの、奇異な色の組み合わせの服よりはましだが、それでもどこか場違いな雰囲気が漂った。

本間が向き直るより早く、由梨亜がぺこりと頭を下げる。

「はじめまして。倉石由梨亜です。よろしくお願いします」

本間は、いかにもわざとらしく顎を引き、胸をそらして由梨亜を見た。

「おう、きみが由梨亜くんか。本間鋭太です。来てくれて、ありがとう」

沙帆が、一度も受けたことがないような、愛想のよい挨拶だった。

「まあ、おすわりなさい」

そう言って、ソファに飛び乗る。

新たに解読、翻訳したらしい原稿の束が、膝の上に載っている。

それを見て、沙帆はとりあえずほっとした。由梨亜を連れて来た以上、手ぶらでは帰れない。

二人が、向かいの長椅子にすわると、本間は沙帆に指を振り立てた。

「畑のかぼちゃみたいに、そこにすわり込んでいちゃいかん。キッチンに、グレープフルーツジュースがある。それを由梨亜くんに、持って来てやってくれたまえ。きみとぼくは、お茶でいいから」

「はい」

あわてて、また立ち上がったものの、二人だけにしてだいじょうぶか、と一瞬迷う。

本間が、さらに指を振り立てる。

「さあさあ、行った行った。コップも用意してあるし、湯も保温ポットにはいっとる。五分とは、かからんぞ」

その程度の時間なら、だいじょうぶだろう。

それにしても、由梨亜効果はたいしたものだ。

これまで、一度として耳にしたことのない、〈ぼく〉などという若やいだ一人称が、本間の口から出るとは、想像もしなかった。

洋室の戸をあけたままにして、狭い廊下を小走りにキッチンへ急ぐ。

小ぶりの、ダイニングテーブルの上に、本間の言ったとおりのものが、並んでいた。

ジュースのわきにグラス。

保温ポットの横には、急須と湯飲みと茶筒。

クッキーがはいった菓子椀も、置いてある。

沙帆は手早く茶をいれ、用意された一式をトレーに載せて、キッチンを出た。

まだ廊下にいるうちに、洋室から由梨亜の明るい笑い声が、聞こえてくる。

中にはいると、本間が興奮した面持ちで沙帆を振り仰ぎ、唾を飛ばしながら言った。

「いや、驚いた。由梨亜くんは、国文法をよく身につけているぞ。まだ、中学一年生だそうだが、たいしたものだ」

唐突に、国文法の話が出てきたことに、面食らう。

沙帆が、トレーを置いてすわるなり、本間はメモ用紙を突きつけてきた。

そこには、本間らしい癖のある字で、こう書いてあった。

米洗ふ　前○ほたるの　二つ三つ

本間が、興奮した口調で言う。

「だれの句かはともかく、国文学者でその一句を知らぬやつは、もぐりだといわれるくらい、有名な文法問題だ。その○のところに、もっともふさわしいと思う助詞を一字、入れてみたまえ」

いきなりの注文に、沙帆は困惑した。

「わたし、国文法は学生のころから、大の苦手だったんです」

「いくら苦手でも、ドイツ語文法ほど苦手ではあるまい。当てずっぽうでもいいから、答えるんだ」

そこまで言われれば、拒否するわけにいかない。

本間の口ぶりでは、由梨亜はすでにこの問題に、正解を出したようだ。

中学生に、負けるわけにはいかない。むらむらと、対抗心がわいてきた。

本間が、由梨亜にジュースをすすめて、自分も茶に口をつける。

沙帆は、メモ用紙に視線を据えて、真剣に考えた。

見るかぎりでは、答えは〈に〉か〈へ〉しかあるまい。

まず、〈に〉はおもに場所、帰着点を表す助詞で、動きに乏しいから却下する。

一方、〈へ〉は移動の方向を示す助詞なので、蛍がどこからか飛んで来た、という動きが感じられる。

思いきりよく、沙帆は言った。

「米あらう、前へほたるの、ふたつみつ」

本間が、口元になんともいえぬ、微妙な笑みを浮かべる。

「ちなみに、由梨亜くんは最初、こう答えた。米あらう、前にほたるの、ふたつみつ」

沙帆は、肩の力を抜いた。

やはり、すなおに〈に〉でよかったのか、と思う。

しかし、本間は続けた。

「由梨亜くんの答えは、俳句の弟子が師匠に差し出した、自作の句だ。師匠は、これでは躍動感がないと言って、もう一考するようにすすめた。そこで、弟子は今一度苦吟したあげく、助詞の〈に〉を〈へ〉に入れ替えた。きみの答えは、弟子が手を入れ直したもの、ということになる」

少し、ほっとする。

「それで師匠は、手直しされたものを見て、なんと言ったのですか」

「前よりはよくなったが、まだ最上とはいえない。そう言って、師匠はさらにそこに、直しを入れた。どう直したか、分かるかね。由梨亜くんは、ぼくが最初の答えにだめを出したら、きみの答えを一挙に飛び越して、正解を言ったぞ」

あらためて、メモ用紙を見直す。

しばらく見つめていると、はっと気がついた。

なるほど、〇にはいるべき候補が、もう一つある。

「米あらう、前をほたるの、ふたつみつ」

本間が、ソファにすわったまま満足そうに、足をばたばたさせる。

「そう、〈を〉が正解だ。〈を〉とすれば、蛍が前後左右に飛び交う情景が、浮かんでくるだろうが」

言われてみれば、確かにそのとおりだ。

日本語の助詞に、そのような微妙な使い分けがあるとは、考えたこともなかった。

沙帆は、由梨亜を見た。

「由梨亜ちゃん、よく分かったわね。学校で習ったの」

「はい。五葉学園の、古文の先生が助詞を一つずつ、詳しく教えてくれるんです。〈に〉と〈へ〉についても、〈に〉は英語でいえば“to”で、〈へ〉は“for”だとか」

「へえ、いい先生ね」

本間が、もっともらしく、口を挟む。

「翻訳にも、そういう細かい配慮が、必要なのだ。ただ、辞書を見て言葉を移し替えればいい、というものではない。表現は違っても、どの言語にもほぼ同じことを意味する、言い回しがある。たとえば、“Birds of a feather flock together.”という諺には、〈類は友を呼ぶ〉という諺が対応するだろう」

「はい。それも、英語の時間に習いました」

由梨亜の返事に、沙帆は思わず顔を見直した。

中学一年生で、もうそこまで習うのかと、感心する。やはり、名門と呼ばれる私立女子校は、ものが違う。

本間は、さらに続けた。

「それなら、“Nothing ventured, nothing gained.”はどうかね」

さすがに由梨亜も、今度は首を横に振る。

本間の目が、自分に移ってきたので、沙帆は緊張した。

「危ない橋を渡らなければ、何も得ることはできない、という意味ですよね」

「そうだが、それは直訳にすぎん。ドイツ語なら、“Wer nicht wagt, der gewinnt nicht.”だ。覚えておらんのかね」

そう言われて、思い出した。

「ええと、虎穴に入らずんば虎子を得ず、でしたっけ」

本間は、うれしそうにうなずいた。

「そのとおり。例外もないではないが、外国語のある表現に対応する、同じニュアンスの日本語表現が、かならずあるものさ。それを見つけるのが、翻訳の仕事なんじゃよ」

ようやく〈じゃよ〉と、いつもの本間節が出てきたので、沙帆は笑いを嚙み殺した。

本間が突然、話題を変える。

「ところで、由梨亜くんは学校で何か部活を、やっているのかね」

本間の口から、〈部活〉などという学生用語が出ると、どこか場違いな感じがする。

前置きなしの質問にも、由梨亜は動じなかった。

「はい。音楽部で、フルートを吹いています」

本間は、おおげさに顎を引いた。

「フルートか。ギターは、やらんのかね。お父さんは確か、ギターの先生だと聞いたが」

由梨亜が、困った顔をする。

「お父さんに習うのは、あんまり」

そこで言いさすと、本間はソファの肘をつかんで、体を乗り出した。

「ギターに、興味がないというわけでは、ないんだろう」

由梨亜は、こくりとうなずいた。

「もちろん、嫌いじゃありません。小さいときから、お父さんのギターを聞いて、育ちましたし」

「一度も、弾いたことはないのかね」

「ええと、だれもいないとき、たまにレッスン室にはいって、こっそり弾いたりします」

その話は、初耳だった。

もしかすると、倉石も麻里奈も知らないのではないか、という気がする。

本間は、ソファの背に体を預けて、そろえた両手の指先を顎に当て、思慮深い顔つきで言った。

「奥のぼくの書斎に、ギターが置いてある。ちょっと、弾いてみる気はないかね」

沙帆は驚き、由梨亜を見た。

由梨亜の顔に、興味の色が浮かぶ。

「おじさんも、ギターを弾くんですか」

おじさんと呼ばれて、本間はくすぐったそうな顔をした。

由梨亜はすぐに気がつき、ちろりと舌を出して謝った。

「すみません」

「いいんだよ、おじさんで。おじいさん、よりはましだからな」

「分かりました、本間先生」

本間は鼻の下をこすり、話を先へ進めた。

「ぼくのギターは、ひょっとすると由梨亜くんのお父さんより、うまいかもしれんぞ。聴きたいかね。奥に二台あるから、一緒に弾くこともできるぞ」

由梨亜が、少し上気した顔で沙帆に目を向け、急き込むように言う。

「聴かせていただいても、いいですか」

「そうねえ」

沙帆は短く応じ、考えを巡らした。

麻里奈の、不安そうな顔が浮かんできて、躊躇する。

いくら、ホフマン気取りの本間でも、由梨亜によこしまな考えを抱くことなど、ありえまい。考えすぎも、いいところだ。

由梨亜は、ホフマンとユリアの関係について、麻里奈からざっと説明を受けている。子供とはいえ、ホフマンのユリアに対する心情が、なまなかのものでないことくらい、見当がついたはずだ。

ただ、今の本間に何か怪しげな雰囲気は、感じられない。

ギターが二台あるなら、ここへ持って来てもらって、二人で弾けばいい。それなら、何も問題ないだろう。

本間が、膝においた原稿の束をテーブルに置き、沙帆に指を突きつける。

「ほんの、十分か十五分だよ、きみ。ぼくたちが、奥でギターを弾いているあいだに、この原稿を読んでくれればいい。感想も、聞きたいからな」

そう言って、ぴょんとソファから立った。

由梨亜も、つられたように、腰を上げる。

沙帆は、ぼくたちという本間の言葉に、なんとなく引っかかった。

それにこの部屋ではなく、奥で弾くことに決まったような案配に、つい口を出しそびれる。

しかも、由梨亜の目が妙にきらきらしているのに、いささかたじろいだ。

しかし、もはや二人を止めることは、できそうもない。

「あまり、時間をとらないようにね」

それだけしか言えず、あとは言葉をのみ込んだ。

二人が部屋を出て行くと、沙帆は大きく息をついて、不安を振り払った。

原稿を取り上げ、読み始める。

13

【E・T・A・ホフマンに関する報告書・三】

——一八〇八年十月、バンベルク劇場での指揮者デビューに失敗したETAは、座付作曲家に格下げされたこともあって、ほかの収入の道を探さなければならなかった。劇場主だった、ゾーデン伯爵の後任、ハインリヒ・クノとの関係が、悪化したからだ。

ETAは、座付作曲家の地位に甘んじることで、かろうじて劇場との関係を維持しながら、主たる収入の道を音楽教師の仕事に求めた。プライドの高いETAにとって、これは屈辱的なことだったに違いないが、生計を維持するためにはしかたがなかった。

豊かな音楽の知識に加え、知性と才覚と話術を縦横に駆使して、ETAはバンベルクの上流社会に、食い込んだ。

あなた（ミーシャ）も知るとおり、ETAの出入り先、教え子には次のような人びとがいた。

まず、シュテファン・フォン・シュテンゲル男爵。この男爵の知己を得たことが、ETAに上流社会への道をつけた、といってよい。

ヘンリエッテ・フォン・ローテンハン伯爵夫人と、その五人の娘すべて。

元バイエルン政府首相、フィリップ・アダム・テオドーリの娘、エリーゼ。

シャルロッテ・フォン・レドヴィッツ男爵夫人。

ちなみに男爵夫人は、ETAについてこう言った。

「彼には、通常の声楽のレッスン料のほかに、才気煥発で楽しいおしゃべりに対しても、報酬を払うべきだわ」

まさに、そのとおりだと思う。

そして、問題のユリアがいる。

ユリアネ・エレアノラ・マルク、通称ユリアは、フランツィスカ・マルク領事夫人、通称ファニーの長女として、一七九六年三月十八日に生まれた。

下に、二歳年下の妹ヴィルヘルミネ、三歳年下の弟アウグストがいる。

ETAが、ユリアと初めて出会ったのは、バンベルク劇場での不幸なデビューから、一カ月ほどあとのことだった。

なりたての声楽の生徒、地方管轄局顧問官カール・ハインリヒ・フックスの夫人、マリア・ヨハンナ・フリーデリケが、自宅で茶会を開いた。

あなたは来られなかったから、当然ご存じないだろうと思うが、ユリアが母親のマルク夫人と、その茶会に呼ばれていたのだ。

ユリアは、そこで参会者の求めに応じて、歌曲を一つ披露した。何を歌ったかは、覚えていない。

ただ、歌い終わったとたんに、部屋の隅で聞いていたETAが、ユリアのそばに駆け寄った。まるで、猟師目がけて突っ込む猪そこのけの、すごい勢いだった。

ETAは、ユリアに言った。

「すばらしい！　歌唱力も声も、文句のつけようがない！　まるで魂を、わしづかみにされるようでした！」

そんなことを、興奮した面持ちでまくし立てるものだから、マルク夫人も周囲にいた人たちも、あっけにとられたほどだった。

しかし、いちばん驚いたのはもちろん、当のユリアだったと思う。

なぜならユリアは、まだ十二歳の少女にすぎなかった。当然、見た目も振る舞いもまことに奇矯な、その上二十歳も年上の男性から、そうした手放しの称賛を受けたことなど、なかったに違いない。

ETAは、周囲の驚きと好奇の目を意にも介さず、マルク夫人に急き込んで言った。

「奥さん。ユリア嬢には、たぐいまれな歌の才能が、おありです。奥さんは、お嬢さんに今後どのような音楽教育を、施すおつもりでしょうか」

そのとき、すでにETAはバンベルクの人びとのあいだに、よくも悪くも名が知れ渡っていた。むろんマルク夫人も、ETAの評判を耳にしていたはずだ。

おそらく喜びと当惑で、夫人は複雑な表情をこしらえながら、答えた。

「特に、考えていることは、ございませんわ。ユリアは歌が好きで、こうした集まりで歌うのを、楽しみにしているだけでございます」

ETAは、おおげさに両腕を広げて、天井を仰いだ。

「なんと！　もったいない！　惜しい！　これほど豊かな資質と才能を、単なる茶会の座興に供するだけで、満足しておられるとは！　どうでしょう、奥さん。もし、わたしを信頼してお任せいただけるなら、お嬢さんにちゃんとした声楽のレッスンを、してさしあげましょう。お嬢さんは、まだまだ伸びる可能性を、秘めています。わたしには、その可能性を引き出してみせる自信が、ここにあります」

そう言って、自分の胸を拳でとん、と叩いた。

ETAは、もともと声楽や器楽を含む音楽全般に、非常に厳しい尺度、規範を持っていた。このように、だれかを手放しでほめるのは、めったにないことだった。

すぐには返事ができず、とまどっているマルク夫人に、フックスの夫人マリアが、声をかけた。

「ファニー、ホフマン先生にお任せしたら、どうかしら。ホフマン先生が、優れた音楽教師であることは、一生徒としてわたしが保証します。わたしと違って、ユリアはまだまだ若いわ。これからいくらでも、才能を伸ばすことができるでしょう。あるいは、プロのオペラ歌手に、なれるかも」

「まあ、そんな」

マルク夫人は顔を赤らめながら、しかしまんざらでもなさそうにユリアを見て、その意向を尋ねた。

「あなたの気持ちはどうなの、ユリア」

ユリアは、恥ずかしそうにもじもじしながら、こくりとうなずいた。

「ミンヒェンと一緒なら、喜んで教えていただきます」

ミンヒェンとは妹の、ヴィルヘルミネのことだ。

夫人は、ちょっと眉を曇らせた。

「でも、ミンヒェンは歌よりもピアノの方に、夢中だから」

それを聞いて、ETAが割ってはいった。

「いっこうにかまいませんよ、奥さん。わたしはピアノも、そしてギターも、教えています。最近のピアノは、音量も大きくなりましたし、音質も向上しています。これまで、音楽教育の基本はバイオリンでしたが、これからはピアノが中心になるでしょう。ユリアさんには、声楽だけではなくピアノの基礎も、学んでいただきたい」

そのあと、ETAはみずからモーツァルトのオペラ、『後宮からの誘拐』のベルモンテのアリアを、歌ってみせた。

あなたもご承知のとおり、ETAはあの小柄な体にも似ず、すばらしい声量を持つテノールの歌い手で、これが彼の手に娘をゆだねようという、マルク夫人の気持ちを固めさせたのだ。

こうしたいきさつから、ETAはユリアの音楽教師になったのだった。——(続く)

［本間・訳注］
ここで息抜き、というといささか不謹慎かもしれないが、そのころ日本はどんな時代であったか、書き留めておくのも無駄にはなるまい。
十九世紀初頭の日本は、江戸末期に差しかかったところで、明治維新の六十年ほど手前、という時代に当たる。

ホフマンが、バンベルクで不本意なデビューをしたころ、日本では異国船が前触れなしに近海に現れ、長年にわたる鎖国政策をおびやかしていた。太陽暦一八〇八年十月四日（日本では文化五年八月十五日）には、英国軍艦フェートン号がオランダ国旗を掲げて、長崎に強行入港した。オランダ商館員を人質に取り、不法不当な要求を突きつけるなど、狼藉を働いて二日後に長崎を去る。

在勤の長崎奉行、松平図書頭康英はその責任をとって、切腹した。

時のオランダ商館長は、ヘンドリク・ドゥーフ、『ドゥーフ・ハルマ』で知られる、あのドゥーフである。

――あなたがたまたま、置き放しにされたETAの日記を読んで、ユリアへの穏やかならぬ恋情に気づいたのは、それほど古いことではない、とのことだった。

日記に、初めてユリアの名前が現れたのは、あなたたちがバンベルクに来た翌年、一八〇九年五月二十一日の書き込みだった、と聞いたのを記憶している。

ポーランド生まれのあなたは、ドイツ語がよく理解できないばかりでなく、ETAが外国語を自由奔放に遣って書くため、分からないことだらけだったに違いない。確かに、ETAがラテン語やイタリア語、ギリシャ語などを入れまぜれば、それを理解するのは不可能だろう。

ただ、日記にはユルヒェン（ユリアちゃん）・マルクと、愛称ながら本名が書いてあった、とあなたは言った。

それ以外で、その日の書き込みについて分かったことは、ユリアがある音楽会で初舞台に立ち、喝采を博したという事実だけだったはずだ。

その音楽会のことは、わたしも顔を出した覚えがあり、記憶に残っている。

レーゲンスブルクなど、バンベルクに近いいくつかの都市で、多くの市民がナポレオン戦争のあおりを受け、着の身着のままで焼け出された。そうした被災者に、義援金を送ろうという趣旨で、その音楽会が開かれたのだった。

そこに、ユリアが出演したわけだ。

ユリアは、出演者の中でも別して若く、聴衆の拍手がいちばん多かった。ETAが、わざわざそれを日記に書き留めたのも、無理はないだろう。

逆算すると、その音楽会から三週間前の五月一日に、あなたたち夫妻はツィンケンヴェルト五〇番に、転居した。そこは、ETAと因縁浅からぬバンベルク劇場の、斜め向かいの家だ。一階と二階に大家の一家が住み、三階と屋根裏をあなたたちが借りた、と聞いている。

外から見るかぎり、縦に細長い古い建物だ。

ETAによると、狭い上に天井が斜めに切られた屋根裏部屋を、寝室にしているそうではないか。ETAは、そこをポエーテン・ステューブヒェン（詩人の部屋）、と呼んでいると言った。いかにも、ETAらしいユーモアだ。

バンベルク劇場に隣接して、〈薔薇亭〉と称するレストランがあり、ETAはそこの常連客になった。わたしもその一人だが、あなたもときどきETAに同行するから、よく知っているはずだ。

ETAはビールも飲むが、もっとも愛飲するのはポンチ（ワイン、ブランデー、ラム酒などにレモン汁、砂糖、炭酸水などを混ぜて作った混合酒）だった。あなたは、ETAのために作ることは作るが、ほとんど酒類を口にしないから、知らないだろう。ETAは、あなたが作るポンチがいちばんうまい、と言っている。

外で飲むとき、ETAはワインの量を多くするので、かなり強い酒になる。その酒を、高さ一フィート近い陶製ジョッキで、浴びるほどがぶがぶ飲むのだから、酔わないわけがない。

ちなみに前年の暮れ、ETAはバンベルクの名士会、〈ハルモニー協会〉への入会を果たした。

この協会は、アダルベルト・フリードリヒ・マルクス博士（ユリアの母、マルク夫人の義兄に当たる人だ）が主宰する、名門の社交クラブだ。これによって、ETAもバンベルクの名士として、正式に認められたことになる。

それをきっかけに、音楽教師の仕事がしだいに増えたわけだが、それはあなたに言うまでもないこと、と思う。

ETAはいつも、あなたに家計の苦労をさせることを、すまながっていた。それがいくらかでも、解消される方向へ向かったのだから、悪いことではない。

何度も書くが、ETAにとっていちばんだいじであり、もっとも才能があると自負するものは、音楽だった。

文学に色気を示すのは、音楽で世に認められぬいらだちから、といってもいいのではないか。自分の音楽が、思うように受け入れられないために、音楽を文学の手法で表現しようという、二次的な考えが浮かんだのだろう。

あなたが読んだかどうか知らないが、ETAが一八〇九年の一月に〈AMZ（一般音楽新聞）〉に送った、『騎士グルック』という短編小説が、二月十五日付の同紙に掲載された。

それを読んだとき、ETAはこう言っていた。

「どうも、こうして印刷されてみると、自分が手で書いたものとは、思えないね」

むろん、大きな喜びを押し隠しての、言葉だろう。

すでに死んだ作曲家、グルックを巡るこの幻想的な小説は、ETAの音楽への永遠の憧憬と、現今の音楽に対する幻滅を吐露した、一種の音楽評論とみることができる。

もしあなたが、印刷されたフラクトゥール（亀甲文字）を読めるなら、ぜひお読みになるようにお勧めする。そうすれば、ETAという音楽家の本質について、何かしら得るところがあるはずだ。

さらにETAは、この作品の掲載を決めた同紙の編集長、フリードリヒ・ロホリッツから、これからときどき音楽評論を書いてみないか、と言われて大いに乗り気になった、とも言った。

ロホリッツは、ETAの執筆活動に力添えする、という約束を守ったのだ。

音楽小説や音楽評論を書くことで、みずからたのむ音楽によって世に出られぬ憂さを、少しでも晴らすことができるなら、それはそれでけっこうではないか。

話を変えよう。

バンベルクに来てからできた、ETAの新しい知り合いが何人かいる。カール・フリードリヒ・クンツもその一人だ。

クンツは、一八〇九年夏のある晴れた日の午後、ブークでハインリヒ・クノにETAを紹介された、と公言している。

ブークは、あなたもETAとときどき訪れる、バンベルクの南のきれいな町だ。

クノは、すでに書いたとおりゾーデン伯爵から、バンベルク劇場の経営を一時引き継いだ、ただの大根役者にすぎない。

つまり、ブークもクノも実在する町であり、人物なのだが、そんなかたちでETAがクンツに引き合わされた、というのは事実ではない。——（続く）

［本間・訳注］
ブークは、バンベルク市内をつらぬくレグニッツ川に沿って、三十分ほど南へ歩いたところに位置する、行楽地である。市内からブークへの道は、自然の景観をよく残した森の中を、川沿いに延々と続いている。バンベルクの元行政長官、シュテンゲル男爵はその森の一角を、〈魅惑の園〉としてきれいに造成した、という。
ブークはホフマンの、お気に入りの場所だった。ミーシャや、クンツらの知人と、しばしばピクニックに行ったり、ヨハン・シュトリーゲルのレストランで、会食したりした。
この道筋は、現在も十分にその面影を、残している。

——クンツは、一七八五年生まれと聞いているから、ETAと知り合ったときはそろそろ、二十代半ばに差しかかるところだった。つまり、まだ尻に卵の殻をつけたような、若者にすぎなかった。

とはいえ、なかなか商才に恵まれた男とみえ、ワインの販売業者としてそこそこに、羽振りのいい暮らしをしていた。

商売人らしく、人当たりがよくて快活な性格だが、やや山師的な言動が目につく。そのため、付き合いを避ける人もいた。

あなたも、ETAを通じてクンツ夫妻を知っているから、あまり批判めいたことは言いたくない。しかし、一応心得ておくべきことは、伝えておきたい。

クンツは、虚言癖があるとまでは言わないが、自分の判断に絶対的な信頼を置き、たとえそれが間違っていようと、容易に誤りを認めない気性の持ち主だ。

年のわりに髪が薄く、かっぷくがよいといえば聞こえはいいが、太っているために腹が突き出し、暑苦しい印象を与える。とにかく、あなたもクンツをよくご存じだから、彼がどのような人物か、お分かりのはずだ。

ETAとクンツが、初めて顔を合わせたのは実のところ、バンベルク劇場に接する〈薔薇亭〉でのことだった。

あれは、一八〇九年三月下旬だった、と記憶する。

劇場がはねたあと、ETAとわたしが〈薔薇亭〉で食事をしていると、少し離れた席にいた二人連れの男女が、ちらちらとこちらを見るのに気がついた。男の方が問題のクンツで、女の方はあとで夫人のヴィルヘルミネ、通称ミンナと分かった。

ミンナは、夫と釣り合わないほどすらりとした、とびきりの美女だった。あなたには悪いが、ETAもわたしと話をしながら、ちらちらと盗み見していたくらいだ。

そのとき、わたしたちはこの店の自慢の料理、ウズラのワイン煮に取り組んでいたのだが、ミンナに見とれるあまり味も何も分からず、気がつかないうちに食べ終わってしまった。

恥ずかしながらわたしは、用を足すのもがまんしていたことを思い出し、急いで席を立った。

ほどなく、手洗いをすませて廊下に出ると、そこでクンツが待っていた。

クンツは、もみ手をせんばかりにしてわたしに近づき、みずからワイン販売業者のクンツだ、と名乗った。

「もしや、あなたがご一緒されている紳士は、かの有名な音楽家のホフマン氏ではありませんか」

わたしがそのとおり、有名な音楽家のホフマン氏であると答えると、クンツは太った体をくねらせるように、左右に揺らして言った。

「たいへんぶしつけなお願いですが、わたしをホフマン氏に紹介していただけませんか。わたしは、ワインを売るだけでなく、書物の収集家でもありまして、いろいろとお役に立てる、と思うのです」

ワインと本と聞いて、それならETAも興味を持つだろうと考え、紹介してあげましょう、と請け合った。

テーブルにもどると、クンツが美しい夫人をせかすように、席にやって来た。

わたしはETAにクンツを紹介し、クンツはETAに自分の商売を告げた。

ETAは、立ち上がってクンツと握手を交わし、夫人の手に唇を押しつけた。

給仕に、近くの椅子を持って来させ、二人をすわらせた。

腰を落ち着けると、クンツは言った。

「わたしは、商売柄いろいろな人と、お付き合いがありましてね。作家の得意先も、何人かおります。たとえば、フリードリヒ・リヒター氏も、その一人です」

その名前を聞いて、妻のミンナに気を取られていたETAが、あわててクンツに目をもどした。

「なんと。フリードリヒ・リヒターというと、あのジャン・パウル氏のことですか」

クンツが、得意げに腹を突き出す。

「そうです。そのジャン・パウル氏です」

あなたも、名前くらいは聞いたことがあると思うが、ジャン・パウルはETAより十三歳年長の、すでに歴としたキャリアを誇る作家だ。

ETAが、一瞬言葉を失うのを見て、クンツは続けた。

「機会をみて、ジャン・パウル氏をあなたに紹介することも、できると思います」

ETAの顔に、複雑な表情が浮かぶ。

もしかすると、あなたはご存じないかもしれない。

実はETAは、あなたと結婚する五カ月ほど前の、一八〇二年の二月に一歳年上のいとこ、ヴィルヘルミネ・デルファと交わした婚約を、一方的に破棄しているのだ。

ヴィルヘルミネ、つまりミンナはクンツ夫人と同じ名前なのだが、ドイツ人の名前は種類が少ないから、混乱しないでいただきたい。

ともかく、この婚約破棄はあなたと知り合ったため、といってよいと思う。

なぜここで、そんな話を持ち出したかというと、このミンナの親しい友だちに、カロリーネという女性がいた。

カロリーネは、親友のミンナに対する、ETAの一方的な婚約破棄に、ひどく腹を立てた。実をいえば、このカロリーネ・リヒターなる女性こそ、話に出たばかりのジャン・パウルの、妻なのだ。

もし二人が会うと知ったなら、カロリーネは夫にETAの仕打ちを告げ、辛辣に批判するだろう。それが、ジャン・パウルにどんな影響を及ぼすか、知れたものではない。

そうした危惧が、ただちにETAの頭をよぎったことは、確かだと思う。

しかし、ETAはすぐさま表情を緩め、何食わぬ顔で応じた。

「そうですな。機会があれば、ぜひそうしていただきたい。それはさておき、あなたがワインを扱っておられる上に、書物の収集家でもいらっしゃるとは、まことに興味深い。今後ともぜひ、ご昵懇に願いたいものです」

「いや、こちらこそ。わたしの書庫に、どのような本をそろえたらよいか、いろいろとアドバイスをいただけたら、と思います」

「その方面でしたら、お役に立てるでしょう」

ETAの顔色を見て、わたしは彼の考えていることが、すぐに分かった。

ETAの狙いは、クンツの書庫にすでに集められた本、そして今後集められるであろう本と、ワインに違いないのだ。それに、あえて申し上げておくが、夫人のミンナに対する興味も、少なからずあったと思われる。

クンツが、ETAと初めて会った時と場所、引き合わせてくれた人物について、なぜ偽りを言ったかは、分からない。わたしの耳にははいるまい、と考えたとすればあまりにも愚か、としか言いようがない。

ここで、一つだけ念を押しておこう。

上に書いたとおり、クンツ夫人のミンナは美しい人であるが、あなたほどではない。

また、ミンナという名前がかつての婚約者と同じだ、という事実もETAにはなんの感慨も、与えまい。

つまりETAが、クンツ夫人に心を動かされるのではないか、という心配は少なくとも当面、まったく無用であることを、申し上げておく。

あなたが、もしほかの女のことで不安を覚えるとすれば、その相手はやはりユリアであろうし、それはもっともなことと思われる。

14

解読原稿をそろえて、テーブルに置き直す。

古閑沙帆は、すっかり冷えてしまったお茶に、口をつけた。

奥の方から、かすかなギターの音が、聞こえてくる。

原稿を読んでいるあいだ、それはほとんど途切れることがなかった。レコードやCDでないのは、ときどき同じフレーズが繰り返されることで、それと知れた。

単純な音階や、簡単なアルペジオの練習がほとんど、と思われる。

本間鋭太がひとまず弾いてみせ、そのあとを倉石由梨亜がついていく様子が、なんとなく目に浮かんだ。

別に、心配するほどのことは、なかったようだ。

ただ、由梨亜が本間と二人きりでギターを弾いたと知ったら、倉石夫婦がどんな反応を示すか分からず、それだけが少し気がかりだった。倉石学はともかく、麻里奈はきっと目に角を立てるに、違いない。

そろえた原稿に、目をもどす。

今回は、E・T・A・ホフマンとユリア・マルクの出会い、それにカール・フリードリヒ・クンツとの出会いが、おもなテーマだった。

沙帆もこのところ、修盟大学での授業の合間に独文科の研究室、図書館などでホフマン関連の文献を探し、目を通すようにしている。

しかし、日本語の文献は非常に限られており、ドイツ語の原書もたいした資料は、見つからなかった。その中で、参考になったのはドイツ文学者吉田六郎の、〈ホフマン伝〉くらいのものだった。

この評伝は、未訳のドイツ語のホフマン研究書や日記、書簡集を丹念に読み解いて書かれた、かなりの労作だ。吉田は、この本で東京大学の博士号を取った、という。

残念ながら、それら文献資料の原書はほとんど収蔵されておらず、吉田の研究をあとづけることはできなかった。

麻里奈は、卒論にホフマンを選んだくらいだから、そうした資料のうちいくつかは、持っているかもしれない。しかし、沙帆の口から貸してほしいとは、言い出しにくかった。

ホフマンが、初めて出会ったときのユリアは、まだ十二歳の少女にすぎなかった、という。つまり由梨亜と、ほぼ同じ年齢だったわけだ。たいした符合ではないが、ただの偶然にしては、できすぎている。

それにしても、ホフマンとクンツが〈薔薇亭〉とやらで会ったとき、その場に居合わせたこの報告書の書き手、ヨハネスなにがしという男は、いったい何者なのだろう。たとえ無名にせよ、ホフマンとどういう関係にある人物なのか、無性に知りたくなる。

原稿を読むにつれて、沙帆は麻里奈にひけをとらぬほど、ホフマンに対する興味が深まるのを、自覚せずにはいられなかった。

ふと気がつくと、いつの間にかギターの音が、やんでいる。

反射的に、壁の掛け時計を見上げた。

本間と由梨亜が、奥へ姿を消してからすでに三十分以上も、時間がたっていた。

本間は、ほんの十分か十五分、と言ったのだ。

心配になって、沙帆が長椅子から立ち上がったとき、廊下に足音が響いた。足音は、二つだった。

もどって来たと分かり、ほっとしてすわり直す。

引き戸が勢いよく開き、本間が先にはいって来た。その後ろから、由梨亜が上気した顔をのぞかせ、ぺろりと舌を出してみせる。

本間はソファに、どしんと飛び乗るようにすわって、人差し指を振り立てた。

「由梨亜くんは、才能があるぞ。何より、女の子にしては指の力が、抜群に強い。ちゃんとやれば、男の子に負けない弾き手になるだろう」

由梨亜は、長椅子の後ろを回って、沙帆の隣に腰をおろした。

沙帆を見て、息をはずませる。

「本間先生って、すごいんですね。さっきおっしゃいましたけど、ほんとうにうちのお父さんより、うまいかも」

由梨亜がいつも、沙帆のことを〈おばさま〉と呼びながら、自分の父親を〈父〉ではなく、〈お父さん〉と呼ぶのがやや意外だった。

とはいえ、その子供っぽさがほほえましく、新鮮に感じられる。

本間は、まんざらでもなさそうに笑って、鼻の下を指でこすった。

「さっきのは冗談だよ、きみ。プロとアマの差は、歴然としておるよ」

沙帆は口を開いた。

「ずいぶん熱心に、レッスンしてらっしゃいましたよね、先生。ほんの十分か十五分、とおっしゃったのに」

皮肉を言うと、本間はわざとらしく頭を掻いてみせ、弁解がましい口調で応じた。

「いや、すまん、すまん。由梨亜くんの才能に驚いて、つい時間がたつのを忘れたのさ。やはり血は争えぬ、ということかな」

由梨亜が、膝を押しつけてくる。

「ね、おばさま。先生はすごいギターを、持ってらっしゃるんですよ。フランシスコ・パヘスという、昔の人が作ったギターなんですって」

「そのギターなら、わたしも前に見せていただいたわ。いろいろ装飾を施した、骨董品みたいなギターでしょう」

「ええ。でも、すごく古風で、上品な音が出るんです。お父さんが弾いたら、きっとほしがると思うわ」

「たぶんね。お父さんは、本間先生がキューバの蚤の市で安く買った、と知ったら驚いていたわ」

本間が割り込む。

「ラベルは貼ってないが、音や仕上がり具合からしてパヘスと思われる、というだけのことさ。わしがそう言った、という話はしなかったのかね」

「もちろん、しました。でも、由緒ありげな古いギターにはよく、名の知れた製作家の偽ラベルを貼る、といういんちきがあるらしいんです。それを考えると、逆にラベルがないのは、本物の証拠かもしれない、と言われました」

本間は苦笑した。

「なるほど、ものも考えようだな」

由梨亜が、興味深そうに聞く。

「もし、本物のパヘスだとしたら、どれくらいするんですか」

「めったに市場に出ないから、ぼくにも見当がつかんな。しかし、あれだけ状態や音質がよければ、たとえパヘスでなくても、百万はくだらぬだろう」

由梨亜は、体を引いた。

「へえ、そんなにするんですか」

沙帆も、あの古いギターにそんな値がつくとは、信じられなかった。

バイオリンなら、その値段よりゼロが二つ多いものもあるから、それに比べれば安いといえる。しかし、あんな古びたギターに百万円も払う物好きが、いるだろうか。

沙帆の顔色を読んだように、本間が指を立てて言う。

「あの種の古楽器には、値段などあってないようなものだ。興味のない人間は、十万円でも買わないだろうし、喉から手が出るほどほしい人間は五百万、一千万でも出すだろう。もちろんそんな物好きは、めったにいないがね」

由梨亜は沙帆を見て、あきれたと言わぬばかりに、肩をすくめた。

もっとも、倉石ならそうした物好きのうちに、はいるかもしれない。現に、パヘスの名前を聞いたとき、目の色が変わったからだ。

かりに、例の古文書と引き換えに譲ると言われたら、倉石は一も二もなく応じるに違いない。

もっとも、麻里奈がうんと言えばの話だが、おそらくその可能性はないだろう。

本間が沙帆を見て、口調をあらためる。

「ところで、原稿を読んでくれたかね」

「はい、拝読しました」

「それで、感想は」

沙帆は少し迷い、当たり障りのない返事をした。

「毎回興味深く、読ませていただいています」

本間が、眉根を寄せる。

「そんなことは、分かっとる。今回の原稿は、どこがどうおもしろかったのかを、聞いとるんじゃよ」

いつもの、本間節が出た。

とはいえ、どうも由梨亜と話すときは〈ぼく〉〈だ〉、沙帆と話すときは〈わし〉〈じゃ〉と、使い分けているような気がして、おもしろくない。

それかあらぬか、由梨亜もとまどったように顎を引き、本間を見つめる。

本間は、ばつの悪そうな顔をして、また鼻の下をこすった。

「まあ、ホフマンの生涯を知らなければ、この手記のどこがおもしろいのか、分かるまいがな」

その言い方に、むらむらと負けぬ気が、頭をもたげる。

「わたしも、この解読の中継ぎを引き受けてから、ホフマンのことをいくらか勉強しました。麻里奈さんほどではないですが、一応の知識は持っているつもりです」

「といったところで、せいぜい吉田六郎のホフマン伝を、読んだ程度じゃろう」

図星を指されて、沙帆は一瞬鼻白んだ。

「独文学者が書いた資料は、ほかにあまりないようなんです。ドイツ語のホフマン伝の訳書も、ザフランスキーとベルゲングリューンくらいしか、ありませんでした。原書を収蔵している図書館、資料館はきわめて数が少ないですし」

「言い訳は、聞きたくない。このご時世だから、インターネットで原書を取り寄せることも、むずかしくあるまいに」

かちんとくる。

「でも、わたしは別にホフマン研究の専門家、というわけではありませんから。麻里奈さんなら、かなり持っておられる、と思いますが」

聞いていた由梨亜が、口を出す。

「わたしが中学に上がる少し前に、お母さんはドイツ語の本をだいぶ、処分したみたいです。だんだん、家が狭くなるから、と言って」

「そう。でも、しかたないわね。由梨亜ちゃんも、大きくなったし」

本間が、いらだった口調で、割り込む。

「それはともかく、古閑くん。ほかに何か、感想はないのかね」

「感想というか、いつも拝読するたびに思うのは、この報告書というか手記というか、これを書いたのはだれか、ということなんです。前にも申し上げましたけど、先生にはもう書き手がだれか、分かってらっしゃるんじゃありませんか。最後まで、目を通されたはずですし」

「ヨハネスなにがし、という名前は分かっとる。しかし、そのときも言ったとおり、わしにもなじみのない人物でな」

どうも、本音とは思えない。

「後世の、いかさま研究者による偽作かもしれない、ともおっしゃいましたよね」

「うむ。偽作ではないにせよ、ホフマンをよく知る同時代の人物が、別名を使って書いた可能性も、否定はできぬだろう」

「当時、この手記に書かれているほど、ホフマンと親しい付き合いのあった人物は、今回出てきたクンツくらいだ、と承知しています。それとも、ほかにまだだれか、いたでしょうか」

「いたかもしれんし、いなかったかもしれん。しかし、問題はこれを書いたのがだれか、ということではない。重要なのは、ここに書かれていることが、事実かどうかという点じゃよ」

そのとき唐突に、外の廊下から猫の鳴き声が聞こえ、沙帆はぎくりとした。

由梨亜も、背筋をしゃんと伸ばす。

本間は、あわてて壁の時計を見上げ、ソファから飛びおりた。

「おっと、忘れておった。ミルクをやる時間だった」

沙帆はあわてて、聞き返した。

「ミルクって、猫のですか」

「さよう。そろそろ、腹をすかせるころじゃ」

そう言って、戸口へ向かう。

初めて聞く話に、沙帆はちょっと焦った。

「あの、猫を、飼ってらっしゃるんですか」

本間は振り向かず、指だけぴんと立てた。

「飼っているわけじゃないが、ムルのやつは毎日ミルクを、せがみに来るんじゃよ」

もう一度驚いて、顎を引く。

「ムル、という名前なんですか」

本間は引き戸をあけ、首だけ振り向けた。

「そのとおり。ミルクをやったら、会わせてやってもいいぞ。会ってみるかね」

沙帆は、とっさに応じた。

「はい、ぜひ」

本間が出て行くと、由梨亜が聞いてくる。

「どんな猫かしら」

「どうせ、どこかで拾ってきた、捨て猫でしょう」

つい、憎まれ口が出た。

由梨亜が、首をひねる。

「ムルなんて、へんてこな名前ですね」

「実はホフマンが、ムルという名前の牡猫を、飼っていたの」

説明すると、由梨亜はなるほどというように、うなずいた。

「ふうん。そのまねをしたんですね」

「ええ。ホフマンは、その猫をモデルにして、本も書いているわ」

「どんな本ですか」

「『牡猫ムルの人生観』というタイトル。ムルが書いた自伝、という設定の小説よ」

由梨亜は顎を引き、せわしげに瞬きした。

「猫が書いた自伝ですか。変な小説ですね」

「そう、変な小説。ムルが自伝を書くにあたって、ヨハネス・クライスラーという人物の伝記本の、あちこちのページを破いて下敷きにしたり、吸い取り紙に使ったりしたものだから、その二つが一緒くたに印刷されてしまったわけ。途中で、話があっちこっち前後するという、とにかくややこしい小説なの」

由梨亜はおとなっぽく、くるりと瞳を回してみせた。

「でも、猫のくせに人生観なんて、おもしろいですね。猫生観なら、分かるけれど」

つい、笑ってしまう。

「そう言われれば、そうね。ドイツ語の原題は、『レーベンスーアンズィヒテン・デス・カーテルス・ムル(Lebens-Ansichten des Katers Murr)』、つまり『牡猫ムルの生活と意見』なの。それを、最初に訳した人が〈人生観〉としたから、それで定着したのでしょうね。その方が簡潔だし」

「ふうん。そのモデルが、ホフマンの飼い猫のムル、というわけですね」

「ええ。それにしてもホフマンは、妙なことを思いついたものよね」

由梨亜が、形のいい眉をきゅっと寄せて、思慮深い顔をする。

「でも、猫が書いた本といったら、夏目漱石の『吾輩は猫である』と、一緒じゃないですか。どちらが、先なのかしら」

沙帆は、天井へ目を向けた。

「確か、『牡猫ムル』が一八二〇年前後、『吾輩』が一九〇〇年代の初めごろだった、と思うわ」

由梨亜も、同じように天井を見上げて、少し考えた。

「だとしたら、ホフマンの方が八十年くらい、早いわけですね。漱石がまねした、ということですか」

大胆な意見に、苦笑してしまう。

「漱石の時代には、この本はまだ翻訳されていなかった、と思うわ。単なる、偶然の一致でしょう。ただ、『吾輩』の後ろの方にちょっと、『牡猫ムル』に触れた箇所があるの。書いている途中で、漱石先生もそういう小説が存在することを、小耳に挟んだみたいね」

「へえ。『吾輩』とその『牡猫ムル』、読み比べてみようかな」

「それはいいけど、『牡猫ムル』は手ごわいわよ」

沙帆が言ったとき、外の廊下に足音がした。

15

開いた戸口から、本間鋭太がはいって来る。

腕いっぱいに、大きな猫を抱いていた。

古閑沙帆は、その猫の予想外の大きさに、たじろいだ。

倉石由梨亜も驚いたらしく、沙帆の肘をぎゅっとつかんでくる。

頭から尾の先まで、黒と濃灰色の珍しい縞模様におおわれた、不思議な猫だった。

頭は小ぶりだが、尾が異常なほど長い。ほとんど、胴体と同じくらい、ありそうだ。先の方が、丸く大きな輪になったり、逆にまっすぐ伸びたりと、それ自体が別の生き物のように、自在に動く。

目は、これまためったに見ない、青みがかった金色だった。これが人間なら、日本人ではなく碧眼の外国人、というところだろう。

「あの、ずいぶん、りっぱな猫ですね」

それしか、言葉が出てこない。

「見た目がりっぱなだけではない。このムルは、ホフマンのムルほど教養はないかもしれんが、音楽に対する好奇心だけは、負けておらん。わしが、ピアノやギターを弾いていると、いつの間にか窓の外に寝そべって、聞いとるんじゃよ。こいつには、音楽が分かるのさ」

本間は、瞳をきらきらと光らせて、そう言った。

どうやら、本気でムルが音楽を理解する、と信じている風情だ。笑うわけに、いかなくなる。

「でも、まさかホフマンのムルのように、本を読んだり字を書いたりすることは、できませんよね」

これ以上はないくらい、まじめな顔で聞いてみた。

本間も、まじめな顔でムルの顔を眺め、もっともらしく応じる。

「それは、なんとも言えん。わしも今のところ、そうした現場を目撃しておらんからな」

まるで、ムルが読み書きするところを、自分の目で確かめずにはおかない、と言いたげな口ぶりだ。

本気なのか冗談なのか、分からなくなる。

由梨亜が隣で、くすりと笑った。

本間は、それに気づかなかったか、気づかなかったふりをして、ムルを抱き直した。

戸口へ向かい、ムルを廊下に放す。引き戸を閉じて、ソファにもどった。

沙帆はふと、ムルが大きく見えたのは、本間の体が小さかったからだ、ということに思い当たった。

ムルは、通常の猫より多少大きいかもしれないが、それほど大きいわけではなかった。

　由梨亜が、口を開く。

「黒と灰色の縞の猫なんて、初めて見たような気がします。あんな珍しい猫なのに、野良猫なんですか」

「首輪がない、という意味では、そうなるな」

　本間の返事に、由梨亜はませたしぐさで腕を組み、独り言のように言った。

「うちで飼えないかしら」

　沙帆は驚いた。

「マンションは、ペット禁止のはずよ」

「ううん、うちのマンションはペット、オーケーなんです。もちろん、細かい規則はありますけど」

　それは、知らなかった。

「でも、お母さんがうん、と言うかどうか」

　沙帆が念を押すと、由梨亜は肩を落とした。

「そうですね。お父さんはともかく、お母さんは猫が嫌いだし」

　話題を変えようと、沙帆は本間に目をもどした。

「そうそう。今回の解読原稿に関して、もう一つお尋ねしたいことが、ありました。よろしいですか」

　本間は、目をぱちぱちとさせた。

「いいとも。なんでも聞いてくれたまえ」

「本文じゃなくて、先生が挿入された訳注のことなんです。今回、ホフマンと同時代の日本について、言及されていますね」

「ああ、あれか。ホフマンの時代は、日本でいえば十九世紀初頭の、江戸末期に差しかかったころ、というくだりだな」

「あの訳注は、どういう狙いというか、意味があるのですか。確かに、興味深いエピソードですけれども、ホフマンとは別に関係ないのではないか、という気がしますが」

　遠慮なく言うと、本間は両手の指先をきちんとそろえ、唇に当てた。

「むろんホフマンとは、なんの関係もないさ。しかし、ホフマンが生きていた時代に、日本でどんなことがあったか、あるいはどんな人物が活躍していたか、知りたいとは思わんかね、きみ」

　その説明には、どこか取ってつけたようなところがあり、何か釈然としないものを感じる。

　しかし、そんなことはおくびにも出さず、沙帆はお義理で応じた。

「もちろん、興味はありますが」

「いつの時代も、一つの国だけに目を向けていたのでは、何も見えてこんぞ。物事というものは、常にグローバルな視野で観察しなければ、本質に迫ることができぬ。ホフマンとゲーテ、フィヒテ、ベートーヴェン、カントらは年齢こそ違え、みな同時代の人びとだ。ドイツだけではない。フランスにはシャトーブリアン、スタンダール。ロシアには、プーシキン。アメリカには、ワシントン・アーヴィング。イギリスにはワーズワース、ウォルター・スコット、ジェーン・オースティン」

そこで言葉を切り、本間が由梨亜に指を振り立てる。

「由梨亜くんは、聞いたことがあるかね、こういった連中の名前を」

由梨亜は、またぺろりと小さく舌を出してから、悪びれずに首を振った。

「名前にはみんな、聞き覚えがあるような気がしますけど、どういう人か知っているのはゲーテとベートーヴェン、それにアーヴィング、スコットくらいです。後ろの二人は、小学生のとき『リップ・ヴァン・ウィンクル』と、『アイヴァンホー』を読んだことがあるので」

本間は、いかにも意にかなったという様子で、うなずいた。

沙帆に目を移し、偉そうな口調で言う。

「では、この時代に日本で活躍していた人物を、だれか挙げてみたまえ」

今度は歴史の試験、ときたか。

いやみの一つも言いたかったが、由梨亜の手前、そうするわけにもいかなかった。

考えていると、本間がせかしてくる。

「ホフマンが雌伏していた、一七九〇年代から一八一〇年代にかけての時代は、日本でいえば寛政から享和、文化のころじゃよ」

じゃよ、と言われてもすぐには、出てこない。

しかし、寛政とくればとりあえず改革、と言葉が思い浮かぶ。

「松平定信《さだのぶ》の時代ですね」

本間が、鼻で笑う。

「それくらいは、だれでも知っとるだろう」

小ばかにされたようで、さすがにむっとした。

「その前後の文人といえば、大田蜀山人《しょくさんじん》、十返舎一九《じっぺんしゃいっく》、曲亭馬琴《きょくていばきん》あたりでしょうか」

ぶっきらぼうに答えると、今度は本間も満足そうに、うなずいた。

「まあ、きみの世代で思いつくのは、そんなところだろう。欲を言えば、上田秋成《あきなり》をあげてくれても、よかった。時代は少しさかのぼるが、ホフマンとは生きていた期間が三十年以上、重なっておる。作風もいくらか、似ているからな」

なるほど、上田秋成か。

秋成の作品は、学生のころ『雨月物語』くらいしか、読んだ覚えがない。おおむね、怪談奇談のたぐいだったと思うが、ほとんど忘れてしまった。

とはいえ、物語のタイプから言えば確かにホフマンと、共通点がありそうだ。

ふと、『雨月物語』の中に出て来た、美しい女の話を思い出す。

題は忘れたが、男に惚れた蛇が美女に化身してつきまとい、災いを及ぼす話だった。

化生のものと分かっていながら、その美女に魂を奪われる男のありさまが、ユリアにのめり込んでいくホフマンの心情と、重ならないでもない。

気持ちを切り替え、沙帆は言った。

「今度のお原稿に、ユリアの名前が初めて、日記に現れた日のことが、出ていましたね。この報告書の書き手が、日記を盗み読みした奥さんから聞かされた、というかたちで」

本間はすわり直し、重おもしくうなずいた。

「さよう。バンベルク時代の、一八〇九年五月二十一日の日記だ」

「ホフマンが、ユリアのレッスンを引き受けてから、六カ月くらいあとのようですが」

「うむ。その日、戦災復興支援のための慈善音楽会で、ユリアが初舞台を踏んだ。それを聞いたホフマンは、わが教え子の歌にいたく感じ入って、その感激を書き留めたわけさ」

「そのときの記載では、ユリアを愛称のユルヒェンで呼んでいるだけで、偽名や記号を使っていませんね。このころの、ホフマンのユリアに対する気持ちは、まだそれほどではなかった、ということですか」

本間がおおげさに、肩をすくめてみせる。

「まあ、そういうことじゃろうな」

「では、いつごろからユリアへの執着が始まったか、分からないのですか」

「ある程度、推測はできる」

「その報告書ではなく、ホフマンの日記を克明に調べてみれば、分かるのではないでしょうか。確か、ホフマンの日記は活字になっている、と聞きましたが」

本間は、しぶしぶのようにうなずいた。

「ああ、日記も手紙も、復刻されておる。ただ日記は、書かれなかったか紛失したか分からんが、ところどころ抜けているんじゃ。バンベルク時代でいえば、一八〇八年と一八一〇年は、まるまる抜けておる。一八〇九年も、ユリアにからむ記載はさっきの初舞台の日と、九月三日にマルク家のユリアら三人の子供たちの、肖像画を描く仕事に着手するというメモの、二つしかない。一八一〇年を飛ばして、翌一一年の一月からにわかに、ユリアの記載が多くなる。ホフマンは毎日のように、マルク家へレッスンに行っとるんだ」

「ユリアのことを、本名で書いているのですか」

「ユルヒェンと書くこともあれば、アルファベットでカー・ファオ・ハー（K.v.H.）と書くこともあった」

「カー・ファオ・ハー。なんの略ですか」

「ケートヒェン・フォン・ハイルブロン（Käthchen von Heilbronn）の略じゃよ」

虚をつかれて、沙帆は顎を引いた。

「それはクライストの、『ハイルブロンのケートヒェン』のことですか」

「いかにも」

本間は、格式ばった口調でそう言い、満足そうに笑った。

沙帆はそれが、ホフマンより一歳年下の浪漫派作家、ハインリヒ・フォン・クライストの傑作戯曲の一つだ、と承知している。

どんなにはねつけられ、足蹴にされても、これと決めた男を慕い続ける、服従の権化のような少女、ケートヒェンを描いたものだ。あまりにもマゾヒスティックなので、かつて読んだときにとてもついていけない、と思ったのを覚えている。

「クライストは自分の婚約者、ヴィルヘルミネにそうあってほしいと思い、そのように教育しようとしたが、結局はうまくいかなかった。それで、婚約を解消してしまったのさ。そのあたりは、ホフマンと共通点がある」

「ホフマンは、ユリアをそのケートヒェンに、なぞらえたわけですか」

「さよう。クライストが、この作品を書いたのは一八〇七年から、九年にかけてのことだった。初演は翌一〇年の三月、ヴィーンで三日間行なわれたという。活字になったのは、その秋とされておる。ホフマンはおそらく、それを読んでケートヒェンを知った、とみてよかろう」

「彼女の頭文字を、自分が心をひかれる女性の略称にするとは、ホフマンもよほどその作品を高く評価した、ということでしょうか」

「もちろん、そうだろう。現にホフマンは、翌一一年十一月二十一日にクライストが自殺する少し前、バンベルク劇場でこの戯曲を上演しておる」

初めて聞く話に、沙帆は呆然とした。

なるほど、ホフマンとクライストは同時代の作家だし、大ざっぱに分類すれば二人とも浪漫派、ということになる。しかし、いわゆる浪漫派のノヴァーリス、ティーク、シュレーゲル兄弟などとは、だいぶ趣を異にする。

沙帆の考えを読んだように、本間が口を開く。

「ホフマンとクライストは、いずれも時代的に浪漫派に分類されることが多いが、むしろその後の写実派の露払い、と見るべきじゃろう。むろん、二人のあいだには共通点もあるが、それを上回る相違点があると理解せねばならん」

「共通点が、あるでしょうか」

沙帆があえて疑問をぶつけると、本間は人差し指を振り立てた。

「あるとも。たとえば、自殺願望じゃ」

「自殺願望。クライストは、現に自殺していますから、分かります。でも、ホフマンに自殺願望が、あったでしょうか」

「残された日記を精査すると、それをほのめかす記述がある。ホフマンは、おそらくミーシャに読まれるのを恐れて、知られたくないことをギリシャ語、ラテン語、イタリア語で書いた。あるいは、めんどうな表現を簡略化するために、マークや絵言葉で記入したりしている。グラスの絵は飲酒。蝶々はおそらく、ユリア。そして、ピストルの絵がある。これは、自殺願望を表しているというのが、おおかたの見解じゃ」

そこでちょっと、会話が途切れる。

それまで、黙って二人のやりとりを聞いていた由梨亜が、おずおずと口を開く。

「すみません、おばさま。そろそろ、帰らないと。お母さんが、心配しますから」

沙帆はわれに返り、反射的に壁の時計を見た。

ほどなく、午後五時になろうとしている。本間と由梨亜が、ギターを弾いていたこともあるが、つい長話をしたのがいけなかった。

「ほんとね。もう、失礼しないと」

沙帆は、本間の原稿をそろえ直し、トートバッグにしまった。

「それではまた、来週の金曜日にうかがいます」

沙帆が腰を上げると、由梨亜も一緒に立ち上がる。

「ギターを教えていただいて、ありがとうございました」

そういって、ぺこりと頭を下げた。

本間は、ソファからぴょん、と飛びおりた。

胸をそらし、ほとんど身長の変わらぬ由梨亜を、そっくり返って見る。

「いやいや、ぼくも久しぶりにギターのレッスンをして、楽しかったよ。教わりたくなったら、また古閑くんと一緒に来たまえ」

「はい。それじゃ、失礼します」

アパートを出て、地下鉄の牛込柳町の駅へ向かう。

由梨亜は顔をうつむけ、歩きながら言った。

「おばさまに、お願いがあるんですけど」

「何よ、あらたまって」

沙帆は、わけもなく不安を覚えて、由梨亜の顔をのぞき込んだ。

由梨亜が、下を向いたまま続ける。

「きょう、わたしが本間先生にギターを教わったこと、お父さんにもお母さんにも、黙っていてほしいんです」

ほっとした。

実は沙帆も、そのことを両親に報告しないように、由梨亜に因果を含めるつもりだったのだ。

ことに、母親の麻里奈はいろいろな意味で、本間に警戒心を抱いている。

たった一人で、由梨亜に本間のレッスンを受けさせた、と知ったらたちまち頭に血がのぼり、何を言い出すか分からない。

倉石学にしても、由梨亜が父親たる自分を差し置いて、他人にギターを習ったと分かったら、おもしろくない気分になるだろう。

　沙帆は歩きながら、由梨亜の肩を抱き寄せた。

「だいじょうぶよ。ギターのことは、お父さんにもお母さんにも、言わないことにする。だから由梨亜ちゃんも、黙っていなくちゃだめよ。もししゃべったら、わたしがお母さんに、叱られるから」

　由梨亜が、胴に回してきた腕にぎゅっと、力を込める。

「分かりました」

「でも、由梨亜ちゃんがときどき、お父さんのレッスン室にもぐり込んで、ギターを弾いていたとはね」

　由梨亜は、含み笑いをした。

「いつか、お父さんをびっくりさせてやろう、と思って」

　それから、沙帆を見上げて続ける。

「そのことも、黙っていてくださいね」

16

　電車に乗る前、古閑沙帆は倉石麻里奈に、電話を入れた。

　遅くなったことをわび、今から由梨亜をマンションへ送って行く、と伝える。

　これまで、沙帆は決められた金曜日の午後、本間鋭太から解読原稿を受け取ったあと、まっすぐ北区神谷の自宅に帰っていた。

　夜のうちに原稿に目を通し、自分用のコピーを取る。麻里奈に手渡すのは、おおむね翌日土曜日の午後か夕方、と決めてあった。

　しかしこの日は、由梨亜を本間の家に連れて行ったので、自宅へ送り届けなければならない。

　麻里奈は、夕食を用意しておくから食べていかないか、と言ってくれた。

「倉石は、母親のところへ行っていてね、一緒に晩ご飯食べてくるんだって」

　以前、麻里奈から聞かされた話では、倉石学の母親玉江《たまえ》はまだ七十代半ばだそうだが、京王線の柴崎《しばさき》にある老人ホームに、はいっているという。詳しくは知らないが、認知症に起因する記憶障害が、進んだためらしい。

　沙帆は、自宅にいる義母のさつきにも、電話をかけた。帆太郎と二人で、夕食をすませてもらえないか、と頼む。

死んだ息子にもまして、孫のめんどうをよくみるさつきは、二つ返事でオーケーした。

地下鉄の大江戸線、南北線を乗り継いで、本駒込の〈オブラス曙〉に着いたときは、そろそろ六時に近かった。

ダイニングルームのテーブルで、手作りのビーフシチューを一緒に食べながら、麻里奈が由梨亜に本間の印象を聞く。

由梨亜は、視線だけ上に向けて、少し考えた。

「別に、悪い人じゃないよ。ちょっと変わったおじいさん、ていうか、おじさんね。ご隠居さんみたいな、紺地に赤い波の模様の服を着ていた」

「青海波の作務衣ね」

沙帆が補足すると、麻里奈は眉根を寄せた。

「ふうん。沙帆が言っていた、いつものピエロ・ファッションとは、だいぶ違うわね」

「由梨亜ちゃんに会えるというので、地味な作りにしたんでしょう」

由梨亜が、くすりと笑う。

「あれで、地味なんですか」

麻里奈は、そのあとも根掘り葉掘り、由梨亜に質問した。

由梨亜はいやがる顔も見せず、母親の問いにきちんと答えた。

少し、あてがはずれたように、麻里奈が念を押す。

「本間先生は、ホフマンとユリアのこと、話さなかったの」

由梨亜は、スプーンを宙に浮かせたまま、小さく肩をすくめた。

「先生とおばさまが、いろいろと話をしてらっしゃったけど、よく分からなかった」

麻里奈が、沙帆に目を移す。

「どんな話をしたの」

「今度の原稿のことで、感想を言ったり疑問点をただしたり、いろいろよ」

麻里奈の眉が、ぴくりと動いた。

「沙帆はその場で、原稿を読んだの」

ひやりとする。

由梨亜が、本間とギターを弾いているあいだに読んだ、とは言えない。

「どうしても感想が聞きたい、とおっしゃるものだから」

　麻里奈の顔に、好奇心が表れる。

「何か、新しい発見があった、ということかしら」

「さあ。それは、麻里奈に読んでもらわなくては、分からないわ」

　麻里奈が続けようとしたとき、由梨亜が割り込んできた。

「本間先生は、猫を飼ってるんだよ。ムルっていう」

　不意打ちを食らったように、麻里奈はスプーンの手を止めた。

「ムルですって」

「そう。ホフマンも、同じ名前の猫を飼ってたんですってね。それに、ムルが書いたという自伝の話も、おもしろかった」

　麻里奈は口を閉じ、少しのあいだ考えていた。

　結局、由梨亜に悪い影響を与えるものではない、と判断したらしい。

　口調を変えて聞く。

「それでその猫、どんな猫だったの」

「どんな猫って」

　言葉に窮したかたちで、由梨亜が沙帆に目を向ける。

　しかたなく、助け舟を出した。

「黒と濃い灰色の、段だら縞の猫よ。しっぽが長くて、胴と同じくらいあるの」

「大きさは」

「抱いていた本間先生が小柄なので、最初はずいぶん大きく見えたけれど、普通の猫よりちょっと大きめ、という感じね」

　麻里奈はスプーンを置き、しかつめらしい顔をした。

「それって、『牡猫ムルの人生観』のイラストで、見たことがあるわ」

「別に、不思議はないでしょう。ホフマンは、自分の飼い猫をモデルにして、あの小説を書いたのよ」

　麻里奈は、首をかしげた。

「本間先生は、どこからそんな猫を、探してきたのかしら。それが不思議よ」

「首輪をしていないから、野良猫らしいのよ。先生が楽器を弾くと、窓の外で聞いてるんですって。先生に言わせると、音楽が分かるそうよ」

　沙帆が言うと、麻里奈は小ばかにしたように、口元をゆがめた。

「そのうち、この猫は本が読めるとか、字が書けるとか、言い出すんじゃないの」

由梨亜が、ちらりと沙帆を見る。

沙帆は、しかたなく笑った。

「そうね、そんな風に言い出す可能性も、確かにあるわね」

冗談にまぎらしたが、笑える気分ではなかった。

そのあと、食事が終わるまで会話がはずまず、気まずい空気が流れた。

麻里奈は、食後にコーヒーとクッキーを用意して、由梨亜に言った。

「あなたは、自分の部屋で食べなさいね。わたしは、原稿を読まなくちゃならないし、沙帆に聞くこともあるから」

由梨亜は、救われたように立ち上がって、自分のトレーを取った。

「それじゃ、おばさま。ごゆっくり」

「ありがとう。きょうはどうも、お疲れさま」

由梨亜が、自室に引っ込むのを待って、沙帆は原稿をテーブルに置いた。

それを取り上げるなり、麻里奈はかなりの速さでページをめくり、十分とたたぬうちに読み終わった。

腕を組んで、椅子の背にもたれる。

「一つ、重要な発見をしたわ」

「あら。どんな」

聞き返すと、麻里奈はもったいらしく、うなずいた。

「ホフマン関係の本は、どれもユリアがホフマンと初めて会った時期を、十三歳のときだったと書いているわ。でも、この報告書によると十二歳のときだった、となっているの」

そう言いながら、原稿をめくって示す。

沙帆は、それをのぞき込んだ。

フックス夫人マリアが、自宅で開いた茶会の席でユリアが歌い、初めて聴いたホフマンが、いたく感激したくだりだ。

原稿には、〈ユリアは、まだ十二歳の少女にすぎなかった……〉とある。

麻里奈は続けた。

「ユリアは、一七九六年の三月十八日生まれよね。ホフマンは、一七七六年一月二十四日生まれだから、ちょうど二十歳違いになるわけ。その点はどの資料も、間違ってないわ。でも、フックス家の茶会が開かれたのは、一八〇八年の秋ごろだわ。だとしたら、ユリアはまだ十二歳と何カ月か、でしょう」

引き算をするまでもなく、麻里奈の言うことが正しい、と分かる。

「そのとおりね。でも、どの資料も十三歳のとき、となっているというのは、ほんとうなの」

「ええ。少なくとも、わたしの目に留まった範囲ではね」

「ドイツには、数え年というのは、ないわよね」

麻里奈は、くるりと瞳を回すようなしぐさを、してみせた。

「ないと思うわ」

それと同じしぐさを、由梨亜がしたのを思い出す。きっと、母親の影響だろう。

沙帆は記憶をたどりながら、もう一度原稿に目をもどした。

「その少しあとに、ユリアが慈善音楽会で歌ったくだりが、あったわよね。まだ少女だったので、いちばん聴衆の拍手が多かった、とかいう話よ。そのことを、ホフマンが日記に記入したのが、ユリアの名前を書き留めた最初だった、と」

「ええ。この原稿によると、その音楽会は翌年の一八〇九年五月二十一日に、開かれているわね。そのとき、ユリアは十三歳になっていた」

「つまり、ユリアが音楽会デビューして、ホフマンの日記に記載されたのが、十三歳のときだった、ということね」

「そう。それを、ホフマンとユリアの最初の出会い、という風に勘違いされてきたのかもね。だとしたら、これは新しい発見だわ。たいしたことじゃないかもしれないけど」

ホフマンの研究者は、これまでたくさんいたはずだから、そろって年齢を間違えることなど、ありそうにない気がする。

とはいえ、ホフマンについては麻里奈の方が詳しく、沙帆にはそれを指摘する裏付けがない。

麻里奈が、話を変える。

「それから、今回の先生の江戸時代うんぬんの訳注は、どういうことかしら。ホフマンには、直接関係ないと思うけど」

「わたしも、それは指摘したわ。先生が言うには、同時代の日本の動きを知るのも、決してむだにはならないとか、そんなニュアンスだった」

「ふうん」

納得のいかない顔だ。

「ついでに、同時代の江戸には上田秋成がいて、彼こそ日本のホフマンだとでも、言いたそうな口ぶりだったわ」

「なんだか、今回の訳注には別の意味があるような、そんな気がしないでもないわね」

「別の意味って、どんな」

「分からない。でも、なんの意味もないことを、こんな風に唐突に挿入するって、おかしいわよ」

そう言われてみれば、そんな気もする。

最後に麻里奈は、おそらくいちばん知りたいはずのことを、さりげなく聞いてきた。

「お望みどおり、由梨亜を連れて行ったことで、本間先生は何か言わなかったの」

麻里奈としては、解読料や翻訳料をただにしてやる、といった言質を取ってほしかったに違いない。

「具体的な話は、できなかったわ。でも、由梨亜ちゃんと会えたことで、すごくご機嫌だった。今後は、無理難題を言い出すことはない、と思うわ」

「言質を取らなかったの」

案の定だ。

「取らなかったわ。でも、その点に関してはわたしに、任せてほしいの。麻里奈や倉石さんが、納得できないような結果にはならない、と約束するわ」

きっぱり言ったが、麻里奈は不満そうだった。

「沙帆の約束は信じるけど、本間先生の言うことはもうひとつ、信用できないのよね」

「先生は偏屈だけれど、ひとをだましてまで自分の利を図る、そんな人じゃないわ」

麻里奈は、おおげさにため息をついた。

「そう願いたいわね。ともかく、きょうの原稿も興味深かったし、途中でおりられたら困るもの」

「だいじょうぶ。わたしが、お尻を叩くから。どうも、ごちそうさま」

なんとなく、釈然としない麻里奈から逃げるように、沙帆は話を打ち切った。

外廊下に出ると、生暖かい風が吹きつけてきた。

一度背伸びをしてから、エレベーターホールに向かう。

ボタンを押し、上がって来た無人のケージに、乗り込んだ。

一階に着いて、おりようとしたとき、乗り込もうとした男と、ぶつかりそうになる。

「失礼」

わびを言う男の顔を見て、沙帆は思わず声を上げた。

「あら、倉石さん」

17

倉石学は、口元をほころばせた。

「どうも。今、お帰りですか」

「はい。本間先生のお宅から、由梨亜ちゃんを送って来たんです。麻里奈さんが、夕食をすすめてくださったので、お言葉に甘えてごちそうになりました」

エレベーターをおりた古閑沙帆は、倉石のためにドアを支えた。

「それはよかった」

そう言って、倉石は一度中にはいりかけたが、足を止めて向き直る。

ちらり、と腕時計を見るようなしぐさをして、沙帆に目を向けた。

「よかったら、そのあたりで軽くお茶でも、どうですか」

唐突な誘いに、とまどう。

「でも、麻里奈さんや由梨亜ちゃんが、待ってらっしゃるでしょう」

「いや、いいんです。きょうは、おふくろと一緒に食事をするので遅くなる、と言ってありますから。おふくろのこと、麻里奈からお聞きになりましたか」

「京王線の、柴崎の施設にはいっていらっしゃる、というお話は聞きましたけど、あまり詳しくは」

沙帆は、途中で言葉を濁した。

倉石が、もっともらしくうなずく。

「わたしのおふくろは、確かに柴崎駅の近くにある老人ホームに、はいっていましてね。麻里奈よりも、わたしの口から直接正確なところを、お話ししますよ。こちらも、きょうの本間先生と由梨亜の話を、聞かせてもらいたいし」

そう言われると、断わるわけにいかない。

「それじゃ、ちょっとだけ」

本駒込の駅の近くへもどり、昔ながらのボックス席の、古い喫茶店にはいる。

倉石は、コーヒーと一緒にスパゲティと、サラダを注文した。

「お母さまと、お食事されたんじゃないんですか」

沙帆がさりげなく聞くと、倉石は軽く眉根を寄せた。

「それが食事の直前に、急におふくろの具合が悪くなりましてね。食事せずに、帰って来たんですよ」

「あら。だいじょうぶなんですか、お母さま」

「だいじょうぶです。悪くなったのは体の具合じゃなくて、頭の具合の方ですから」

事もなげに言うので、かえって鼻白む。

沙帆の顔色を見て、倉石は続けた。

「おふくろは認知症で、記憶障害がひどくてね。ただ、何かの拍子に正常な判断力や記憶がもどる、一種の寛解の瞬間があるんですよ。めったにないし、長さもせいぜい十五分から三十分程度の、短時間なんですがね。きょう、たまたまその周期が巡ってきて、久しぶりに親子の会話ができました」

「よかったじゃないですか」

いわゆる親の介護や、それに類することをした経験がないので、そういう例があるとは知らなかった。

「まあね。ただ食事時間がきたとき、またもとの状態にもどってしまった。わたしのことを、死んだおやじと間違え始めたんです。しばらく相手をしましたが、きりがないので介護士に食事の世話を任せて、引き上げることにしました」

そう言って、軽く肩をすくめる。

なんとも返事のしようがなく、沙帆は水のグラスに手を伸ばした。

倉石が、よどんだ空気を掻きまぜるように、急に話題を変える。

「でも、古閑さんは偉いな。ご主人を亡くしても、めげずにがんばってるんだから。しかも、ご主人のご両親と同居してらっしゃるんでしょう」

「ええ。ただ、わたし自身両親を早く亡くした上に、一人っ子だったものですから、今の義父母が実の親みたいな感じで、居心地がいいんです」

倉石の目に、ちらりとうとましげな色が浮かび、沙帆は少し引いた。

何か意に染まぬことを、言ってしまったのだろうか。

沙帆の反応に気づいたのか、倉石は表情を緩めた。

「すみません、よけいなことを持ち出しちゃって。実はきょう、おふくろから今まで知らなかった、意外な話を聞かされたもので、ちょっと動揺してるんですよ」

　そこで言葉を切り、沙帆の顔色をうかがうように見た。

　わずかな沈黙が漂う。

　そのあいだに、タイミングよくコーヒーと料理が、運ばれてきた。

　母親から、どんな話を聞かされたか知らないが、倉石がそれを披露したがっていることは、なんとなく察しがつく。

　しかし、その意外な話とやらが、どのような趣のものであれ、妻の麻里奈より先に聞かされるのは、気が進まなかった。

　沙帆は、あえて関心がない表情をこしらえ、黙ってコーヒーを飲んだ。

　そんな、沙帆の思いにも気づかない様子で、倉石は口を開いた。

「倉石というのは、母親の実家の姓でしてね。おやじの姓はヒサミツ、久しいに光ると書くんです。名前はソウ。クリエイトする方の、創造の創と書きます」

　別に知りたくはないが、字の説明は分かったという意味で、沙帆はうなずいた。

「久光創さんですね」

「ええ。ただ、おやじはわたしが二つのときに、癌で死にましてね。まだ、三十四歳でした。それで、おふくろは久光の籍から抜けて、旧姓にもどった。わたしはずっと、そう思っていました」

　そこで言葉を切り、じっと沙帆を見る。

　関心のない表情を保ったまま、沙帆はまたコーヒーを飲んだ。

　倉石は、沙帆の興味を引こうとするように、一拍おいて言った。

「ところが、そうじゃなかったんですね。きょう、初めて聞かされた話によると、おふくろとおやじは一度も、結婚していなかった。妊娠したのをきっかけに、おふくろはおやじと同棲を始めたが、結局入籍するにいたらなかった。おやじが、わたしを認知することもなかった、というんです」

　それから、自嘲めいた笑みを片頰に浮かべて、続ける。

「つまり、わたしは内縁関係から生まれた私生児、母子家庭で育った片親の子供、というわけです」

　沙帆はそれを聞きとがめ、わざときつい目で倉石を見た。

「内縁関係も私生児も、母子家庭も片親も、ずいぶん差別的な言葉ですね。今どき、はやりませんよ」

倉石は、沙帆の語調にたじろいだ様子で、瞬きした。

「ああ、そうですね、失礼。自分のことなので、ついうっかりしてしまった」

目を伏せて、スパゲティを食べることに、専念する。

少し気まずい雰囲気になり、沙帆は口調を和らげた。

「麻里奈さんと結婚されるとき、戸籍を確かめられなかったんですか。そうしたいきさつは、記録に残るはずですけど」

倉石は、口元を引き締めた。

「正直に言うと、あまりよく確かめなかった。結婚すると、新しい戸籍を作りますから、親の戸籍には興味がなかった。まあ、世間知らずと言われれば、そのとおりですがね。おふくろも何も言わなかったし、それきり思い出すこともなかった」

考えてみれば、沙帆自身も結婚したとき戸籍謄本を取り、夫のそれも目にしたに違いないが、よく覚えていない。

「麻里奈さんや、麻里奈さんのご両親はそのことを、知ってらっしゃるんですか」

「分かりません。気がついたかもしれないが、何も言われたことはありません」

「だったら、別にいいんじゃないですか」

麻里奈の父親は、寺本風鶏《ふうけい》というあまり売れない詩人で、すでに古希を過ぎているはずだが、最近の様子は耳にしていない。母親の依里奈《いりな》は、何年か前に病死している。

麻里奈も、沙帆と同じ一人っ子だった。

ただ、あまり親子の情の深い家庭ではなかった、という記憶がある。その分、沙帆と過ごすことが、多かったのだ。

もしかすると、麻里奈は倉石の家庭の事情を知っていながら、何も言わずに結婚したのかもしれない。麻里奈には、そういうさっぱりしたところも、あるのだ。

倉石が黙っているので、沙帆はなんとなく続けた。

「お母さまは、なぜ今ごろそんなことを、おっしゃったのかしら」

倉石は、唇をへの字に曲げて、ちょっと考えた。

「黙っていたことが、ずっと心の負担になっていたんじゃないかな。それで、たまたま正気にもどったきょう、打ち明ける気になったんでしょう」

そう言って、またスパゲティに手をつける。

沙帆も、コーヒーに手を伸ばした。

婚外子だったという事実が、倉石にとってどんな意味を持つにせよ、沙帆には関係ないことだった。その種の話は、きょうび特別珍しいわけではないし、他人がどうこう論評するものでもない。

意識的に、別の質問をする。

「お父さまは、倉石さんが二つのときに亡くなった、とおっしゃいましたね」

「そうです。二歳と一カ月のとき、とおふくろから聞きました」

「お父さまのこと、何か覚えていらっしゃいますか」

倉石は目を上に向け、少し考える様子を見せた。

「いや、覚えてません。まったく、記憶にない」

そこで、話が途切れる。

倉石が、サラダにフォークを移すのを見て、沙帆は口を開いた。

「わたしは、主人に先立たれましたけど、義父母と息子に囲まれるかたちで、恵まれた生活を送っています。義父もわたしも、それぞれ仕事を持っていますし、なんの不満もありません」

突然話が変わったせいか、倉石はしらけたように沙帆を見た。

「うらやましいですね」

おざなりな口調だった。

「倉石さんだって、お母さまのことはご苦労でしょうが、ご自分の腕一本で麻里奈さん、由梨亜ちゃんを支えて、しあわせな家庭を築いていらっしゃいます。別に不満はない、と思いますけど」

それを聞くと、倉石は苦笑を浮かべて、もっともだというように二度、うなずいた。

「まったく、おっしゃるとおりですね」

意外にすなおな反応に、少し拍子抜けがする。

沙帆は、話をもどした。

「さっきのお話では、倉石さんの名字はお母さまのご実家の名字、ということになりますね」

「ええ。もし結婚していれば、わたしは久光学になっていたわけです」

それには、取り合わなかった。

「お母さまのお名前は、玉江さんとおっしゃるんですよね」

「そう。玉手箱の玉に、ピクチャーの絵と書きます」

沙帆はカップを置き、倉石を見直した。

「タマエのエは、江戸の江じゃないんですか。前に麻里奈さんから、そう聞いた覚えがありますけど」

倉石が、眉根を寄せる。

「いや、絵の具の絵です。麻里奈が、間違って教えたんじゃないかな」

そっけなく言い捨てて、コーヒーを飲んだ。

玉絵でも玉江でもいいが、なんとなく釈然としない。

倉石と麻里奈のあいだに、何かぎくしゃくしたものがあるような、そんな感じがした。

倉石が続ける。

「おやじは、おふくろより五つ年下でした。おふくろはけっこう、おやじに惚れてたんじゃないかな。三年前、症状が出始めてからはときどき、わたしをおやじと混同するようになりましてね。きょうも、そうだったわけですが」

「美しいじゃないですか。きょうだって、お父さまになりすまして、ご一緒にお食事をされたらよかったのに」

倉石の口元に、苦い笑みが浮かぶ。

「食事だけならいいけど、キスしてくれってせがむんですよ。それも、人前でね。わたしの身にも、なってくださいよ」

沙帆は、明るく笑い返した。

「いいじゃないですか、おでこかほっぺにしてあげれば」

つられたように、倉石も笑い出す。

「古閑さんには、かなわないな。あなたには、屈折したところが感じられない。ぐずぐずと、考え込んだりすることなんか、ないんじゃないですか」

沙帆は、苦笑した。

「そんなこと、ありませんよ。けっこう、小さなことでくよくよしたり、いらいらして息子に当たったり、ひとさまと一緒です」

倉石は食事を終え、あらためてコーヒーカップを引き寄せた。

「実は、わたしのおやじもドイツ語が専門で、貿易商社で翻訳の仕事をしていた、とおふくろから聞きました。わたしが結婚するときも、おふくろは麻里奈がドイツ語を専攻していた、という経歴を気に入ったらしいんです」

それは、初耳だった。

「もしかしてお母さまも、ドイツ語がおできになるんですか」

「若いころはね。麻里奈と同じですよ。大学で専攻したらしいけど、卒業してからはすっかり縁が切れちゃって、今じゃ数も数えられないでしょう。認知症でもあるし」

「今度、お母さまが正気にもどられたとき、ドイツ語をまだ覚えてらっしゃるかどうか、試してみたらいかがですか。もしかすると、症状の改善に役立つかも」

倉石は笑った。

「今度は、いつになるか分からないけど、試してみましょう。ちょっとしたきっかけで、症状が改善されることがある、という話も聞きました。歌を歌うとか、踊りを踊るとか。語学をやるのも、その一つかもしれない」

それで、ふと思い出した。

「話は変わりますけど、このあいだ麻里奈さんは、ホフマンの卒論を書き直すとか、そんなことを言ってましたよね。その後、ドイツ語の勉強を再開した気配は、ありませんか」

沙帆の問いに、倉石は首をかしげた。

「わたしの知る限りでは、ありませんね。あのときは、わたしがけしかけるようなことを言ったので、はずみで麻里奈もそう口走っただけだ、と思うな」

「でも、半分まじめみたいでしたし、ホフマンについては麻里奈さんの方が、わたしより詳しいことは、確かなんです。やってみればいいのに。倉石さんのおかげで、珍しい資料が手にはいったことですし」

「麻里奈はあれで、気まぐれなところがあるから、分かりませんよ。このところ、マンションの仲間たちと、マスキングテープの同好会をやってるんで、ドイツ語をやる暇なんかないでしょう」

「麻里奈さんは、負けず嫌いですからね。これまで、ホフマンにうとかったわたしが、本間先生のおかげでだんだん詳しくなると、捨てておけない気になるんじゃないかしら。それはそれで、いいことだと思います。もともと、ドイツ語の素養はあるわけですし、やりだせばすぐに調子を取りもどしますよ」

倉石が、また首をかしげる。

「どうですかね。思うに、麻里奈がドイツ語に見切りをつけたのは、どうやってもあなたにはかなわない、と分かったからじゃないかな」

18

古閑沙帆は、少し驚いた。

「まさか。わたしは、麻里奈さんに遅れないようにって、いつもそう自分に言い聞かせながら、がんばってきたんです。今のわたしがあるのは、麻里奈さんというライバルがいたからこそ、と思っています」

嘘ではなかった。まさしく大学時代は、それが励みになっていたのだ。

倉石学の顔に、あいまいな笑みが浮かぶ。

「そんなものですかね。結婚する前後、麻里奈もあなたについて同じようなことを、口にしていましたよ」

沙帆は、ぬるくなったコーヒーを、飲み干した。

信じられない。

しかし、倉石が嘘を言っているとは、思えなかった。

麻里奈は、自分の弱みをひとに見せないタイプだが、あるいは倉石には気を許して、ちらりと本音を漏らしたかもしれない。

沙帆は逆に、弱みや心の動揺がすぐに顔や態度に、出てしまうたちだった。さすがに、今はそういう気持ちを抑えられる程度には、おとなになったと思う。

一方麻里奈は、いまだに勝ち気で負けず嫌いな面を、外に出すことがある。年を重ねても、相変わらずおとなになりきらない部分が、残っているようだ。

とはいえ、二人の性格が対照的であればこそ、友だち付き合いが続いているのだ、という気もする。

倉石が、唐突に言った。

「ところで、今日由梨亜を連れて行ったときの、本間先生の反応はどうでしたか」

話題が変わって、少しほっとする。

「わたし一人のときは、本間先生はいつも皮肉を言ったり、茶々を入れたりする悪い癖があるんです。ところが、由梨亜ちゃんを連れて行ったら、まるで別人のように愛想よくなって、おかしいくらいでした。ふだんは、自分のことを〈わし〉とか呼ぶくせに、由梨亜ちゃんには〈ぼく〉だなんて、気取っちゃって」

倉石は、頰を緩めた。

「ははあ、〈わし〉ですか。いわゆる、役割語ですね。〈じゃよ〉とか〈したまえ〉とかいう、あれでしょう」

「ええ。子供のころ読んだ小説や漫画で、見かけた覚えがあります。でも今どき、現実の世界で遣う人は、いませんよね。よほど浮世離れした、ご老人でもないかぎり」

「本間先生が、そのご老人に当たるんじゃないんですか」

沙帆も倉石も、一緒に笑った。

真顔にもどって、倉石が言う。

「麻里奈が心配していたけど、先生がホフマンと同じように、由梨亜に首ったけになる心配は、なさそうですか」

沙帆は、コーヒーカップを取ろうとして、ついさっき飲み干したことを思い出し、手を引っ込めた。

「それはない、と思います。いくら、本間先生がホフマン気取りでも、ホフマンその人じゃありませんから。確かに、うれしそうにはしましたけど、それだけのことでした。また連れて来てほしい、とも言いませんでしたし」

本間鋭太が、由梨亜にギターの手ほどきをしたことは、むろん黙っていた。

それが、さほど大きな意味を持つとは思えないが、よけいな波風を立てたくない。由梨亜自身も、両親には黙っていてほしい、と言った。

「由梨亜を連れて行ったことで、解読翻訳のスピードがアップしそうですか」

「そう思います」

沙帆が請け合うと、倉石はさりげなく続けた。

「解読料、翻訳料をちゃらにしてもいい、という話は」

麻里奈ならともかく、倉石がその件を持ち出してくるとは、思わなかった。

「それについては、由梨亜ちゃんが一緒にいたので、話を出せませんでした。この次に、確認するつもりです」

倉石は、沙帆のとまどいに気づいたとみえ、言い訳がましく言った。

「わたしとしては、由梨亜を一度引き合わせたくらいで、先生にまるまるただ働きをさせるのも、いかがなものかという気がする。かりに先生が、ちゃらにすると言い出したとしても、それに甘えるのはちょっとね」

本心のように聞こえる。

「でしたら、最初に提示した古文書一枚当たり千円、という割合でお願いしたら、どうでしょうか。麻里奈さんは、上限二千円までなら出す、と言いましたけど」

倉石は、ぞっとしない顔になった。

「どちらにしても、本間先生が納得しそうな金額じゃないな」

「ちゃらにすることを考えれば、まだましな話だと思います。そのほかに、解読した原稿をご自分の論文や著作に、使用する権利を認めてあげたら、いかがでしょうか」

倉石が、眉を上げる。

「それくらいなら、かまわないと思う。ただ、麻里奈がうんというかどうか。さっきの続きになるけど、自分でも何か書くとか書かないとか、言っていたし」

「だったら、麻里奈さんががんばって、先に書いてしまえばいいじゃないですか。もし、ほんとうに書き上げたら、わたしの方で掲載メディアを探します。大学の紀要とか、ドイツ文学関係の専門雑誌とか、心当たりがいくつかありますから」

沙帆が言うと、倉石は軽く首をかしげた。

「麻里奈は、ほんとうに書く気が、あるのかな。けっこう、思いつきの多い人だから」

どこか、突き放したような言い方だった。

「本間先生だって、書くかどうか分かりませんよ。でも、もし書かれることになった場合は、一応麻里奈さんの了解を得るとともに、資料の出典を〈倉石家所蔵文書〉とか、明記してもらうようにします」

倉石は、ふんふんとうなずいた。

「分かりました。ちょっとおおげさだけど、そのときは沙帆さんにお任せします」

沙帆は、唇を引き締めた。

それまで、倉石は沙帆を名字で呼んでいたのに、今初めて名前で呼んだのだ。

むろん、倉石ともきのうきょうの付き合いではないが、名前で呼び合うほど親しいわけではない。あくまで倉石は、麻里奈という友だちの連れ合いにすぎず、それ以上でも以下でもない。

倉石の方で、なんらかの意識の変化があったのかもしれないが、何がきっかけになったのか分からなかった。

考えてみれば、これまで倉石のマンション以外の場所で、二人きりで話をしたことはない。麻里奈と一緒のときに比べて、倉石の態度物腰がずいぶん親しげになったことに、あらためて気づく。

沙帆は、急に居心地が悪くなった。

「それじゃこの次、本間先生にそのように、お話ししてみます」

「お願いします」

倉石はそう応じて、伝票に手を伸ばした。

「あの、お勘定は割り勘で」

沙帆が言いかけると、倉石はすばやく伝票を背後に隠した。

「きょうは、わたしがごちそうします。無理を言って、付き合っていただいたので、コーヒー一杯くらい、いいでしょう」

急に、他人行儀な対応にもどった感じで、沙帆は内心苦笑した。

店を出ると、倉石は愛想よく笑いながら、手を上げた。

「また来週、お見えになるんでしょう」

「はい。土曜日の午後になる、と思いますが」

「それじゃ、気をつけて」

そう言い残して、あっさり背を向ける。

沙帆は、逆になんとなく物足りない気がして、倉石の後ろ姿を見送った。

倉石は一度も振り返らず、そのまま角を曲がって、姿を消した。

*

翌週の金曜日。

当初、本間の翻訳原稿は一週おきの、金曜日の午後に受け取る約束で、始まった。

しかし、由梨亜を連れて来てほしいという、本間の希望をかなえてやったおかげで、そのあとは毎週金曜日に、原稿をもらえることになった。少なくとも、本間とのあいだではそのように、了解が成立したはずだ。

むろん、依頼主の麻里奈もそうなるもの、と理解しているだろう。

もし、それが守られないとなったら、約束を反故にした本間はもちろん、沙帆にも責めが負わされる。

それだけは、どうあっても避けたい。たとえ、本間のそばにつきっきりになってでも、尻を叩かなければならない。

その日の午後三時少し前、沙帆はいつもどおり本間のアパートを、訪れた。

朝から、ずっと日が照り続けていたのだが、家を出たあと急に雲がわいて、空をおおい始めた。梅雨のさなかで、いつ雨が降り出してもおかしくない。梅雨明けまでまだ二、三週間はかかるだろう。

案の定、牛込柳町の駅を上がったときは、すぐにも雨が降り出しそうな、いやな空模様になっていた。帰るときまで、もたないかもしれない。今さらながら、傘を持って来なかったことが、悔やまれた。

いつもの洋室に勝手に上がり、長椅子にすわって待つ。この日は、ピアノの音もギターの音も、聞こえてこなかった。

しかし、腰を落ち着けて一分とたたぬうちに、廊下に足音が響いた。引き戸が、例のとおりがたぴしと開き、本間がはいって来た。

愛想のいい笑みを浮かべ、勢いよくソファに飛び乗る。

「相変わらず、時間に正確だな、古閑くんは」

「すみません。五分ほど、早すぎたようですね」

「皮肉は、言わんでよろしい。時間をきちんと守るのは、生活そのものもきちんとしている、ということだからな」

妙に機嫌のよい口調だ。

本間は、先週とまったく同じ青海波模様の、作務衣に似た上下を身につけていた。

「珍しいですね、先生。先週と同じ、お召し物だなんて」

何げなく指摘すると、本間はいかにも照れたように顎を引き、弁解がましく言った。

「夏が近づくと、これがいちばんなんじゃよ」

いつもの、役割語だ。

それから、手にした原稿の束をとんとそろえて、テーブルに置く。

「今回の分だ。一週間にしては、まずまずの分量だろう」

「そうですね。ありがとうございます」

もっとも、ざっと目で量ったかぎりでは、先週とさして変わらぬ厚みだ。

沙帆は、差し出された原稿を膝に置いて、さっそく切り出した。

「ところで先週、由梨亜ちゃんとお会いになった印象は、いかがでしたか」

一瞬、本間はたじろいだように瞬きしたが、すぐに満足げな笑みを浮かべた。

「なかなか利発な娘じゃないか、由梨亜くんは。あれで、まだ中学一年生とは、とても思えんね」

「なんといっても、由梨亜ちゃんがかよっている五葉学園は、首都圏の私立の中でもトップクラスの、優秀校ですから。確か、偏差値が」

言いかける沙帆を、本間は手を上げてさえぎった。

「偏差値なんぞ、なんのあてにもならんよ、きみ。あの子には、単なる知識でない教養のようなものが、備わっておる」

十三歳の少女をつかまえて、教養とは恐れ入ったほめ言葉だ。

しかし、本間が言わんとしていることも、分かるような気がした。

先週本間が出した、〈米洗ふ　前をほたるの　二つ三つ〉の試問にも、中学生らしからぬ対応をした。学校で教わったことを、きちんと応用できるところが偉い。

「わたしの息子と、同じ小学校にかよっていたんですけど、私立へ行って差をつけられたみたいです」

「十代前半では、先のことなど分からんよ。はたち過ぎればただの人、というのがほとんどだからな。しかし、由梨亜くんにはその辺の中学生にない、独特のひらめきがある。これから、どんな道へ進むのか分からんが、ひとかどのおとなになるだろう。ただ」

本間はそこで言いさし、ぐいと唇を引き締めた。

そのまま黙っているので、先を促す。

「ただ、なんですか」

本間は腕を組み、眉根を寄せて続けた。

「あのとおりの美少女だ。世の中には、ただかわいいというだけで寄って来る、タレントやアイドルのスカウト連中が、わんさといる。間違っても、そういうやからに引っかからぬよう、親がちゃんと目を光らせておく必要がある」

思わず、笑ってしまう。

「それは先生の、考えすぎです。由梨亜ちゃんは、年のわりに考え方がしっかりしていますから、そんな話に乗ったりすることはない、と思います。ご両親にしても、そういうお考えはこれっぽっちも、ありませんから」

「それならいいが、きみもせいぜい目を光らせておくことだ」

本間の取り越し苦労に、少々あきれてしまった。

そのタイミングで、肝腎の話を持ち出す。

「念のためですけど、由梨亜ちゃんをここへ連れて来たら、翻訳のペースを上げてくださる、というお話でしたね」

本間は、あっさりうなずいた。

「ああ。その約束は、果たしているつもりだ」

「はい。もう一つ、解読料と翻訳料を返上してもよい、というお話もありましたが」

途中でやめて、様子をうかがう。

本間は、じろりという感じで、見返してきた。

「倉石夫婦は、それを条件に由梨亜くんをここへよこした、というのかね」

その強い口調に、沙帆は少し焦った。

「いえ、はっきりと条件に出したわけでは、ないんです。先生が、そこまでおっしゃったことを、お伝えしただけです。さすがに先生に、ただ働きをさせるわけにはいかない、というのが倉石さんのお考えでした」

本間は何も言わず、目で先を促した。

しかたなく続ける。

「それでわたしは、最初に提示した古文書一枚当たり千円で、納得していただくようにお願いする、と答えておきました。勝手なことをして、申し訳ありませんが」

沙帆が頭を下げると、本間は肩をすくめるようなしぐさをして、顎の先を掻いた。

「わしの翻訳料は、一枚当たり一万円だ。一円たりとも、値下げするつもりはない」

そう言い切ったあと、沙帆の顔色を見て続ける。

「もっとも、たとえ口約束にしろ、一度ちゃらにすると言った以上、前言をひるがえすつもりもない。一枚当たり千円、などというボランティアみたいなギャラは、わしの方から返上する。約束どおり、ちゃらでいい」

沙帆はほっとしたが、まだ油断がならないような気がして、返答を控えた。

案の定、本間が続ける。

「ただし、あの古文書を譲ってもらいたい、という気持ちに変わりはない。倉石のかみさんが、心変わりしないとも限らんからな。それをきみも、心に留めておいてもらいたい。欲を言えば、かみさんが心変わりするように、側面から応援してほしいということさ」

そう言って、まったく似つかわしくないしぐさで、ウインクした。

沙帆は、笑いを噛み殺した。

「分かりました。あの古文書をもとに、先生がホフマン伝をお書きになるのでしたら、応援させていただきます。ただし麻里奈さんも、同じことを考えているかもしれません。本になさるときは、事前に麻里奈さんご夫妻の了解を、とっていただかないと」

本間が、文字どおりせせら笑う。

「おもしろい。わしに対抗して書こうというなら、腕前のほどを拝見しようじゃないか」

歯牙にもかけぬ、という口ぶりだ。

沙帆はそれを無視して、膝の上の原稿を取り上げた。

「三十分ほど、お時間をいただけますか。ここで読ませていただいて、感想を申し上げることにします。場合によっては、質問させていただくことがあるかも」

それを聞くと、本間はソファの上でもぞもぞとすわり直し、ちらりと壁の時計を見やった。

「いや、きょうはこのまま、引き上げてくれていい。感想や質問があれば、次回ということにしてくれたまえ」

前回は、あれほど感想を聞かせよと迫ったのに、ずいぶんな変わりようだ。

「分かりました。ではまた来週、金曜日にうかがいます」

「よかろう。それじゃ、失敬する」

本間はソファから飛びおり、沙帆が腰を上げて挨拶するのも待たずに、さっさと洋室を出て行った。

やれやれと思いながら、沙帆は原稿をトートバッグにしまい、戸口へ向かった。

外に出ると、危惧したとおりぽつぽつと、雨が降り始めていた。

もどって、本間に傘を借りようかと思ったが、それも何かわずらわしい気がして、そのまま駅へ向かう。

しかし、一分も歩かないうちに、にわかに雨脚が強まった。

間なしに、舗道にしぶきが立つほどになり、沙帆はトートバッグを頭上にかざして、駆け出した。

ほどなく、髪にしずくが垂れ始める。

沙帆は、通りがかりに目についたカフェテリアに、飛び込んだ。〈ゴールドスター〉という、チェーン店だった。

コーヒーを注文し、できるまでのあいだに濡れた髪やブラウスを、ハンカチでふく。

通りに面した、ガラス張りのカウンター席に、トレーを運んだ。

稲妻が光り、雷鳴が聞こえてくる。梅雨の雨というより、むしろ夕立に近い降り方だ。しばらくは、やみそうもない。

少し小降りになったら、通り道のコンビニで傘を買おう。

トートバッグをハンカチでふき、中から本間の翻訳原稿を取り出した。

雨脚が弱まるまで、ざっと目を通すことにする。

19

【E・T・A・ホフマンに関する報告書・四】


——一八〇九年、バンベルク。

あなたたち夫婦は、五月からツィンケンヴェルト五〇番の家に、住むようになった。

家主のヨゼフ・K・ヴァルムートが、斜め向かいにあるバンベルク劇場の、トランペット奏者であることは、むろんご承知だろう。ETAが、同劇場の音楽監督の座を追われたあとも、ただ一人親しくしていた楽団員だから、あなたも面識があるはずだ。

たとえ仕事を追われても、バンベルク劇場はETAにとって無視しがたい、重要な意味を持つ場所だった。ことに、劇場に隣接するレストラン〈薔薇亭〉は、ETAのお気に入りの店だから、目の前の住居に住みたくなったのも、当然と思われる。

もっとも妻のあなたには、居間と客間と台所を兼ねる狭い一室と、屋根裏にある寝室だけでは、とうてい満足できる広さではなかっただろう。

あなたは、住まいの狭さや収入の少なさについて、いっさい不平不満を訴えたことがない、という。

ETAは、そうした現状に肩身の狭い思いをしており、あなたが何も苦情を申し立てないことに、しばしば感謝の意を漏らした。あなたの忍従は、生来の辛抱強さや気立てのよさからくるものだ、と言ってはばからなかった。

率直に言って、あなたはだれの目にも美しく映る、魅力的な女性だ。

失礼ながら、あなたほどの比類なき美女が、ETAのような見栄えのしない男性を、何ゆえ生涯の伴侶に選んだのか、あえてお尋ねするのは控えよう。

なぜならわたしは、あなたがETAを見てくれや資産、地位のあるなしではなく、その隠れた才能を見抜いて選んだことに、満腔の敬意を表する者だからだ。

そして、あなたのその判断が正しかったことは、遠からず明らかになるもの、と確信している。

ただし、ETAはまだ長い雌伏のさなかにあり、雄飛するのはこれからのことだ、とだけ申し上げておきたい。いずれETAは、内に秘めた音楽ないし文学の才能をもって、かならず世にあらわれるだろう。

この年の七月、ETAはかのベートーヴェンの〈第五交響曲〉のスコアを、楽譜出版社のブライトコプフ・ウント・ヘルテルから、手に入れた。

実際に、この交響曲を聞く機会は、これまでなかったものの、楽譜をさらっただけで、その真価を見抜いたに違いない。ピアノで何度も試奏したから、あなたにもそのすばらしさの一端が、お分かりになったはずだ。

ベートーヴェンの名は、むろんご存じだと思う。

モーツァルト亡きあと、そしてこの年の五月ハイドンが亡くなった今、われらが音楽界を背負って立つのは、紛れもなくベートーヴェンだ。ともかく、この前後からETAにとってベートーヴェンは、特別な意味を持つ作曲家になった、と思われる。

バンベルク劇場の話にもどろう。

その後、いろいろと紆余曲折はあったものの、劇場の運営はふたたびゾーデン伯爵の手に、もどされた。

ETAは、音楽監督の地位に復帰こそしなかったが、伯爵が書いたオペラ台本、『ディルナ』の作曲を手がけるなどして、劇場との関係をある程度修復改善した。秋になって、『ディルナ』が同劇場で上演され、好評を博したことはご存じのとおりだ。

しかしながら、翌一八一〇年の三月末に劇場は、またもやゾーデン伯爵の手を離れ、株式会社として再出発することになった。

劇場運営は、筆頭株主になった例の病院長、アダルベルト・F・マルクス博士の手に、ゆだねられた。

博士は、ETAにだれか有能な総支配人、ないしは音楽監督を推薦してもらえないか、と頼んだ。

ETAは、バンベルクでの顔見世興行の失敗に、いたく懲りていた。そこで、自分を売り込むのを控え、フランツ・フォン・ホルバインを推薦した。

ホルバインは、最初にベルリンに赴任したとき知り合った、ギタリストでもあり歌手でもある、才能豊かな男だった。

ご記憶だろうが、例のギターの弾き語りで鳴らした、フランチェスコ・フォンターノこそ、ホルバインの若き日の姿なのだ。

フォンターノことホルバインは、あれからめきめきと頭角を現わし、今ではあちこちの都市に招かれて、音楽関係の仕事に携わる立場にあった。音楽催事の企画はもちろん、劇場の支配人や音楽監督としても、辣腕を振るっていた。

そうしたことからETAは、旧知のホルバインを支配人兼音楽監督に据え、自分がその下で作曲家兼舞台監督兼美術監督として、自由に仕事をさせてもらえるよう、お膳立てをしたのだ。

むろんホルバインも、その含みを理解したに違いない。

実際、六月下旬に劇場とホルバインとのあいだで、運営に関する契約が交わされるとともに、ETAもその助監督として月給五十グルデンで、迎え入れられた。これはあなたにとっても、朗報だったと承知している。

こけら落としは十月一日で、このとき舞台にかけられたのは、レッシングの『ミンナ・フォン・バルンヘルム』だった。同月下旬には、モーツァルトの『ドン・ジョヴァンニ』も上演され、好評を博した。

ETAは、ホルバインを助けて劇場を仕切り、バンベルクをプロイセン、いやドイツ語圏でも指折りの、演劇都市に育て上げようと決心した。

ヴィルヘルム・シュレーゲルが翻訳した、シェークスピアの『ハムレット』や、ゲーテ訳のカルデロン・デ・ラ・バルカのスペイン戯曲、さらにハインリヒ・フォン・クライストの『ハイルブロンのケートヒェン』など、ETAの好みが強く反映された作品が、舞台にかけられる見通しになった。

この年の半ば、あなたもおそらくご存じのはずの、重要な出来事があった。

ETAが、音楽専門紙の〈AMZ〉に、ときどき寄稿していることは、承知しておられると思う。

同紙の編集長、フリードリヒ・ロホリッツから、ETAに例のベートーヴェンの〈第五交響曲〉を、論評してほしいとの依頼がはいったのだ。

むろん、ETAは快諾した。

すでに書いたように、ピアノで試し弾きなどしていたから、ETAの頭の中ではオーケストラの総譜が、嵐のように鳴り響いたに違いない。自分以外に、だれがこの曲を理解しえようか。

あらためて、ETAはスコアと首っ引きで曲をさらい、長い論評を書いた。

この記事は、七月四日と十一日の二回に分けて、同紙に掲載された。残念ながら、あなたはドイツ語にも、音楽にもあまり明るくないので、内容を詳しく承知しておられまい。

一八〇八年の暮れ、ヴィーンで初めて公開演奏されたおり、この〈第五交響曲〉はかならずしも、好評をもっては迎えられなかった。

それには、わけがある。

その夜は、恐ろしく寒い日だったにもかかわらず、会場のアン・デア・ヴィーン劇場には、暖房設備がなかった。その中で、聴衆は全プログラム合わせて、四時間の長丁場を耐えるべく、強要された。

しかも、演奏された曲の一つが練習不足のせいで、中断してしまった。そのため、ベートーヴェンの指示で最初からやり直す、という信じがたい醜態も、演じられたらしい。

新作の交響曲として、まことに不幸なデビューだった、と言わねばならない。

ともかく、ETAは実際の演奏を聞かないでも、〈第五交響曲〉の曲のすばらしさを、理解していた。

第一楽章のアレグロは、四分の二拍子のわずか二小節しかない、単純な主題で始まる。従来の交響曲の出だしとは、およそ異なるスタイルと曲想で、幕が開くのだ。聞く者はおそらく、とまどいを隠せないだろう。

そもそも、現今の器楽曲の音調は長調が多く、短調を用いる作曲家は少数派だ。

しかるに、ベートーヴェンはこの交響曲において、ハ短調というきわめて珍しい、短音階の調性を採用した。少なくとも、交響曲では前例のない試みだろう。

ETAも論評の中で、〈出だしだけでは何調か分からず、あるいは変ホ長調かとも思わせる〉と書いている。

ＥＴＡはそこにこそ、この曲の独創性と完成度の高さがある、と看破した。論評に、あえて楽譜の冒頭部をはじめ、印象的な箇所をいくつも提示したほどだから、そののめり込み方は尋常ではない。

とはいえ、いかなる音楽のすばらしさも、文字でその神髄を伝えることは、不可能だ。それゆえ、機会があればあなたもぜひＥＴＡとともに、この曲の演奏会に足を運んでほしい。

ＥＴＡは、ハイドン、モーツァルト、ベートーヴェンのそれぞれに、浪漫主義的なものを見いだす、と言っている。

ことに、ベートーヴェンの音楽はおののき、恐れ、驚き、痛みを喚起し、浪漫主義の本質たる無限への憧憬を、目覚めさせてくれるという。

ベートーヴェンこそ、純粋に音楽的、浪漫主義的な作曲家だ。それが、この曲からもっとも強く、感じとれる。〈第五交響曲〉には、ほかのどの曲よりもベートーヴェンの、浪漫主義的霊感が満ちあふれている、というのだった。

ＥＴＡに言わせれば、絵画や彫刻は静止し、凍結した芸術であり、音楽は躍動し、転変する芸術だそうだ。ベートーヴェンの音楽には、その特徴がもっともよく現れており、それゆえ浪漫的なのだという。

あなたにとって、こんな話は退屈なだけだろうから、これくらいにしておこう。

ＥＴＡがみずから、人並みはずれた音楽的才能を持つ、と自負していることは確かだ。あえて言えば、ベートーヴェンと肩を並べるほどの、強い自信を秘めているようにさえ、思われる。

ＥＴＡは、わたしにこう言った。

「ベートーヴェンには、確かに浪漫主義を音楽で表現するだけの、才能がある。しかし、それを言葉で表現する才能には、恵まれていない。彼の声楽曲に、器楽曲ほどの浪漫性がないことからも、それは明らかだろう。一方ぼくは、音楽的才能こそ彼に一歩譲るとしても、文学的才能については勝っている、と思う」

この言葉を聞いたとき、ＥＴＡは逆に自分の音楽的才能なるものに、ある種の限界を感じたのではないか、とわたしは直感した。

これまでＥＴＡは、音楽こそ自分に与えられた最大の天賦であり、文学や絵画は余技にすぎない、と見なしていた。しかし、ベートーヴェンの存在がその確信を、揺るがしたふしがある。

ETAは、ベートーヴェンの才能に畏怖を覚え、自分自身がその高みに達しうるかどうか、いささか疑問を感じ始めたのかもしれない。いずれは、音楽へのあくなき憧憬に見切りをつけ、本気で文学に的を定めることになる、という予感を抱いたのではないか。

だとすれば、それはかなりつらい選択になる、と思われる。

そのときこそ、ETAはあなたの慰めを必要とし、そこに安らぎを見いだすだろう。いや、あなたの存在そのものが最大の慰めになるし、わたしもそうであってほしい、と切望する。

ただし、かりにその流れを妨げる問題があるとすれば、それはやはりユリアということになる。

わたしは、ETAがマルク家にレッスンに行くとき、しばしば同行する。ETAはユリアに声楽を、妹のミンヒェンにはピアノを教える。

そのおりの、ETAのユリアに対する振る舞いと、ミンナに対する態度物腰とでは、明らかに熱の入れ方が違う。母親のファニーこと、フランツィスカ・マルク夫人もその違いに、うすうす気づいているようにみえる。

とはいえ夫人も、それが教師と生徒という立場を超える、特別の感情に根差しているとまでは、考えていないだろう。ETAは、その感情を教師としての熱意の殻に包み込み、めったに外へ現れ出ないように、用心しているからだ。——(続く)

［本間・訳注］
ここで、注意しておきたいことが、いくつかある。まず、断片的に残されたホフマンの日記のうち、一八一〇年のものが欠けている、という事実を指摘しておきたい。その間のホフマンの生活については、友人知人が書いた回想録や評伝、書簡などからある程度、構築することができる。その意味でも、この報告書はそこに新たな情報を加える、貴重な文書といえよう。
残念ながら、ホフマン作品の日本語への翻訳は、小説と音楽評論等にとどまり、日記も書簡集もわずかな断片をのぞいて、未訳のままである。また、当時の知己による回想録や評伝も、後世の研究書などの翻訳で、ごく一部を読むことができるにすぎない。

さらに英語への翻訳も、書簡集の抄訳と一部の有名作品以外は、ほとんど手つかずというべく、日本語よりもお寒い状況である。

次に、ベートーヴェンの第五交響曲について。

この交響曲は、日本では一般に〈運命〉という標題で、呼ばれている。ほかの国でも、それを採用する例がないではないが、この呼び名は正式のものではない。通常はベートーヴェンが、のちに評伝を書いた弟子のアントン・シンドラーに、冒頭の二小節の持つ意味を問われて、「運命はかく扉を叩く」と答えたから、とされている。

しかし、そのような事実があったかどうかは、いまだ確認されていない。この報告書で、〈運命〉という呼称が使われていないのは、その間の事情を伝えているだろう。

報告者ヨハネスも書いているように、この時代にハ短調で作曲した作曲家は、かなり珍しいといってよい。それだけに、今日古典派の雄とされるベートーヴェンを、ホフマンが浪漫派に見立てたことは、その当否はしばらくおくとしても、注目に値する。

むろん、ベートーヴェンを古典派と浪漫派の、両方に組み入れる音楽史家も、いることはいる。それにしても、同時代にあってベートーヴェンを、そのような視点から評価したのは、ホフマンをもって嚆矢とするだろう。

ホフマンはそのあとも、ベートーヴェンの作品について、いくつか論評を行なった。ベートーヴェンはそれを多として、ヴィーンから一八二〇年三月二十三日付で、ベルリンのホフマンに礼状を書いている。

生存中、音楽家として万人の理解と称賛を得た、とまではいえぬベートーヴェンにとって、ホフマンは自分を正当に評価する、貴重な理解者の一人だった、といえよう。

そしてそれが、ベートーヴェンに少なからぬ刺激を与え、その後浪漫主義的傾向を強めていく遠因になった、といっても過言ではあるまい。

ついでに、書いておこう。

ホフマンの功績は、ベートーヴェンを他に先駆けて称揚した、というだけにとどまらない。

一七五〇年、六十代半ばで死んだ大作曲家、ヨハン・セバスチャン・バッハは、死後ほとんどその光彩を失っていたが、ホフマンはそれをふたたび日の当たる場所に、呼びもどした。

ホフマンは、みずからしばしばバッハをピアノで弾き、また作中人物のヨハネス・クライスラーにも、同じことをさせている。それが、バッハをよみがえらせるきっかけになったことは、多くの音楽史家の認めるところだ。

メンデルスゾーンが、忘れられつつあったバッハに光を当てたのも、ホフマンの先例があったからこそ、と思われる。

念のため、一言しておく。


――あなたによれば、一八一〇年のETAの日記には、ユリアがそのまま〈ユリア〉、あるいは〈ユルヒェン〉という愛称で、記載されていたそうではないか。内容も、マルク家へ行ってレッスンしたとか、家族に交じって食事をしたとか、当たり障りのない記述だった、とか。

だとすればETAにも、自分のユリアに対するひそかな感情を、表に出さないだけの分別はあった、ということになる。


ところが、今年一八一一年になって、日記の記載に変化が現れた、とあなたは言う。

ユリアのことを、〈ユルヒェン〉と表記するケースは、前の年にもあった。

ところが、年明け一月三日の日記の記載に初めて、〈K.v.H.〉という略号を見つけた、とあなたは言う。

それから、〈ユルヒェン〉と〈K.v.H.〉が、混在し始めた。

ことに、〈K.v.H.〉と表記された場合は、書かれた内容がよく分からぬ、あいまいなものが多い、ということだった。

あなたのために、正直にお知らせしよう。

〈K.v.H.〉とは、ハインリヒ・フォン・クライストの戯曲、『ハイルブロンのケートヒェン（Das Käthchen von Heilbronn）』の、頭文字から取った隠し符号だ。そしてそれは、まさしく〈ユルヒェン〉を意味する。

ETAは、生徒としてのユリアを〈ユルヒェン〉と書き、個人的な思い入れを表現するときには、〈K.v.H.〉の暗号名で、記入しているに違いない。

あなたによれば、日記にはほかにも複数の略画や戯画、イタリア語、ラテン語などによる記述が、散見されるそうだ。

それらは、記述を簡略にするという目的もあろうが、あなたにけどられぬようにするための、姑息なテクニックの一つにすぎない、と思う。

わたしの見るところ、ETAのユリアに対するレッスンは、確かに熱のこもったものではある。しかし、それをユリアへの特別な感情の発露、と見る者はまずいないだろう。

すでに書いたとおり、マルク夫人がその気配をいくらか感じている程度で、ほかの者は疑いもしていないはずだ。

ただ、あなたのドイツ語やその他の言語の理解力で、ETAの日記にこれは普通のものと違う、と感じた箇所を見つけたならば、わたしに伝えてほしい。それが何を意味するのか、つまりユリアに対する感情がどのレベルにあるのか、読み解く努力をしてみよう。

そうすることで、最悪の事態を招くのを防げるかもしれない。

ただし、あなたが日記を盗み読みしていることを、くれぐれもETAに気づかれないように、注意していただきたい。もっとも、その恐れがあると思えばこそ、ETAは暗号や符号を、使っているのだろうが。

用心の上にも、用心を重ねなければいけない。

20

思わず、ため息を漏らす。

古閑沙帆は、すっかり冷めてしまったコーヒーを、口に含んだ。腕時計に目をやると、すでに三十分を超えている。

外の雨は、まだやんでいなかった。

もう一度、原稿に目をもどす。

本間鋭太の筆致は、これまでにも増してきまじめで、少し肩が凝った。

それに、報告書の内容がかなり音楽方面に偏っており、ことにベートーヴェンに筆を割きすぎている、という気がする。

ホフマンが、ベートーヴェンを高く評価したこと、あるいはバッハの功績に光を当て直したことは、今まで知らなかった。

ベートーヴェンについては、いろいろな関係者が語り残した証言集を、だいぶ前に読んだ覚えがある。しかし、そこにホフマンが残した証言は、収載されていなかった。それはつまり、ホフマンとベートーヴェンのあいだに、なにがしかのつながりはあったにせよ、交流と呼べるほどのものはなかった、ということだろう。

ところで、この文書の書き手であるヨハネスは、ホフマンの妻ミーシャへの報告書と称しながら、少なくともこれまでのところ、それらしいスタイルをとっていない。ホフマンの行動を、そのたびごとに報告する形式ではなく、まるでホフマンの評伝を書くような、そんな構成に終始している。

また今回は、前の週に本間から聞かされたエピソードが、いくつか見受けられた。

ホフマンが残した日記のうち、一八一〇年がそっくり抜けているらしいこと。

一八一一年以降の日記に、ユリアのことを〈ユルヒェン〉〈K.v.H.〉と、書き分けていること。

その〈K.v.H.〉が、ハインリヒ・フォン・クライストの戯曲、『ハイルブロンのケートヒェン』の名を、借用したものであること。

ホフマンが、日記にところどころ記号や略画、ラテン語などを用いていること。

もっとも、ホフマンの権威といってよい本間が、この報告書なるものに目を通すまで、そうした事実を知らなかった、ということはありえない。

それはさておき、今回は本間自身による訳注が、いつもより重いように思える。

もちろん、本文と関係のある記述には違いないが、ベートーヴェンに関する補足が、ややくどすぎる。これは、報告書の理解を助けるためというより、ホフマンとベートーヴェンの関わりについて、自分の蘊蓄《うんちく》を傾けているだけではないか。

もう一度外を見ると、雨はだいぶ小やみになっていた。しかし、傘なしで歩けるほどではなく、しばらくは降り続きそうだ。

確か、このカフェテリアと牛込柳町駅のあいだに、コンビニがあったと思う。

沙帆は外へ出て、外苑東通りを駅の方へ、急ぎ足で向かった。雨はすでに、霧雨に変わっている。

二、三十メートルも行かないうちに、記憶どおりコンビニがあった。中にはいって、ビニール傘を買う。

急な雨で、だいぶ数がはけたらしく、最後の一本だった。

レジを離れ、外へ出ようとしたとき、すぐ前の歩道を足ばやに通り過ぎる、女学生の制服姿が見えた。

白い顔が、ちらりと目の前をよぎったが、すぐに傘に隠れて見えなくなる。

沙帆は、あわてて買ったばかりの傘を差し、コンビニを出た。

女学生は、通りを駅と反対の方向に、歩いて行く。花模様の傘に隠れて、肩から上が見えない。しかし、背中のセーラーカラーのストライプには、見覚えがあった。

五葉学園の生徒が、どこを歩こうと別に不審はない。しかし、たった今傘の陰に見えた顔は、確かに倉石由梨亜だった。見間違いではない、と思う。

むろん、由梨亜がどこを歩こうとかまわないが、今向かっている方向にはたまたま、本間のアパートがある。

まさか。

沙帆は、とっさに浮かんだ考えを打ち消して、駅に足を向けようとした。
二、三歩踏み出したものの、そこで立ち止まる。まさかと思う一方で、さすがにたまたまはないだろう、という気がしてきた。
振り向いて見ると、案の定由梨亜は傘をくるりと回して、寺の手前の道を右へ曲がり込み、姿を消した。

にわかに、動悸を覚える。

今の女学生が、由梨亜に間違いないとすれば、本間のアパートに向かったとしか、考えられない。

確か、木曜日の放課後は音楽部の練習がある、と聞いた。

今日は金曜日だから、別に部活をさぼったわけではないが、週末のこんな時間に由梨亜は、本間になんの用があるのか。

前回、本間は由梨亜にギターの手ほどきをして、なかなか才能があるとほめた。それどころか、また弾きたくなったら沙帆と一緒に来るように、とたきつけさえした。

由梨亜は由梨亜で、本間にギターの手ほどきを受けたことを、両親には黙っていてほしい、と言った。

そうしたことを考え合わせると、あのとき本間と由梨亜のあいだに何か、密約が成立したのかもしれない。

つまり、両親はもちろん沙帆にも黙って、ギターのレッスンを受ける、という密約だ。

沙帆は、由梨亜のあとを追って、歩き出した。動悸が、ますます高まる。

先刻、沙帆は本間から原稿を受け取ったあと、三十分ほど読む時間をもらえないか、と頼んだ。

すると、本間は珍しくそわそわして、感想や質問はこの次にしてくれ、と断わった。

今思えば、あれはそのあと由梨亜が訪ねて来ることを、予定していたからではないか。そうとしか、考えられない。

それにしても、両親はともかく沙帆にまで黙って、本間のアパートを訪ねようとするとは、由梨亜は何を考えているのだろう。

もし、ギターを習うことを決めたのなら、せめて沙帆に両親への口止めを含みながら、打ち明けるべきではないか。

とにかく、由梨亜が一人で本間のアパートに行くとすれば、ギターのレッスンなのか別の用件なのか、事情を承知しておく必要がある。


由梨亜に関する限り、沙帆は倉石学と麻里奈夫婦に全責任を持つ、と約束したのだ。万が一にも、本間と由梨亜のあいだに何か間違いがあったら、とうてい許してもらえないだろう。

沙帆は足を速め、寺の手前で立ち止まった。息を整え、そっと路地をのぞいて見る。すでに、由梨亜の姿はなかった。

焦る気持ちを抑え、沙帆はその場で少しのあいだ、待つことにした。

アパートメントといいながら、〈ディオサ弁天〉はかなり凝った仕様で、一階も二階も玄関がそれぞれ独立しており、門だけが共通の出入り口だった。

ただ、沙帆はこれまでほかの住人に、出会ったことがない。

干し物など見たこともないし、テレビやCDの音が漏れてくるのを、耳にしたこともない。もしかすると、本間だけしか住んでいないのではないか、という気さえするほどだ。

ゆっくりと百数え、傘を斜め前に傾けて、路地にはいった。

ビニール傘なので、前方を見ることができるかわりに、こちらの顔も見えてしまう。もし、由梨亜が引き返して来たら、ごまかしようがない。

門のところで、一度足を止めた。

正面の本間の玄関まで、飛びとびに不ぞろいの敷石が、伸びている。敷石は、途中で二股に分かれ、もう一方の先には別の所帯の、玄関があった。その玄関は、柴垣の目隠しの陰に作られ、見えないようになっている。

本間の玄関のガラス戸には、鍵がかかっていたためしがない。沙帆は、いつも勝手に中にはいり、とっつきの洋室に上がり込んで、待つのだった。

由梨亜も、そうしたのだろうか。

だれかに、見とがめられるといけないので、沙帆は門の中にはいった。いつ、他の住人が出入りするかもしれず、そこに立っているわけにいかない。

沙帆は建物の横手に回り、裏の方へつながる細い通路に、身を隠した。

そこは、雨に濡れた土がむき出しになり、パンプスのかかとがめり込んだ。しかも、隣家の板塀が野放図に迫り、傘を差したままでは進めない。

気がつくと、いつの間にか空が明るくなり、雨はほとんど上がっていた。せっかく買った傘が、いらないくらいだった。

思い切って傘を畳み、沙帆は洋室の出窓の下に移動して、耳をすました。

何も聞こえない。

由梨亜は、洋室で本間が奥から出て来るのを、待っているのだろうか。それとも、すでに奥へはいってしまったのか。

沙帆はじりじりしながら、なおも耳をすまし続けた。

洋室からは、話し声どころかなんの物音も、聞こえてこない。

意を決して、狭い通路を奥へ進む。傘の柄を握った手が、汗でぬるぬるした。

奥の角の手前に、勝手口の戸がある。そっと、取っ手を試してみたが、内側から閂《かんぬき》でも差してあるのか、開かなかった。

奥の角に達し、裏の方をのぞく。

また一つ、出窓があった。

出窓の正面には、一・五メートルほどのあいだを隔てて、蔦のからまった隣家の生け垣が、立ちふさがっている。隣室との境は、身の丈ほどの板塀だ。

横手の通路より、だいぶ余裕があるにせよ、裏庭にしては狭い方だろう。

足音を忍ばせ、出窓に近づく。

古びた、昔ながらの磨りガラスがはまった、引き違いの窓だった。張り出した部分に、錆の浮いた金属の格子が、埋め込まれている。

かすかに、人声らしきものが耳に届いたが、よく聞き取れなかった。

沙帆は身をかがめ、思い切って出窓の真下に、うずくまった。格子は、幅十センチほどと間隔が狭く、中から顔を突き出すことはできない。のぞこうとしても、出窓の真下は死角になるはずだ。

本間と、由梨亜のあいだのやりとりが、わずかに聞こえてくる。しかし、抑揚の区別がつくだけで、何を話しているのか分からない。

しばらくして、急に静かになった。

沙帆は焦り、しゃがんだ姿勢のまま、必死に耳をすました。まさかと思いながら、不安に胸をさいなまれる。

もし、由梨亜が騒ぎ始めたりしたら、どうしよう。

21

そのとき、にわかに中からギターの和音が、流れてきた。

古閑沙帆は、ほっと安堵のため息を漏らした。

続いて、音階練習らしきギターの音が耳を打ち、本間鋭太が何か言う。それに応じる、倉石由梨亜の低い声。

どうやら、レッスンが始まったらしい。

二人の、秘密めかした行動に不安を覚えながら、そこまで案じることはなかったのだ、と自分に言い聞かせる。本間が、いかに奇矯な人物だといっても、いきなりふらちな振る舞いに、及ぶはずがない。

冷静に考えれば、本間が由梨亜に夢中になるのでは、などと心配するのは現実離れのした、妄想にすぎないだろう。どうやら、ホフマンとユリアのいびつな関係に、毒されてしまったようだ。

由梨亜が、ぽつぽつと半音階を弾いている。音はたどたどしかったが、先週本間が述懐したように、指の力がけっこう強いことは、なんとなく分かった。

突然、背後から尻のあたりをつつかれて、危うく声を漏らしそうになる。

見返ると、黒と濃灰色の縞模様の大きな猫が、長いしっぽをまっすぐにぴんと立て、上目遣いに睨んできた。

沙帆は、息をついた。

ムルだ。本間はその猫を、ムルと呼んでいた。わけもなく、ぞっとする。

ムルは、妙に細長い首を差し伸ばして、また沙帆の尻に鼻を当てようとした。

しっ、と追い払おうとして、思いとどまる。声を出すわけにいかない。

沙帆は傘を後ろへ回し、ムルの鼻先へ向けてつんつんと、軽く突き出した。

ムルが、不器用に後ずさりして歯をむき、ふうと怒りの息を漏らす。それでも、身を引こうとしない。

沙帆は傘を振り上げ、打ちかかるまねをした。

そのとたん、傘の先が出窓の縁にぶつかって、音を立てる。

ひやりとして首をすくめ、傘を引いて体の動きを止めた。

ギターの音がやみ、少ししてガラス窓ががらり、とあく。

「だれだ。だれか、いるのか」

ムルは一飛びに飛びのき、音もなく建物の角に姿を消した。

沙帆は、出窓の下の死角に身を縮め、じっと息を殺した。

「ムル、おまえか」

本間の問いかけに、沙帆は反射的に応じた。

「みゃあお」

本間が笑う。

「ああ、おまえか、ムル。あと少しで、ミルクをやるからな。おとなしく、待ってるんだぞ」

ガラス窓が閉じられた。

どっと冷や汗が噴き出る。

もし、出窓に格子がはまっていなかったら、本間は外に首を突き出したに違いなく、そうしたら見つかっていただろう。

沙帆は、ふたたびギターの音が始まるのを待って、しゃがんだままあとずさりした。

腰を上げ、すばやく建物の角を曲がって、通路を引き返す。

ムルの姿は、どこにもなかった。

今にも、本間がレッスンを中断して、ムルにミルクをやりに、勝手口に出て来るかもしれない。ぐずぐずしては、いられない。

門を出て、雨に濡れた路地を急ぎ足で歩き、大通りへもどる。

駅へ向かいながら、つい含み笑いをした。

いくらはずみとはいえ、あそこで猫の鳴きまねをしたのは、やりすぎだった。相手が本間でなかったら、たぶん見破られただろう。

もう一度、考えを巡らす。

危惧したとおり、由梨亜はギターの手ほどきを受けるために、本間のアパートに行ったのだった。先週、二人きりでギターを弾いているあいだに、そういう密約ができたに違いない。

それだけですめば、別に心配するまでのことはない、と思う。

しかし、麻里奈と倉石が事実を知ったら、ただではすむまい。倉石はともかく、麻里奈はおそらく頭に血がのぼり、容赦なく沙帆の責任を追及するだろう。

ともかく、今のプロジェクトが終わるまで、これ以上由梨亜を本間に近づけないようにするか、あるいは麻里奈にけどられぬようにするか、対策を講じなければならない。

雨はすっかり上がり、薄日さえ差し始めていた。

もう一度、カフェテリア〈ゴールドスター〉に、はいり直す。

時間を確かめると、そろそろ午後四時半になるところだった。

原稿を受け取り、沙帆が本間のアパートを出たのは、三時十五分ごろだ。

雨に降られ、この店で三十分ほどかけて、原稿を読んだ。それから、傘を買うためにコンビニに寄り、通り過ぎる由梨亜を見かけたのが、四時少し前というところか。

由梨亜が、四時からレッスンを受ける予定だったとすれば、通常は一時間後の五時ころに、終わるはずだ。

もっとも本間が、そんな杓子定規なレッスンをするかどうか、あてにはできない。

かつて沙帆が、個人的に本間からドイツ語を習ったときも、レッスンの長さはまちまちだった。三十分で終わることもあれば、三時間たっぷりということもあった。そのため、レッスンのある日の後半は、別の予定を入れられなかった覚えがある。

コーヒーを飲み終わり、カウンターの窓側にトートバッグを置いて、外からの視線をさえぎりながら、じっと待つ。

五時を過ぎても、由梨亜は姿を現さなかった。

あらためて、不安につき動かされる。

本間が、ギターのレッスンにかこつけ、由梨亜を引き止めているのではないか。

たとえば、ホフマンの話をおもしろおかしくしゃべり散らし、由梨亜の歓心を買おうとしているのではないか。

一度考え直したはずなのに、またも妄想がふくらみ始める。

しかし、それは杞憂にすぎなかったことが、すぐに分かった。通りの右手から、足ばやにやって来る由梨亜の姿が、目にはいったのだ。通学用のバッグと、畳んだ傘を持っている。

沙帆は、トートバッグの陰に顔を隠し、由梨亜が通り過ぎるのを待った。

バッグを取り上げ、コーヒーのトレーをそのまま残して、足ばやに店を出る。

駅の方へ向かう、由梨亜のあとを小走りに追った。

由梨亜は、スキップこそしないものの、軽やかな足取りで歩き続ける。

背後に迫った沙帆は、由梨亜を呼び止めようとして、危うく思いとどまった。

にわかに、胃のあたりが重くなる。

なぜわたしに黙って、本間のレッスンを受けたの。

そう言って、由梨亜をなじる自分の姿を想像すると、口の中が渇いてきた。

「ずっとわたしを、見張ってたんですか」

「待ち伏せして、あとをつけたんですか」

そんな風に反問して、こちらを逆になじる由梨亜の顔が、まぶたの裏に浮かぶ。

目の光り方まで、見えるような気がした。

たちまち、気持ちがくじける。

たまたま、見かけただけだと説明しても、由梨亜は信じないだろう。どだい、黙ってあとをつけたことに、変わりはないのだ。

沙帆は足を止め、遠ざかる由梨亜の制服の背中を、じっと見送った。その姿は、妙にしゃきしゃきして見え、活気にあふれていた。

本間のレッスンが、由梨亜に強い影響力を及ぼしたことを感じて、当惑する。

自分もかつて、本間の個人講義を受けたあと、充実した気持ちになったことを、思い出した。

沙帆はきびすを返し、大通りをもどった。

由梨亜を、呼び止めるのをやめたとき、すでに肚は決まっていた。

この上は、由梨亜と関わるのはやめてほしいと、本間に直談判するしかない。

考えをまとめるために、ゆっくりと歩いた。

十分後、アパートにつながる路地をはいったところで、携帯電話を取り出す。

これまで本間が、携帯電話を使うのを見たことは、一度もない。あの性格からして、おそらく持っていないだろう。固定電話は、キッチンの小机の上に、置いてあったはずだ。

出てくるまでに、少し時間がかかった。

「もしもし、本間です」

「すみません。先ほどうかがった、古閑沙帆ですが」

「ああ、きみか。忘れものでも、したのかね」

「ええと、はい。これから、もう一度お邪魔しても、よろしいでしょうか」

「ああ、かまわんよ。どこにいるんだ」

「すぐ近くまで、もどっています。二、三分で着きます」

「分かった。勝手にはいって、勝手に持って行けばいいよ」

「あの、ついでと言ってはなんですが、途中で原稿を読ませていただきましたので、感想なども申し上げたいと思います」

「そうか。分かった。いつものように、洋室で待っていてくれたまえ」

電話が切れる。

沙帆は携帯電話をしまい、路地を奥へ進んだ。

アパートの門をはいり、傘を玄関の脇の壁にもたせかけて、ガラス戸を引きあける。まるで、初めて来たときのように緊張し、動悸がまた高まっていた。

洋室に上がり込み、長椅子にすわって待つ。

奥からは、何も聞こえてこない。ギターの音も、ピアノの音もせず、気味が悪いほど静かだった。

いつもは、廊下をやって来る本間の足音が響くのだが、しばらく待ってもそれすら聞こえない。

少しじりじりし始めたとき、なんの前触れもなく引き戸ががたがたと開き、沙帆は驚いて腰を浮かせた。

はいって来た本間は、紺の緩いデニムのパンツに、七分袖の黄色いシャツという、あまり見慣れぬいでたちに、変わっていた。由梨亜のレッスンのために、青海波の作務衣から着替えたらしい。

もっとも、今度は腕にムルを抱いている。

沙帆と目が合うと、ムルはあくびをするように歯をむき出し、ふうと敵意のこもった息を漏らした。

本間は、いつものように勢いをつけて、ぴょんとソファにすわった。

「忘れものは、回収したかね」

「はい。手帳を忘れたような、そんな気がしたものですから」

「ふむ。ところが、ここへ探しに来てみたものの、見つからない。それで、もう一度バッグの中を調べたら、隅のほうにはいっていたというわけだろう」

見透かしたように言って、本間は意地の悪い笑みを浮かべた。

沙帆は、気合い負けしないように、背筋を伸ばした。

「はい。そんなところです。実はちょっと、お話があって」

みなまで言わせずに、本間はムルの喉をいとしげにくすぐり、口を開いた。

「ムルは、あんな音程の狂った鳴き方をするほど、音痴ではないぞ。試しに、もう一度鳴いてみたらどうかね」

22

古閑沙帆は絶句し、目を伏せた。

窓の外で、ムルの鳴きまねをしたのは、やはりやりすぎだった。

本間鋭太なら、だませるかもしれないと思ったのが、失敗のもとだったのだ。いくら、本間が浮世離れした学者であるにせよ、そんな子供だましに乗せられると考えたのは、間違いだった。

さすがに、頰が紅潮するのを意識した。

穴があったらはいりたい、とはまさにこういうときのための言葉だ、と妙なところで思い当たる。

なんとか呼吸を整え、いさぎよく頭を下げた。

「すみません。ついはずみで、鳴いてしまったのです。先生が、ムル、おまえか、と呼びかけられたものですから」

本間はムルを抱き直し、ソファの上でふんぞり返った。

「それだけではないぞ、きみ。ムルにミルクをやりに出たら、土の上に女物の靴の跡があった。たった今、玄関できみが脱ぎ捨てた靴を見ると、かかとに泥がついていた。となれば、ホームズでなくともだれが犯人か、見当がつくというものだろう」

沙帆は、口をつぐんだ。

ここへはいる前、いつもは廊下に響く本間の足音が、聞こえなかった。あれはおそらく、玄関へ沙帆の靴を調べに行くために、足音を忍ばせていたに違いない。

土に残った、足跡を消すまでは無理としても、かかとについた泥くらいは、落としておくべきだった、と思う。

どう言い訳しようか、と考えているとムルが本間の腕の中で、威嚇するように鳴いた。

沙帆がまねした鳴き声とは、似ても似つかぬしわがれ声だった。これでは、ばれて当然だ。

しかたなく、顔を上げて言う。

「すみません。つい、ルパンみたいなまねを、してしまいました」

「ルパンなら、もっと手際よくやったじゃろう。あんな田舎芝居では、ホームズどころかワトスンだって、引っかからんぞ」

「これには、いろいろとわけがありまして」

「そうだろうとも」

本間はにべもなく言い、目で先を促した。

言葉を選びながら、沙帆は言った。

「帰りがけに雨にあって、駅の近くのカフェテリアで、雨宿りをしたのです。小やみになったところで、コンビニでビニール傘を買って、出ようとしました。そうしたら、目の前を通り過ぎる由梨亜ちゃんが、目にはいったのです。最初は偶然かな、とも思いました。でも、先生のアパートへ向かう道へ、曲がり込むのが見えたものですから、反射的にあとを追って」

本間は、手を振って沙帆の説明を、さえぎった。

「話がくどいぞ。そんなことは、聞かんでも想像がつく。なぜ、そんな探偵ごっこをしたのかを、聞いとるんだ」

時間稼ぎを見抜かれたようで、沙帆はしゅんとなった。

正直に言うしか、道がなさそうだ。

あらためて、口を開く。

「母親が、先生と由梨亜ちゃんを引き合わせれば、ホフマンとユリア・マルクみたいな、困った関係になるのではないかと、心配しているのです。もちろん、考え過ぎだとは思いますが、先生のホフマンへの傾倒ぶりから、同じ名前の由梨亜ちゃんに対して、特別な関心を抱くのではないか、と」

途中で言いさすと、本間は目をきらりと光らせた。

「うむ。その心配は、もっともだな」

あっさり認めたので、かえって不安になる。

「あの、先生は由梨亜ちゃんに、つまりその、特別な関心がおありだ、と」

しどろもどろに、聞き返した。

「きみの言う、特別な関心というのが何を意味するか、にもよるがね」

そう言われて、むしろ困惑する。

「ホフマンの場合、ユリアに対して最初のうちは、声楽の才能ありと認めただけにすぎない、と思います。ただ、その後ユリアが少女から、しだいにおとなに成長する過程で、異性に対する恋慕の情に変わった、と理解しています」

「そのとおりだ。そしてきみは、わしの場合もそれと同じになるのではないかと、疑っているわけかね」

正面切って聞かれ、ちょっとたじろぐ。

「わたしが、というよりは由梨亜ちゃんの、母親が」

「麻里奈くんといったな、母親は」

「はい」

「きみの話を聞くかぎり、かなり思い込みの激しい女だな、麻里奈くんは」

沙帆は、ぐっと詰まった。

確かに、そのとおりかもしれない、と思う。しかし、むきつけにそう指摘されると、反射的にかばいたくなる。

「先生ほどではないにしても、麻里奈さんはホフマンにかなり傾倒しています。少なくとも、学生のころはそうでした」

「テラモト・フウケイも、思い込みの強い男だったよ」

本間が言い、沙帆はとっさになんのことか分からず、とまどった。

しかし、なんの脈絡もなく唐突に、頭の中に字が思い浮かぶ。

寺本風鶏。

どきりとして、思わず背筋が伸びた。

そう、麻里奈の旧姓は寺本で、父親は風鶏といった。雅号だと思うが、本名は知らない。

しどろもどろになりながら、沙帆は本間に聞き返した。

「あの、テラモト・フウケイとおっしゃいますと、もしかして麻里奈さんのお父さまの、寺本風鶏さんのことですか。詩人の」

「そうだ。知ってるのかね、寺本風鶏を」

本間の口から、思いもよらぬ名前が出たことで、少なからず動揺した。

「お名前は存じておりますが、お目にかかったことはありません。麻里奈さんのご実家には、一度もうかがったことがないので」

今でも不思議だが、沙帆は知り合って何年にもなるのに、倉石麻里奈の実家に一度として、招かれたことがなかった。

そもそも、麻里奈は両親について話すのを、極力避けていた。

母親の依里奈が、何年か前に病気で死んだことだけは、聞いた覚えがある。

ただし、それを知らされたのは葬式が終わって、ずいぶんたってからのことだった。その上、遅ればせながら用意した香典も、受け取ってもらえなかった。

麻里奈には、そうした社会通念にこだわらない、というかむしろそれを嫌う傾向があった。

父親に関してはだいぶ昔、寺本風鶏という売れない詩人だ、と聞かされたことがあるだけで、あとは何も覚えていない。

麻里奈は、遅く生まれた子供だというから、父親はもう古希を過ぎたはずだ、と思う。しかし、正確な年齢は知らない。

そのとき沙帆は、後ろからいきなりどやしつけられたように、はっとした。

麻里奈が、何週間か前に口にしたことを、唐突に思い出したのだ。

今住んでいる、本駒込のマンション〈オブラス曙〉

は、夫倉石学の稼ぎで買ったのではなく、自分の父親の遺産で買ったのだ。

麻里奈は確かに、そう言った。

たとえ親しい仲でも、その種の内輪話は聞きたくなかったし、事実何かいやな気分になったので、すぐに話をそらした覚えがある。

麻里奈の口から、〈遺産〉という言葉が出たからには、風鶏がすでに死んだことを意味する、と理解していいだろう。

そのことをうっかり、聞き流してしまったのだ。

冷や汗の出る思いで、生唾をのみ込む。

本間が、からかうような口調で言った。

「どうしたんだ、きみ。そんなに黙り込んで、舌にかびでも生えたのかね」

沙帆は、咳払いをした。

「あの、先生こそ寺本風鶏さんを、ご存じだったのですか」

「うむ。若いころは、多少の交流があった。四十年以上も、昔の話だがな。ただ、そのあとは付き合いが、途切れてしまった。十年か、十五年ほど前に死んだと聞いたが、知っているかね」

「ええと、亡くなったことは承知していますが、いつかは存じません。麻里奈さんは、ご両親のことをほとんど、話さないので」

「ふうむ」

そう言ったきり、本間はムルをなでることに、専念する。

沙帆は逆に、質問した。

「先生は、麻里奈さんのお父さまが詩人の寺本風鶏だと、承知していらしたのですか」

本間は、唇を引き結んだ。

「まあな。麻里奈くんが、倉石とかいうギタリストと結婚したことは、風の便りで聞いていた。そういう名前のギタリストが、そう何人もいるとは思えんしな」

「それでしたら、今回の解読翻訳のご相談に上がったとき、そう言ってくださればよかったのに」

本間は、そのときもそれ以後も、そうした事実を知っていることを、おくびにも出さなかった。

「言ったからといって、何がどう変わるものでもなかろう」

「でも、亡くなったお父さまのお知り合い、と最初から承知していたら、話が違ったでしょう。例の、古文書の解読翻訳料とか、譲れ譲らないとかの話し合いが、もっとスムーズに進んだ、と思います。今からでも、遅くないかもしれませんが」

本間が、ゆっくりと首を振る。

「そうは思わんね。風鶏との付き合いは、麻里奈くんが生まれる前の話だからな。それに麻里奈くんは、そういうことで動かされる女では、あるまいて」

「どうしてそんなことが、お分かりになるのですか」

「父親が、そういう男だったからさ。あの男の血を引いていれば、必然的にそうなるだろう」

「それは、かなり了見の狭い考え方だ、と思います」

言い返すと、本間は喉を鳴らして笑った。

「了見などと、ずいぶん古い言葉を遣うじゃないか、きみ」

そう指摘されて、自分でも笑ってしまう。

沙帆は深呼吸をして、高ぶる気分を静めた。

なんとなく、また麻里奈が口にした〈遺産〉、という言葉が耳によみがえる。

父親のことを、売れない詩人と言ったはずなのに、それほど多くの遺産を残したのか、という場違いな考えが浮かんだ。

こんなときにと、沙帆はその考えを頭から追いやり、あらためて質問した。

「先生はお若いころ、寺本風鶏さんとどんなお付き合いを、していらしたのですか」

本間は目を伏せ、それが当面のいちばんの関心事、といった顔でムルの喉を、指先でくすぐった。

ムルは、さも気持ちよさそうに目を細め、首を伸ばした。鋭い爪で、本間の黄色いシャツの襟を、軽く引っ掻く。

本間は、やっと沙帆の質問に気づいたように、目をもどした。

「当時、ドイツ語やドイツ文学を研究する、若い文学者のグループがあって、その会合で知り合ったのさ」

これまた、意外な話だ。

詩人の風鶏が、かつてはドイツ文学の研究グループに、はいっていたとは。

だとすれば、麻里奈が大学でドイツ語を選んだことも、納得できる。おそらく、父親の影響があったに違いない。

しかし、麻里奈は父親を詩人だと言っただけで、ドイツ語やドイツ文学との関わりを、口にしたことはなかった。

「どんなグループだったのですか。独文学会とか、ドイツ文学研究会とか、そういったものですか」

「そんな、だいそれたものではない。酒を飲みながら、世間話をするだけの、無邪気なサークルにすぎんよ」

「そのサークルには、名前があったのですか」

本間は、ちょっとためらうように、肩を動かした。

「ゼラピオンス・ブリューダー、つまりゼラピオン同人会、という名前だった」

「ゼラピオン同人会」

ぴんとくるものがあって、沙帆はおうむ返しに言った。

ゼラピオンス・ブリューダー（ゼラピオンの同人）といえば、ホフマンの作品集『ゼラピオン同人集』からの命名と、すぐに見当がつく。ここのところの勉強で、それくらいは承知している。

本間が、見透かしたように、にっと笑う。

「さよう。きみが今考えたように、この名前はホフマンのいわゆる、ゼラピオンス・ブリューダーからとったものだ。ゼラピオンとは、何か知っているかね」

「いいえ、存じません」

本間は、真顔にもどった。

「わしも、よく知らん。ただ、大昔エジプトあたりにいた聖人だ、とどこかで読んだ記憶がある。ホフマン以下、同人となるヒツィヒら友人知人が、ホフマンの家に集まった当日が、確かその聖人の日だった、と書いてあった。もっとも、ホフマンのかみさんが持ち出した、ポーランドのカレンダーが間違っていた、との説もある。実はその日は、聖ゼラピオンの日ではなかった、というわけさ」

どうやら本間は、関係のない話に沙帆を引っ張り込んで、けむに巻こうとしているようだ。

「すみません。話をもどしても、よろしいですか」

「わしは別に、話を変えたつもりはないがね」

しれっとして言う本間に、内心苦笑せざるをえない。

ともかく、本間が若いころ麻里奈の父親と、付き合いがあったという話には、少なからず驚かされた。

それどころか、倉石学の妻が風鶏の娘と知っていたことも、意外といえば意外だった。

そもそも、本間がそうしたもろもろの事実を、今まで明かしてくれなかったことが、おもしろくない。世間話の中で、さりげなく持ち出すぐらいのことをしても、ばちは当たらないではないか。

逆に麻里奈は、自分の父親と本間が知り合いだったことを、知らないに違いない。

知っていたら、沙帆が今回の解読翻訳にからんで、本間の名前を持ち出したときに、それなりの反応を示したはずだ。

いずれにしても、それは当面の問題ではない。

気持ちを入れ替え、単刀直入に問いただす。

「寺本風鶏については、また別の機会にお話をうかがいます。だいぶ、回り道をしてしまいましたけど、由梨亜ちゃんのことをはっきりさせたい、と思います。先生の方から、ギターのレッスンをしてあげよう、と持ちかけられたのですか」

切り口上にすぎたかもしれない。

本間は、せわしなく瞬きして、顎を引いた。

「わしの方から、強要した覚えはないぞ。ごく軽い気持ちで、教わりたくなったらまた来たまえ、と言っただけのことさ。きみも、その場にいて聞いたはずだから、あれが強要でないことは、分かっているだろう。単なる勧誘というか、社交辞令のようなものじゃよ」

急に〈じゃよ〉などと、例の年寄り臭い言い方になった。

確かに、そういうやり取りがあったことは、覚えている。

「でもあのときは、教わりたければ古閑くんと一緒に来るように、とおっしゃいましたよね」

本間の瞳が、くるりと回る。

「かもしれんな」

「にもかかわらず、わたしに黙ってレッスンに来たとすれば、先生ではなく由梨亜ちゃんの方から、申し出があったことになりますが」

「そのとおり」

そう応じて、こくんとうなずく。

沙帆は、なおも追及した。

「由梨亜ちゃんは、同じ金曜日でも時間をずらして、わたしと出くわさないように、ここに来ましたね。そういう打ち合わせだったんですか」

本間は、居心地悪そうにムルを抱き直し、不機嫌な口調で言った。

「正直にいえば、由梨亜くんが電話でレッスンを頼んできたとき、きみには黙っていてほしい、と釘を刺されたのさ」

23

古閑沙帆は、とまどった。

倉石由梨亜が、そのようなことを頼むとは、信じられなかった。

気持ちを抑え、静かに応じる。

「電話ですか。わたし、由梨亜ちゃんに先生の電話番号を、教えた覚えはありませんが」

本間鋭太は、もぞもぞとすわり直した。

ムルが不機嫌そうに鳴いて、本間の腕を逃れようとする。

本間はそれを、無理やり押さえつけた。

「このあいだ、奥でレッスンしたついでに、番号をメモしてやったんじゃよ」

「それでしたら、先生からレッスンに来なさいと、誘ったようなものじゃありませんか」

つい、気色ばんでしまう。

本間はたじろいで、またすわり直そうとした。

その隙に、ムルが本間の腕から飛び出して、戸口へ向かう。

本間は、あわててソファから飛びおり、ムルのあとを追った。

ムルは、閉じた戸の前で足を止め、本間を振り仰いだ。

ムルを抱き上げようと、本間は一度身をかがめかけた。

しかし、結局は思い直した様子で、引き戸をあけてやる。

ムルは尾をぴんと立て、いかにも誇り高い姿勢で、悠々と廊下へ出て行った。

本間は、ソファにもどった。

どことなく、手持ち無沙汰という様子で、指を振り立てながら言う。

「別に、強要したわけではないぞ。レッスンを受けたくなったら、電話してくれればいいと言って、番号を教えただけさ。あくまで、由梨亜くんの判断に任せたんじゃ。あの子が、きみにも黙っていてくれと頼んだのは、わけがあるからだろう」

「わたしが知ったら、麻里奈さんに言いつけられる、と思ったからですか」

念を押すと、本間はあいまいに肩をすくめた。

「まあ、そんなとこだろうな」

沙帆は、口をつぐんだ。

由梨亜が、そんな風に本間に口止めをする、とは思えない。母親に知られたくないのなら、直接沙帆に口止めをすればすむことだ。

どう考えても、本間の方から沙帆には黙っているように、と言ったとしか思えない。

沙帆に話せば、母親に筒抜けになってしまうから、黙っているに越したことはない。そんな風に、おどしたりすかしたりして、由梨亜を言いくるめたのだろう。

本間が、黙り込んだ沙帆を見て、薄笑いを浮かべた。

「そんなに心配なら、わしのレッスンを受けるのをやめるように、由梨亜くんに言ったらどうかね。わしでなくても、身近に倉石学という、りっぱな先生がいる。父親に習えば、すむことだからな」

沙帆は、深く息を吸った。

確かに、そのとおりだ。

しかし麻里奈によれば、由梨亜は父親に習うのは気が進まない、と言ったらしい。

ともかく、誘われたにせよ自分から申し出たにせよ、由梨亜が本間に教わりたがっていることは、間違いなさそうだ。

そのことに、異を唱える資格は自分にはない、と思い直す。その立場にあるのは、やはり両親だけだろう。

本間はもちろん、由梨亜に裏切られたなどと考えるのは、傲慢もいいところだ。

少し頭を、冷やす必要がある。

それを見透かしたように、本間が追い討ちをかけてきた。

「由梨亜くんも、きみが窓の外でムルの鳴きまねをしたと知ったら、さぞかし笑い転げることだろうな」

そう言い放って、くくくと奇妙な笑いを漏らす。

それが、本間の露骨な牽制球と分かって、沙帆は唇を引き締めた。

自分でも驚くほど、冷静に切り返す。

「先ほどわたしは、三十分ほどいただければお原稿をここで読んで、感想を述べたいと申し上げました」

そこで言葉を切ると、本間は探るように沙帆を見返した。

「それがどうした」

「そのとき先生は、あわてて今日はこれで引き上げてくれと、わたしを追い立てられましたね。あれは、由梨亜ちゃんと鉢合わせしたらまずい、と心配だったからでしょう。それがやっと、今になって分かりました。由梨亜ちゃんが聞いたら、さぞかし喜ぶことでしょうね」

本間は急に落ち着きをなくし、シャツの袖を意味もなく引っ張った。

沙帆は続ける。

「それから、由梨亜ちゃんのために作務衣をやめて、おしゃれな今風のジーンズとシャツに、着替えをなさったことも」

本間は、唇を不機嫌そうにぐいと引き締め、また指を振り立てた。

「そんなたわごとなど、わしは聞きたくない。今度の原稿について、何か意見なり感想なりがあるのなら、さっさと言いたまえ。それともあれは、ここへもう一度上がり込むための、口実だったのかね。まだ、読んでもいないのに」

「いいえ。お原稿は、カフェテリアで雨宿りをしているあいだに、ちゃんと読ませていただきました」

「そうか。では、その感想とやらを、聞かせてもらおうではないか」

「はい」

そう応じたものの、由梨亜のことで頭がいっぱいだったため、考えをまとめる余裕がなかった。

とはいえ、ここで引き下がるのも業腹だ、と負けぬ気がわいてくる。

「今回の報告書は、ベートーヴェンについて筆を費やしすぎ、という感じがしました。もっとも、それは報告者のヨハネスなにがしが、責めを負うべきことですが」

「今の目で見るから、そんな感じがするだけさ。一八一〇年ごろには、ベートーヴェンはまだ、世に並びなき大作曲家とまでは、認められていなかった。ヨハネスは、ホフマンがそのベートーヴェンの天才を発見した、ごく少数の理解者の一人であることを、強くアピールしたかったのさ」

「だとしても、先生が訳注でホフマンのベートーヴェン礼讃を、もう一度繰り返す必要があったでしょうか。屋上屋を架すの印象、なきにしもあらずと思います」

歯にきぬを着せずに言うと、さすがに本間は渋い顔をした。

「またまた、古い文句を引っ張り出したな」

「すみません。ほかに適当なたとえが、思い浮かばなかったものですから」

本間は、苦笑した。

「わしはただ、この時点で早くもベートーヴェンを称揚した、ホフマンの音楽的理解の深さについて、一言したかっただけさ。くどいと思ったら、読み飛ばしてもらってかまわんよ。言わずもがな、の雑文だからな」

珍しく神妙な発言に、ちょっと意外の念に打たれる。少し言いすぎたか、と悔やまれるほどだった。

意識して、話を先へ進める。

「報告者のヨハネスは、ホフマンの日記にある〈K.v.H.〉、つまりケートヒェン・フォン・ハイルブロンが、ユリアの暗号名だということを、ここで暴露していますね。夫人のミーシャは、そのことを知らなかったのでしょうか」

「それは、なんともいえんな。ただ、ドイツ語に明るくないミーシャが、構文の複雑なクライストの小説を、読んでいたとは思えん。ホフマンは〈K.v.H.〉だけでなく、そのあと〈Ktch〉という記号も、使い出している。どれも、ケートヒェンの略号だが、ヨハネスに教えられなければ、ミーシャには分からなかっただろうな」

「ただ、ホフマンはユリアに対する感情を、周囲の人たちにけどられないように、慎重に振る舞っているようですね。ヨハネスも、そう書いています。むしろミーシャに、日記からその証拠を見つけてほしい、とそそのかしているようにみえますが」

「そのようだな。実はわしも、ハンス・フォン・ミュラーが一九一五年にまとめた、亀甲文字のホフマンの日記を、持っておる。それと、そのミュラー版に細かい注釈をつけた、一九七一年のフリードリヒ・シュナップの、増補版もな」

沙帆は、驚いた。

しかしすぐに、そうした重要かつ貴重な資料が、本間の手元にあるのは当然だ、と思い当たる。

なんといっても、本間はホフマン研究の権威だ。それらの資料を参照しつつ、報告書の解読、翻訳を進めていることは、容易に想像できる。

沙帆は、一息ついた。

「この先、ヨハネスの報告書はどこまで、どのように続いていくのでしょうか。前にも申し上げたように、先生はすでに全体を通読されている、と思いますが」

　本間は、首を振った。

「ただ、乱れていた古文書の順番を整えるために、ざっと目を通しただけだ。一枚ずつ、頭から解読する楽しみを取っておくために、綿密に通読してはいないのさ」

　それがほんとうかどうか、沙帆には分からなかった。その顔を見て、本間がにっと笑う。

「きみたちだって、途中で結末が知れてしまったら、つまらんだろうが」

　沙帆が黙っていると、本間は付け加えた。

「まあ、あの報告書に結末がある、としての話だがね」

　なんとなく、からかわれているような気がして、少ししらける。

　本間は、ソファから身を乗り出した。

「さて、感想はそんなところかね」

「ええと、はい。すっかり、お時間をいただいてしまって、すみませんでした。では、また来週、よろしくお願いします」

「うむ」

　本間はうなずき、それからさりげなく続けた。

「わしが、寺本風鶏と若いころ交流があったことは、麻里奈くんには言わん方がいいだろう。むろん、由梨亜くんにもだ。何かとトラブルの種に、なるかもしれんからな」

「分かりました」

　沙帆は長椅子を立ち、戸口に向かおうとして、足を止めた。

「由梨亜ちゃんのレッスンは、お続けになるおつもりですか」

　本間がソファに、ふんぞり返る。

「それは、由梨亜くんしだいだな。レッスンを続けたければ、また電話してくるだろう」

　沙帆がためらっていると、さらに付け加えた。

「強要はしないが、断わるつもりもない。分かるかね」

　念を押されて、しかたなくうなずく。

「はい。わたしも、由梨亜ちゃんの判断に、任せることにします」

　外に出ると、雨の名残はほとんど消えていた。

　夏至を過ぎて、一週間以上もたつ。まだ空は十分明るいが、すでに午後六時を回っただろう。

靴のかかとについた土を、ティシュでふき取った。玄関の脇に立てかけた、ビニール傘を取り上げて、アパートを出る。

表通りを渡り、駅へ向かった。

ほどなく、カフェテリア〈ゴールドスター〉に、差しかかる。

通り過ぎようとしたとき、窓際の席からだれかがガラス越しに、大きく手を振るのに気がついた。

目を向けると、由梨亜が笑いかけてきた。

24

古閑沙帆は、反射的に足を止めた。

とっさに、手を振って笑い返したものの、半分頰がこわばるのを意識する。

偶然、ということばが頭をかすめたが、それはすぐに消し飛んだ。偶然であるはずがない。

倉石由梨亜も、どこかの時点で沙帆に気がつき、あとをつけられたことを悟って、帰りを待ち受けていたに違いない。

沙帆は肚を決め、三たび同じカフェテリアにはいった。今度はジュースを頼み、由梨亜の隣の席に、トレーを運んだ。

開き直るというよりも、ここはいさぎよくという気持ちで、由梨亜にうなずきかける。

「ごめんなさいね。わたしって、つくづく探偵の才能がないことに、気がついたわ」

「わたしだって、おばさまに謝らないと。何も言わずに、本間先生のレッスンを受けてしまって、ごめんなさい」

悪びれる様子もなく、ぺこりと頭を下げる。

「いいのよ。でも、わたしが由梨亜ちゃんのあとをつけたって、どこでばれたの」

軽い口調で聞くと、由梨亜は形のよい眉をきゅっと寄せ、はきはきと応じた。

「さっき、レッスンの帰りにここの前を通ったら、おばさまのトートバッグが、目にはいったんです。三日月のマークを、覚えてましたから」

「それだけなの。顔は完璧に、隠したつもりだけど」

「顔は、見えませんでした。でも」

由梨亜はそこで言いさし、くすくすと笑い出した。

「どうしたの」

由梨亜はひとしきり笑い、目を伏せて続けた。

「レッスンの最中に、窓の外で音がしたんです。本間先生が、ムルよおまえかとかなんとか、そんな風に窓から呼びかけたら、猫の鳴き声が聞こえました。レッスンが終わって、わたしがムルって顔に似合わない、かわいい鳴き方をするんですね、と言ったの。そしたら先生は、あれはムルじゃない。ひどく図体の大きい、牝猫に違いないって」

そう言って、また含み笑いをする。

沙帆は、首を振った。

「それって、わたしのことね」

「トートバッグを見たとたん、そのことを思い出したの。それですぐに、おばさまだったんだって、ぴんときたんです。でも、駅へ向かう途中でちらりと見たら、あとを追って来なかったでしょう。それで、きっと本間先生のところへ、ねじ込みに行ったんだって、そう思ったの。それで、ここへもどって待ち伏せした、というわけです」

得意げな口調に、やれやれと思った。やはり頭の働きが、並の女子中学生とは違う。

それに〈ねじ込む〉、などという表現を知っていることに、感心した。

「言い訳するつもりはないけれど、由梨亜ちゃんのことに気をつけるって、お母さんと約束したからね。わたし自身も、まったく心配していなかったと言えば、嘘になるし」

「いいんです。そのあたりのことは、わたしもなんとなく感じていましたから。お母さんて、いろんなことに気を回しすぎなんです」

「というか、自分の娘のことを心配しない母親なんて、どこにもいないわ」

そんな話をしているうちに、いつの間にか外に夕闇が迫り始めた。

「あまり、遅くなったらいけないわね。お母さんが、心配するでしょう」

由梨亜が真剣な目で、顔をのぞき込んでくる。

「おばさまは、これから何か予定があるんですか」

「ううん。うちに帰って、ご飯をつくるだけ。でも、ちょっと遅くなったから、おばあちゃんに電話して、帆太郎のご飯を作ってくれるように、頼むつもり」

由梨亜の顔が、少し明るくなった。

「だったら晩ご飯、一緒に食べませんか」

「お父さんやお母さんは、どうするの」

「お父さんは、ギタリスト協会の会合。お母さんは、マスキングテープのお仲間と、お食事会。どっちみちわたし、今夜は外食なんです」

うきうきした口調だった。

「あら、そう。だったら、一緒に食べましょうか。なんでも好きなもの、ごちそうするからね」

カフェテリアを出て、ひとまず義母のさつきに電話をかけ、帆太郎のことを頼む。

さつきは、二つ返事で引き受けた。帆太郎は、いわゆるおばあちゃん子で、沙帆よりもさつきの方に、なついているふしがある。

前に帆太郎に、由梨亜と三人でご飯でも食べよう、と約束したのを思い出した。

そのとき、帆太郎はうなぎが食べたい、と言っていた。少なくともそれまで、うなぎだけはやめておこう、と決める。

由梨亜の希望を聞くと、パスタがいいという。ステーキとか、寿司とか言うと予想していた沙帆は、ちょっと拍子抜けがした。

タクシーを拾って、新宿のデパートにはいっている、イタリア料理店に行く。

前に二度、食べたことがある店だった。二度とも、ふつうのパスタを頼んだのに、なぜか大盛りが運ばれて来た。おいしかったので、結局全部平らげてしまった。店側は、ふつう盛りの料金しか、取らなかった。

店にはいると、マネージャーがそのことを覚えていて、くどくどとわびを述べ立てるのには、閉口した。

前菜とサラダ、それにスパゲティを注文する。沙帆はペスカトーレを、由梨亜はボロネーゼを、それぞれふつう盛りで頼んだ。

マネージャーがじきじきに運んで来たが、今度はさすがに間違えなかった。

「あとをつけたり、盗み聞きしたりして、悪かったわね。今考えると、なぜあんなことまでしたのか、自分でもおかしくなるわ」

実際、由梨亜にまで悟られていたと思うと、いたたまれぬ気持ちになる。由梨亜がさほど、気にしていないようにみえるのが、わずかな救いだった。

「いいんです。お母さんが、あまり心配しすぎるものだから、おばさまにも移っちゃったんですよ、きっと」

そう言いながら、由梨亜は器用にフォークを操り、スパゲティを食べた。

「由梨亜ちゃんは、本間先生のこと、どう思う」

「おもしろい先生だ、と思います。お母さんたら、何をそんなに心配しているのか、全然分からない」

正直に、打ち明けることにする。

「例のホフマンは、すごく美人の奥さんがありながら、まだローティーンだった生徒のユリアに、お熱を上げてしまったの。それで、ホフマンの生まれ変わりみたいな、あの本間先生が由梨亜ちゃんに、同じようにのぼせ上がったりしないかと、それを心配しているのよ、お母さんは」

聞くなり、由梨亜はけたたましい声で、笑い出した。

しかし、周囲の視線が自分に集まるのに気づき、あわててナプキンを口に当てる。

笑いをこらえながら、切れぎれに言った。

「いくら、名前が同じだからって、考えすぎですよね。だいいち、お母さんたら本間先生と、会ったこともないのに。会ったらきっと、笑っちゃうと思うわ」

ついでに、白状してしまう。

「実を言うと、わたしもちょっと心配だったの。本間先生は、わたしのドイツ語の先生でもあったし、人となりも一応承知しているから」

「昔から変な、というか、ちょっと変わった先生だったんですか」

「まあ、普通の人とは価値観が違う、という意味でね。でも、セクハラとかするような、そういう人じゃなかったわ」

「ですよね。わたしも、ずいぶんじろじろ見られたけれど、別にいやらしい目つきじゃなかった、と思う」

率直な意見に、なんとなく笑ってしまう。

「ところで、先生は先週一緒にギターを弾いたとき、由梨亜ちゃんに電話番号を、教えたんですってね。レッスンを受けたければ、電話しなさいって」

「ええ」

「それで、由梨亜ちゃんの方から、したわけね」

「ええ」

うなずいて、目を伏せる。

「そのとき、わたしに言わないようにって、先生に頼んだんですって」

「ええ」

三たびうなずき、今度は下を向いてしまった。

「わたしに隠さなくても、お母さんに告げ口なんか、しないわよ。由梨亜ちゃんのあとをつけたのも、告げ口するためじゃないの」

「分かってます。ごめんなさい」

由梨亜は、素直に頭を下げた。

スパゲティを食べ終わるまで、なんとなく沈黙が続く。

沙帆は、由梨亜の意向を確かめて、コーヒーとアイスクリームを、注文した。

コーヒーがきたとき、由梨亜は低い声で言った。

「わたしが、直接先生にお電話したことには、わけがあるんです。それを、なんとなくおばさまに、知られたくなくて」

ちょっと驚く。

「そうだったの。だったら、言わなくてもいいのよ」

由梨亜は少し考え、決心がついたように口を開いた。

「先週の帰り道、本間先生からギターを教わったこと、両親には黙っていてくださいと、そうお願いしましたよね」

「ええ。わたしも、言うつもりはなかったし」

由梨亜は沙帆を、まっすぐに見た。

「でもわたし、そのことをお父さんに、話しちゃったんです。すごく楽しかったって」

沙帆は、血の気が引くような気がして、コーヒーを飲む手を止めた。

「どうして、話しちゃったの。あんなに、約束したのに」

つい、問い詰めてしまう。

倉石学から、その話が麻里奈に伝われば、また一悶着あると思ったのだ。

由梨亜が、首をかしげる。

「お父さんを差し置いて、別の先生にギターを教わったことが、やはり後ろめたかったんです。それでつい、報告しちゃったの」

そう言われてみれば、由梨亜の気持ちも分かる。

「それでお父さんは、なんとおっしゃったの。まさか、怒ったりはしなかったでしょう」

少なくとも、倉石はそういう父親ではない、と思う。

由梨亜は、うなずいた。

「別に怒らなかったし、驚きもしませんでした。それどころか、レッスンが楽しかったのなら、そのまま続けてみたらいい、と言ってくれたんです。お母さんには黙っているし、レッスン料も払ってやるからって」

意外な展開に、あっけにとられる。

「そうだったの。それなら、よかったじゃない」

「でも本間先生は、レッスン料なんかいらないって、そうおっしゃるんです」

「だったら、そうしてもらいなさいよ。先生は、由梨亜ちゃんにギターを教えるだけで、十分報われるんだから」

「そうかしら」

由梨亜は無邪気に、首をかしげた。

これで、本間がレッスン料を取ろうものなら、厳重に抗議してやる。

先週、由梨亜をマンションに送り届けたあと、エレベーターで倉石と出くわし、一緒にお茶を飲んだことを、思い出した。

由梨亜が、倉石に本間の話を打ち明けたのは、そのあとのことだろう。

会ったことのない本間に、倉石が偏見を持つ理由は、何もない。

ギターに関するかぎり、本間が所詮素人だということは、承知していよう。

それでも倉石は、レッスンが楽しいならそれでいいという、柔軟な考え方の持ち主のようだ。

その点麻里奈は、こうと決めたら石にかじりついても、考えを変えないところがある。

会ったこともない本間を、ホフマンになぞらえて必要以上に警戒し、由梨亜とできるだけ近づけまい、とする姿勢を崩さない。沙帆と一緒でなければ、由梨亜を本間に引き合わせることなど、決して許さなかったに違いない。

本間に言わせれば、そのあたりの思い込みの激しさが、父親の寺本風鶏譲り、ということになるのだろう。

秘密を打ち明けて、少しは気が楽になったのか、由梨亜はアイスクリームを食べ、背筋を伸ばした。

「わたしって、お父さんやおばさまには、隠しごとができないみたい。黙っていようと思っても、ついしゃべっちゃうんですよね」

「それでいいのよ。隠しごとって、けっこう心の負担になるから」

沙帆が言うと、由梨亜はまた肩を落とした。

「でも、お母さんには言えないことが、たくさんある気がする。どうしてだか、分からないけど」

「お母さんは、自分にも他人にも厳しいところがあって、それがときどきまわりの人たちを、ぎくしゃくさせるのよね。わたしみたいに、いいかげんなところで妥協する、適当人間なら楽なんだけどな」

つい、本音をもらしてしまう。

たとえ雑談にせよ、当の娘の前でその母親について、批判めいたことを口にするのは、好ましいことではない。

それは百も承知だが、由梨亜自身も自分の母親に対して、似たような気持ちを抱いていると分かり、少し気が緩んだのだった。

由梨亜は、コーヒーを飲み干した。

「それじゃ来週も、よろしくお願いします」

そう言って、またぺこりと頭を下げる。

25

【E・T・A・ホフマンに関する報告書・五】


――一八一一年三月。

親愛なるミーシャよ。

ETAの推薦で、バンベルク劇場の支配人に就任した、フランツ・フォン・ホルバインとの関係は、依然として友好的な状態を保っている。仕事はうまくいっており、ときにわたしを含めて食事や酒席を、ともにすることもある。その点では、何も心配する必要はない。

心配ごとは、ほかにある。

ご存じのように、今年になってからETAは日記に、ユリアのことを〈K.v.H.〉と暗号で示し、やがて〈Ktch〉という表記に定着した。そして、その暗号名の使用が一月末ごろから、日に日に頻度を増していくことになった。

ETAは、ほとんど毎日のようにマルク家へ足を運び、ユリアと妹のミンヒェンに、レッスンを行なう。つまり、ユリアとはのべつ幕なしに、顔を合わせるわけだ。

それが終わると、決まってフリードリヒ・クンツの家に回る。蔵書家にしてワイン商という仕事柄、クンツ宅には多くの本と良質のワインが、そろっている。

おそらくETAは、クンツを心からの親しい友人とは、みなしていない。悪くいえば、クンツは単に本とワインの供給者にすぎず、その点で重宝しているだけなのだ。

いや、クンツ宅へ回る理由は、ほかにもある。

あなたも知るとおり、クンツ夫人のヴィルヘルミネ、通称ミンナは肥大漢の夫に過ぎた、美しい女性だ。クンツも、そのことをよく心得ており、ミンナを人に引き合わせるのを、自慢にしている。他の男が、ミンナに関心を示せば示すほど、クンツの自尊心は満たされるのだ。

ETAも、そうしたクンツの性癖を見抜いており、ミンナに対する関心を隠そうとしない。正直なところ、色目を遣っているといっても、いいほどだ。

それは、わたしが一緒のときでさえ分かるほどだから、ひと目をはばかる気などさらさらない。

あなたも、たまにETAと一緒にクンツ宅を訪れ、お茶や酒食をともにする。

わたし自身、そういうおりに同席することがあるが、そんなときでさえETAはあなたの目を盗んで、ミンナにこっそり笑いかけたり、目配せしたりする。

それを知りながら、クンツは何も言わぬどころか、楽しんでいるふしさえある。

わたしに言わせれば、ミンナがどれほど美しい女性であるにせよ、あらゆる点であなたには及ばない。ETAにとって、ミンナはそのときどきの目の保養、というだけの存在にすぎない。したがって、何も心配する必要はない。

しかし、ユリアは別だ。

あなたは、ミンナのことはほうっておいてもよいが、ユリアには警戒しなければならない。

ユリアはまだ十四歳、ほんの子供にすぎない、だって？

いやいや。彼女も、この三月十八日には十五歳になるし、身も心も急速に成熟しつつある。

むろん、ユリアも今のところETAに対して、師弟という立場を越える感情など、抱いていない。ましてETAが、自分に弟子に対する以上の、ふとどきな関心を寄せている、などとは考えたこともあるまい。

二カ月ほど前の一月二十八日、マルク家の茶会でETAはピアノを弾き、ユリアの歌の伴奏をした。

ETAは、いかにもうっとりした表情だったが、内心明らかに感情を高ぶらせている気配が、その息遣いから察せられた。確かに、あの夜のユリアは生来の美声に加えて、すばらしい歌唱力を示した。

あなたはETAが、そのときの輝きにあふれたユリアの様子を、〈Ktch〉という暗号名のもとに、日記に書き込んでいるのを盗み見た、と言った。

どのように書いてあったか知らないが、いかにETAに文筆の才能があるとはいえ、あの異様な自分の興奮ぶりをそのまま、筆で表現することは不可能だったと思う。

ちなみに、その少し前の一月中旬から数日間、ETAが体調を崩して、レッスンを休んだことがあった。そのおり、ユリアが何度かお宅へ、ETAを見舞いに訪れたことは、あなたも覚えておられるだろう。

むろん一人ではなく、妹や弟を伴っていたはずだが、おそらくそうしたユリアの振る舞いが、ETAの彼女に対する強い愛慕の念を、掻き立てたに違いない。

そのあと、マルク家でユリアの歌を聞いて、いつも以上に感情を高ぶらせたのは、それが遠因の一つだった、と思われる。そののちに、〈Ktch〉の出現頻度が急に増えた、というあなたの報告からしても、わたしの推測は間違っていないだろう。


二月にはいって、ETAはマルク家に連日のように、かよいつめた。レッスンのあと、そのままクンツ宅に足を運ぶことも、相変わらず多かった。

商売柄、クンツ家の地下にはりっぱな、ワインの酒蔵がある。ご存じのように、建物はマックス広場に面しており、そこは今世紀の初めまでバンベルク最大の、教会の墓地跡だった。

そのため、ETAはクンツの酒蔵をたわむれに、イタリア語で〈カタコンベ〉、つまり地下墓地と呼んでいる。あなたも、耳にしたことがあるだろう。

クンツ自身、ホフマンの目当てが本とワイン、それに自分の妻だということに、気づいていると思う。

しかし、クンツはクンツで別の思惑があるらしく、そうした事実に目をつぶっているようだ。抜け目のない男だから、おそらくホフマンの才能を当て込んで、ゆくゆくはひともうけしよう、という腹づもりだろう。

ともかく二月の日記が、〈Ktch〉とクンツの名前であふれていることは、想像にかたくない。

マルク家では二月十六日に早ばやと、〈ユリアの日〉と称して華ばなしく、誕生日の前祝いをやっている。

そのときは、あなたもETAやわたしと一緒に招待されたから、変わったことは何も起こらなかった。ETAも、あなたがいる場ではユリアに対する気持ちを、あからさまにできなかっただろう。

さて、三月三日。

ETAは、バンベルク劇場の隣のレストラン〈薔薇亭〉で、ある若者と知り合いになった。

若者は、二日前にバンベルクに到着したばかりで、名前をマリア・フォン・ヴェーバーという。

ご存じないかもしれないが、ヴェーバーは目下売り出し中の若手作曲家で、ミュンヘンへのコンサート旅行の途上、当地に立ち寄ったのだ。

新進のピアニストであり、巧みな指揮者でもあるこの若者は、指揮をするとき細長い棒を振り回すことで、知られている。

〈薔薇亭〉で、ヴェーバーが戯れに弾くピアノ曲を耳にして、ETAはその優れた技量にいたく、感心したようだ。

ヴェーバーは、ETAとさして変わらぬ小男の上に、生まれつき右の大腿関節脱臼症だとかで、歩行が不自由だった。そうしたことも、同じように肉体的弱点を持つETAの、共感を呼んだと思われる。

ヴェーバーのピアノを聞いたあと、ETAは感動して次のように述懐した。

「ヴェーバーは、自分がバンベルクに来て以来初めて出会った、ほんものの芸術家だ。この先彼が、ベートーヴェンのような偉大な作曲家になるかどうか、それは分からない。しかし、少なくともその可能性を秘めていることは、間違いない」

めったに人をほめないETAが、そこまで賛辞を呈することは珍しい。おそらく、その日の日記にもヴェーバーについて、なんらかの書き入れがあるはずだ。

——（続く）

［本間・訳注］

ここで、カール・マリア・フォン・ヴェーバーについて、一言触れておこう。

ヴェーバー（一七八六〜一八二六年）は、国民オペラ『魔弾の射手』で知られる、ドイツ浪漫派の代表的な作曲家の一人だ。ETAより十歳若く、二人が初めて会ったときは、まだ二十四歳だった。

父親は劇団の団長で、ヴェーバーは幼いころから家族とともに、ヨーロッパ各地を転々とした。その間、ヨゼフ・ハイドンの弟ミヒャエルや、ゲオルク・フォグラーなどに音楽を学び、やがて頭角を現す。

一八〇四年、ヴェーバーはわずか十七歳で、ブレスラウの歌劇場の音楽監督に、就任したといわれる。一般教育には恵まれなかったが、音楽の才能はみごとに花開いたようだ。

一八一七年から、一八二六年に三十九歳でロンドンに客死するまで、ドレスデンの歌劇場の音楽監督を、務めている。当時は、ピアニストとしても名を馳せたが、今では一般に、オペラ『魔弾の射手』の作曲者として、記憶されるだけにすぎない。

ヴェーバーの時代、オペラといえばイタリア、フランスものがほとんどで、ドイツ・オペラはグルック、モーツァルトの作品くらいしか、認められていなかった。

『魔弾の射手』は、そこへ強烈なくさびを打ち込み、のちにリヒァルト・ヴァグナーなど、著名な浪漫派の作曲家を生み出す、大きなきっかけとなった。

ヴァグナーは、ヴェーバーが死んだとき十三歳だったが、ヴェーバー自身が指揮した『魔弾の射手』を、聞いた可能性がある。

ちなみに、報告書にある〈細長い棒〉とは指揮棒のことで、これを演奏会に持ち込んだのは、ヴェーバーが初めてとされる。

この日、すなわち一八一一年三月三日、ヴェーバーと出会ったETAが、ある種の感銘を受けたらしいことは、日記の短い記述からも分かる。ヨハネスの報告書にもあるとおり、ヴェーバーが自分と同じく肉体的な弱点を持つことも、共感を覚えた理由の一つだろう。

もっとも、最初の日は単に出会った事実しか、日記に記入していない。

翌日、二人はふたたび〈薔薇亭〉で、顔を合わせた。

今度は、ETAも「楽しく話をした」と、書き込んだ。さらに、ヴェーバーの名に二重線を引いた上、感嘆符までつけている。受けた感銘の大きさが、うかがわれる。

一方ヴェーバーは、小まめに日記をつけるたちだったにもかかわらず、バンベルクでのホフマンとの出会いを、いっさい書き留めていない。

どうやらホフマンに対する印象は、そのおりに引き合わされた多くの人びとの中に、埋没してしまったようだ。

二人は、五年後の一八一六年六月十二日に、ベルリンで二度目の出会いを果たした。

このときヴェーバーは、初めて「ホフマンの知遇を得る」と、日記に書いている。すでに、作家として名を知られたホフマンは、刊行されたばかりの『悪魔の霊液』を、ヴェーバーに進呈した。

ヴェーバーは、ホフマンも寄稿する〈AMZ〉の編集長ロホリッツと、婚約者のカロリーネ・ブラントあてに、ホフマンとその作品を称揚する手紙を、書き送った。

ホフマンが、デ・ラ・モット・フケーの『ウンディーネ（水の精）』をオペラ化したとき、ヴェーバーは好意的な評論を発表している。このオペラは、ヴェーバーとホフマンが再会した二カ月後に、ベルリン王立劇場で初演されて、予想をはるかに上回る成功を収めた。

しかし、後年『魔弾の射手』が発表されるに及んで、『ウンディーネ』はたちまちその光彩の陰に、隠れてしまった。

それが原因かどうか分からないが、『ウンディーネ』をほめたヴェーバーの期待に反して、ホフマンは『魔弾の射手』に無言を貫いた、といわれる。

そのあたりのいきさつについては、あらためて触れる機会もあろう。

ちなみに『魔弾の射手（Der Freischütz）』は、ドイツの民話をもとにしたオペラである。だれが、この邦題を考えたのかは知らないが、なかなか鋭い言語感覚を持つ人物、といえよう。

英語ならば〈The Free Shooter〉で、いずれにしても〈意のままに的中させる射手〉の意だが、そこへ〈魔弾〉という造語を当てたのは、訳者の手柄といえるだろう。


――三月十八日は、ユリアの十五歳の誕生日だった。

この日の朝方、わたしはETAに〈薔薇亭〉へ呼び出され、贈り物の準備をする手伝いをさせられた。

ETAは、前の晩に草稿を書いたという、ソネット（十四行の短詩）を清書した。

そのあいだに、わたしは詩に添える薔薇の花束を、買いに出た。

ちらりと見ただけだが、ソネットの最初の四行はこうだ。

春はきたりぬ　蒼き雲の波とともに
はるかかなた　雲の羽毛は輝き
歌はゆたかに　閑《しず》かなる森に満つ
鳴き鳥の群は　いまや里に帰らむ

これを見るかぎりでは、露骨な愛の詩ではない。どちらにしても、文学的素養のない少女には、このソネットの真意を理解することは、できなかっただろう。

午前中のレッスンの前、ETAは用意した薔薇を添えて、このソネットをユリアに贈った。

ユリアは、この贈り物にひととおり感謝の意を表したが、大喜びしたというふうではなかった。

むしろわたしが持参した、季節はずれのプフェファクーヒェン（クリスマス用の胡椒菓子）の方が、うれしかったように見える。体は成熟しても、まだまだ子供なのだ。

夜には、〈ハルモニー協会〉の演奏会があり、ETAとユリアは二重唱を披露して、喝采を浴びた。ETAは顔を紅潮させて、いたくご満悦だった。

あなたによると、この日のETAの日記にはそのいきさつが、そっけなく記入されていたそうだ。そして最後に、〈Pipicampu und geistiger Ehebruch〉と書き込みがあった、とも。

あなたは無邪気に、あるいは無邪気なふりをして、〈Pipicampu〉以下の言葉の意味を、しつこく尋ねてきた。

わたしが、その場で即答するのを避けたことは、ご存じのとおりだ。それには、いささかの理由がある。

正直に書いてしまおう。

〈Pipi〉とは幼児言葉で〈おしっこ〉を意味する。〈campu〉は、あるいは〈Kampf（戦い）〉に、通じるだろう。そのあとの、〈精神的姦通〉という付け足しから察すれば、ETAが何をしたかは一目瞭然のはずだ。

あんな小娘を相手に、とあなたはお思いになるだろうが、どんなに頭脳明晰でまじめな男でも、そうした欲望に勝てないことがある。

なお今後とも、ＥＴＡの日記には注意するように。

26

古関沙帆は、原稿をテーブルに置いた。

なんとなく、ため息が出てしまう。

奥の方から、ギターの音が聞こえてくる。

倉石由梨亜の指の動きは、前回よりもだいぶ滑らかになった気がする。本間鋭太の教え方が、うまいのか。

いや、まさか一度や二度のレッスンで、急にうまくなるはずがない。

由梨亜は、父親には習っていないという話だが、幼いころにごく初歩の手ほどきくらいは、受けたことがあるだろう。たまに、レッスン室でこっそり弾いている、とも言っていた。

由梨亜から、本間にギターを教わりたいと打ち明けられて、倉石学はあっさりオーケーを出したそうだ。

それも、母親の麻里奈には内緒にしておく、というおまけつきで。

麻里奈は、沙帆が由梨亜を本間に引き合わせる、というだけでもかなり難色を示した。

まして、由梨亜が本間にギターを習い始めたと知ったら、ただではすまないだろう。いくら、倉石が了承したとはいえ、黙っているはずがない。

麻里奈の不安は、ただの考えすぎだ、と言ってやりたい。

しかし沙帆には、それを納得させるだけの、自信がなかった。なにしろ麻里奈は、こうと思い込んだらてこでも動かない、頑固なところがあるからだ。

本間が、麻里奈の亡父の寺本風鶏を、思い込みの強い男だと言ったことを、思い出す。もしそのとおりなら、麻里奈は確かに父親の血を引いている、といえるかもしれない。

由梨亜も、そうした母親の性格を百も承知のはずだが、あまりそれに反発する様子を見せない。中学一年生のわりには、感情のコントロールができるようだ。

適当に距離をおいたり、父親をクッションがわりにあいだに入れたりする、ある種の器用さがある。

今度のレッスンも、金曜日の放課後に英語の特訓クラスを受ける、という名目でクリアしたらしい。倉石の承諾を得たとはいえ、ずいぶん大胆なことをする娘だ。

もし、麻里奈にそれがばれたら、どんな騒ぎになるかを考えると、冷や汗が出てくる。とても、ひとごととは思えない。

沙帆はため息をつき、テーブルの原稿に目をもどした。

本間から、レッスンのあいだに読んでおくように言われた以上、なにがしかの感想を述べなければならない。けっこうなお原稿でした、ですませようとしてもだめなことは、よく分かっている。

背筋を伸ばし、腕を組んだ。

これまで読んできて、漠然と感じたことがある。

この報告者、ヨハネスなにがしはホフマンの身近にいながら、ホフマンにあまり好意を抱いていない。

それどころか、ホフマンの夫らしからぬ振る舞いを、妻のミーシャにあれこれと述べ立てて、二人のあいだに亀裂を生じさせようという、そんな意図さえうかがえる。

ふと、この報告者はひそかにミーシャに対して、恋心を抱いているのではないか、という考えが浮かんだ。

その、直感めいたものに自分でも虚をつかれ、沙帆はむしろ愕然とした。

ヨハネスは、ホフマンがユリアのような小娘ばかりか、親しい友人の妻にまで色目を遣う、無節操な男だという印象を与えたいらしい。それによって、ミーシャがホフマンに愛想をつかすように、仕向けたいのではないか。

クンツ夫人の美しさも、ミーシャには及ばないなどと、歯の浮くような世辞を平気で書く。確か、これで二度目だ。

場合によっては、ミーシャを口説いてみようという、そんな下心が随所に、見え隠れしていはしまいか。

原稿をにらんでいると、そうした想像が胸の中でどんどんふくらみ、真実性を帯びてくるのが分かった。

突然、引き戸ががたぴしと音を立てて引きあけられ、沙帆は飛び上がるほど驚いた。

先週と同じ、紺のデニムのルーズパンツに、七分袖の黄色いシャツを着た本間が、戸口に立ちはだかっていた。

奥からは、まだギターの音が聞こえてくる。そのせいで、まだレッスンが続行中だと思い、油断していたのだ。いつもの足音も、聞き逃してしまった。

本間が、一人で抜けて来ようとは、考えもしなかった。

本間は中にはいり、引き戸をしめた。

「どうしたのかね。卵を生んだばかりの、にわとりみたいな顔だぞ」

そう言いながら、ソファにぴょんとすわる。

沙帆はあわてて、長椅子にすわり直した。

「すみません。ギターの音が続いていたので、由梨亜ちゃんと一緒に奥にいらっしゃる、とばかり」

そこで言葉を詰まらせる。

本間は、少しのあいだ沙帆を見つめてから、話を変えた。

「由梨亜くんは、才能がある。きみも、聞いていて分かるだろう。たった一週間で、あれだけ腕を上げるなどという例は、めったにないぞ」

「小さいときに、倉石さんから手ほどきを受けたんじゃないか、と思います」

「受けたとしても、その痕跡は残っておらんな。あの子の指には、妙な癖がいっさいついてないし、こちらの言うことをすなおに聞く。半年もレッスンすれば、十分人前で弾けるようになるだろう」

熱のこもった、いかにも満足そうな口調だ。

沙帆自身が、本間にドイツ語を習っていたころには、一度も受けた覚えのない賛辞だった。

それが顔に出たのか、本間は急いでまた話を変えた。

「ところで、読んでくれたかね」

そう言って、原稿にうなずきかける。

「はい」

沙帆がうなずき返すと、本間は目で先を促した。

沙帆は原稿を取り上げ、形ばかりめくり直した。

「この、書き手のヨハネスがだれにせよ、ホフマンに対して、どこか含むところがある、という気がします。たとえばホフマンの、いわゆる不適切な振る舞いを、いかにもおためごかしの筆致で、報告しています。ミーシャが、どんな内容を期待しているかを察して、それに迎合するようなことばかり、書き連ねる。そういう気配が、感じられます」

「たとえば、どんなことかね」

「たとえばクンツ夫人に対する、ホフマンの振る舞いについて。夫人が、どれほどの美人か知りませんが、ホフマンが彼女に色目を遣っている、と決めつけていますね。これは、いかがなものでしょうか。あくまで、ヨハネスの臆測にすぎなくて、ホフマンになんらかの下心があるとまでは、断定できないはずです」

沙帆が言い切ると、本間はもぞもぞとすわり直した。

両手の指をそろえて、口元へ持っていく。

「きみもとうとう、ホフマンびいきになったようだな」

そう言って、にっと笑った。

沙帆は背筋を伸ばした。

「ひいきとか、そういう問題ではありません。ヨハネスには、何らかの目的でホフマンの弱みを指摘して、ミーシャの歓心を買おうとする意図がある、という気がします」

本間は手を下ろし、あらためて腕を組んだ。

「何らかの目的か。きみは、どういう目的だと思うかね」

「短絡的に考えれば、ヨハネスはミーシャに言い寄ろうとしている、ということです」

それを聞くと、本間はくくくと笑った。

沙帆は、むきになって続けた。

「見当違いでしょうか。わたしからすれば、この報告書が先ざきラブレターに変わったとしても、少しも驚きませんね」

本間のくくくが、そのままわははと哄笑に変わる。

ひとしきり笑ったあと、本間は人差し指で目尻をふいて、おもむろに言った。

「それについては、これからの楽しみ、ということにしておこう。ほかに何かあるかね」

沙帆は息を吐き、先へ進んだ。

「ワイン商の、クンツとの付き合い方についての報告も、ホフマンに対する悪意のようなものが、感じられます。蔵書とワインが目当てで、ほんとうの友人とはみなしていなかった、などという記述にはなんら根拠がありません。ホフマンとクンツは、夫婦ぐるみで付き合いがあるらしいのに、ちょっと言いすぎではないかと思います」

本間は、一転して厳しい表情になり、ソファの肘掛けを叩いた。

「ホフマンの日記を見ると、確かにクンツの名前が頻出する。午前中、マルク家でユリアと妹にレッスンを施し、そのあとクンツの家へ回って一緒に過ごす、というパターンが多い。ともに本を読み、ワインを飲んで過ごすわけだ。仕事をしていないとき、ホフマンがクンツと一緒にいる時間は、ユリアとの時間よりも長いかもしれん」

「それならなおのこと、ヨハネスがホフマンを批判するのは、見当違いでしょう」

本間は何も言わず、あいまいにうなずいただけだった。

当然のことながら、本間はホフマンの日記の原書を所有しており、それと照合しながら報告書の解読、翻訳を進めていると言った。

沙帆は、先を続けた。

「ほんとうの友人でなければ、そんなに長い時間を共有することはない、と思います。それに、確かクンツは先生がお持ちの『カロ風幻想作品集』の、初版本を出版した人ですよね」

その初版本は、今度の一件で最初にここを訪ねて来たとき、本間からさももったいらしく、見せられた覚えがある。革で表装された小型本で、それは今も本間の背後のサイドボードの中に、きちんと納まっているはずだ。

本間はうれしそうに、指を立ててみせた。

「そう、そのとおり。それがクンツの、数少ない手柄の一つじゃ」

じゃ、ときた。

「とおっしゃると、クンツにはほかにもまだいくつか、功績らしきものがあるのですね」

「そうだな。功績、と言っていいかどうか分からんが、クンツはホフマンが死んで十数年後に、回想録というか交遊録というか、ホフマンの伝記らしきものを、出版している。記憶違いも含めて、眉唾ものの記述も少なくないようだが、貴重な記録であることは間違いない。バンベルク時代の、クンツのホフマンとの付き合いは、幼なじみのヒペルや職場の同僚だったヒツィヒより、はるかに深かった。それだけに、クンツの記録には知られざる情報が、けっこう多いわけだ」

「だとすると、ホフマンの研究者はそのクンツの本を、無視できないわけですね」

「さよう。ただし、今言ったように虚実取りまぜた本だから、悔し紛れに批判しながら引用する、という学者がほとんどさ」

本間はそう言って、ややおおげさなしぐさですわり直し、探るような目で沙帆を見た。

「ところで、今度の報告書の中に、きみのドイツ語力では分からぬ言葉が、出てこなかったかね」

予想外の質問に、いくらか緊張する。

「ええと、別になかった、と思います。ホフマンの、ソネットの訳が文語調のために、ちょっとつっかえましたけど」

巧拙は分からないが、あの翻訳はさすがに本間らしいわざだ、と思った。

しかし本間は、投げやりに手を振った。

「あんなのは、文語でもなんでもない。透谷、藤村らの新体詩に比べれば、子供だましもいいところさ。それより、ピピカンプの意味は分かったかね」

前触れもなく突っ込まれて、沙帆は少し焦った。

なんのことか分からず、原稿に目をもどす。

すぐに、中にあった〈Pipicampu〉という単語が、頭によみがえった。そこだけ、横文字で書かれていたため、とっさには結びつかなかったのだ。

意地悪な、というより趣味の悪い質問だと思ったが、しかたなく答える。

「見当はつきました」

「どうついたのかね」

しれっとして聞き返す本間を、沙帆は思いきり睨みつけた。

「それを聞いて、どうなさるんですか」

27

「解釈が間違っていたら、正してやらねばならんからな」

本間鋭太が、臆面もなくそう応じる。

古閑沙帆は、当惑というよりむしろ怒りを覚えたが、なんとかそれを押し殺した。

「前後の文脈から、ホフマンが何をしたかは察しがつきます。だとしても、ことさらあげつらうほど、重要なこととは思えませんが」

「そうかな。妻のミーシャが、報告者ヨハネスにしつこく意味を尋ねたとすれば、見過ごすわけにいかんだろう」

まるで、沙帆の当惑や怒りなど、どこ吹く風というおもむきだ。

沙帆は、唇を引き結んだ。

本間は自分に、女が口にするのをはばかるような言葉を、言わせようとしている。これはまぎれもない、セクハラではないか。

先週由梨亜に、そういう人ではない、と請け合ったばかりなのに、たちまちこのていたらくだ。

沙帆は肚を据え、ゆっくりと言った。

「ホフマンは、自分で自分を、慰めたのでしょう」

部屋の中が、急にしんとした。

本間は、いかにも物足りなそうな顔で、ぐいと眉根を寄せた。

「そういう、あいまいな表現ではなくて」

そこまで言いかけて、急に口を閉じる。

いつの間にか、奥で鳴っていたギターの音階練習が、やんでいた。

沙帆も黙って、本間を見返す。

間をおかず、廊下に軽やかな足音が響いて、引き戸がノックされた。

本間は、露骨に残念そうな顔をして、ぶっきらぼうに応じた。

「はいりたまえ」

引き戸が引かれ、由梨亜がはいって来る。

頭を下げて言った。

「すみません。ハ長調のスケールが、ようやくハイポジションの方まで、弾けるようになりました」

本間は、むずかしげな顔をこしらえて、ぴんと指を立てた。

「ああ、それで十分だ。もし可能なら、家でお父さんのギターをこっそり弾いて、練習することだな」

「はい」

そう答えたものの、由梨亜はあまり自信がなさそうだった。

何かの拍子に、ギターを弾く現場を麻里奈に目撃されたら、由梨亜は説明に窮するだろう。

いっそ、倉石にギターを教わる決心をした、ということにすれば不審を招かずにすむ、と思う。

どちらにせよ、怪しまれないうちに手を打った方がいい、という気がした。

ともかく、沙帆は救われた気分で長椅子を立ち、由梨亜を隣にすわらせた。おかげで、人前で口にしたくない言葉を、言わずにすんだ。

逆に、その仕返しをしたいという、悪魔的な考えを思いつく。

「さっきの続きになりますが、わたしにはピピカンプの意味が、どうしても分からないんです。後学のために、正解を教えていただけませんか」

そう言って、本間をまじめな顔で見る。

本間は、瞬時にその意図を悟ったとみえ、目から鋭い殺人光線を放って、沙帆をにらんだ。

咳払いをして、しぶしぶのように応じる。

「あれはきみ、いたずら、といった程度の、訳さないでもいい単語だ」

それから、わずか十分の一秒ほどのすばやさで、ちらりと由梨亜の様子をうかがった。

そのしぐさを見ただけで、沙帆は気持ちがすっきりした。

「ありがとうございました」

ばかていねいに頭を下げ、由梨亜の方に向き直る。

わざと明るく、話しかけた。

「そういえば、ここまで聞こえてきたけれど、たった二回のレッスンで、ずいぶんうまくなった、という気がしたわ。少しは家で、練習しているの」

「ええ。お母さんが、買い物に出ているあいだとか、お茶飲みに行っているあいだとか」

「気を遣うわね。なんとかしなくちゃね」

二人で話していると、本間がしびれを切らしたように、割り込んでくる。

「古閑くん。ほかに感想があるなら、聞いておこうじゃないか。ぼくもこれで、忙しい体なんでね」

さんざん、好き勝手なことを言っていたくせに、何が忙しい体だ、と思う。

沙帆は、呼吸を整えた。

「それでは、言わせていただきます。ベートーヴェンのときもそうでしたけど、訳注でお書きになったウェーバーに関する蘊蓄は、少々長すぎると思いました」

「ヴェーバーだ」

「は」

沙帆が聞き返すと、本間はにがい顔で続けた。

「ウェーバーではない、ヴェーバーだと言っとるんだ。きみもドイツ語の学徒なら、ヴェーバーと呼ぶべきことぐらい、承知しとるだろう」

「はい。それは分かっていますが、日本ではウェーバーで通っていますので」

隣で、由梨亜がうなずくのが、目の隅に映る。

本間の指摘は正しい。原稿の中で、ワグナーもヴァグナー、と書かれていた。

ただ、それにならえばベートーヴェンは、逆にベートホーフェン、としなければなるまい。

「日本でどう呼ぼうが、ヴェーバーはヴェーバーだ」

本間は頑固に、言い張った。

そのくせ、本間が口にする〈ベートーヴェン〉は、〈べえとおべん〉と聞こえる。

そんなことで、言い争っている場合ではない。こちらも、忙しい体なのだ。

「分かりました。それで、わたしの感想についてのご意見は、いかがですか」

「蘊蓄が長すぎる、という話かね」

「はい」

いちいち聞き返すな、と文句をつけたくなる。

「ホフマンとヴェーバーの関係は、一部の音楽関係者のあいだでしか、知られておらん。それにヴェーバーは、浪漫派の作曲家の先駆けといえるし、ドイツ国民オペラの開拓者でもある。それが、『魔弾の射手』の作曲家としてしか記憶されないのは、かわいそうというものだ。それで、いささかヴェーバーに筆を割いた、という次第さ。つまらなかったかね」

正面切って聞かれると、さすがに答えあぐねる。

「いえ、そういうわけではありませんが、ホフマンとの接点はさほど大きくない、と感じたものですから」

「そうでもないぞ。前回の報告書に、ベートーヴェンの作品に接したホフマンが、自分の音楽的才能に疑問を抱き始めた、という意味の記述があったのを、覚えているだろう」

「はい」

本間の〈べえとおべん〉に、笑いを嚙み殺しながら応じる。

「ヴェーバーについても、同じことがいえるのではないか、と思う。今回の報告書で、ヨハネスはホフマンがヴェーバーに関して、ベートーヴェンのような偉大な作曲家になりうると言った、と書いている。若死にしたために、結果的には、そうならなかったがね。しかし、ホフマンにとってはヴェーバーも、自分を超える作曲家になるのでは、という思いがあったかもしれん。だとすれば、ヴェーバーはベートーヴェンとともに、ホフマンを文筆の道へ向き直らせた、功績者とみることもできるわけだ」

そのレトリックに、沙帆は頭の中が混乱した。

いささか、牽強付会という気もするが、見当はずれとも言い切れない。

「ヴェーバーについては、わたしも『魔弾の射手』以外に何も知りませんし、ホフマンとの関係も今回のお原稿で、初めて知った次第です。よく考えると、今回の訳注も意味のない蘊蓄ではない、という気になりました」

正直に言うと、本間は得意げに鼻をうごめかした。

黙って聞いていた由梨亜が、遠慮がちに口を開く。

「すみません。わたし、前に〈魔弾〉の意味がよく分からなくて、辞書を引いてみたことがあるんです。そうしたら、どの辞書も〈魔弾の射手〉は載っているのに、〈魔弾〉だけで項目を立てているものは、一つもありませんでした。どうしてかしら」

本間は、ほがらかに笑った。

「それはきみ、〈魔弾〉はだれかが勝手に作った造語で、市民権を得ていないからだ。独文学者か音楽家か知らんが、フライシュッツ（Freischütz）を〈魔弾の射手〉と訳した人物を、ほめてやりたいね。まさに言い得て妙、これ以外には使われない日本語だからな」

「ほんとですか。すごいですね」

由梨亜は、しんそこ感心したようだった。

本間が、沙帆に目をもどす。

「さて、来週の報告書はちとばかり、にぎやかになる。楽しみに待っていたまえ」

「ありがとうございます」

沙帆は、しおらしく頭を下げた。

由梨亜を連れて来てから、本間が約束どおり毎週原稿をくれるようになったのは、ありがたかった。

これで麻里奈が、少しでも本間への警戒心を緩めてくれたら、と思う。

そうすれば、由梨亜も心置きなくギターのレッスンに、かよって来られるのだが。

28

倉石麻里奈は、テーブルに原稿を置いた。

さめた目で、見返してくる。

「この、ヨハネスなにがしという報告者は、ミーシャに特別な感情を抱いてる、そんな気がするわ」

古閑沙帆は、麻里奈がそう言い出すのを、ある程度予期していた。

しかし、とぼけて聞き返す。

「どうして、そう思うの」

「なんとなく、ホフマンについて書くときの筆致が、底意ありげなのよね。いちいち、ホフマンの立ち居振る舞いを悪いように、悪いようにねじ曲げて報告する。そんな感じがするわ」

沙帆も、本間鋭太に読後の感想を求められたとき、それを指摘した。麻里奈が、同じような印象を抱くのは、当然だろう。

「そうね。わたしも、そう思うわ」

「それを裏返せば、ヨハネスはひそかにミーシャに恋している、ということじゃないかしら。そんな様子が、文面からちらちら、うかがえるもの」

さすがに鋭い。

「確かに、そういう雰囲気があるわね」

「雰囲気どころじゃないわよ。ヨハネスは、クンツ夫人を美人だ美人だと連呼して、ミーシャをやきもきさせながら、すかさずあなたはそれ以上の美人だ、とほめたたえる。見えみえの手口だわ。いつの時代も、こういう男っているのよね」

唇の端が、わずかにゆがんで見えるほど、辛辣な口調だった。

わざとらしく、首をひねってみせる。

「ホフマンの日常生活を、これほど克明に報告できる人物って、限られるわよね。わたしはやはり、いちばん接触の多かったクンツじゃないか、という気がするの。もちろん、クンツの名前がヨハネスでないことは、承知しているわ。でも、正体を隠すために偽名を使う可能性は、十分にあると思うの」

麻里奈は、紅茶に口をつけた。

「確かに、ホフマンはよくクンツと連れ立って、ピクニックなんかに出かけたみたいね。それに、マルク家でレッスンしたあとは、頻繁にクンツの家に立ち寄っているし。ホフマンの日記には、毎日のようにそんな記載があったと、だいぶ昔目を通した資料にも、そう書いてあったわ」

「だったら、ますますヨハネスすなわちクンツ、という可能性が高くなるわね」

沙帆が言うと、麻里奈は眉根を寄せた。

「でも、そのクンツが正体を偽ってまで、自分の妻とホフマンのことを、こんなふうに書くかしら。そこがちょっと、引っかかるのよね」

もうひとつ、吹っ切れない顔つきだ。

「ホフマンが、自分の妻に色目を遣うお返しに、自分もホフマンの妻に接近を試みる、という解釈はどうかしら」

われながら、その可能性は低いと思いつつ、沙帆はそう言った。

麻里奈が手を振って、否定する。

「それは、見当違いよ。ミーシャがひそかに、夫の動向を知らせてもらう相手として、クンツを選ぶ可能性は、きわめて低いと思うわ。だれに相談したらいいか、ミーシャはずいぶん頭を悩ませたはずよ。まず、何よりも口が堅くて、信頼できる人物でなくちゃ。その上で、ホフマンときわめて親密な関係にありながら、一歩距離をおいて冷静に観察ができる、知的な人物であること。それに、たぶんミーシャ自身にとって、好ましい人物であることも、条件のうちに入れないとね。クンツが、そうした条件を十分満たしているとは、わたしには思えないわ」

最後の条件を、沙帆は聞きとがめた。

「その、ミーシャにとって好ましい人物って、どういうこと」

「たとえば、ひそかに好意を抱いている男、といった意味よ。相手が信頼できて、知的だというだけでは、そんな微妙な相談はしないわ。口説かれたら、どうかなっちゃいそうと思うくらいの、親密な相手でなくちゃね」

過激な意見に、ちょっと驚く。

「ミーシャは、確かに美人だったかもしれないけど、それほど情熱的なタイプの女性じゃない、と思うわ」

麻里奈は、また手を振った。

「だから、たとえばの話だって、言ったでしょう。でも、夫のふだんの行状が知りたい、などという微妙なことを口にするのは、相手にかなり気を許していなければ、できない相談だと思わない」

「相手に気を許したからといって、口説かれてもいいとまで思うとは、限らないでしょう」

「そうかな。ある部分では重なっている、と思うわ。だって、それくらいの気持ちになる相手でなきゃ、亭主の行動リポートなんか頼めないじゃないの」

「最初の方を読むと、ミーシャの方からはっきり頼んだ、というふうには書かれていないわ。むしろヨハネスの方が、そういうミーシャの気持ちを読み取って、自主的に報告を始めた感じでしょう」

「でも、それはいわゆる以心伝心というやつで、同じことじゃない」

男のような口調で、麻里奈はそう言い捨てた。

なんだか、押し問答のようになり、沙帆は口をつぐんだ。

麻里奈の言うことも、ある面では当たっている気もするが、全面的には受け入れられない。

隣のレッスン室から、かすかにギターの音が漏れてくる。

息子の帆太郎が、倉石学に土曜の定時のレッスンを、受けているのだ。

前日、本間鋭太のところで耳にした、由梨亜のギターを思い出して、複雑な気持ちになる。さすがに、帆太郎の方に一日の長があるように思えるが、いずれ由梨亜に追い抜かれるのではないか、という妙な考えが浮かんだ。

さらに、本間と由梨亜の秘密レッスンが、麻里奈にばれたらどうしようかという、例の不安がまた頭をもたげてくる。

それを振り払い、沙帆はあらためて質問した。

「クンツを除いて、ホフマンがらみのそういう特別な人物に、だれか心当たりがあるの」

あえて特別、という言葉を遣う。

麻里奈は紅茶を飲み干し、腕を組んでソファにもたれた。

「なくもないわ。バンベルク時代に、ホフマンと親しくしていた人物が、ほかにもいるのよ」

興味を引かれて、沙帆はすわり直した。

「だれなの、それは」

「ドクトル・フリードリヒ・シュパイアよ」

「シュパイア、博士。初耳だわ」

「でしょう。これまでの報告書に、一度も出てこなかったから」

さすがに、卒論でホフマンを取り上げただけに、いろいろと情報を持っている。

沙帆は、すなおに感心するだけでは収まらず、いじわるな質問を返した。

「報告書に出てこなかったことが、その博士とやらをヨハネスだと考える、唯一の根拠なの」

麻里奈は、まったくたじろがない。

「ううん、ほかにもあるの。卒論を書くために、あちこち当たった資料のどれだかに、こんな記述があったわ。つまり、ホフマンが日記の中でシュパイアを、マルク家の自分に対する反感を生んだ元凶だと、そんなふうに書いていたそうなの」

初めて聞く話に、沙帆はとまどった。

「それはシュパイアが、ホフマンについてマルク夫人やユリアに、あることないことを告げ口した、というような意味なの」

麻里奈が、軽く肩をすくめる。

「簡単に言ってしまえば、そういうことね」

「でも、その人とホフマンは、親しくしていたんでしょう」

「愛憎相半ばする、アンビバラントな関係だった、と思うわ。実はシュパイアは、ユリアのいとこだったのよ」

沙帆は、頭が混乱して、顎を引いた。

「いとこですって。よく分からないわ。説明してくれない」

麻里奈は、クッキーを口に入れた。

沙帆もつられて、同じようにする。

麻里奈は続けた。

「ゾーデン伯爵が、バンベルク劇場の運営をゆだねた、アダルベルト・フリードリヒ・マルクス博士を、覚えているでしょう」


「ええ。報告書に出てきたわ。ユリアの伯父で、バンベルクのどこだかの病院の、院長よね」

「そう。その博士の弟で、フィリップ・マルクスという、フランコニアのバンベルク駐在領事が、いたのよ」

「フランコニアって」

「バヴァリアというか、今のバイエルン州のあたりね。それで、この領事がフランツィスカ、つまりユリアの母親と結婚するんだけど、早死にしてしまうの」

「なるほどね。それでフランツィスカ、つまりファニーはみずから領事夫人、と称しているわけね」

「そう。ただ、結婚したあとなぜかフィリップは、名字の〈c〉を〈k〉に変えた上に、最後の〈us〉を取ってしまったの」

「つまり、マルクス（Marcus）からマルク（Mark）になった、と」

「ええ。さらに、アダルベルトとフィリップのマルクス兄弟には、たぶん姉か妹がいたのよ。その姉か妹が、シュパイアなにがしという男と結婚して、フリードリヒを生んだ。それが、ユリアのいとこのフリードリヒ・シュパイア、というわけよ」

沙帆は身を起こし、長椅子の背にもたれた。

「ふうん。ややこしいけど、なんとなくそのあたりの血縁関係が、分かってきたわ。ユリアのいとことなれば、ホフマンも親しくしておいて損はない、と思ったでしょうね」

「それだけじゃなくて、シュパイアはおじのマルクスと同じく、博士でもあり医者でもあった。バンベルクでは、数少ないインテリの一人だったから、ホフマンはユリアを抜きにしても、マルクスやシュパイアと親しくしていた、と思うわ。二人とも、ホフマンの才能を認めていたから、ユリアのことさえなければ、いい関係を維持できたはずよ」

沙帆も紅茶を飲み干し、一息ついた。

麻里奈が続ける。

「本間先生は、報告者のヨハネスについて、何か言ってなかったの。もう、だれだか知ってるんじゃないか、と思うんだけど」

「それは前にも質問したけれど、確かなことは何もおっしゃらないわ。少なくとも、シュパイアという人物の名前が、先生の口から出たことは、一度もないわ」

沙帆が応じると、麻里奈は少しのあいだ考えてから、膝を乗り出した。

「今度、原稿を取りに行ったとき、探りを入れてみてくれない」

すぐには答えあぐねて、またすわり直す。

「探りを入れるって、どんなふうに」

「ずばり、ヨハネスはシュパイアじゃないんですかって、そう切り込むのよ。そのときの先生の反応で、当たりかはずれか分かるんじゃないかしら」

いかにも、麻里奈らしい発想だ。

沙帆は意識して、論点をわずかにずらした。

「ヨハネスの正体はともかく、少し前に先生にこの報告書がどこまで、どんなふうに続いていくのか、お尋ねしたことがあるの。だって、先生は翻訳のために当然全体を、通読されたはずでしょう」

麻里奈の頰が、引き締まる。

「そうよね。わたしも沙帆に、そんなことを言った覚えがあるわ」

「ええ。そうだとしたら、先生は報告書の展開を最後の最後まで、つまり結末まで、知ってらっしゃるはずよね」

「そう、そう。それで、先生の答えは」

麻里奈が身を乗り出し、逆に沙帆は上体を引いた。

「それがなんと、肩透かしだったの。途中で、結末が分かってしまったら、きみたちもつまらないだろうと、そういなされたわ。その上、かりに結末があるとしてだがねって、そう付け加えるのよ」

麻里奈は苦笑して、腕を組んだ。

「なかなか、手ごわい古狸ね」

倉石学に言わせれば、麻里奈こそ手ごわい女狐だ。

会話が途切れ、レッスン室から聞こえるギターの音が、妙に大きくなった気がした。

麻里奈が、思い出したように言う。

「帆太郎くん、ずいぶんうまくなったわね」

「先生がいいからよ、いつも言うけれど」

沙帆の返事に、麻里奈は含み笑いをした。

「さあ、どうだか。正直に言うと、わたしは倉石にレッスン・プロより、コンサート・ギタリストとして、身を立ててほしかったの。そうしたら、由梨亜も習う気になったんじゃないか、と思うわ」

さりげない口ぶりだが、倉石に対する期待がはずれたことを、今さらのように悔やむ様子が、そこはかとなく漂っていた。

沙帆は、それが麻里奈の本音だったのかと、少ししらける思いがした。

同時に、由梨亜が本間のレッスンを受け始めたことを、麻里奈に知らせずにいる今の状況に、ひどく後ろめたいものを感じた。

目を伏せ、麻里奈が置いたテーブルの原稿を、意味もなくそろえ直す。

そのとき、リビングのドアが急にあいて、帆太郎がはいって来た。

29

古閑沙帆は背を伸ばし、反射的に言った。

「あら、どうしたの」

帆太郎は、きょとんとした。

「レッスンが終わったんだよ」

言われてみれば、今しがたまで聞こえていたギターの音が、やんでいる。

「あら、そう。お疲れさま」

取ってつけたように応じると、帆太郎はおとなっぽいしぐさで肩をすくめ、そばにやって来た。

倉石麻里奈が、元気よく立ち上がる。

「紅茶をいれるわね」

そう言って、からになったカップを取り上げ、キッチンへ向かった。

帆太郎は、沙帆の隣にすわった。

遅れてはいって来た倉石学が、麻里奈の並びのソファに腰を下ろす。白いスラックスに、水色のデニム地のカッターシャツ、といういでたちだった。

「お疲れさまでした。なかなかうまくならなくて、申し訳ありません」

沙帆が言うと、倉石は首の後ろで両手を組み、体をそらした。

「いやいや。帆太郎くんは、なかなか筋がいいですよ。本気でこのまま続ければ、ギターのコンクールで入賞するのも、夢じゃないかもしれない」

「まさか」

沙帆は笑ったが、帆太郎はまんざらでもなさそうに、おおげさに頭を掻くまねをした。

お世辞半分にせよ、倉石のほめ言葉は沙帆にとっても、うれしいものだった。

ほどなく、トレーにカップを四つ載せた麻里奈が、もどって来る。

しばらくのあいだ、帆太郎のギターの上達ぶりについて、話がはずんだ。

倉石によると、帆太郎は体の成長とともに手が大きくなり、以前は弾けなかった箇所にも、指が届くようになったという。手が小さいことは、ギタリストにとって決定的なハンディではないが、ある程度大きいのに越したことはないそうだ。

沙帆は紅茶に口をつけ、別のことに考えを巡らした。

由梨亜は、本間鋭太のレッスンを受けるにあたって、倉石の了承を得たと沙帆に打ち明けた。

そのことをまた、倉石に報告したのだろうか。

それについて、きのう由梨亜は何も言わなかったし、沙帆もあえて聞かなかった。

由梨亜のことだから、おそらく報告したに違いないと思うが、断定はできない。なんとか、判断する材料はないものかと、それとなく倉石の顔色をうかがう。

倉石の様子には、沙帆への対応も麻里奈との受け答えも、ふだんと変わるところがなかった。もともと倉石は、あまり感情を表に出さない男だが、それにしても何か葛藤があるようには、まったく見えない。

紅茶を飲み終わると、倉石は麻里奈と沙帆を交互に見た。

「それで、ホフマンの報告書の話は、もう終わったの」

沙帆が返事をする前に、麻里奈が口を開く。

「いいえ、まだ。もう少し、話を聞かせてもらわないと」

むしろ不自然なほど、きっぱりした口調だった。

倉石は、腕時計に目をくれた。

「それじゃ散歩がてら、駅まで由梨亜を迎えに行ってくる。ちょっと早いけど、お茶でも飲んで待つことにするよ」

たった今、紅茶を飲んだばかりだということを、忘れたような風情だ。

由梨亜は、毎週土曜日の午後塾にかよっており、四時半を過ぎないと帰宅しない。

帆太郎が、沙帆を見て言う。

「ぼくがここにいたら、邪魔くさいよね。先生と一緒に、由梨亜ちゃんを迎えに行ってもいいかな。久しぶりに、話もしたいし」

倉石は、それがいいというように、うなずいた。

「そうしよう。ぼくも、一人で由梨亜を待つのは、退屈だからな」

沙帆は、帆太郎の額を、軽くこづいた。

「それじゃ、連れて行っていただきなさい。間に合えばお母さんも、あとで追いかけるから」

二人が出て行くと、麻里奈は間なしに切り出した。

「さっそくだけど、本間先生のヴェーバーに関する訳注は、ずいぶん長いわよね。このあいだの、ベートーヴェンのときも、そうだった。ヨハネスの報告書と、それほど密接な関係があるとは、思えないんだけど」

「そのことは、わたしも先生に指摘したわ。先生によると、ヴェーバーもベートーヴェンと同じように、ホフマンを音楽から文学へ方向転換させる、決定的なきっかけになった作曲家、という位置づけらしいの。ホフマンは、フケーの『ウンディーネ』のオペラ化で、ヒットを飛ばしたでしょう。ところが、ヴェーバーの『魔弾の射手』が出たために、すっかりかすんでしまった。それがホフマンにとって、少なからずショックだったことは、確かなような気がするの」

沙帆が言うと、麻里奈の口元に小ばかにするような笑みが、ちらりと浮かんだ。

「沙帆も、本間先生の見解にだんだん毒されてきた、という感じね」

少し、むっとする。

「毒されたつもりはないけれど、なかなか鋭い指摘だと思うわ」

「ホフマンが、音楽から文学の仕事に移行したのは、終始受け手の側がそれを求めたからよ。ホフマンは、作曲を自分の天職、とみなしていた。文学は余技、といって悪ければただの気晴らし、あるいは生活を維持するための手段、という位置づけじゃないかしら」

「それはちょっと、言いすぎじゃないの。ホフマンが、音楽の仕事に関わっていたのは、バンベルクまでよ。ベルリンに移ったあとは、小説に専念して音楽からは距離を置いた、と理解しているわ。『ウンディーネ』だって、初演されたのはベルリンだけれど、それより前に完成していたはずよ」

付け焼き刃の勉強だが、そのような流れだったはずだ。

麻里奈は、わざとのように、むずかしい顔をした。

「バンベルクを出て、ベルリンへ行く前にライプツィヒ、ドレスデンを回ったあたりまでは、まだ音楽と関わりがあったのよね。ただベルリンに行ったら、思いもかけず大審院の判事に任命されて、ひどく忙しくなってしまった。そのために、文筆業を兼ねるのが精一杯で、作曲の仕事まで手が回らなくなったのよ。でも、音楽を捨てたわけじゃない、と思うわ。音楽評論は続けていたはずだし、得意のカリカチュアの腕もふるっていたわ」

そのあたりになると、さすがに麻里奈の方が詳しい。

沙帆は、話をもどした。

「判事と作家の仕事に絞ったのは、ベートーヴェンやヴェーバーを知って、自分はそういう人たちを超えられない、とあきらめをつけたからじゃないかしら。もちろん、趣味や評論で音楽とつながっていたとしても、ベルリンに行ってからは文学に専念しよう、と肚をきめたんだと思うわ」

麻里奈は唇を引き締め、不服そうに言った。

「ホフマンは、みずからの音楽家としての才能に、見切りをつけたと言いたいわけ。倉石が、コンサート・ギタリストへの道を、あきらめたように」

とげのある言い方に、沙帆は自分でも頬がこわばるのが、分かった。

そもそも、ここで倉石の話題を持ち出すこと自体が、不自然ではないか。

つい、強い口調になる。

「そんなこと、だれも言ってないわ。倉石さんと、ホフマンを比べるなんて、ナンセンスよ。人はみんな、自分の才能がどこに向いているか、冷静に判断した上で進む道を選択する。そういうものでしょう。少なくともわたしは、そうしてきたつもりよ」

麻里奈は、沙帆の見幕に驚いたように、顎を引いた。

「そんなに、むきにならないでよ。わたしはただ、あまり簡単に自分の才能に、見切りをつけるのはよくない、と言いたいだけなんだから」

「それを言うなら、麻里奈だって得意のドイツ語に、見切りをつけたじゃない。わたしより、ずっとできたのに」

そう言い返してから、沙帆は言わなければよかった、と思った。

案の定、麻里奈の頬が引き締まり、目の色が変わる。

「わたしのドイツ語は、この際関係ないじゃないの」

沙帆は一呼吸おき、ことさらゆっくりと応じた。

「そうかしら。倉石さんが、コンサート・ギタリストの道へ進まなかったのも、麻里奈がドイツ語をやめて別の道へ進んだのも、自分の向き不向きを熟慮した上での判断だった、と思うわ」

麻里奈も、気持ちを落ち着けるように肩を動かし、自嘲ぎみに言った。

「倉石のことをかばうなんて、沙帆もずいぶんお人好しね」

沙帆は、しいて口元に、笑みを浮かべた。

「かばうつもりなんかないし、そんな必要もないわよ。ただ、だれにも向き不向きがあるって、そう言いたいだけ」

麻里奈も、さすがに言い過ぎたと気づいたらしく、同じように笑いに紛らせた。

「そうね。わたしも結局、沙帆ほどドイツ語の道に向いてなかった、ということね」

沙帆は、冷えた紅茶を飲んだ。

「でも、そう結論づけるのはまだ早いかも、という気がしてきたわ。麻里奈が、ホフマンへの情熱を取りもどしたのは、まだ埋もれ火が残っていたからでしょう。ホフマンについて、本気で何か書くつもりなら、わたしも応援するわ」

前に麻里奈は、言葉のはずみという感は否めないものの、卒論を書き直そうかと思っている、と認めたのだった。

麻里奈も、そのときのことを思い出したらしく、少しひるんだ様子を見せた。

「実は、卒論を引っ張り出して読んでみたんだけど、やはり若書きのせいか突っ込みが浅くて、がっかりしたわ。参考にした資料も、ほぼ日本語の文献に限られていて、とても読めたしろものじゃなかった」

「それは、しかたがないわよ。あのころは、インターネットも今ほど普及していなかったし、一次資料を海外から取り寄せるのが、むずかしい時代だった。これからあらためて、集め直せばいいじゃないの」

そう励ましたが、麻里奈は意気のあがらない様子で、肩を落とした。

「そうね。やる気になれば、できなくもないわね」

珍しく、消極的な口調だ。

「できるわよ。なんといっても、本間先生に預けた貴重な資料が、あるじゃないの。あれを活用すれば、ホフマン研究に一石を投じることができる、と思うわ」

精一杯発破をかけると、麻里奈は力ない笑みを浮かべながらも、背筋を伸ばした。

「まあ、報告書の解読が終わった段階で、考えてみるわ」

それとなく、話をもどす。

「その話はさておいて、ほかに何か今度の報告書で、気になることがあるかしら」

麻里奈は、視線を宙に浮かせて、少し考えた。

「そうね。たとえばそこに、ソネットが出てくるわよね」

「ええ。春はきたりぬ、蒼き雲がどうのこうの、というやつね」

「そう。卒論を書いたとき、ホフマンがユリアにソネットを贈った話は、何かで読んだ記憶があるの。でも、ドイツ語で書かれた原文の詩は、目にした覚えがないわ。この、文語調の本間先生の訳は、どういう意味なのかしら。何を言いたいのか、よく分からないわ」

沙帆は報告書をめくり、ソネットの訳文を読み直した。

「わたしにも、よく分からないわ。遠回しな、愛の詩かとも思ったけれど。ホフマン自身が、明確な意味を持たせなかったのよ、きっと。ユリアにも、母親にも分からないように」

「それにしても、ずいぶんあいまいな詩だわ。結局、ホフマンは散文作家であって、詩人じゃなかったのね。わたしが知るかぎり、このソネットを別にすれば、ホフマンは一編の詩も残していないもの。小説の中に、紛れ込ませている詩は別として、だけど」

「ふうん、そうなの」

確かなことは知らないが、なるほどホフマンの詩なるものには、お目にかかったことがない。

麻里奈は続けた。

「詩だけじゃなくて、ホフマンは戯曲も書いてないのよね。オペラの台本とか、『犬のベルガンツァ』みたいな対話ものは、あるけれど」

言われてみれば、ホフマンの純然たる戯曲作品というのも、なかったように思う。

「麻里奈の言うとおり、詩人でも劇作家でもなくて、根っからの小説家だったのね」

「そう。そのあたりが、戯曲も小説も書いたクライストと、違うところね」

「ホフマンもクライストも、浪漫派時代のドイツ作家としては異端児、という点で共通しているけれど」

「ええ」

麻里奈は一度口を閉じ、すぐにあとを続けた。

「ところで、その中にピピカンプという言葉が、出てくるわよね」

「そうね」

そこへきたか、と身構えてしまう。

「ミーシャが、ヨハネスにしつこく意味を尋ねた、とあるわね。ヨハネスは、その場では答えなかったくせに、報告書の中では教えているのよね」

「口では言えなかったんでしょう」

前日、本間にしつこく聞かれたことを、思い出す。

「それを、わざわざ報告書で蒸し返すことに、どんな意味があるのかしら。ホフマンが、ユリアのことを思いながらいたずらしたことを、ミーシャに教えるヨハネスの神経が、分からないわ。ヨハネスは絶対ミーシャに、よこしまな感情を抱いているのよ。そうやってミーシャを揺さぶりながら、いつか言い寄ろうとしているに違いないわ」

その、いかにもきっぱりした言い方に、沙帆は困惑した。

「それは、今後の報告書のなりゆきを見れば、分かるんじゃないかしら」

麻里奈の口元に、さげすむような笑みが浮かぶ。

「そうね。今から、楽しみだわ」

30

【E・T・A・ホフマンに関する報告書・六】


――わたしはまだ、ショックから立ち直れない。

あなたが先日、五月十八日（一八一一年）のことだそうだが、ETAと結婚後初めて喧嘩をした、と聞かされてどれほど驚いたことか。

それだけではない。

あなたは、ETAから例の日記帳を取り上げた、という。

わたしとしては、ただ驚いただけでなく、まことに愚かなことをなさった、と申し上げるほかはない。

あなたによれば、それは日記帳と呼ぶほど詳細なものではなく、暗号や記号を多用したメモ帳のようなもの、ということだ。それでも、ETAの生活に関する貴重な情報源に、なっていたはずではないか。

その情報源を取り上げてしまったら、ETAの日常行動や心の動きを知る手立てが、なくなってしまう。わたしも、二六時中ETAに張りついて、すべてを報告することはできない。

わたしとしては、すぐに日記帳をETAに返すのが上策だ、と思う。

返したところで、ETAは当分日記をつけないだろうし、つけるとしてもあなたの目に触れぬよう、これまで以上に用心深くなるだろう。さもなければ、読まれても内容が分からぬよう、暗号や外国語を多用するに違いない。

要するに、しばらくはわたしの報告以外に、外でのETAの行動を知ることは、できないわけだ。

あなたたちが喧嘩して、その結果あなたがETAから日記帳を取り上げたのは、一つにはわたしの報告書に、起因するだろう。そのおり申し上げたように、わたしがよけいなことを書かなければ、あなたもそこまで思い詰めなかったはずだ。

それでもなお、あるいはそれだからこそというべきか、あなたはなお報告書の続きを、知りたがっている。そうである以上、わたしもETAに都合の悪いことも

隠さず、報告することに――（以下欠落）

――は、童顔に神経質そうな笑みを浮かべ、ETAに言った。

「ゲーテは、確かに大文豪かもしれません。官吏としても、優秀だと聞いています。しかし、考え方があまりにも保守的で、新しいものを理解しようとする、包容力に欠ける。彼の名声は、あのシュレーゲル兄弟やティークたちに、負うところが多いのです。彼らが、ゲーテの作品を手本として進化させた、いわゆる浪漫派の作風というものを、ゲーテ自身は評価しなかった。結局ゲーテは、シュレーゲル兄弟と決裂しました。ろくろく読みもせずに、浪漫派の作品を病的だと決めつけて、頭を押さえつけようとしたのです」

ETAもうなずいた。

「仰せのとおりですな。ゲーテは、あなたの『壊れた甕《かめ》』を三年ほど前に、ヴァイマールで劇場にかけましたが、ひどい舞台だったと聞いています」

「ひどい舞台ですって。それは、ほめすぎというものだ。あの作品は、もともと一幕物の劇であって、一気呵成に演じられなければならなかった。ところがゲーテは、それを三幕物に仕立て直して、だらだらとやってしまったのです。また、主役の裁判官アダムを演じた、名前を言う気も起こらぬ大根役者が、輪をかけてだらだらとせりふを垂れ流しました。ありえないことだ。ゲーテには、喜劇がどういうものかが分かっていない、としか言いようがありません」

ETAが、もっともだと言わぬばかりに、またうなずく。

「いや、まったく。わたしは、この二月に出版された『壊れた甕』を、拝読しました。おっしゃるとおり、これは最初から最後まで休みなしに、演じられなければならぬ作品だ。わたしは、この本を一秒たりとも手から離すことなく、一息に読み上げました。これはむしろ、上演を目的とするよりも、レーゼ・ドラマ（読む戯曲）として、読まれるべき作品でしょう」

「そう言っていただけると、わたしも救われます。八年前の春、わたしはヴィーラントの仲介で、一度だけゲーテと会いました。その尊大な態度と、人を見くだすような物言いに接して、わたしは屈辱と怒り以外に、何も感じなかった。また、『壊れた甕』の上演が失敗したのと同じ年、わたしは『ペンテジレア』をレーゼ・ドラマとして、出版しました。すると、またしてもゲーテがそれを新聞紙上で、酷評したのです」

ＥＴＡは、まことに遺憾だというように、首を振った。

「分かりますよ。愛する男を殺して、その死肉に食らいつく女の物語など、ゲーテが受け入れるはずがない。彼は、自分が健全と考えるものしか、許容できない人なんですよ」

少し間があく。

「それで、思い出しました。わたしはある人物から、嬰児殺しで裁判にかけられた、ヨハンナ・ヘーンなる少女の死刑判決に、ゲーテが関わったという話を、聞いた覚えがあります」

「ほう。嬰児殺しの裁判となると、わたしも同じ裁判官の立場として、聞き捨てにはできませんね。ぜひ、聞かせていただきたい」

「未婚のヨハンナは、一七八三年四月にヴァイマールで子供を生み、その場で殺してしまいました。嬰児殺しは、古くは生き埋めや杭打ち刑、あるいは溺死刑が定法でしたが、今では斬首刑とされています。しかし、ザクセン＝ヴァイマール公国の君主、カール・アウグスト公は嬰児殺しの死刑に、疑問を抱いていました。

そこで、死刑が適切かどうかを最終的に、枢密評議会に諮問したのです。その、三人からなる評議員のうちの一人が、ゲーテでした」

ＥＴＡが、疑問を呈する。

「枢密評議会は、司法に関わる諮問には応じないのが、原則のはずですが」

「本来はそうですが、この場合はうむを言わせぬ命令でした」

「なるほど。ほかの二人はともかく、ゲーテはもちろん死刑に、反対したでしょうな」

「ほかの二人は、まっこうから賛否の二つに、分かれました。つまり、ゲーテが最終決定権を握る立場に、立たされてしまったわけです」

「ほう。それでゲーテは」

「文書によるゲーテの回答は、こうでした。『わたしは、他の二人の評議員の意見に、全面的に同意します。したがって、死刑を執行するのが至当、と考えます』」

ＥＴＡは目をむいた。

「死刑に賛成した、というのですか」

「そうです。しかも他の二人の意見が、対立しているのも知らぬげにね」

ＥＴＡは首を振り、肩を落として言った。

「そもそもヨハンナに、はっきりした殺意があったのか。あるいは、生まれる前に嬰児が死んでいた、という可能性はなかったのか。さらに、ヨハンナは同意なき暴行によって、ないしは自身の性的な無知のために、妊娠させられたのではないか。そうした検証は、行なわれなかったのですか」

「そのあたりは、はっきりしていません。ともかく、この諮問の結果ヨハンナは、同じ年の十一月に、斬首されました」

それを聞くと、ＥＴＡは――（以下欠落）

――「（シュレーゲル兄弟が）『ヴィルヘルム・マイスターの修業時代』を、浪漫派の手本として称揚したときは、著名なゲーテを自分たちの盟主に祭り上げよう、という下心があったに違いありません。ゲーテも、最初はそのことを喜んだが、やがて彼らの下心に気づいて、たもとを分かった。やむなく、シュレーゲル一派はシラーに接近を企てたが、これも失敗に終わりました。思想というのは、権威を利用して広めようとしたり、数を頼んで拡大を図ったりするものではない。少なくとも創作者は、自分一人の力で未開の土地に鍬を入れる、という覚悟が必要だ。たとえ、なんの実りも収穫も得られない、と分かっていてもです」

ＥＴＡは、感動したように椅子の上でぴょん、と跳ねた。

「同感です。あなたと同様、わたしにも同志と呼べるほどの作家仲間は、だれもいない。作家というのは、実に孤独な仕事なのです」

「おっしゃるとおりです。しかし、あなたには音楽という別の安らぎがある、と聞いています。わたしには、安らぎがない。あのゲーテの額から、月桂冠を奪い取ってやりたいという、だいそれた願望以外に何もないのです」

ＥＴＡの顔に、驚きの色が浮かぶ。

「それはまた、たいした願望だ。あなたには、その自信があるのですか」

「分かりません。わたしが自殺せずにいられるのは、その願望があるからこそです。それが果たせないと分かれば、死ぬほかに道はありません」

ＥＴＡは、厳粛な面持ちになった。

「わたしも、ときどき死にたくなることがありますよ。ことに、あなたの『ハイルブロンのケートヒェン』を、読んだあとではね」

　すると彼は、目を輝かせた。

「あの作品を、気に入っていただけましたか」

「ええ、最高にね。あのケートヒェンほど、すばらしく描かれた女性には、かつて出会ったことがありません。小説や戯曲の世界でも、現実の世界でも」

　それを聞くなり、彼は身を乗り出した。

「ありがとうございます。実は、先月下旬に新作の戯曲の清書を、終わったばかりなのです。年内に上演したいと思いますし、来年には本として刊行されるはずです。楽しみにしていてください」

「それは朗報だ。なんという題名ですか」

「『ホンブルクの公子』といいます。お気に召せばいいのですが」

「もちろんです」

　ＥＴＡはそう言って――（以下欠落）

［本間・訳注］

　この、前後が欠落していると思われる断片的記述は、まことに貴重な情報を含むものである。

　報告書にあるとおり、おそらくユリアへの嫉妬が原因で、ミーシャはホフマンと喧嘩したあげく、日記を取り上げてしまった。したがってその日、一八一一年五月十八日をもって、日記は中断する。

　幸いにして、翌一八一二年の年頭から日記は再開されるが、その間およそ七カ月のホフマンの動静は、断片的にしか伝わっていない。

　そうした状況のもと、ホフマンは一八一一年八月二日付の、ヘルテル（ライプツィヒの楽譜出版業者）宛の手紙と、同じく八月二日付の〈ＡＭＺ〉紙編集部宛の手紙を、いずれも次のような書き出しで書いている。


「バンベルクへ帰着したところ〈注〉、貴殿からの直近のお手紙が届いておりましたので、さっそくご返事を差し上げます、云々」


　ハンス・フォン・ミュラー編纂による、『ホフマン書簡集』のこのくだりの〈注〉によれば、「日記が中断したため、ホフマンがどこへ旅行していたのか、判然としない」とある。

　報告書の文面から察すると、ここでホフマンが対話している相手は、名前こそ明らかにされていないが、ハインリヒ・フォン・クライストと推定される。

また、この報告者も文面に姿を現さないが、むろんヨハネスとみて間違いあるまい。二人の対話が行なわれたとき、ヨハネスもその場に同席していた、と思われる。

ただし、ホフマンとクライストがどこかで出会った、という記録は一つも伝わっていない。フケー、シャミッソー、ヒツィヒなど、ともに相知る人物は何人かいたが、二人は互いの名を聞いていたにせよ、面識はなかったはずだ。

しかし、この報告書の記載を信じるならば、二人は少なくとも一度は出会い、対話したことになる。

それがいつ、どこでのことかを文面から、推測してみよう。

クライストが、ヴィーラントの仲介でゲーテと会ったのは、一八〇三年の春だった。

また、ゲーテが『壊れた甕』を劇場にかけたのは、一八〇八年の三月初頭のことである。

そのことを、それぞれ八年前、三年前と書いている事実から、この二人の対話が行なわれたのは、一八一一年と分かる。

さらにクライストが、『ホンブルクの公子』の清書を終えたのは、同じ年の六月二十五日、とされている。そのことを、クライストが先月下旬と言ったとすれば、対話が行なわれたのは同年七月、つまりホフマンの日記が中断しているあいだの出来事、と推定できる。

そうすれば、前掲の八月二日付のホフマン書簡の書き出しと、ぴったり符合する。

当時クライストは、ベルリンに住んでいた。

したがって、この対面は一八一一年の七月某日に、ホフマンがベルリンを訪れたおりに、行なわれたものとみられる。

もっとも、訳者の知るかぎり親友のヒツィヒ、あるいは例のクンツによる、ホフマンの伝記の中に、二人が出会ったという記録はない。しかし、記録がないからといって、二人が一度も出会わなかった、という証拠にはならない。

ついでながら、ゲーテは一八〇七年八月二十八日の誕生日に、アダム・H・ミュラーに宛てた手紙で、

『壊れた甕』を珍しくほめている。ただ上演向きではなく、レーゼ・ドラマだとする。

それでも、ゲーテはこの作品の上演を検討すると述べ、裁判官アダムにぴったりの俳優がいる、とまで請け合った。

それがここに報告されたような、惨憺たる結果に終わったわけだから、クライストがかりかりするのも、無理はあるまい。

ちなみに、この対話が行なわれてから四カ月ほどあと、クライストはベルリン郊外のヴァンゼー湖畔で、人妻と心中を遂げている。

いずれにせよ、ここでの報告書の記載が事実だとすれば、ドイツ文学史に一石を投じる、きわめて重要な断片の発見、といってよかろう。

31

いつの間にか、奥で鳴っていたギターの音が、やんでいた。

やがて廊下に、軽い足音が響く。

古閑沙帆は、原稿から顔を上げて、戸口に目を向けた。

引き戸が開き、本間鋭太がはいって来る。倉石由梨亜の姿はない。

白い、縮みの半袖のシャツに、クリーム色のスラックスという、これまでとは打って変わった、おとなしいいでたちだ。由梨亜を引き合わせてから、服装がどんどんまともになった気がする。

沙帆は長椅子を立ち、本間がいつものように勢いよくぴょん、とソファにすわるのを待った。

本間は、テーブルに載った原稿に、うなずきかけた。

「読んだかね」

「はい」

うなずき返し、あらためて腰を下ろす。

「由梨亜ちゃんは、どうしたのですか。ギターの音が、聞こえないようですが」

「レッスンは終わったが、こちらの話が一段落するまで、奥で英語の勉強をするそうだ。なんでも、毎週金曜日の放課後は英語の特訓を受ける、というからくりになっとるらしいじゃないか。もっとも、父親にはこっそり了解をとった、と言っとるがね」

本間はそう言って、いたずらっぽい笑みを浮かべた。

由梨亜が、そんなことまで話したのかと、少し驚く。

ひそかに、本間のレッスンにかようため、由梨亜は毎週金曜日の放課後、英語の特訓クラスに出るとかいう、もっともらしい口実をこしらえた、と言っていた。

父親はともかく、さすがに母親に対してはほんとうのことを、告げられなかったのだ。

もっともそんな嘘で、倉石麻里奈をだましおおせるはずがない、と沙帆は思う。

それでも由梨亜は、その作り話をほんとうらしく見せるために、特訓の成果を示す必要がある、と考えたのかもしれない。

だとしても、そんな付け焼き刃に等しい勉強で、簡単に成果が上がるわけはあるまい。いずれ、麻里奈にばれるときがくる。

そうすれば、麻里奈と倉石、由梨亜のあいだはもちろん、沙帆との長年にわたる付き合いにも、ひびがはいるかもしれない。

それを考えると、気分がめいった。

「どうしたのかね、きみ。原稿の感想はないのか」

本間に催促されて、われに返る。

沙帆は、不安を振り払って、口を開いた。

「ええと、今回の翻訳も興味深く、拝読しました。まず最初に、先生も訳注で書かれていらっしゃいますが、ホフマンとクライストが顔を合わせていた、というくだりには驚きました。これって、ほんとうのことだと思われますか」

まさに、想像もしなかったエピソードなので、自分でも気が引けるほど性急な、詰問口調になった。

本間も、いささかたじろいだ様子で、鼻の脇をこする。

「まあ、待ちたまえ。その訳注はあくまで、個人的な推測にすぎん。原文には、相手の名前が書いてないし、クライストのクの字も、出てこんのだからな」

「だとしても、ホフマンと交わしている会話の内容からして、相手がクライストであることは、明白だと思います。話題になっている、『壊れた甕』も『ケートヒェン』も、クライストの作品ですから」

本間はことさらのように、むずかしい顔をこしらえた。

「常識的にはそうだが、なにしろ前後が欠落しているから、断定するわけにはいかん」

沙帆は、原稿に目を落とした。

訳注に、〈事実だとすれば〉の条件つきながら、〈ドイツ文学史に一石を投じる、きわめて重要な断片の発見〉とまで書いたにしては、ずいぶん控えめというか、慎重すぎる意見に思える。

「でも、一八一一年八月二日付のホフマンの手紙に、〈バンベルクへ帰着したところ〉うんぬん、とあるとすれば、その少し前までバンベルクを離れていたことは、確かなのでしょう」

本間は、肩をすくめた。

「まあな」

「先生が、内容から割り出した二人の対話の時期は、その直前の七月ということですね。状況証拠からして、わたしもそのご判断に間違いない、と思いますが」

沙帆がだめを押すと、本間は両手を広げた。

「まあ、きみがそこまで信頼してくれるなら、そうしておくさ」

もどかしさのあまり、本間の肩をつかんで揺さぶりたくなる。

へそ曲がりも、いいところだ。

「くどいようですが、ホフマンとクライストがたとえ一度でも、どこかで出会ったという記録は、ほかに残っていないのですか」

「わしの知るかぎりでは、ないな」

「記録がなくても、出会った可能性はあるのですか」

本間は、額を掻いた。

「可能性は、つねにあるさ。クライストは、ホフマンと親しかったヒツィヒや、シャミッソーと面識があった。訳注にも書いたが、かりに二人に面識がなかったとしても、互いの噂を耳にしていたことは、間違いあるまいよ。ヨハネスの報告は、真っ赤な嘘かもしれんし、事実かもしれん。もし事実なら、こうした会話が交わされた可能性は、大いにあるじゃろう」

さっきよりは、いくらか積極的な意見になった。

それはひとまずおいて、話を進めることにする。

「では、次に移ります。お原稿によれば、ホフマンは奥さんのミーシャと喧嘩して、日記を取り上げられたそうですね」

沙帆の問いに、本間はまるで自分のことのように、情けない顔をした。

「そうだ。ミーシャも、黙って日記を読んでいるうちはよかったが、ホフマンがあまりユリアのことを書くものだから、頭にきたに違いあるまい。いくら、記号や外国語でごまかそうとしても、ホフマンのユリアに対する異常な入れ込み方は、隠しようがない。ホフマンにしても、ふだんミーシャがあまりに柔順な妻なので、日記を読まれてもどうということはない、とたかをくくっていた節がある。よもや身近に、自分の行動を逐一ミーシャに報告する者がいる、とは思わなかっただろう」

そのとおりに違いない。

「それで、日記帳を取り上げられたホフマンは、日記をつけるのをやめたのでしょうか」

「少なくとも、一八一一年の五月十九日からその年の終わりまでは、書いておらん」

「ミーシャに見つからないように、こっそり別の手帳やノートに書き続けた、ということはありませんか」

本間は、眉を寄せた。

「まあ、その可能性もないではないが、少なくとも後世には残っておらんな。出版されたホフマンの日記にも、その間の記述が欠けておる」

ホフマンの日記が、死後だいぶたってから刊行されたという話は、前に聞いた覚えがある。

しかし、そのときは本間もそれ以上、詳しいことを話さなかった。

「その日記について、もう少し聞かせていただけませんか。たとえば、いつごろどんなかたちで、出版されたのか」

「最初は、ハンス・フォン・ミュラーが編纂して、一九一五年に出版された。ただこの版は、フラクトゥール（亀甲文字）で印刷されたので、素人にはとっつきにくい。それで一九七〇年代の初め、フリードリヒ・シュナップという別の研究者が、ミュラーの版に綿密な注釈をつけて、再刊したわけだ。ヒトラーの時代以降、印刷物も原則としてラテン文字（普通のアルファベット）に変わったから、はるかに読みやすくなった。この日記が決定版、といっていいだろう」

「ミュラーというと、今回のお原稿の訳注にも出てきた人ですね。確か、書簡集も編纂したとか」

「さよう。ミュラーは、ベルリンの王立図書館員にすぎなかったが、専門学者そこのけの根気と執念で、ホフマンに関わる資料を手当たりしだい、収集したんだ」

「ミュラーは、そうした貴重な資料をどうやって、手に入れたのですか。たとえば、日記はホフマンが亡くなったあと、ミーシャが持っていたはずでしょう」

「ミーシャはそれを、ホフマンの友人で同じく判事を務めていた、エドゥアルト・ヒツィヒに託した。ヒツィヒの名前は、以前の報告書にも出てきただろう」

「はい、覚えています」

「ヒツィヒは、その日記や二人のあいだの往復書簡を使って、ホフマンの伝記を書いた。幼なじみのテオドル・ヒペルも、ホフマンとやり取りした手紙をもとに、回想録を残している。ミュラーは、そうした伝記や回想録、日記や書簡などのオリジナル資料を、あちこちの図書館や文書館を巡って、丹念に掘り起こしたのさ」

ため息が出た。

それが、どれほどたいへんな作業だったか、沙帆にも想像がつく。確かに、根気のいる作業だったろう。ホフマンに対する、人一倍の関心と愛着がなければ、できない仕事だ。

本間が、念を押すように言う。

「きみにも、ミュラーの苦労がどれほどのものだったか、見当がつくはずだ。もし、ミュラーがいなかったら、系統立った本格的なホフマンの研究は、行なわれずに終わったかもしれん」

おそらく、そのとおりだろう。

32

古閑沙帆は、話を先へ進めた。

「もう一人の、フリードリヒ・シュナップというのは、どんな人なのですか」

「ミュラーのあとを引き継いで、ミュラーに匹敵する仕事をした男さ。シュナップも素人の研究者で、文学の専門家でもなんでもなかった。放送局で働く、一介の録音技師だったんだ。シュナップは、ミュラーが残した資料を整理し直して、後世によみがえらせた。この男こそ、ミュラーが耕した肥沃な土地に、みごとな穀物を実らせた最大の功績者、といってよかろう。録音技師だけあって、ホフマンの音楽方面での業績についても、よく調べているしな」

本間鋭太の説明を聞いて、背筋が伸びるのを意識する。

学者でもなんでもない、そうした市井の好事家たちが後世に、ホフマンの価値を知らしめたと知って、なんとなく胸が熱くなった。

気合を入れ直して聞く。

「それにしても、なぜドイツの専門の文学研究者は、ホフマン研究に手を染めなかったのですか。ボードレールや、アラン・ポーなどに影響を与えた、といわれるほどの大作家なのに」

本間の口元に、皮肉な笑みが浮かんだ。

「それは、簡単なことだ。かのゲーテがホフマンの作品を、まったく評価しなかったからさ。あの当時、文豪ゲーテが是としなかった作家は、みんな異端の存在とみなされて、黙殺された。ホフマンしかり、クライストもまたしかり。だから専門の研究者は、彼らを避けて通ったんだ」

「ゲーテは、ホフマンやクライストの作品の、どこが気に入らなかったのですか」

「ゲーテにとって、彼らの小説はあまりにも不健全で、不愉快きわまりないものだったのさ。大文豪かどうか知らんが、ゲーテはホフマンやクライストを理解するだけの、感性に欠けていたとしか思えんね」

「それはまた」

沙帆はそう言ったきり、絶句してしまった。

ゲーテを、一言のもとに切って捨てる独文学者には、お目にかかったことがない。

本間は、肩を揺すった。

「ああ、分かっとるよ。恐ろしく大胆な意見だ、ということくらいはな。しかし、報告書の中でクライスト、もしくはクライストと思われる人物が、同じようなことを言っとるじゃないか。だとしたら、わしの意見もまんざら的はずれ、とはいえまいが」

そう言って、くくっと笑う。

沙帆はあらためて、報告書に目を落とした。

「この、クライストらしき人物とホフマンのあいだに、ゲーテに関するシビアなエピソードが、出てきますね。嬰児殺しの少女の死刑判決に、ゲーテが賛成したという話はこれまで、耳にしたことがありませんが」

「この話は、二十世紀の前半まで、知られていなかった。それからあとも、ゲーテの研究者のあいだでは、一種のタブーになっていたのさ」

「先生にとっては、タブーなどないも同然ですね」

本間が、せせら笑う。

「あたりまえじゃ。ホフマンなんぞ、タブーだらけだからな」

沙帆は、いかにも本間らしいと思い、胸がすっとした。

咳払いをして、また原稿をめくり直す。

「話を先へ、進めさせていただきます。先生がおっしゃるとおり、ホフマンとクライストの対話は、報告書の中に前後が欠ける不完全なかたちで、挿入されていますね」

本間は唇を引き締め、しぶしぶという感じでうなずいた。

「残念ながら、そのとおりじゃ。もし前後がつながっていれば、どこかにクライストの名前が、出てきたに違いない。その対話が、一八一一年の七月ごろに行なわれたことが、よりはっきりしたかもしれん」

「報告書そのものは、この断片のあとも続いていますよね」

「ああ、ところどころ欠落があるが、まだしばらくは続いておる。実のところ、従来は日記が中断してから再開するまで、ほぼ七カ月間のホフマンの動向を把握するのは、かなりむずかしかった。むろん、残されたホフマン自身の往復書簡とか、身近な友人が書いた伝記、回想録のたぐいとかで、ある程度推測することはできる。しかし、いずれも断片的な情報にすぎなかった。そこへ、この秘密報告書が出現したおかげで、その間の空白がそこそこに、埋められることになったわけだ。そうした意味でも、ヨハネスの報告書はまことに貴重な発見、といってよかろう」

本間の口調は、いつになく熱っぽかった。

「ただ、クンツをはじめ知人、友人が書いた回想録、伝記のたぐいは、ほかの資料と照合して検証しないかぎり、全面的には信頼できない、と思いますが」

沙帆が念を押すと、本間はすなおにうなずいた。

「そのとおりじゃ。ミュラーや、シュナップが編纂した一次資料は、ひとまず信頼していいだろう。しかし、同時代の人びとの証言や回想録は、バイアスがかかっている恐れがあるから、頭から信用するわけにはいかん。わしも、そのあたりを丹念に照合、検証しながら報告書を、読み解いておるわけだ。これはただの解読、翻訳の作業ではないぞ。分かっとるかね」

突っ込まれて、思わず背筋を伸ばす。

確かに、本間の言うとおりだ。単なる解読、翻訳に終始するなら、このような周到な訳注は、つけられないだろう。ホフマンの専門家たる、本間ならではの仕事といわねばなるまい。

「それはもちろん、承知しています。麻里奈さんも、分かっていると思います」

本間は、苦笑した。

「別に、きみたちに感心してもらおうと思って、引き受けたわけではない。わしにとっても、これは大いに興味深い仕事なんじゃよ」

わしとかじゃよが、遠慮なく口から出始めたところをみると、いつもの調子が出てきたようだ。

一息入れて、沙帆は言った。

「ホフマンとクライストの対話は、この断片だけで終わりでしょうか」

「直接の対話はな。ただこの次か、あるいはその次あたりの報告書に、また興味深いエピソードが出てくる。楽しみにしていたまえ」

ときどき本間は、こうして気をもたせるようなことを、口にするようになった。

あと、どれくらいの量が残っているのか分からないが、そろそろ山場を迎えるであろうことは、想像がついた。

そのとき、ふと麻里奈に確かめてほしい、と言われたことを思い出す。

「一つだけ、確認させていただけますか。この報告書を書いたヨハネスというのは、ユリアのいとこのシュパイア博士ではないか、と麻里奈さんが言っているのですが」

本間はもっともらしく、ふんふんとうなずいた。

「うがった着想だが、その答えは控えておこう」

「でも」

聞き返そうとしたとき、引き戸にノックの音がした。

本間が応じる。

「はいっていいぞ」

急に、猫なで声になった。

沙帆は、つい笑いそうになったが、咳払いをしてごまかす。

戸があいて、制服姿の倉石由梨亜がおずおずと、顔をのぞかせた。

「お仕事、終わりましたか」

「ああ、だいたい終わった。中にはいって、すわりたまえ」

本間があっさり言ったので、沙帆もしかたなくそこで終わることにした。

由梨亜は、ほっとしたように笑みを浮かべ、部屋にはいって来た。

沙帆と並んで、長椅子に腰を下ろす。

「レッスンのとき、由梨亜ちゃんのギターが聞こえてきたけれど、どんどんうまくなるわね。この分だと、帆太郎を追い抜くのも時間の問題、という気がするわ」

沙帆が言うと、由梨亜は首を振った。

「ううん、まだまだです。上達が速いとしたら、本間先生の教え方がお上手だからだ、と思います」

本間はくすぐったそうに、体をもぞもぞさせた。

由梨亜が真顔になり、思い切ったように言う。

「あの、先生にちょっと、お願いがあるんですけど」

「なんだね。言ってみたまえ」

いかにも、うれしくてたまらぬという本間の様子は、喉をなでられた牡猫ムルのようだった。

「父がぜひ一度、先生の古いギターを拝見したい、と言ってるんですけど、だめでしょうか」

沙帆は驚いて、由梨亜の横顔を見た。

その申し出にも驚いたが、ほかにも意外なことがあった。

沙帆と話すときはいつも、倉石のことを〈お父さん〉と呼んでいたのに、たった今初めて〈父〉、という呼称を使ったのだ。

相手が、本間だからだろうか。

本間の顔にも、驚きととまどいの色が浮かぶ。

「そんなにパへスを見たがっているのかね、お父さんは」

「はい。父は、十九世紀ギターの研究もしていますから、先生のギターに興味を持ったのだ、と思います」

由梨亜がきっぱりと言うと、本間は顎をなでながら少しのあいだ、考えていた。

それから、ぽんとソファの肘掛けを叩いて、すわり直した。

「よかろう。今度来るときにでも、連れて来たまえ」

33

翌日、土曜日の午後。

原稿を読み終えた倉石麻里奈は、さも疑わしげに首を振った。

「この挿入エピソードは、ちょっと嘘くさいんじゃないの」

案の定、と思う。

古閑沙帆は、とぼけて応じた。

「嘘くさいって、ホフマンとクライストの、やりとりのこと」

「そうよ。これまでは、なるほどと納得させられるリポートも、多かったわ。それが、ホフマンとクライストが出会って、二人でゲーテの悪口を言い合うなんて、いくらなんでもできすぎよ。作り話としか、思えないわ」

さもあきれた、という口調だ。

沙帆は紅茶を飲み、呼吸を整えた。

「どうしてよ。本間先生も、訳注で書いていらっしゃるけれど、ホフマンとクライストには、共通の知人が何人もいたわ。デ・ラ・モット・フケーとか、ヒツィヒとか。そう、シャミッソーもね。そのうちのだれかを通じて、二人がどこかで出会ったとしても、おかしくないと思うわ。少なくとも、可能性ゼロとはいえないでしょう」

麻里奈は、テーブルに置いた原稿を、指で叩いた。

「今回の冒頭に、ミーシャがホフマンの日記帳を取り上げた、とあるわよね。一八一一年の、五月十八日。その翌日から年末まで、ホフマンの行動記録はないんでしょう」

「ええ、ないわ。その間のホフマンの動向については、書簡とかほかの人の回想録や何かで、補うしかないのよね」

「訳注を見るかぎり、本間先生も二人の対話を全面的に信用している、というわけではないようね」

「そうかしら。わたしは、二人のあいだに交わされた会話から、それがいつごろ行なわれたかについての、先生の推測は正しいと思うわ。まさしく二人は、ホフマン夫妻が喧嘩した年の夏場に、会っているのよ」

「それはつまり、日記が存在しない空白の期間に、ということでしょう。つごうがよすぎるわよ」

いかにも当てにならない、と言いたげな口ぶりだ。

しかたなく応じる。

「まあ、確証がないといえば、そのとおりね」

「ホフマンやクライストの書簡集に、二人がどこかで顔を合わせたことがある、という記事は見当たらないの」

麻里奈の質問に、沙帆はまた紅茶に口をつけた。

実は前夜、インターネットで手に入れた、ホフマンの書簡集の英訳本に目を通し、そのあたりを確認したのだった。

「わたしが調べたかぎりでは、ホフマンがクライストに言及した手紙が、一つ二つ見つかったわ。つい最近、インターネットの古書サイトで手に入れた、英訳版のホフマン書簡集の中にあったの。全訳じゃなくて、抄訳本だけれど。もしかすると、麻里奈も卒論のときに買って、持ってるんじゃないかしら」

麻里奈の目が、きらりと光る。

「ううん、書簡集はドイツ語版も英語版も、持ってないわ。沙帆が言ったとおり、あのころインターネットは、そんなに普及してなかったし、そこまで資料を集める余裕もなかった。だけど沙帆は、どうして今ごろそんなものを、買い込む気になったの」

詰問するような口調に、沙帆は少したじろいだ。

「このプロジェクトに関わってから、本間先生の解読と翻訳のお仕事に、興味がわいてきたからよ」

「沙帆は別に、ホフマンの専門家じゃないんだから、そんなにがんばる必要はないわ。むしろ、がんばらなくちゃいけないのは、わたしの方だし」

急に、元気のない口ぶりになる。

「勉強しておけば、わたしも少しは麻里奈のお手伝いが、できるんじゃないかと思って」

沙帆が言うと、麻里奈はわざとらしく肩をすくめた。

「無理することはないわよ。沙帆はただ、本間先生が早く解読を終えるように、せっせとお尻を叩いてくれれば、それでいいの」

まるで、ただの使い走りに徹してほしい、と言わぬばかりの口ぶりに、少しかちんとくる。

麻里奈は、そんな沙帆の表情の変化に気づいたらしく、すぐに話を変えた。

「ええと、そうそう。書き手のヨハネスは、シュパイア博士じゃないかっていう話、確かめてくれたの」

沙帆は、気持ちを静めようと、息を整えた。

「ええ。でも、その答えは控えておこう、ですって」

麻里奈が、眉をひそめる。

「ふうん。もったいぶってるわね」

しかし、すぐにソファの背にもたれ直して、話をもどした。

「ええと、先に進みましょう。沙帆が買ったその英訳版の中に、クライストへの言及が一つ二つ見つかった、と言ったわね」

沙帆は、もう一度気持ちを静めるために、紅茶を飲み干した。

深呼吸して言う。

「そう。最初は、ホフマンが当時ベルリンにいた元同僚の、エドゥアルト・ヒツィヒに宛てた、一八一二年四月二十八日付の手紙。その中でホフマンは、自分がもっとも感銘を受けた戯曲を、三つ挙げているの。一つはスペインの劇作家、カルデロン・デ・ラ・バルカの『十字架への献身』。もう一つはシェークスピアの、『ロミオとジュリエット』。そして最後が、クライストの『ハイルブロンのケートヒェン』。これらを読むと、ホフマンは夢遊病にかかったみたいに、ロマンチックな気分になるんですって」

麻里奈は、さして心を動かされた様子もなく、ふうん、と言っただけだった。

沙帆は続けた。

「そのあとで、ホフマンはクライストの英雄的な死について、なんでもいいから知らせてほしい、とヒツィヒに頼んでいるの」

麻里奈が、ぴくりと眉を動かす。

「英雄的、ですって。人妻との心中を、英雄的だっていうの」

まるで、沙帆自身を責めるような、とがった口調だった。

「ドイツ語の原文はどうか知らないけれど、英語版ではヒロイック・エンド（英雄的な最期）、となっていたわ。ホフマンの目には、そう映ったんでしょうね」

沙帆の返事に、麻里奈は何か言いかけたものの、なぜか口を閉じた。

気持ちを静めるように、ゆっくりと紅茶を飲み干す。

そのすきに、沙帆は続けた。

「新聞が伝える、頭の固い連中の愚にもつかないおしゃべり、たわごとにはまったくうんざりする、とも書いてあったわ」

麻里奈の頰に、小ばかにしたような笑みが浮かぶ。

「要するに、ホフマンの目にはクライストの心中が、英雄的な行為に見えたわけね。この報告書のように、二人がほんとうに出会っていたとしたら、さぞかし話が合ったことでしょうね」

皮肉たっぷりの口調だった。

それにかまわず、沙帆は話を続けた。

「もう一通、クライストに言及した手紙が、収められていたわ。同じく、一八一二年の七月十二日、ヒツィヒに宛てた手紙よ。ヒツィヒが送ってくれた、ベルリン夕刊新聞の中の、クライストが書いたエッセイを読んで感心した、というくだり」

麻里奈が、指を立てる。

「ベルリン夕刊新聞って、クライストが生前発行していた、日刊新聞よね」

「ええ。一八一〇年の秋から、半年しか続かなかったけれど。そこに掲載された、人形芝居に関するエッセイに、ホフマンはすごく感銘を受けたって、そうヒツィヒに書き送っているの」

麻里奈は腕を組み、ソファの背にもたれた。

「ホフマンが、クライストの作品を評価していたのは、確かなようね。ただし、クライストの人となりをよく知っていた、とは思えないわ」

「でも、その作品を読んで自分と相通じるものがある、と感じたんじゃないかしら。ことに、『ケートヒェン』を読んでからは」

麻里奈は背を起こし、沙帆の方に体を乗り出した。

「ともかく、この報告書のホフマンとクライストの対話は、嘘っぽいと思うわ。まったくの嘘、とはいえないかもしれないけどね」

それから、ふと思いついたように、付け加える。

「それとも、そのエピソードの部分だけ、別の文書から紛れ込んだということは、考えられないかしら。つまり、前後の部分が欠けていたとすれば、その可能性もあるわよね」

沙帆は、首をかしげた。

「たとえば、『牡猫ムル』みたいに、と言いたいわけ」

ホフマンの『牡猫ムルの人生観』は、ヨハネス・クライスラーの伝記が書かれた原稿の裏側に、牡猫ムルが勝手に人生観を書き綴ったものを、ごちゃまぜに印刷してしまった、という設定の小説だ。

結果として、伝記と人生観が前後のつながりもなく、交互に語り継がれていくという複雑、奇抜な構成になっている。

麻里奈が、いかにもわが意を得たという顔で、二度うなずく。

「そうそう、そのとおりよ。まさに、『牡猫ムル』だわ。来週行ったとき、本間先生にエピソードの部分が、リポートとどんなふうにつながっていたか、聞いてみてよ。それと、筆跡がそれまでのヨハネスのものと、同じだったかどうかも」

麻里奈の言うことにも、一理ある。

「分かった。次のお原稿をいただくとき、確かめてみるわ」

そのとき、かすかにレッスン室から聞こえていた、ギターの音がやんだ。

帆太郎のレッスンが、終わったようだ。

沙帆は、急にどっと疲れを感じて、長椅子の背に体を預けた。

34

翌週金曜日。

古閑沙帆は、倉石学と由梨亜父娘と足並みをそろえて、牛込柳町の駅から本間鋭太の住む、〈ディオサ弁天〉へ向かった。

まだ梅雨明け宣言はないが、ここ数日晴天が続いている。ただ、乾いた風が吹いているので、あまり暑さは感じない。

アパートに続く路地にはいると、倉石があたりを見回しながら言った。

「左側のビルは、さっき山門らしきものが見えたから、お寺でしょう」

「ええ。外見は、オフィスビルみたいですけどね」

「まったく。これじゃ、どこに本堂があるのか、分かりませんね」

「このあたりは、再開発でオフィスビルや小規模マンションが、林立してるんです。もともとは、古い町並みが残っていた、と思いますが」

それを聞いて、由梨亜が口を開く。

「突き当たりまで行くと、その忘れ形見が残ってるわよ、お父さん」

沙帆は、忘れ形見という言葉に、笑ってしまった。

「そうそう。忘れ形見って、そのとおりね」

倉石は、白の長袖のサマーニットに、紺のスラックス。由梨亜は、いつもの制服姿だ。

アパートに着くと、倉石は門の前に立ちはだかり、手にしたバッグを揺すって言った。

「なるほど。確かにこれは、前世紀の遺物だな。よく残ったものですね」

由梨亜が、軽快な足取りで門をはいり、玄関のガラス戸をあける。

振り向いて、倉石に声をかけた。

「どうぞ」

倉石は、驚いたように軽く眉をひそめ、低い声でたしなめた。

「どうぞってことはないだろう。ごめんください、くらいは言いなさい」

「いいんです。こちらのお宅は、挨拶抜きになっていますから」

沙帆はそう請け合い、由梨亜に続いて玄関にはいると、さっさと靴を脱いだ。

とまどいながら、倉石もあとに続く。

いつもの洋室にはいり、由梨亜を挟んで長椅子に腰をおろした。

倉石が、バッグを脇に置いて、不安そうに言う。

「声をかけなくていいんですか」

壁の時計を見ると、四時二分前を指している。

「だいじょうぶです。あと二分ほどで、先生がお見えになります」

この日のために、沙帆は原稿の受け取り時間を、いつもより一時間遅らせて、由梨亜のレッスン時間に合わせた。

あらかじめ本間には、倉石を一緒に連れて行くむね、電話してあった。

倉石は、ふだんのレッスンを別の日に、変更したらしい。麻里奈には、ギタリストの協会の会合だ、と言いつくろったそうだ。

沙帆にすれば、由梨亜だけでなく父親の倉石とも、麻里奈の知らない秘密を共有する、微妙な立場に追い込まれることになった。

それを考えると、少なからず気が重くなる。

例によって、四時を一分も回らないうちに、廊下に足音が響いた。

倉石と由梨亜が、さっと腰を上げる。沙帆も、あわてて立ち上がった。

引き戸が開き、本間がはいって来る。

その装いを見て、沙帆は面食らった。

本間は、麻らしき風合いの紺のジャケットに、ベージュのスラックスという、妙にきちんとした服装だった。右手に小ぶりの、古ぼけたギターケースを、さげている。

そのケースを、引き戸の脇に置いて背筋を伸ばすと、本間は三人の前にやって来た。

きびきびしたしぐさで、倉石に手を差し出す。

「初めまして。本間鋭太です」

ためらう様子も見せず、倉石はその手を握り返した。

「倉石です。よろしく、お願いします。このたびは家内が、めんどうな古文書の解読をお願いして、申し訳ありません。それに、由梨亜までお世話になりまして、恐縮です」

まるで、何度も練習してきたかのような、よどみのない挨拶だ。

「いやいや。古文書の解読は、趣味みたいなものですからな。ギターにしても、プロの倉石さんを差し置いて、わたしのような年寄りが教えるのは、まことに僭越きわまりないことで、こちらこそ恐縮しております」

その口ぶりは、ふだんの本間からは想像もできない、謙虚で折り目正しいものだった。

服装といい話し方といい、これまでとは別人のような本間に、沙帆はむしろ当惑した。由梨亜も、ふだんとは勝手が違った様子で、何も言おうとしない。

倉石が続ける。

「また、このたびは貴重な十九世紀ギターを、拝見できる機会を与えていただいて、ありがとうございます」

丁重すぎるほどの挨拶に、沙帆は自分なら舌を嚙むかもしれないと思い、本気で笑いをこらえた。

本間は、いつもと違ってソファに飛び乗らず、ゆったりした動きで腰を下ろした。

「ギタリストなら、古いギターに興味を示すのは、当然のことでしょう。わたしは、たとえどれほど貴重なギターであろうと、床の間に飾っておく趣味はない。見たいという人がいれば、どなたにでもお見せします。弾きたい人には、自由に弾いてもらいます」

「ありがとうございます。わたしは、十九世紀ギターの研究もしていますので、パヘスと聞くと黙っていられなくて」

本間は、よく分かるというようにうなずき、ふと口調を変えて言った。

「ところで、由梨亜くんによると、お父さんにギターを習ったことは、ほとんどないそうですな。ほんとうですか」

「ええ、ほんとうです。四つのときでしたか、子供用のギターを抱かせたことがありますが、まるで興味を示しませんでした。それで、教えるのを控えたのです。娘の方から、やりたいと言い出せば、教えるつもりでした。結局、その気配がないまま今日にいたった、というような次第で」

倉石が応じると、由梨亜は抗議するように、口を開いた。

「よく分かりませんけど、父はわたしに真剣にギターを教えたい、という意欲がなかったような、そんな気がします」

倉石は首をかしげ、少し考えた。

「それはたぶん、こういうことさ。教える立場からすると、おおむね自分の子供に対しては、ひとさまの子供以上に厳しく、仕込もうとする傾向がある。それが、無理強いする結果になってしまうと、お互いのためにならないわけさ。だからプロは、ふつう自分で教えるのを避けて、ほかのギタリストにレッスンを頼む。要するに、職人さんが子供を外へ修業に出すのと、同じことなんだ」

「でも、村治《むらじ》佳織《かおり》さんなんかは、自分のお父さんに教わったんでしょう」

「村治佳織は、特別さ。ギターを抱いて、生まれてきたような人だからね。それでも、お父さんの村治昇《のぼる》は基礎を教えたあと、わが子の才能をさらに伸ばすために、コンサート・ギタリストの福田進一《しんいち》に、娘をゆだねたんだ。あの父娘は、例外だよ」

由梨亜は、肩をすくめた。

「うちは父娘そろって、村治さん父娘にはかなわなかった、ということよね」

倉石は苦笑したが、本間は大口をあけて笑った。

「いやいや、根性では負けてないぞ、由梨亜くんは。自分たち父娘を、村治父娘と比べよう、というんだからな。その意気やよし、だ」

それから急に真顔にもどり、由梨亜に目を向けた。

「では、由梨亜くんは奥で、イ長調からト短調まで、音階練習をすること。ぼくは、お父さんと少し話をして、そのあとで行くから」

「分かりました」

返事をして、由梨亜はきびきびと立ち上がり、部屋を出て行った。

倉石はわざとらしく額をこすり、恐縮した様子で本間に言った。

「小生意気な子で、すみません。扱いにくいと思いますが、よろしくお願いします」

「いや、非常にすなおで、覚えの早いお嬢さんですよ。プロになれる可能性も、ないではないと思う。あくまでご当人と、お父さんのお考え次第ですが」

「いや、いくらがんばっても、村治佳織にはなれませんからね。本間さんの教えで、素人ながらそこそこに弾ける、というレベルになってくれれば、それで十分です。当人は、理科系に向いているようですし、音楽は趣味でいいと思います」

沙帆は、口を挟んだ。

「由梨亜ちゃんは、国文法や英語のような文科系にも、強いんですよ。ねえ、先生」

同意を求めると、本間もうなずく。

「そう。なかなか、頭のいい子ですよ。進路を決めるのは、まだ先へ行ってからでいいんじゃないかな」

倉石が笑う。

「そうですね。まだ、中学一年ですし」

本間は背筋を伸ばし、ぽんと膝を叩いた。

「さて、ご所望のギターを、お目にかけましょうか」

ソファを立ち、引き戸のそばに置いたケースを、取って来る。

それをテーブルに載せ、おもむろに蓋を開いた。

ギターの上に、紙の束が載っている。ワープロの原稿を、入れてきたらしい。

本間は、その束を取り上げて、沙帆に渡した。

「これが、今回渡す分の原稿だ。ここで読んでもいいし、持ち帰って読んでもいい。好きにしたまえ」

沙帆は、原稿を受け取ったまま、少し迷った。

倉石父娘を、二人だけでここに残して帰るのは、なんとなく不安だった。

麻里奈の手前、最後まで見届けなければならない、という義務感に近いものを覚える。

奥の部屋から、音階練習を始める由梨亜のギターの音が、聞こえてきた。

肚を決めて言う。

「こちらで今、読ませていただきます」

沙帆の存在を忘れたように、じっとギターに見入っていた倉石が、少し上ずった声で言った。

「手に取って、拝見してもいいですか」

「かまいませんよ。そのために、用意したんですから」

　本間が答えるが早いか、倉石はケースに収まったギターに、手を伸ばした。

　沙帆は、かたちばかり原稿をめくりながら、様子をうかがった。

　倉石は、まるで父親になったばかりの若者が、赤ん坊を抱き上げるような手つきで、ギターを取り出した。

　沙帆はそのギターを、すでに一度目にしている。

　ふつうのものより、幅も長さもだいぶ小ぶりに見える、古びたギターだ。今どきのギターと、胴まわりの曲線がだいぶ違う。あちこちに、貝殻装飾がふんだんに使われているのも、大きく異なる点だった。

　倉石は、口に懐紙をくわえかねないほど、畏敬のこもった目でギターを精査した。

　弦の巻き上げ方式、ヘッドや指板の縁の細かい貝殻装飾、サウンドホールの周囲の象眼など、丹念に調べていく。

　やがて、外光が当たる角度でギターを縦に持ち直し、サウンドホールの中をのぞいた。

　それを見て、本間が口を開く。

「ラベルは自然にはがれるか、だれかがはがすかして見当たらないが、ヘッドの形や装飾の特徴から、フランシスコ・パヘスの作品ではないか、と思います。倉石さんの、専門家としてのご意見を、うかがいたい」

　倉石はすわり直し、ギターを膝の上に載せた。

「弾かせていただいて、よろしいですか」

「もちろん。長袖のニットシャツで見えたのは、そのための用意でしょう」

「はい」

　沙帆にはそれが、何を意味するのか分からなかった。

　本間が、沙帆に目を向ける。

「ギターを弾くとき、裏板とか横板に固いボタンや、ベルトのバックルが当たると、傷がつく。それに半袖のウエアだと、裸の右肘が胴にじかに当たるから、ギターが汗を吸ってしまう。それを防ぐために、ボタンのないニットの長袖シャツや、冬場ならセーターを着るのが礼儀、というわけさ」

　なるほど、と思う。

　軽く和音を鳴らしてから、倉石は木ねじを少しずつ回しながら、調弦した。

　簡単に指慣らしをしたあと、すでに沙帆も聞き覚えのある、ソルの『月光』を弾き始める。本間も最初のとき、その曲を弾いたのだ。

さすがに、倉石の演奏はプロにふさわしい、表情豊かな弾きぶりだった。

弾き終わると、倉石はもう一度ギターを掲げて、全体を見直した。

おもむろに言う。

「ご存じと思いますが、現在パヘス作と確かに認められるギターは、世界に五本しか残っていない、といわれています。値段は二桁か三桁違いますが、希少価値からすればストラディバリウスを、はるかに上回ります。わたしは、一度もこの手で弾いたことがありませんが、CDでは何度も聞いています。本物、未確認のものを含めて、写真も数えきれないほど、目にしています。それらと比較検討すれば、このギターも外見やたたずまい、音質から、パヘスの作品という可能性が、きわめて高いと思います」

遠回しな言い方だが、少なくともパヘスが作った、と認定されているギターと比べて、遜色のない作品だということだろう。

本間が、薄笑いを浮かべる。

「三十年前に、キューバの蚤の市に一万円で出ていたのを、五千円に値切って買ったと聞いても、本物のパヘスだと思いますか」

倉石は、眉一つ動かさなかった。

「そのいきさつは、古閑さんからうかがっています。正直なところ、たった今これを弾いてみるまでは、全面的に信じてはいませんでした。しかし、わたしの乏しい経験と知識から判断するかぎり、これは疑いもなくパヘス作のギターだ、と思います」

「つまり、これでパヘス作と信じられる作品が、世界に六本あることになるわけですな」

本間の言葉に、倉石がわずかに上体を引く。

「そう、そのとおりです。厳密にいえば、きちんとした機関から正式の認証を、受ける必要がありますが」

本間はそれを、笑い飛ばした。

「そんなものを、求めるつもりはありませんな。このギターが、パヘスであろうとなかろうと、わたしには関係ない。いい音で鳴ってくれれば、だれが作ったかなどという瑣末なことは、問題になりませんよ」

倉石が、同感だという顔つきで、うなずく。

「おっしゃるとおりです。ただ、できればわたしは一研究者として、このギターの詳細なデータを、取らせていただきたいと思います。画像を撮影したり、胴や指板の寸法を計ったりするのを、許可していただけませんか」

本間は、軽く肩をすくめた。

「いいですとも。分解さえしなければ、ご自由にどうぞ」

そう言って、沙帆に目を移す。

「ぼくは奥で、由梨亜くんのレッスンをする。きみは、倉石さんの作業の邪魔にならんように、そっちのデスクで原稿を読んだらいい」

本間は親指で、ソファの背後を示した。

そこは、例の『カロ風幻想作品集』の、原書の初版本が収まったサイドボードや、古いライティング・デスクが置かれた、狭いスペースだ。

「分かりました」

沙帆の返事を聞くなり、本間はぴょんとソファを立った。

「それじゃ、ごゆっくり」

そう言って、さっさと部屋を出て行く。

倉石は、バッグからカメラやスケール、ノートなどを取り出した。用意がいいのは、最初からそのつもりで、来たからだろう。

沙帆は、それを横目で見つつ腰を上げ、ライティング・デスクの前に移った。

倉石が、作業に取りかかる音を聞きながら、原稿に目を通し始める。

35

【E・T・A・ホフマンに関する報告書・七】


――からもどったあと、ETAはしばしばアルテンブルク城に、足を運んだ。

ご承知のように、これはマルクス博士（ユリアの伯父アダルベルト・フリードリヒ・マルクス）が先ごろ買った、バンベルクの南西郊外にある古城だ。

購入時には、ゴシック様式の塔が崩壊していたが、博士はそれをもとどおり修復した上で、ETAに内部の壁画を描いてほしい、と依頼した。ETAは喜んで引き受け、七月末に旅（おそらくベルリン）へ出る前に、すでに完成させていた。

アルテンブルク城は、バンベルク市内を一望のもとに見渡せる、小高い丘の上に建っている。古いこと以外に、さしたる歴史を持たぬ城ではあるが、眺望だけはすばらしい。あなたも、ETAに連れて行かれたことが、あるはずだ。ブークへの散歩もけっこうだが、たまには気分を変えて城を訪れるのも、悪いことではない。

さて、あなたがこの五月（一八一一年）に日記を取り上げてから、ETAの振る舞いは表向きにせよ、おとなしくなった。少なくとも、わたしの目の届くかぎり、ユリアに対して師弟の矩《のり》を踰《こ》えるほどの、無分別な行動はとらなかった。

したがって、しばらくはわたしの報告も、いちいちペンで記すまでもなく、口頭で用がすんだわけだ。

しかし、これから報告するエピソードは、あなたに直接関わることではないが、ETAの心情を理解する上で、十分知る価値のあるものだと思う。その意味では、あなたとも関わりがあるといっても、見当はずれにはなるまい。

当地の新聞にも報道されたが、かのハインリヒ・フォン・クライストが、十一月に死んだ。ベルリン郊外の、ポツダムに近いヴァンゼーの湖畔で、ヘンリエッテ・フォーゲルという人妻と、情死を遂げたのだ。

クライストは、まずヘンリエッテを拳銃で射殺し、それから自分を撃った。ETAよりも一歳若く、三十四歳になったばかりだった。

新聞は数日後、この情死をきわめてスキャンダラスに取り上げ、クライストの無分別を責め立てた。

クライストは、ゲーテの額から月桂冠を奪うことに失敗し、自分の作品が世に受け入れられないと知って、ひたすら死を願うようになっていた。

ただ、一人で死ぬのが怖かったせいか、ここしばらくはだれかれかまわず、自分と一緒に死んでくれないか、と持ちかけていたらしい。

もちろん、だれも相手にしようとしなかったが、一人だけ話に乗った女がいた。

それがヘンリエッテで、クライストとは一年ほど前からの、知り合いだった。死に対するあこがれと、音楽が好きという共通点があるだけで、ほかに二人を結びつけるものは、何もなかったようだ。

ヘンリエッテは、ルートヴィヒ・フォーゲルという役人の妻で、九歳になる娘が一人あった。家庭的には、なんの不満もない女とみられた。ただ、ほんとうかどうか分からないが、自分は不治の病に侵されており、遠からず死ぬものと信じていた、という。

だとすれば、いちおう周囲に名を知られた作家から、一緒に死んでほしいと持ちかけられたら、承知するのにほとんど躊躇しなかった、と思われる。

したがって、二人が互いに愛し合っていたとか、結婚するには障害がありすぎたとか、そういう事情は認められない。単に、死の願望を同じくすることが分かって、意気投合したとしか考えられない。

それにしても、新聞報道による死にいたるまでの状況は、異常なことだらけだ。

まず二人は、夫が不在中のフォーゲル家の自宅で、遺書をしたためている。

かりにも、ほかの男と情死する決意をした人妻が、自宅で相手と一緒に遺書をしたためるなど、考えられないことだ。

さらに、ヘンリエッテは書き出しにぬけぬけと、〈愛するルートヴィヒへ〉と記した。

それどころか、二通目の遺書にはこともあろうに、死後はクライストと一緒に埋葬してほしい、と書き加えさえしている。

これでは、世間の同情が夫ルートヴィヒに集まり、ヘンリエッテとクライストに対して、非難の声が上がるのは当然といえよう。

ETAは、例の〈薔薇亭〉でこの新聞報道を読んで、ほとんど激怒した。

クライストの情死に、強いショックを受けると同時に、つまらぬ女を相手に選んだものだ、という落胆の気持ちが強かったのだろう。わたしを相手に、ヘンリエッテの振る舞いを、口を極めてののしった。

その上で、新聞記事など信用できるものではないから、真相を調べにベルリンへ行ってくれないか、とわたしに頼んできた。ETAはそこまで、クライストの情死に心をかき乱され、真相を知りたがっていたのだ。

それで気がすむならと、わたしはETAの意に従うことにした。

ちなみに、クライストの『ハイルブロンのケートヒェン』が、バンベルクで初めて上演されたのは、まだ記憶に新しい九月一日のことだ。

あなたによれば、ETAが日記にユリアのことを、〈Ktch〉と暗号名で書き出したのは、今年の初めだったという。

つまり、ETAはそれより以前に、『ケートヒェン』を活字で読み、いたくお気に召していたに違いない。

その結果、筆頭株主のマルクス博士や、劇場支配人のホルバインを説得して、この戯曲をバンベルク劇場にかけることに、成功したのだ。

つまりは、そうしたいわくつきのクライストであり、『ケートヒェン』であるから、ETAが情死のいきさつを、詳しく知りたいという気持ちになるのも、無理はあるまい。

そのようなわけで、わたしはあなたにもだれにも告げずに、寒風吹きすさぶ十二月の初め、ベルリンへ向かった次第だ。

*

ベルリンは、バンベルクから北東へおよそ六十マイル（プロイセン・マイル、約四百五十キロメートル）離れており、昼夜兼行の郵便馬車でも五日かかる。

乗っているあいだに、携えて来た新聞記事を隅から隅まで読み、だいたいの流れを頭に入れた。

ベルリンに到着すると、すぐに馬車を雇って情死の現場となった、ヴァンゼー湖畔に向かった。

ヘンリエッテの夫や、親しい人間にはあえて話を聞くのを、やめにした。

身内の不愉快な事件を、他人に蒸し返されたくないはずだし、たとえ口を開いたとしても、新聞記事と同じく都合のよいことしか、話さないだろう。

それよりは、現場で情死を目の当たりにした人びとから、事情を聞いた方がいい。

ヴァンゼーは、大小二つの湖に分かれており、現場は小さい方のヴァンゼーの、湖畔だった。

報道によれば、クライストとヘンリエッテは十一月二十日、湖畔のクルーク亭というホテルを訪れ、その夜一泊したという。

ちなみに、ホテルの名前〈クルーク〉は、『壊れた甕（Der Zerbrochne Krug）』の〈Krug〉だ。なんとも、奇妙な符合ではないか。――（続く）

［本間・訳注］

ついでながら、クライストが一方的に婚約を破棄した、ヴィルヘルミネ・ツェンゲの結婚相手も、これまた〈Krug〉姓だった！

――クルーク亭は、森を挟んで小ヴァンゼーを正面に控えた、石造りのしゃれたホテルだった。

わたしは、あるじのシュティミンクという恰幅のいい男に、三日分の宿泊費を前払いするとともに、一グルデン金貨を心づけに渡した。北ドイツではグルデンよりも、ライヒスターラーの方が流通しているが、通貨に変わりはない。

それでシュティミンクは、警戒心を緩めたとみえる。新聞記者だ、というわたしの説明を真に受け、クライスト事件について話すことに、同意した。さらに、自分の妻と二人の使用人にも、引き合わせてくれた。

まず、シュティミンク自身の話。

クライスト、ヘンリエッテの二人がホテルに到着したのは、十一月二十日午後二時のことだった。

二人は、二階の隣り合わせの部屋を二部屋借り、夕方までテラスでポンチを飲んだり、散歩したりした。外はかなり寒かったが、二人とも苦にしない様子だった。

最初シュティミンクは、二人を夫婦ものだと思っていたが、別々の部屋を取ったことから、どういう関係か分からなくなった。

このあたりでは、男女がホテルに二人で泊まるとき、夫婦であろうとなかろうと、一部屋ですますのがふつうだ。ホテル側が、それを詮索することはない。

夜になると、あとで思えばここでも、手紙を書いていたらしいが、部屋は静まり返ったままだった。

しかし夜が更けてから、二人が部屋の中をあちこちと歩き回る、低い靴音が間断なく始まった。

メイドの話では、部屋には一晩中明かりがついていた、という。少なからず迷惑だったが、ともかく多額の金を受け取っていたので、文句は言えなかった。

歩き回っているあいだ、二人が同じ部屋にいたのかどうか、分からない。

メイドによれば、二部屋ともベッドが乱れていなかったので、二人は一度も横にならなかったようだ。

翌朝、二人は書簡を二、三通フロントに託して、できるだけ早く届けてほしい、と頼んできた。受取人は覚えていないが、宛て先の住所はベルリン市内だった。

今思えば、女の夫や知人宛だったのだろう、とシュティミンクは言った。

書簡を届けるため、ホテルから市内へ使いの馬車を出した。

午後になっても、前夜ほとんど眠っていないはずの二人は、元気そのものだった。シュティミンクを相手に、大小のヴァンゼーや湖中に浮かぶ島じまのことを、あれこれと聞きたがった。

シュティミンクも、シーズンオフで宿泊客が少ないことから、快く二人の相手をした。二人とも屈託がなく、変わった様子はみられなかった。

そのあと、シュティミンクは妻に二人を任せて、自分は帳場に引っ込んだという。

そこでわたしは、妻に話を聞かせてもらいたいと頼み、シュティミンクは承諾した。

シュティミンクと入れ替わりに、夫に劣らずでっぷりと太った妻のフリーデリケが、席にやって来た。

フリーデリケの話はこうだ。

クライストと女は、庭でとりとめもなく遊びに興じていたが、夫婦や恋人同士にしてはどこかよそよそしく、表面だけの親しさのように感じられた。

庭仕事をしていると、クライストが湖に沿ってぐるりと回った、向こう側の芝生にコーヒーとラム酒を、運んでもらえないかと言ってきた。

フリーデリケは、近いようでもあそこまではけっこう遠いし、だんだん気温も下がってくるので、やめた方がいいと忠告した。

しかし二人は、あのあたりは眺めがいいに違いないから、ぜひ運んでもらいたいと懇願した。

「でも芝生の上は、冷とうございますよ」

フリーデリケは、そう言って引き留めようとしたが、クライストは聞かなかった。

「それなら、いっそテーブルと椅子も、運んでくれないか。手間賃は払うから」

この寒いのに、戸外でコーヒーや酒を飲もうとは、ずいぶん酔狂なカップルだと思ったが、相手は客だし手間賃もくれるというので、しぶしぶ引き受けた。

ひとまず、雑用係のハンナに注文の飲み物を持たせて、クライストたち二人に同行させた。そのとき、相手の女は布をかぶせた手籠を、さげていた。

ハンナがもどると、その夫で同じく雑用係のリービシュに、二人でテーブルと椅子を運ぶように、と命じた。

フリーデリケによると、そのあいだクライストたちが、湖の向こう側の芝生に立ったまま、酒を飲んだりあたりを駆け回ったり、水面に石を投げたりするのが見えた。

テーブルと椅子が届くと、二人はそこにすわってコーヒーを飲み、楽しげに談笑を始めた。何か、悩みがありそうな様子は、みじんもなかった。

そのあと、フリーデリケはホテルの中へ引っ込んだので、あとのことはハンナに聞いてほしい、と言った。

わたしは、入れ替わりにやって来たハンナに、クライストたちの様子を聞いた。

ハンナは骨太の、いかにも働き者に見える、三十代の女だった。

エプロンを、揉みしだきながら言う。

「テーブルと椅子を運ぶと、女のかたが鉛筆を持って来てくれないか、と言いました。それで、わたしはホテルにもどって鉛筆を探し、湖畔へ引き返しました。すると今度は、コーヒーを飲んだカップを突き出して、これを洗ってまた持って来るように、とおっしゃるんです。一つずつではなく、まとめて言ってくれればいいのに、と思いました。でも、カップの中にターラー銀貨がはいっていたので、言われたとおりにしました」

途中までもどったとき、二人のいるあたりから銃声が聞こえてきた。

ハンナはたまたま、女の手籠にかぶせられた布からのぞく、拳銃を目にしていた。たぶん、鳥かリスでもおどかしたのだろうと思い、足を止めなかった。

三十秒ほどたって、もう一発銃が発射される音を聞いたが、気にもせずにホテルにもどった。

カップを洗い、十五分ほどして湖畔に引き返したところ、斜めになった芝生の窪みからのぞく、仰向けに倒れた女の上半身が、目にはいった。

それで、先刻の銃声のことを思い出し、大あわてでホテルに駆けもどった。

シュティミンク夫妻に急を知らせ、ほかの使用人も一緒に湖畔に引き返して、もう一度現場を調べた。

胸を血で染めた女が、腕を組み合わせる格好で横たわっており、そのそばにうずくまるように、クライストが倒れていた。

クライストは、両手で持った拳銃の銃口を口に入れ、引き金を引いたようだった。弾は突き抜けておらず、頭蓋骨は砕けていなかった。

二人とも、すでに息がなかった。

以上が、ヴァンゼーのクルーク亭で聴取した、クライストの情死の一部始終だ。

＊

シュティミンクによれば、ヘンリエッテの夫のルートヴィヒと、縁戚の男ペギレーンはその日のうちに、やって来たという。手元に届いた二人の遺書を見て、大急ぎで駆けつけたのだろう。

しかし、警察関係者と検視官はなぜか出遅れたらしく、翌日になるまで現れなかった。

一夜明けると、ルートヴィヒはヘンリエッテの遺髪を切り取り、ペギレーンとともにベルリンへ、もどって行った。

ペギレーンは、昼過ぎにまたホテルへやって来て、法的な手続きを終えた。

そのあと現場に墓穴を掘り、二人を一緒に埋葬してもらいたい、とシュティミンクに頼んだ。棺桶は追って届ける、とのことだった。

シュティミンクによれば、ルートヴィヒの悲嘆は尋常ではなかった、という。

ただ、死んだ事情が事情だけに、自分の一族の墓には入れられない、との判断をくだしたようだ。

それで結局、遺書にあったヘンリエッテの希望どおり、クライストと一緒に死んだ場所に、埋葬することにしたらしい。

検視が終わるころ、ペギレーンの手配した棺桶が二つ、ベルリンから届いた。

二人の遺体は、シュティミンクが頼んだ神父の差配で、ヴァンゼー湖畔の現場に、埋葬された。

立ち会ったのは、シュティミンクほかホテルの人びとだけで、家族や友人の姿はなかった。

時に、一八一一年十一月二十二日、午後十時のことだった。

＊

バンベルクにもどったあと、わたしは以上のような聞き取りの結果を、〈薔薇亭〉の個室でETAに、詳しく報告した。

ETAは深刻な表情で、珍しく冗談めいたことも口にせず、わたしの話に耳を傾けた。

聞き終わるなり、新聞の無責任な中傷記事や醜聞報道に、あらためて歯に衣を着せぬ痛罵を、浴びせかけた。

「芸術家の、創作の苦しみを知らぬえせ知識人が、俗世間でしか通用しない物差しを当てて、あれこれ論評するばかさかげんを、見てみたまえ。連中には、何も分かっていないのだ。『ケートヒェン』を生んだ、あのクライストの真価を知りもせずに、勝手なことばかり書き立てる。考えてみれば、クライストは不治の病に侵された人妻と、ただ情死したわけではない。愚劣きわまる俗世間に、死をもって報いたのだ」

ヘンリエッテ・フォーゲルを、悪しざまにののしった出発前の厳しい口調は、影をひそめていた。

わたしに言わせれば、二人の死は情死でもなんでもなく、単なる自殺幇助と自殺にすぎない。それについて、ETAは何も口にしなかった。

わずか八十日ほど前、ETAは『ハイルブロンのケートヒェン』を、バンベルク劇場の舞台にかけたばかりだった。

公演が、大成功裡に終わったことは、あなたもバンベルク市民も、みんな知っている。

しかし、クライストはおそらくそのことを、知らなかったに違いない。


もしあの喝采が、クライスト自身の耳に届いていたら、あるいは死を思いとどまっていたかもしれない、と考えるのは甘すぎるだろうか。

どちらにしても、すでに手遅れであることに、変わりはない。したがって、わたしもそうした益のない慰めを、口にするのはやめた。

なぜわたしが、ひそかにベルリンへ調査に出向いた事情を、ETAにしたのと同じように、あなたにまで詳しく報告するのかと、不審を覚えられるかもしれない。

それには、理由がある。

ETAが、クライストの情死にひどく動揺したことは、あなたにもよくお分かりだろう。

ETAによれば、クライストは愛してもいないヘンリエッテと、ただ単に情死したのではない。愚劣きわまる俗世間に、死をもって報いたのだ。

しかしわたしは、それも否定する。

クライストは、自分が描いたハイルブロンの〈ケートヒェン〉と、情死したのだ。クライストが理想とする女は、この世には存在しなかった。存在したとしても、クライストを理解しようとは、しなかった。

さいわいETAには、あなたという存在がある。

しかし、はっきり申し上げよう。あなたは、ETAの理想的な妻ではあるが、理想の女性ではあるまい。ETAは、かのユリアの中に理想の女性、ケートヒェンを見ようとしているのだ。

ユリアが、現実にそれに値する女性かどうかは、この際問題ではない。ETAが、ユリアをそう見ているという、その事実が問題なのだ。

わたしは、クライストがヘンリエッテに接したように、ETAがユリアに接するのではないか、という恐れを抱いている。

ETAはこの五月まで、自分の心情を日記に書きつけることで、悩みや苦しみをやり過ごしてきた。たとえ、記号や暗号や外国語で韜晦したとはいえ、それが瘴気を振り払う役目を果たしたことは、間違いないと思う。

今、その日記帳を取り上げられたETAに、クライストの一件が悪い結果をもたらさねばよいが、と願っている。

ETAが、はやまった行動に出ないように、わたしは目を光らせるつもりだ。そう、間違ってもETAが、ユリアと情死しようなどという気を、起こさないように。

あなたも、そのことをよく頭に入れて、ETAに接してほしい。

36

背後から、典雅なギターの音が、聞こえてくる。

撮影や、寸法計測の作業を終えた倉石学が、フランシスコ・パヘスのギターを、弾いているのだ。

古閑沙帆は、少しのあいだ耳を傾けた。

曲名は知らないが、たぶんバッハのバイオリンか、チェロのソナタのうちのどれかだろう、というくらいの見当はつく。

沙帆が、原稿を読み終えた気配を察したのか、倉石はギターを弾くのをやめ、声をかけてきた。

「お邪魔でしたか」

「いえ、とんでもない。今、弾いていらしたの、バッハじゃありませんか。曲名は、知りませんが」

「そう。無伴奏バイオリン・パルティータ、第三番のプレリュードです」

「古いギターで聞くと、バッハの時代がそこはかとなく、しのばれますね。バイオリンでは、どうか分かりませんが」

「でしょう。当時バッハを、ギターで弾いたかどうか知らないけれども、少なくともリュートの曲はあったわけだから、そう違和感はないとも思います」

そんな話をしていると、廊下に足音が響いた。

由梨亜と本間鋭太が、前後してはいって来る。

「お疲れさまでした」

沙帆は、だれにともなくそう言って、長椅子にもどった。

由梨亜も、倉石と並んですわる。

本間は、ソファに今度はぴょんと、飛び乗った。

ギターを、ケースにしまった倉石が、頭を下げて言う。

「おかげさまで、眼福と同時に至福の時を得ました。ありがとうございました」

本間は、指を立てて応じた。

「シフクとは、指の福という意味ですかな」

倉石は、うれしそうに笑った。

「おっしゃるとおりです。指が、こんな逸品を弾くことができて、幸せだったと言っています」

「それは、けっこう」

本間も、満足そうだ。

シフクが、至福ではなく指福と分かって、沙帆もなるほどと思った。

造語に違いないが、ギターを弾く人間には通じるのだろう。

倉石は続けた。

「計測データも写真も、貴重な資料になります。寸法図ができたら、コピーを進呈させていただきます」

「それは、ありがたい。お役に立てて、よかったです」

本間は短く応じ、ソファの肘掛けを叩いた。

倉石をじっと見つめ、あらためて口を開く。

「もしかしてこのギターを、手に入れたくなったんじゃありませんか」

それを聞いて、沙帆はわけもなくぎくりとした。

倉石が、困ったような笑みを浮かべる。

「おっしゃるとおりです。ただ、すでにパノルモとラコートを持っていますし、ついこの春にもスペインで、エステソを入手したばかりでしてね。大いに食指が動きますが、今はちょっと余裕がありません」

本間も、薄笑いで応じた。

「原価プラスアルファ、でもいいですよ」

倉石が、驚いた顔で顎を引く。

「原価と言いますと、まさか五千円で」

そこで、言葉を途切らせた。

本間は、事もなげにうなずき、冗談めかして続けた。

「そう。まあ、もとの付け値の一万円、と言いたいところだが」

倉石が苦笑する。

どちらにしても、このギターがもし本物のパヘス作だとしたら、本来の価値からほど遠い、破格の安い値づけだ。

沙帆ははらはらして、二人の様子をうかがった。

由梨亜も、興味津々といった面持ちで、父親と本間を見比べる。

倉石は、かすかに喉を動かした。

「ちなみに、プラスアルファというのは」

そう聞き返した声に、どことなく不安の色があった。

本間はこめかみをかき、おもむろに口を開いた。

「お察しのように、今お預かりしている古文書を、いただきたいのです」

やっぱりそうか、という表情で倉石が体を引く。

沙帆も、その気配を察していたので、息を詰めた。

倉石は、少し考えてから、ゆっくりと応じた。

「非常に魅力的なお話ですが、それればかりはわたしの一存では、ご返事できません。どちらにしても、ありがたいお申し出を、ありがとうございます」

沙帆は、膝がしらを握り締めた。

無意識にせよ、ありがたい、ありがとうと二度重ねたところに、倉石の複雑な気持ちの揺れが、表れていた。

本間が、軽く肩をすくめる。

「いや。ご返事は、今でなくてもかまいませんよ。状況が変わったら、いつでも言ってください」

「ありがとうございます」

倉石は、もう一度そう言って頭を下げ、それから思いを断ち切るように、由梨亜を見返った。

「さてと、お父さんたちは一足先に、失礼しようか。先生と古閑さんは、お仕事が残っていらっしゃるし」

「はい」

由梨亜はすなおにうなずいたが、すぐに沙帆に目を向けて続けた。

「このあいだのカフェテリアで、父とコーヒーを飲んでいきますから、帰りにのぞいてみてくださいね」

「いいわよ」

本間に挨拶し、倉石と由梨亜は部屋を出て行った。

玄関の、ガラス戸が閉じられる音を聞くと、本間はさっそく口を開いた。

「どうかね、今度の原稿の感想は」

沙帆は、唇を引き締めた。

「それより、先ほどのお申し出は、ご本心ですか。五千円はともかく、例の古文書と引き換えに、というお話は」

本間はソファに背を預け、指で肘掛けを細かく叩いた。

「伊達や酔狂で、あんなことは言わんよ」

「でも、倉石さんにはずいぶん残酷なお申し出だった、と思います。倉石さんとしては、すぐにもその取引に応じたかったでしょうが、麻里奈さんがうんと言わないことは、目に見えていますから」

沙帆が言うと、本間は下唇を突き出した。

「理不尽な申し出をしたつもりは、これっぽっちもないぞ。少なくとも、あのギターは例の古文書と同等か、それ以上の価値があるからな」

「倉石さんにとっては、そのとおりだと思います。でも、麻里奈さんからみれば、理解できない話でしょうね」

本間は、めんどくさそうに、手を振った。

「そんなことより、今回の原稿の感想を、聞こうじゃないか」

その口調に、姿勢を正す。

「はい。その前に、前回のお原稿について補足質問を、させていただけますか」

「かまわんよ」

「これは、念のためのお尋ねです。前回の、ホフマンとクライストとおぼしき、二人の人物の対話の部分は、この報告書の執筆者であるヨハネスの筆跡と、一致しているのでしょうか。つまり、別の人物が書いた文書が、なんらかの理由で報告書に混入した、という可能性はないだろうか、という確認ですが」

その確認は、倉石麻里奈に頼まれたのだ。

本間は、両手の指先をそろえて、唇に当てた。

「その可能性は、ないな。筆跡は明らかに、ヨハネスのものだった。ただし、別の機会にヨハネスが書いた、別の文書が混入した可能性までは、否定できんよ。といっても、紙の質は同じものだし、単に前後が欠落しただけと考えるのが、妥当だろう」

沙帆はわざとらしく、首をかしげてみせた。

「そこだけ『牡猫ムルの人生観』と、よく似た構造になっていますね」

その点については、麻里奈と意見が一致していた。

本間もうなずく。

「そのとおりだ。もっとも、ヨハネスがそれを意識していたかどうかは、分からんがね。残念だが、そこだけなんらかの理由で、前後が欠けてしまったんだろう」

沙帆は、読み上げたばかりのワープロ原稿を、そろえ直した。

「今回のお原稿にも、驚きました。ヨハネスが、ホフマンに頼まれてクライストの心中、というか情死の状況を取材していた、とは。これって、ほんとうでしょうか」

「それは、ヨハネスに聞いてみなければ、分からんよ。ホフマン自身が、ヨハネスと一緒にヴァンゼーまで行って、クライストの情死の真相を突きとめる、などという展開になれば、もっとおもしろかっただろうがね」

本間の言に、沙帆は笑った。

「それは、できすぎでしょう。小説になってしまいます」

「どちらにしてもこの部分は、従来のクライスト研究者が解明した真相と、さしたる食い違いはない。簡潔に、事実を伝えることに終始しているだけで、新しい情報は何もない。この程度のことは、後世の研究者がとうに解明しているし、おもしろくもなんともない。正直なところ、失望させられたよ」

本間はそううそぶいて、肘掛けをぽんぽんと叩いた。

「当時は今と違って、マスコミが発達していませんでしたし、警察や医者から細かい話を聞くことも、むずかしかったと思います。先生のおっしゃるとおり、簡潔に事実を伝えているとしたら、それでいいのではないでしょうか」

「ま、可もなく不可もなし、というところだな。だから今回は、詳しい訳注もつけなかった」

「分かりました」

沙帆は、用意してきたファイルケースに原稿を入れ、トートバッグにしまった。

あらためて、本間を見る。

「お差し支えなければ、あと何回くらいお原稿をいただけるか、めどだけでも教えていただけませんか」

本間は、左手で反対側の肘をつかみ、右手を顎に当てた。

「おそらく、次回で終わりになるだろう」

予想外の返事に、沙帆はきっと背筋を伸ばした。

「ほんとうですか。まだまだ続く、と思っていたのに」

そこで絶句する。

本間は手を下ろし、軽く肩をすくめた。

「もとが手書きの原稿だから、百枚ほどではたいした量にならん。翻訳して、ワープロで日本語に打ち直せば、それくらいのものさ」

沙帆は、少なからず動揺して、言葉を探した。

「ということは、つまりあの古文書自体が完結したものではなくて、断片だったということですか」

「そんなことは、初めから分かっていたんじゃないかね」

言われてみれば、そのとおりだ。

最初に、乱れたままのあの文書を見たとき、どこが始まりでどこが終わりか、分からなかったことを思い出す。

「それはおっしゃるとおりですが、なんとなくまだしばらくは続くものと、そう思っていたので」

「ただし、報告書そのものは区切りのいいところで、終わっている。それだけは、言っておくよ」

アパートを出た。

駅の方へ歩きながら、沙帆はつっかい棒をはずされたように、悄然としている自分を意識した。

むろん、あの報告書が永遠に続く、と思っていたわけではない。

それにしても、これほど唐突に終わってしまうとは、考えてもみなかった。

気がつくと、すぐ横にカフェテリアのガラス窓があり、その内側で手を振る由梨亜の顔が、間近に見えた。

沙帆は、あわてて笑顔をこしらえ、手を振り返した。

由梨亜の隣で、倉石がどうかしたのかというように、軽く首をかしげる。

37

カフェテリアにはいる。

古閑沙帆は、コーヒーをトレーに載せて、倉石父娘が並ぶ窓際の席に、足を運んだ。

「すみません、お待たせしちゃって」

わびを言って、由梨亜の隣にすわる。

倉石学が、娘の頭越しに言った。

「もっと時間がかかるか、と思いましたよ。本間先生は、話し好きのようだし」

「いえ、きょうは先生も長話をするつもりは、なかったみたいでした」

由梨亜が、したり顔でうなずく。

「でしょう。先生に聞こえるように、カフェで待ってますって、言っておいたから」

そのとおりだった。いかにも由梨亜らしい、気の回し方だ。

倉石が、腕組みをして言う。

「しかし本間先生は、古閑さんのお話から想像していたのと、だいぶ違う人だったな」

「あら。どんなイメージを、抱いていらしたんですか」

「なんというか、もっと頑固で無愛想な、偏屈老人を想像してたんですよ。それが、意外にまともな人だったので、かえって面食らっちゃいました」

沙帆は、コーヒーを飲んだ。

「わたし、先生のことをそんなふうに、お話ししましたかしら」

「古閑さんがというより、古閑さんとうちの家内のやりとりを聞いて、そういう先入観を抱いたんですね、きっと」

由梨亜が口を出す。

「わたしだって、お父さんに本間先生のことを、そんなふうには話さなかった、と思うけど」

倉石は、すなおにうなずいた。

「そうだな。どうも、お母さんが抱いた本間先生のイメージが、頭に刷り込まれてしまったみたいだな」

由梨亜がやおら、椅子から滑りおりる。

「それじゃ、わたし、先に帰りますね」

当然のような口調に、沙帆はちょっとあわてた。

「あら、どうして。お父さんと一緒に帰ればいいじゃないの」

「でも、お父さんはきょう、ギタリストの協会の会合か何かよね。それが、学校帰りのわたしと一緒に帰ったんじゃ、おかしいでしょう」

確かに倉石は、麻里奈に会合と偽って出て来た、と言っていた。

倉石は首をひねり、こめかみをかいた。

「それもそうだな。じゃあ、先に帰っててくれるか。お父さんは、少し時間をずらして帰るから」

「分かった」

由梨亜は、沙帆に手を振って足取りも軽く、カフェテリアを出て行った。

倉石が、由梨亜のすわっていた椅子に、席を移す。

「なんだか、五葉学園に進んだとたんに、急におとなっぽくなったみたいで、調子が狂いますよ」

沙帆は、倉石が隣に並んだことで、何か圧迫感のようなものを覚え、椅子の上で少し体をずらした。

「まわりに、頭のいい子がたくさんいますから、刺激を受けるんじゃないんですか」

「頭のいい子は、ことに女の子はませたのが多いから、油断できないな」

ぼやきともつかぬぼやきに、沙帆は黙ってコーヒーを飲んだ。

倉石と二人だけになると、なぜか気詰まりになるのを、意識する。不快感というのではないが、なんとなく麻里奈の顔が浮かんできて、緊張するのだ。

それをやり過ごそうと、あえて事務的な話を持ち出した。

「ところで、本間先生のお話によると、今回お願いした古文書の解読と翻訳も、どうやら次回で終わりになるらしいんです」

倉石が、とまどったように顔を見てくる。

「それはまた、ずいぶん急な話ですね。まだしばらく、続くと思っていたのに」

「わたしも、そう申し上げたんですけど、百枚ほどの手書きの古文書も、ワープロで日本語にすればその程度の量だ、ということでした。四百字の原稿用紙に換算すると、次回の分も入れてざっと百五十枚前後、というところでしょうか」

沙帆の説明に、倉石は顎をつまんだ。

「すると、やはり始まりも終わりもない断片的記録、ということですか」

「そうなりますね。考えてみれば、初めから分かっていたことなのに、なんだか残念な気がして」

「そう、そのとおりです。わたしは、麻里奈ほどホフマンのことを知らないし、そんなに興味があるわけじゃないけれども、解読原稿にはいちおう毎回目を通してるんです。そうするうちに、いつの間にかホフマンに感情移入しちゃって、どんどん先が読みたくなる。それを、突然終わりだなんて言われると、洞窟を抜けたらいきなり断崖絶壁に出た、という感じで、途方に暮れますね」

倉石のもって回った表現も、なんとなく分かるような気がする。

沙帆が黙っていると、倉石は思い出したように言った。

「それにしても、翻訳料はどうしたものかな」

「何回目だったか、先生にそのお話をしたんですが、一度いらないと言ったものを、受け取るつもりはない、とおっしゃるんです。もちろん、例の古文書を謝礼がわりにもらいたい、という気持ちに変わりはないようですが」

倉石は、苦笑した。

「本気かどうか知らないけど、きょうはきょうで交換条件に、パヘスのギターまで持ち出しましたよね」

「ええ。でも、あのギターが本物のパヘス作かどうか、分からないんでしょう」

倉石が、真顔にもどる。

「ラベルはないけれども、少なくともわたしの見立てでは、本物の可能性が高いと思う。たとえ偽物だとしても、あれだけの音が出るなら、問題はない。わたしにとっては、あの古文書よりずっと、値打ちがありますす」

「ためしに、麻里奈さんに相談してみたら、いかがですか。コピーさえ取っておけば、古文書そのものはいらないでしょう。だいじなのは、内容ですから」

そこまで言って、はっと気がつく。

倉石を、本間鋭太に引き合わせたことは、麻里奈に内緒にしてあるのだ。

倉石も、そのことを忘れたように、むずかしい顔で応じた。

「うんと言わないでしょう、麻里奈はね。あの古文書を見て、長いあいだ眠っていた、ホフマンに対する情熱が、もどったわけだから」

そう言ってから、沙帆と同じことに思い当たったらしく、苦笑いした。

「どっちにしても、家内には相談できない話ですね」

「すみません、つい忘れてしまって」

謝ってから、話をもどす。

「でも麻里奈さん、卒論を書き直すつもりだとか言いながら、今のところ取りかかりそうな気配は、ないんでしょう」

倉石は、肩をすくめた。

「気配がないどころか、たぶん一生書かないんじゃないかな。ただ、あの古文書を自分のものとして、手元に置いておきたいだけなんです。かつて抱いた、ホフマンへの情熱の証しとしてね」

そう言って、それが皮肉に聞こえるのを恐れるように、付け加える。

「言ってみれば、わたしの十九世紀ギターのコレクションと、同じなんですよ。まあ、たいした数じゃないけれども、ともかくそれを活用することよりも、所有すること自体が目的になってしまう」

「でも倉石さんは、ただ所有してらっしゃるばかりでなく、実際にそれを使ったコンサートも、やっておられますよね。雑誌に、研究成果を発表なさったりも、してらっしゃるようですし」

倉石が、自嘲めいた笑みを浮かべる。

「まあ、たまにですけどね」

沙帆はさりげなく、腕時計を見た。

五時半を回ったところだ。

倉石が、腕時計をのぞき込んでくる。

「これから、お約束ですか」

「いえ、そうじゃないんです。今夜、母と帆太郎が東京芸術劇場へ、コンサートに行く予定なので、そろそろ出るころかな、と思って」

義母のさつきが、知り合いからチケットを二枚もらい、帆太郎を連れて行くことになったのだ。

六時開場だから、もう家を出ているだろう。

「沙帆さんは、行かないんですか」

倉石が聞いてきた。

名前で呼ばれたのは、これが二度目だった。別に、いやな気がするわけではないが、いくらか当惑してしまう。

「もらったチケットが、二枚だけだったので」

「ふうん。三枚じゃなくて、残念でしたね」

そう言ってから、ふと思いついたように付け足す。

「だったら、ちょっと早いですけど、食事でも一緒にいかがですか。ほかに、ご予定がなければ、ですが」

そうくるのではないか、という予感がしていた。

「予定はありませんけど、倉石さんもそろそろお帰りにならないと、いけないいんじゃないんですか」

「協会の会合のあとは、飲みに行くことが多いんでね。家内も、慣れてますよ」

「でも、由梨亜ちゃんが」

倉石らしくない、小ずるい笑みが浮かぶ。

「由梨亜は、何も言いませんよ。父親と、共犯ですからね」

そんなことを、しれっとした顔で言う倉石が、少しうとましくなる。

麻里奈に対して、他人の沙帆が後ろめたい思いをしているのに、夫の倉石がなんのこだわりも見せないのは、いかにも腹立たしい気がした。

倉石が続ける。

「食事は食事として、実は聞いていただきたいことが、なくもないんです。おふくろのことなんですがね」

沙帆は、少し身構えた。

前回、二人きりで話をしたとき、倉石は母親の玉絵が京王線の柴崎にある、介護施設か何かにはいっている、と言った。

かなり認知症が進んでおり、ときたま正気にもどることがあるものの、いろいろと苦労が多いらしい。

沙帆は、自分に親の介護をした経験がなく、そういう話をひとから聞かされても、どう対応していいか分からない。通りいっぺんの返事しかできず、ただ気が重くなっただけだ。

その気持ちを察したように、倉石がさらに続ける。

「間違っても、愚痴を言うつもりはありませんから、安心してください。ただ、話を聞いてもらえれば、気がすむので」

沙帆は、少し考えた。

どっちみち、今夜は帰宅しても一人きりだから、外で食事するつもりではいたのだ。

「分かりました。お付き合いします」

倉石がすぐに、椅子からおりる。

「あまり遅くはなれないし、さっそく行きましょう」

外に出ると、倉石はタクシーを拾った。

38

倉石学に連れて行かれたのは、四ツ谷駅に近いポルトガル料理店だった。

店の名前は、〈カタプラーナ〉といった。

国によって、シチューとかポトフ、ブイヤベース、コシード、ボルシチなどと名前が変わるが、要するに肉や魚介類に野菜を加えた蒸し煮や、煮込み料理のことをポルトガルでは、カタプラーナと呼ぶそうだ。

意外に広い地下の店内は、赤を基調とした上品なクロース張りの壁に囲まれており、ところどころに置かれたガラスの飾りものも、モダンアートふうのデザインだった。古閑沙帆が抱いていた、素朴なポルトガルのイメージとは、だいぶ違う。

ただし、出てきたコースは特に奇抜ではなく、見た目も味もまさしく郷土料理、という印象だった。メインのカタプラーナは、さすがにこくがあってうまい。

エビの殻を取りのけながら、倉石が前置きもなく言う。

「このあいだ、わたしの両親は籍を入れた夫婦じゃなく、要するに内縁関係だったという話を、しましたよね」

「ええ」

そっけなく応じたのは、興味があると思われたくないからだった。事実、他人の出自や経歴には、なんの興味もない。

そんな沙帆の様子に、倉石は気を留める様子も見せず、先を続けた。

「しかも、おやじはわたしが二歳のときに、癌で死んでしまった。その話もしましたね」

「ええ」

当惑しながら、同じように返事をする。

倉石は、殻をむいたエビを口にほうり込み、じっくりと噛み締めた。いかにも、しんから味を楽しんでいる、という風情だった。

自分の持ち出した話題が、料理を味わっている今という瞬間に、まったくそぐわないことなど、てんから感じないようだ。

ふだん飄々《ひょうひょう》として、感情をあらわにしない倉石の人柄が、沙帆も嫌いではない。

しかし、あえてこちらが聞きたくもない、自分の秘められた出自を話すときまで、妙にあっけらかんとしているのは、いかがなものかと思う。

エビを食べ終わると、倉石はポートワインを飲んだ。

「このあいだ、つい言いそびれてしまったことが、ありましてね。おふくろが、わたしを死んだおやじと取り違える、という話はしましたっけね」

「ええ、そのようにうかがいました」

あまり、事務的な返事ばかりもできず、そう応じる。

母親の玉絵が、倉石を自分の死んだ夫と思い込んで、キスを迫るという話だった。

「実を言うと、おふくろが取り違えていた相手は、おやじじゃなかったんです。取り違えた相手は、別の男だった。わたしをその男と思い込んで、キスをせがんだんですよ」

沙帆は、背筋がむずむずするのを感じて、すわり直した。

「そうした内輪の微妙な問題は、あまり他人にお話しにならない方が、いいんじゃありませんか」

倉石が、困ったように首をかしげる。

「それがどうも、わたしには内輪の話という感じが、しないいんでね。なんだか、ひとごとみたいな気がして、だれかに話さないではいられない。ただ、だれにでも話せる問題じゃないし、結局沙帆さんに聞いてもらうしか、ないんです」

いつの間にか、呼び方が〈古閑さん〉から〈沙帆さん〉に、なじんでしまったようだ。

当惑を通り越して、むしろ困惑する。

「聞かせていただいても、わたしには何も申し上げることができませんし」

倉石は右手を上げ、沙帆を押しとどめた。

「いや、沙帆さんに何か言っていただこうと思って、話してるんじゃありません。右から左へ、聞き流してくれていいんです」

倉石が、何を考えているのかよく分からず、うっとうしい気持ちになるだけだった。

しかし、何を言っても通用しそうもない雰囲気に、居直るしかなかった。勝手に、好きなだけ話をさせておけば、そのまま頭の上を通り過ぎるだろう。

「それで、お母さまは倉石さんをどなたと、取り違えたのですか」

水を向けると、倉石はしてやったりと言わぬばかりに、ポートワインを飲んで言った。

「おやじより前に付き合っていた男か、おやじが死んでから親しくなった男か、そこのところがはっきりしないんですがね。とにかく、けっこう惚れていたことが、うかがわれるんです。キスをせがむくらいだから」

「どうして、お父さまじゃなくて別の男性だ、と思われたのですか」

「わたしのことを、しゃあちゃん、と呼んだからです」

「しゃあちゃん」

おうむ返しに言い、倉石の顔を見直す。

「そう。もし、おやじを呼んでいるつもりなら、久光創の創をとってそうちゃん、と呼ぶでしょう」

沙帆はかたちばかり、考えるふりをした。

「しゃあちゃんじゃなくて、しょうちゃんと呼んだのかもしれませんね。そうちゃんと呼ぶつもりが、舌が滑ってしょうちゃんになってしまった、とか。あるいは、倉石さんがそう聞き間違えた、という可能性もなくはないでしょう」

倉石は、首を振った。

「おふくろは、人を見間違えても発音や言葉遣いは、間違えないんです。わたしも、耳はいい方でね」

自信ありげな口調だ。

そのまま黙るのも、おもしろくないという気になる。

「でも、日本人でしゃあちゃん、などと呼ばれる名前って、あるかしら。社長さんとか、車掌さんの略称ならともかく」

沙帆が言うと、倉石はちょっと笑ったものの、すぐに真顔にもどった。

「もう一つ不可解なのは、マナブは元気にやっているから、心配しないでね。そうささやくんですよ、おふくろが」

沙帆は、カタプラーナのスープを飲む手を止め、倉石を見た。

「マナブって、倉石さんの名前でしょう」

「そう。だから最初は、死んだおやじと間違えているのかな、と思ったわけですよ。しかし、そうだとすれば、しゃあちゃんの意味が、分からない」

倉石が、気を持たせるように、そこで口をつぐむ。

少しいらいらして、沙帆はまたスプーンを使い始めた。

倉石も、思い出したようにフォークを取り上げ、魚をついた。

それから、さりげない口調で言う。

「まあ、これは勝手な想像ですが、おふくろはおやじに、わたしが元気でいることを、伝えたかったんじゃないかと思うんです」

「でも、それだったら、そうちゃんでなければ、おかしいでしょう」

倉石は目を伏せ、ポートワインのグラスをあけた。

息をついて言う。

「それはつまり、わたしのおやじは、実はそうちゃんじゃなくて、しゃあちゃんなのかもしれない、ということでしょう」

沙帆は驚いて、倉石の顔を見直した。

「何を考えていらっしゃるんですか」

声が少し、上ずる。

倉石は、ふだんと変わらぬ目で、沙帆を見返した。

「言ったとおりの意味ですよ」

頭が混乱して、沙帆はスプーンを置いた。

「でもこのあいだ、倉石さんを身ごもったのをきっかけに、お母さまは久光創さんと同棲を始めたと、そうおっしゃいませんでしたか」

「ええ、言いましたよ」

「それじゃ、お父さまは久光創さんということで、間違いないんじゃありませんか」

まるで、おもしろがってでもいるように、倉石が口元に笑みを浮かべる。

「そうとも、限りませんよ。おふくろが、別の男の子供を身ごもっていた、という可能性もある。だとすると、おふくろは未婚だし、世間体も悪い。そこで、久光創が男気を出して、同棲しようと申し出た。籍は入れなくても、同棲すれば子供ができるのは、不思議じゃないですからね」

まるで、ひとごとのような冷めた口調に、沙帆はいたたまれないものを感じた。

「それは、考えすぎだと思います」

「DNA鑑定をすれば、すぐに分かることですよ。別に、調べる気はありませんがね」

デザートがくるまで、沈黙が続いた。

倉石は、プリンに手をつけようとしたが、急にスプーンを置いて言った。

「沙帆さんに、お願いがあるんですがね」

そのあらたまった口調に、沙帆はすぐさま身構えた。

「なんですか」

「実はあさって、おふくろに会いに行くつもりなんですが、沙帆さんにも付き合ってもらえないか、と思ってるんです」

何を言い出すのか、とあっけにとられる。

「それは、どうでしょうか。もちろん、お母さまのことはお気の毒ですが、わたしがご一緒する理由はない、と思います」

きっぱり断わると、むろんそのとおりだというように、倉石は一人でうなずいた。

「縁もゆかりもない沙帆さんに、同行をお願いする義理などないことは、よく承知しています。その上で、ご相談してるんです」

表情は穏やかだが、あとに引かぬ強い口調だ。

沙帆は、負けずに言い返した。

「でも、縁もゆかりもないわたしを同行させて、どうするおつもりなのですか。女性の同行者なら、麻里奈さんを連れていらっしゃれば、いいんじゃないでしょうか」

倉石の頬が、引き締まる。

「麻里奈がうんと言えば、いつでも連れて行くつもりですよ。これまで、何度か声をかけてみたけれども、かたくなにいやだと首を振るばかりでね。要は、おふくろに会いたくないというより、その種の施設を訪ねることに抵抗がある。そう言っています」

その忌避感は、分かるような気がしないでもない。病院とか施設とかに、足を運ぶのを苦手とする人間は、けっこういるのだ。

しかし、はいっているのは自分の夫の母親、義理の母親なのだ。それこそ義理にでも、見舞いに行くのが筋ではないか、と思う。

ひるがえって沙帆は、玉絵にとって実の娘でもなければ、義理の娘でもない。

冷たいようだが、会ったこともない玉絵を見舞ういわれは、どこにもない。

倉石が続ける。

「実を言えば、沙帆さんが同行してくださると分かれば、麻里奈も一緒に行く気になるんじゃないかと、そう思うんですよ」

沙帆はとまどった。

「とおっしゃると、わたしは麻里奈さんを引っ張り出すおとり、ということですか」

遠慮なく突っ込むと、倉石はわざとらしく頭をかいた。

「おとりは言いすぎですが、結局はそういうことになりますかね。もし、沙帆さんがOKしてくださったら、麻里奈が行く気になるように、もう一度話をもちかけてみようか、と思ってるんです」

沙帆は、唇を引き結んだ。

倉石が、何を考えているのか、分からない。

もし、自分が同行を承知したとして、麻里奈がそれでも行かないと拒めば、倉石と二人で行くことにも、なりかねない。

夫婦でもないのに、そんなのはごめんだ。

深く息を吸って、はっきりと言う。

「もし、麻里奈さんがお見舞いに行くのでしたら、お付き合いしてもかまいません。ですが、麻里奈さんが行かないということなら、わたしも遠慮させていただきます。万が一、倉石さんと二人でお見舞いに行って、お母さまに夫婦と間違われたりしたら、たいへんですから」

半分冗談のつもりだったが、倉石はまじめな顔で応じた。

「どうせ、おふくろは麻里奈の顔など覚えてないし、間違われる可能性は大いにありますね」

39

翌日、土曜日の午後。

古閑沙帆は、学校から帰った帆太郎と一緒に、本駒込の倉石学のマンションへ行った。三時から、帆太郎が倉石のレッスンを受けるので、それに合わせたのだった。

いつものように、帆太郎はそのままレッスン室へ直行し、沙帆は麻里奈が待つリビングにはいった。

麻里奈は、下着が透けそうな白のブラウスに、ベージュのゆったりしたスラックス、といういでたちだった。家にいるときでも、着るものにはうるさいのだ。

しっかりメークもしているが、心なしか化粧の乗りが悪いように見える。いつもより、頬紅が濃く感じられた。

土曜日の午後、由梨亜は塾に行っているはずで、姿が見えなかった。ほっとして、肩の力が抜ける。

沙帆は、麻里奈が出してくれた紅茶に口をつけ、クッキーに手を出した。

麻里奈は、のっけから眉根を寄せ、あまり気の進まない口調で言う。

「原稿を読む前に、ちょっといいかしら」

わけもなく、ぎくりとする。

一瞬、倉石と由梨亜を麻里奈に内緒で、本間鋭太のところへ連れて行った、前日のことがばれたか、と思った。

あるいは、そのあと倉石と二人で食事したことを、知られてしまったのか。

しかし、沙帆を見た麻里奈の目に、そうした敵意や猜疑の色は、認められなかった。

「実は、お願いがあるの。倉石から、あした義母がはいっている施設に、一緒に見舞いに行ってくれないか、と言われたのよ」

そこで一度口を閉じ、紅茶に口をつける。

どうやら倉石は、昨夜のうちにも麻里奈に例の話を、持ち出したとみえる。

半分ほっとしながら、その先が気になった。

麻里奈はカップを置き、また口を開いた。

「わたしって病院とか、葬儀場とか介護施設とかへ行くのが、すごく苦手でしょう。だから、これまでもなんだかんだ言って、逃げてきたのよね」

「健康で若い人って、だれでもそういうものよ」

当たり障りのないことを言って、様子をうかがう。

麻里奈は、目を伏せて続けた。

「そうしたら倉石が、こう言うのよ。一人で来るのが気重だったら、古閑さんにでも付き合ってもらったらって」

そうきたか。

「でもわたし、お母さまとお会いしたことないし、ご迷惑じゃないかしら」

いちおう、そう言ってみる。

麻里奈が、肩をすくめる。

「そうよね。そもそも、会ったこともない人のお見舞いなんて、気が進まないわよね。まして、行く先が老人ホームではね」

「そうじゃないの。お見舞いに行くこと自体は、いやじゃないのよ。それより、麻里奈の考えは、どうなの。わたしが、お付き合いしますと言えば、行く気があるの」

麻里奈はうるさそうに、肩の髪を後ろにはねのけた。

眉根を寄せて言う。

「なんというか、沙帆は倉石にも義母にも、なんの義理もないわけよね。その沙帆に、そういう辛気臭いところに、無理に付き合ってもらうのは、申し訳ないと思うの。ただ、わたしとしても一度くらいは、義理の母を見舞っておかないと、寝覚めが悪いのよね」

遠回しに、弁解している。

沙帆はいいかげん、いら立った。

「麻里奈がお見舞いに行くのなら、わたしもお付き合いするわ。あしたは特に、予定がはいっていないし」

麻里奈の眉が、少し開く。

「ほんとに。沙帆が来てくれるなら、わたしも気が楽だわ。悪いわね、せっかくのお休みに」

「由梨亜ちゃんは、どうするの。一人で置いて行くわけに、いかないでしょう」

麻里奈は、予想外の指摘を受けたというように、瞬きした。

少し考えて言う。

「そうね。由梨亜も、連れて行こうかしら」

「だったら、わたしも帆太郎を誘ってみるわ。なんだか、物見遊山みたいで申し訳ないけれど、帰りにみんなで食事でもしましょうよ」

沙帆が思いつきで言うと、麻里奈は完璧に眉を開いて、目を輝かせた。

「そうね、それがいいわ。しばらく、一緒に食事してないしね」

沙帆は、後ろめたさを覚えながら、話を変えた。

「それじゃ、その件はあとでまた決めるとして、原稿の方をすませましょうよ」

麻里奈は、気分を入れ替えるように息をつき、背筋を伸ばした。

「そうね。読ませてもらうわ。どうだった、今回は」

沙帆は、トートバッグから原稿を取り出して、テーブルの上を滑らせた。

「ちょっと、驚きの展開よ。まずは、読んでみて」

「どらどら」

麻里奈は紅茶を飲み、原稿をめくり始めた。

沙帆は、手帳をチェックするふりをしながら、麻里奈の様子をうかがった。

最初は、麻里奈も読み流している感じだったが、ほどなく真剣なまなざしに変わった。

ハインリヒ・フォン・クライストが、人妻のヘンリエッテ・フォーゲルと、情死を遂げたというあたりに、差しかかったのだろう。

やがて麻里奈が、さげすむように鼻を鳴らす。

おそらく、ヘンリエッテが夫に宛てて書いた、〈愛するルートヴィヒへ〉という書き出しの、遺書の部分に違いあるまい。死後は、クライストと一緒に埋葬してほしい、という例のくだりだ。

さらに、麻里奈の眉がきゅっと寄せられ、独り言が発せられる。

「まさか。嘘でしょ」

これは、ヨハネスがホフマンに頼まれて、二人の情死の詳細を調べるために、ベルリンへ行くことになったあたりか。

麻里奈は目をきらきらさせ、食い入るように原稿を読み続ける。

十分後。

ひととおり目を通すと、麻里奈は前の方を何カ所か読み返して、原稿を置いた。

怒ったような口調で、聞いてくる。

「前回、ホフマンとクライストの対話が飛び出したと思ったら、今度はヨハネスがクライストの心中現場を、視察に行くなんて。これじゃ、まるで小説だわ。本間先生の、創作じゃないの」

「まさか。本間先生も、その視察がほんとうのことかどうかは、ヨハネスに聞かなければ分からない、とおっしゃったわ」

麻里奈は、一度唇を引き締め、あらためて言った。

「そういえば、前回の二人の対話の部分、それまでのヨハネスの筆跡と同じかどうか、聞いてみてくれた」

「ええ、聞いてみたわ。先生によれば、これまでと同じヨハネスの筆跡ですって。あの報告書に、ほかの人の書いたものが混入した、という線はないようね」

麻里奈は、どっと疲れが出たという様子で、ソファの背もたれに体を沈めた。

沙帆は咳払いをして、話をもどした。

「情死の現場に、ホフマン自身がヨハネスと一緒に行ったり、いっそホフマン一人で行ったりして、真相を突きとめるとかいう展開になれば、小説っぽくなるんだけれど」

本間のコメントを思い出し、それを適当に使い回して言う。

麻里奈は、原稿に向かって顎をしゃくった。

「ヨハネスは、心中の前後のことをホテルの関係者から、ずいぶん詳しく聞き取っているわよね。これって、どの程度信憑性があるのかしら」

「本間先生によれば、その報告はほぼ知られていることばかりで、新しい証言はほとんどないらしいわ。クライストのことは、わたしもあまりよく知らないので、なんとも言えないけれど」

麻里奈は、肩をすくめた。

「クライストって、ぐずぐずした男よね。好きでもない女と、それも自分勝手で独りよがりな人妻と、心中するなんて。というか、これは心中でも情死でもないわ。ヨハネスが言うとおり、ただの自殺幇助と自殺にすぎないわよ。こんなに、無責任でみっともない死に方を、ホフマンがどうして持ち上げるのか、わたしには分からない」

沙帆は、紅茶を飲んだ。

「ホフマン自身も、同じようにユリアのことで、悩んでいたのよ。にっちもさっちもいかなくなって、自殺願望が高まっていたのだ、と思う。でも、その勇気が出なかった。それをクライストが、いともやすやすとやってのけたので、ショックを受けたのよ、きっと」

「卒論でも触れた覚えがあるけど、ホフマンは日記に何度かピストルの絵を、描き込んでいたらしいの。それを自殺願望だ、とする資料を読んだ覚えがあるわ」

「でも、結局はしなかったんでしょう」

「ええ。そこが、クライストと違うところね。ホフマンは、自分の境遇に悲観することがあっても、決して絶望はしなかったのよ」

麻里奈の口調は、どこか誇らしげだった。

ふと思い出して、沙帆は言った。

「どこで読んだか忘れたけれど、ホフマンの両親はいとこ同士じゃなかったかしら」

麻里奈が、顎を引く。

「ええ、そうだったと思う」

「そのころのドイツでは、いとこ同士の結婚が多かったのかな」

麻里奈は、首をひねった。

「それほど、珍しくなかったんじゃないの。今はどうか、知らないけど。日本だって、いとこ同士の結婚は法律上、認められているし」

「でも昔ほど、数は多くないんでしょう」

「たぶんね。ヨーロッパなんかは、国王や貴族が血縁の濃さを守るために、近親婚がけっこう多かったらしいけど」

「ただ、一般的に近親婚は遺伝的に好ましくない、といわれているわよね。ことに、親子とか兄と妹とかだと、障害の発現率が高いらしいし」

沙帆が言うと、麻里奈は腕を組んだ。

「確か、三親等までの近親婚は、法律で禁止されているのよね。たとえば、叔父と姪とかね。でも、いとこ同士は四親等だから、法的には問題ないわけよ」

「でも、遺伝的にはふつうの場合と比べて、いくらかはリスクが高いんじゃないの」

沙帆の指摘に、麻里奈がまた首をひねる。

「どうかしら。ただホフマンには、バランスの悪い体つきとか、奇矯な性格という面がある一方で、音楽や文学や絵画に突出した才能を持つ、という面もあるわけよね」

「ホフマン自身は、そうした事情を自覚していたのかしら」

「さあ、どうかな。ホフマンも、両親と同じようにいとこの女性と、婚約してるわよね。でも、それをどたんばで破棄したのは、いろいろ事情があったにしても、近親婚があまり好ましくないことを、承知していたからじゃないかしら」

「その可能性はあるわね」

沙帆が応じると、麻里奈はにわかにソファから、体を起こした。

「ところで、七回目の原稿よね、今回で。あと、どれくらい、あるのかしら」

唐突な質問だったが、それはある程度予想していた。

「本間先生はきのう、次回で終わりになるだろうって、そうおっしゃったわ」

沙帆の返事に、麻里奈の眉がぴくりと動く。

「次回で。ずいぶん、急じゃないの」

「でも、手書きの古文書を解読翻訳して、ワープロで日本語に打ち直せば、その程度の量らしいわよ」

麻里奈は、唇をすぼめた。

「これまでのリポートを、四百字詰めの原稿用紙に換算すれば、ざっと百三十枚から四十枚、というところでしょう」

さすがに、計算が速い。

「そうね。わたしも、次回を入れて百五十枚前後、と踏んでいるの」

麻里奈は腕を組み、天井を仰いだ。

「意外と少ないわね。結局あの報告書は、ホフマンがバンベルクにいた三年か四年の分、ということか」

「ただ、先生のお話ではきりのいいところで、終わっているらしいわ」

「きりのいいところって」

「それは、分からないわ」

「バンベルクを出る前に、ユリアとの決別があるはずよ。ホフマンの作家活動は、そこから本格化するんだもの」

「それじゃ、さあこれからというところで、終わるのかしら」

「そうでしょうね。まさかあと一回で、ホフマンの晩年までカバーするとは、とても思えないし」

「そうね。ちょっと残念な気もするけれど、あの報告書がもともと全体の一部分だとしたら、途中で終わってもしかたがないわね」

麻里奈は、紅茶を飲み干した。

「ところで、解読翻訳料は、どうしようか。由梨亜を連れて来てくれたら、ちゃらにするという話だったけど」


慎重に返事を考える。

「わたしとしては、いくらなんでもただ働き、というわけにはいかない、と思うの。それで、わたしの独断だったけれど、最初に申し出た古文書一枚あたり千円、という額をあらためて、提示したのよ」

それは正確に言えば、一カ月かそこら前にお茶を飲んだとき、倉石が了承した提案だった。

麻里奈が、体を乗り出す。

「それで」

逆に沙帆は、体を引いた。

「先生は、自分の相場はあくまで一枚一万円で、一円も値引きするつもりはない、とうそぶいたわ。でも、約束は約束だから、解読翻訳料はいらない、とおっしゃったの」

麻里奈は、いかにも意外だという表情で、顎を引いた。

「ほんとに、ただ働きでいいって言うの」

ゆっくりと息を吸い、思い切って言う。

「そう。でも、かわりにあの古文書を譲るというなら、喜んで受け取るって。麻里奈の気が変わるのを、心待ちにしているみたいよ」

それを聞くと、麻里奈はまたソファにもたれた。

その勢いに、革のクッションが音を立てて、空気を吐き出す。

「あきらめの悪い先生ね。わたしの気は、変わらないわよ」

その断固とした口調に、沙帆はそっとため息をついた。

「でしょうね」

これで、かりに倉石が麻里奈に相談を持ちかけたとしても、例のパヘスのギターを手に入れる道は、閉ざされたわけだ。

紅茶を飲み干し、攻めに転じる。

「ところで、ホフマンの卒論の書き直しは、進んでいるの」

麻里奈は、少したじろいだ様子で、目を伏せた。

飲み干したはずの紅茶を、もう一度飲んでみせる。

「まだ、手をつけていないけど、近いうちに始めるつもりよ」

「めどだけでも、聞かせてほしいわ。うちの大学の紀要にも、当たってみたいし」

自分でも、意地悪な気持ちになってくるのが、よく分かる。

麻里奈は、トレーにからになったカップを二つ載せ、立ち上がった。

「いれ直してくるわね」

そう言って、ダイニングキッチンに姿を消す。

動揺を隠すためと分かったが、沙帆のほうもそれでいくらか、ほっとした。

キッチンから出て、ソファにすわり直したときには、すでにいつもの麻里奈に、もどっていた。

新しい紅茶に口をつけ、落ち着いた口調で言う。

「もう一度、ホフマンの文献を集め直すわ。古文書だけじゃ頼りないし、ドイツ語の一次資料も、昔よりずっと手に入れやすいし」

どうやら、本気になったようだ。

それならそれでいい、と沙帆は胸をなで下ろした。

40

翌日、日曜日の昼過ぎ。

古閑沙帆は、息子の帆太郎とマンションを出て、王子《おうじ》神谷駅へ向かった。曇り空で、さいわい雨は降っていないが、蒸しむしする。

倉石学のマンションも、同じ地下鉄南北線の沿線にあるので、最寄りの本駒込駅のホームで、落ち合うことになっていた。

倉石の母、玉絵がはいっている老人ホームは、京王線の柴崎にあるという。市ケ谷で、都営地下鉄新宿線に乗り換えれば、京王線乗り入れで直行することができる。先方に、午後二時に到着するように、所要時間を逆算して待ち合わせたのだ。

電車の中で、帆太郎が言いにくそうに、切り出した。

「その、老人ホームのことだけど、どうしても行かなくちゃだめ」

「どうしても、ということはないわよ。由梨亜ちゃんが行くのに、一人じゃ気詰まりだろうと思って、あなたを誘っただけだから」

「じゃ、由梨亜ちゃんが行かなければ、ぼくも行かなくていいのかな」

「それはまあ、そうよね」

答えてから、ふと気がついて帆太郎の顔を見る。

「由梨亜ちゃんと、話したの」

帆太郎は、うつむいた。

「ていうか、ゆうベラインでやりとりしてさ、あまり行きたくないよねって、そういう話になったんだ。それよか、新宿かどこかで映画でもみようって」

沙帆は笑った。

考えてみれば、中学一年生にとって老人ホームなど、縁の遠い存在でしかあるまい。

だいいち、帆太郎は玉絵と面識がないし、まして相手が認知症とあっては、挨拶にも困るに違いない。

由梨亜にしても、倉石が一緒に連れて行ったという話は、聞いていない。

麻里奈が、一度も足を運んでいないとすれば、由梨亜も玉絵が入所したあとは、会っていないだろう。血がつながっているとはいえ、どうしても行きたいわけではあるまい。行きたければ、いつでも倉石に同行できるからだ。

念のため、聞いてみる。

「由梨亜ちゃんも、お父さんやお母さんにそういう話を、しているのかしら」

「うん、するって」

「あら、そう。ご両親が、行かなくてもいいということなら、反対しないわ。ただ、どうしても連れて行きたい、とおっしゃったら話は別よ。そのときは、あなたも付き合ってあげなくちゃ。由梨亜ちゃんが、かわいそうでしょう」

帆太郎は顔を上げ、こくりとうなずいた。

「いいよ。そのときは、ぼくも一緒に行くから」

倉石家の三人は、本駒込駅のホームのいちばん後ろで、待っていた。

倉石は、ベージュの麻のジャケットを着込み、麻里奈も珍しくクラシックな、濃紺のサマースーツ姿だった。地味なハンドバッグと一緒に、和菓子屋のネームがはいった、紙袋を持っている。

ふだんと違って、かなりおとなしい装いではあるが、身についた華やかな雰囲気は、隠しようがなかった。

沙帆は、自分の服装がやぼったく思えて、少しひるんでしまった。

電車を待つあいだに、帆太郎と由梨亜をどうするかで、多少のやりとりがあった。

由梨亜はすでに昨夜のうちに、帆太郎と一緒に別行動をとりたい、と両親に了解を求めていたらしい。

当然のように、麻里奈は由梨亜を置いて行くことに、難色を示した。

ただ麻里奈自身、これまで一度も行ったことがない、という負い目があるせいか、強くは反対できないようだった。

倉石と沙帆が、いろいろと口添えをしたこともあり、麻里奈も最終的には子供たちの希望を、受け入れた。

帰りに、またどこかで合流することにして、帆太郎と由梨亜は新線新宿駅で、先に電車をおりた。

沙帆たちは、そのまま区間急行に乗り続けて、つつじヶ丘まで行った。後続の、各駅停車に乗り継いで、次の柴崎まで一駅くだる。

まだ高架になっていない、昔ながらの郊外の駅だった。駅前広場がなく、近くにバス停もないというから、けっこうひなびた駅だ。

倉石が先に立ち、沙帆と麻里奈はそのあとに、ついて行く。

老人ホームは〈響生園〉といい、駅の北口から歩いて十五分ほどの、学校の近くにあった。思ったより大きく、塀の外からでも生い茂った木立が見えて、なかなか環境のいい場所だ。

着いたのは、午後二時少し前だった。

沙帆は、こうした施設を訪れるのが初めてで、まるで勝手が分からなかった。

門の鉄柵は、大きくあけ放たれているものの、どことなくいかめしい印象がある。

石畳の道が、門からカーブしながら木立の中に消え、その奥に本館と思われる赤レンガの、建物の上部が見えた。

門のすぐ内側に、受付らしい広い窓口のついた、木造のオフィスがある。

その窓口で、倉石が面会の手続きをしているあいだ、沙帆と麻里奈は木立のあいだからのぞく、いかにも重厚な感じの本館を眺めた。

「ずいぶん、お金がかかっていそうな、りっぱな建物ね。今どき、総レンガ造りなんて」

麻里奈が、感心したように言う。

「居心地もよさそうだわ」

「それはそうよ。介護士のほかに、医師も常駐しているらしいし」

「入居料も、高いでしょうね」

そう言ってから、沙帆は言わなければよかった、と思った。

案の定、麻里奈が顔を寄せてきて、ささやく。

「そうなのよ。わたし、てっきり特別養護老人ホーム、いわゆる特養かと思っていたら、そうじゃないの。民間の、有料の老人ホームなんだって」

沙帆はとまどった。

「そうなの。区別が、よく分からないわ。わたし、あまり詳しくないから」

身近に、そういう経験がなかったせいもあるが、ちょっと恥ずかしかった。

麻里奈は、なおも早口でささやいた。

「特養は、いわゆる公的な施設だから、月づきの経費を払うだけで、入居時の一時金はいらないのよ。でも、民間の老人ホームは入居時にも、ほとんどの場合一時金が必要なの。へたをすると、何千万単位で」

そういえば、そんな話をどこかで読むか、耳にしたことがある。

「ごめんなさい。そんな大きな違いがあるなんて、知らなかったわ」

ちらりと、受付を見やる。

倉石は、窓口の電話を手元に引き寄せ、だれかと話をしていた。

　麻里奈が続ける。

「沙帆は、ご両親を早く亡くしちゃって、そういう心配をしなかったからね」

「麻里奈だって、わたしほど早くはなかったけれど、やはりご両親を亡くしちゃって、その種の施設と縁がなかったじゃないの」

　沙帆が応じると、麻里奈はますます顔を寄せてきた。

「義理の母が、ここにはいるとき支払った一時金の額は、半端じゃなかったみたい。それも、倉石が出したわけじゃなくて、母親が自分で出したらしいの。もちろん、月づきの利用料も、自分の口座から引き落とされてるはずよ」

「そう。りっぱなお母さまね」

　わざとそっけなく応じて、またちらりと倉石を見る。

　倉石はまだ、電話で話していた。

　麻里奈はかまわず、なおも話を続ける。

「亡くなった両親の遺産か、死んだ旦那の遺産かよく知らないけど、母親にはかなりの貯金があるみたい。あとで分かったんだけどね。それだったら、うちのマンションを買うときに、少しくらい出してくれても、よかったのに。そう思わない」

　またも生臭い話に、沙帆は答えあぐねた。

　そのとき、手続きに時間がかかっていた倉石が、ようやく窓口を離れる気配がした。

　沙帆は、わざとらしく麻里奈の肘を取り、明るく言った。

「ほら、手続きがすんだみたいよ」

　話を中断されて、麻里奈は不機嫌そうに倉石の方に、向きを変えた。

　倉石が、眉根を寄せて言う。

「ちょうど、散歩の時間にはいったばかりだから、一時間ほど待ってくれと言われてね。ここは散歩中は、面会できない規則なんだ」

　麻里奈は、口をとがらせた。

「散歩の時間は、午前中じゃなかったの。前に、そう言ってたわよね」

「いつもはそうなんだが、日曜日だけは午後に変わるんだってさ。日曜日に来るのは、初めてなもんでね。確認すればよかったんだが」

　麻里奈の頰が、不満げにふくらむ。

「そもそも、散歩中の面会はだめだなんて、おかしいわよ。一緒に、歩きながら話したって、いいじゃないの。一時間も待たされるのは、ごめんだわ。沙帆も、そうでしょ」

急に同意を求められて、沙帆はとまどった。

倉石が、落ち着けというように手を上げ、声を低くして言う。

「最後まで聞いてくれ。待つ必要はないんだ。今、電話で園長と交渉して、きょうだけ特別に散歩中の面会を、許可してもらったから」

しかし、麻里奈はすぐには機嫌を直さず、言い返した。

「それを早く言ってよね」

険悪な雰囲気にならぬうちに、沙帆は元気よく声を出した。

「そうと決まったら、すぐに行きましょうよ。散歩が終わらないうちに」

救われたように、倉石が笑う。

「ええ、そうしましょう。失敬しました」

沙帆も、つられて笑った。

今どき、失敬しましたなどという古い言葉を、耳にするとは思わなかった。


倉石が、木立の方を指さす。

「本館の裏手の温室に、いるらしい。回ってみよう」

麻里奈は、驚いたように両手を広げた。

「温室ですって。嘘でしょう。梅雨明け間近の、この時期に」

確かに蒸し暑く、沙帆の背中も汗ばんでいる。

「温室といっても、空調がきいているそうだから、だいじょうぶだ」

倉石はそう言って、さっさと歩き出した。

麻里奈も、沙帆に首を振って見せながら、倉石を追う。

沙帆も、あとに続いた。

木立と建物のあいだに、茶色っぽい全天候型の素材を使った通路が、ぐるりと巡らしてある。

本館は五階建てで、一階の部分だけ天井が高いようだ。たぶんエントランスホールと、パブリックスペースがあるのだろう。

建物の壁には、上部が半円形になった白い木枠の窓が、整然と並んでいる。磨りガラスではないが、どの窓も黄色いカーテンが引いてあり、中が見えない。

赤と白と黄色のバランスが、妙に華やかな雰囲気をかもし出しており、沙帆が抱いていた老人ホームのイメージとは、そぐわないものがあった。

歩きながら沙帆は、買っておいたゼリーの詰め合わせを、麻里奈の紙袋に入れさせてもらい、一緒に渡してくれるように頼んだ。

裏手の木立の中に、確かに温室があった。

縦横二十メートルほどの、全面ガラス張りになった、シンプルながら大きな建造物だ。湿気か何かで、ガラスが半分以上曇っているために、中に人がいるかどうか分からない。

それでも、ところどころ透けたガラスの一部から、色とりどりの花がのぞいて見える。

出入り口は自動ドアで、倉石は麻里奈と沙帆を先に入れた。

ガラスのすぐ内側が、ぐるりと一周できる回廊になっているようだ。そのあいだに、縦の通路が三本、設けてある。

中ほどに、その三本を前後に仕切る、横向きの通路が一本。どの通路も、幅一・五メートルほどの、色の濃い固そうな木の床で、統一されている。

整然と、ブロック状に区切られた花壇は、見た目はいかにもきれいだが、咲き乱れているといった、奔放な趣はない。

41

古閑沙帆は緊張して、じっと目をこらした。

花壇の、ちょうど中央の十字形の交差部分に、倉石玉絵とおぼしき人の姿があった。

玉絵は、膝掛けで下半身をくるんだ格好で、車椅子にすわっている。

その背後で、車椅子のグリップを握る女性の介護士が、とがめるような視線を向けてきた。

倉石学が、機先を制する身構えで、口を開く。

「お仕事中、すみません。倉石玉絵の家族の者ですが、母と少し話をしてもよろしいですか」

介護士は、ピンクの制服に身を固めた、五十歳前後の体格のいい女性だった。

左右に張り出した、頑固そうな顎をぐいと引いて、きっぱりと言う。

「当園は散歩中のご面会を、ご遠慮いただいております。居室でお待ちいただくように、お願いいたします」

戦争映画に出てくる、ベテランの軍曹のような口調だ。

車椅子の方へ向かいながら、すかさず倉石が言い返す。

「そのことですが、たった今園長先生から散歩中の面会の、許可をいただきましてね。受付のかたに、確認していただけますか」

その言葉が終わらぬうちに、介護士はポケットから携帯電話を取り出し、すばやくボタンを操作した。

耳に当てるやいなや、出てきた相手に倉石の話を伝え、事実を確認する。電話で話すあいだも終始、倉石から視線をそらさなかった。

話し終わると、足を止めた三人に向かって、切り口上で言う。

「確認いたしましたので、どうぞお話しください。ただし念のため、わたくしも立ち会わせていただきます。よろしいでしょうか」

「ええ、かまいませんよ」

倉石の受け答えは、ふだんと変わらない。

沙帆は、ほっとして肩の力を緩めた。

なんとなく、間の悪い思いをしながら、ちらりと麻里奈を見る。

麻里奈は、さりげないしぐさで沙帆に視線を返し、くるりと瞳を回してみせた。介護士の対応を、いかがなものか、と言いたげなしぐさだ。

介護士はその場を一歩も動かず、車椅子のグリップを握った手を、離そうともしない。

しかし、倉石はかまわず玉絵のそばに、歩み寄った。

麻里奈が、じっとしたままでいるので、沙帆もその場にとどまる。

倉石は、玉絵に二人が見えるような位置で、足を止めた。

いつもと変わらぬ、穏やかな口調で声をかける。

「どう、具合は」

玉絵は返事をせず、じっと麻里奈を見つめている。

介護士が、口を開いた。

「このあいだ、倉石さまがご面会にいらしたあとから、急に口数が少なくなられました。お体の具合については、とくに悪い様子はございません」

ていねいな言葉遣いだが、電子音声のように感情のこもらぬ、単調な物言いだった。

その口ぶりから、倉石が玉絵の息子だということは、よく承知しているようだ。ただ、それが顔にも声音にも態度にも、いっさい表れていない。

この分では、上からショベルカーが落ちてきたとしても、驚きそうもない。

倉石は、黙って介護士にうなずき返し、ふたたび玉絵に語りかけた。

「きょうは、麻里奈を連れて来たんだ。覚えているかな。ぼくの、奥さんだけど」

冗談めかした口調だった。

麻里奈は、優雅な動きで一歩前に出ると、しおらしく頭を下げた。

「麻里奈です。ご無沙汰しております。何かと行き届かなくて、申し訳ありません」

玉絵は、麻里奈に視線を据えたまま、相変わらず口を開かなかった。

ただ、沙帆には玉絵の目の色が、微妙に変わったように、感じられた。あるいは、麻里奈が息子の嫁であることを、見分けたのかもしれない。

倉石が続ける。

「それから、きょうは麻里奈のいちばん仲のいい友だちに、一緒に来てもらったんだ。古閑沙帆さん、というんだけど」

沙帆も一歩踏み出し、麻里奈と並んで立った。

同じように頭を下げ、意識して笑みを浮かべる。

「初めまして。古閑沙帆、と申します。お加減は、いかがですか」

おざなりな挨拶と分かりながら、ほかの言葉を思いつかなかった。

玉絵は、依然として麻里奈を見つめたまま、目をそらさない。

麻里奈が、居心地悪そうに肩をこわばらせ、固まる気配が伝わってくる。

倉石が、言葉を添えた。

「母さん。お二人に、ご挨拶したら」

それでも玉絵は、麻里奈に目を据えたままだった。

麻里奈が、意を決したようにさらに一歩、前に出る。

「沙帆さんとわたしから、心ばかりのものをお持ちしました。召し上がっていただけますと、うれしいのですが」

ぎこちなくそう言って、手にした紙袋をうやうやしく捧げ持ち、玉絵の足をくるんだ膝掛けの上に、置こうとした。

　すると、介護士がいきなり強い口調で、それをとがめた。

「お口にはいるものは、こちらでお預かりいたします」

　麻里奈は、不意打ちを食らったように紙袋を引き、介護士を見た。

　介護士が、そっけなく続ける。

「召し上がっても差し支えのないものと、控えた方がいいものがございますので、とりあえずお預かりいたします」

　麻里奈はすぐさま、介護士に紙袋を差し出した。

「それでは、お預けいたします。母の口に合わない場合は、どうぞこちらのスタッフのみなさまで、お召し上がりくださいますように」

　さすがに、如才ない対応だ。

「お預かりいたします」

　介護士は三たび言い、宅配便でも扱うように紙袋を受け取って、車椅子の背後のフックに掛けた。

　沙帆は、そのあいだに玉絵の視線が動き、すっと自分の顔に移るのを意識した。

　やむなく、目で小さく挨拶を返す。

　玉絵の目は、まるでガラス玉のように無機質に光るだけで、なんの感情も伝わってこない。

　倉石が、話しかける。

「古閑さんは大学で、ドイツ語の先生をしておられるんだ。母さんも、昔ドイツ語をやってたんだろう。まだ、覚えてるかな」

　玉絵の表情は、変わらない。

　そこで沙帆は、思い切って言った。

「ゼーア・アンゲネーム（お目にかかれてうれしいです）。イッヒ・ハイセ・サホ・コガ（古閑沙帆と申します）」

　すると、玉絵の目にちらりと、光が射した。

　それに気づいて、沙帆はさらに続けようとした。しかし、とっさにはドイツ語が浮かばず、口ごもってしまう。

　突然、玉絵の瞳に激しい炎が燃え上がり、みるみる頰が紅潮した。

　膝掛けから出た左手が、そばに立つ倉石の肘を、すごい勢いでつかむ。

　同時に、その口から予想もしない言葉が、ほとばしり出た。

「しゃあちゃん。どうして、こんな女を連れて来たの。すぐに、追い返して」

わけが分からず、沙帆はその場に立ちすくんだ。

倉石が、あわてて言う。

「どうしたんだ、母さん。さっき、言ったでしょう。この人は、麻里奈の仲のいい友だちで」

みなまで言わせず、玉絵は口から唾を飛ばしながら、甲高い声で叫んだ。

「あんたもあんただよ、ハト。どのつら下げて、わたしに会いに来たのさ。さっさと、お帰り」

沙帆は、言葉を失った。

玉絵が、何を言っているのか、見当もつかない。

さすがに、麻里奈もうろたえた様子で、口を出す。

「お母さん、落ち着いてください。沙帆さんは」

それをさえぎって、なおも玉絵がわめく。

「まったく、ずうずうしいったらありゃしないよ、この牝猫ときたら。とっとと消えておしまい、ハト」

恥ずかしさのあまり、沙帆はかっと頭に血がのぼって、あとずさりした。

倉石が、肘をつかんだ玉絵の手を、軽く叩く。

「とにかく、落ち着いて。せっかく、お見舞いに来てくださったのに、失礼なことを言ってはいけないよ」

「何が、せっかくだ。よくも、いけしゃあしゃあと」

玉絵はそこで言葉を詰まらせ、倉石の肘から手を離して、激しく咳き込んだ。

介護士が、まるでロボットのように表情を変えず、玉絵の背中を後ろからさする。

すると、玉絵の咳はたちまち止まり、肩を上下させるだけになった。

介護士は、人差し指をぴんと立てた。

「急に混乱されたようですから、ご面会はこれまでとさせていただきます。どうぞ、おはいりになった入り口から、お引き取りください」

そう宣言すると、何ごともなかったように車椅子を回転させ、三人に背を向けた。

反対側にある、もう一つの出入り口へ向かって、すごい勢いで進み始める。電動の車椅子か、と思うほどの速いスピードだった。介護士の足が、車輪に負けぬ速さで動く。

倉石は、一瞬抗議するように口を開きかけたが、運ばれながらまたわめき出した玉絵の声に、そのまま黙り込んだ。

介護士と車椅子が出て行くと、温室の中が急に冷えたような気分に襲われ、沙帆は両腕で胸を抱いた。どっと冷や汗が出てくる。

倉石が、申し訳なさそうに、頭を下げた。

「すみません。せっかくご足労いただいたのに、不愉快な思いをさせてしまって」

沙帆が口を開く前に、麻里奈が割り込む。

「そうよ。こんな修羅場になるなんて、考えてもみなかったわ。せっかく、無理を言って付き合ってもらったのに、これってどういうことなの。沙帆をハトと呼んだり、牝猫とののしったりして、冗談にもほどがあるわよ」

沙帆は、急いで言った。

「気にしないで、麻里奈。お母さまは病気のせいで、頭が混乱していらっしゃるのよ。きっと、どなたかとわたしを混同して、動転されただけなんだわ」

麻里奈は、くるりと倉石の方に、向き直った。

「そうよ、そこが問題だわ。いったいあの人は、沙帆をだれと間違えたの。ハトって、だれのことなの」

倉石が、ぐいと唇を引き締める。

その問いよりも、麻里奈が玉絵を〈あの人〉と呼んだことに、むっとした様子だった。

沙帆は、胸を抱いた両腕に、思わず力をこめた。

倉石は、無理やりのように口元を緩めて、軽く肩をすくめた。

「ぼくにも、分からないな。きっとおふくろの、古い知り合いのだれかだろう」

麻里奈は、あとに引かない。

「それに、あなたのことをしゃあちゃん、と呼んだわね。なぜあなたが、しゃあちゃんなの。まあちゃん、と呼ぶならまだしも」

詰問されて、倉石の顔に困惑の色が浮かぶ。

「見当もつかないな。たぶん、若いころの知り合いと、ごっちゃになってるんだろう」

麻里奈は少しのあいだ、にらむように倉石を見つめていたが、ようやく息をついて肩を落とした。

「これだから、来たくなかったのよ。話が全然、嚙み合わないんだから」

遠慮のない口ぶりに、沙帆はあわてて両腕を下ろし、たしなめた。

「そんなこと、言うものじゃないわ。年をとれば、だれでも記憶が混乱するわよ。わたしは全然、気にしていないから」

麻里奈が沙帆に目を向け、いかにも申し訳ないという風情で、眉根を寄せる。

「ごめんね、沙帆。せっかく、付き合ってくれたのに、醜態もいいところだわ。こんなこと、二度とお願いしないからね」

沙帆は、首を振った。

「ほんとうに、気にしないで。いずれ、わたしの義父や義母だって、同じ境遇になる可能性もあるし、こういう施設を見ることができて、よかったと思うわ」

麻里奈が、急にしゅんとする。

「そうね。沙帆もわたしも、とうに両親を亡くしてしまったし、義理の親しかいないのよね」

少しのあいだ、温室に静寂が流れる。

倉石が、あらためて口を開いた。

「とにかく、古閑さんにはおわびします。これでは、来ていただいた甲斐がなかった」

麻里奈も、うなずいた。

「ええ、ほんとにそうよ。とにかく、いつまでこんなところにいても、しかたがないわ。そろそろ、行きましょうよ。ちょっと早いけど、帆太郎くんと由梨亜と落ち合って、おいしいものでも食べない」

倉石が、同調する。

「ああ、それがいいね」

「でも、お母さまをこのままにしておいて、いいんですか。しばらくすれば、落ち着かれるかもしれませんし、あとでお部屋へ行ってみたら」

沙帆が言うと、倉石は首を振った。

「いや。きょうは、やめておきましょう。あんなふうになると、しばらくはもとにもどらないから」

麻里奈も、それに合わせる。

「そうよ。あの様子じゃ、急には無理だと思うわ。きょうは、これで引き上げましょう」

二人にそう言われると、それ以上反対する理由はない。

温室を出ると、蒸しむしする空気がまたしつこく、まとわりついてきた。つい、ブラウスの襟をつまんで、空気を入れてしまう。

通路を、門へ向かって歩きながら、麻里奈が小声で話しかけてきた。

「あの人、わたしから沙帆に目を移したとたんに、様子が変わったのよね。沙帆を、そのハトとかいうだれかさんと、見間違えたのかしら。顔が似ているとか、そういう理由で」

沙帆は、前を歩く倉石の耳を気にして、あいまいに応じた。

「さあ、どうかしら。顔立ちだけじゃなくて、髪形とか体形とか着ているものとかが、古い記憶を呼び起こすことも、あるでしょう。まさか、鳥の鳩と間違えたとは、思いたくないし」

「そうよね。鳩ってことは、ないわよねえ」

いかにも、納得がいかない様子だ。

沙帆は、ふと思いついて言った。

「そういえばお母さまは、わたしがドイツ語でご挨拶したとたんに、様子が変わられたのよね。あれが、いけなかったのかしら」

それが聞こえたらしく、倉石が首だけ振り向けた。

「だとしたら、沙帆さんをドイツ語の先生だと紹介した、ぼくが悪いことになるな」

沙帆は、麻里奈の眉がぴくりと動くのを、見逃さなかった。

二人きりのときはともかく、これまで倉石は麻里奈のいるところで、沙帆を名前で呼んだことは、一度もない。

麻里奈は、そこに微妙な空気の変化を、感じ取ったのかもしれない。

倉石が、取り繕うように言う。

「母は、大学時代にやはりドイツ語を専攻したので、麻里奈と結婚するときにはすごく、喜んでくれたんですがね」

「そうだったんですか」

沙帆は、自分でも不自然だと思うくらい、元気よく応じた。

そのことは、初めて倉石と二人きりで話をしたとき、聞かされた覚えがある。

倉石は続けた。

「結局、母は卒業したあとドイツ語から、離れてしまいましたがね。そのかわり、ドイツ語の翻訳の仕事をしていたおやじと、一緒に暮らすことになったわけですが」

その話も、聞かされた。

麻里奈が口を開く。

「大学を出て、ドイツ語と縁を切ったという意味では、わたしも同じよね」

それを聞いて、沙帆はすかさず口を挟んだ。

「でも、麻里奈はホフマンをもう一度やり直そう、という気になったでしょう。その意味では、お母さまを超えてるんじゃないの」

麻里奈は、口元に複雑な笑みを浮かべた。

「実際に成果を上げるまでは、偉そうなことは言えないわ」

ようやく、門にたどり着く。

倉石が受付に挨拶して、三人は門を出た。

42

歩くうちに、曇り空がしだいに明るくなり、日が射し始める。

湿気が、少し収まったように思えたが、かわりに暑さが増した。

倉石学が言う。

「駅前で、一休みしましょうか。確か、甲州街道と駅とのあいだの道に、喫茶店みたいなのがあった、と思うけど」

麻里奈もうなずいた。

「ええ、あったわね。居酒屋の隣でしょ」

「そう、そこだ」

古閑沙帆は、倉石のあとについて行くのが精一杯で、まったく見た覚えがなかった。

甲州街道を越え、駅へ向かってしばらく歩くと、曲がり角の少し手前の右側に、その店があった。

長いカウンターと、大きな木のテーブル席がいくつか並んだ、けっこう広い店だった。喫茶店というより、軽食が食べられる食堂のような、カジュアルな雰囲気だ。

四人掛けのテーブルに、腰を落ち着ける。三人とも、アイスコーヒーを頼んだ。

麻里奈が、ため息をついて言う。

「だけど、由梨亜たちを連れて来なくて、ほんとによかった。とてもじゃないけど、あんな修羅場を子供たちには、見せられないもの」

沙帆も実際、同じ気持ちだった。

たとえ認知症の相手とはいえ、実の母親が人前でののしられるところを、もし帆太郎に見られたらと思うと、冷や汗が出る。帆太郎はもちろん、由梨亜もショックを受けただろう。

倉石は、むずかしい顔をした。

「まったく、最悪の展開になってしまって、申し訳なかった。いつもは、あんなにひどくないんだが」

やむをえず、沙帆も口を開く。

「しかたがないでしょう。認知症でなくたって、だれでもついかっとなることは、ありますから」

「でも、ふつうの場合はかっとなる原因が、分かるわよね。あの人の場合は、わけが分からないんだから」

麻里奈が言い、倉石が軽く眉根を寄せる。

自分の母親を、〈あの人〉呼ばわりされることが、よほどいやとみえる。

倉石は、沙帆に目を向けた。

「沙帆さんには、申し訳ないことをしてしまった。こうなると分かっていたら、ご一緒していただくことはなかったのに、すみませんでした」

そう言って、小さく頭を下げる。

「いえ、別になんとも思っていませんから」

沙帆が応じるのを聞きながら、今度は麻里奈が眉をひそめる。

倉石が、沙帆を名前で呼んだのは、この日二度目だ。

しかも、前回と違ってうっかりではなく、意識してそう呼んだふしがあった。

麻里奈に、母親を〈あの人〉と呼ばれた、お返しのようにも思われて、沙帆はやり切れない気持ちになった。

麻里奈が、話を蒸し返す。

「ところで、なぜあの人はあなたのことを、しゃあちゃんなんて呼んだのかしら。心当たりはないの」

とがった声に、倉石は固い表情をして、首を振った。

「さっき言ったとおりだ。だれかと間違えたんだろうが、ぼくにはまったく心当たりがないな」

「しゃあちゃん、なんて愛称があるかしら。名字とか名前で、頭に〈しゃ〉がつく人なんて、いないわよね」

おととい、倉石からその話を聞かされたとき、沙帆も同じことを言った。

あえて、別の例を挙げる。

「たとえば、お釈迦さまの〈しゃ〉とか。あと、シェークスピアの日本語表記で、沙翁《しゃおう》というのもあったわね。沙翁の沙は、わたしの名前の沙と同じだけれど、あちらは〈しゃ〉でしょう」

倉石も、腕を組んで言った。

「東洲斎写楽も、あえていえば、しゃあちゃんだろう」

三人とも笑った。

真顔にもどって、麻里奈が続ける。

「もう一つ、沙帆をハトって呼んだのは、どういうことかしら」

沙帆は、首をひねった。

「分からないわ。漢字を当てればピジョン、つまり鳩ということになるけれど、そんな名前があるかしら」

倉石も同じように、首をひねる。

「それはまあ、なくもないだろうけどね」

麻里奈は、椅子の背にもたれて、腕を組んだ。

「その、ハトさんという人に、お母さんはすごく、敵意を抱いているみたいね」

今度は、〈あの人〉ではなく、お母さんと呼んだ。

さすがに、倉石が示した不快感に配慮した、とみえる。

倉石は、それに気づかないような顔をしたが、口調を和らげて言った。

「おふくろは、少なくともぼくに物心がついてからは、だれかを憎んだりとか、悪口を言ったりすることは、なかったと思う。あんなふうにののしるほど、敵意を抱く相手がいたとは、信じられないな」

「どちらにしても、きのうきょうの記憶ではない、と思います。あまり、気になさらない方が、いいんじゃありませんか」

沙帆が言うと、倉石はすなおにうなずいた。

「そうですね。まともに相手をしても、くたびれるだけだし」

腕時計を見た麻里奈が、携帯電話を取って椅子を立つ。

「ちょっと早いけど、由梨亜に電話してみるわ。待ち合わせの場所を、決めないと」

そう言い残して、出入り口へ向かった。

その後ろ姿を、倉石がじっと見送る。

ガラス越しに、麻里奈が電話をかけ始めると、沙帆の方に向き直った。

あらためて、頭を下げる。

「きょうは、不愉快な思いをさせてしまって、すみませんでした」

たび重なるわび言葉に、かえってわずらわしさを覚えた。

「ほんとうに、気になさらないでください。ご病気だということとは、よく分かっていますから」

倉石が、上目遣いをする。

「おふくろが前にも、わたしのことをしゃあちゃんと呼んだり、キスをせがんだりしたことは、麻里奈に話してないんです。分かっていただける、と思うけど」

「はい」

短く応じて、沙帆は目をそらした。

倉石と共有する秘密が、いつの間にかどんどん増えてしまい、気が重くなるばかりだった。

倉石は、まるでそれに気づかない様子で、話を続ける。

「しゃあちゃんもハトも、わたしが生まれる前に、おふくろが知っていた人間、ということになるでしょう。ただ、今のような状態では、おふくろの口からは何も、聞けそうにない。もちろん、これからホームへ行くたびに、それとなく探ってはみますがね」

沙帆は、倉石に目をもどした。

「そうしたお話は、ご自分だけの胸にしまっておかれた方が、いいと思います」

倉石が、意外なことを聞くというように、顎を引く。

「やはり、ご迷惑ですか」

「迷惑というより、ちょっと筋が違うような気がします。むしろ、麻里奈さんの方にきちんと、お話しすべきではないでしょうか」

倉石が、何か言い返そうとしたとき、出入り口のドアがあいた。

倉石は振り向き、麻里奈がもどって来たのに気づくと、そのまま口をつぐんだ。

そばに来た麻里奈が、微妙な空気を敏感に察したように、二人を見比べる。

沙帆は、わざと陽気に言った。

「まさか二人は、映画館にいたんじゃないでしょうね。電話が鳴ったりしたら、とんでもない迷惑よ」

すると、麻里奈はすぐにその話に、飛びついた。

「そうなのよ。ただ今電話に出られません、とメッセージが聞こえたの。少し待ってたら、由梨亜の方からかけ直してきたわけ。せっかく、いいところだったのにって、ぶうぶう言うのよ」

「それで、どうしたの」

「とりあえず新宿の伊勢丹で、五時に落ち合うことにしたわ」

腕時計を見ると、まだ三時過ぎだった。

倉石が言う。

「それじゃ、われわれもとりあえず新宿へもどって、五時まで時間をつぶそうか」

麻里奈は、屈託のない顔で応じた。

「そうね。久しぶりに沙帆も一緒に、伊勢丹で買い物でもしましょうよ」

なんとか、気まずい雰囲気を逃れることができて、沙帆はほっとした。

それにしても、なぜ玉絵は初めて会った自分のことを、ハトなどと呼んだのだろう。

43

七月最後の金曜日。

古閑沙帆は、いつものとおり三時少し前に、本間鋭太のアパートに着いた。
二、三日前に梅雨明け宣言があり、この日は太陽がじりじり照りつける、夏らしい天気になった。日傘は、じゃまになるので持ち歩かず、大きめのストローハットで、暑さをしのいでいる。
洋室に上がって、本間が来るのを待つ。

いつもは、壁の時計が三時を指すか指さないうちに、廊下にあわただしい足音が響くのだが、この日は珍しく定時を五分回っても、本間は姿を現さない。奥からは、ギターの音もピアノの音も、聞こえてこなかった。

もしかして、外出しているのだろうか、と不安になる。

だとすれば、施錠もせずに家をあけるのは、いくらなんでも不用心だ。たとえ、近所のコンビニへ行くだけでも、玄関の鍵くらいはかけて行ってほしい。

心配になり、沙帆は洋室の引き戸をあけて、廊下の奥をのぞいた。

どこからか、小さな機械がうなるような、かすかな作動音が聞こえる。家の中からなのか、それとも外から流れてくる音なのか、すぐには判断がつかなかった。

思い切って、奥に呼びかける。

「先生。本間先生」

返事がなかった。

沙帆は途方に暮れて、その場に立ち尽くした。すると、機械の作動音がやんで、あたりが急にしんとした。

続いて、奥の方からなんの音とも分からぬ音が、廊下伝いに聞こえてきた。

どうやら、本間は家の中にいるようだ。沙帆の声は、機械の作動音に消されて、耳に届かなかったのかもしれない。

突然、廊下の角に本間の姿が現れたので、沙帆はぎくりとして引き戸に肘をぶつけた。

こちらへやって来ながら、本間が親指で背後を示して言う。

「何をしとるのかね、そんなとこで。トイレなら、この奥だぞ」

沙帆はあわてて、頭を下げた。

「すみません。いつも時間どおりなのに、先生がお見えにならないので、ちょっと心配になって」

そう言いながら、部屋の中にあとずさりしてもどり、道をあける。

本間は部屋にはいり、ソファにぴょんと飛び乗った。

白地に、赤と緑と黄色の線が錯綜した、ちぢみの半袖シャツを着ている。そこに、紫色のサスペンダーで吊った白い半ズボン、といういかにも本間らしいいでたちだ。

この珍妙な格好で、四時からの倉石由梨亜のレッスンに、臨むつもりだろうか。

本間が、けろりとして言う。

「ワープロのインクが、なくなってしまってな。リボンを替えていたので、遅刻してしまったわけさ」

沙帆は笑った。

「遅刻だなんて、おおげさすぎます」

向かいの長椅子に、腰をおろす。

本間は、打ち出したばかりと思われる翻訳原稿と、預けてあったオリジナルの古文書の束を、テーブルに置いた。

「これが、きみから預かった古文書と、最終回の原稿だ」

本間はそう言い、サスペンダーを親指で持ち上げて、ぱちんと鳴らした。

「はい。長いあいだ、ありがとうございました」

次で最終回になる、と先週予告されたばかりだから、覚悟はできていた。

しかし、実際にそう宣言されてみると、わけもなく寂しさが込み上げる。来週から、ここへせっせとかようことも、なくなるのだ。

本間は咳払いをして、おもむろに続けた。

「前回も言ったが、話の流れとしてはきりのいいところで、終わっておる。文章の途中で、途切れてはいるがね」

「ここで、読ませていただいても、よろしいですか。このあと、由梨亜ちゃんのレッスンが終わったら、一緒に帰ろうと思いますので」

沙帆が言うと、本間はきゅっと眉根を寄せて、情けない顔をした。

「その由梨亜くんだが、きょうは来られないそうだ。さっき電話で、そう言ってきた」

予想外のことに、沙帆は驚いた。

「どうしたんですか。風邪でも引いたのかしら」

「理由は聞かなかった。声は普通だったし、病気ではないようだ。学校の都合か、家庭の事情だろう」

それを聞いて、急に不安になる。

日曜日に、倉石学と麻里奈夫婦に付き合って、老人ホーム〈響生園〉に倉石の母親、玉絵を見舞った。

そのあと、新宿で帆太郎、由梨亜の二人と落ち合い、五人で寿司を食べた。

ふだんどおりに振る舞ったつもりだが、やはり老人ホームで玉絵に罵倒されたショックが、あとを引いていたらしい。自然に口数が少なくなり、それが倉石や麻里奈にも伝染したかたちで、あまり盛り上がらない食事に終わった。

帆太郎も由梨亜も、おそらく親たちのぎこちなさに、気づいたに違いない。

沙帆は、帰りの地下鉄で帆太郎と二人きりになると、玉絵の認知症がかなり進んでいたことや、そのためにまともな話ができなかったことを、さらりと説明した。

自分が、玉絵に別のだれかと間違えられて、妙な名前で呼ばれたり、罵倒されたりしたことは、黙っていた。

それで帆太郎も、寿司屋でのぎくしゃくした雰囲気の理由を、なんとなく察したようだった。

由梨亜も、帆太郎と同じように不自然な空気を、感じ取ったはずだ。

倉石と麻里奈も、何かと言い繕ったに違いないが、感受性の豊かな由梨亜が納得したかどうかは、怪しいものだ。

本間が、にわかに黙り込んだ沙帆の顔を、のぞき込んでくる。

「ここで読んでくれて、かまわんぞ。わしはまだ、ほかの原稿の仕事が残っているので、ちょっと失礼する。読み終わったら、声をかけてくれ」

そう言って、またぴょんとソファから飛びおりた。

あわてて、本間を呼び止める。

「すみません、先生。倉石さんから、お預かりしたものがあります」

沙帆は立ち上がり、トートバッグから封筒を取り出して、本間に差し出した。

「先週倉石さんが、例のパヘスのギターのサイズを計測した、寸法図だそうです。完成したら、先生にもコピーを差し上げると、そうおっしゃってましたでしょう」

「おう、そうだった。礼を言っておいてくれたまえ」

本間は封筒を受け取り、掲げて拝むしぐさをした。

「分かりました。ごゆっくり、どうぞ」

本間を送り出して、また腰を下ろす。

沙帆は、原稿を手に取り上げて、読み始めた。

44

【E・T・A・ホフマンに関する報告書・八】

――年が明けてから（一八一二年）、ETAがまた日記をつけ始めたことは、あなたから聞かされた。むろん、あなたはその日記を以前と同じように、盗み読みしておられるだろう。

それにしても、あなたのETAに対する接し方は、あまりに寛大すぎる。日記を取り上げた、と聞いたときはあなたのがまんも限界に達した、と納得したものだ。ETAもさすがに懲りたごとく、半年以上日記を中断していたそうではないか。

ところが、年があらたまったとたんに、ふたたび日記を書き始めた。

しかも、あなたによれば臆面もなく、〈Ktch〉の暗号名を使ってユリアのことを、書き続けているという。

それも、その頻度がますます増えているとは、なんたることか。

あなたは、もはや日記を盗み読みするだけで、満足している場合ではない。以前はわたしも、日記を取り上げたことに苦言を呈したが、今度こそ即刻取り上げるべきだと思う。そして、また書き始めるようなら、また取り上げるのだ。そのうちにあきらめて、書かなくなるだろう。

そんなことをすると、ETAは日記を隠して書くようになる、と心配されようか。

その結果、盗み読みすることができなくなって、ETAが何を考えているか分からず、より不安な立場におかれる。だから今のままでいいと、そうおっしゃるかもしれない。

それなら、これ以上は何も申しあげますまい。

そのかわり、わたしはこれまでのような遠慮を捨て、あからさまに彼の行状を報告することにする。

日記に、どのように書きつけたかは知らぬが、ユリアのことを頭から振り払おうと、ETAがそれなりに努力をしていることは、わたしも認めよう。

ただし、その努力のしかたが、これまた独りよがりにすぎないし、自分勝手な振る舞いにしかなっていない。

年明け早々、ETAは例の〈薔薇亭〉で、ナネット・ノイヘルという若い娘と、お近づきになった。

ご存じあるまいが、この娘は五年ほど前にバンベルクで子役デビューし、その後ヴュルツブルクでも子役として、名を売った実績がある。

その後、バンベルクにもどって来たナネットは、今やユリアと同じ年ごろの美しい娘になり、子役から一人前の女優に成長した。

ETAはこのナネットと、〈薔薇亭〉などで酒を飲みながら、談笑することしきりだ。

そういうときは、ことのほか機嫌がよい。彼によれば、ナネットと一緒にいると、つかの間ユリアのことを、忘れられるのだそうだ。

そのためか、ETAはナネットのことを〈避雷針〉、と呼んでいる。

何を意味するかは、あなたもお分かりだろう。それだけ、ユリアへの思いが強い証拠でもある。

ときどき、ETAは指でピストルの形をこしらえて、こめかみに当てるしぐさをする。

それは自殺、ないしはユリアと情死する願望を、ほのめかしているのかもしれない。昨年十二月、わたしをベルリンに送り込み、クライストの情死事件を調査させてから、そのことが頭を離れないらしい。

そんな事態に及んだら、あなただけでなくわれわれすべてにとって、重大な損失になるだろう。世間的にも、大きなスキャンダルに発展することは、免れない。それはETA自身にも、よく分かっているはずだ。

そうならないように、ちゃんと目を光らせておく必要がある。

さて一月二十日に、ETAが日記に書き込んだ不可解な記述を、あなたはわざわざ書き写して、わたしにその意味を尋ねてきた。

それについて、お答えしよう。

あの書き込みは、ただギリシャ文字でドイツ語を記したただけで、ギリシャ語そのものではない。ドイツ語に置き換えると、綴りに不整合な部分もあるが、こうなる。

Sie weiß alles oder vielme[h]r a[h]ndet.
(彼女はすべてを知っているか、少なくともうすうすは感じているはずだ)

これは自分の気持ちが、ユリアに通じているかどうかを自問した、ETA自身の独白とみてよい。

——(続く)

[本間・訳注]
参考までに、後年(一八三七年三月十五日付)ユリアがこの間の事情について、従兄のフリードリヒ・シュパイア博士に書き送った、手紙の一節を訳出しておく。

——三年のあいだ、わたしは毎日のように、彼と会っていました。ただ、彼が初めてわたしへの愛を口にしたのは、別れる間際のことでした。でもわたしは、少しも驚きませんでした。自分でも気づかなかったのですが、わたしはとっくに彼の愛をこの身に、感じていたのです——


この手紙は、ホフマンが死んでからおよそ十五年ののちに、書かれたものである。たとえかみ合わなかったにせよ、二人の気持ちが呼応していたことを物語る、貴重な証言といってよい。

またユリアは、次のようにも書いている。

――ホフマンは、たびたび自分の日記を持って来ては、わたしに見せました。胸の内にたぎる熱い思いを他人に読まれぬよう、暗号のような文字で書き綴ってありました。それを、彼独特のひとを魅了するあの語り口で、説明してくれたのです――

もし、ここに書かれたことが事実だとすれば、ユリアはホフマンの気持ちをうすうすどころか、よく承知していたことになる。

ホフマンは、妻のミーシャが読んでも分からないように、ユリアに対する思いをいろいろな暗号や、略号を使って書いた。それを、当のユリアに読ませるというのは、ありそうにもないことだ。

おそらく、差し支えのないところだけ見せたか、あるいは真実とほど遠い説明でごまかしたかの、どちらかだろう。

――ところで、一月二十四日はＥＴＡの三十六歳の、誕生日だった。

その夜、ＥＴＡはユリアと誕生祝いをしようと、わたしとともにマルク家を訪れた。

しかるに、気配を察していたのか母親のマルク夫人は、ユリアを抜かりなく劇場へ送り出しており、ＥＴＡとわたしは夫人のおしゃべりに、付き合わされるはめになった。

そのあとで、頭にきたＥＴＡはわたしの腕をつかみ、〈薔薇亭〉に引きずって行った。そして、いつものように朝まで痛飲しながら、夫人に対する怒りや不満をあるだけ、ぶちまけた。夫人からすれば、ＥＴＡの方がよほどうとましい存在なのだが、そんなことはおかまいなしだ。

ふつう、誕生日は自宅で妻と祝うものだし、わたしもＥＴＡにそのように、忠告した。結局のところ、そうしなかったＥＴＡに罰が――（以下欠落）

［本間・訳注］

以後数カ月にわたり、報告書には欠落がある。

――八日（一八一二年八月八日であろう）に、グレーペルが旅先からバンベルクへ、もどって来た。

ミーシャよ。

いずれ、あなたも会う機会があろうから、あらかじめ申し上げておく。

ヨハン・ゲアハルト・グレーペルは、四カ月半ほど前の三月下旬に、ハンブルクから初めてここバンベルクに、やって来た。彼は金持ちの商人の息子で、一目見れば鼻持ちならぬ俗物、と分かる男だ。

ETAとわたしは、マルク家でマルク夫人からその男に、引き合わされた。

グレーペルは、酒癖が悪い。

それだけではない。ユリアに対する、無遠慮な視線や狎《な》れたしぐさから、女に関して並なみならぬ経験を持つ、かなりの放蕩者と見当がついた。

そのおりの、グレーペルへの接し方や口ぶりで、わたしはマルク夫人がユリアを、この男に嫁がせるつもりだ、と直感した。

あとで、シュパイア博士と〈薔薇亭〉で飲んだとき、彼も夫人がその心づもりでいると思う、と言った。

それを聞いて、ETAはたとえ強がりにせよ、鼻で笑った。

マルク家の財政状態は、あまりかんばしくない。したがって、金持ちのグレーペルがユリアと結婚してくれたら、マルク夫人は大いに助かるだろう。

客観的にみて、夫人がそれを望んでいるのは、確かなことだ。

わたしは、グレーペルがユリアにふさわしい男だとは、少しも思っていない。

しかし、相手がだれにせよユリアが結婚してしまえば、ETAの熱病もさすがに冷めるだろう、という期待もあった。

遠く離れた北の港町ハンブルクに、夫人がどのようなつてを持っていたのか、わたしは知らない。

そのような遠方から、これといった用もなしに金持ちの商人が、バンベルクを訪れることなど、まずないだろう。だれかが、二つの家のなかだちをしたことは、間違いないと思われる。

聞くところでは、バンベルクの元行政長官、シュテファン・フォン・シュテンゲル男爵の取り持ちだ、という噂もある。

どちらにせよグレーペルは、そのとき一週間足らず滞在しただけで、四月の頭にはバンベルクを去った。

実のところ、ユリアはこのとき実質的に、グレーペルと結婚の約束をした、と考えていいと思う。

それからしばらくして、ETAはユリアのしぐさが妙に色っぽくなった、とこぼした。

おそらく、手の早いグレーペルによって、すでに女にされてしまったに違いない、というのだ。

二人が内々に婚約したとすれば、それは大いにありうることだろう。

そのことで、ETAはひどく傷ついたはずだが、珍しく落ち込んだり荒れたりする様子は、ほとんどなかった。

ユリアが、手の届かないところへ行ってしまうことで、あきらめがつくと考えたのかもしれない。ユリアへのレッスンも、以前と変わらず続けている。

ETAは実際に、自分の気持ちにけじめをつけたのだ、とも考えられる。

グレーペルは、その後ハンブルクにもどったのか、あるいは仕事でどこかへ旅行していたのか、四カ月ほど姿を見せなかったのだが、とにかくまたバンベルクにやって来たわけだ。

そして二日後の八月十日、グレーペルとユリアの婚約が、正式に公表された。

その夜、ETAはわたしを〈薔薇亭〉に誘い、しみじみと語った。

「これですべて終わったよ、きみ。ユリアは、あのとんでもないぐうたらと、結婚するんだ。ぼくのあらゆる詩的、音楽的人生は消え去ったね。ぼくは、自分はかくあらねばならぬ、とみずから考える人間にふさわしい、決断をしなければならない。いずれにしても、きょうは人生最悪の日だよ」

それでも、ETAは相変わらずマルク家に行って、ユリアのレッスンを続けた。

ある茶会で、二人はETAが作詞作曲した二重唱曲を、あきれるほどの情感を込めて、一緒に歌った。

あとでETAは、にやにやしながら言った。

「見たかね、ヨハネス。ぼくは、ユリアと親しく二重唱を歌うあいだ、あの豚野郎がはた目にも分かるほど、ひどい嫉妬の色を浮かべるのを目にして、実に溜飲がさがる思いだったよ」――（続く）

［本間・訳注］
このときのことを、その茶会に出ていたフリードリヒ・クンツは、一八三六年に発表した回想録の

〈ホフマン伝〉の中で、こんなふうに書いている。

彼が興味を示していた、ある女性（ユリアのことだ）と二重唱を歌い始めるなり、その場にいた客たちは必死になって、笑いをこらえたものだ。彼がその女性に投げかける、まるで天使を見るように陶然としたまなざし、ほうけたように半開きにしたしまりのない口元は、客たちの失笑を買わずにはいられなかった――


実のところ、微苦笑くらいは誘ったかもしれないが、失笑を買ったというのは、言いすぎだろう。回想とはいえ、クンツがホフマンをそのような目で見たとすれば、まさに品性が疑われるエピソードだ。


――それから、ほぼ一カ月後の九月六日に、例のポンマースフェルデンでの事件が、起きたわけだ。

あのときのピクニックには、マルク夫人とユリアにその弟妹、シュパイア博士を初めとする縁戚、グレーペル、クンツ夫妻、そしてETAとあなたも、参加していた。


わたしたちは、馬車を連ねて暗いうちにバンベルクを発ち、四時間かけてポンマースフェルデンに着いた。午前中から昼過ぎまで、ヴァイセンシュタイン城の中を歩き回り、廊下や居室に飾られた古今東西の名画を、じっくり楽しんだものだった。――（続く）

［本間・訳注］

古都バンベルクは、南ドイツに位置するバイエルン州の、北部にある。

バンベルクおよびその周辺は、第二次大戦中連合軍の空襲を受けなかったため、今でも中世の面影をよく残している。

ポンマースフェルデンは、そのバンベルクから南へ二十キロほどくだった、小さな町である。ここに十八世紀の初頭、バンベルクの司教領主、ロタール・フランツ・フォン・シェーンボルン伯爵が、現存するヴァイセンシュタイン城を、造営した。

ホフマンらがピクニックを楽しんだのは、この城の中の広大な庭のどこかだったはずだ。

ヴァイセンシュタイン城は、バロック建築の粋をこらした豪壮な城館で、三層に作られた階段の壁面には、ファン・ダイクやブリューゲルなど珍しい古今の名画が、ずらりと並ぶ。

いささか話がそれるが、ここにはホフマンに強い影響を与えた、と考えられるある人物が関わっている。とかく見過ごされがちなので、その人物について述べておきたい。

この城を一七九三年、ルートヴィヒ・ティークとその盟友、ヴィルヘルム・H・ヴァケンローダーが、一緒に訪れた。二人とも一七七三年生まれで、ホフマンより三歳年長だった。

ヴァケンローダーは、それより前にもそのあとにも、一人だけでこの城を何度か、訪れた形跡がある。よほど、城内に展示された美術品の数かずに、魅了されたようだ。

またこのとき、二人はバンベルクの大聖堂で行なわれた、カトリックの荘厳な儀式に初めて接し、強烈な印象を受けたといわれる。

ホフマンはワルシャワ時代（一八〇四〜〇七年）に、エドゥアルト・ヒツィヒと知り合い、ティーク、ノヴァーリスら浪漫派作家の作品に、親しむきっかけを得た。

ただ、ヴァケンローダーについてはそれ以前、第一次ベルリン時代（一七九八〜九九年）からポーゼン、プロック時代（一八〇〇〜〇三年）のあいだに、いち早く『芸術を愛する一修道僧の真情の披瀝』（一七九七年）、なかんずくその一編〈音楽家ヨゼフ・ベルクリンガーの注目すべき音楽生活〉を読んだ、と推測される。

またホフマンは、同書の姉妹編『芸術の友らのための芸術についての幻想』（一七九九年）に収載された、〈ヨゼフ・ベルクリンガーの数編の音楽論稿〉にも、目を通したはずだ。

そう推測される、もっともな理由がある。

まず、初めて活字になったホフマンの習作が、『都に住む友人宛の一修道僧の書簡』（一八〇三年）という、どことなく似かよったタイトルだったこと。

これは、チューリヒの〈デル・フライミュティゲ〉という、音楽関係の雑誌の論文に応募して、当選掲載されたものである。フリードリヒ・シラーの、『メッシーナの花嫁』に古代ギリシャの合唱曲を使う、という演出の是非を論じるのがテーマだった。

このときホフマンは、司法官という自分の立場をおもんぱかってか、〈ギゼッポ・ドリ〉なる筆名で応募している。

これで分かるように、〈題名〉および〈音楽論〉という二つの類似性から、ホフマンがヴァケンローダーを読んでいたことは、まず間違いないように思われる。

だとすれば、ホフマンが生んだ狂える音楽家ヨハネス・クライスラーに、ヴァケンローダーが創造した音楽の使徒、ヨゼフ・ベルクリンガーの面影を見いだすのは、むしろ容易なことといってよい。

ただ、その後小説にせよ評論にせよ、日記にせよ手紙にせよ、ホフマン自身が書いたものの中で、ヴァケンローダーの人となりや作品に言及するのを、本間は一度も目にした覚えがない。

ティークには、しばしば作中で敬意を払いつつ触れているのに、ヴァケンローダーを黙殺したかにみえるのは、いささか理解に苦しむものがある。

ちなみに、ヴァケンローダーも実生活では法曹の道へ進み、一七九四年に司法官試験に合格したあと、ベルリン大審院の司法官試補になった。つまり、偶然とはいえ仕事の上でも、ホフマンの先輩に当たることになるわけだ。

ただ、ヴァケンローダーはホフマンほど、強靭な自我意識を持ち合わせておらず、現実生活との折り合いをつけられなかったらしい。

結局、一七九八年に神経熱を病み、二十四歳の若さで夭折した。

——そのあと、わたしたちは外の芝生にシートを敷いて、食事を始めた。ユリアとグレーペルの、婚約祝いも兼ねたピクニックだったから、みんなしたたかに酒を飲んだ。

グレーペルは、これみよがしにユリアにしなだれかかり、下品なことをささやきかけた。それは、明らかにETAに見せつけるための、露骨な行為だった。あなたは、そのときクンツ夫人と話をしていて、気づかなかったかもしれない。

ETAは、いらだちと不快の表情を隠そうともせず、場所柄もわきまえぬグレーペルの振る舞いを、にらみつけていた。

事件が起きたのは、あなたが化粧室に行くために席を離れて、城館へ向かったあとのことだった。したがって、そこでいったいどんな醜態が展開されたか、詳しくはご存じないだろう。

あるいは、すでにあのクンツがおもしろおかしく、あなたにお話ししたかもしれない。

しかし、冷静な目でいっさいを目撃したわたしから、見たとおりに報告させていただくのが、もっとも適切かつ公正であろうと思う。

あなたが席を立ったあと、グレーペルの酔態にしらけたその場を取りなそうと、マルク夫人が中庭を散歩しましょう、と提案した。

一同がそれに賛成し、わたしたちは芝生の上を移動して、城館の中庭へ向かった。

そのとき、ぐでんぐでんに酔ったグレーペルは、まっすぐに歩けなかった。あっちへふらふら、こっちへふらふらと、ひどい千鳥足になっていた。

ユリアは、婚約者を支えようとして、腕を取った。グレーペルは、足がからまったためにバランスを失い、ユリアにだらしなくもたれかかった。

ユリアには、酔ったグレーペルを受け止める力がなく、二人とも大きくよろめいた。

ETAが、急いでユリアを支えようと、腕を差し出した。

クンツとわたしも、グレーペルの体を抱きとめようと、そばに駆け寄った。しかしすでに遅く、ユリアとグレーペルはもつれ合ったまま、芝生の上に倒れてしまった。

ユリアは、からみついたグレーペルの腕をほどき、母親の手を借りてなんとか立ち上がった。

大の字なりに、芝生の上に伸びてしまったグレーペルを見て、どうしたらよいか分からぬ様子で、しきりに両手をもみしだいている。

ETAは、髪の毛が逆立つほど怒りの表情を浮かべ、グレーペルを指さしてどなった。

「さあ、よくよく、ごらんあれ。犬畜生にも劣る、このろくでなしのざまを！　みんな、こいつと同じくらい飲んだのに、だれもこんな醜態はさらさなかった。まったく、俗物にふさわしい、恥さらしじゃないか！」

確かに、ETAもクンツも、そしてわたしもかなり飲んではいたが、グレーペルほどではなかった。グレーペルの酔い方は、常軌を逸していた。

とはいえ、ETAはユリアの目の前で、当のユリアと結婚するべき男を、口を極めて罵倒したのだ。

ユリアは真っ青になり、ものも言わずにETAを見つめた。

そこにいる男たちは、急いでグレーペルを抱え起こし、城館の休憩室へ運んで行った。

ユリアと母親も、そのあとを追った。

わたしは、ETAのことが心配だったので、その場に残った。そこへあなたが、化粧室からもどって来たのだ。

あなたは、何が起きたのか分からず、当惑してわたしを見つめた。しかし、グレーペルが運ばれるのを見ていたから、何かよくない出来事があったことは、想像がついたようだった。

そう、その場にあなたがいなかったのは、不幸中の幸いというべきだろう。

ともかく、ETAは自分が口にした罵詈雑言で、ユリアはもちろん、マルク家の人びとをどれだけ傷つけたか、すぐに悟ったに違いない。少しのあいだ、黙ってそこに立ち尽くしていたが、やがてETAは決然と芝生を蹴って、その場を離れた。

あなたもわたしも、急いでETAのあとを追った。


もはや、マルク家やほかの人たちと一緒に、帰路につくわけにはいかなかったのだ。

帰宅したあと、ETAからいきさつを聞かされたあなたは、すぐに詫びの手紙を書くように、強く言ったそうだね。

その結果、ETAは言われたとおりマルク夫人に、詫び状を書いた。そして投函する前に、それをわたしに読ませてくれた。

手紙には、こう書いてあった。


自分でも説明のつかない、昨日の衝撃的な事件における振る舞いは、まったくもって酒のせいではなく、完全に頭がおかしくなったためでした。そのせいで、ポンマースフェルデンにおける最後の三十分というものは、悪夢のように小生の頭から去りません。

……昨日の狂乱からくる、小生の大きな心の苦痛をお分かりいただくのは、とうてい無理なことでしょう。自分自身への罰として、小生はあなたやご家族のお許しが出るまで、お目にかかるのを控えることにいたします。小生が、どれほどあなたのお慈悲を求めているか、そしてあなたに不快感を与える意図など、みじんもなかったことをお分かりいただけたら、と切に願っております。また、小生をこれほどまでみじめにさせた愚行のせいで、あなたの心に小生への反感が生じていないように、心より祈る次第です。さらにまた、小生の昨日の醜態がただ単に、狂気のなせるわざであったことを、残念ながらご存じないご家族のみなさんに、よろしくお取りなしくださいますよう、心より切望いたしております。

わたしに言わせれば、ETAの振る舞いは酒のせいではないし、まして狂気のせいでもない。まさにあれは、本心から出た言葉だった。そしてそれは、ユリアとマルク夫人を含めて、あそこに居合わせた人びとすべてに、分かっていたことなのである。――――（続く）

［本間・訳注］

この事件について、クンツは前述の同じ回想録の中で、ポンマースフェルデン事件におけるユリアの反応を、次のように書いている。

（ホフマンがグレーペルをののしったあと）だれもが、この信じがたい罵詈雑言に驚き、あきれた。ユリアはホフマンを、軽蔑のまなざしで見据えた。マルク夫人は、怒りのあまり口を極めて、ホフマンの非礼をなじった。

しかしユリアは、やはり前掲のシュパイア博士に宛てた手紙の中で、クンツにこう反論している。

クンツが書いているように、母が口を極めてホフマンをなじったかどうか、わたしは覚えていません。母はもともと、そうした振る舞いに出る人ではないのですが、あるいは取り乱して何か言ったかもしれません。ただ、少なくともわたしが、ホフマンを軽蔑のまなざしで見た、というのは事実ではありません。わたしは、彼の気持ちが理解できました。彼の、わたしに対する愛がつのるあまり、あのような痛罵となって表れたのだ、と思います。わたしは、その気持ちが十分分かったのですが、あのいやな人（むろんグレーペルのことだ）とまた顔を合わせるのが不安で、控室で妹や弟と泣いていました――

ただユリアは、なぜそのような男と結婚したのか、明らかにしていない。

この手紙で見るかぎり、グレーペルとの結婚がユリアにとって、不本意なものであったことは、明らかだろう。

おそらく、母親が直面している財政的困窮を考慮して、結婚を決意したものと思われる。

ところで、同じ手紙の中でユリアは、「グレーペルと婚約したのは四月」と書いている。

ヨハネスの読みは、当たっていたのである。

――事件のあと、ETAはユリアの声楽のレッスンを打ち切られ、さらにはマルク家への出入りを、禁止された。

マルク夫人の怒りは、大きかったようだ。

しかしそれも長くは続かず、ほどなくETAはふたたびマルク家に、足を運ぶようになった。おそらく、ユリアのとりなしがあったため、とみられる。

考えてみると、たとえ短期間にせよこの禁足措置は、あなたにとってもETAにとっても、よいことだったのだ。この、決定的な事件がきっかけとなって、ETAのユリアに対する偏愛も、あきらめがついたのではないか、と思う。

むろん、ユリアへの思いが消えたわけではないが、どのようにしてもこの状況が変わらないことは――

（以下欠落）

［本間・訳注］

わたしに託された手稿は、以上をもって中断する。

この年、一八一二年の状況を簡単に補足しておこう。

ポンマースフェルデン事件の、半年ほど前の二月下旬、バンベルク劇場の支配人ホルバインは、ヴュルツブルク劇場に移籍してしまった。

そのため、ホフマンも助監督の職を失い、音楽の個人教授や音楽評論などで、生活を支えるはめになっていた。

しかし、当然それだけでは食べて行けず、十一月下旬には「食うために古上着を売る」（日記）、といった状況にまで追い込まれる。

　事件から三カ月後の十二月三日、ユリアはグレーペルと結婚式を挙げ、同月二十日にはバンベルクを出て、ハンブルクへ去った。

　ホフマン自身も、ミーシャともども式に招待されたから、思い残すことはなかっただろう。

　なお、年が明けて一八一三年の春先には、ライプツィヒとドレスデンを本拠とする、オペラ一座の座長ヨゼフ・ゼコンダから、ホフマンに音楽監督の口がかかる。

　それと前後して、シュパイア博士からユリアの懐妊を知らされたこともあり、ホフマンはゼコンダの申し入れを、受ける決心をしたようだ。

　蛇足ながら、ユリアは一八一九年に、グレーペルがたぶん不摂生のせいで死んだあと、籍を抜いて一度バンベルクにもどる。しかし二一年に、いとこの医学博士ルイス・マルクと再婚して、アロルゼンに住居を定めた。

　その後幸せな生涯を送り、六十七歳になる直前の一八六三年三月、ホフマンの死よりおよそ四十一年後に、亡くなっている。

　当時、プロイセンでは乳幼児の死亡率が高く、生まれたばかりの女児の平均余命は、二十九年そこそこだった。五歳を過ぎれば、急激に延びて余命四十年を超えるが、それでも現代と比較すれば、とても長いとはいえない。

　だとすれば、ユリアはそれなりの長寿を保ったわけで、さらに八十歳近くまで生きたミーシャは、それをはるかに上回ることになる。

45

古閑沙帆は、原稿をテーブルに置いて、深く息をついた。

　本間鋭太が言ったとおり、報告はホフマンがユリアと決別するという、きりのいいところで終わっている。とはいえ、ホフマンはこのとき三十六歳で、死ぬまでにまだ十年ある。

　しかも、作家として華ばなしく活躍するのは、その最後の十年間だけなのだ。それまでの十年ほどは、音楽家として身を立てようと悪戦苦闘する、試行錯誤の期間にすぎなかった。

沙帆が読んだ、数少ない評伝などによれば、ホフマンは一貫して作曲を本分とし、文筆の仕事はあくまでも生活の糧、と考えていたらしい。まして、戯画などは気晴らしの余技に、すぎなかっただろう。

ヨハネスが記録した、八回にわたる克明な報告書からは、バンベルクの子女への音楽教育、いくつかの音楽評論、劇場用音楽の作曲等をのぞいて、さしたる音楽的成果を挙げた形跡はない。また、音楽小説や音楽随想の数も多いとはいえず、文学的にも雌伏の期間という印象を、免れない。

ともかく、ホフマンのいまだ開かざる才能の一端を、ちらりとのぞかせたままここで終わられては、挨拶に困る。

さりながら、もともとの手稿がここで途切れているとすれば、苦情を言おうにも尻を持ち込む先がない。

沙帆は、腕時計と壁の時計を、見比べた。

三時四十三分だった。途中で、何度も読み返しながら目を通したので、けっこう時間がたっている。

奥に、声をかけようかと思ったとき、廊下に足音が聞こえた。すぐにそれと分かる歩き方だ。

引き戸が開き、本間がはいって来る。

沙帆が腰を上げる暇もなく、本間はぴょんとソファに飛び乗った。

「読み終わったかね」

「はい。目を通させていただきました。長いあいだ、ありがとうございました。これで終わりかと思うと、すごく残念な気がします」

正直に言うと、本間は鼻をこすった。

「ちょうどいいところで、終わっとるじゃろう」

久しぶりに、〈じゃろう〉を聞いた気がする。

沙帆は、ちょっと答えあぐねた。

「区切りがいい、という意味ではおっしゃるとおりですが、ホフマンの本領はこれから、というところですよね。せっかく、二階に上げてもらったのに、はしごをはずされてしまった感じです」

本間はもぞもぞと、すわり直した。

「そう言われても、手稿そのものがそこで途切れとるんだから、しかたあるまいて」

そのとおりだが、なんとなく釈然としないものがある。

いくら考えても、しかたがないと思い直して、沙帆は話を変えた。

「それで、懸案の解読料および翻訳料のことですが、由梨亜ちゃんを連れて来ただけで、そっくりちゃらにするというのは、やはり心苦しい気がします」

本間はソファの背にもたれ、思慮深い目で沙帆を見返した。

「心苦しい、とね。それはきみがか、それとも倉石夫婦がか」

「倉石さんたちもそうですし、わたしも同じ気持ちです」

本間は、顎の先を掻いた。

「こないだも言ったが、その手稿とわしのパヘスを交換しないか、という提案はどうなったかね」

ちょっとたじろぐ。

「そのお話は、まだ麻里奈さんにしていません。もちろん、倉石さんには異存がないと思いますが、麻里奈さんはうんと言わないでしょう」

「だろうな。なんといっても、寺本風鶏の娘だからな」

またまた、寺本風鶏の名前が出た。

本間にとって、よほど付き合いにくい相手だったらしい。逆に、寺本の側から見れば本間は、気の合わない人物だったに違いない。

「ところで、倉石くんはあのギターの由来について、何か言ってなかったかね」

話の風向きが少し変わり、沙帆はいくらかほっとした。

「先週も、おっしゃっていましたけれど、ラベルがなくても本物のパヘスに違いない、と判断されたようです。たとえ偽物だとしても、あれだけの音が出るなら、問題はない。自分にとっては、ヨハネスの手稿よりはるかに価値がある、ということでした」

本間は、満足げにうなずいた。

「そりゃ、そうだろう」

そう言ってから、妙に小ずるい目で沙帆を眺め、あとを続ける。

「たとえば、こういう条件では、どうかね。つまり、倉石くんじゃなくて由梨亜くんに、あのパヘスを進呈する、ということでは」

沙帆は虚をつかれ、本間を見返した。

「かわりに、この手稿をゆずってほしい、ということですか」

「さよう。それなら麻里奈くんも、いやとは言わんだろう」

少し考える。

「でも、麻里奈さんは由梨亜ちゃんが、先生からギターのレッスンを受けていることを、知らないんです。もし、それを知ったらきっと頭に血がのぼって、手稿どころの騒ぎではなくなる、と思います」

本間は天井を見上げ、顎をなで回した。

「なるほど」

一度黙り込んで、しばらく考える。

あらためて、口を開いた。

「となると、もはや奥の手を出すしか、道はないようだな」

独り言のように言うのを、沙帆は聞きとがめた。

「奥の手、とおっしゃいますと」

本間はそれに耳を貸さず、沙帆に目をもどして言った。

「ところで、今回解読した原稿の内容について、感想を聞かせてもらおうか」

突然話が変わったので、沙帆はとまどった。

しかたなく、息を整えて応じる。

「ええと、そうですね。まず、今回のお原稿は、先生の訳注がずいぶん多い、という印象を受けました」

「そのとおりだ。補足しないと、理解の及ばぬ部分があるのでな。これまで、ヨハネスの報告には、ユリアが何を考えているかについて、ほとんど記述がなかった。それを補う意味でも、後年彼女が書いた手紙による回想を、付け加えてみたわけだ」

「はい。わたしが目を通した、吉田六郎のホフマン伝にもユリアの手紙が、かなり長く紹介されていましたね」

「さよう。今回の報告にある、ポンマースフェルデン事件については、クンツの回想記に書かれた記述が、ほとんど唯一の目撃証言といわれていた。ヨハネスの報告は、その証言がおおむね真実に近いことを、裏付けるものだ。しかし、クンツの回想記を読んだユリアは、従兄のシュパイア博士に宛てて手紙を書き、事実関係の間違いを指摘して、クンツに反論した。それをクンツに突きつけて、訂正してもらうように頼んだわけだが、その後シュパイアが死んだために、結局は中途半端に終わってしまった」

「クンツは、ホフマンが生きているあいだは、仲よくつきあっていたのに、死んだあとはユリアとの関係を、揶揄の対象にしてしまったんですね」

沙帆が言うと、本間は指を振り立てた。

「まさに、そのとおりだよ、きみ。グレーペルと同じく、クンツもただの商売人だったのさ」

それから、ぱたりと膝に手をおろして、苦笑する。

「もっとも、ホフマンとてクンツのことを、心からの友人とは思っていなかったから、おあいこだがね」

虚をつかれる。

「先生も、やはり、そうお考えなのですか」

「そうとも。クンツが酔っ払って、調子っぱずれの鼻歌でも歌おうものなら、いきなりグラスの水を引っかけた、というからな」

沙帆は背筋を伸ばした。

「ほんとうですか」

「ほんとうさ。ホフマンは、たとえ鼻歌でも正しい調子に乗っていないと、ただの雑音とみなすんじゃ。なんといっても、歴とした音楽家だからな、ホフマンは」

つい、笑ってしまう。

本間が笑わないので、沙帆は急いで話をもどした。

「あの、先ほど、奥の手を出すしか道がない、とかおっしゃいましたね。この手稿を、麻里奈さんが手放す気になるような、いいお考えがあるのですか」

本間は居住まいを正し、両手の指先をきちんとそろえて、唇に当てた。

「わしの先祖は、江戸時代にオランダ語を学びながら、浅草の天文台で働いていた。天文方兼書物奉行を務める、高橋作左衛門景保《さくざえもんかげやす》のもとでな」

「は」

沙帆は、あまりにも唐突に話題が変わったので、あっけにとられた。

高橋作左衛門景保、という名前には聞き覚えがあるが、あまりにも場違いに聞こえる。

本間は、沙帆のとまどいにもかまわず、話を続けた。

「わしの五代前の先祖は、本間ドウサイという蘭学者だったんだ。ドウは道路の道、サイは書斎の斎と書く」

「本間、道斎ですか」

「さよう。天明五年生まれだ。西暦でいえば、一七八五年に生まれて、天保十一年、一八四〇年に五十六歳で、死んだ。数え年だがな」

話が、どの方向へ進むのか分からず、困惑する。

「はい。そうすると、ホフマンよりいくらか若い同時代人、ということになりますね」

とりあえずそう返すと、本間はさもうれしげにうなずいた。

「そう、そのとおりじゃ。ところで、きみはフランツ・フォン・ズィーボルトを、知っとるかね」

突然の質問に、面食らう。

「はい。ええと、シーボルトなら、知っていますが」

「シーボルトは、日本での俗称だよ、きみ。彼はドイツ人だから、ズィーボルトと発音しなければいかん。まあ、固いことを言っても始まらんから、ジーボルトでもいいことにしよう」

ヴェーバーといいズィーボルトといい、いかにも本間らしいこだわりに、笑いをかみ殺す。

「分かりました。そのジーボルトが、どうしたのですか」

「きみは知らんかもしれんが、江戸時代は長崎の出島にオランダ商館というのがあって、幕府と外国との唯一の交渉窓口に、なっていた」

「それくらいは、承知しています。大学時代に、江戸時代の海外交渉史を、選択しましたから」

少し口がとがったらしく、本間はおかしそうに笑った。

「おう、それなら、話が早い。では、オランダ商館長が四年に一度、江戸へ参府して将軍に拝謁したことも、知っとるだろうな」

「はい」

「ジーボルトは文政九年三月四日、つまり一八二六年の四月十日だが、商館長のステュルレルに随行して、江戸にやって来た」

すごい記憶力だ。

「とおっしゃると、ホフマンが死んでほぼ四年後、ということですね」

沙帆が口を挟むと、本間はうれしそうにソファの上で、足をばたばたさせた。

「そう、そのとおりじゃ。そのとき、ジーボルトに同行したのが助手の、ビュルガーという薬剤師だ」

記憶をたどる。

そういえば、ジーボルトの『江戸参府紀行』に、ハインリヒ・ビュルガーの名前が、しばしば出てきた。

確か、ジーボルトはこの参府旅行の途上、助手のビュルガーの手を借りて、さまざまな標本採集を行なった、と書いてあった。

「シーボルトの、というかジーボルトの、参府紀行の本でビュルガーの名前を、見た記憶があります」

沙帆が応じると、本間は意にかなったようにうなずき、先を続けた。

「ハイネは知っとるだろうな」

話があちこち飛ぶので、頭が混乱してしまう。

「はい。あまり、忠実な読者とはいえませんが」

「昭和十四年に、改造文庫にはいったハイネの『告白・回想』、という本がある。ハイネはその中で、一八四二年ごろパリのオテル・ド・フランスに友人を訪ねたとき、オランダ人のビュルゲル博士を紹介された、と書いている。ビュルゲルとはビュルガーのことで、オランダ人はドイツ人の間違いだ。ハイネは、当時ビュルガーがジーボルトを助けて、日本に関する大著を出したことを、承知していた」

沙帆は驚いた。

あのハインリヒ・ハイネが、ジーボルトやビュルガーの業績を承知していた、とは知らなかった。

本間が続ける。

「また、ハイネは『ベルリンだより』という書簡集の、第一信や第三信でホフマンのことに、触れておる。ホフマンの作品を、高く評価しとるんだよ、ハイネは」

それも知らなかった。

「ハイネとホフマンは、面識があったのですか。ハイネはホフマンより、二十歳くらい年下だったと思いますが、ほぼ同時代の人ですよね」

「面識があったかどうかは知らんが、ハイネがベルリンのカフェあたりで、ホフマンを見かけたことはある、と思う」

興味深いエピソードだが、話がどこへ向かっているのか、見当がつかない。

沙帆の困惑を察したように、本間が早口に続ける。

「話はまた飛ぶが、ホフマンの父親が離婚するとき、次男のカール・フィリップを引き取ったことは、知っとるだろうな」

「ええと、存じません。ホフマンが、母親に引き取られたことは、承知していますが」

「長男の、ヨハン・ルートヴィヒが夭折したので、父親は次男のカールを連れて行った、というわけだ。ところが、資料によってはヨハンとカールを、混同しておるものもある」

「どんなふうに、ですか」

沙帆の問いに、本間は一度ぐいと唇を引き締め、おもむろに応じた。

「そもそもホフマン自身が、取り違えているらしいのだ。たとえば、こういうエピソードがある」

本間の話はこうだ。

長兄のヨハンはホフマンより八歳、次兄のカールは三歳年長だった。両親が離婚したとき、ホフマンはまだ二歳だったから、兄たちの記憶はないに等しい。

ヨハンは、幼いころ病死していたし、カールとはまったく行き来がなかった。したがって、ホフマンにしてみれば、兄弟などいないも同然だった。

ところが、一八一六年の暮れか一七年の初めに、軍服に似た服を着た十七、八歳の若者が、突然ベルリンのホフマンの住まいを、訪ねて来た。

そして開口一番、こう宣言した。

「わたしは、あなたのお兄さんの息子、つまり甥のフェルディナントです」

ホフマンは驚きながら、フェルディナントと称するその若者に、兄の消息を問いただした。

フェルディナントは、しおらしくハンカチを目に当て、暗い声で言った。

「父はあわれにも、六週間前に亡くなりました」

この〈父〉は、ふつうに考えればカールを指すだろう。しかしホフマンが、長兄の早逝を知らなかったとすれば、ヨハンのことと思った可能性がある。

その出会いのあと、フェルディナントは今度は手紙で、ホフマンに無心してきた。

血縁を証明するためか、ずいぶん前にホフマンがどこかで、戯れに賭博の賭け札に描いた、自画像が同封してあった。

ホフマンは、多少の金をフェルディナントに送り、今後も援助する意志があることも、伝えた。ただし、フェルディナントがこれまで、ちゃんと働いてきたことを証明する、なんらかの書類を持参するように、と付け加えた。

その後フェルディナントは、二度とホフマンの前に現われなかった。

それから半年ほどたって、ホフマンは思い出したように、長兄ヨハンに宛てて長い手紙を書いた。まだ生きている、と考えたらしい。

しかし、ヨハンの住所など知る由もないし、手紙は最後まで書かれることなく、むろん投函もされなかった。

結局のところ、ただの気休めにすぎなかったのだろう。

本間はそう結論して、あとを続けた。

「ただし吉田六郎は、ヨハンが夭折していることからして、この手紙を次兄のカール宛に書いたもの、と解釈するのが合理的だ、と判断したようじゃ。〈ホフマン伝〉の中でも、カール宛の手紙とはっきり書いている」

本間が口を閉じたので、沙帆はすばやく割り込んだ。

「ちなみに、例のハンス・フォン・ミュラーは、その投函されなかった書簡の下書きを、ホフマンの書簡集に入れているのですか」

「もちろん、入れている。頭書の宛て先も、ヨハン・ルートヴィヒのままでな」

「でも、その時点でミュラーはヨハンが夭折したことを、承知していたはずですよね。カール宛の間違いではないか、と注釈をつけたりしてないのですか」

「しとらんよ。ミュラーは、そこでホフマンの思い違いを正せば、逆に事実をまげることになる、と考えたに違いあるまい」

なるほど、と思う。

ミュラーの判断は、正しかっただろう。

ホフマンは、それまで長兄の夭折を知らずにおり、フェルディナントをその遺児と思った、と解釈できる。

ミュラーは、その誤解をあえて修正せずに、そのまま残したわけだ。

本間は、さらに続けた。

「いずれにしても、これは正体不明の男による単純な詐欺事件、ということになるな。まあ、小銭くらいですんだから、よかったようなものだがね」

話を聞いているうちに、ホフマンの兄弟の消息に、興味がわいてくる。

「念のためお尋ねしますが、ほかの人のホフマン伝では、そのあたりを、どう書いているのでしょうか」

沙帆の問いに、本間はすわり直した。

「それは、いい質問じゃ。ザフランスキーのホフマン伝によると、長兄のヨハンはどうしようもないぐうたらで、禁治産の宣告を受けて矯正施設に送られた、とある」

これには、面食らってしまう。

「ヨハンは夭折した、という説と全然違いますね」

「それとは逆に、次男のカールは生まれてまもなく死んだ、とある。どこから引いたか知らんが、従来とはまったく異なる新説だ」

ますます混乱する。

「ほかにもあるのですか」

「アメリカの独文学者、ヒューイット＝セイヤーのホフマン伝にも、多少の記述がある。セイヤーによると、ホフマンが書いた手紙は次兄のカール宛で、しかも日付は一日違いの七月十一日、となっておる。さらにその手紙は、シレジアに住むカールから直近に届いた便りへの、返信として書かれたものだというのだ。こちらもまた、出典を明らかにしておらん」

本間はそう言いながら、芝居がかったしぐさで両手を広げた。

「専門家のあいだでも、諸説があるわけですね」

「さよう。つまり、ホフマンの兄弟の消息については、まだ定説がないわけじゃよ。たとえば、長兄のヨハン・ルートヴィヒが実は死んでおらず、それどころかホフマンより長生きした、という可能性もゼロではないだろう」

何を言い出すのかと思い、ぽかんと本間の顔を見返す。

本間はかまわず、話を進めた。

「ここにもう一人、ヨハン・ヨゼフ・ホフマン、という人物がいる。一八〇五年、ヴュルツブルクの生まれで、一八七八年まで長生きした」

「その人も、ホフマンの一族なのですか」

沙帆の問いを、本間が手で押しとどめる。

「まあ、待ちたまえ。ヨハン・ヨゼフは、生まれつき美声の持ち主だったから、声楽家を目指していた。そのあたりは、ホフマンと共通したところがある。ホフマンも、ユリアに歌を教えたり、一緒に二重唱を歌ったりしているからな」

本間が、何を言おうとしているのかと、沙帆は興味をそそられた。

「それで、そのホフマンはちゃんとした声楽家に、なったのですか」

「いや、ならなかった。ヨハン・ヨゼフは一八三〇年の七月十七日、当時オランダ領にあったアントウェルペン、英語でいうアントワープのさるホテルで、ある人物と知り合ったのさ」

沙帆は、本間のもって回った話の展開に、少しいらいらした。

それをぐっとこらえ、辛抱強く先を促す。

「だれと知り合ったのですか」

本間はかまわず、好き勝手に続けた。

「ヨハン・ヨゼフは、そこの食堂で一人の男が客に囲まれて、日本や極東のことを自慢げに話す場面に、出くわした。その男のドイツ語を聞いて、ヨハン・ヨゼフは自分と同じ南ドイツ、バイエルンの出身ではないかと思った。そこで、話が一段落するのを待ってそばに行き、男にこう尋ねた。『失礼ながら、極東からおもどりになったばかりと拝察しますが、もしかしてジーボルト博士をご存じありませんか』とね。ジーボルトは、自分と同じヴュルツブルク生まれだから、ヨハン・ヨゼフもその名前と評判だけは、よく知っておったわけだ」

すかさず、沙帆は口を挟んだ。

「するとその人物は、自分こそそのジーボルトである、と答えたんじゃありませんか」

それを聞くなり、本間はソファの肘掛けをどんと叩き、目を大きく見開いた。

「なんだってきみ、ひとの話の先回りをするんだ。せっかく、驚かしてやろうと思ったのに」

まるで、万馬券を鼻の差で取りそこねた、落ち目の競馬ファンさながらに、歯がみをする。

あまりの過剰な反応に、沙帆はあわてて頭を下げた。

「すみません、よけいなことを言ってしまって。わたしもつい、待ち切れなくなったものですから」

本間は、ものも言わずにソファを蹴り立ち、部屋を飛び出して行った。廊下が荒あらしく、踏み鳴らされる。

沙帆は途方に暮れ、長椅子から立ち上がった。

どうしたらいいか、一瞬思考が停止してしまう。

様子を見に行くべきだろうか。いや、まさか子供でもあるまいし、あとを追ってなだめるのも、はばかられる。

少しのあいだ、あれこれと迷った。そのあげく、ここは一度おとなしく退散して、また出直して来た方がよさそうだ、と判断する。

そう肚を決めて、戸口に向かおうとした。

そのとたん、開け放しになった引き戸の外から、またも廊下を踏み鳴らす足音が、聞こえた。

本間が、引き返して来たようだ。

沙帆はその場で、気をつけをした。

本間は部屋にはいり、引き戸をがたぴしと音高く閉めて、ソファにぴょんともどった。

「しゃべりすぎて、喉が渇いた。水を飲んできた」

弁解がましく言い捨て、初めて気がついたというように、沙帆を見上げる。

「何をしとるんだ。そんなとこに突っ立ってないで、すわりたまえ」

そう言われて、気をつけをしたままの自分に気づき、沙帆はあわてて腰をおろした。

本間は、たった今取り乱したことなど忘れたように、指を立てて言った。

「年齢的にみて、ヨハン・ヨゼフ・ホフマンは、ヨハン・ルートヴィヒ・ホフマンの息子だ、という仮定も成り立つだろう」

沙帆は、あまりに突飛な仮定に、のけぞった。

「それは、つまり、ヨハン・ヨゼフが、E・T・A・ホフマンの甥だ、ということですか」

また、先回りをしたことに気づいて、ひやりとする。

しかし今度は本間も、すなおにうなずいた。


「そういうことになるな。親のヨハンが、息子にもヨハンとつける例は、別に珍しくないからな。というより、むしろそれが親子であることを、裏付ける証拠かもしれん」

そもそも、ホフマンに甥がいたなどという話は、読んだことも聞いたこともない。

「ですが、ヨハンはドイツの男子の中でも、すごくありふれた名前だと思います。英語でいえば、ジョンですし」

恐るおそる言うと、本間はしぶしぶという感じで、うなずいた。

「だから、あくまで仮定ということに、しておこう。話を進めると、こういう展開が考えられるだろう。ホフマンが死んだあと、妻のミーシャはヨハネスの報告書を、持て余してしまった。しかたなく、それを半分ずつに分けて、二人の別々の人物に託した。そのうちの前半部分が、ポンマースフェルデン事件を含む、ホフマンのバンベルク時代を扱った、今回の手稿というわけだ」

沙帆は、テーブルに載った古文書を、じっと見つめた。

「この手稿が、ミーシャからだれかの手に託され、それがさらに別の人の手に渡って、最終的にマドリードの古書店に、収まった。それが、たまたま倉石さんの目に留まって、今ここにあるというわけですか」

本間の口元に、わが意を得たりと言いたげな、心地よい笑みが浮かぶ。

「まさに、そのとおりじゃ」

「それで、残りの後半部分はどうなった、とお考えですか」

「ミーシャはそれを、甥のヨハン・ヨゼフに預けた、と考えられる」

「なぜですか。単に、血がつながっているから、ですか」

「それもあるが、内容的に甥の興味を引くだろう、とミーシャが考えたのじゃろう」

じゃろうと言われて、沙帆は首をひねった。

「よく分かりませんが」

「声楽家として、身を立てようとする以前の学生時代、ヨハン・ヨゼフは言語学を勉強しておった。なかでも、ジャワとか中国とか日本とか、東洋の言語に関心を寄せていたらしい。しかして、残された手稿の後半部分には、日本に関連する記述がちらりと出てくるのさ」

沙帆は、ぽかんとした。

「ヨハネスの報告書の中に、日本のことが書かれている、と」

「いかにも。ホフマンは、ベルンハルト・ヴァレンというドイツ人、ラテン名でベルンハルドゥス・ヴァレニウスなる学者が、一六四九年にアムステルダムで出版した『日本伝聞記』、という地理書を読んどるんだよ。日本でも一九七五年に、邦訳が出ているがね」

思わず、本間の顔を見直す。

「どうして、先生はそのようなことを、ご存じなのですか」

急き込んで聞くと、本間はそうした沙帆の反応を楽しむように、含み笑いをした。

「実をいえば、わしこそがその残り半分の報告書の手稿を、持っとるんじゃよ」

46

驚きのあまり、絶句する。

古閑沙帆は、テーブルの上の古文書に、目を落とした。この報告書に続きがあり、しかもそれを本間鋭太が持っている、というのか。

そんなことが、ありうるだろうか。

本間に目をもどし、生唾をのんで言う。

「わたしには、どうもお話の趣旨がよく分からないのですが、その残り半分の報告書を先生がお持ちになっている、ということでしょうか」

本間は得意げに、ふんと鼻を鳴らした。

「そうは聞こえなかったかね」

「聞こえましたが、急には信じられなくて」

「無理もないて。わしも、きみが最初にここへやって来て、この古文書をどんとそこに置いたときには、自分の目が信じられなかったからな」

沙帆は、そのときの本間の反応を、まざまざと思い出した。

手稿の束を見るやいなや、本間の顔がにわかに厳しく引き締まり、目の玉が飛び出しそうな表情になったのだ。それは、まだ中身も見ないうちだったから、沙帆も不審に思った記憶がある。

もし本間が、実際に報告書の続きを持っているのなら、沙帆が持ち込んだ古文書を見るなり、その瓜二つのたたずまいに気づいて、驚愕するのは当然だろう。

試しに、聞いてみる。

「その、ホフマンに関する報告書の後半部分は、今先生のお手元にあるのですか」

「むろんだ」

本間は言下に答え、ぐいと唇を引き締めた。

沙帆は、また生唾をのんだ。

ここまでくれば、引き下がるわけにいかない。

「お差し支えなければ、拝見させていただけませんか」

思い切って言うと、本間はみじろぎもせず、沙帆を見返した。

それから、わざとらしく深呼吸して背を起こし、ソファから飛びおりる。

背後の、部屋の隅にあるサイドボードに行き、観音開きの扉をあけた。

最初に、古文書解読の依頼に来たとき、本間はそこから『カロ風幻想作品集』の、ドイツ語の初版本四巻をうやうやしく持ち出し、見せてくれたのだ。

その初版本が並んだ、すぐ下の棚から渋茶色の和紙にくるまれた、古めかしい包みを取り出す。

そこに、そんなものが置いてあったとは、思いもしなかった。

本間は、それをだいじに捧げるようにして、テーブルに運んで来た。

ソファにすわり直し、慎重な手つきで包みの紐をほどく。

二重になった、じょうぶそうな和紙と油紙を広げると、隣に並んだ例の古文書と同じような、別の文書の束がそこに現れた。

興奮を抑えて、いちばん上の一葉を、のぞき見る。

もともとの古文書とそっくりの、読みにくい手書きの亀甲文字がびっしりと、隙間なく並んでいた。

上体を引き、あらためて全体を見比べる。

われ知らず、ため息が出た。

二つの古文書の束は、紙質もインクもまったく同一のように見える。

精査するまでもなく、それらがもと一つの古文書だったことは、疑う余地がなさそうだった。

沙帆は本間を見て、わざと明るく言った。

「先生は相変わらず、おひとが悪いですね。お預けした報告書の続きが、すぐそばにしまってあることを、ずっと隠していらっしゃるなんて」

本間が、ことさら苦虫を嚙みつぶしたような、渋い顔をする。

「隠していたわけではない。ただ、黙っていただけのことさ」

「同じことじゃありませんか。そのために、先生は解読翻訳料のかわりに、この報告書の前半部をよこせ、とおっしゃったのですね」

遠慮なく言うと、本間はいかにも心外だという様子で、目を三角にした。

「きみ、言葉に気をつけたまえ。わしは、よこせなどという下品な表現を、遣った覚えはないぞ」

沙帆はすわり直し、咳払いをした。

「すみません、言いすぎました。でも、わたしも先生とはそこそこに、長いお付き合いになります。こんな重大なことを、今まで黙っていらっしゃったなんて、いくらなんでも水くさい、と思います」

本間は、沙帆の見幕にたじろいだように、両手を立てて壁を作った。

「まあまあ、待ちたまえ。この報告書の前半部が、きみ自身の所有に属するものなら、わしも最初から話していただろう。しかし、かりにも倉石夫婦の所有物となれば、そう気安く、相談を持ちかけるわけにはいかん。だからこそ、それとなく小出しに、意向を打診した次第だ。倉石麻里奈は案の定、わしの話に耳を貸そうともしなかった。いくら彼女が、熱烈なホフマンの信奉者だとしても、このような貴重な研究資料を、素人の手元に置いておくことは、宝の持ち腐れになる。かりにわしが、ホフマン伝を書き起こすことになった場合は、資料提供者に倉石学夫妻の名を明記するのに、やぶさかではない。それは約束してもいい」

早口にまくし立てたので、唇の両脇に唾がたまる。

本間はそれを、手の甲でぬぐった。

沙帆は、大きく息を吸ってゆっくりと吐き、気持ちを落ち着けた。

口調をあらためて言う。

「そのお話は、あとでゆっくりさせていただきます。それより、先生がこの報告書の後半部を、どうやって入手されるにいたったのか、聞かせていただけませんか。わたしには、奇跡としか思えませんが」

本間も、興奮を鎮めるようにすわり直し、ソファに深ぶかと背を預けた。

おもむろに、口を開く。

「さっき持ち出した、わしの先祖の本間道斎のことに、話をもどそう」

「はい。江戸時代の、蘭学者だった人ですね」

本間道斎は、天文方兼書物奉行の高橋作左衛門の下で、働いていたという話だった。

「さよう。この報告書は、その道斎から代々受け継がれて、わしの手に残されたものだ」

沙帆は言葉が出ず、黙って生唾をのんだ。

本間は、一呼吸置いて続けた。

「将軍拝謁のため、江戸に参府したオランダ商館長の一行は、日本橋石町の長崎屋、という旅館に泊まるのが、しきたりになっていた。知っとるだろうね」

「はい」

「一行は、原則として宿から外出することを、固く禁じられていた。また、一般の日本人と接触することも、許されなかった。ただし、特定の蘭癖《らんぺき》大名や蘭学者、奥医師などは宿を訪ねて、彼らと話をすることができた。だから参府のたびに、杉田玄白《げんぱく》や土生《はぶ》玄碩《げんせき》、大槻玄沢《げんたく》、宇田川《うだがわ》榕庵《ようあん》といった医者や学者が、長崎屋に出向いてオランダ人から、西洋の最新の医療技術や科学知識を、入手したわけだ」

「そのあたりは、わたしも大学で勉強しました」

沙帆が応じると、本間は満足げにうなずいた。

「それなら、話が早い。さっき言ったとおり、一八二六年の四月にジーボルトは、助手のビュルガーとともに、オランダ商館長のステュルレルに随行して、江戸へ参府した。そして江戸滞在中の五月半ば、天文方の高橋作左衛門が長崎屋で、ジーボルトと何度目かの面会を、果たしたわけだ」

そこで一度、言葉を切る。

また、唇の端にたまった唾をぬぐい、あとを続けた。

「そのおり、作左衛門はジーボルトから貴重な資料、クルーゼンシュテルンの地理書を、手に入れた。ただし、それと引き換えにご禁制の、日本の詳細な測量地図を進呈する、と約束したのだ。そして後日、伊能忠敬が作成した日本地図の写しを、約束どおりジーボルトに、送り届けてしまったのさ。のちに、それがお上にばれてお縄になり、結局獄死するわけだがな」

学生時代に学んだ、そうした事件のいきさつもなんとなく、頭に残っている。

「わたしが習ったかぎりでは、ジーボルトが日本を離れる直前、台風のために長崎の湾内で、帰国船が座礁したと記憶しています。それで、船を持ち上げるために長崎奉行所が、積み荷を陸へもどして調べたところ、中からご禁制の地図やら何やらが、たくさん出てきた。それでジーボルトが、取り調べを受けるはめになった、と」

本間は、唇を引き締めただけで、何も言わなかった。

しかたなく、付け加える。

「要するに、台風で船が座礁さえしなければ、ジーボルトも作左衛門も、罪に問われないですんだ、ということですよね」

すると本間は、気取ったしぐさで立てた指を左右に動かし、ちちちと舌を鳴らした。

「ひところ、それが通説とされていた時期もあったが、今ではそうでないらしいことが、分かってきたんじゃ」

じゃ、ときた。

急いで、別の記憶をたどる。

「それでは、やはり間宮林蔵《まみやりんぞう》が作左衛門とジーボルトの関係を、幕府に密告したのがきっかけだった、ということですか」

　そうしたいきさつがあったことも、なんとなく頭の中に残っていた。

　本間は、また唇を引き結んで、首をひねった。

「まあ、密告と断じていいかどうかは、むずかしいところだがな。確かに、林蔵は作左衛門と、あまりうまが合わなかったらしい。しかし、少なくとも密告しようという、明確な意図があったかどうかは、にわかに判断できんよ」

「蝦夷地探検のあと、林蔵は幕府の隠密御用を務めていた、といわれていますよね」

「それも、確かにそうだと断定することは、むずかしいだろう」

　林蔵のことを、あまり悪くは考えたくないようだ。

　本間は咳払いをして、そのまま話を続けた。

「いわゆる、林蔵の密告とは、こういうことだ。一八二八年、元号でいえば文政十一年の春だが、ジーボルトが長崎から作左衛門へ、小包を送った。その中に、林蔵に渡してほしい、という当人宛の手紙と贈り物の更紗《さらさ》が、同封されていた。ばか正直な作左衛門は、深くも考えずにそれらをそのまま、林蔵に渡してしまったのさ。林蔵は、外国人からの私信や贈り物は、固いご法度と承知していた。それで、封を開きもせずに、勘定奉行の村垣淡路守に、引き渡した。そうすれば、作左衛門に災いが及ぶことは、むろん認識していたはずだ。林蔵にも、ジーボルトと親しい作左衛門を、ねたむ気持ちがあったのかもしれん。ともかく、そのためにジーボルトと作左衛門のあいだに、内密の親しい交流があったことが、お上に分かってしまったわけだ」

「それで作左衛門は捕縛され、取り調べを受けるはめになった、というわけですね」

「さよう。作左衛門の家を捜索したところ、ジーボルトにもらった書物やら何やら、ご禁制の品がいろいろと出てきた。となれば、ジーボルトも引き換えに作左衛門から、何かもらったに違いない。そこで、長崎にいるジーボルトについても、出島にある居宅や保管庫などに、捜索の手がはいった次第だ」

　本間は一度口を閉じ、もぞもぞとすわり直した。

「ここでも、日本地図をはじめ禁制品が、次つぎに発見された。これが、ジーボルト事件発覚の、おおまかな流れだ。座礁した、帰国船の荷揚げがきっかけになった、というのは俗説にすぎんよ」

つい耳を傾けてしまった沙帆は、そこでやっとわれに返った。

「あの、ジーボルト事件については、よく分かりました。でも、そこにご先祖の本間道斎が、どのようにからんでいるのか、さっぱり見当がつきませんが」

それを聞くと、本間は居心地が悪そうに、またすわり直した。

この日は何かにつけて、落ち着きがないように見える。

「ジーボルト事件について、いろいろと不正確な情報が流れているから、きみのモウをヒラいてやろう、と思ったのさ」

モウをヒラくが、啓蒙のことと気がつくまでに、三秒ほどかかった。

「おかげさまで、ジーボルト事件に関するかぎり、蒙を啓かれました。でも、そろそろ本間道斎のお話をうかがわないと、日が暮れてしまいます」

「心配したもうな。夏の日は長いからな」

そう言い捨てて、本間はおもむろに続けた。

「本間道斎は、高橋作左衛門に随伴して二度か三度、長崎屋に行ったと考えられる。そのおり、作左衛門とジーボルトが話をしているあいだ、たぶん道斎も助手のビュルガーと、話をする機会があっただろう。道斎が行くたびに、ビュルガーはジーボルトがほしがりそうな、日本の植物や昆虫の標本などを、持って来させたに違いない。道斎も、ビュルガーからオランダ語を教わったりして、互いに利するところがあったはずだ」

同意を求めるように、沙帆の顔を見つめる。

「はい。よく分かります」

合いの手を入れると、本間は頬を緩めて続けた。

「このビュルガーは、ジーボルトが例の事件で日本を追放されたあと、その後任として出島に、残ることになった。彼は天保五年、つまり一八三四年の五月まで、オランダ商館長の日誌に、名をとどめておる。つまりジーボルトより、五年ほども長く日本に滞在したわけだ」

最後はソファに深くもたれ、天井を見ながら独り言のように言って、一度口を閉じる。

そのすきに、沙帆は言った。

「ビュルガーの、ジーボルトの業績に対する貢献度は、かなり高かったようですね。あのハイネも、ビュルガーとジーボルトの密接な関係を、知っていたくらいですから」

「さよう。ジーボルトの大業は、ビュルガーともう一人、ホフマンがいなかったら、なし遂げられなかっただろう」

「ホフマンといいますと、アントワープでジーボルトと知り合ったという、ヨハン・ヨゼフ・ホフマンのことですか」

先刻、本間の口からその名が出たことを、思い出す。

大胆にも、本間はその人物をＥ・Ｔ・Ａ・ホフマンの兄、ヨハン・ルートヴィヒ・ホフマンの息子に、擬したのだ。

「そう、そのＪＪじゃ」

言い放つ本間に、沙帆は笑いを噛み殺した。

いつものように、ドイツ語にこだわるならＪＪは、〈ヨットヨット〉のはずだ。

しかし、今度ばかりは本間も英語式に、〈ジェージェー〉と発音した。それがわけもなく、おかしかった。

気がつかぬふりをして、沙帆は聞き返した。

「そのホフマンも、ジーボルトのお手伝いをしたのですか」

「した、どころではない。ジーボルトと出会って数日後、ホフマンは声楽家への野望をなげうって、助手になることを決めたのさ。時はあたかも、一八三〇年七月二十三日のことだ。声楽は役に立たなかったが、描画を含むホフマンのいろいろな才能は、ジーボルトの仕事を大いに助けることになった」

沙帆は顎を引いた。

「描画といいますと、そちらの方のホフマンにも、絵の才能があったのですか」

「あった。ジーボルトの指示で、その著作に挿絵を描いたくらいだからな」

「だとすれば、ヨハン・ヨゼフ・ホフマンはもともとのホフマンと、ますます似てくるわけですね」

あらためて確認すると、本間は得意げにうなずいた。

「そういうことだ。となれば、わしがＪＪをＥＴＡと血のつながった人物、と推定するのも無理はない、と思わんかね」

古閑沙帆は、つい腕を組んでしまった。

本間鋭太の言うことには、それなりの説得力がある。情況証拠といえばそれまでだが、そこまで類似点があからさまになると、まんざら荒唐無稽な仮説ではない、という気もしてくる。

本間がじっと、胸のあたりを見つめているのに気づき、あわてて組んだ腕を解く。

「ええと、それでヨハン・ヨゼフ・ホフマンは、ジーボルトの原稿に図や絵をつけて、著作執筆のお手伝いをしたわけですね」

本間は、目を上げた。

「それだけではない。JJは、ジーボルトが使っていた広東人の助手、コウツィンツァン（Kô-Tsing-Tsang）に中国語を習った」

またまた、面食らう。

「コウツィンツァン、といいますと」

「日本語読みすれば、カクセイショウだ。カクマツジャク（郭沫若）のカク、成田山の成る、それに文章の章と書く」

「すみません。カクマツジャクって、なんでしょうか」

聞き返すと、本間はきゅっと眉根を寄せた。

「知らなければいい。とにかくカクは、吉原遊郭のカクだ。ただし、〈まだれ〉のない方だぞ」

頭の中で、〈廓〉と〈郭〉が行ったり来たりする。

ようやく、郭成章という字が浮かんだ。

「はい、郭成章ですね。その人から中国語を習って、どうしたのですか」

「それでまず、漢字を覚えたのさ。JJは、そこから百尺竿頭に一歩を進めて、日本語の研究に取り組んだわけだ。そしてたちまち、かたことにとどまったジーボルトを尻目に、日本語に精通するにいたった」

沙帆はそれを聞いて、文字どおり目をぱちくりさせた。

「ほんとうですか。ヨハン・ヨゼフ・ホフマンはそれまでに、日本に来たことがあったのですか」

「いや。JJは、あとにも先にも、日本に来たことがない」

これには、驚かされる。

沙帆が言葉を失っていると、本間は一人でうなずいて続けた。

「さよう。JJは、一度も日本へ来ることなしに、日本語を自家薬籠中のものにした、というわけさ」

それが事実なら、そのJ・J・ホフマンはどうやって、日本語を身につけたのだろう。実のところ、首をひねりたくなることばかりだ。

「それなら、日本語力はジーボルトと、たいして変わらなかったのでは」

恐るおそる言うと、本間は手旗信号でも送るように、腕を振り回した。

「とんでもない。JJの日本語力はジーボルトより、はるかに上じゃ。JJは、キリシタン時代の日本語文典、たとえばロドリゲスの著作などを読んで、独学したに違いない。その後、一八五五年にはライデン大学で、初代の日本語教授になった。そればかりではないぞ。一八六三年に、日本の侍がオランダに留学した際には、留学生の榎本武揚や西周《にしあまね》、赤松大三郎などと交流して、連中にオランダ語を教えた。同時に、自分の日本語をさらに、磨いたわけだ。しまいには、みずから『日本文典』という語学書まで、刊行しておる。一八六八年のことで、これには英語版もあるくらいだ」

滔々たるその熱弁に、沙帆はあっけにとられた。

JJことヨハン・ヨゼフ・ホフマンは、単に日本語が堪能だったにとどまらず、文典を書くまで精通していた、というのか。

本間の言が事実だとすれば、J・J・ホフマンは語学の達人であり、ジーボルトの研究を助けるほど筆が立ち、さらに声楽と画筆をよくする、博学多才の人物といえる。

話を聞くかぎり、正真正銘のE・T・A・ホフマンの甥か、少なくとも血族の一人ではないか、という気さえしてくる。

本間は、なおも続けた。

「ジーボルトが、大部にわたる『日本』を書くにあたって、資料に使った日本語文献の翻訳や、日本語そのものに関する記述は、ほぼホフマンが担当したと考えられる。つまり、さっきも言ったとおりジーボルトの業績は、ビュルガーとホフマンの協力があって、初めて成り立ったことになるわけだ」

なるほど、そのとおりかもしれない。

ハインリヒ・ビュルガーもJ・J・ホフマンも、ジーボルトの令名の陰に隠れて、専門の研究者以外にその名を知る者は、ほとんどいないだろう。

しかし、本間が指摘するように、二人がいたからこそジーボルトは、日本に関するあの綿密にして、膨大な体系を構築することができた、といっていいのではないか。

それはともかく、E・T・A・ホフマンに関する報告書に端を発して、ジーボルトにまで論が及ぶことになるとは、想像もしなかった。

ひどく喉が渇いたが、話を中断するわけにもいかず、またまた生唾をのむ。

とはいえ、いたずらに感心ばかりしている場合ではない。

沙帆は話を変えた。

「先ほど先生は、E・T・A・ホフマンがヴァレニウスの、『日本伝聞記』を読んだとかいうお話を、されていましたよね」

「うむ。少なくとも、そこの報告書の後半には、そういう記述がある。『日本伝聞記』はもと、ラテン語で発表されたものだが、ドイツ語でも出版されている。どちらにせよ、ETAは両方の言語に通じていたから、読んだとしても不思議はなかろう」

「そうしますと、JJと同様ETA自身も、日本に関心を抱いていた、ということになりますね」

沙帆が、同じように略称で二人を呼ぶと、本間はうれしそうに足をばたばたさせた。

「そうなるじゃろう。それもまた、ETAとJJが叔父、甥の関係だったという、血筋を感じさせる有力な証拠になる、と思わんかね」

沙帆は、作り笑いをした。

「はい、なると思います」

一応そう答えてから、肝腎なことに切り込む。

「そのことと、この報告書が本間道斎の手に渡ったことと、どんな結びつきがあるとお考えですか」

本間はもぞもぞと体を動かし、もったいをつけて言った。

「JJホフマンは、ミーシャから託されたヨハネスの報告書を読んで、叔父のETAホフマンも自分と同じく、日本に関心を抱いていたことを知った」

そう断定して、ぐいと唇を引き結ぶ。

いよいよ、J・J・ホフマンはE・T・A・ホフマンの甥、という前提で話を進めるつもりらしい。

話を中断させないために、沙帆はあえて異を唱えるのを、控えることにした。

本間が続ける。

「ジーボルトは、後任として日本に残ったビュルガーに、オランダから手紙や書類、資料などをいろいろと送りつけて、指示を出したに違いない。おそらく、JJがジーボルトに代わって、そのめんどうな作業を担当した、と考えてよかろう」

「はい」

素直に拝聴する。

「そうした作業を続けるうちに、JJはビュルガー宛の荷物の中に、ミーシャに託された報告書の後半を、同梱してしまったんじゃ」

同梱してしまったんじゃ。

沙帆は、ほとんどぽかんとして、本間を見返した。

本間は、またも居心地悪そうに、鼻をこすってすわり直した。

話に水を差すといけないと思い、沙帆は急いでおうむ返しに言った。

「同梱してしまったのですね。はい、分かりました」

その反応が、あまりに素直すぎたとみえて、本間がむっとした顔になる。

「論理が飛躍しすぎておる、と内心思ったようじゃな」

「いえいえ。ジーボルトの指示が、あまり複雑多岐にわたりすぎて、身近にあったものを手当たりしだい、梱包した可能性は大いにある、と思います」

少しのあいだ、本間は疑わしげに沙帆を見つめていたが、ふと思い出したように言う。

「キッチンのポットに、湯がはいっとる。お茶を二つ、持って来てくれ。きみも、喉が渇いただろう」

ほっとしたせいか、沙帆は肩の力が緩むのを、意識した。

「分かりました」

半分救われた気持ちで、廊下へ逃げ出す。

キッチンへ行き、お茶の用意をしながら考えた。

たとえ偶然にしろ、報告書の後半が本間の家に、代々伝わっていたという話に、嘘はないと思う。

江戸時代に、本間道斎などという蘭学者がいたとは、聞いたこともない。

しかし、本間にそんな作り話をすべき理由は、何もないはずだ。まさか、家系図を見せてほしいなどと、頼むわけにもいくまい。

お茶を運んで、洋室へもどる。

さっそく喉を潤して、本間は話を続けた。

「この説が、いささか強引なことは、わしも認める。一八三〇年に、ＪＪがアントワープでジーボルトと知り合って、仕事を手伝うようになったころには、ビュルガーはまだ日本にいた。ＪＪとしては、生前名を知られた作家だった叔父のＥＴＡが、多少なりとも日本に関心を抱いていたことを、ビュルガーに知らせたいと考えたとしても、不自然ではあるまい」

「ありません」

言下に応じたものの、わきの下がこそばゆくなる。

本間は、かまわず続けた。

「ＪＪから、ヨハネスの報告書を受け取ったビュルガーは、その中にヴァレニウスの『日本伝聞記』を、ＥＴＡが読んだという記載があるのを、発見した。そこでその報告書を、参府以来親しくなった本間道斎に、送ろうと考えたわけだ。つまり、ドイツの著名な作家の中にも、日本に関心を持つ者がいることを、知らせたかったんじゃろう」

じゃろう、と聞いても沙帆は、異を唱えなかった。

水を差すようなことだけは、口にしてはならないと肝に銘じる。

沙帆の顔色をうかがいながら、本間はあとを続けた。

「ビュルガーは、長崎からそれを江戸の道斎に、送りつけた。道斎は、その古文書を本間家の家宝として、末代まで伝えたというわけさ」

どうだと言わぬばかりに、力強くうなずいてみせる。

仮説の上に、さらに仮説を組み上げる本間の論理に、無理があるのは確かだった。

奇矯な振る舞いには慣れているが、こうした強引な論理の構築の仕方には、本間らしからぬものがある。

あるいは、ホフマンへの傾倒が過ぎるあまり、歯車が狂ったのだろうか。

本間が、不満そうに眉根を寄せる。

「黙っているところを見ると、納得しとらんようだな、きみ」

読まれてしまったようだ。

沙帆は、明るく応じた。

「ですが、たとえ一パーセントでも可能性があるかぎり、荒唐無稽な仮説とはいえないでしょう。それなりの説得力はある、と思います」

本間は、いぜんとしてすっきりしない顔つきで、肘掛けにぱたりと腕を落とした。

「わしの推論のほかに、その報告書の後半部がうちに伝わったことを、合理的に説明するストーリーがある、と思うかね」

少し考える。

「少なくとも、時代的な整合性やご先祖の人間関係からして、先生の仮説が十分成立しうることは、疑いがないと思います。逆に言えば、それ以外の可能性は考えられない、といっていいでしょう」

最大限に譲歩すると、本間はそのとおりと言わぬばかりに、胸を張った。

それから、にわかにしょぼんとして、ソファの中に身をうずめる。

沙帆は口をつぐんだまま、本間の様子をうかがった。

ため息をつき、低い声で言う。

「正直に、白状しよう。実は、JJがETAの甥だという説は、成立しないんじゃ」

沙帆が黙っていると、本間は元気なく続けた。

「確かに、JJはジーボルトと同様、バイエルン地方のバンベルクに近い、ヴュルツブルクで生まれた。ただし、父親の名はアダム・ホフマン、母親はマーガレットという。息子の名前は、名付け親だった粉屋のハーネスなる男にちなんで、ヨハン・ヨゼフとされた。まるでETAとは、縁のない出自なんじゃよ」

面目なさそうに、鼻の下をこする。

やはりそうか。

そう思いつつ、本間のいかにもしおれた様子に、少し哀れを催した。

「父親のアダム・ホフマンは、どんな仕事をしていた人ですか」

「裁判所で働いておった」

驚いて、背筋を伸ばす。

「でしたら、やはり同じ血筋かもしれませんね。ETAの家系はもともと、法律家が多かったようですし」

本間は、むずかしい顔をして少し考え、気の進まない様子で言った。

「裁判所といっても、判事や弁護士ではない。ただの事務方だったんじゃ」

この日はやけに、じゃ、じゃ、じゃが多い。元気を失った証拠のようだ。

つっかい棒をはずされた感じで、沙帆は長椅子の背にもたれ直した。

「偶然かもしれませんが、確かにＪＪの才能、というか資質には、ＥＴＡと共通するものが、いくつもありますよね」

つい、慰めるような口調になってしまい、本間はますます渋い顔をした。

「それは、少し脇へどけておいて、もっと現実性のある話をしよう。まあ、この報告書とは直接関係ない、といえば関係ない話だがな」

「うかがいます。間接的にでも、関わりがあることでしたら」

できるだけ、興味がありそうに見えるように、体を乗り出す。

本間は、もったいぶって湯飲みを取り上げ、またお茶を飲んだ。

「本間道斎とほぼ同じ世代に、ホンマ・ゲンチョウ、ホンマ・ゲンシュンという、二人の医者がいた」

「ゲンチョウ、ゲンシュン。二人とも、同じ本間姓ですか」

「さよう。ゲンチョウは、玄関の玄に、調子がいいの調。ゲンシュンは同じ玄に、俊敏の俊と書く」

「本間玄調、玄俊ですね。専門は、なんですか」

「おもに外科だ。玄調の養父は、本間ドウイといって、やはり医者だった。玄俊の方は、あいにく明らかではないが、やはりドウイの一族だろう。ドウイは道斎の道に、偉いの偉と書く」

「本間道偉、ですか。それなら本間道斎と、一字違いじゃありませんか。お医者さまと蘭学者は近いですし、それこそ道斎のご一族なのでは」

「かもしれんが、家系図が残っておらんから、なんともいえん」

事が自分の先祖に関わると、さすがに慎重になるようだ。

「それで、本間玄調と玄俊がまたジーボルトと、何か関係があったのですか」

「まあ、そういうことじゃ。二人が道偉に出した手紙に、そのことが書いてある」

「その手紙を、お持ちなのですか」

ためしに聞くと、本間は苦笑した。

「持っとらんよ、いくらわしでもな。静嘉堂《せいかどう》文庫に収蔵された、小宮山楓軒《こみやまふうけん》叢書の中にはいっておる」

静嘉堂文庫も小宮山楓軒も、名前を聞いたことがあるだけだ。

「どのようなお手紙なのですか」

本間が、いたずらっぽい目をした。

「ちと長くなるが、聞きたいかね」

間違っても、興味がなさそうに見えないように、もっともらしくうなずく。

「ぜひ、うかがわせてください」

本間はお茶を飲み干し、ソファの上であぐらをかいた。

「玄調も玄俊も、あの華岡青洲《はなおかせいしゅう》の弟子だったんじゃ。

華岡青洲は、知っとるだろう」

「はい。江戸時代に、外科手術で初めて麻酔を導入した、お医者さまですよね」

「そのとおりじゃ。二人は、文政十年三月二十五日に、華岡青洲の門人になった。それから、ほどなく修業の旅に出て、七月一日に長崎に赴いた。西暦でいえば、一八二七年のことだ。玄調は文化元年、つまり一八〇四年の生まれだから、例のJJより一歳年長、という勘定になる」

またJ・J・ホフマンが、顔を出した。

「すると、数えで二十四歳ですね」

「さよう。ETAの死後、五年たっていた。蘭領東インドが、ジーボルトのバタビア帰還を決める、直前のことだ」

「でも、例の事件やら何やらで、ジーボルトが日本を離れるのは二年後、一八二九年の暮れですよね」

「そうだ。玄調と玄俊は、長崎に一カ月ほど滞在するつもりだ、と道偉への手紙に書いておる。にもかかわらず、実際には二カ月近くも、腰を落ち着けることになった」

沙帆は口を開こうとして、思いとどまった。

また話を先取りして、機嫌を損ねたくない。

本間が続ける。

「そのあいだに二人は、ジーボルトの門下にはいるために、大通辞で蘭方医の吉雄耕牛《よしおこうぎゅう》の息子、権之助《ごんのすけ》に弟子入りした。当時、いきなりジーボルトの門人になることは、できなかったのでな。それで、すでに門人になっていた吉雄権之助に、ひとまず弟子入りしたわけだ」

「つまり玄調も玄俊も、短期間とはいえジーボルトに学んだ、ということですね」

「そうだ。しかし、道偉に宛てた手紙によれば、玄調は長崎の名医を列挙しながら、ジーボルトの名だけは挙げておらん。二人とも、ジーボルトはもっぱらオクリカンクリ、カロメルを使うが、たいした効能はなかった、と書いておる」

「それって、どんな薬ですか」

「オクリカンクリは、ザリガニの胃の中にできる、石灰の塊のことらしい。眼病や利尿に効く、といわれていた。カロメルは塩化水銀で、下剤や利尿剤に使われる。それらが、いずれもたいして効かない、と言っとるわけさ」

つい、笑ってしまう。

「二人にかかると、ジーボルトもかたなしですね」

「ただ、〈そこひ〉の手術だけはたいしたものだ、とほめておる。あとは、異国から来た医者というだけで、ジーボルトは初学者のようにみえる、とさんざんな評価だった。二人にとっては、華岡青洲の方がよほど腕がいい、ということだったようだ」

沙帆は笑顔を消し、ことさらまじめな顔をこしらえた。

「ご先祖の本間道斎が、本間道偉や玄調の血縁者かどうかは別として、ジーボルトといろいろな面で、関わりがあったことは、確かなように思えますね。だとすれば、JJを通じてETAホフマンと、関わりがあったと推定することも、それほど不合理ではない、という気がします」

それを聞いて、本間が大喜びするとは思わなかったが、まったく表情を緩めようとしないので、沙帆もさすがに拍子抜けがした。

本間は、肘掛けに肘をついて体を乗り出し、まじめな口調で言った。

「由来はともかく、ホフマンに関する報告書の後半部分が、このとおりわしの手元にあることは、まぎれもない事実じゃ。それを知ったら、倉石麻里奈が報告書の続きを読みたくなる、とは思わんかね」

沙帆はお茶を飲み干し、背筋を伸ばして言った。

「なると思います。少なくとも、わたしは読みたいです」

本間は、指を立てた。

「わしは、報告書の後半部分をざっと解読した草稿を、持っておる。それを翻訳清書して、順に麻里奈くんに提供することは、不可能ではない。ただし、そのためには条件がある」

一呼吸おいて、にっと笑う。

「むろん、分かっとるだろうがね」

48

倉石麻里奈は、目を丸くした。

「なんですって」

古閑沙帆は、麻里奈の驚きようにたじろぎながら、ことさら冷静に続けた。

「驚くのは、当然よね。わたしだって最初は、信じられなかったくらいだから」

麻里奈は、テーブルに載った報告書の最後の翻訳原稿と、本間鋭太から返却された手稿の原本を、代わるがわる見下ろした。

「この続きを、本間先生が持っているって、ほんとなの」

「ええ。一枚目だけ、コピーをもらってきたわ」

トートバッグから、そのコピーを取り出す。

麻里奈は、ほとんど引ったくるようにそれを受け取り、さっと目を走らせた。

「わたしが見たかぎりでは、麻里奈から預かったこの手稿と、同じ種類の紙だった。筆跡も同じだし、偽物とは思えないわ」

沙帆の説明も、麻里奈の耳にはいらないようだった。

やがて紙を持ったまま、くたりとソファに背を預ける。

「そんなことが、ありうるかしら。マドリードの古本屋で、倉石が掘り出した古文書の片割れが、日本にあったなんて」

「それも、解読と翻訳を頼んだ、当の本間先生の手元に、眠っていたのよ。信じられないでしょう」

麻里奈の目が、異様に光り始める。

「なんだか、いかがわしい気がするわ。沙帆が、うちの古文書を最初に持ち込んだとき、本間先生はすぐに自分の手元に、その片割れとおぼしきものがあるって、気づいたはずよね。それをおくびにも出さずに、黙って解読の仕事を引き受けるなんて、どういうつもりだったのかしら」

「わたしにも、分からない。でも、解読翻訳料のかわりにこの古文書がほしい、としつこくおっしゃったのは、半分半分に分かれていた報告書を、もとのとおり一つにしたい、とお考えになったからに違いないわ」

麻里奈は、コピーをテーブルに置いて、腕を組んだ。

「その報告書の後半が、なぜ本間先生の手元にあるのか、聞いてみたの」

「もちろんよ。偶然にしたって、あまりにも偶然すぎるし」

「それで、納得のいく説明があったわけ」

沙帆は考えた。

「なんというか、全面的に納得できる説明ではないけれど、そんなこともあるかもしれないな、という程度の説得力はあったわ」

「その説明、わたしもぜひ聞きたいわ」

「けっこうややこしくて、時間がかかるかもしれないわよ」

麻里奈が親指で、レッスン室の方を示す。

「近いうちに、生徒さんたちの発表会があるから、今日の帆太郎くんのレッスンは、少し延びるはずよ。由梨亜も塾で遅くなるから、時間はたっぷりあるわ。よかったら、あとでまた一緒に、食事に行きましょうよ」

数日前の日曜日、老人ホームに倉石玉絵を見舞ったた帰りに、そろって食事をしたばかりだ。

しかしあの日は、老人ホームで思わぬ出来事があり、あまり気分が乗らない食事会になった。

新規まき直しも、悪くない気がする。

「じゃ、そうしましょう。話が長くなるけど、がまんしてね」

「ちょっと待ってね。お茶を入れ直してくるから」

麻里奈はソファを飛び立ち、キッチンへ姿を消した。

そのあいだに沙帆は、前日本間から聞かされた話を反芻し、順序立てて整理した。

新しい紅茶と、クッキーを載せたトレーを、麻里奈が運んで来る。

沙帆は、ジーボルトにまつわる部分を適当にはしょり、本間が語った後半部の報告書の由来を、そのまま麻里奈に話して聞かせた。

麻里奈は、驚いたりあきれたりしながらも、最後まで よけいな口を挟まずに、聞いていた。

話が終わると、麻里奈はほとんど途方に暮れた様子で、ソファにもたれた。

「その、ＪＪとかいう無関係のホフマンを、ＥＴＡホフマンの甥に仕立てるなんて、本間先生もやきが回ったわね。名字が同じで、お互いの年格好がそれに近いこと以外に、なんの根拠もないじゃないの」

「実のところ、JJの父親がETAの長兄のヨハンとは別人だ、ということは本間先生自身も、認めていらっしゃるわ。ただ、JJの楽才やら画才、文才、それに語学の才能などから、ETAの血筋がはいっているのではないか、と考えたくなる先生の気持ちも、分かるのよね」

「確かに、偶然の一致にしては共通点が多すぎるし、そこに目が向くのはしかたがない、と思うわ。でも学者としては、もう少し冷徹な見方をしなければ、いけないんじゃない」

「そのとおりね。でも、そこがホフマンにのめり込んだ本間先生の、本間先生たるゆえんだわ。いかにも浪漫派らしくて、いいじゃないの」

「それとこれとは、別でしょう」

麻里奈は、そう言い捨てて体を起こし、クッキーを食べた。

紅茶を飲んで続ける。

「でも、倉石がマドリードで見つけた古文書の続きが、日本の本間先生の手元にあったなんて、まさにロマンチックな話よね。こういう偶然には、かならず必然的な理由があるって、ユングかだれかが言わなかったかしら」

「ええと、シンクロニシティというやつよね、確か」

「そうそう、それよ。とにかく、ホフマンの日常行動に関する報告書を、ミーシャがヨハネスから受け取ったとして、彼女は夫の死後それをどう処分したのか。かりに、自分が死ぬまで手元に置いていたとしたら、そのあとだれの手に渡ったのか。夫婦のあいだにいた娘は、幼いうちに死んでしまったから、結局自然に散逸したとしか考えられないわよね」

「前にも話が出たけど、ミーシャは夫の死後ずいぶん長生きして、一八五九年に死んだのよね。もしミーシャが、死ぬまで報告書を持っていたとすれば、本間先生の先祖の道斎の手には、渡らなかったはずよ。先生の話によると、道斎は一八四〇年に五十六歳で、亡くなっているから」

麻里奈は、また腕を組んでソファにもたれ直し、眉根を寄せて言った。

「今さら、本間道斎の入手経路をたどっても、調べがつくとは思えないわ。本間先生が、そんなものを偽造するとは思えないし、沙帆が見て本物だというのなら、間違いないでしょう。先生はそれを、どうしようというつもりなのかしら」

いよいよ、話が核心にはいってきた。

沙帆は、できるだけ静かな口調で、麻里奈に尋ねた。

「この、最終回の解読原稿を読んだ感想を、聞かせてほしいわ」

麻里奈は、急に話題が変わったことに、とまどいの色を浮かべた。

「グレーペルの事件で、ホフマンとユリアの関係に終止符が打たれて、ちょうど区切りがついた感じね。この事件については、あちこちの資料に書き尽くされているし、わたしも卒論で詳しく触れたわ。ヨハネスの報告に、特別新しい情報は含まれていなかった、と思うけど」

「そのようね。ただし、ここで報告書が中断してしまうと、そのあとホフマンが作家として、本領を発揮した最後の十年のことが、分からないわよね。それを知りたい、と思うのが人情でしょう」

麻里奈の目が、貪欲な光を帯びる。

「それはそうよ。そのあとのことは、本間先生が持ってらっしゃる、後半部の報告書に書かれてるのよね、きっと」

「だと思うわ。それを、読んでみたいでしょう、当然」

探りを入れると、麻里奈はもの問いたげな視線を、向けてきた。

「何が言いたいのよ」

沙帆は、思い切って言った。

「お望みなら、後半部を解読翻訳した原稿を、引き続き提供してもいいと、そうおっしゃるのよ、本間先生が」

麻里奈の眉が、ぴくりと動く。

忙しく、考えを巡らしている様子が、目の色の変化で分かった。

麻里奈は背を起こし、口元にあざけるような笑みを、ちらりと浮かべた。

「そのかわりに、この前半部の報告書を引き渡せ、とでもいうの」

さすがに、勘がいい。

沙帆は、深く息をついてから、うなずいた。

「そのとおりよ。最後の切り札、という口ぶりだったわ」

麻里奈は、少しのあいだ沙帆を見返していたが、やがてまたソファに背をもどした。

右手を顎に当て、その肘を左手で支える。

「あざとい手を使うわね、本間先生も。こちらの足元を、読んでいる感じだわ」

「そうね。わたしも、そう思うわ。正直に言うと、わたしも続きを読んでみたいの。それに、報告書が前後に分かれたままでは、収まりがつかないでしょう。さらに、この報告書にもところどころ欠けがあるし、後半部も最後までそろっておらずに、途切れているかもしれないわ」

「本間先生は、ホフマンが死ぬところまで書いてある、とおっしゃってるの」

「それについては、ノーコメントだった。量的には、この前半部と似たような厚さだったから、終わっていないような気がするわ」

麻里奈は姿勢を変えず、しばらく考えていた。

それから、両手を膝におろして、おもむろに言った。

「ちょっと、考えさせてちょうだい」

そのとき、インタフォンのチャイムが鳴った。

麻里奈が、反射的に立ち上がる。

「由梨亜が、帰って来たみたい」

ほとんど同時に、リビングのドアがあいて、レッスンを終えた帆太郎が、倉石学と一緒にはいって来た。

49

古閑沙帆は、京王線柴崎駅の駅舎を出ようとして、大きく息をついた。

いよいよ、日差しが真夏のものになり、日陰にいても体が汗ばむ。さすがに、ストローハットでは間に合わず、日傘を用意して来た。

勤務先の修盟大学は、すでに夏休みにはいっており、授業はない。特定の文化団体や、課外活動の担当もしていないので、時間だけは十分にあった。

少しのあいだ、照りつける日なたに足を踏み出しかねて、青い空を見上げる。

まさか、あの出来事からわずか一週間後に、一人で〈響生園〉を訪れることになろうとは、予想もしなかった。

前夜、帆太郎と一緒に倉石学の一家と、本郷通りの東大赤門の近くにある、古いレストランで食事をした。

前回と違って、倉石夫婦も子供たちも屈託がなく、終始楽しく会話がはずんだ。

本間鋭太が、例の古文書の後半部を持っていた、という驚くべき話は麻里奈も沙帆も、持ち出さなかった。その続きを読みたければ、古文書の前半部を引き渡してほしい、という本間の申し出についても、口をつぐんでいた。

どう対応するかは、倉石夫婦がゆっくり話し合って、結論を出せばいいことだ。

帰宅したあと。

事態は、沙帆がまったく予期せぬ方向に、急転した。

午後十一時過ぎ、自室で後期授業の準備を進めているとき、携帯電話が鳴った。

液晶画面には、発信者の名前が表示されておらず、数字だけが並んでいた。登録されていない番号だ。

未登録の相手からの着信は、基本的に無視することにしているので、当面出るのを控えた。

あるいは、だれかが登録ずみの知人に番号を聞き、かけてきたのかもしれないが、事前にその旨了解を求める連絡は、はいらなかった。

こんな遅い時間に、へたに出て何かの売り込みだったりしたら、腹が立つどころではない。

無視しよう、と思った。

しかし、未知の相手から電話がかかることは、めったにない。さらにまた、しつこく鳴り続けるので、ほうっておけない気分になった。

衝動的に、通話ボタンを押してしまう。

「夜分遅く、申し訳ございません。古閑沙帆さまの、携帯電話でしょうか」

相手は、聞き覚えがあるようなないような、女の声だった。

さま、などというばかていねいな呼びかけに、やはりセールスか何かだと悔やみつつ、そっけなく応じる。

「はい、そうですが」

「突然のお電話、お許しくださいませ。わたくしは、調布市柴崎の老人ホーム〈響生園〉で、介護士をしておりますミナミカワ・ミドリ、と申します。ご入居中の、倉石玉絵さまのご介護を、担当させていただいております。古閑さまとは先の日曜日、ご子息さまご夫妻とともにご来園いただいたおりに、お目にかかりました。その節は、失礼いたしました」

ていねいではあるが、流れるような切り口上の物言いを聞いて、沙帆はすぐに相手のことを思い出した。

あわてて、挨拶を返す。

「こちらこそ、そのおりはお仕事中におじゃまして、申し訳ないことをいたしました」

介護士の面前で、倉石玉絵に罵倒されたことを思い出し、冷や汗が出そうになった。

名前は聞かなかったが、見たところ五十歳前後と思われる、体格のいい介護士だった。園内の温室で、玉絵の車椅子を押しているところへ、倉石夫婦と一緒に押しかけたのだ。

ミナミカワ・ミドリ、と名乗った介護士は口調を変えず、落ち着き払って続けた。

「どういたしまして。あのおりの、玉絵さまのお振舞いにつきましては、古閑さまもさぞ驚かれたこと、と思います。ですが、こうした施設ではさほど、珍しいことではございません。それから、古閑さまのお電話番号は、先日お見えになったおりに、訪問者名簿に記入されていたものを、閲覧させていただきました」

沙帆は少し、憮然とした。

番号を知っている倉石学が、勝手に名簿に書き込んだにちがいない。

むろん、訪問者全員の連絡先を記入するように、決められているのかもしれないが、それならそうとあとからでも、言ってほしかった。

気持ちを切り替え、考えながら言う。

「介護士のみなさんも、たいへんですね。わたしも、そちらのような施設は初めてでしたので、いい勉強になりました」

「実は、そのことでご相談があるのですが、一、二分よろしいでしょうか」

そう切り出されて、反射的に身構えた。

「相談、とおっしゃいますと」

「少々、申し上げにくいのですが、倉石玉絵さまが古閑さまに、もう一度お目にかかりたいと、そうおっしゃっておられまして」

沙帆は驚き、絶句した。

ミナミカワ介護士が続ける。

「玉絵さまは、このあいだのご自分の振る舞いを、よく覚えておられます。ご自分が、古閑さまを見て冷静さを失い、心にもないことを口にしてしまったことを、悔やんでおられるのです」

それを聞いて、ますますとまどった。

「倉石さんのご主人によりますと、お母さまはいわゆる認知症が進んで、記憶障害がひどい、とのことでした。つまり、よく知っているはずの人を、まるで思い出せなかったり、知らない人をだれかと取り違えたりする、とうかがっていますが」

「はい、おっしゃるとおりです。ただ、ときどきその障害が寛解して、記憶力や判断力がもどる、ということもございます。ただ、いつどういうきっかけで、そうした寛解状態になるかは、予測がつかないのです」

「そのお話も倉石さんから、うかがったことがあります」

「率直に申し上げますと、今夜十時過ぎにその寛解のサイクルが、巡ってきたのです。急に、古閑さまにもう一度お目にかかって、先日のご無礼をおわびしたいと、そう言い出されました。あのおり、古閑さまが外国語で名乗られたのを、覚えておられたのです。ご迷惑とは思いますが、あした〈響生園〉の方まで、ご足労いただくわけには、まいりませんでしょうか」

急な申し出に、沙帆は携帯電話を持ち直した。

「ですが、あしたになればまたいつもの状態に、もどられるかもしれませんね。わたしに会いたい、とおっしゃったことなど、すっかりお忘れになって」

「はい、その可能性もございます。それで、たいへん恐縮なお願いですが、あしたの朝八時に、もう一度お電話させていただきたいのです。玉絵さまの症状が、もとの状態にもどっておられれば、お越しいただく必要はなくなります。ただ朝になっても、今の寛解状態が続いているようでしたら、ぜひともお越しいただきたいのです。今後の治療計画にも、大いにプラスになると思います。常駐しております、当園の担当医からもぜひお願いしてほしい、と言われておりますので」

その熱心な口調に、少々気おされてしまう。

沙帆は、素朴な疑問を、口にした。

「ちょっとお尋ねしますが、認知症のかたが一時的に寛解した場合、正常な状態でないときのご自分の言動を、記憶しておられるものなのでしょうか。お母さまの場合、わたしに当たり散らしたことも、覚えていらっしゃるようですが」

ミナミカワ介護士は、すぐには答えなかった。

少し構えた口調で言う。

「それは、正常時と非正常時で記憶の相互断絶はないのか、というお尋ねでしょうか」

専門的な意味合いの、堅苦しい問い返しに、いささか頭が混乱した。

「ええと、そういうことになる、と思います」

「それはケース・バイ・ケース、としか申し上げられません。いずれにせよ、明朝もう一度お電話を差し上げても、よろしいでしょうか」

押しつけがましく迫られて、逃げ道を探す自分を意識する。

「念のためお尋ねしますが、このことは倉石さんご夫妻にも、ご相談なさったのですか」

わずかに、間があいた。

「いいえ、お話ししておりません。玉絵さまから、ご子息にも奥さまにも知られずに、古閑さまお一人にお会いしたいのだ、と釘を刺されております」

沙帆はますます、困惑した。

「なぜ、そのようなことを、おっしゃるのでしょうね。まして、認知症の人が」

「わたくしにも、分かりません。あしたになれば、はっきりするのではないでしょうか」

最後の抵抗をする。

「前に、倉石さんからうかがったお話では、お母さまが正常な状態にもどるのは、せいぜい十五分か長くても三十分程度だ、ということでしたけれど」

「これまでは、そうだったと思います。だからといって、今度もそうだとは言い切れません。現に、玉絵さまは先ほどお休みになる前も、古閑さまに来ていただきたいと、同じことを繰り返しておられました。つまり、これでおよそ一時間、ほぼ正常な状態が、続いております。この分でしたら、あすもご心配いただく必要はない、と存じます」

そこまで言われると、もう断わる理由がなかった。

電話を切ったあと、ミナミカワ介護士が終始変わらず、名前に〈さま〉をつけて呼んだことを、思い起こした。

それが、ミナミカワ介護士個人の決めごとなのか、それとも〈響生園〉のしきたりなのか、分からなかった。

少し間をおいて、沙帆は義父母の信之輔とさつきの部屋に行き、明日柴崎へ行くことになるかもしれない事情を、ひととおり説明しておいた。

そしてこの朝、ふたたびミナミカワ介護士から、電話があった。

一夜明けても、玉絵は正常な意識を保ち続け、しきりに沙帆に会いたがっている、ということだった。

それでやむなく、柴崎に足を運ぶ次第になったのだ。

沙帆は思い切って、じりじりと日の照りつける街路に、足を踏み出した。午前中だというのに、すでに真夏日の暑さになっている。

約束した、十一時よりも十分ほど早く、〈響生園〉に着いた。

受付に来意を告げると、ミナミカワ介護士から聞いている、との返事だった。三〇一号の、倉石玉絵の部屋に直接行くように、と指示された。

ついでに、ミナミカワ・ミドリの字を尋ねると、〈南川みどり〉だと教えられた。

予想と違って、なんの変哲もない組み合わせに、拍子抜けがする。南川はともかく、ミドリは〈碧〉あるいは〈翠〉のような、凝った字を想像していたのだ。

樹木に囲まれた、五階建の赤レンガの建物にはいる。

天井の高いロビーを抜け、エレベーターで三階に上がった。三〇一号室は、廊下の東側の端にあった。館内は、外よりは涼しく感じられたが、あまり冷房をきかせていない。


ドアの前で、南川介護士がピンクのチュニック、ストレッチパンツの制服に身を固め、待機していた。

そばに行って、低く声をかける。

「おはようございます」

「おはようございます。けさほどはどうも、失礼いたしました」

例の、いかにも切り口上の挨拶に、ちょっとたじろいだ。

手土産に買ってきた、クッキーの箱を差し出す。

「控室のみなさんでどうぞ」

南川介護士は、遠慮せずに受け取った。

「玉絵さんのお加減は、いかがですか」

沙帆の問いに、介護士はいかつい顎を引き締め、力強くうなずいた。

「ゆうべと同じ、安定した状態でいらっしゃいます。ここ一年では、いちばんしっかりしておられます。どうぞ、玉絵さまとお二人だけで、お話しなさってください。それが玉絵さまの、ご希望ですので」

沙帆は、ほっとしたような困ったような、複雑な気持ちになった。

ためらいながら言う。

「お話ししている最中に、またこのあいだのような発作が起きたら、どうすればいいのですか」

「ベッドの枕元に、赤い色の呼び出しボタンがありますから、それを押してください。すぐにわたくしが、駆けつけます。介護士の控室は、ここから十メートルも離れておりませんので」

そう言い残すと、南川介護士は返事を待たずに、くるりときびすを返した。

介護士が、少し先の控室に姿を消すのを待ち、沙帆はドアを控えめにノックした。

部屋の中から、小さく返事があったような気がして、ドアを押す。

50

中にはいると、廊下よりもいくらか涼しい空気が、身を包んで来た。

正面の窓際に、白髪の婦人がこちらに背を向け、車椅子にすわる姿があった。

窓に目を向けると、薄手のレース越しにかすかに揺れる、外の木立が見える。

すぐ右手に洗面台と、バスルームらしきドアがあった。

窓の手前の、部屋の中ほどにベッドが据えられ、壁際に赤い押しボタンのついた、コードが下がっている。

沙帆は緊張しながら、倉石玉絵の背に声をかけた。

「先日は、失礼いたしました。古閑沙帆です」

そっけない挨拶になったが、ほかにどう言えばいいのか、分からなかった。

玉絵が車椅子を操作して、ゆっくりとこちらを向く。

眼鏡はかけておらず、化粧気はない。顔立ちの整った、七十代半ばの上品な老婦人だ。

考えてみると、一週間前に会ったばかりなのに、ほとんど顔を覚えていなかったことに、思い当たる。記憶にあるのは、ガラス玉のように無機質に光る、目だけだった。

倉石学とは、やはりどこか面立ちが似ている、という気がする。

じっと見つめられて、沙帆は落ち着かない気分になった。

突然、玉絵が口を開く。

「ゼーア・エアフロイト（お目にかかれて、わたしもうれしいわ）。イッヒ・ハイセ・タマエ・クライシ（倉石玉絵といいます）」

そのドイツ語は、前回沙帆が玉絵に挨拶したのと、似たパターンだった。Ｒの発音が少し弱いが、ちゃんとしたドイツ語だ。

沙帆は、同じくドイツ語で応じようとして、思いとどまった。それをきっかけに、また玉絵が発作を起こしたりしたら、出向いて来たかいがなくなる。

「こちらこそ、お声をかけていただいて、ありがとうございます」

そう返事をすると、玉絵は不安げに眉をひそめた。

「とんでもない。かえって、ご迷惑だったでしょう。こんなところまで、おみ足を運んでいただいて」

「いいえ、どうかお気になさらずに。わたしも、きちんとお話ししたいと、そう思っておりましたので」

すらすらと、口をついて言葉が出てきたが、それはかならずしも嘘ではなかった。

玉絵の眉根が、さらに寄る。

「それに、あんなふうにあなたをののしったりして、申し訳なかったわ。いいえ、あなたをののしったわけじゃ、ないんですよ。それに、ののしっている自分を意識していたし、それが見当はずれの相手だということも、分かっていました。でも、止まらなかったの。それをおわびしようと思って、介護士の南川みどりさんからあなたに、電話をかけていただいたわけ。許してくださいね」

その話し方を聞くかぎり、玉絵が認知症をわずらっているとは、とても思えなかった。

「おわびしていただく必要は、ありません。血のつながりもなく、面識もいただいていないのに、突然おじゃましたわたしが悪いのです」

「でも、それは学がどうしてもと言って、お誘いしたからでしょう」

「いえ、そんなわけでは」

そこで、言いよどむ。

実のところ、倉石にそう持ちかけられたのは、確かだった。

とはいえ、最終的には麻里奈に懇請されて、と言った方が正しいだろう。

ただしそれは、黙っていることにする。

玉絵は、接客用のテーブルに車椅子を寄せ、向かいの椅子を示した。

「どうぞ、おすわりになって。何も、おかまいできないけれど」

沙帆は、ベッドの裾をすり抜けて、腰掛けにすわった。

あらためて言う。

「どちらにしても、ゆうべからお加減がよくなったご様子で、わたしもほっとしました。倉石さんにも、お知らせしなければ」

沙帆が言うと、玉絵は指を立てた。

「それはまだ、やめてちょうだい。きょう、あなたにここへ来てもらったことも、息子夫婦には言わないでいただきたいの。わたしが、認知症をわずらっていることは、間違いないわ。ドイツ語だって、ほとんど忘れてしまったし。ただ、ぼけていると思わせておく方が、楽な場合もあるのよ」

答えあぐねていると、玉絵は唐突に続けた。

「学は、あなたが好きなようね」

予想外の言葉に、沙帆はうろたえて上体を引いた。

「まさか。そんなことは、ありえません。お母さまの、考えすぎです。倉石さんには、麻里奈さんがいらっしゃいますし、彼女はわたしの親友でもありますから」

そう言いながらも、玉絵の勘の鋭さに驚く。

前まえから、倉石が自分に好意を抱いていることは、なんとなく感じていた。

ただ、それは悪い気がしないどころではなく、かえって迷惑なことでしかなかった。

玉絵は、花柄のブラウスの襟元に触れ、それから膝掛けの具合を直した。

「このあいだ、あなたをののしったことには、理由があります。あなたを見たとたん、昔知っていたある女を、思い出したからなの」

玉絵が、いきなり本題にはいったので、沙帆は身構えた。

ある女、という言葉に込められた敵意が、もろに伝わってくる。

「わたしが、そのかたによく似ていた、ということですか」

「そう。悔しいけれど、あなたと同じくらいか、さらに上をいくほどの、美女だったわ」

あけすけな賛辞に、どう対応していいか分からず、居心地が悪くなった。

新潮社

新刊案内

2020 9 月刊

この気持ちも いつか忘れる

CD付・先行限定版

退屈な日常に絶望する高校生のカヤの前に現れた謎の少女。爪と目しか見えない彼女の正体は？ 小説×音楽の境界を超える新感覚コラボ！

住野よる

9月16日発売 ●1700円

350832-8

自転しながら公転する

結婚、仕事、親の介護、全部やらなきゃダメですか？ ぐるぐる思い惑いながら幸せを求める32歳の都を描く、共感度100％小説。

山本文緒

9月28日発売 ●1800円

308012-1

ちよぼ 加賀百万石を

諸田玲子

7-9

2020年9月新刊

マインドハッキング

あなたの感情を支配し行動を操るソーシャルメディア

クリストファー・ワイリー

牧野 洋［訳］

9月18日発売 ●2100円

トランプ大統領誕生とブレグジット。選挙結果を操ったのはネットの心理兵器だった！ ケンブリッジ・アナリティカ元社員、衝撃の告発。

507191-2

■とんぼの本

東京のミュージアム100

芸術新潮編集部編

9月28日発売

602295-1

◆累計140万部突破！

神話の密室 ―天久鷹央の事件カルテ―

新潮文庫nex 知念実希人

まるで神様が魔法を使ったかのような奇妙な「密室」事件、その陰に隠れた予想外の「病」とは？ 現役医師による本格医療ミステリ！ ●590円

180197-1

樽とタタン

中島京子

小学校帰りに通った喫茶店。わたしはコーヒー豆の樽に座り、クセ者揃いの常連客から人生を学んだ。温かな驚きが包む喫茶店物語。 ●550円

102231-4

カーテンコール！

加納朋子

閉校する私立女子大で落ちこぼれ学生を救済するべく特別合宿が始まった！ 不器用な女の子たちの成長に励まされる青春連作短編集。 ●630円

102251-2

わかって下さい

藤田宜永

結婚を約束したのに突然消えた女。別の男と結ばれてしまった幼馴染み。人生の秋を迎えた男たちの恋を描く、名手による恋愛短編集。 ●590円

119724-1

信長を生んだ男

霧島兵庫

101672-6

新潮文庫 9月の新刊

※表示の価格には消費税が含まれておりません。出版社コードは978-4-10です。

変見自在 トランプ、ウソつかない

髙山正之

「暴言」「口先だけ」と思ったら大間違い。トランプ大統領の言動には、米国人の「黒い本音」が潜んでいる。真のフェイクを暴く一冊。 ●550円

134612-0

ゴッホの手紙

【読売文学賞受賞】 小林秀雄

ゴッホの絵の前で、「巨きな眼」に射竦められて立てなくなった小林。作品と手紙から生涯をたどり、ゴッホの精神の至純に迫る名著。 ●850円

100713-7

文字拡大増補新版

深夜特急 5トルコ・ギリシャ・地中海 6南ヨーロッパ・ロンドン

沢木耕太郎

「旅のバイブル」待望の文字拡大増補新版！ トルコでついにヨーロッパに到達。果てなきものと思われた旅はいかにして終わるのか？ ●各590円

123532-5,33-2

笑う死体 ―マンチェスター市警 エイダン・ウェイツ―

J・ノックス 池田真紀子訳

身元不明、指紋無し、なぜか笑顔――謎の死体〈笑う男《スマイリー》〉事件を追うエイダンに迫る狂気の罠。読者を底無き闇に誘うシリーズ第二弾！ ●1050円

240152-1

スクールカースト殺人教室 リベンジ

堀内公太郎

180198-8

これまで、同性からも男性からも、そうしたうれしがらせを、言われた覚えがない。死んだ夫でさえ、そんなことは一度も口にしなかった。

玉絵が、じっと見てくる。

「あなたをハト、と呼んだことを覚えていらっしゃる」

「はい。鳥のハトかと思いましたが、そうじゃありませんよね」

玉絵は笑ったが、すぐに真顔にもどった。

「ハトは、その女の名前よ。波を止める、と書いてハト」

波止という字を、思い浮かべる。

波止場の波止だろうが、あまり聞かない名前だ。

「お母さまは、その波止さんという女性と、仲たがいをされたのですか」

「仲たがい。そうね。ちょっと穏当すぎるけれど、そんな言い方もあるわね。波止は、若いころわたしが愛していた男を、横取りした女なの。それも、わたしが妊娠しているあいだに、どろぼう猫のようにね」

玉絵の目を、憎しみを帯びた冷たい光が、ちらりとよぎる。

沙帆は、とまどった。

妊娠しているあいだ、とは倉石を身ごもっていたあいだ、という意味だろうか。

愛していた男とは、癌のために三十四歳で死んだ、と倉石から聞かされた父親の、久光創のことだろうか。

倉石によれば、玉絵と久光は正式に結婚したわけではなく、妊娠をきっかけに同棲したにすぎない、ということだった。しかも驚いたことに、玉絵が身ごもっていたのは別の男の子供、という可能性もあるとまで言った。

倉石が、何を根拠にそのように考えるのか、しかも妻の親しい友人である自分に、なぜそんなことを言ったのか、いまだに理解に苦しむものがある。

どちらにせよ、どれほど時間が過ぎようと、玉絵の憎しみは消えていないらしい。

そうした経験を持たない沙帆は、なんとなく背筋に寒気を覚えた。

自分を抑えて、率直に聞き返す。

「ののしっていらっしゃるあいだ、ずっとわたしをその波止という女性だ、と認識していらしたのですか」

玉絵は深くため息をつき、車椅子の背にもたれかかった。

「うまく説明できないけれど、あのときわたしは二人の自分に、分裂していたみたいだった。あなたをののしっているあいだ、それを温室の上の方から冷静に眺める、もう一人の自分がいたの。つまり、ドッペルゲンガー（分身）ね。あなたが、波止ではないことを知りながら、あなたをののしっている自分を、意識したわ。これも、認知症の症状の一つかしら」

答えようがなく、沙帆は口をつぐんだ。

玉絵が、口調を変えて言う。

「ともかく、なんの関わりもないあなたを、別の名前で呼んで口汚くののしったことが、気になってしまってね。確かに、あのときわたしの半分は、正常ではなかったわ。でも、あとの半分は自分が何をしているか、意識できる程度には正常だったの。ですから、きょうはその正常な方のわたしが、異常な方のわたしに代わって、あなたにおわびすることにしたわけ。許してくださるわね」

混乱しながらも、沙帆はうなずいた。

「もちろんです。わたしは少しも、気にしていません。むしろ、きょうは考えていたよりも、ずっとしっかりしておられて、安心しました。倉石さんに、報告したいくらいです」

それを聞くと、玉絵は頰を引き締めた。

「さっきも言ったけれど、きょうここでのことは学に、話さないでいただきたいわ。わたし、ときどきお芝居はするけれど、自分でも手がつけられないほど、おかしくなることもあるの。学に、よけいな期待を抱かせたり、逆に妙なお芝居はやめろとか言われるのは、つらいから。だって、いつまたあんな発作が起きるか、予測できないんですもの。分かるでしょう」

「はい」

短く返事をしたものの、沙帆はまた困惑した。

倉石家の、お互いに知られたくない家族同士の秘密を、自分一人に背負わされたようなかたちで、気分が重くなった。どうして、こんなめんどうな役回りに、なってしまったのだろう。

それを察したのか、玉絵がまた口を開く。

「わたし一人で、勝手におしゃべりしちゃって、ごめんなさいね。あなたの方で、何か聞きたいことがおありなら、聞いてくださっていいのよ。せっかくの機会だし」

「いいえ、別にありません」

あわてて答えながら、沙帆はふと頭に浮かんだことがあった。

恐る恐る尋ねる。

「そういえば、このあいだもそうでしたけれど、お母さまはときどき倉石さんのことを、亡くなったご主人と間違われる、と倉石さんからお聞きしました。そのことはご自分で、認識していらっしゃるのですか」

それを聞くと、冷静だった玉絵の頬にぽっと、朱が差した。

「いいえ。そんな話は、聞いたことがありません。というか、わたしがそんな間違いを、するはずがないわ」

うろたえた、というほどではないにせよ、いくらか動揺したようだ。

とっさに、まずい質問をしてしまったか、と冷や汗をかく。しかし、中途でやめるわけにはいかない。

「そういうとき、お母さまは倉石さんに対して、マナブは元気でやっているから、心配しないでというようなことを、口にされたと聞きました。マナブは、倉石さんのお名前ですよね」

玉絵は、一瞬唇を引き結んだものの、やがて肩を落とした。

「ええ、そうね。そうだとすれば、やっぱり間違えたのかも、しれないわね」

すなおに認めたので、どうせならもう一歩踏み込もう、という大胆な気持ちになる。

「その際、お母さまは倉石さんのことを〈しゃあちゃん〉と、そうお呼びになるそうですね」

言い終わったとたん、玉絵はぎくりとしたように、背筋を伸ばした。

同時に、瞳の色合いが急激に変化し、頬がこわばる。

立ち入りすぎた、と思ったがすでに遅かった。

「そんな覚えはないわ。たとえ、だれかの名前を呼んだとしても、死んだ主人の名前以外に、ないわよ。そんなこと、決まってるじゃないの」

にわかに、声が半オクターブほども高まって、口調がぞんざいになる。

危険を察知しながら、沙帆はもはやあとに引けない崖っぷちに、立たされた気分になっていた。

思い切って続ける。

「倉石さんから、亡くなったご主人は久光創、というお名前だった、とうかがいました。愛称でしたら、ふつうは〈そうちゃん〉じゃないでしょうか」

「どう呼ぼうと、わたしの勝手でしょ。しゃあちゃんは、しゃあちゃんなの」

強い口調で、そう言い切った。

口ぶりにも目の色にも、悪い兆候が表れている。

沙帆は、急いで椅子を立ち、頭を下げた。

「どうも、おじゃましました。きょうのことは、倉石さんと麻里奈さんには、黙っていることにします。お母さまとわたしの、二人だけの秘密ということで、よろしいですか」

玉絵は、少しのあいだ沙帆をにらんでいたが、やおら肩の力を抜いた。

目の色が徐々に落ち着き、張っていた背中が少しずつ、柔らかくなる。

緩んだ唇から、かすれた声が漏れる。

「分かったわ。あなたとわたしだけの秘密、ということにしましょうね」

あっけないほど、弱よわしい口調になった。

「はい。それでは、失礼します」

沙帆は、ハンドバッグをしっかり握り締め、走り出したくなるのをこらえながら、戸口に向かった。

ドアの前で向き直り、もう一度挨拶する。

「おじゃまいたしました」

後ろ手にノブを探ったとき、玉絵が独り言のようにつぶやいた。

「しゃあちゃん。しゃるふ。しゃあちゃん。しゃるふ。しゃあちゃん、しゃるふ」

何を意味するか、沙帆は聞き返すこともできず、逃げるように部屋を出た。

最後の質問が、玉絵の心に強い刺激を与えたことは、確かだった。気持ちを落ち着けようと、足を止めて深呼吸をする。

そのとき、南川介護士が控室から、顔をのぞかせた。沙帆を見て、廊下を足ばやにやって来る。

「いかがでしたか」

「はい、ずっとしっかりしておられて、取り乱すご様子もありませんでした」

平静を装って応じると、南川介護士は感心したように腕を組み、顎を引いた。

「珍しいですね。このことは、やはり担当医と倉石さまに、お知らせしないと」

沙帆はためらったが、黙っているわけにいかない。

「その件で、お願いがあります。お母さまは、きょうわたしをここに呼び寄せたことも、正常な状態でお話しできたことも、倉石ご夫妻には報告しないでほしい、とおっしゃっています。わたしもそうする、とお約束しました。あとで、お母さまにも確認していただければ、お分かりいただけると思いますが」

南川介護士は、片方の眉をぴくりと動かしただけで、膝の裏をくすぐられたほどにも、表情を変えなかった。

「分かりました。どのようなお話をされたにせよ、わたくしもお尋ねしないことにいたします」

そう言い残すと、例のベテランの軍曹のような足取りで、控室へもどって行った。

＊

八月最初の金曜日。

本間鋭太は、顎を動かしながら言った。

「きょうは例のものを、持って来なかったようだな」

古閑沙帆は、膝に載せたトートバッグを、両手で押さえた。ふくらみ方からして、中に古文書の束がはいっていないことは、一目で分かったはずだ。

「持って来ていません。麻里奈さんは、先生がお持ちの古文書の解読原稿を、全部頂戴した上でお引き渡しする、と言っています」

倉石夫婦が、というより倉石麻里奈が、本間の申し出を受け入れたことは、三日前に電話で知らせてあった。

ただ、続きの原稿が全部手元に届くまでは、引き渡せないという条件については、言っていなかった。

本間が、派手な模様のアロハシャツの襟を引っ張り、皮肉な笑みを浮かべる。

「相変わらず、父親譲りのしっかり者だな。まあ、そう言うだろうと、予想はしていたがね」

名前は出さなかったが、また麻里奈の父親の寺本風鶏を、当てこすっている。

「先生は、ヨハネスの手記の後半部を、すでに解読翻訳しておられる、とおっしゃいましたね。それを、そっくりコピーしていただければ、麻里奈さんも引き換えに前半部を、先生にお渡しすると思います。これまでのように、週に一度いただくペースでは、だいぶ先の話になるでしょう」

本間は唇を引き結び、ソファの肘掛けをぽん、と叩いた。

「そうしたいところだが、このあいだも言ったように、翻訳はまだ草稿の段階でな。ひとさまに見せるには、もう一度初めからチェックして、手を入れ直さねばならん。したがって、当面はこれまでと同じペースで、きみにかよって来てもらいたい」

別に、もったいぶっているわけではなく、本間らしい完璧主義のなせるわざ、と理解する。

「分かりました。ただ原稿料の方は、これまでのものも含めて無料、ということでよろしいのでしょうか。以前、そのようにおっしゃったのを、覚えておられますか」

念を押すと、本間はきざなしぐさで、肩をすくめた。

「ああ、覚えとるよ。そんなものを、受け取るつもりはない」

「それと、例のパヘスのギターを、倉石さんに譲ってもいい、とおっしゃった件ですが」

みなまで言わせず、本間が割ってはいる。

「それも、忘れてはおらんよ。ほしければ、いつでも取りに来るように、言ってくれ」

「いいえ、そうじゃないんです。ギターに関しては、古文書引き渡しの条件に、はいっていません。三日前、麻里奈さんから連絡があった際、その話は出ませんでした。そもそも、倉石さんがここへパヘスを見にいらしたことは、麻里奈さんには内緒になっていますし」

本間は、少し考えて続けた。

「それなら、きみが自分の一存でわしと交渉して、倉石君に譲るように話をつけた、ということにすればいい。倉石君が持っている方が、ギターのためにもなるだろう」

思わぬ展開に、沙帆はむしろ困惑した。

「でも、それではあまり」

「むろん、ただでというわけには、いかんがね。代金は、ちゃんと頂戴する」

そうだろう、と思った。

「おいくらくらいですか」

「前にも言ったとおり、買値と同じでいい」

面食らってしまう。

「とおっしゃいますと、ハバナで買われたときのお値段、ということですか」

「そうだ」

冗談を言っているようには見えない。

「確か日本円で、一万円のものを五千円に値切った、とおっしゃいましたね」

「さよう。高すぎるかね」

思わず、笑ってしまう。

「まさか。でも、あのギターが本物のパヘスだとしたら、何百万もするんじゃありませんか」

「かもしれんが、それでもうけを出そうなどという考えは、性に合わん。くどいようだが、わしなどが持つより、倉石君の手元にある方が、ギターもしあわせじゃろうが」

じゃろうが、ときた。

頑固な本間にも、いいところがあるのだと見直して、沙帆は頭を下げた。

「分かりました。その件は、倉石さんにお伝えしておきます」

本間はぴょん、とソファから飛びおりた。

「ちょっと待っていてくれ」

洋室を出て行き、一分としないうちに、もどって来る。

手にした原稿の束を、テーブルに置いた。

「これが、ヨハネスの報告書の後半部分の、最初の原稿だ。ほかにも仕事があるので、目を通しておいてくれたまえ。三十分もしたら、もどって来るからな」

そう言い残して、またあたふたと部屋を出て行った。

51

【E・T・A・ホフマンに関する報告書・九】

——さぞかしあなたも、疲れたことだろう。

どこを走っても、起伏の多いでこぼこの道ばかりで、ひどく乗り心地が悪い。馬車での旅は、ETAやわたしのような男にとっても、難行苦行の連続だった。まして女性には、ほとんど耐えがたかったはずだ。

それだけではない。

行く先ざきで、ナポレオン軍と戦うプロイセンや、ロシアの軍隊と遭遇した。ご承知のように、戦争はもともと軍隊同士が戦うもので、われわれ一般市民が関わることは、めったにない。とはいえ、敵軍に妙な好意を示したり、まして内通したりなどすれば、無事ではすまぬこともある。

ETAは、政治問題にまったく関心がなかったが、ワルシャワ時代にフランス軍に追い出されて以来、すっかりナポレオン嫌いになっていた。

今回も旅の途中、プロイセンとロシアの連合軍に出会うと、ETAとわたしはあなたを宿に残して、しばしば司令部に足を運んだ。そのたびに、ETAはナポレオン嫌いを述べ立てて、司令部の好感を得るように心がけたものだ。

もっとも、そんな苦労など馬車旅行の苦しさに比べれば、どうということはなかった。

ドレスデンに着いたときは、あなたもさぞほっとしたことだろう。——(続く)

［本間・訳注］

前回の訳注で触れたとおり、ユリア・マルクがハンブルクの商人、ゲアハルト・グレーペルと結婚したあと、ホフマンはオペラ一座の座長、ヨゼフ・ゼコンダの招聘に応じて、ドレスデンに向かった。ホフマンにとって、ユリアのいないバンベルクになど、なんの未練もないようだった。

ただその前に、ホフマンは親しい友人のフリードリヒ・クンツと、出版契約を交わした。一八一三年の、三月十八日のことだ。

クンツは、ワインの販売を本業としていたが、同時に貸本業を営んでおり、さらに出版業にも乗り出そうとしていた。その契約は、ホフマンがこれまでに書いたものと、これから書くものを一冊にまとめて、『カロ風幻想作品集』なるタイトルのもとに、出版するという内容だった。

このタイトルは、ホフマンが十七世紀のフランスの銅版画家、ジャック・カロの作品に触発されて、つけたものだといわれる。ホフマンはその銅版画を、バンベルクの元行政長官、シュテンゲル男爵邸で目にして、感銘を受けたらしい。

それに先立つ二月、ホフマンはクンツ一家の肖像画を完成させ、バンベルク劇場の隣の〈薔薇亭〉に、飾らせた。この絵は現在、バンベルクに残るホフマンの、かつての住居だった記念館に、保存されている。

その直後、著者デ・ラ・モット・フケーがみずから書いた、『ウンディーネ』のオペラ台本をもとに、作曲を開始する。これは、遺されたホフマンの音楽作品の中でも、もっともよく知られたものの一つだ。

ユリアの結婚で、ホフマンもようやく踏ん切りがつき、仕事に本腰を入れる決心を固めた、と思われる。

同じく二月の下旬、母親の実兄で伯父にあたる、オットー・デルファの遺産から、四百八十五ターラーが相続分として、ホフマンのもとに転がり込んだ。これは、古上着を売るなどして、糊口をしのいでいたホフマンにすれば、天佑といってもよい出来事だった。翌月、ゼコンダの要請を受け入れ、バンベルクを引き払って、ドレスデンへ行く決心をしたのも、この臨時収入があったからこそ、と推察される。

一八一三年四月二十日の夜、バンベルクを去るホフマン夫妻の送別会が、クンツ宅で開かれた。そのおり、ホフマンはクンツ夫人からこっそり、髪の毛を一束プレゼントされた、といわれる。ミーシャは、ヨハネスから受け取る報告書によって、夫ホフマンのクンツ夫人に対するひそかな関心を、よく承知していた。

しかし、ユリアへの異常な偏愛に比べれば、まだしもと考えていたふしがある。ユリアへの執着が、クンツ夫人によって少しでも薄まるならば、それでよしとしたのかもしれない。

クンツが自慢するとおり、夫人は確かに美貌の持ち主だった。しかしミーシャには、それを上回る自信があった、とみられる。

ちなみに、ホフマン夫妻は翌四月二十一日に馬車を雇い、早朝ドレスデンへ向けて出発した。バンベルクからは、北東へおよそ二百七十キロの距離にあり、ヨハネスの報告にもあるように、戦線に近い地域を通過する危険も、少なくなかった。しかし、さいわい二十五日には無事に、ドレスデンに到着している。

——ETAが、ドレスデンに来て何よりがっかりしたのは、エルベ川にかかるエルベ橋が、なくなっていたことだった。

エルベ橋は、十三世紀に作られた歴史的建造物で、ETAはそこを訪れるのを、楽しみにしていた。

ところが前月、ナポレオン軍はドレスデンを撤退するにあたって、プロイセンとロシアの連合軍の追撃を防ぐため、橋を破壊してしまったのだった。

ETAが、どれほどその橋を見たがっていたかは、あなたもよ馬車の中でさんざん話を聞かされたから、くご存じのはずだ。

橋が破壊されたことで、ETAのナポレオンに対する怒りは、ますます強まった。

町は、ナポレオン軍を追い出した、プロイセン兵とロシア兵で、いっぱいだった。

それまで、ドレスデンはフランスと同盟していた、ザクセン王国の首都だった。

しかし、今や市内にはプロイセンの国王、フリードリヒ・ヴィルヘルム三世と、ロシア皇帝アレクサンドル一世が、入城していた。

とはいいながら、いつまたナポレオン軍が攻めもどって来るか、予断を許さぬ状況にあった。

ETAにとって最大の誤算は、あてにしていたゼコンダの一座が、その時点でドレスデンの町に、いなかったことだ。

実のところ、一座はドレスデン、ライプツィヒの二つの町を拠点として、交互に公演を行なっていた。ETAが着いたとき、たまたま一座はライプツィヒで公演中で、ドレスデンにいなかったのだ。

ご承知のとおり、わたしたちはヴィルスドゥルファ街の、安ホテルに宿を取った。

ETAによれば、二月にはいってきた伯父の遺産のおすそ分けは、そこそこの額だったという。しかし、バンベルクで酒場などの借金を返済したあと、ドレスデンへの長旅に金がかかったため、ほとんど無一文だということだった。そのあたりは、あなたの方が詳しいだろう。

到着後ほどなく、わたしはかの文豪ゲーテがたまたま、ドレスデンに滞在しているとの噂を、耳にした。そこで、さっそくETAにそれを知らせ、会いに行ってみないかと声をかけた。千載一遇の機会でもあり、この際文豪の面識を得ておくことも、これからのETAの文学活動に、役立つだろうと考えたのだ。

しかしETAは、言下にそれを拒絶した。

以前クライストと、ゲーテに対する批判的な意見を交わしたこと、さらにゲーテが浪漫派作家の作品群を、不健全だと決めつけたことを持ち出して、わたしの提案をはねつけたのだった。

「そもそも、ドイツ人の血が流れているくせに、ナポレオンにすり寄る姿勢が、ぼくには気に入らないんだ。書くものは読むとしても、お近づきになりたいとは思わんね」

そう、うそぶくのだ。

わたしはあきらめきれず、せめてETAの刺《し》だけでも通じておこうと、滞在しているという城の司令部へ、一人で出向いた。

ところが、幸か不幸か文豪ゲーテは、わたしたちの到着と入れ違いに、ドレスデンを出て行ったことが分かった。

確かに、ゲーテは大のナポレオンびいきだったから、プロイセンとロシアの王が入城したドレスデンに、長居は無用と判断したに違いあるまい。

そういう次第なので、あなたもわたしがゲーテに会いに行ったことを、ETAには内緒にしておいてほしい。

着いた翌日、あなたもETAから聞いたと思うが、わたしたちは郊外のリンケ温泉に行き、そこでETAの幼なじみテオドル・ヒペルに、ばったり遭遇した。

ヒペルは政府の要職に就いており、プロイセン国王の随員の一人として、ドレスデンにやって来たという。首相のカール・フォン・ハルデンベルクの、秘書官を務めているとのことで、たいした出世ぶりだった。

バンベルクにいるあいだ、ETAはこのヒペルにほとんど手紙を書かず、不義理をしていたらしい。九年ぶりの再会だそうだ。それにもかかわらず、親しく旧交を温めることができて、とてもうれしそうだった。

さて、ETAもわたしも頼りのゼコンダが、ライプツィヒのどこにいるのか、知らなかった。

そこで、同じライプツィヒで楽譜会社を経営する、旧知のゴトフリート・ヘルテルに、ゼコンダへの中継ぎを頼むことにした。

ETAは、ヘルテルを通じてゼコンダに手紙を書き、ドレスデンでの窮状を率直に訴えて、ライプツィヒへ行く旅費を送ってほしい、と懇願した。

ETAもわたしも、そしておそらくあなた自身も、ゼコンダからの返信をじりじりしながら、待つことになった。

五月にはいっても、ゼコンダからはなんの便りもなかった。

一方、ナポレオン軍がふたたび勢いを盛り返し、ドレスデンに攻め寄せて来た。あちこちで、激しい市街戦が始まり、出歩くのさえ危険になった。

ETAはしかし、そうした砲煙弾雨をものともせず、戦場を歩き回った。

つい先日、ETAはわたしの腕をつかんで離さず、城門まで引っ張って行った。

城壁に当たった砲弾、銃弾が雨のように降り注ぐ中を、全速力で駆け抜けた経験のある者なら、その恐ろしさを十分に分かってもらえるだろう。

このときETAは、あなたになんと弁解したか知らないが、砲弾の破片を向こう脛に受けて、負傷したくらいだ。

五月十二日には、フランス軍がみずから仮修復したエルベ橋のたもとで、騎兵隊や砲兵隊を観閲するナポレオンを、見かける機会に恵まれた。

ナポレオンは噂どおりの小男で、ETAは自分とさして変わらぬその体軀を見て、感慨深げにこう言った。

「あの男が軍服を脱いだら、その辺の酒場の給仕と、変わるまいね。ぼくでさえ、この汚い服を脱げば、酒場の亭主くらいには、見えるだろうに」

十九日になって、ようやくゼコンダから返書と旅費が、送られてきた。ライプツィヒに来られたし、という待ちに待った朗報だった。

わたしたちは、一日も宿泊費をむだにしたくないので、翌二十日の朝乗り合い馬車に乗って、ライプツィヒを目指した。

その途上、思わぬ事故に遭遇した。

あなたは、負傷した上に気も動転したはずだから、事故の詳細を覚えてはおられまい。さいわい、ETAとわたしは軽傷ですんだので、事故の顚末を詳しくお伝えしよう。

乗客は全部で、十二名だったと思う。

最初の宿駅は、ドレスデンの北西にあるマイセンの少し手前で、距離は三マイルと三分の一（プロイセン・マイル、約二十五キロメートル）ほどだった。

あとで馭者《ぎょしゃ》に聞いた話によると、目の前をよぎったふくろうの鳴き声に驚き、先頭の馬が突然走るのをやめて、竿立ちになった。さして、速い速度で走っていたわけではないが、そのためにほかの馬たちが足元を乱し、あっという間に馬車が転覆したのだった。

ETAもわたしも、ひどい衝撃を受けて一瞬意識を失ったが、すぐに正気を取りもどした。

あなたは、ETAの隣にすわっていたのだが、革の重たい鞄が頭の上に落ちたらしく、額のあたりが血だらけだった。

ＥＴＡは、まっさおになって叫んだ。

「おい。ミーシャの頭が、割れてしまったぞ。どうしよう」

これほど、うろたえたＥＴＡを目にするのは、初めてだった。

わたしはＥＴＡに手を貸し、あなたを馬車の扉から外へ引き出して、道端の草の上に横たえた。白い布を裂いて顔をぬぐうと、額に人差し指ほどの長さの裂傷があり、そこから血が噴き出していた。

しかし、調べてみるとＥＴＡが言ったのと裏腹に、頭が割れた様子はない。気を失ってはいるが、それ以外に異状はないようだ。

「手を貸してくれ、お客さん」

駅者の声に振り向くと、下敷きになったらしい女の手足が、馬車の車輪のあいだからのぞいていた。

その洋服の模様を見て、出発前に自己紹介した、さる控訴院判事の夫人、と分かった。

それ以外の乗客は、なんとか馬車からはい出したらしく、みんな草むらの上にすわり込んでいる。血を流す者も、何人かいた。

判事は、妻を押さえつけている車輪を持ち上げようと、気が狂ったように馬車と格闘していた。

駅者が、ＥＴＡに言った。

「この先に、宿場があります。奥さんをそこまで、運んであげてください。宿場の者が、医者を呼んでくれるでしょう」

わたしが手を貸そうとすると、ＥＴＡは首を振ってあなたのそばに、ひざまずいた。

「ミーシャは、わたし一人で運べる。きみは、判事の奥さんを助ける手伝いを、してあげたまえ」

そう言うと、まるでヘラクレスが地球を持ち上げるように、意識不明のあなたを軽がると、両腕に抱き上げた。

わたしはしばらくのあいだ、その姿をぼんやりと見送っていた。

それからふとわれに返り、駅者や他の無事な乗客たちに手を貸して、車輪の下になった判事夫人を、引き出した。

夫人の状態は、見るも無残なものだった。

馬車が転覆した拍子に、重い荷物のはいった木箱が頭上に落ち、顔を直撃したと思われた。顔の半分がつぶれ、上半身は血まみれだった。

駅者は夫人のそばに膝をつき、かたちばかり怪我の状態を調べた。それから、わたしをむずかしい顔で見上げ、小さく首を振った。

わたしは、駅者の後ろからのぞき込もうとする判事を、道端へ引っ張って行った。

「お気の毒ですが、奥さんはもう息がないようです」

判事は憤然として、禿げた頭に青筋を立てた。

「そんなことは、ありえん。家内はわたしより、二十歳も若いのだぞ。わたしが無事で、家内が死ぬなどということは、ありえんのだ」

わたしは言葉を失い、その場に立ち尽くすしかなかった。

判事は、わたしの胸ぐらをつかまんばかりに詰め寄ったが、突然その場にしゃがみこんで、嗚咽を漏らし始めた。

わたしは判事の肩に手を置き、慰めようもなくその場に立ち尽くした。

突然頭に浮かんだのは、馬車の下敷きになったのが判事夫人ではなく、あなただった可能性もあるのだ、ということだった。

52

古閑沙帆は途中で読む手を止め、ワープロ原稿をテーブルに置いた。

この日はおそらく、三十五度近くまで気温が上がっており、アパートまで歩いて来るあいだに、汗びっしょりになった。

その汗が、ほとんど引いていない。

応接用の洋室は、本間鋭太がエアコンを入れてくれたものの、あまり効いているようには思えない。見るからに、時代遅れになった旧型のエアコンで、この猛暑には焼け石に水、という感じだ。

トートバッグから、途中で買ったスポーツ飲料を取り出し、三口ほど飲む。

窓の外から、喉を鳴らす鳩の声が、聞こえてきた。

餌でも探しに来たのだろうか。鳴き声が妙にものほしげで、ことさら暑苦しく感じられる。

あるいは、本間が何か鳩の好きそうなものを、まいたのかもしれない。野良猫に、わざわざミルクをやるくらいだから、鳩に餌を与えても不思議はない。

一息ついて、テーブルの原稿に目を向ける。

途中まで読んだかぎりでは、ホフマンはバンベルクを去ったあと、ドレスデンやライプツィヒで、しばらく仕事をするらしい。最終的にベルリンに居を定め、腰を据えて作家活動を開始するまでには、まだしばらく時間がかかりそうだ。

ドレスデンから、ライプツィヒへ向かう途中で事故に遭遇したことは、ざっと目を通したホフマン関係の資料で、一応承知している。しかし、これほど大きな事故とは、知らなかった。

ホフマンも妻のミーシャも、あまり運に恵まれた夫婦とはいえないが、惨死した若い判事夫人に比べれば、命に別状がなかっただけ救いがある。

バンベルクでデビューしたとき、ホフマンは指揮のやり方で不評を買い、音楽監督の座を棒に振った。

ところが、その後友人のホルバインが、支配人に就任する巡り合わせになると、少し運が向いてきた。道具係や衣装係、舞台装置制作係など、おもに裏方の仕事ではあるが、てきぱきと仕切って劇場を支えた。

もっとも、それだけでは生計を維持できない。

ホフマンは、ライプツィヒの〈AMZ（一般音楽新聞）〉に、ときどき音楽評論を寄稿したり、バンベルクの良家の子女にピアノを教えたりと、いずれにしてもさして金にならぬ仕事で、なんとかしのいでいたのだ。

稼ぎが悪い上に、二十歳も年下の少女にお熱を上げる、奇矯な性格の夫を持ったミーシャが、沙帆はつくづくかわいそうになった。報告者のヨハネスが、ミーシャに過剰なほどの同情を寄せるのも、もっともという気がする。

そんなとき、母方の伯父オットー・デルファが、ホフマンに遺産を分与してくれたのは、夫妻にとってめったにない幸運だったに違いない。二人の喜ぶ顔が、目に浮かぶようだ。

その割り前について、ヨハネスはそこそこの額だったとしているが、本間の訳注には四百八十五ターラーと、はっきり書いてある。

それでも、酒場の借金の清算とドレスデンへの旅費で、ほとんど使い果たしてしまったとすれば、たいした金額ではなかったように思われる。四百八十五ターラーが、今の貨幣価値にしてどれほどか知らないが、たぶん焼け石に水だっただろう。

それはさておき、同じく訳注に出発の前夜、フリードリヒ・クンツの家でホフマンが、クンツ夫人から髪の毛を一束もらった、とあったのには驚いた。ヨハネスは報告書の中で、そのことにまったく触れていない。

これまでのいきさつからしても、ホフマンにとってバンベルク最後の夜に、ヨハネスが同席しなかったとは、考えられない。

たまたま、夫人がホフマンに髪の毛を手渡す場に、居合わせなかっただけなのか。

それとも、ミーシャの胸の内を忖度して、そのまま報告するのに忍びなく、書くのを控えたのか。

考えてみれば、どれほどクンツ夫人がさばけた女だったにせよ、夫やミーシャをはじめ人目のあるところで、そのような行為には及ばないだろう。当然、だれもいないときを見計らって、手渡したに違いない。

どちらにしても、そんなものを渡す方も渡す方なら、受け取る方も受け取る方だ。沙帆の感覚では、とても理解しがたい振る舞いとしか、言いようがない。

とはいえ、その場面を想像するとひどく滑稽な気もして、なんとなく笑いたくなる。

分からないのは、本間がそうした二人の秘密のやりとりを、どこの資料から引いてきたのか、ということだ。たとえ孫引きにしても、出典が明らかにされていないため、嘘かまことかも判然としなかった。

原稿を読むのを中断したのは、それが気になったからでもある。

ともかく、一連の報告書を読み続けてきた結果、ミーシャに対する同情の念は、深まるばかりだった。

沙帆は、もう一口スポーツ飲料を飲んで、ペットボトルをしまった。

原稿を取り上げ、先を読み始める。

*

【E・T・A・ホフマンに関する報告書・九】続き

——あなたの怪我は、心配したほどひどいものではなかったし、ETAとわたしも軽い打撲傷ですんだ。死人まで出るという、重大な馬車の転覆事故だったにもかかわらず、その程度の負傷ですんだのは、不幸中のさいわいというべきだろう。

現場は磁器の名産地、マイセンのすぐ手前だった。

顔中血だらけで、意識を失ったままのあなたを見て、宿場の人びとが親切に手を貸してくれたのは、ありがたいかぎりだった。

わたしたちは、マイセンから箱馬車を呼び寄せ、意識を取りもどしたあなたともども、宿場のはずれにある旅籠屋に向かった。

医者が呼ばれて、あなたに応急手当をしてくれた。そのあと、医者はETAとわたしを呼び寄せ、命に関わるほどひどい怪我ではないが、一日様子をみなければ正しい判断はくだせない、と言った。

翌日の再診で、一日まるまる休養してからにするなら、旅を続けてもよいとの許可が出た。

さらにその翌日、あなたもだいぶ元気を取りもどしたので、わたしたちはまた新たな箱馬車に乗って、ライプツィヒへ向かった。

到着したのは、五月二十三日（一八一三年）の夕方のことだった。

取り急ぎ、手近のホテル・フランスに宿を取ったのは、負傷したあなたを一刻も早く、休ませたかったからだ。

そこで、あらためて別の医師の往診を受け、あなたの怪我は回復に向かい始めた。

正直に申し上げるが、顔の一部にいくらか傷跡が残るのは、しかたのないことらしい。それに、天候の変わり目に頭痛が出る可能性も、避けられないという。

残念ではあるが、あの事故で若くして亡くなった、控訴院判事夫人のことを思えば、あなたもその後遺症に耐えられるもの、と信じている。

ホテル・フランスは、あなたにとってもETAにとっても、あまり居心地がよくなかった。ことに怪我人には、少々音がうるさすぎた。

それもあって、二日目からホテル〈ゴルデネス・ヘルツ（金の心臓）〉に、宿を移した次第だ。

このホテルは、芸術家のあいだに人気があることで、知られていた。あるじは、親しみを込めて〈役者たちのおやじ〉と呼ばれるほど、俳優のめんどうみがいいそうだ。

あなたが、そこでゆっくり養生しているあいだに、ETAにどんなことがあったかを、ざっとお伝えしよう。

ETAとわたしは、さっそく歌劇団の団長ヨゼフ・ゼコンダに、会いに行った。

ゼコンダは五十代前半の年ごろで、頭でっかちの小柄な男だった。あまり、芸術とは縁がなさそうに見えたが、上機嫌でETAを迎えてくれた。親切で愚直な男、という印象だった。

さらに、当地で楽譜出版社を営むゴトフリート・ヘルテルや、〈AMZ〉の編集長フリードリヒ・ロホリッツも、ETAの到着を心から歓迎してくれた。

この二人にとって、ETAは貴重な顧客でもあり、寄稿家でもある。二人がETAの到着を、ゼコンダ以上に喜んでくれたのは、当然だろう。

またライプツィヒでは、〈AMZ〉紙上にしばしば掲載される、卓抜な音楽評論の書き手として、ホフマンはかなりの知名度を得ていた。

バンベルクでの、あのよそよそしい扱い（もちろん、ユリアを巡るETAの振る舞いにも、責任の一端はある）に比べると、雲泥の差があった。

また、当地のゲヴァントハウス管弦楽団は、充実した編成を誇る歴史ある楽団として、よく知られていた。もちろん、技術的にもレベルの高い楽団だったから、ETAは音楽監督の仕事に、大いに意欲を燃やした。

ご存じのように、ナポレオン軍に占領されたこのライプツィヒも、ロシア軍がしだいに迫って来たため、不穏な空気が漂い始めていた。

市内には、占領軍による戦闘警報が頻繁に出され、その結果市民は危険と隣り合わせの生活を、余儀なくされた。あなたも身をもって、それを感じておられるはずだ。

したがって、毎日劇場に客が押しかけるという状況は、ほとんどなかった。その結果劇場は、不入りが続くことになった。

これは一座にとって、大きな痛手だった。

ついに、ゼコンダは六月五日になって、一座全員に契約解除を申し渡し、どこでも好きなところへ行ってくれ、と言い放った。

この解団宣言は、ETAや俳優たちはもちろん、道具係から切符売りにいたるまで、座員すべてにとって青天の霹靂だった。

このことをETAは、あなたに話さなかったかもしれない。

なぜなら、家計を預かるあなたが自分以上に、大きなショックを受けることが、分かっていたからだ。

ところがその直後、皮肉にも最悪の事態がいい方向に、転換することになった。

なぜならETAが、ゼコンダの最後通告を無視して上演した、モーツァルトの『フィガロの結婚』が、初日から大当たりを取ったからだ。

座員がみんな、必死になって舞台を盛り上げたことは、言うまでもない。

しかし、なんといっても、モーツァルトの解釈と指揮にかけては、右に出る者のないETAの存在が、大きかったのだ。そのことを、わたしは喜んであなたに、報告したい。

モーツァルトに関して、ETAが胸に抱いている強い自負は、ただならぬものがある。

先夜も、楽団員に舞台の構成と進行を説明するとき、ETAはこう言った。

「諸君。モーツァルトの音楽を、しんそこから理解している者は、この世に二人しかいないのです」

たまたまその場に、モーツァルトを〈AMZ〉で取り上げ続け、彼の天才ぶりを世に広めるのに功のあった、ロホリッツがいた。

ロホリッツは、興味深そうに聞き返した。

「それはいったい、だれとだれかね、ヘル・ホフマン」

ETAは言下に、こう答えた。

「言うまでもありませんよ。その一人は、モーツァルトです」

それを聞いて、だれもがきょとんとした。

わたしは、笑いをかみ殺した。

ETAは、モーツァルトその人を差し置いて、自分こそモーツァルトを理解する、第一人者だと言いたかったのだ!

そのとき、ロホリッツだけが小さく首を振って、苦笑いをした。

ほかの連中の多くが、ホフマン自身のことは認めるとしても、二人のうちの一人はロホリッツだ、と思っていたに違いない。

しかし当のロホリッツには、ETAが何を言おうとしたか、分かったのだ。

それが、苦笑いとなって、表われたのだろう。

ともかくETAは、窮地におちいったゼコンダ歌劇団を、一時的にせよ救ったのだ。大当たりの結果、『フィガロ』の公演はしばらくのあいだ続き、歌劇団はようやく一息ついた。

すでにお分かりと思うが、その好評があちこちに広まったため、またもドレスデンの劇場から、ゼコンダにお声がかかる結果になった。

かくて一座は、戦時下にあるライプツィヒを去り、わたしたちは六月二十四日の朝、ふたたびドレスデンへ向けて、出発したわけだ。

あなたも、同じところを行ったり来たりするのは、わずらわしかっただろう。しかし、裏にはこういう事情があったことを、ETAのためにも理解していただきたい。

ドレスデン行きが、前にもましてひどい旅だったことは、わたしも認める。

ETAと、怪我が治りきっていないあなたのために、ゼコンダは二人用の二輪馬車を、仕立ててくれた。

わたしは他の劇団員と一緒に、九台の箱馬車のうちの一つに乗ったが、これはひどいものだった。

道具係や、衣装係、雑用係の男女はまだしも、団員の子供や乳離れしていない赤ん坊、それに犬や猫や鶏、鸚鵡《おうむ》、リスなど、さまざまな動物が荷台に詰め込まれ、さながらノアの箱舟状態になったのだ。

ETAも言っていたが、ユーモア小説を書くつもりなら、この旅は話題に事欠かなかっただろう。

そこへいくと、二輪馬車はまだましだった、と思う。それでも、あなたは怪我が完治しておらず、さぞ疲れたことと拝察する。

ともかく、ドレスデンにはあのユリア一家もおらず、クンツ夫妻もいない。ETAについて、あなたが心を悩ますようなことも、ここしばらくはないもの、と思われる。

とはいえ、あなたのご要望とあれば今後も、おりに触れて外でのETAの行状を、報告することにしよう。

53

また、喉が渇いた。

エアコンが、あまり効いていないせい、というだけではない。

古閑沙帆は、読み終わった原稿をテーブルに置き、またスポーツ飲料を取り出した。

二口飲んで蓋をしたとき、廊下に足音が響いた。

ペットボトルをしまい、引き戸が開くのに合わせて、長椅子から立ち上がる。

本間鋭太は、いつものようにソファに飛び乗り、指で沙帆にすわるように合図した。

沙帆は腰を下ろし、あらためて本間のいでたちを見た。

赤地に、白いスポット模様のついた、襟の広いアロハシャツ。

紺一色の、七分丈のズボン。ちぢみなので、色つきのステテコかもしれない。

本間は珍しく、まじめな口調で言った。

「ヨハネスの報告書も、バンベルクでのエピソードが長かったが、前回でようやくホフマンはユリアの呪縛から、逃れることができたわけだ。どうかね、今回の感想は」

沙帆は、少し考えた。

「ホフマンは、完全にユリアの呪縛から逃れられた、といえるでしょうか。本格的に、作家の道を歩み始めてからも、ほとんどの作品にユリア体験が、深い影を落とし続けている気がしますが」

全部を読んだわけではないが、ユリア体験を抜きにしては書けなかった、と思われる作品がいくつもある。

極端にいえば、作家活動を開始する前に書いた、数少ない小品や断片をのぞいて、ユリア体験が影を落とさぬ作品はない、といってもいいほどだ。

本間が、眉根を寄せる。

「厳密にいえば、ホフマンは生涯ユリア体験から、逃れることができなかった。しかし、多かれ少なかれ、ホフマンの作品は曲がりなりにも、その体験を昇華して仕上げられたもの、とみていいだろう」

いつも明快な本間にしては、妙に奥歯にものの挟まったような、あいまいな口ぶりだった。

正直に言う。

「わたしは、ホフマンの専門家ではありませんし、忠実な読者というわけでもないのですが、それでもホフマンの相当数の作品に、ユリア体験が生なましく表出されている、という気がします」

「たとえば、何かね」

「たとえば、『犬のベルガンサの運命にまつわる最新情報』なんかは、もろにユリアとグレーペルの結婚を、皮肉った作品でしょう」

この作品は、主人公の〈わたし〉と人間の言葉を話す犬、〈ベルガンサ〉との対話小説だ。

かの、セルバンテスの〈模範小説集〉の一つ、『犬の対話』の形式にならったもので、ベルガンサの名もそのまま、借用している。

ベルガンサは、ユリアをモデルにした美少女、ツェツィリアの愛犬だ。母親の意向で、ツェツィリアは金持ちの飲んだくれ、ジョルジュと結婚することになる。

ジョルジュは、ドイツ人ならゲオルゲに当たるが、頭に〈ムシュウ〉がついているからには、フランス人という想定だろう。

この男が、グレーペルをモデルにしていることは、一目瞭然に分かる。

新婚の夜、ジョルジュはツェツィリアに挑みかかったあげく、ベルガンサにあちこち噛みつかれ、さんざんな目にあわされる。明らかに、ポンマースフェルデン事件を想起させる、あわれな役を振り当てられている。

本間は、さもおかしそうに、くくっと笑った。

「あれは、皮肉ったというよりも当てこすった、あるいはののしり倒した、といった方がいい作品だ。ただ設定が露骨すぎて、いささかおとなげない感じが、しないでもない。それにツェツィリアのせりふ、〈ああ、だれもわたしのことを、分かってくれない。母親でさえも〉というくだりは、一八一二年四月二十五日にホフマンが、ユリアの言葉として日記に書き込んだ文句と、そっくり同じではないか。まさに、露骨極まりないしわざだ。研究者はだれも、そこまで指摘しとらんがね」

記憶をたどったが、その文言をヨハネスの報告書や、本間の訳注で目にしたかどうか、思い出せない。

「ほかにも、ホフマンの作品でそういう例が、あるのですか」

「断定はできんが、わたしの知るかぎりではなかった、と思う」

珍しく、本間が〈わたし〉と言ったので、沙帆はつい身構えた。

「自分の作品に、過去の恨みつらみをぶつけるなんて、よく考えると子供じみていますよね」

本間が苦笑する。

「あの作品を書いたのは、まさに児戯に類する振る舞い、というべきだろう。しかし、それでどうにかガス抜きを果たしたあげく、その後作家として後世に残る作品を、書いたわけだ。ドイツ文学にとっては、それでよかったんじゃないかね」

沙帆は、またスポーツ飲料を飲みたくなったが、本間の手前がまんした。

「要するに、ベルガンサを書いた時点では、まだユリアを巡るもろもろの出来事が、昇華しきれていなかった、ということですね」

「その後の作品を見渡しても、ホフマンがユリア問題を完全に昇華した、という形跡はないな」

本間が、さっきとは逆のことを言ってのけたので、沙帆はつい笑ってしまった。

本間の中でも、ホフマンに対するアンビバレントな感情が、交錯しているらしい。

「ずいぶん、手厳しいですね。ホフマニアンの、本間先生にしては、ですが」

そう指摘すると、本間は唇をへの字に曲げた。

「わしは、ホフマンとホフマンの作品を、ドイツ文学史のどこか適当な場所に、押し込もうというばかげた努力を、するつもりはない」

今度は〈わし〉になった。

もったいぶった言い回しだが、何を言いたいかは分かる気がする。

「そうしますと、ホフマンと対峙する本間先生のスタンスは、どういうことになるのですか」

ためしに聞き返すと、本間は露骨にいやな顔をした。

「対峙だのスタンスだのと、むずかしいことを言いたもうな、きみ。わたしは、ホフマンの作品を作品として読むのではなく、ホフマンという人間の本性を知るための、道しるべとして読んどるんだ。もっと言えば、わしはホフマンその人になりきろうとして、読んどるといってもよい」

沙帆は、めんくらった。

いつの間にか、〈わし〉と〈わたし〉が、ごっちゃになった。めったにないことだが、だいぶ頭の中が混乱している様子だ。

本間はホフマンを理解するために、ホフマンその人になりきろうとして、ホフマンらしく振る舞うようになった、ということかもしれない。

ややこしいが、そうとしか考えられない。

口を開こうとしたとき、閉じきってなかった入り口の引き戸の隙間から、猫の鳴き声が聞こえた。

とたんに、本間はぴょんとソファから飛びおり、戸口へ行った。

猫を抱き上げてもどり、またソファに飛び乗る。

本間の膝の上で、黒と濃灰色の縞模様の、しっぽの長い大きな猫が、沙帆を見てふうとばかり、鼻息を荒くした。

牡猫ムル。

飼い猫ではなく、時間がくるといつも本間にミルクをねだる、ただの宿なしだ。

本間から、『牡猫ムルの人生観』の主人公と、同じ名前を与えられたこの猫は、小説のムルと同じように、こざかしげで、ふてぶてしい顔つきをしている。

以前、奥の部屋の窓の外でばったり出会ってから、ムルは沙帆に敵意を抱いているようだ。

本間は、ムルの首筋をなで回しながら、おもむろに言った。

「ホフマン夫妻が、ライプツィヒへの途上で事故にあった話は、知っていたかね」

話が進んで、沙帆はすわり直した。

「はい。どこかで、読んだ記憶があります。ただ、そんなにひどい事故だとは、知りませんでした」

「ヨハネスも書いているが、死んだのが控訴院判事の夫人ではなく、ミーシャだった可能性もあったんだ。もし、そんなことになっていたら、それ以後のホフマンがどうなっていたか、分からんぞ」

「とおっしゃいますと」

「音楽家としてはもちろん、作家としても後世に名を残すほどの存在には、なっていなかっただろう、ということさ」

「逆にいえば、それだけミーシャの存在が大きかった、ということですか」

「さよう。ホフマンの存命中も死後も、ミーシャが表舞台に出ることは、ほとんどなかった。ユリアの一件で頭にきて、しばらく日記帳を取り上げることくらいしか、目立ったエピソードを残さなかった」

「それでも、ヨハネスなる人物に頼って、一緒にいないときの夫の行動や振る舞いを、報告させていたわけですね」

「ホフマンにとって、ミーシャが辛抱強い妻であり続けたのは、その報告書のおかげかもしれんよ」

そういう見方も、成り立つのか。

沙帆はそれで一つ、思い出すことがあった。

「今回の報告書の中に、ちょっと首をかしげたくなるようなことが、一つありました」

「どんなことかね」

「ドレスデンへ発つ前夜、クンツの家でホフマン夫妻の送別会が、開かれましたね。そのおり、クンツ夫人はホフマンに、自分の髪を一束プレゼントした、とありました。ただこのエピソードは、先生の訳注にそう書かれていただけで、ヨハネスの報告書の中にはいっさい、記載がありませんでした。もちろん、二人がこのようなひそやかな行為を、人前でするはずはない、と思います。したがって、ヨハネスが知らなかったのは当然ですし、そのために報告書から漏れたのでしょう。かりに目撃していれば、ヨハネスはたとえおためごかしにせよ、ミーシャに報告せずにはいなかった、と思います。機会さえあれば、ミーシャの歓心を買おうとする、油断のならない人物ですから」

一息に言ってのけると、本間はムルをなで回す手を止めて、つくづくと沙帆を見た。

めったにない長ぜりふに、あっけにとられたようだ。

顎を引いて言う。

「それが、どうかしたかね」

沙帆は、息を吸い込んだ。

「だれも見たはずがない、髪の毛の受け渡しのエピソードを、先生はどこからお引きになったのですか。原典となった研究書なり、資料なりを教えていただければ、と思います」

それを聞くなり、本間は笑い出した。

その笑い方は尋常ではなく、もう少しでムルを膝の上から投げ出しそうな、ただならぬ笑い方だった。腹を抱える、という表現がぴったりかもしれない。

ムルは、いやな鳴き声を上げて身をもがき、本間の膝から床に飛びおりた。

そのまま、引き戸の隙間をすり抜けて、廊下へ逃げ出す。

本間は、それにも気づかぬげに手を叩き、笑い続けた。

あまりのことに、沙帆は憮然とした。

「何か、おかしいことを申し上げましたか」

本間が、ほんの思いつきで書いたでまかせに、まんまと乗せられたような気分になり、ついむっとしてしまう。

すると、そんな沙帆の顔つきに気がついたらしく、本間はようやく笑うのをやめた。

にじんだ涙を、小指でこそげ落とすようにしながら、すなおに謝る。

「いや、失敬、失敬。きみが、不審をいだくのも、もっともだ。常人の感覚からすれば、確かにその疑問が残るだろう。このエピソードの出典は、おそらくもっとも信頼できる資料から、出たものさ」

沙帆は何も言わずに、本間をじっと見返した。

本間は姿勢をあらため、顔を引き締めて言った。

「当のホフマンが、バンベルクを発つ前日に書いた日記に、クンツ夫人から〈haarlocke（ハアルロッケ＝巻き毛）〉を一房もらった、と書いとるんだよ」

呆然とする。

まさか、ホフマン自身が日記に書き込んだとは、思いもしなかった。

言葉を失った沙帆に、本間は淡々と続けた。

「実のところ、正式の送別晩餐会はクンツの家で、四月十九日に開かれていた。翌二十日は、最後にもう一度クンツ夫妻を訪れ、あらためて涙ながらに別れを告げた、ということらしい。そのときに、ホフマンはクンツ夫人から、髪の毛をもらったわけだ」

沙帆は考えがまとまらず、口をきくこともできない。

気を落ち着けて、頭の中を整理する。

ホフマンは、一八一一年五月十八日にユリアを巡って、ミーシャと初めて喧嘩した。そのあげく、ミーシャに日記帳を取り上げられて、その年いっぱい中断したままになる。

翌一八一二年、一月一日からふたたび日記をつけ始めるが、ミーシャが盗み読みしているのを承知で、相変わらずユリアへの思いを書き綴っていく。

しかも、ばれているのを知りながら、〈Ktch〉の記号を使い続ける。

さらに、相変わらず外国語で不都合な箇所を韜晦するなどして、母国語以外の言語に暗いミーシャの目を、くらまそうとする。

それでもミーシャは、ホフマンのユリアへの強い恋慕の念が、途切れていないことを承知していた。

ただ、そうこうするうちにユリアに婚約話が持ち上がり、ハンブルクの商人グレーペルとの結婚が、実現してしまう。

そのために状況が大きく変わり、ミーシャはさすがに夫のユリア熱も、冷めるに違いないと思ったはずだ。

それで日記の継続を、放任したのだろう。

沙帆は、一つ深呼吸をした。

「確かに、ユリアが結婚してバンベルクを去ったあと、ホフマンは気心の知れたクンツ夫人に、関心を移したかもしれません。でも、町を去るに当たって髪の毛をもらう、とはどういうことでしょうか。しかも、ミーシャが盗み読みしている日記に、わざわざそれを書きつけるなんて、とうてい信じられませんね。ミーシャが読めば、気を悪くするどころではなく、頭にきて怒り狂うでしょう。ホフマンにしたって、わざわざ自分から波風を立てることはない、と思われませんか」

本間は、唇をぐいと引き結んだ。

「いかにも、きみの言うとおりだ。しかし、何か理由があるかもしれん。あるとすれば、二つ考えられる。一つは、ついにホフマンが居直って、いいことも悪いことも区別せず、すべてミーシャに知らせるようにする、と決めたからではないか。やぶれかぶれというよりも、ミーシャならなんでも許してくれるだろう、という一種の甘えみたいなものだ」

とむねをつかれ、うなずいてしまう。

それは確かに、ありうるかもしれない。

「もう一つの理由は、なんですか」

「当時のプロイセンや、その周辺諸国の人びとのあいだに、親しい者が旅立つのを送り出すとき、記念に自分の髪の毛の一部を切り取って、相手に渡す風習があったのではないか、という見方だ。確証はないが、可能性としてはゼロではない、と思う。どうかね」

沙帆は、返事に詰まった。

そのころのヨーロッパに、そうした風習があったという話は、耳にしたことがない。ありそうもない気がするが、絶対にないともいえないだろう。

やむをえず、あるかもしれないという前提で、返事をする。

「それが、当時の風習だったとするならば、ホフマンが日記にその事実を書き込んでも、ミーシャの気分を害することはなかった、という解釈ですね」

「そうだ。ただ、わしも当時のドイツの風俗習慣に、それほど明るいわけではないから、なんともいえんな」

「ただ、もしそのとおりだとすれば、クンツ夫人はみんなのいる前で、髪の毛を渡したはずです。ヨハネスが、そのことを書き留めていないのは、なぜでしょうか」

「それは、当然その場にミーシャも同席して、すでに承知していたからだろう」

本間のたくみな解釈に、沙帆は反論できなかった。

あきらめて言う。

「いずれにせよ、ミーシャがホフマンの日記の、その日の書き込みを読んだかどうか、分からないわけですね。そして、読んだとしてもそれにどう反応したか、なんの記載もないのでしょう」

　本間は、いかにもしぶしぶという感じで、うなずいた。

「それはまあ、そのとおりじゃな」

　そう言ってから、ふと思いついたように、付け加える。

「そうだ。冷蔵庫に、麦茶が冷えとるはずだ。すまんが、きみの分と一緒に二つ、持って来てくれんかね」

54

　本間鋭太は、麦茶を一息に半分飲んだ。

　古閑沙帆も、少しだけ口に含む。

　グラスを置いて、本間は言った。

「きみが、全面的に納得しておらぬことは、わしにも分かる。しかし、限られた少数のデータから、できるだけ正確な事実を導き出すには、それなりの大胆な推論が必要になる。ことに、二百年も昔の出来事となれば、なおさらだ」

「このあいだの、ＪＪホフマンとビュルガー、それにご先祖の本間道斎の関係も、そういうスタンスでとらえるのが、妥当かもしれませんね」

　先日本間から聞かされた、ヨハネスの報告書の後半部分に関する伝承を、ひとまず念頭に置いて、そう言った。

　すると、本間はいかにも居心地が悪そうに、ソファの上でもぞもぞと動いた。

「ともかく、この貴重な報告書の後半部分が、先祖の本間道斎から伝わったことは、間違いない。道斎と高橋作左衛門、あるいはジーボルトとビュルガー、ＪＪホフマンの関係を考えると、その筋から巡り巡ってきたもの、と考えても無理はないだろう。むろん、ＪＪとＥＴＡの家系のあいだに、血縁なりそれに近い関係があった、としての話だがね」

　前回の、口角泡を飛ばさぬばかりの弁舌に比べて、だいぶボルテージが落ちたようだ。

　しかし、偶然の積み重ねとはいいながら、沙帆はその推理の組み立てに、興味を抱いていた。突飛には違いないが、まったくの無理筋とまでは、いえない気がする。

思い切って言う。

「実はあのあと、先週先生のお話に出てきた、本間道偉という医者の家系を、調べてみたのです。そうしたら、医学関係のある専門雑誌に掲載された、医家としての本間家に関する論文が、見つかりました。それによると、最初に医者として一家を興したのは、元和年間に大垣藩士の息子として生まれた、本間道悦という人物だそうです。道偉は、道悦から数えて七代目に当たり、その息子の玄調は八代目になります。玄調は水戸藩に仕えて、名医と称えられたそうです」

黙って聞いていた本間が、初めてうなずいた。

「なるほど。それで、道偉に宛てた玄調や玄俊の手紙類が、静嘉堂文庫の小宮山楓軒叢書に、残されたわけだ。楓軒は水戸藩士で、よく知られた碩学だったからな」

その口調から、沙帆がもったいぶって披露した逸聞を、すでに承知しているらしいことが、察せられた。

おそらく静嘉堂文庫にも、とうに足を運んだに違いない。

沙帆の顔色を見て、本間が慰めるように言う。

「ともかくきみが、いくらかでも追跡調査をする気になったのは、まことにもってけっこうなことだ」

沙帆は少し、気を取り直した。

「先生のご先祖の道斎と、医家の本間一族とのあいだに、なんらかの血縁関係があるとすれば、問題の小宮山楓軒叢書の中に、それを証拠立てる系図や手紙の類が、残っているかもしれませんね」

本間は、つるりと鼻の下に指をすべらせ、眉を八の字に寄せた。

「残念ながら、それを示唆する証拠らしきものは、何も残っていなかった。結局、本間道斎と本間道偉の関係は、ＪＪホフマンとＥＴＡホフマンの関係と同じく、きわめて近いようでいて遠いもの、とみた方がいいだろうな」

悟りきったような口調に、沙帆はむしろ本間をけしかけたい、という気持ちになった。

「でも、現にヨハネスの報告書の半分が、本間家に代々伝わってきたわけですから、その由来を追求する価値は十分にある、と思います」

本間は、珍しくたじたじとなった様子で、残りの麦茶を飲み干した。

そのとたん、窓の外からあわただしい物音と、何かの鳴き声が起こった。

次いで、喉の奥から絞り出すようなうなり声と、鳥が飛び回る激しい羽音がする。

沙帆は驚いて、思わず腰を浮かした。

本間が、ハチドリのようなすばやい動きで、ソファから飛びおりる。

一直線に窓際に突進して、ガラス窓をがらりとあけた。

「こら、ムル。鳩に手を出してはならんと、あれほど言ったではないか」

そうわめきながら、出窓の鉄格子を拳でどんどん、と叩く。

また激しい羽ばたきが聞こえ、庭のあちこちに鳥の羽根が飛び散るのが、鉄格子のあいだから見えた。

続いて、鳥がばたばたと飛び去る羽音がして、同時にびっくりするほど高く跳躍する、ムルの姿が目に飛び込む。

「こら、やめんか、ムル」

どうやらムルは、鳩を襲おうとして取り逃がしたらしく、不満げに一声長ながと鳴いたあと、静かになった。

窓のすぐ向かいに、隣家の板塀が迫っていることを思い出し、沙帆はあわてて本間のそばに行った。

「先生。あまり、大きな声でおどなりになると、お隣に聞こえますよ」

しゃれを言ったつもりはないが、なぜか舌がもつれそうになる。

本間は、乱暴にガラス窓を閉じて、沙帆の方に向き直った。

「もう、とっくに聞こえとるよ。ムルが何かしでかすと、いつも隣の家のばあさんがわしより先に、どなるんじゃよ。きょうは、わしが先手を取ったがな」

自慢げに言ってから、沙帆に指を振り立てる。

「それと、〈おどなりになる〉なんぞという日本語は、聞きたくもない。〈おどなり〉と〈おとなり〉の語呂あわせも、願い下げだ」

「あの、それはたまたま、なんですけど」

本間は取り合おうとせず、ソファにもどって飛び乗った。

沙帆も、長椅子にすわり直し、息を整えて聞く。

「こちらの庭には、鳩が来るのですか」

「来る。どうも、隣のばあさんが塀越しに、トウモロコシだか麦だかを、まいとるらしい。それで、ムルが鳩にちょっかいを出すのを待って、どなりつけるという寸法だ。まったく、根性の曲がったばあさんよ」

そのとたん、沙帆はほとんど何も考えずに、言ってしまった。

「鳩といえば、このあいだ波止という名前の女性がいる、という話を聞きました」

本間の目が、ちらりと動く。

「ハトという名前の女、と言ったかね」

聞き返され、逆にとまどいを覚えたが、すでに遅かった。

「はい。波を止める、波止場の波止、と書くそうです。珍しい名前ですよね」

そう応じたものの、よけいなことを口にしてしまった、という後悔の念がわいた。

二週間ほど前、〈響生園〉で初めて倉石玉絵に、ハトの名でののしられたとき、〈鳩〉という字が頭をよぎったことを、思い出す。

そのあと、出口へ向かいながら麻里奈と、〈ハト〉はまさか鳥の鳩じゃないわよね、などと話した記憶もよみがえった。

たった今鳩の話になって、ついその連想が働いたのだ。

「どこで、その名前を聞いたのかね」

本間の声がして、われに返る。

「ええと、どこだったかしら」

つい、しどろもどろになった。

倉石の名前を出さずに、うまく話を取りつくろえないだろうか。

本間が、ほとんど無意識のような動きで、グラスに手を伸ばす。

口をつけて飲もうとしたが、グラスがからだということに気づいて、唇をへの字に曲げる。

ばつが悪そうな本間の様子に、沙帆はトレーを取って立ち上がった。

「お代わりを、お持ちしましょうか」

本間は顎を引き、沙帆を見上げた。

「ああ。ああ、そうしてくれ」

いかにも、ほっとしたように頬を緩め、グラスをトレーに載せる。

沙帆は、自分が飲み残したグラスも載せて、廊下に出た。本間と同じように、なんとなく救われた気分だった。

キッチンで麦茶を入れ替えながら、どう話を持っていこうかと考える。

どのみち、倉石のプライバシーに触れないためには、作り話をするしかあるまい。

洋室にもどると、本間はどことなくわざとらしいしぐさで、自分の打ち出したワープロ原稿を、めくり直していた。

沙帆が席に着くなり、待ってましたと言わぬばかりの勢いで、グラスを取り上げる。

また、一息に半分ほど飲んでから、ゆっくりとソファの背にもたれた。

沙帆を見て、前置きもなく言う。

「二週間ほど前の日曜だかに、倉石夫妻と一緒に彼の母親を見舞いに、どこかの施設へ行ったそうだな」

沙帆は、その不意打ちにしんそこ驚いて、背筋を伸ばした。

「そのこと、どうしてご存じなんですか」

たとえ雑談にせよ、本間にそんな話をした覚えはない。

それどころか、玉絵のことはこれまでに一度も、話題にした記憶がなかった。

いや、もしかして何かの拍子に、話したことがあっただろうか。

頭の混乱が収まらないうちに、本間は肘掛けに肘を突っ張って、話を続けた。

「由梨亜くんが、先週の金曜日にレッスンを休む、と言って電話してきたときに、教えてくれたのさ。両親ときみが、老人ホームにいる祖母を訪ねた、とね。子供たちは、行かなかったそうだが」

体から、力が抜ける。

聞いてみれば、別になんの不思議もない話だ。

しかし、倉石由梨亜が断わりの電話を入れたとき、なぜそんな話題を持ち出したのか、分からなかった。

むろん、由梨亜は倉石家の一員だから、話そうと話すまいと自由だ。

とはいえ、由梨亜の側に本間に話すべき、なんらかの理由があったのだろうか、と考えてしまう。

沙帆は、肚を決めて言った。

「倉石さんのお母さまは、認知症が進んでいらっしゃるのです。ときどき、正常に近い状態にもどられるので、まだそれほどひどいレベルではない、と思いますが」

本間は、今度はゆっくりとグラスを取り上げ、一口だけ飲んだ。

じっと沙帆を見つめる。

「ところで、きみが結婚して古閑姓になる前は、確か朝岡《あさおか》沙帆だったな」

話が変わり、口調まで変わったので、また先が見えなくなった。

「はい。旧姓は朝岡です」

「お母さんの旧姓は」

わけが分からず、ちょっととまどう。

「池内ですけど。なぜ、今ごろそんなことを、お尋ねになるのですか」

「今ごろ、か」

本間は、独り言のように言い、耳の下を掻いた。

それから、おもむろに続ける。

「きみは大学を卒業したあと、ここへ個人レッスンを受けに来たじゃろう」

どんどん、話が変わる。

「はい。ずいぶん、しごかれました」

辛抱強く応じると、本間は人差し指を立てた。

「あんなのは、しごいたうちにはいらんよ。実は、あのときぎみがうちへやって来て、そこに腰を下ろしたとたん、聞こうかと思ったことがある。きみの親戚縁者に、トウラという名字の人が、いるかどうかをな」

「トウラ、ですか」

「さよう。雨戸の戸に、浦和の浦と書く。あらためて聞くが、父方母方どちらでもいいから、戸浦という名字の親戚はおらんかね」

沙帆は、戸浦という字を思い浮かべたが、心当たりはなかった。

「わたしも、全部の親戚を把握してはいませんが、知っている範囲では戸浦姓はいなかった、と思います」

それを聞くと、本間の目に軽い失望の色が浮かび、肩から力が抜けたようだった。

両手の指を突き合わせ、上目遣いに沙帆を見る。

「施設へ見舞いに行ったそのときに、倉石玉絵はきみのことを戸浦波止と間違えて、波止と名前を呼んだんじゃないかね」

沙帆は、ぎくりとした。

なぜ本間は、それを知っているのか。

ただ、一つだけ違ったことがある。

玉絵は、沙帆を口を極めてののしったときも、一週間後に施設に呼んで理由を明かしたときも、波止とだけしか言わなかった。名字については、いっさい口にしなかった。

したがって、戸浦という名字は今初めて、聞いたのだ。

いずれにしても、波止という珍しい名前からして、玉絵が口にした女性と、本間が言った女性が、同一人物であることは、間違いあるまい。

沙帆は焦る気持ちを抑え、順を追って話を進めることにした。

「先生がおっしゃったとおり、倉石さんのお母さまはわたしのことを、波止という女性と取り違えました。でも、先生はそのことをどうして、ご存じなのですか。先週、由梨亜ちゃんがレッスンを休む、と言って先生に電話してきたとき、そのことを話題に出した、とでも」

まずそれを聞いたのは、麻里奈が〈響生園〉で起きた一騒動を、由梨亜に話したのではないか、と思ったからだ。

「いや。そんな話は、出なかった」

本間のきっぱりした答えに、沙帆はほっとした。

いくら麻里奈でも、由梨亜にあのような気まずい話を、するはずがない。

もう一つ気になるのは、本間がたった今、倉石学の母親の名前を、〈倉石玉絵〉と正確に呼んだことだ。

本間はなぜ倉石の母親の名を、知っているのだろうか。

沙帆が記憶するかぎり、本間の前でその名を口にしたことは、一度もない。

由梨亜が、これまでのレッスンのあいだに、本間に玉絵の話をしたとも考えられるが、その可能性は低そうだ。

黙っていると、本間は続けた。

「きみは、さっきムルと鳩の騒ぎがあったとき、唐突に波止の名前が頭に浮かんで、つい口に出してしまったんだろう。脳内刺激、というやつじゃな」

図星を指されて、沙帆はすなおにうなずいた。

「おっしゃるとおりです」

そう返事をしてから、思い切って続ける。

「先生も、その戸浦波止という女性が、わたしとよく似ていると、そう思われたわけですね。それで、血縁関係があるのではないかと、お尋ねになったのでしょう」

本間は、あまり気が進まない様子で、うなずいた。

「まあ、そんなところだ」

「つまり、戸浦波止さんは先生と倉石さんのお母さまの、共通のお知り合いということになりますね」

「まあ、そんなところだ」

同じ返事が、繰り返された。

「さらに、先生は倉石さんのお母さまのことも、ご存じなわけですよね。玉絵さんというお名前まで、知っていらっしゃるわけですから」

念を押しながら、しだいに動悸が高まるのを意識する。

本間は、大きく息をついた。

「そういうことになるな。だいぶ、昔の話だが」

沙帆は、頭の中で大きな渦が巻くような、感情の高ぶりを覚えた。

そのとき、玄関のガラス戸ががらがら、と開く音がした。

明るい声が響く。

「こんにちは。由梨亜です」

沙帆はあわてて、壁の時計を見上げた。

午後四時。

いつの間にか、由梨亜のギターのレッスン時間に、なっていた。

55

「失礼します」

玄関で、倉石由梨亜がそう声をかけながら、上がって来る気配がする。

本間鋭太は、古閑沙帆にしばらく待つように言いおいて、洋室を出た。

廊下を通り過ぎるとき、由梨亜が開いた引き戸の隙間から、沙帆に手を振る。毎週、金曜日のレッスンの前に、沙帆が原稿を取りに来ることを、承知しているのだ。

沙帆が手を振り返すと、由梨亜はそのまま本間のあとについて、廊下の奥に消えた。

ほどなく、ギターの音が聞こえ始める。

もしかして、レッスンが続くほぼ六十分のあいだ、フルに待たされるのではないか、と少し不安になった。

ともかく、しばらくは待ってみようと肚を決め、先刻本間とのあいだで交わされた、話の内容を思い出してみた。

すぐに、戸浦波止という例の女性のことが、頭によみがえる。

本間は、若いころ問題の戸浦波止なる女性と、面識があったらしい。そして、その女性は沙帆とよく似ていた、とのことだった。

さらに、倉石学の母玉絵も、波止を知っていた。そのため、見舞いに行った沙帆のことを、波止だと思い込んだのだろう。

沙帆が知るかぎり、身近に戸浦姓を名乗る親類縁者はいないし、波止と血縁関係があるなどとは、とうてい考えられない。何代か前までさかのぼれば、あるいはどこかでつながりがあるかもしれないが、それをいえばきりがなくなる。

もう一つ、本間は話の中で倉石の母親の名を、確かに〈玉絵〉と呼んだ。

本間の前で、沙帆はその名前を口にしたことがなく、由梨亜が教えたとも思えない。

ともかく本間は、沙帆の執拗な追及にしぶしぶながら、波止が自分と玉絵の共通の知り合いであり、自分もまた玉絵のことをよく知っていた、と認めた。

つまりは、三人が三人とも互いに知り合いだった、ということなのだ。

奥の方では、なおもギターの音が続いている。

沙帆は肩の力を緩め、一つ深呼吸をした。

近ごろは、本間が弾いているのか由梨亜が弾いているのか、区別がつかなくなってしまった。本間の教え方がうまいのか、それとも由梨亜に才能があるのか知らないが、上達の速度が驚くほど早い。

自宅で、息子の帆太郎が練習するのを聞いても、少しずつ上達しているのだろうが、さして感心するほどではない。

レッスン歴は、帆太郎の方がずっと長いはずだが、今や由梨亜の指の動きはそれと比べても、ほとんど遜色がないように思える。

一方、倉石学はギター教室の主宰者として、長いキャリアを持つ。その倉石が、本間より教え方で劣るなど、ありえないことだ。

やはり、教えられる側の才能や器用さ、集中力の問題だろう。帆太郎も、そこそこにがんばってはいるが、努力だけではどうにもならないものが、あるとみえる。

そのとき廊下から、どしどしというつもの足音が、響いてきた。

ギターの音が続いているので、すっかり油断していた沙帆はあわてて、腰を上げた。

間をおかず引き戸があき、本間がはいって来た。

「すまなかったな、待たせて」

そう言って、ソファに飛び乗る。

「いいえ、お気遣いなく。それより由梨亜ちゃん、ほうっておいていいのですか」

沙帆も、長椅子にすわり直しながら、一応確かめた。

「気にせんでいい。フェルナンド・ソルの、〈初心者のための二十五の練習曲〉を、一番から五番まで十回ずつさらうように、言っておいた。しばらくは、だいじょうぶだ」

本間は片目をつぶり、麦茶をうまそうに飲み干した。

指を振り立て、力強く宣言する。

「今さら言うのもなんだが、ETAホフマンとJJホフマンの関係は、単なるわしの推論にすぎぬことだから、忘れてくれてよい。たまたま、いくつか偶然の符合が重なったために、視野が欠けてしまったようだ。決定的な証拠がない以上、両者を結びつけるには無理がある。二人のホフマンの、血縁関係説はいさぎよく、撤回するよ」

予期せぬ展開に、沙帆はあっけにとられた。

なぜか本間は、先日堂々たる論陣を張った驚くべき仮説を、あっさり引っ込めてしまったのだ。

正面からそう言われると、かえってそれを簡単に捨て去るのが、惜しくなる。

「ええと、たとえ偶然にしても、二人のホフマンに共通点があることは、確かだと思います。二人とも、音楽の才能があって文章にもたけ、デッサンの腕も確かとなれば、ただの偶然とは言い切れないでしょう。血のつながりがあっても、不思議はないような気がします」

本間自身より、自分の方がその説に固執するかたちになり、沙帆はなんだかおかしくなった。

本間も苦笑する。

沙帆はなおも続けた。

「ハイネは、ジーボルトの助手を務めたビュルガーと、面識がありましたよね。そしてビュルガーは、ＪＪホフマンとともに、ジーボルトの著作に、多大の貢献をしました。ハイネはハイネで、ベルリンのカフェでＥＴＡホフマンと、遭遇していたと推察されます。つまりこうした人たちが、すべて鎖の輪になった状態で、つながっているわけでしょう」

口の隅に、唾がたまってきたのに気づき、あわててハンカチで押さえる。

本間はきざなしぐさで、ひょいと肩をすくめた。

「まあ、きみの言うことも、もっともだ。それに、ホフマンに関する報告書の続きが、わしの祖先の本間道斎の手元にあったのも、厳然たる事実ではある。ヨハン・ヨゼフこと、ＪＪホフマンがその報告書を、日本にいるビュルガーに送り、さらにビュルガーがそれを道斎に託した、とする推論もあながち荒唐無稽、とまではいえぬ。ただ、問題の遺稿がホフマン夫人ミーシャから、どうやってＪＪホフマンの手に渡ったかが、分からんのだ。前半部分が、マドリードの古書店から出て来たのは、なんとでも説明がつく。まあ、経路をたどるのはむずかしいだろうが、同じヨーロッパ大陸のことだから、どこへ流れても不思議はない。しかし、遺稿の後半部分については、ジーボルトとＪＪ、ＪＪとビュルガー、ビュルガーと道斎の連環はあるにせよ、肝腎のＥＴＡとＪＪ、あるいはミーシャとＪＪをつなぐ、決定的な証拠が見つからんのだ。つまりそこが、いわばミッシング・リンクになっとる、というわけさ」

長広舌を振るい、ぐいと唇を引き結ぶ。

沙帆は、口をつぐんだ。

本間が言うとおり、情況証拠はいろいろとそろいながら、肝腎の部分の輪が欠けているのだ。

あらためて、口を開く。

「先生が、そこまでおっしゃるのでしたら、わたしもこれ以上は申し上げません。ただし先生には、今後もめげずにそのミッシング・リンクを、探し続けていただきたいと思います」

「わしも、そのつもりじゃよ」

本間は、お得意の〈じゃ〉を遣って、勢いよく応じた。とはいえ、から元気の印象は、免れなかった。

沙帆も麦茶を飲み、背筋を伸ばして一息入れた。

さりげなく、話を変える。

「先生が、お若いころに所属しておられた、ゼラピオン同人会というドイツ文学の研究団体、あるいは同好会のような組織について、お尋ねしてもよろしいですか」

本間は頬を引き締め、あまり気の進まない口調で応じた。

「ゼラピオン同人会は、団体でもなければ組織でもない。単なるドイツ文学の、愛好家のサロンにすぎんよ。あちこちの大学で、独文学研究会に籍を置いていた会員のうちで、落ちこぼれた連中が集まって作った、寄り合い所帯だったんじゃ」

「ただ、先生が大学を卒業されたあとも、同人会は続いたのですね」

「そう、わしが卒業してから十数年は続いた、と思う。そのあと、しだいに櫛の歯が欠けるように、メンバーが減っていった。わしも途中から、顔を出さなくなった。結局は、自然消滅してしまったようじゃ」

「事務局のようなものは、なかったのですか」

「なかった。便宜上、神田神保町の〈サボリオ〉という古い喫茶店を、たまり場にしていた。毎週、月曜日と木曜日に顔をそろえて、無駄話をするだけのグルッペ（集まり）さ」

「そのころ、先生と一緒に名を連ねた同人の中に、寺本風鶏さんがいらしたのですね。倉石麻里奈さんの、亡くなったお父さまの」

沙帆が、以前聞かされた話を確認し直すと、本間はなんとなく落ち着かない様子で、もぞもぞと尻を動かした。

「そうじゃ」

「そのほかに、どのような同人が在籍しておられたか、教えていただけませんか。お差し支えなければ、ですが」

「差し支えなぞ、あるわけがないわい」

そう言い返しながら、本間はソファの中にもぐらが隠れている、とでもいうように何度も、すわり直した。

沙帆は、かまわず続けた。

「たとえば、どのようなかたですか」

「たとえば、だな」

本間は珍しく、ためらいの色を見せた。

それから、別にたいしたことではない、という口調で続けた。

「そう。ヒサミツ・ソウという、商社マンがいたな。わしと同い年だったが、三十半ばで若死にした」

ヒサミツ・ソウ。

沙帆は、にわかに手のひらにじっとりと、汗が浮いたような気がした。

久光創の名は、倉石の口から聞いたことがある。

「もしかして、その久光創というかたは、倉石学さんのお父さまではありませんか」

本間の目が、一瞬大きくなる。

「なぜそれを、知っとるのかね」

そう聞き返したものの、すぐにあとを続けた。

「倉石くんから、聞いたのかね」

「はい。久光さんは、倉石さんが二つのときに癌でなくなった、ということでした。ご存じありませんでしたか」

沙帆の問いに、本間はあいまいに手を動かして、シャツの襟に触れるようなしぐさをした。

「いや。ええと、そうだな。つまり、その話は人の噂で、聞いたような気がするが」

めったにないことだが、いささかしどろもどろな口調に、聞こえた。

「そのころの久光さんは、倉石さんのお母さまの玉絵さんと一緒に、暮らしていらしたのですよね。いわゆる同棲、ということになりますが」

本間の眉が、きゅっと寄る。

「同棲だと。それは違うじゃろう。二人は結婚していた、とわしは理解しておったが」

沙帆は、それを聞きとがめた。

「倉石さんが、たまたまお母さまの具合がよいときに、介護施設でお聞きになった話によると、入籍はされていなかったということでした。しかも、久光さんは倉石さんを認知されなかった、と」

それを聞くと、本間は目をむいた。

「ばかな。もしそれがほんとうなら、倉石くんが結婚するときに、自分の戸籍をチェックすれば、分かったはずだぞ」

「はい。ただ倉石さんによると、あまり細かく確かめなかったそうなんです。つまり、結婚すると自分たちの、新しい戸籍を作ることになりますから、親の戸籍には関心がなかった、と。世間知らず、と言われればそのとおりだ、とおっしゃいましたけれど」

本間は、あきれたというように、首を振った。

「世間知らずというのは、もう少し世間を知っとる人間のことを、いうんじゃよ」

さも、自分が世故にたけた人間だ、と言わぬばかりの口ぶりに、沙帆は笑いをかみ殺した。

本間が続ける。

「いくらなんでも、自分や家族の戸籍にそれほど無知というか、無関心ということはあるまい。死別したからといって、戸籍の記録が、少なくとも自動的に、結婚前の白紙にもどるなど、ありえぬことだろう」

言われてみれば、確かにそのとおりだ。

「ということは、やはりお二人は同棲していただけで、入籍はしなかったということですか」

本間は、芝居がかったしぐさで、肩をすくめた。

「まあ、倉石くんの勘違いか、あるいは嘘を言ったか」

そこで言いさし、口をつぐんでしまう。

少し待ったが、口を開く様子がないので、しかたなく沙帆は話を進めた。

「先生が、倉石玉絵さんをご存じだったのは、久光さんのパートナーだったから、ということですよね」

本間は、気を取り直したように少し乗り出し、人差し指を立てた。

「まあ、そんなところじゃ。倉石玉絵は、わしらよりも五つ、年上だった。久光は、そのころで言う面食いだったから、年の差なんぞ気にしなかったのさ」

なるほど、倉石玉絵が若いころ、かなりの美人だったことは、容易に想像できる。今でも十分、その面影を残しているからだ。

さらに沙帆は、話の流れで気になっていたことを、ぶつけてみた。

「ちなみに、倉石玉絵さんも先生と同じゼラピオンの、同人だったんじゃありませんか」

56

本間鋭太が、じろりという感じの視線を、向けてくる。

少し間をおいてから、あまり気の乗らない顔つきで、うなずいた。

「そのとおりじゃが、どうしてそう思ったのかね」

「倉石さんから、お母さまも大学でドイツ語を専攻していた、とお聞きしたからです。ただ、卒業してからドイツ語とは縁が切れた、とかいうお話でした」

古閑沙帆の答えに、本間は軽く首を振った。

「いや、まったく縁が切れた、というわけではない。

彼女が、ゼラピオンの同人になったのは、卒業したあとのことだから、ドイツ語との縁はその後もしばらく、続いていたわけだ」

それが事実なら、確かに卒業してまったく縁が切れた、というのは誤りだろう。

五日前、〈響生園〉で二人きりで面談したとき、倉石玉絵は確かに〈ゼーア・エアフロイト〉うんぬんと、ドイツ語であいさつしたのだ。

縁が切れた、とは倉石学がそう言っただけの話で、思い違いだったとしても不思議はない。

沙帆は一呼吸おき、質問を続けた。

「久光さんが、貿易商社でドイツ語の翻訳の仕事をしていらした、というお話もお母さまから聞かされた、と倉石さんはおっしゃっていましたが」

今度は本間も、すぐにうなずいた。

「ああ、そうだったかもしれん。久光が、商社に勤めていたことは、わしも覚えとる」

少しためらったものの、さらに含みのある質問をする。

「もしかして、例の戸浦波止さんも、同人のお一人ではなかったのですか」

本間はその問いを、予期していたらしい。

たじろぐふうもなく、あっさりうなずく。

「そのとおりじゃよ。倉石玉絵と同じ、神泉女学院大学の独文科を出たあと、彼女の紹介で同人に加わった。年は彼女より十二、三歳も離れていたがね」

なんとなく、胸がうずいた。

玉絵と波止は、大学の先輩後輩のあいだ柄だと分かり、複雑な思いにとらわれる。

「そうすると、波止さんは現在還暦をいくつか過ぎたころ、というお年になりますね」

「生きていれば、そうなるだろうな」

本間の返事に、意表をつかれる。

「お亡くなりになったのですか、波止さんは」

本間は、両手を広げた。

「病気か事故か知らんが、ずいぶん前に死んだ、と聞いた」

ずいぶんとは、十年前か二十年前か。

どちらにせよ、沙帆は玉絵からとうに亡くなった女性と、間違われたことになる。

しかも、玉絵が沙帆に向かって痛罵を浴びせたのは、波止に対して激しい怒りや、憎しみを抱いていたからに、違いあるまい。

玉絵によれば、若いころ波止は玉絵が愛する男を、どろぼう猫のように横取りした。それも、玉絵が妊娠しているあいだに、だという。

それが事実なら、玉絵が波止を憎悪するのは当然だ。どれだけ時間がたっても、そう簡単に忘れられるものでは、ないだろう。

とはいえ、沙帆は玉絵を責める気など少しもないし、波止に苦情を申し立てる立場にもない。当の二人が、認知症で正常な判断力を失ったり、すでに死亡したりしているとなれば、なおさらだ。

そうと分かった以上、〈響生園〉でのことを本間に話す必要もない、と思う。

沙帆は、話を進めた。

「そのほかに、どなたかご記憶の女性の同人は、いらっしゃいませんでしたか」

「いたことはいたが、女性の同人は出入りが激しかったから、いちいち覚えておらん。まあ、ある程度長続きしたのは、わしの妹くらいかな」

その返事に沙帆は、またまた意表をつかれた。

本間に妹がいた、という話は初耳だ。

そもそも、先祖の本間道斎の一件は別として、本間が身内について何か明かしたのは、これが初めてだった。

「妹さんが、いらしたのですか」

聞き返すと、本間は苦笑いをした。

「そんなに、驚きたもうな。わしにも、妹くらいはいるさ。二人兄妹だがな」

「やはり神泉女学院で、ドイツ語をやっていらした、とか」

「いや、神泉ではない。別の大学だ。ただ、妹はドイツ語と並行して、オランダ語もやっておった」

「オランダ語」

沙帆はおうむ返しに言い、一瞬ぽかんとした。

「さよう。道斎以来の伝統で、わしのおやじがオランダ語をやっていたから、妹もそれを継いだわけだ」

「ドイツ語ではなくて、オランダ語だったのですか、お父さまは」

「そうじゃ。わしはそれがいやで、ドイツ語を選んだのさ」

「それで、妹さんもドイツ語を勉強しながら、お父さまの薫陶を受けて、オランダ語もなさった、と」

「薫陶というより、無理やりじゃな。ちなみに、おやじのオランダ語学会の仲間に、アキノ・スグルという男がいた。おやじの、学生時代からの親友だった」

突然、話がまたとんでもない方向に、進んでしまった。

「アキノ、スグルさんですか」

「うむ。秋の野に、スグルは怪傑黒頭巾の傑、と書く」

「はい、はい。その秋野傑さんが、お父さまの親友でいらした、ということですね」

辛抱強く、話をなぞる。

「そうだ。その秋野だが、生まれつき生殖器官に何か障害があって、子供ができない体だった」

ほとんど話に、ついていけなくなる。

本間は、かまわず続けた。

「それで秋野が、わしのおやじに妹を養女にくれないか、と申し入れてきたんじゃ。おまえには、鋭太という男の跡継ぎがいるから、女の子を手放しても問題ないだろう、と言ったそうだ。親友の娘なら、自分の娘と同じだ。妹を養女にした上で、婿をとれば秋野の家系を、絶やさずにすむ。そう言われて、おやじも断わりきれなかったらしい。結局、その親友の懇願にほだされて、妹を秋野の家に養女に出した、という次第さ」

話が、どんどん拡散していくので、沙帆は困惑する一方だった。

こうなると、ひたすら話に追随していくほかに、方策がない。

「妹さんは、秋野家の養女になることをこころよく、承知されたのですか。つまり、喜んで家を出られたのか、という意味ですけど」

「大喜び、というわけじゃなかっただろうな。ただ、実のところ妹はおやじともおふくろとも、折り合いが悪かった。それに、秋野家は江戸以来の大庄屋の家柄で、資産家だったのさ。そんなこともあって、妹は進んで家を出た、といってよかろう」

むろん、沙帆はこれまでそうした本間の家族の話を、聞いたことがない。興味を引かれるよりも、ただただ途方に暮れるばかりだった。

本間が、さらに続ける。

「ところが、皮肉なことに秋野傑とそのかみさんは、高速道路で大型トラックに追突されて、二人とも死んでしまったのさ。養女にはいった二年後、つまり妹が二十七のときのことだがな」

話がますます広がり、頭が混乱してきた。

「それで妹さんは、ご実家にもどられたわけですか」

沙帆の問いに、本間は首を振った。

「なかなかどうして、妹もそのあたりは抜け目がなかった。養父母の死後、遺産目当てにどっと群がってきた、秋野一族の親類縁者を相手に一歩も引かず、やり合ったのさ。その結果、たいして価値のない不動産のたぐいを、養父母の兄弟たちに譲り渡した。そのかわり、銀行預金や株券その他動産のほとんどを、手に入れたわけだ。しかも、それを手土産がわりに、秋野家との縁をさっさと切って、前から付き合っていた別の男と、結婚したんじゃよ」

そう言って、まるで自分の手柄でもあるかのように、誇らしげにうなずく。

あまりの話の急展開に、沙帆は困惑するどころか呆然として、言葉を失った。

本間に、そのようなドラマチックな経歴を持つ妹がいたとは、想像もしなかった。

世渡りのうまさ、という意味からすればその妹は兄の本間よりも、数段上と見てよかろう。

本間が、どうだまいったかとでもいうように、にっと笑う。

「わしに、そんな妹がいたとは信じられぬ、という顔をしとるな」

沙帆はため息をつき、張っていた肩を落とした。

「正直なところ、信じられません。先生の妹さんでなくても、そこまでしっかりした女性は少ない、と思います。ましてそれを手土産に、お好きな男性と結婚されるなんて、まるで一昔前のメロドラマですね」

本間は、腕を組んでソファに背を預け、いたずらっぽい目で沙帆を見た。

「妹の結婚相手がだれだか、想像がつくかね」

沙帆は、一応考えるふりをしてみせたが、分かるわけがなかった。

「わたしが知っている男性ですか」

「まあ、直接には、知らんだろうな。世代も違うし」

気を持たせた言い方に、じりじりする。

「どなたですか。早く、教えてください」

本間はにやりと笑い、おもむろに言った。

「ゼラピオンの同人だった、寺本風鶏じゃよ」

愕然とする。

頭がパニックを起こして、すぐには考えがまとまらなかった。

ようやく、乱れていたジグソーパズルの一片が、ぴたりと空白の場所に収まる。

そのとたん、よりいっそう愕然とした。

「あの、寺本風鶏といいますと、もしかして、麻里奈さんのお父さまの、あの、寺本風鶏さんですか」

口の中が乾いて、言葉がつかえる。

「そうじゃ。風鶏、などという妙な号の男は、寺本以外にあるまいて」

「はあ」

沙帆は、間の抜けた返事をして、呆然と本間を見返した。

それに頓着もせず、本間は続けた。

「妹は、ゼラピオンの同人になって間なしに、寺本とできちゃったらしい」

できちゃった、などという本間らしくない俗な表現に、つい場違いな笑いを漏らしてしまう。

しかし、本間の妹が倉石麻里奈の母親だったとは、にわかに信じられなかった。

「あの、妹さんのお名前は、なんとおっしゃるのですか」

「イリナじゃ。依存の依に山里の里、奈良の奈と書く」

それを聞いて、肩から力が抜けた。

逆に、握り締めた膝の上の拳に、ぎゅっと力がはいる。

間違いない。

麻里奈の母親の名は、確かに依里奈だった、と承知している。

学生時代からこの方、一度も麻里奈の実家に行ったことがないので、沙帆は風鶏とも依里奈とも、まったく面識がない。

ただ麻里奈、依里奈という、よく似た読みと字遣いのため、名前だけははっきりと覚えている。

そして、その依里奈が何年か前に病死したことも、麻里奈から聞かされた。

ただ、それを告げられたのは依里奈の死後、ずいぶんたってからのことだった。葬儀にも呼ばれなかったし、遅ればせながら麻里奈に差し出した香典も、受け取ってもらえなかった。

そのときのとまどいを、今でもときどき思い出す。

麻里奈は以前、今住んでいるマンションの購入資金は、父親の遺産から出たと言っていた。

さして売れた形跡もない詩人に、よくそんな遺産があったものだと、いぶかった覚えがある。

その遺産は、正確には母親の依里奈のもの、ということなのだろう。

それにしても、しばしば麻里奈と風鶏の性格の相似を指摘しながら、本間は自分の妹が風鶏の妻であり、麻里奈の母親であることを一度として、口に出さなかった。

それはいったい、なぜなのか。

沙帆が黙り込んでいると、本間は片目をつぶって言った。

「依里奈は、わしらの世代としてはなかなかしゃれた、今ふうの名前じゃろう」

そういう問題ではない、と沙帆はさすがにむっとした。

「要するに、先生の妹さんは麻里奈さんの母親だった、ということですよね」

遠慮なく突っ込むと、本間はひょいと肩をすくめた。

「そういうことになるな」

その、しれっとした態度に、ますます腹が立つ。

「なぜ最初から、そうおっしゃってくださらなかったのですか」

本間は、沙帆の見幕に驚いたように、眉を上げた。

「それとこれとは、なんの関わりもないだろうが」

「でも、ホフマンの報告書の解読の依頼主が、ご自分の姪御さんということであれば、ひとこと言っていただいても」

終わらぬうちに、本間がさえぎる。

「ばちは当たらぬ、というのかね」

気勢をそがれて、沙帆は顎を引いた。

「というか、ええと、まあ、そういうことです」

あいまいな返事に、本間がくっくっと笑う。

「確かに、血筋の上では兄妹かもしれぬが、法律上妹は別の家の人間だ。仕事を請け負うのに、いちいち断わる必要があるかね」

沙帆は、ぐっと詰まった。

理屈からいえば、本間の言うとおりだ。

沙帆が答えあぐねるのを見て、本間はさらに続けた。

「麻里奈くんにしても、きみがわしに解読翻訳を頼むと言い出したとき、わしが自分の母親の兄だということを、打ち明けたかね」

ますます、言葉に詰まる。

考えるまでもなく、麻里奈はそうしたことに関して、何も言いはしなかった。

「おっしゃるとおり、麻里奈さんは何も言いませんでした。もしかすると、麻里奈さんは自分の母親と先生との関係を、知らないのではないでしょうか」

本間はまた、肩をすくめた。

「それは、わしの口からは、なんとも言えんな。麻里奈くんに直接、聞いてみるしかあるまい」

沙帆は、長椅子の背にもたれた。

本間に、解読翻訳を頼もうと提案したときの、麻里奈の反応を思い出そうとする。

ほんの二、三カ月前のことなのに、はっきりした記憶がない。

覚えているのは、麻里奈が本間鋭太という名前を聞いたときに、ふっと視線を宙に泳がせたことくらいだ。

それも、その名前に何か特別な反応を示した、というほどではない。

ただ、麻里奈は本間のドイツ語の能力よりも、人がらや人となりを知りたがった。

もっとも、そのことが本間を母親の兄、と認識していた証拠とまでは、言いきれない。

結局、麻里奈がその事実を知らなかったのか、知っていながら口に出さなかったのか、今の段階では分からなかった。

よく考えると、倉石夫婦の娘由梨亜にも、本間と同じ血が流れていることになる。

本間が、あれほど由梨亜と会いたがったのは、そのためだったのだろうか。

また麻里奈も、本間が由梨亜を家に連れて来てくれれば、解読翻訳料をただにすると言い出したとき、少なからず難色を示した。

あれは、麻里奈が本間と自分とのあいだに、ひいては本間と自分の娘とのあいだに、濃い血縁関係があることを、承知していたからだろうか。

考えれば考えるほど、収拾がつかなくなってくる。

沙帆は、ため息をついて言った。

「機会があったら、麻里奈さんに聞いてみることにします」

本間はまた、両手を広げた。

「念のために、言っておこう。麻里奈くんが、知っているにしろ知らずにいるにしろ、われわれのこれまでの交渉や取引に、影響が出ることはないぞ」

それはつまり、ホフマンに関する報告書の前半部分を、後半部分の解読翻訳原稿と交換に、本間に引き渡すという約束のことを、言っているのだろう。

「それは、だいじょうぶでしょう。知っていればなおのこと、たとえ知らなかったとしても、麻里奈さんが先生とのお約束を、反故にすることはないと思います」

「そうあってほしいものじゃて」

本間は、いつもの口調でそう言いながら、満足げに二度、三度とうなずいた。

そのとき、沙帆は奥で鳴っていたギターの音が、いつの間にかやんでいるのに、気がついた。

「先生。由梨亜ちゃんの自習が、終わったみたいですけど」

本間は壁の時計を見上げて、ぴょんとソファから飛びおりた。

「なかなか、上達が早いぞ、由梨亜くんは。わしが与えた課題を、これだけの時間で弾き終える、とはな」

57

翌日、土曜日の午後。

古閑沙帆は、本駒込の倉石学のマンションへ行くため、一人で早めに家を出た。

息子の帆太郎は、この日学校で夏休みの行事があり、夕方からのギターのレッスンを、休みにしていた。

朝から、猛暑日を予想させるほど暑い日で、日傘を持つ手までが汗ですべる。

マンションに着いてみると、麻里奈はマスキングテープを取り散らかし、古いブックスタンドの再生に励んでいた。

倉石は、帆太郎のレッスンがなくなったので、近くに住むギター仲間の家へ、合奏の練習に行ったという。

麻里奈は、テーブルの上を手早く片付けて、いつものように紅茶とクッキーを、運んで来た。

沙帆は、前の日に本間鋭太から受け取った、九回目の解読翻訳原稿を取り出し、麻里奈に渡した。

麻里奈が、それに目を通しているあいだ、紅茶とクッキーに手をつけながら、本間から聞いた複雑な話を、どう切り出そうかと考える。

とはいえ、そんなことを麻里奈に確かめるのは、プライバシーの侵害ではないか、という気もした。

所詮、ひとさまには関係のないことだ、と言われれば返す言葉がない。

麻里奈との長年の付き合いに、ひびがはいりかねないようなおせっかいは、控えるべきかもしれない。

あれこれと頭を悩ますうちに、速読にたけた麻里奈は早くも顔を上げて、口を開いた。

「ホフマン夫妻が、ドレスデンからライプツィヒへの旅の途上で、馬車の事故にあったときのことが、ずいぶん詳しく書かれているわね。驚いたわ」

「そうよね。その場にいた人でないと、書けないわよね」

半分うわの空で、沙帆は調子を合わせた。

麻里奈は男っぽいしぐさで、グリーンの七分袖のニットに包まれた両肘を、ジーンズの膝に乗せた。

上体をかがめ、原稿をのぞき込みながら言う。

「バンベルクを出る前日かしら、ホフマンがクンツの奥さんから髪を一房もらった、というエピソードもおもしろいわね。それも、ヨハネスの報告書には記載がなくて、本間先生の訳注に書いてあるところが」

やはり、麻里奈も沙帆と同じ箇所に、目を留めたのだ。

「わたしも、その点を確かめてみたの。だって、切り取った髪をプレゼントするなんて、かなりきわどい行為でしょう。ふつう、当事者同士以外は、知らないはずよね」

「そうよね。先生はどこから、この情報を手に入れたのかしら」

「それをお尋ねしたら、なんとホフマンの日記そのものに、クンツ夫人から髪をもらったと、そう書いてあるんですって」

麻里奈が、驚いた顔で上体を起こす。

「ほんとに。だって、その日記はミーシャが盗み読みしてるって、ホフマン自身が承知してるんじゃなかったの」

「でしょう。だからわたしも、先生に確認したのよ。そうしたら、ホフマンもやぶれかぶれになったとか、ミーシャなら許すと思ったんじゃないかとか、要するに開き直ったんだろう、という説が一つ」

麻里奈は、むずかしい顔をして、少し考えた。

それから、沙帆を見直す。

「一つというと、ほかにもあるの」

「ええ。当時のヨーロッパに、ごくふつうに旅立つ人への記念として、自分の髪の一部をプレゼントする、そういう風習があったんじゃないか、とおっしゃるの。確信はないが、という注釈つきだけれど」

「だからホフマンは、ミーシャに知られてもだいじょうぶ、と思ったわけ」

「そうじゃないか、というただの推測ね」

麻里奈は、ソファの背にもたれて、脚を組んだ。

「そんな風習があったなんて、聞いたことがないな。それならまだ、開き直って書いたという方が、説得力があるわよ」

「そうね」

短く応じて、沙帆はまたなんとなく麻里奈と本間の妹、依里奈の関係を思い浮かべた。

そんなこととも知らぬげに、麻里奈は話を先へ進める。

「そのほかに、今回の報告書の中には二つ、重要な情報があるわね。一つは、ホフマンがドレスデンに着いたとき、一日前までゲーテが町に滞在していたこと」

「わたしも、初めてそのことを知ったわ。二人は、一度も会ったことがなかったけれど、ホフマンがもう一日早く着いていたら、どこかですれ違っていたかもね」

「どっちにしても、ホフマンははなからゲーテと会う気が、なかったんでしょう」

「報告書には、そう書いてあるわね」

「それと関連して、だいぶ前にこの報告書に出てきた、ゲーテを批判するだれかとだれかの対話が、やはりホフマンとクライストのものだった、と分かったことがもう一つの、重要な情報ね」

「というか、少なくとも今回の報告書からは、そう読み取れるわね」

沙帆が応じると、麻里奈は眉を寄せた。

「それは、どういう意味。ヨハネスは、二人が会ってもいないのに嘘を書いた、つまり架空の対話を創作した、とでもいうの」

「その可能性も、なくはないと思うわ」

麻里奈は、ややとげのある笑いを漏らした。

「それを言ったら、この報告書自体が嘘のかたまり、という話になりかねないわ。ほかの部分は、ほぼ記録に残った事実に沿っているのに、そこだけ嘘かもしれない、と見るのはどうかしら」

沙帆も別に、ヨハネスの報告を疑っている、というわけではない。

ただ、なんとなく麻里奈の意見に異を唱え、依里奈問題を先延ばしにしよう、という意識が働いたのだった。

沙帆は先が続かず、あいまいにうなずいた。

「そうね、そのとおりね」

麻里奈が、探るような目でじっと見てくる。

「何かあったの、沙帆。きょうはなんだか、いつもと違うみたいよ」

やはり内心の葛藤が、外に出てしまったらしい。勘のいい麻里奈が、それを見逃すはずはなかった。

沙帆は迷った。

しかし、胸につかえていたものが喉へせり上がり、とうとう口をついて出てしまう。

「きのう、本間先生のお宅におじゃましたときに、庭で野良猫のムルが鳩を襲うか何かして、一騒動あったのよ。先生によると、隣に住むおばあさんが餌をまいて、鳩を呼び寄せるんですって。その鳩をムルが狙って、いつも大騒ぎになるらしいの」

いかにも唐突な話題に、麻里奈が何のことか分からない、というように唇をすぼめる。

沙帆は続けた。

「それを聞いてわたし、なぜか自分でも意識しないうちに、最近ハトという珍しい女性の名前を耳にしたって、そう口走ってしまったの。〈響生園〉に行った帰りに、まさか鳥の鳩じゃないわよね、とか麻里奈と話したことが頭に残っていて、つい口に出ちゃったのよね、きっと」

途中で、口を挟んでくるすきを与えず、一息に言ってのける。

麻里奈は、無言のまましだいに頰をこわばらせ、沙帆を見返していた。

やおら、ふっと肩の力を緩めるようにして、ソファから体を起こす。

「もしかして、倉石の母親を見舞いに施設に行ったこ
とを、本間先生に話したわけ」

口調は穏やかだったが、目にとがめるような色が浮かんだ。

内心たじろいだが、ここまできて引くことはできな

い。

「ええと、そうなのよ。話の行きがかり上、しかたなくね」

実をいえば、本間にそのことを告げたのは、由梨亜だ。

しかし、由梨亜が本間にレッスンを受けていることは、麻里奈にはまだ内緒にしたままだから、それを言うわけにはいかなかった。

「でも、先生に話したのはお母さまがわたしを、ハトさんという人と間違えたこと、それだけよ。ちょっとした騒ぎがあったことは、もちろん話題にしていないわ」

沙帆の弁明に、麻里奈は目を伏せただけで、何も言わなかった。

しかたなく続ける。

「でも、先生にその話をした結果として、偶然というか巡り合わせというか、いろいろつながりのあることが、分かってきたの」

目を上げた、麻里奈の視線がかすかに揺れた。

「そんな、持って回った言い方は、やめてほしいわ。遠慮なく、言いなさいよ」

沙帆は肚を決め、できるだけ明るい口調で言った。

「なんと、本間先生はお若いころ、倉石さんのお母さまを、ご存じだったんですって」

麻里奈は、頰をぴくりとさせたものの、固い表情を崩さなかった。

一口紅茶を飲んでから、抑揚のない声で言う。

「つまり先生は、倉石の母親が玉絵さんだと知っていながら、そのことをずっと言わずにいたわけ」

「そういうことに、なるわね」

麻里奈の眉が、少し険しくなった。

「どうして今ごろになって、そんなことを打ち明けるのかしら。知っていたのなら、最初からそう言えばいいのに」

「わたしも、それを指摘してやったわ。でも、それとこれとは別だとか言って、はぐらかされてしまったの」

本間が、別の質問のときに口にした発言を、そのまま流用する。

ただ、沙帆は麻里奈がその事実を聞かされても、あまり驚いたように見えなかったことに、むしろ意外の念を覚えた。

もしかすると、麻里奈自身もそれを承知していたのではないか、という気がする。

しかし、あえてそのことに触れずに、沙帆は続けた。

「ずいぶん昔のことだけれど、本間先生はゼラピオン同人会という、ドイツ文学の愛好家のサロンに、所属していらしたんですって。倉石さんのお母さまも、そのサロンの同人だったそうよ」

「ふうん」

麻里奈は、あまり興味のなさそうな返事をしたが、目だけは沙帆を見据えていた。

沙帆は、さらに続けた。

「そして、麻里奈のお父さまの寺本風鶏氏もやはり、同人だったと言っていらしたわ。そのあたりのことを、麻里奈は知らなかったの」

その問いに、麻里奈は少しも表情を変えず、またゆっくりとソファに背を預けて、腕を組んだ。

「生前、父からそうした話を聞かされた覚えは、残念ながらないわ」

そっけない口調だった。

沙帆は少し、意地になった。

「ほかにも久光創とか、戸浦波止とかいう人も、所属していたんですって。倉石さんのお母さまが、わたしと間違えてハトと呼んだ人は、その戸浦波止のことだと分かったわ。本間先生に言わせると、確かにわたしはその波止さんという人に、よく似ているらしいの」

麻里奈はあいまいに、肩をすくめるしぐさをした。

「それはまた、偶然ね」

相変わらず、興味がなさそうに見える。トウラ・ハトと聞いても、どのような字を書くのかさえ、聞こうとしない。

しかたなく、自分の方から説明する。

「トウラはドアの戸に浦和の浦、ハトは波を止めると書くのよ」

「戸浦波止、か。珍しい名前ね」

そう応じたものの、麻里奈はさして驚いた様子もなく、拍子抜けするほどだった。

沙帆は少し、体を乗り出した。

「本間先生と玉絵さん、波止さんが同時に、ゼラピオン同人会に所属していたとしたら、三人がお互いに知り合いだったとしても、不思議はないでしょう」

「まあ、そうでしょうね」

いかにも、おざなりな反応だ。

しかも頬の筋一つ動かさず、仮面のように無表情だった。

沙帆が黙っていると、麻里奈はゆっくりと口を開いた。

「ちなみに、久光創は、倉石の父親よ。三十代前半で、若死にしたけどね」

世間話のような口調だった。

沙帆は、ちくりと胸を刺されたが、わざとらしく首をかしげてみせた。

「そうだったの。でも、倉石さんは倉石姓であって、久光姓ではないわよね」

「それは、久光創が玉絵さんの倉石家に婿養子ではいって、倉石創になったからよ」

麻里奈の説明を聞いて、一瞬頭の中が真っ白になり、そのまま絶句する。

倉石から聞かされた話では、久光創と玉絵は同棲しただけにとどまり、入籍はしなかったということだった。もっとも、それは倉石が玉絵から聞いた話だというから、真偽のほどは分からない。

ただ本間は前日、二人が正式に結婚し、入籍したはずだ、という意味のことを口にしていた。久光創が、倉石家に婿養子ではいったとすれば、それに間違いはないだろう。

ポルトガル料理店で食事をしながら、倉石と二度目に二人きりで話をしたときも、あいまいで不明瞭な点がいくつかあり、当惑した覚えがある。

意識的にしろ無意識にしろ、倉石の話にはいつわりや脚色が混入している、という疑いがわいてきた。

いや、もしかすると倉石に嘘を言うつもりはなく、そもそも玉絵の話自体にいつわりがあった、という解釈も成り立つ。

本間の話にしても、すべてが真実かどうか疑おうとすれば、いくらでも疑える。

だれを信用したらいいのか、分からなくなってしまった。

黙りこくった沙帆の顔を見て、麻里奈がやれやれというしぐさで、付け加える。

「そんなに驚くこと、ないじゃないの。言っておくけど、嘘じゃないわよ。結婚するときに、倉石に戸籍謄本を見せてもらったから、間違いないわ。まさか、偽造したんじゃないの、なんて言わないでね」

沙帆は、あわてて首を振った。

「まさか、そんなこと言わないわよ。あまり意外な話だったので、ちょっとびっくりしただけ」

そう言いながら、動悸を抑えるのに苦労した。

万事、冷静で慎重な麻里奈がそうした重要なことを、おろそかにするはずがない。倉石の戸籍謄本を、きちんとチェックしたことは、間違いあるまい。

だとすれば、両親は同棲しただけで籍を入れず、自分は久光の認知も受けなかった、という倉石の説明はくつがえされる。

それも、実際に玉絵が倉石にそう言った、としての話だ。

真っ赤な嘘をついたのは、いったいだれなのだろうか。

そしてそのだれかは、なぜそんな嘘をついたのだろうか。

58

【E・T・A・ホフマンに関する報告書・十】


――ドレスデンにもどり着いたのは、およそ一カ月ぶりの六月二十五日(一八一三年)のことだった。

ライプツィヒへの途上、馬車の転覆事故で受けたあなたの頭の傷も、だいぶよくなったもの、と拝察する。

あなたがたが借りた、リンケ温泉につながる並木通りの家は、高台に位置することもあって、周囲の眺めがよかった。

しかし、ナポレオン軍が占拠するこの町に、プロイセンとロシアの連合軍が迫って来たため、八月二十一日には市内への転居を、余儀なくされたわけだ。たとえ不本意にせよ、命あっての物種だから、こればかりはしかたがない。

ETAは、バンベルクにいるクンツとシュパイア博士に、せっせと手紙を書いているようだ。

ETAにとって、クンツはごく親しい友人でもあるし、初めて出版契約をした版元でもある。

またシュパイア博士は、あのユリア・マルクのいとこではあるが、ETAにとってかけがえのない友人になったから、付き合いが続くのも当然だろう。

博士は、ETAのユリアに対する恋情を見抜き、それを喜んではいなかった。

しかし、ETAの音楽や文学の才能には、一目置いていた。そのため、医学を含む自分の知識、経験を提供することを、少しも惜しまなかった。

ETAもまた、博士をある時期まで邪魔者とみなしたが、結局はその教養と人柄を評価して、バンベルクを去ったあとも何かと、手紙をやりとりした形跡がある。

あなたも自宅で、ETAがこの二人に手紙を書くところを、よく目にすると思う。ただ、何を書いたかまでは、知らないはずだ。

わたしはETAから、それらの手紙が郵便馬車に託される前に、何度か見せられる機会があった。

その内容は、あなたが心配されるようなものでは、まったくない。ユリアのことなど、すっかり忘れ去ったかのように、何も触れていない。安心してよろしい。

ご存じのように、一時は休戦状態だったこのナポレオン戦争も、八月にはいってふたたび不穏な様相を、呈してきた。

わたしはいつも、劇場で仕事をするETAと一緒にいるが、しばしば市外の連合軍が放つ砲弾に、おびやかされる。

おそらく、八月十日に行なわれたナポレオンの誕生祭が、きっかけだったと思う。

浮かれ騒ぐ、市内の歌舞音曲や喧噪を聞きつけて、連合軍が砲撃を始めたのだ。

十二日には、オーストリアが連合軍側に加わって、ナポレオンに宣戦布告した、との噂が流れてきた。

市民はみんな、戦々恐々としたものだった。

砲撃が始まると、当然劇場のリハーサルは中断されるわけだが、そのたびにETAは前線を見物しに行こうと、しきりにわたしを誘った。

二十二日の午後、あなたがたが転居した翌日のことだが、ETAは鳴り響く砲声に囲まれつつ、オペラ『タウリスのイフィゲニア』のリハーサルを、首尾よく仕上げた。

さいわい、夕方にはいくらか砲声も収まったため、オペラはその夜無事に上演されて、喝采を博した。

二十三日、二十四日と砲火が激しくなり、しだいに危険が近づくのが分かった。全面対決の機運が、みなぎってきた。

裏方を含めて、劇団員はみんな仕事を中止し、家に帰りたがった。

しかし、異常に好奇心の強いETAには、家に帰るという発想がなかった。

リハーサル中に、その日の公演が中止と決まると、すぐさまわたしの腕を引っ張って、前線の視察に出かけた。

そういうとき、ETAの動きや足取りはいつも以上に、きびきびとしてすばやい。

城外で砲声がすると、あるときはまるで聞こえなかったように、どんどん歩き続ける。すると確かに、その砲弾はどこか離れたところで、爆発するのだった。逆に砲声が聞こえるが早いか、すばやく道端のくぼみに身を横たえたり、建物の陰に飛び込んだりすることもある。

そうした場合、かならずすぐ近くで、砲弾が炸裂する。そのたびに、わたしたちは砂煙や土くれなどを、かぶったりするのだった。

つまりETAは、砲声の方角や遠近をただちに聞き分けて、どのあたりに着弾するかを判断する、不思議な才能を持っているのだ。

ともかく、帰宅が遅くなるのは戦場を視察したあと、なじみの居酒屋に立ち寄って、戦況を事細かに分析し合うため、と思っていただきたい。間違っても、あやしげな場所に繰り出すなど、決してないことを保証する。

そもそも、戦闘中そういう慰安所は開いていないし、休戦中は兵士たちであふれているから、どのみち中にはいれないのだ。

二十四日には、ナポレオン軍が応戦のための大砲や砲弾、火薬類を次つぎと市外へ運び出した。

ETAとわたしは、最初の住まいだったリンケ温泉の、並木通りの高台へ行ってみた。そこからだと、ナポレオン軍と連合軍の砲撃戦が、砲弾を浴びる危険を冒すことなく、克明に観察できるのだ。

二十五日になって、ナポレオンは市の城門から目と鼻の先に、長い塹壕線を掘った。兵士を広く散開させて、敵の砲撃の効果を分散させる作戦に、出たらしい
——(一部欠落)

——午後、ゼコンダ一座とリハーサルのため、ETAと一座の喜劇役者、アウグスト・ケラーとわたしは、劇場へ向かっていた。

そのとき、わたしたちは突然ばったりと、供まわりに囲まれたナポレオン皇帝に、行き合った。

遭遇したのは二度目だが、皇帝は聞きしに勝る小男

だった！

ETAは、また独り言をつぶやいた。

「やつめ、おれといい勝負だな」

ナポレオンは険しい目つきで、一緒にいた副官をじっと見据え、〈Voyons!〉となった。落ち着け、という意味のフランス語だが、自分自身に言い聞かせるようにも、受け取れた。

どちらにせよ、わたしたちには目もくれなかった。

戦場の光景は、酸鼻を極めた。中には、人間の姿をとどめていない死体も、少なくなかった。

居酒屋の二階の窓から、戦う兵士たちを見下ろしたこともある。

平時ならば、そんな状態におかれることなど、想像もできないだろう。

わたしはもちろん、そしておそらくはETAもケラーも、自分は傍観者にすぎないという気分から、逃れられなかった。

もっとも、窓際で砲撃戦を見物していたケラーは、フランス兵が砲弾に吹き飛ばされ、体がばらばらになるのを見て動転し、手にしたグラスを外に落としてしまった。

いずれにしても、あなたを含めてご婦人がたには、こんな心境になるわたしたちを、理解できないに違いない。

こうした、非日常的な日々を過ごしながら、ETAは毎晩音楽評論や小説の執筆、あるいは懸案のオペラ『ウンディーネ』の作曲に、精を出していたようだ。それは、あなたの方がよくご存じだろう――（一部欠落）

――十一月にはいっても、戦闘は続いた。

ナポレオン軍はプロイセン、ロシア、オーストリアの連合軍を、迎え撃った。市の内外で、激戦が繰り広げられた。

ETAは、ゼコンダ一座の劇団員を叱咤激励して、モーツァルトの『魔笛』のリハーサル、本番公演を続行した。

そのため、毎日死屍累々たる街路を通り抜けて、劇場にかようことになった。

ETAもわたしも、積み上げられた死体を目にしながら、まるで瓦礫の山でも見ているように、冷静だった。

そのくせ、リハーサルでクライマックスに差しかかると、感動のあまり涙を流してしまうのだ。おそらく、戦争による死というものが日常化し、感覚が麻痺してしまったに違いない。

とうとうナポレオン軍は、十一月十日にドレスデンから撤退し――(以下欠落)

[本間・訳注]

ここで、ヨハネスの報告書は中断しており、それ以降だいぶ長い欠落がある。

そのため、次の報告書にいたるまでのホフマンの消息を、ざっとたどっておくことにする。

報告書にもあるように、戦場のさなかにあったドレスデンにおいて、ホフマンはゼコンダ一座の仕事をこなしながら、クンツとの出版契約を果たすために、精力的に執筆活動を行なった。

ナポレオンが、ドレスデンから撤退したあと、一八一三年十二月にホフマンは、ふたたび一座とともに、ライプツィヒにもどる。

この、ドレスデンとライプツィヒの行ったり来たりは、当時の劣悪な交通事情、道路事情を考えると、ホフマン夫妻にとって心身ともに、大きな負担になったに違いない。

ライプツィヒでも、ゼコンダ一座のために働くかたわら、〈AMZ〉のために音楽評論も続け、こまめにベートーヴェンの作品を、取り上げた。

一八一四年から一五年にかけ、三回に分けて出版された『カロ風幻想作品集』のうち、第一巻と第二巻についてはバンベルク時代に、ほぼ完成していた。第三巻と第四巻はおおむね、このドレスデンとライプツィヒ時代に、書かれたものだ。

これも報告書にあるとおり、ホフマンが滞在中のドレスデン、ライプツィヒは、フランス軍とこれを攻撃するロシア、プロイセン、オーストリア連合軍との、激戦の舞台になっていた。

東プロイセン(ケーニヒスベルク)出身のホフマンは、法律家としての公的な仕事も、芸術家としての私的な仕事も、あちこちでフランス軍に妨げられたため、ナポレオンに強い反感を抱いていた。

そのせいか、あるいはそれにもかかわらずか、ホフマンはしばしば一人で、ときには劇団員とともに、ときには報告者たるヨハネスを帯同して、戦場を視察(見物?)に行ったようだ。

その模様は、ある程度日記に書かれもし、短い実見記としても残された。

ホフマンの音楽論の集合体、ともいうべき『クライスレリアーナ』も、この時期に書き上げられた。よく知られるように、ロベルト・シューマンの同名のピアノ幻想曲集は、ホフマンのこれらの小品に触発されて、作曲されたものだ。

シューマンは、当初法律家を目指していたこと、生来文筆の才に恵まれたこと、酒が好きだったことなど、ホフマンと共通する点がいくつかあった。しかし、晩年精神を病んだところからして、ホフマンその人よりも分身の、クライスラーの方に似ていた、というべきかもしれない。

それはともかく、ホフマンはそうした環境の中で、懸案のオペラ『ウンディーネ』(デ・ラ・モット・フケー原作、脚本)の、第一幕を仕上げている。これは、現在でもしばしば上演され、もっとも知られたホフマンの音楽作品、といってよかろう。

十一月、ドレスデンからナポレオン軍が撤退する前後から、ホフマンは『黄金宝壺』の執筆に取りかかった。


ライプツィヒでは、前回も滞在した安宿〈金の心臓〉に、腰を落ち着けた。

ただ、この町はドレスデンに輪をかけて、寒さの厳しい土地柄だ。むろん、劇場には暖房設備など、あるはずがない。ホフマンは、零下十数度という酷寒の中、毎日リハーサルと上演に明け暮れ、体調を崩してしまう。

このころの、体への大きな負担と過度の飲酒癖が、ホフマンの寿命を縮めたといっても、過言ではあるまい。

家で仕事をする際、ホフマンは着ぶくれするほど服を身にまとい、背中や下半身にクッションをあてがう、縫いぐるみのような格好でデスクに向かった。それを戯画に描いて、クンツに宛てた手紙の中に、添えたりもしている。

明けて一八一四年、二月半ばに『黄金宝壺』を脱稿するが、しだいに座長のゼコンダと、意見が対立し始める。そしてついに二月下旬、ゼコンダは自分の考えを曲げず、ホフマンを解雇する挙に出た。

たづきを失ったホフマンは、やむなくナポレオンを揶揄する戯画を描いたり、〈AMZ〉に寄稿したりして、食いつなぐはめになる。

それにもめげず、ホフマンは三月から『悪魔の霊液』の執筆に、取りかかった。

さらにイースター、いわゆる復活祭（春分のあとの満月直後の日曜日。キリスト復活を祝う祭日）の前後に、念願の作品集『カロ風幻想作品集』の第一巻、第二巻がクンツの手で、刊行される。

その冒頭には、クンツの根回しによってジャン・パウルが、序文を寄せている。

ただ、ジャン・パウルの妻カロリーネは、かつてホフマンが婚約破棄した、年上のいとこヴィルヘルミネの、親友だった。そのためカロリーネは、自分の親友を裏切ったホフマンに、好意を抱いていなかった。

当然、ジャン・パウルも妻からその話を聞き、クンツの依頼に困惑したに違いない。

その結果、ホフマンの著作のために書いた序文は、ほめているのかいないのか分からない、持って回った筆致に終始した。

この序文は、出版からほぼ十年後（！）の一八二三年十二月に、〈フリップ〉なる無名氏が某新聞に書いた書評を再録し、それをジャン・パウルが紹介するという、ややこしい形式をとる。

まさに、苦慮の一策という感は否めず、ホフマンも内心複雑なものがあった、と推測できる。

さて四月初旬には、早くも『悪魔の霊液』の第一部が、脱稿する。

もっとも、第二部の執筆が大幅に遅れたため、全編完成は翌一五年の後半に、ずれ込んだ。第一部と第二部が出そろい、刊行されたのはさらに翌年、一六年のことだった。

話はもどるが、ゼコンダはホフマンと一度決裂したものの、一カ月半後に解雇通知を撤回し、ふたたびドレスデンで仕事をしてほしい、と要請してきた。

しかし、創作意欲に取りつかれたホフマンは、その要請を拒否した。

そして六月には、『ウンディーネ』の第二幕を仕上げ、さらに八月初旬には早くも全曲を、完成してしまう。

それに先立つ七月六日、旧友テオドル・ヒペルがホフマンに会うため、ベルリンからライプツィヒに、やって来た。

ヒペルによれば、ナポレオンのせいで職を奪われた官吏たちを、プロイセン政府が再雇用する用意がある、という。

有能な役人だったヒペルは、ホフマンさえ望めばプロイセンの法務省に、判事として復帰させる手立てがある、と言った。

ヒペル自身は、みずからの希望でマリエンヴェルダーの、地方裁判所へ転出する予定だった。ホフマンは、ともにベルリンで働くことを望んだが、所領地ライステナウに近い、西プロイセンでの落ち着いた勤務を望む、ヒペルの気持ちは変わらなかった。

ただし、そのあたりの二人の心情の葛藤は、つまびらかにしない。

ともかく、ヒペルの奔走によりホフマンは、プロイセン政府の法務省に採用され、ベルリンの大審院で働くことになった。

ただし、しばらくのあいだは無給の事務職として勤務し、そのあと正規の判事として登用する、という条件だった。

とりあえずホフマンは、九月二十四日に妻ミーシャを伴い、ライプツィヒをあとにして、ベルリンへ向かう。

二日後、ベルリンに着いたホフマン夫妻は、一八〇七年の第二次ベルリン時代に利用した、デーンホフ広場のホテル〈金鷲亭〉に、居を定めた。全財産の、六フリードリヒスドールを盗み取られた、あのホテルだ。

当時のベルリンは、街なかを辻馬車が縦横に走り回り、蒸気機関の導入などによって工業、商業とも活況を呈していた。

もっとも、人口は二十万人に達しておらず、戸数も八千戸に満たないという、現代に比べれば小さな都市にすぎなかった。

そのベルリンの大審院で、ホフマンは旧知のエドゥアルト・ヒツィヒと、再会することになる。

59

原稿をテーブルに置いて、長椅子の背にもたれる。

古閑沙帆は、奥から聞こえてくるギターの音に、なんとなく耳をすました。

題名は思い出せないが、それはバッハのバイオリンかチェロの独奏曲を、ギター用にアレンジしたもののようだ。

その、手慣れた巧みな指使いからして、さすがに倉石由梨亜が弾いている、とは思えなかった。いくら上達が早いとはいえ、まだバッハの曲を弾けるまでには、いたっていないはずだ。

だとすれば、本間鋭太が弾いているのに、違いない。おそらく、由梨亜に何かを教えるために、手本を示しているのだろう。

それが終わると、今度は由梨亜らしい軽いタッチで、簡単なメロディが流れ始める。簡単とはいっても、やはりどこかで耳にしたことのある、バッハの小品と分かった。

たとえ小品にせよ、初心者にバッハはいかがなものか、という気もする。しかし、本間には本間の教え方が、あるのだろう。

テーブルの解読原稿に、目をもどす。

今回の原稿は、いつもより量が少ないかわりに、本間の訳注が長い。

むろん、その訳注で沙帆が知っていることは、ほとんどない。卒論のテーマに、ホフマンを取り上げた倉石麻里奈でも、ここまでは知るまいと思われる事実が、いろいろと書き連ねてある。

本間に依頼したのは、報告書の解読と翻訳それ自体であって、本間自身の訳注や蘊蓄の披露は、付随的なものにすぎない。

とはいえ、正直なところ沙帆にとっては、本間のそうした訳注や蘊蓄が、今や解読原稿そのものと並ぶ、楽しみになってしまった。

ただ、麻里奈の立場になってみれば、いちばん重要なのは一日も早く、解読作業を終わらせることに、尽きるだろう。その解読文書を足場に、麻里奈は自分なりにホフマンの研究を、再開するつもりでいるはずだ。最初に言明したその目標を、今でも持ち続けているのなら、の話だが。

それにつけても、解読翻訳の仕事とは直接関係がないにせよ、沙帆には麻里奈に確かめたいことが、一つだけある。

それは麻里奈自身が、本間と血のつながった実の姪であることを、承知しているのかどうか、という問題だ。

思えば、麻里奈との付き合いはかなり長く、それなりに気心の知れた親友同士、といってよい。

ただ、ここへきて麻里奈の亡き母親が、若いころ他家へ養女に出された、本間の実の妹と分かってから、なんとなくすなおに接することが、むずかしくなった気がする。

同時に、本間がそれを知りながら隠していた、と言って言いすぎならば、少なくとも黙っていたことに、沙帆はすっきりしないものを感じた。

一方、麻里奈もそのことを承知しつつ、沙帆に打ち明けなかったとするなら、いかにも水臭いと言わざるをえない。

もっとも沙帆にしたところで、ひとを責められる立場にないことは、十分に自覚している。麻里奈に、まだ打ち明けていない事実が、いくつもあるのだ。

倉石学と自分と、二人だけで内密の話をする機会を、二度持ったこと。

由梨亜が本間から、ギターのレッスンを受けるという秘密を、倉石と共有していること。

さらに、ひそかに倉石玉絵に呼ばれて、一人で〈響生園〉へ面会に行ったこと。

そうした状況を考えると、どんどん気が重くなってくる。

いつの間にか、弦の音がやんでいた。

少しのあいだ静寂が流れたあと、ふたたびギターが鳴り始める。

その曲には、聞き覚えがあった。

確か先週、本間が由梨亜にさらうように命じた、フェルナンド・ソルの〈初心者のための二十五の練習曲〉の、最初の曲ではなかったか。

洋室へもどるために、また独習を言いつけたらしい。

案の定、廊下にどかどかと足音が響き、本間がもどって来た。

秋風が吹くには、まだいくらか間があるというのに、本間はニットの長袖のシャツを、身につけていた。赤、黄、緑のだんだら模様の、派手なボーダーのシャツだ。下はゆったりした、デニムのパンツ。

「独習ばかりでいいんですか、由梨亜ちゃんは」

沙帆が聞くと、本間はソファにぴょんと飛び乗り、指を振り立てた。

「教えるべきことは、もうすべて教えたよ」

思わず、顎を引く。

「すべて教えたとおっしゃっても、レッスンを始めてまだ日が浅いのに、いくらなんでも無理じゃありませんか」

「無理ではない。プロになるならともかく、素人がマスターすべきことは、テクニックも含めて全部、教えたつもりだ。あとは自分で、修業を積めばよい」

いかにも本間らしい、古風なことを言う。

耳をすますと、確かに由梨亜の指の動きは先週に比べて、さらにぎこちなさが取れた気がする。

麻里奈の手前、由梨亜は家で練習できないはずだから、どうやってそこまで腕を上げたのか、分からない。もしかすると、麻里奈が不在のときに父親のレッスン室で、練習しているのかもしれない。

それにしても、生徒が来ていないときにしかできないから、時間は限られるはずだ。

「麻里奈くんに、母親の出自を聞いてみたかね」

突然聞かれて、沙帆はわれに返った。

「ええと、いいえ、まだ聞いていません。なんとなく、気が引けてしまって」

沙帆の返事に、本間はいかにも落胆した様子で、ため息をついた。

「別に、遠慮することもなかろう。二人とも、きのうきょうの付き合いじゃあるまいし、隠し立てするようなことは何もないはずだ」

「とはいっても、お互いプライベートなことについては、口を出さない方ですし」

本間は、先刻沙帆に用意させた冷たい麦茶を、一口飲んだ。

口調を変えて言う。

「どうかね、今回の原稿は」

沙帆はかたちばかり、原稿をめくり直した。

「そうですね。ええと、後半部の解読原稿は、けっこう欠落が目立ちますね。ご先祖の、本間道斎先生の手に渡ったときから、そうだったのでしょうか」

「かもしれんし、道斎のあと何代か引き継いできたあいだに、抜け落ちたのかもしれん。その報告書のあとも、何カ所か欠落がある。それはおいおい訳注で、おぎなっていくつもりだ」

「今回は、解読部分があまり多くない分、訳注を詳しくお書きになっていますね」

「欠落した空白の部分が、かなり長くなっているのでな。それをおぎなおう、と思っただけさ」

「それにしては、ちょっと中途半端な終わり方のような、そんな気がしますが」

「麻里奈くんが、興味深く読んでくれるかどうか、心配になってな。そのために、筆が止まってしまったのさ」

「ワープロですから、止まったのは筆というより、指ですね」

軽口を挟んだつもりだが、本間はにこりともせずに続けた。

「きみに興味があるなら、口頭であとを続けてもいいがね。おもしろいエピソードも、なくはないんじゃ、が出たときは話したくて、うずうずしている証拠だ。

沙帆は、麻里奈の目に届かない情報を聞くことに、大いに興味をそそられた。

「お差し支えなければ、聞かせていただけませんか。このプロジェクトが始まってから、わたしもホフマンの生活や作品について、いろいろと関心がわいてきましたので」

本間は、なぜか照れ臭そうに鼻をうごめかし、すわり直した。

「そうか。それなら、聞かせてやってもいい。どこまで、書いたかな」

原稿をチェックする。

「ええと、ベルリンの大審院で、ホフマンが旧知のエドゥアルト・ヒツィヒと、再会することになった、というところまでです」

「おお、そうだった。ヒツィヒのことは、覚えておるかね。前にどこかの訳注で、書いたことがあるはずだが」

「はい。ホフマンのワルシャワ時代に、上級裁判所で同僚だった人物ですね」

「さよう。ヒツィヒは、その後判事をやめて出版業に、転身していた。ただ、かみさんを亡くしたあと、その出版業の権利を他人に譲って、ベルリンの大審院の判事に、返り咲いたわけだ」

「判事の職って、そう簡単にやめたり返り咲いたり、できるものなのですか」

「当時、法律家というのはエリートだったから、数も少なかった。優秀な判事は引っ張りだこで、復職もむずかしくはなかっただろう」

本間は麦茶を飲み、話を続けた。

「ヒツィヒは、ホフマンと同様文筆をよくしたし、浪漫派を中心とする作家たちに、広く顔がきく存在だった。たぶん、そのヒッツィヒが前宣伝をしておいたおかげで、すでに出版されていたホフマンの、『カロ風幻想作品集』の第一巻と第二巻は、ベルリンの文壇でも話題になっていた。ことに、『クライスレリアーナ』でホフマンが描いた、楽長クライスラーの奇矯な人間像は、評価が高かったのさ」

「するとホフマンは、すんなりとベルリンの文壇に受け入れられた、ということですか」

沙帆の問いに、本間はいたずらっぽい顔つきになって、ウインクした。

「それについては、いささかのエピソードがある。ベルリンに到着した翌日、一八一四年九月二十七日のことだが、ヒッツィヒはホフマンを引き合わせるため、市内の有名レストランに、当時の著名人を七人呼んで、歓迎会を開いた」

「著名人というと、どんな人たちですか」

「作家でいうなら、例の『ウンディーネ』の原作者の、デ・ラ・モット・フケー。『影を売った男』で売り出した、アデルベルト・フォン・シャミッソー。『長靴をはいた牡猫』で、一躍浪漫派の旗手の一人になった、ルートヴィヒ・ティーク。そんなところだな」

「三人だけですか、著名人は」

「ほかにも、いたことはいた。当時はそれなりに名士だったが、今では研究者のあいだでも、ほとんど忘れ去られた連中だ。たとえば、ティークの妹ゾフィの元亭主の、ベルンハルディ。それに、フリードリヒ・シュレーゲルの妻、ドロテアの連れ子で画家の、フィリップ・ファイト。ほかにもフケーの友人の、なんとかいう作家などもいたらしいが、もう名前が思い出せん」

「すると、ホフマンと面識があるのは、ヒッツィヒを除けばフケーとシャミッソーくらい、というわけですね」

沙帆が確認すると、本間は重おもしく首を振った。

「いや。ホフマンとフケーも、『ウンディーネ』のオペラ化の仕事を通じて、手紙のやりとりがあったのは確かだが、顔を合わせたことは一度もなかったんじゃ」

「要するに、ホフマンの顔を知っている人は、だいぶ前にベルリンで会ったことのある、シャミッソーだけ、ということですか」

「まあ、そういうことになるな」

そう言って、あいまいな笑みを浮かべる。

ためしに、水を向けてみた。

「その集まりには、何か仕掛けがありそうですね」

するとと本間は、またも話の先を越されると思ったのか、たちまち表情を引き締めた。

「待て待て。先走りしてはいかん。ヒツィヒの苦労が、水の泡になるからな」

「どんな苦労をしたのですか」

本間はまたすわり直し、おもむろに口を開いた。

「ヒツィヒは、初めにホフマンの正体を伏せて、出席者に紹介したのさ。つまり、ラーテナウから来たドクトル・シュルツ、という名前でな」

「ドクトル、シュルツですか」

「そうだ。集まった連中は、見知らぬ小男をヒツィヒに引き合わされて、とまどったに違いない。まあ、食事は一流のレストランの料理だったから、不満はなかっただろうがね。余興があった。食事のあと、お茶の時間になったところで、双子の歌手のマルクーゼ姉妹が、完成したばかりのオペラ『ウンディーネ』から、アリアをいくつか歌ったのさ。それが終わるが早いか」

本間は一拍おいて、話を続けた。

「ヒツィヒは、おもむろにフケーを物陰に呼んで、最初に紹介したドクトル・シュルツこそ、実は楽長クライスラーことホフマンだ、と耳打ちした。さすがのフケーも、この不意打ちには驚いたに違いない。しかし喜び勇んで、シュルツの正体を満座に伝えた。面識のあるシャミッソー以外は、楽長クライスラーの生みの親の劇的な登場に、驚きと感嘆の声を抑えきれなかった。とくにティークは、さぞびっくりしただろうな」

そう言って、どうだまいったかというように、大きくうなずく。

沙帆も、ある程度そのような展開を予想していたが、すなおに驚いてみせた。

「それはいかにも、ホフマンらしいサプライズですね。もしかするとヒツィヒではなく、ホフマン自身のアイディアだったかも」

本間は、くすぐったそうな顔で、鼻の下をこすった。

「どちらにしても、ホフマンらしいデビュー、と言っていいだろうな」

「ヨハネスの報告書の、欠落した部分にそのときのいきさつが、もっと詳しく書かれていたんじゃないでしょうか」

　ためしに聞くと、本間はたちまちむずかしい顔になった。

「ヨハネスが、ホフマンと一緒にその会食に加わっていたら、当然書いただろうな。しかし、報告書が欠けている以上、それを言っても始まるまいよ」

「すると、先生が今お話しになったエピソードは、どこからお引きになったのですか」

「ホフマンの研究書なら、たいがいは出ておるよ。もともとは、当人が歓迎会の翌日クンツに宛てて書いた、手紙の報告が原典になっとるんだ」

「だとしても、ヨハネスの報告書が欠落しているのは、返すがえすも残念ですね」

「ただ、その歓迎会にミーシャも出席していたとすれば、ヨハネスは詳しく報告する必要がないから、書かなかったかもしれんよ」

　本間はそう言って、口を閉じた。

　それから、一息に麦茶を飲み干して、お代わりを所望する。

60

　古閑沙帆はキッチンへ行き、新しい麦茶をいれ直した。

　洋室へもどり、テーブルにグラスを置いて、長椅子に腰を落ち着ける。

　本間鋭太が、麦茶に口をつけるのを待ってから、あらためて口を開いた。

「ヒツィヒで思い出しましたが、ホフマンはヒツィヒの子供たちを、すごくかわいがっていたようですね。どこで読んだか、忘れましたが」

　話をがらりと変えると、本間は肘掛けをばたばたと叩いて、うれしそうに笑った。

「そのとおりじゃ。ホフマンが、ベルリンへ来てから刊行した童話、『くるみ割り人形とねずみの王様』は、母を失ったヒツィヒの子供たちのために、書いたものだ。ヒツィヒにはルイーズ、フリッツ、マリーという、三人の子供がいてな。三人とも、ホフマンが大好きだったのさ。遊びに行くたびに、その場で子供の喜びそうなおもちゃを、作ったりしてやったからな」

口から、泡を吹きそうな勢いだ。

「確かホフマン夫妻にも、ツェツィリアという女の子が一人いたのに、幼いころ病気で亡くしたのでしたね」

沙帆が言うと、本間はたちまち悲しげな顔になった。

「さよう。そのために、ホフマンはヒツィヒの子供たち、中でも一番下のマリーを、かわいがっていたそうじゃ」

突然、人差し指をぴんと立てて、話を続ける。

「それを裏付ける、証言もある。ヘルミナ・フォン・ヘツィ、という同時代の女性ジャーナリストが、こんなことを書いとるんだよ」

例によって、話が突然飛んでいく。

本間によると、次のような内容だ。

ホフマンは、小ぶりのきゃしゃな手をしており、光る目は見つめるばかりで、動きが少ない。薄い唇は、いつも固く引き結ばれて、めったに笑うことがない。

その体には、人間に最低限必要な肉と骨しか、ついていない。しかし、常にきびきびと目まぐるしく、情熱的に動き回る男だ。

また、子供を楽しませる、名人でもある。


それも、甘やかしたりご機嫌をとるのではなく、ごく自然にそれができるのが、すばらしい。

ヘルミナなにがしは、沙帆が初めて耳にする名前だが、女性のジャーナリストらしい、細かい観察力の持ち主だ。

もっとも、ホフマンは文筆家としてのヘルミナを、あまり高く買っていなかったし、さして好意も抱いていなかった、という。

そのことは、ヘルミナも承知していたようだ。

それでもヘルミナは、後年ある名誉毀損事件の法廷で、厳格な判事ホフマンと対峙したとき、自分を法に従って正当に扱ってくれた、と感謝している。総じて、裁判官としてのホフマンの仕事ぶりに、賛辞を惜しまなかったという。

沙帆は言った。

「その、ヘルミナという女性は、ホフマンをよく観察していますね。子供との付き合い方とか、好き嫌いで法を曲げたりしない性分を」

本間はまた、うれしそうに相好を崩した。

「そのとおり。ホフマンに、あまり好かれていないのを知りながら、相手の長所をすなおに認めておるのが、ヘルミナのすばらしいところだ」

沙帆は麦茶を飲み、話をもどした。

「ところで、大審院にはいった当初の、ホフマンの仕事ぶりは、どうだったのですか」

本間はすわり直し、原稿にうなずきかけた。

「そこにも書いたが、初めからホフマンが希望するとおりには、ならなかった。訳注にあるように、当面は給与なしの事務職、いわば閑職に回されたわけだからな」

「閑職、といいますと」

「フェアザント（Versand）、つまり裁判の資料や書類を関係者に発送する、発送担当事務官だな」

これには驚く。

「かりにも、かつて判事の職にあったホフマンが、ただの発送係ですか」

「少なくとも最初の半年間は、がまんせよという内命だ。しかたあるまいが」

「でも、いずれは正式の判事に採用される、という含みだったんですよね」

「うむ」

「ホフマンは本気で、がまんするつもりだったのですか」

本間は、肩を揺り動かした。

「そのことについて、ホフマンはヒペルに宛てた手紙の中で、それなりの心境を明かしておる」

「ヒペルというと、ホフマンに判事の職を世話した、あのテオドル・ヒペルですよね」

「さよう。ホフマンはヒペルに、こう書いておる。自分は、判事の仕事から長期間離れていたので、どのみちすぐには実務にもどる自信がない。それに、本格的に開始した文筆や作曲の仕事を、今さらやめるわけにもいかない。大審院で、正規の判事の仕事をしようとすれば、著述や作曲活動を並行して続けることは、不可能だ。両立させるためには、むしろ時間に余裕のある事務職の方が、やりやすいだろう。とまあ、そんな具合に説明したわけさ」

なるほど、もっともらしい説明だ。

ホフマンにとって、それはある面で事実だったかもしれない。

しかし、ただちに判事に復職できなかったことへの、自分を納得させるための言い訳だった、という見方もできるだろう。

本間が、苦笑を浮かべる。

「きみが何を考えているか、わしにはよく分かるぞ。ホフマンの負け惜しみ、と思っておるんだろう」

「まあ、それに近いですが」

本間は、ふと真顔になって、あとを続けた。

「ちなみに、今回訳注で書こうと思いながら、つい書き漏らしてしまったことを、話しておこうか。麻里奈くんも、たぶん知らんことだと思うから、必要とあればあとで話してやってくれ」

「分かりました」

本間は、二杯目の麦茶を飲み干し、息をついた。

「ホフマンは死んだあと、フランスやロシアでは人気が出たが、ドイツ語圏ではめったに評価されなかった。そこで、ホフマンを称揚した数少ないドイツ人を、何人か紹介しておきたい。ハイネのことは、いくらか話した覚えがあるが」

「はい。確か、ハイネがジーボルトの助手の、ビュルガーと知り合ったことを記録した、『告白・回想』という本の話でしたよね」

「そうじゃ。ハイネにはもう一つ、『浪漫派』という著作がある。その中で、ハイネはノヴァーリスをただ一人の、混じりけなしの浪漫派詩人、と褒めたたえている。しかも、そのあとでホフマンのことを、ノヴァーリスよりはるかに重要な作家だ、と言いきった」

「ほんとうですか」

あのハイネが、そんなことを書き残したとは、知らなかった。

本間が続ける。

「ほんとうだ。ただ、そう書いておきながらハイネは、ホフマンを浪漫派に属さない作家だ、と断定する。なぜならホフマンは、浪漫派の領袖シュレーゲル兄弟と交渉がなく、したがって影響も受けていないから、というのさ」

「わたしが知るかぎりでも、ホフマンはいわゆる浪漫派の作家たちと、ほとんど没交渉だったと聞いています」

沙帆が言うと、本間はうなずいた。

「そのとおりだ。ティークやフケーと出会ったのも、さっき話したベルリンでの一夜が初めてだし、ティークとはその後一度も顔を合わせていない。あのノヴァーリスとも、結局会う機会がなかった。ハイネの言うことも、分かるような気がするじゃないか」

沙帆も、うなずき返す。

「ヨハネスの報告書を信じれば、ホフマンはクライストと一度対話したことがあり、しかも意気投合した様子でしたね」

「それは当然だろう。ホフマンはバンベルク時代に、クライストの『ハイルブロンのケートヒェン』を、率先して上演した。さらに、短編恐怖小説の『ロカルノの女乞食』を、大いに気に入っていた、ともいうからな」

「前に先生もおっしゃいましたが、ホフマンとクライストは浪漫派というより、そのあとにくる写実主義の先駆け、とみなす研究者が少なくありませんね。二人を、浪漫主義と写実主義をつなぐ懸け橋、とする見方はなかなか興味深いものがある、と思います」

本間は、さも沙帆の指摘が気に入ったというように、くっくっと笑った。

「きみもいよいよ、ホフマンに対する興味が、増してきたようだな」

「ええ、まあ」

しぶしぶ認める。

本間はすぐに真顔になり、話を前にもどした。

「ほかにもまだ、ホフマンを高く買った人物がいるんだが、聞きたいかね」

「はい、ぜひ」

「オスヴァルト・シュペングラー、という名前に心当たりがあるかね」

本間の問いに、沙帆は視線を宙に浮かせた。

「ええと、名前を聞いた覚えはあります。二十世紀前半の、哲学者だか歴史学者だか、ですよね」

「そうだ。『西洋の没落』を書いた哲学者、と言えば分かるだろう」

それなら、聞き覚えがある。

「はい。本のタイトルは、知っています。読んだことは、ありませんが」

「その本の中で、シュペングラーはホフマンが創造した楽長クライスラーを、ドイツが生んだもっとも深遠な、音楽芸術家の文学的造型である、と書いているんだ。その構想の豊かさは、ゲーテが生んだファウストにも匹敵する、としているほどさ」

沙帆も、さすがにびっくりして、背筋を伸ばした。

「ほんとうですか。それは少し、ほめすぎではないか、という気もしますが」

「シュペングラーにとっては、ほめすぎでもなんでもなかっただろう」

本間はにべもなく、言い捨てた。

おそらく本間も、ホフマンを認めなかったゲーテに、不満を抱いているに違いない。

「ほかにもまだ、ホフマンのファンがいるのですか」

ためしに聞くと、本間は大きくうなずいた。

「いるとも。明治時代に来日した、お雇い外国人というのを、知っているかね」

「はい。西洋の知識を導入するため、明治政府が日本へ呼び寄せた外国人の学者や、技術者のことですよね」

「さよう。その中の一人に、ラファエル・ケーベルという、ドイツ人の哲学者がいる。名前くらい、聞いたことがあるだろう」

「はい、あります。東京帝国大学で、二十年以上哲学だか美学だかを、教えた人ですね」

「そのとおりだ。そのケーベルの随筆集を、読んだことがあるかね」

「ええと、はい。学生時代に、『ケーベル博士随筆集』という本を、岩波文庫で読みました。内容はもう、忘れましたが」

「そうか。実は、同じ岩波書店から大正年間に、『ケーベル博士小品集』という題の、ハードカバーの随筆集が出た。評判がよかったのか、『続小品集』『続々小品集』と立て続けに、全部で三冊出版されている。きみが読んだ文庫本は、そこから取捨選択したいくつかと、それ以外に書かれた随想を中心に、まとめられたものだろう」

「その三冊の中に、ホフマンに言及したくだりが、あるのですか」

「ある。もちろん、文庫本の中にもホフマンに触れた箇所が、いくつか見られる。あいにくきみは、忘れてしまったようだが」

沙帆はばつが悪くなり、麦茶で喉をうるおした。

「すみません。高校の、読書の時間に無理やり読まされたので、ほとんど記憶にないんです。改行なしの、べたっとした古臭い文章だったことしか、覚えていません」

「ただ文庫本では、『ロマン主義とは何か』という章の中で、ホフマンに断片的に触れているだけだ。しかし、小品集の三冊目の『続々小品集』には、〈ホフマン雑感〉というタイトルで、歴としたホフマン論が収録されている。もっとも、この小品集自体がめったに、市場に出回らんのだ。ことに、『続々』はかなりの希覯本で、へたをすると万単位の値がつく」

万単位か。それは確かに、希覯本のあかしだろう。

「先生はもちろん、お持ちなのですね」

念を押すと、本間は軽く肩をすくめた。

「ああ、背表紙がゆがんだ、汚い本だがな。〈ホフマン雑感〉は、原題を〈ホフマニアーナ（Hoffmann-iana）〉という。ホフマニアーナはホフマニアン、つまりホフマンの信奉者とか、研究者を指すものではない。ホフマンの語録とか逸事録、逸話集といった意味だ。ここでは、〈雑感〉としているが、まことに適切な訳語、といってよい」

ホフマンの、『クライスレリアーナ』と同じだろう。

少しじれったくなり、ついせっついてしまう。

「それで、その内容は」

本間は、わざとのようにやおらすわり直し、指を立てた。

「ケーベルによれば、まずひそかにホフマンの作品に傾倒して、その影響を受けた作家はトルストイだ、と指摘した」

沙帆は、顎を引いた。

「トルストイというと、あの『戦争と平和』の、トルストイですか」

「いや、それはレフ・トルストイだ。ケーベルが言ったのは、アレクセイ・トルストイの方さ。なんでも、レフのまたいとこに当たるらしいが、十歳かそこら年上のはずだ」

「ポーとか、ボードレールの名前が挙がったのは、どこかで見た覚えがありますが、ほかにも影響を受けた作家がいたとは、知りませんでした」

「ケーベルはほかに、ジョルジュ・サンドやアレクサンドル・デュマ・ペール、それにあのドストエフスキーの名前まで、挙げているくらいだ」

「ほんとうですか」

にわかには信じられず、沙帆は聞き返した。

「ほんとうさ。確かに、ドストエフスキーとホフマンは、ある種の似た精神構造を、持っているように思える。二人とも、賭博者の話を書いておるしな」

「はあ」

沙帆は、あいまいにうなずいた。

それがケーベルの意見なのか、あるいは本間自身の意見なのか、分からなかった。

本間が続ける。

「アレクセイ・トルストイの小説『肖像』と、戯曲『ドン・ジュアン』は明らかに、ホフマンに触発されて書いた作品、といってよかろう」

沙帆は、両方とも読んだことがないし、作品の存在自体を知らない。

話を変える。

「ドイツの作家では、ハイネのほかにホフマンを評価した人が、だれかいるのですか」

「ケーベル博士によれば、ヘッベルやルートヴィヒも、ホフマンの賛美者だった」

それも初耳だった。

フリードリヒ・ヘッベルもオットー・ルートヴィヒも、一般にはあまり知られていないが、まともなドイツ文学の研究者なら、だれでも知る作家だ。

ことにヘッベルに関しては、沙帆も学生時代に『ユーディット』や、『ヘローデスとマリアムネ』を、愛読したものだった。

ただ、沙帆の印象に残るヘッベルは、ホフマンよりもクライストに近い、と感じた覚えがある。

本間は続けた。

「ケーベル博士は、ホフマンを批判する作家たちを、容赦なくやっつけている。文豪ゲーテも、同じ後期浪漫派のアイヒェンドルフも、その鋭い筆鋒から逃れられなかった」

「ゲーテやアイヒェンドルフも、博士の槍玉に挙げられているのですか」

「そのとおり。しかも、容赦なくだ」

「ゲーテのホフマン嫌いは分かりますが、同時代の、しかも同じ浪漫派のアイヒェンドルフまで、ホフマンを批判しているとは、意外ですね」

「ゲーテについては、たぶんホフマン作品をほとんど読まずに、耳に届いた噂だけで判断したに違いない、と博士は書いておる。読んでいれば、あそこまで批判をしないだろう、というわけさ」

かりに読んでいたとしても、ホフマンがゲーテの好みに合わないことは、なんとなく分かる。

「アイヒェンドルフは、どうなんでしょう。博士は、ちゃんと読んだ上で批判している、と書いていますか」

「アイヒェンドルフは、読んでいただろう。『ドイツ文学史』という著書の中で、わざわざホフマンに一章を割いて、意見を開陳しとるくらいだからな」

「それがきわめて、批判的な内容なわけですね」

「うむ。ケーベル博士によれば、アイヒェンドルフの指摘はすべてが間違いであり、不公正であり、誇張であり、一面的であり、さらに才気も温情もなく、弾劾に徹している、というんだ」

沙帆は笑った。

「つまり、同じ後期浪漫派の作家のくせに、徹底的に批判している、と」

「うむ。ホフマンに傾倒する博士の目には、そのように映ったということだろう。確かにホフマンは、若いころ酒と女にうつつを抜かし、放蕩を尽くした。しかも、政治や社会問題より芸術、なかんずく音楽に傾倒した。とはいえ、そんなことはホフマンを評価するのに、なんの関係もない。博士はそのように、反論しているわけだ」

本間が、口角に唾をためて力説するのを見ると、まるでケーベル博士がそこで熱弁を振るっている、というふうにさえ思われてくる。

「ゲーテはともかく、アイヒェンドルフのホフマン批判は、ちょっとショックですね」

「しかもアイヒェンドルフは、博士が愛好する作家の一人でもあったのだ。そのあたりの葛藤を、クボ・マサル（久保勉）の訳で紹介しよう」

本間は、そう言ってすわり直し、背をぴんと伸ばした。

「人として詩人として、かくもわたしが敬愛し、尊重するアイヒェンドルフが、ホフマンをかように論ずる一文をものしたことは、わたしの深く遺憾とするところである。わたしは、一人の真の詩人が一人の真の詩人に対して、これ以上にこせこせした意地悪い、狭量なる判断をくだした例を、ほかに知らない」

そのよどみない口調を聞くと、おそらくもとの翻訳文をそっくり暗誦した、としか思えなかった。

それに気づいたかのように、本間はまたウインクして言った。

「まあ、もとの硬い翻訳文を多少分かりやすく、読みくだしたがね」

61

倉石麻里奈は、解読文書をテーブルの上でとんとん、とそろえ直した。

「今回の報告書は、いつもより分量が少ない気がするわ。その分、本間先生の訳注が多いけどね」

古閑沙帆は、紅茶に口をつけて言った。

「先生がお持ちの、報告書の後半部分にはけっこう、欠落が多いらしいのよ。今回はとくに、そのあとの空白が長いんですって。それを訳注で、補うことにしたみたい」

麻里奈は、文書をテーブルに置き直して、おもむろに上からのぞき込んだ。

「それにしても、さすがに本間先生はホフマン研究の、第一人者ね。わたしが書いた卒論なんて、これから見ればせいぜい小学生の、夏休みの自由研究レベルだわ」

そう言って、深いため息をつく。

沙帆は、急いでとりなした。

「そんなことないわよ。あのころ、ちゃんとしたホフマンの研究書といえば、吉田六郎のホフマン伝と、ザフランスキーのホフマン伝の翻訳書くらいしか、なかったもの。麻里奈はよくやった、と思うわ」

麻里奈は腕を組み、ソファの背に体を預けた。

「ほかに、ベルゲングリューンのホフマン伝も、出ていたと思う。断片的だけど、探せばいろいろと役に立つものが、けっこうあったわ。ただ、肝腎のホフマンの日記とか書簡集、それに同時代人によるホフマンの回想録、証言録のたぐいが、まったくといっていいほど、翻訳されてなかったのよね。原書も、今ほど簡単には、手にはいらなかったし」

「ほんとよね。あとはせいぜい、世界文学全集に収録された、ホフマンの略伝と作品解説くらいしか、なかったでしょう」

「深田甫《はじめ》の、個人訳によるホフマン全集にも、だいぶ助けられたわ。解説が、充実していたから」

沙帆は、創土社《そうど》から刊行されたその全集を、麻里奈の書棚で見たことがある。

全十巻として刊行が始まったが、結果的に一巻が二分冊になったものもあり、最終的に十二冊になる勘定だったようだ。

しかし、刊行の間隔がしだいに間遠になって、さらに最終配本になるはずの最終巻、つまり第十巻がなんらかの事情で、刊行されなかった。

結局、全集は最後の一巻が未完のまま、終わってしまったのだ。

「あの個人訳全集は、確かに労作だったわ。でも、最終巻が出なかったのが、なんとも心残りよね」

沙帆が言うと、麻里奈は感慨深げな顔で、小さく首を振った。

「そう。あれは、返すがえすも残念だった。その最終巻には、ホフマンの日記や書簡、音楽評論などが、収録される予定になっていたの。ついに、初回配本から二十年以上もかかって、第十一回配本の第六巻が出たあと、中断してしまったのよね。第六巻は、例の『悪魔の霊液』なんだけど、その奥付が確か一九九三年の夏だった。古本屋で、全巻買い集めるのに、苦労したものだわ」

「第十巻だけでも、先に出してほしかったわね。研究者の立場からすれば、日記と書簡集は、真っ先に翻訳されてしかるべき、貴重な資料ですもの」

沙帆がフォローすると、麻里奈も二度、三度とうなずいた。

「まったくだわ。考えてみると、わたしもあんなに恵まれない状況で、よく卒論にホフマンを選んだものよね」

「だからこそ、やりがいがあったんでしょう」

「それはそうよ。でも、ずっとやり残したことがたくさんある、という不満を引きずっていたのも、確かだわ」

「それがあったから、もう一度やり直してみたい、という気持ちになったのよね」

麻里奈は、少したじろいだように、顎を動かした。

「まあ、そんなところね。でも、本間先生のこういう綿密な訳注を目にすると、わたしの出る幕じゃないような、そんな気がしてくるのよ」

沙帆はわざと、明るく笑ってみせた。

「あら。麻里奈らしくもないわね。最初は、本間先生何するものぞという感じで、意気軒昂だったのに」

麻里奈の目を、かすかな苦渋の色がよぎる。

「あの古文書を見て、ふつふつとやる気が出てきたことは、わたしも認めるわ。でも、本間先生の解読文書を読んでいるうちに、やはりわたしには荷が重すぎるって、分かったのよ。卒業以来、ドイツ語とは距離をおいてしまったし、正直言って本間先生のように、一次資料を読みこなす力は、もうないわ。日本語の資料しか使えないなら、あのころとちっとも変わらない。卒論以上のものを、書けるはずがないでしょう」

沙帆は口をつぐんだ。

いつも勝ち気で、弱音を吐いたことのない麻里奈にしては、珍しく意気の上がらない口ぶりだ。

麻里奈の、そういう姿を見るのは沙帆にとっても、愉快なことではなかった。

「本間先生の、この解読文書を使えばいいんだわ。まだ出版されたわけじゃないし、少なくとも報告書の前半部分の所有権は、倉石家にあるわけでしょう。資料の出所と、解読者が本間先生であることを付記すれば、なんの問題もないと思うけれど、どうかしら」

麻里奈は、両手で髪を後ろへはねのけ、背筋を伸ばした。

「確かに、沙帆の言うとおりね。もう少し、考えてみるわ」

それから、気分を切り替えるように、あらためて解読文書をめくり直す。

「ところで、先生の訳注によると、報告書が欠落しているあいだの時期に、ホフマンの最初の作品集が出版された、ということね」

確認するような口調に、沙帆もすなおに応じた。

「ええ。『カロ風幻想作品集』の第一巻から第四巻まで、計四冊よ。先生が、一八一四年から一五年にかけて出た、その初版本を持っていらっしゃる話は、前にしたわよね」

麻里奈は、小さく肩をすくめた。

「ええ。見せてもらったんでしょう」

「そうよ。白い手袋をはめろ、と言わぬばかりだったわ」

「初版本といっても、いわゆる復刻版じゃないのって、念を押した覚えがあるけど」

それは沙帆も、よく覚えている。

「わたしが見たかぎりでは、モロッコ革でりっぱに装丁された、新刊みたいにきれいな本だった。でも、本文の紙はずいぶん古かったし、フラクトゥール（亀甲文字）の活字も、それなりに時代がかっていたわ。外側の、装丁は取り替えられたとしても、中身は初版本に間違いない、と思うわ」

あらためて繰り返すと、麻里奈の目にちらりと、ねたましげな色が浮かんだ。

「ゲーテのヴェルテルならともかく、ホフマン程度の作家の初版本じゃ、それほど高くはなかったでしょうね」

ホフマン程度というその言葉に、なんとなく傷つけられた気になる。

「でも、生きているあいだはホフマンも、売れっ子の作家だったはずだわ。値段はともかく、ホフマンの愛好家なら十分に、持つ価値がある本よ。わたしも、見るだけで目が洗われるようだった」

つい口調に、力がはいった。

「いわゆる、眼福を得た、というやつね」

からかうような口ぶりに、またいくらかむっとしたものの、なんとかそれを押し隠す。

隣接するレッスン室から、息子の帆太郎が弾く練習曲の音が、かすかに聞こえてきた。

毎週土曜日、沙帆がここへ報告書を届けに来るとき、帆太郎もほかに特段の用事がはいらないかぎり、倉石のレッスンを受けるために、一緒について来るのだ。

その指のタッチが、由梨亜と比べてどこかぎこちなく感じられ、もどかしくなる。

麻里奈が、にわかにまじめな顔つきになり、あとを続けた。

「訳注によると、報告書が中断したあとナポレオン軍が敗れて、ホフマンの執筆活動が活発化したみたいね」

沙帆は雑念を振り払い、麻里奈の問いに応じた。

「ええ。ただ、訳注にもあるけれど、戦火を避けながらドレスデンとライプツィヒを、何度も往復するのはたいへんだった、と思うわ」

「でも、そのあいだにもホフマンの筆は、だいぶ進んだんでしょう。『黄金宝壺』を書き上げたし、長編の『悪魔の霊液』にも取りかかったようだし」

「そうね。ようやく、作家として本格的に活動を始めた、といっていいわね」

「しかも幼なじみの、ヒペルが奔走してくれたおかげで、判事の仕事に復帰できたのよね」

「ええ、そうなの。ゼコンダに解雇されたのが、むしろよかったのかもね。ベルリンは、生活環境がずっと整備されていたし、文学的環境も整っていたから」

沙帆が言うと、麻里奈は報告書の最後のページを、見直した。

「訳注によると、そのベルリンでエドゥアルト・ヒツィヒと、再会したようね。ヒツィヒは、かつてワルシャワの上級裁判所で、ホフマンの同僚だった人でしょう」

「そう、その人よ」

「確かこの人が、ホフマンをベルリンの文壇に、紹介したんじゃなかったかしら」

「そうなのよ。出版業をやったりしたこともあって、文壇には顔がきいたのよね」

「確か、ヒツィヒは最初ホフマンの正体を隠して、フケーやティークに引き合わせた、という話だったわよね」

「そう、そう。先生ったら、そのシーンを身振り手振りもよろしく、劇的に再現してみせたのよ」

そのやりとりで、どこかぎこちなかった、二人のあいだの雰囲気が、なんとなくほぐれたような気がした。

続いて、沙帆は明治時代に来日したお雇い外国人、ラファエル・ケーベルのホフマンびいきの一件など、本間鋭太から聞かされた話を細大漏らさず、麻里奈に報告した。

麻里奈も、そうした話は初めて耳にするものとみえ、熱心に耳を傾けていた。

聞き終わると、麻里奈はソファを立って、紅茶をいれ直した。

一息つくなり、麻里奈が言う。

「そういえば、きのうびっくりすることがあったの。わたし、高校時代の友だちと飲むことになって、夕方から四谷まで出かけたのよ。ゆうべは倉石も、知り合いのギタリストのコンサートで、遅くなると言ってたしね。由梨亜は由梨亜で、英語の特訓クラスのあとクラスメートと、映画に行くことになっていたの」

毎週金曜日の夕方、由梨亜は英語の特訓クラスを受ける、という名目で相変わらず本間のもとにかよい、ギターのレッスンを続けている。

前日も、沙帆は原稿を受け取りに行ったあと、由梨亜を待って途中まで一緒に、帰って来たのだ。

そのとき由梨亜は、これから友だちと映画に行くと、確かにそう言っていた。

沙帆は、何食わぬ顔で聞き返した。

「びっくりしたことって」

「一緒に飲んだ友だちは、かなりいける口でね。わたしも嫌いじゃないし、会うといつも帰りが遅くなるの。へたをすると、午前さまになるくらい」

そこまで飲むとは、知らなかった。

沙帆自身は、ほんの付き合い程度にしか、飲まない。一緒に飲むとき、麻里奈は酒の量を沙帆に、合わせていたらしい。

「でも、そのことは倉石さんも由梨亜ちゃんも、承知の上なんでしょう」

「ええ。ところが、ゆうべは九時にもならないうちに、その友だちのケータイにお父さまから、電話がかかってきたのよ。お母さまが、実家の階段で足を踏みはずして、救急車で運ばれたって」

話がよく見えず、沙帆は少しいらだった。

「それで、早めに切り上げたわけ」

「そう。彼女、すぐにかつぎ込まれた病院に行く、と言って店を飛び出したわ。それでわたし、そのまままっすぐ帰宅したの。そうしたら」

麻里奈は、そこでわざと気を持たせるように、紅茶を一口飲んだ。

沙帆は、じりじりしながら、先を促した。

「そうしたら」

「玄関にはいったとたん、倉石のレッスン室からギターの音が、聞こえてきたのよ」

わけもなく、ぎくりとする。

しかし、別に驚くほどのことでもない、と考え直した。

「倉石さんが、早めに帰っていらっしゃった、というわけ」

「わたしもそう思って、レッスン室へ直行したわけ。そうしたら、弾いていたのは倉石じゃないのよ」

62

さすがに、冷や汗が出る。

古閑沙帆は、いかにも不審げな表情をこしらえて、聞き返した。

「まさか、生徒さんが勝手に上がり込んで、練習するわけはないわよね」

「もちろんよ。弾いていたのは、なんと由梨亜だったの」

そう言いながら、倉石麻里奈は右手をひょいと上げ、ひとを叩くしぐさをした。

やはりと思いつつも、沙帆はどんな顔をしていいか、とまどった。

ことさら、平静な様子を装いながら、口を開く。

「別に、びっくりすることなんか、ないじゃないの。由梨亜ちゃんは、ギタリストの血を引いているのよ。それに、小さいころ倉石さんの手ほどきを、受けたんでしょう。たまには、ギターをいじりたくなって、弾くこともあるんじゃないの」

「倉石に教わったのは、ほんの短い期間だけよ。そのとき、あまり興味を示さなかったものだから、一カ月かそこらでやめてしまったわ。ところが、きのうはなんとあのバッハの曲を、すらすらと弾いていたのよ。小品とはいえ、バッハのメヌエットをよ」

熱のこもった口調だ。

沙帆は、狼狽を隠すために、すわり直した。

確かに前の日、由梨亜は本間鋭太のアパートで、バッハの初歩の曲を弾いていた。それも、かなりじょうずに、だ。

ことさら、軽い口調で応じる。

「由梨亜ちゃんはきっと、倉石さんや麻里奈がいないときに、レッスン室で練習してるんじゃないの。いつか、驚かせようと思って」

「そんな暇があるとは、思えないわ。部活や特訓クラス、それに塾だってあるし」

紅茶を飲み、少し時間を稼ぐ。

「でも、今は夏休みで、ふだんより余裕があるでしょう」

「毎日ならともかく、思いついたときに練習するだけで、あんなには弾けないわよ」

また紅茶を飲んで、気を落ち着けなければならなかった。

思い切って聞く。

「それで由梨亜ちゃんは、何か言っていたの」

「わたしも、びっくりしてね。いつの間に、そんなに弾けるようになったのって、聞いてみたの。そうしたら平然として、練習なしでもこれくらいはいつでも弾けるわって、生意気を言うのよ」

そのときの、由梨亜と麻里奈の顔を思い浮かべて、沙帆はつい笑ってしまった。

「由梨亜ちゃんらしいわ。やはり、血筋は争えない、ということね」

麻里奈は、複雑な表情になった。

「もしかすると、倉石がわたしに内緒で由梨亜に、教えてるのかもね」

少しほっとする。

「そうかもしれないわね。ええ、きっとそうよ」

「でも、もしそうだとしたら、わたしに黙っていることはない、と思うのよね。わたしは別に、由梨亜がギターを弾くこと自体に、反対はしてないから。プロのギタリストには、なってほしくないけど」

沙帆は、紅茶を飲み干した。

「そのこと、倉石さんに話したの」

「ええ。ゆうべ遅く、帰って来たあとでね」

きゅっと胸を締めつけられる。

「何か、おっしゃった」

「別に、驚きもしなかったわ。ただ、ときどきレッスン室にもぐり込んで、一人で弾いていることがあるようだ、とは言っていたけど」

ほっとした。

「それじゃ、何も不思議がることなんか、ないじゃない。由梨亜ちゃんは、きっと才能があるのよ」

そう紛らすと、麻里奈はまんざらでもなさそうに、頬を緩めた。

「ありすぎても、困るわよね。間違って、倉石のあとを継ごうなんて気になられたら、どうすればいいのよ」

沙帆は笑って、なんとなくごまかした。

ひところ、よく口の端にのぼった教育ママ、とまではいかないが、麻里奈も由梨亜の教育に関しては、かなり熱心だった。

その証拠に、結婚と同時にさっさと家庭に収まるような、古いタイプの女性には育てたくないと、ふだんから気勢を上げている。

確かに、由梨亜のように聡明利発な娘を持てば、そう考えたくなるのも無理はない、と思う。

そのとき、廊下に通じるドアがあいて、倉石学がはいって来た。

そういえば、ギターの音が聞こえなくなっている。レッスンが終わったらしい。

沙帆は、あわてて長椅子を立ち、頭を下げた。

「お疲れさまでした。いつもお世話になっています」

「こちらこそ」

挨拶を返した倉石の後ろから、帆太郎が顔をのぞかせる。

「これから、先生がお茶の水の楽器店へ、連れて行ってくれるって。いいでしょ」

沙帆は帆太郎を、横目でにらんだ。

「連れて行ってくださる、でしょう。中学生にもなって、敬語の遣い方を知らないのは、恥ずかしいわよ」

「連れて行ってくださるって」

すなおに言い直して、帆太郎はぺろりと舌を出した。

倉石が、笑ってあとを引き取る。

「帆太郎くんもだいぶ、腕を上げてきましたからね。そろそろ、ギター弦のワインダーやギタースタンド、それにギターサポートといった小物が、必要になってきます。ソルやカルカッシの練習曲集も、自分で持っていた方がいいしね」

それから、麻里奈を見て続ける。

「帰りにどこかで落ち合って、ご飯でも食べないか」

麻里奈は、人差し指を頬に当てて、軽く眉をひそめた。

「それもいいけど、きょうはちょっと疲れてるの。もうすぐ由梨亜も帰って来るし、こちらは女同士三人で、適当にすませることにするわ」

沙帆は、反対するわけにもいかず、帆太郎にげたを預けた。

「あなたは、どうなの。一緒でなくていいの」

水を向けると、帆太郎はちょっと迷うように、首をかしげた。

しかし、どうやら麻里奈の口調に何か感じたらしく、すぐに答える。

「このあいだも食べたし、またにしようよ。もっと、時間があるときにさ。こちらも、男同士適当にやるから、別々でいいよ」

倉石も麻里奈も笑い、さほど気まずくならないうちに、話がついた。

沙帆は、出て行こうとする帆太郎を呼び止めて、折り畳んだ一万円札を二枚渡した。

「楽器屋さんに行ったら、自分でちゃんとお支払いするのよ」

帆太郎は、無造作にそれをポケットに突っ込み、あっけらかんと言った。

「ご飯は、ごちそうになってもいいよね」

また、笑いがはじける。

倉石は、帆太郎の背中を押しながら、出て行った。

二人きりになると、麻里奈は大きくため息をついて、ソファの背にもたれ直した。

「正直言って、きょうはほんとに疲れたわ。うちと同じ階に、このマンションの管理組合の理事をしている、一人暮らしの女性がいてね。その人が、昼過ぎからうちにやって来て、ずっとマンション管理のことで、愚痴をこぼすの。ごみの分別が厳しすぎるとか、雪掻きと落ち葉掻きは管理費に含まれるはずだとか、外廊下の自室の窓下に物を置くのがなぜ悪い、とかね。そんなことは、理事会で議論すればいいのに」

「でも、百近い世帯が一緒に暮らしていると、意見を統一するのはむずかしいわ。うちのマンションも同じよ」

沙帆が応じると、麻里奈は唐突に口調を変えて、切り出した。

「そういえば、先週ゼラピオン同人会の話が、出たわね。本間先生と同じように、わたしの死んだ父も、そこに所属していたとか」

前置きもなく、話が核心に触れてきたので、沙帆はにわかに緊張した。

「ええ。本間先生は、寺本風鶏さんも同人の一人だった、とおっしゃったわ」

「それに、早逝した久光創、つまり倉石の父親と母親の玉絵さんも、やはり同人だった、と」

「そういうことでしょう」

麻里奈は、守りを固めようとするしぐさで、腕を組んだ。

「要するに倉石の両親、わたしの父の寺本風鶏、それに玉絵さんがあなたと取り違えた、戸浦波止。その人たちは全員、同じサークルに所属していたわけね」

「そのとおりよ」

沙帆はそう応じてから、もう一人いたことを告げようかどうか、躊躇した。

しかし、ここまできたら、明かさずにはいられない。

「でも、本間先生のお話によるともう一人、身近にいて同人だった人がいるの」

麻里奈の目が、きらりと光る。

「だれなの」

「先生の妹さんよ」

沙帆の返事に、麻里奈はしんから驚いた様子で、瞬きした。

「先生に、妹さんがいらっしゃったの」

初めて聞く、という顔つきに、嘘はないようだ。

「ええ。わたしも、つい先週本間先生から聞かされるまで、知らなかったの。先生によると、妹さんはお父さまの親友だったある人の強い希望で、そのかたの養女に出されたんですって」

「養女」

麻里奈はおうむ返しに言って、そのまま絶句した。

「そう。そのとき、妹さんはすでに二十五歳だったそうだから、いい年になっていたわけだけれど」

「二十五歳」

また繰り返して、麻里奈は口をつぐんだ。

沙帆は、しかたなく続けた。

「そのかたは、本間先生のお父さまが所属していらっしゃった、オランダ語学会のお仲間だったそうよ」

麻里奈は、いささかあきれたという風情で、首を振った。

「相手が、いくらお仲間だろうと親友だろうと、かわいい娘を養女に出すなんて、信じられないわ。何か深い事情が、あったのかしら」

「そのかたは、生まれつき子種がない体質か何かで、跡継ぎを生んでくれる養女が、ほしかったらしいの。江戸以来の旧家で、資産家だったそうだから」

「だったら、最初から男の子の養子をもらえば、すむことじゃないの」

言われてみれば、そのとおりかもしれない。

「先生の話では、先方は養女にした妹さんに婿を取って、子供が生まれれば家系を保つことができる。お父さまには、本間先生という跡継ぎがいるから、妹を外へ出してもかまわないだろう。そんなふうな論法で、先方に説得されたんですって」

麻里奈は、小さく肩をすくめた。

「まあ、好きずきだけど、回りくどいやり方ね。それで首尾よく、跡継ぎができたの」

すぐには答えられず、クッキーをつまんで一拍おく。

「それが実は、そうならなかったの。養女にはいって二年後に、ご両親が二人そろって高速道路を走行中、大型トラックに追突されて亡くなった、というのよ」

さすがに驚いたとみえて、麻里奈は組んでいた腕を解いた。

「資産家の家に養女にはいって、そのあげくご両親が急死したとなると、あとがたいへんだったでしょうね」

いきなりそうくるか、と思って沙帆は苦笑した。

いかにも、麻里奈らしい反応ではあるが、少し先走りしすぎる。

「遺産を巡って、いろいろと苦労があったようだけれど、よけいなことだから省くわ。それで妹さんは、すべてをきれいに整理したあとで、かねてお付き合いのあった男性と、結婚したんですって」

麻里奈は、芝居がかったしぐさで、のけぞった。

「へえ。ちゃっかりしてるわね、先生の妹さんて。ちなみに名前は、なんていうの」

それまでの様子で、麻里奈が生前の母親のことを、まったく知らないことが分かり、沙帆はしだいに気が重くなってきた。

あらためて、よけいなことに首を突っ込みすぎてしまった、と後悔の念にとらわれる。

しかし、今さらやめるわけにもいかない。

覚悟を決めて言った。

「その前に、妹さんが結婚したお相手がだれかを、聞いてほしいの。その男性は、実は本間先生や妹さん、そして倉石さんのご両親と同じく、ゼラピオン同人会の会員だった人なのよ」


倉石麻里奈は、きょとんとした。

しかし、それは一瞬のことだった。

白い顔が、たちまちこわばり始める。

古閑沙帆は、汗ばんだ手を膝の上で握り締め、麻里奈をじっと見つめた。

麻里奈の、口元から鼻の両脇にかけて、それまで目にしたことのない、奇妙なしわが浮き出る。

一度、唇をきゅっと引き結び、低い声で言った。

「まさか、わたしの父じゃないわよね」

「それが、まさしく麻里奈のお父さまの、寺本風鶏さんなの」

沙帆が答えると、麻里奈はまるで剣を飲んだように背筋を伸ばし、体をこわばらせた。

かすれた声で言う。

「先生の妹さんは、依里奈という名前なの」

「ええ。麻里奈の、亡くなったお母さまよ。養女に出されたので、姓は秋野と変わっていたけれど」

自分の声が、われながら勝ち誇ったように聞こえて、沙帆はうろたえた。

麻里奈が、呆然とする。

「秋野、依里奈。確かに、母の旧姓だわ」

強いショックを、受けたようだった。

沙帆も、好んで麻里奈にショックを与えよう、と考えたわけではない。

それでも、これまでの付き合いを主導してきた麻里奈に、一矢を報いたような気がしたのは、思いすごしではなかった。

麻里奈は、のろのろと両手を握り合わせると、それを口元に押し当てた。

にらむように、沙帆を見て言う。

「本間先生は、最初からそのことを承知していて、解読翻訳の仕事を引き受けたの」

「最初からかどうかは、分からないわ。でも、途中からはっきり認識していらしたのは、確かだと思う。ついこのあいだまで、そんなことはおくびにも、出さなかったけれど」

沙帆が応じると、麻里奈は握り締めた両手に額を押し当て、祈るような格好をした。

「わたしの母が、本間先生の妹だったとすれば、わたしは先生の姪になるわけね」

「ええ」

沙帆は短く答えただけで、それ以上は何も言えなかった。

少し間をおき、麻里奈は白い喉をごくりと、音が聞こえそうなほど動かして、切れぎれに続けた。

「それはつまり、わたしにも、当然由梨亜にも、先生と同じ血が流れている、ということね」

「そうなるわね」

答えたものの、息苦しくなって、生唾をのむ。

麻里奈は顔を起こし、手を下ろして背筋を伸ばした。

「どうして先週、言ってくれなかったの。先生から、それを聞いた直後に」

その、とがめるような強い口調に気おされて、沙帆は上体を引いた。

「麻里奈が、そのことを承知しているかどうか、分からなかったからよ。承知の上で、先生にお仕事を頼むことに同意したのなら、わたしがとやかく言う筋合いはないし」

麻里奈の目が、まっすぐに見返してくる。

「そんなこと、承知していたはずがないでしょう」

強い口調に、沙帆は言葉を失った。

麻里奈が深呼吸をして、おもむろに言う。

「本間先生と、血がつながっていると分かって、ショックだったのは事実よ。でも、びっくりしただけで、いやだと思ったわけじゃないの。実感が、全然ないし。人の巡り合わせって、ほんとに、不思議よね」

声が、心なしか途切れがちに、揺れている。

それが、本音かどうかは疑わしかったが、沙帆はすなおに言葉を返した。

「そうね。わたしに言わせれば、そのことを承知していながら、今までほのめかしもしなかった、本間先生にも責任があると思うわ。ただ、先生に言わせれば、妹さんは本間の家を出て行った人だから、いちいち断わる必要はないと判断した、ということらしいの。血筋はつながっていても、法的には別の家の人間だって」

麻里奈は、よく分かるとでも言いたげに、うなずいた。

ふと、その頰に赤みが差してくるとともに、いくらか表情も穏やかになったことに、気がつく。

そこで初めて、麻里奈の顔から血の気が引いていたのだ、と思い当たった。沙帆が考える以上に、ショックが大きかったようだ。

麻里奈がしみじみと、独り言のように言う。

「父にしても母にしても、わたしに若いころの話をしてくれた、という記憶がほとんどないのよ。ただ、二人ともドイツ語の勉強をしていた、ということだけは聞いた覚えがあるの。でもそれ以外は、どこでどうやって知り合ったのかとか、二人の祖父母がそれぞれどんな人で、どこでどうしているのかとかについては、何も話してくれなかった。ほんとうなら、わたしが倉石と知り合って結婚するとき、両親同士がみんなゼラピオン同人会の会員で、若いころお互いに親しい仲だったことを、教えてくれてもよかったでしょう。倉石のお父さまは、とうに病気で亡くなっていたけど、少なくとも玉絵さんはその事実を、わたしに告げることが、できたはずよ。でも、何も言ってくれなかった」

そこで一度言葉を切ったが、沙帆が口を開くいとまも与えず、話を続けた。

「父の寺本風鶏は、ゲーテやハイネほどには知られていない、ドイツ浪漫派の詩人たちの詩を翻訳したり、自分で詩を書いたりしていたわ。でも、その仕事で生活が成り立つほどには、売れていなかったと思う。それなのに、母親は、わたしが倉石と結婚したとき、このマンションの購入資金の全額を、出してくれたわ。何年か前、母親が死んで初めて、驚くほど多額の預貯金や株券を、遺していたことが分かったの。父親が、そんな大金を遺したはずもないのに、いつ、どこでそんな財産を築いたのかって、不思議に思ったものだわ。でも、たった今沙帆から母親の出自を聞いて、納得がいったわ。その財産は、母親が養女にはいった秋野家から、引き継いだものだったのね」

沙帆は、何か言わなければと思ったが、舌がこわばって動かなかった。

さらに、麻里奈が続ける。

「わたし、沙帆と知り合った学生時代からずっと、ひとを自分の家に連れて来るのを、避けていたわよね。それには、わけがあったの。わたしの両親には、人に言えない秘密があるような気がしたし、それが原因でわたしとの折り合いが、悪かったからよ。だから、沙帆にずいぶん暗い雰囲気の家庭だとか、妙にぎくしゃくした関係の親娘だとか、そんなふうに思われたくなかったの。沙帆のおうちが、とてもうらやましかった」

そこで言葉を切り、目尻を指先でぬぐう。

麻里奈が、人前で涙を流すのを見るのは、初めてだった。

いつの間にか、沙帆も泣いていた。

「ごめんなさい。よけいなことを、言ってしまって。わたし、麻里奈のプライベートな問題を、つつき回すつもりはなかったの。ただ、麻里奈と本間先生が、不思議な糸で結ばれていることに、何か運命的なものを感じたんだわ。わたし、その糸を手繰り寄せずには、いられなかったのよ」

ハンカチを出し、涙を押さえる。

麻里奈が、泣き笑いして言った。

「いいのよ。だれが悪いんでもないわ。沙帆が言うとおり、これもきっと運命なのよ」

奇妙なことだが、沙帆はそこで初めて真に麻里奈と、心がかよい合った気がした。

麻里奈は涙をふき、今度は屈託のない笑顔を見せた。

「悪いけど、きょうは一人になりたいの。もうすぐ、由梨亜が帰って来るけど、三人で食事をするには、コンディションが悪すぎるわ」

その気持ちは、分かりすぎるほどよく分かった。

「了解。今度は、倉石さんと帆太郎も一緒に、みんなで食事会をしましょうよ」

そう言って、思い切りよく腰を上げる。

麻里奈も、ソファを立った。

「ごめんね、沙帆。わがまま言って。ただ、この報告書の解読翻訳のプロジェクトは、最後まで続けてほしいの。来週も、ちゃんと本間先生のところへ行って、原稿をもらって来るのよ」

64

翌週の木曜日の夜。

古閑沙帆が、大学の後期授業の準備をしていると、携帯電話が鳴った。

倉石麻里奈からだった。

「あしたの午後、本間先生のところへ、お原稿を受け取りに、行くんでしょう」

「ええ、予定どおりよ」

最初のころに決めた、毎週金曜日の午後三時に受け渡しという約束は、忠実に守られている。

「急で申し訳ないんだけど、わたしも一緒に、連れて行ってもらえないかしら」

予想外の申し入れに、沙帆はちょっと構えた。

先週の土曜日、前回の報告書を麻里奈に届けたとき、本間鋭太の妹依里奈の話をした。

本間家から、秋野家へ養女に出された依里奈が、のちに恋人の寺本風鶏と結婚して、麻里奈の母親になったという、意外な巡り合わせの一件だ。

それによって、麻里奈は血筋の上からいえば、本間の実の姪に当たることが、明らかになったのだった。

その話を聞いて、麻里奈がいろいろな意味で衝撃を受けたことは、沙帆にも十分理解できる。

それにしても、本間の家に同行したいという唐突な申し入れには、とまどわざるをえなかった。

沙帆は、少し考えて言った。

「わたしはかまわないけれど、本間先生には事前にお断わりしておいた方が、いいんじゃないかしら」

麻里奈も、少し間をおく。

「もしかして先生に、門前払いを食わされる恐れがある、とでも」

「ううん、そんなことはない、と思うわ。でも、それなりに心の準備をしておいてもらわないと、先生に申し訳ないでしょう」

「わたしも、先週沙帆からその話を聞かされたとき、心の準備なんかできていなかったわよ」

にべもなく言い返されて、沙帆は口をつぐんだ。すぐには、返す言葉がない。

麻里奈が続ける。

「別に、わたしとの血縁関係を黙っていたことで、先生に苦情を申し立てる気はないの。例の報告書の、解読翻訳をお願いしている件で、自分の口からお礼も言いたいし、とにかく一度ご挨拶しておきたいだけよ」

そう言われると、反論する余地はなかった。

「分かったわ。一緒にいきましょう」

翌日金曜日の午後二時、地下鉄南北線の本駒込駅で待ち合わせることにして、電話を切った。

しかし、そのあとすぐに沙帆は、めんどうなことを思い出した。

毎週、報告書の解読原稿を受け取った一時間後、午後四時に麻里奈の娘の由梨亜が、本間にギターのレッスンを受けに、やって来るのだ。

そのことを、夫の倉石学は承知しているが、麻里奈には沙帆も由梨亜も、報告していない。

沙帆にすれば、なんとなく麻里奈が本間のことを、うさん臭い存在に見ているようで、つい言いそびれてしまったのだ。

沙帆もときに、受け取った原稿を読みながら、由梨亜のレッスンが終わるのを待ち、途中まで一緒に帰ることがある。

麻里奈を連れて行って、本間との話がへたに長引いたりすると、由梨亜と鉢合わせしないとも限らない。あるいは帰りに、駅まで歩く途上でばったり出会う、ということもありうる。

沙帆は、握り締めた手のひらが、汗に濡れるのを感じた。

八月も、すでに半ばを過ぎたというのに、秋の気配はまったくない。

手のひらの汗は、暑さだけのせいではなかった。麻里奈を、本間の家へ連れて行くことで、事態が悪い方へ進みはしないか、という不安がある。

とにかく、麻里奈が本間の家やその周辺で、由梨亜と顔を合わせることだけは、避けなければならない。

由梨亜に、携帯電話をかけようとしたが、思い直した。

もし由梨亜が、リビングルームに麻里奈と一緒にいたりしたら、かえってややこしいことになる。

考えたあげく、メールを打つことにした。まさか麻里奈も、由梨亜のメールをチェックするようなことは、しないだろう。


〈あしたは麻里奈ママがわたしと一緒に、本間先生のおうちに行くことになりました。念のためレッスンはお休みにして、先生にもそのむねお電話しておいてください。よろしく〉


翌日。

沙帆と麻里奈は、午後二時五十分過ぎに本間の住む、新宿区弁天町の〈ディオサ弁天〉に着いた。

この日、麻里奈はいつもに似ずおとなしい、無地の紺麻のワンピース、という装いだ。

肩から、白いバッグを斜めがけにし、帆布のトートバッグをさげている。

三時になるまで、門の内側の木陰で汗が引くのを待ち、それから玄関のガラス戸を開いた。


一人のときは勝手に上がるが、断わりもなく麻里奈を連れて来たからには、いちおう声をかけるのが礼儀だろう。

「ごめんください。古閑ですけれど、先生はご在宅ですか」

沙帆が、形式張って奥に呼びかけると、少し間をおいてしわがれ声が、返ってくる。

「別に、断わらんでもいいぞ。上がって、待っていてくれ」

「あの、ちょっと、連れがいるものですから」

途中で、言葉を切る。

由梨亜が電話したとすれば、本間は沙帆が麻里奈を連れて来ることを、聞いているかもしれない。

だとすれば、微妙な対応になる。

しばらく間があいたあと、廊下の突き当たりの暗がりに、白っぽい人影が現れた。それが、足音とともにしだいに形を整えながら、玄関にやって来る。

本間は、クリーム色に近い白の甚兵衛に、ちぢみの浅葱《あさぎ》色のステテコ、といういでたちだった。

麻里奈を見て、驚いたように足を止める。

麻里奈が、いち早く頭を下げて、挨拶した。

「はじめまして。倉石麻里奈です。古閑さんにお願いして、無理やりご一緒させていただきました。直接お目にかかって、めんどうなお仕事をお引き受けいただいたお礼を、申し上げたかったものですから」

まるで練習してきたように、よどみなく言ってのける。

「ああ、麻里奈くんね。あなたの噂は、かねがね古閑くんから、聞かされていますよ。とにかく、上がりたまえ」

本間はそう言って、みずから横手の洋室の引き戸を、引きあけた。

なぜか、いつもがたぴし音のする引き戸が、この日はすっと軽く開いた。たまたまなのか、それともわざわざ蠟でも引いたのか。

その場面を想像すると、なんとなくおかしかった。

洋室にはいり、麻里奈と並んですわろうとする沙帆に、本間が声をかけた。

「すまんが、古閑くん。お茶をいれるのを、手伝ってくれんかね」

「はい」

沙帆は、あわてて長椅子から体を起こし、本間のあとについて廊下に出た。

キッチンにはいるなり、本間が声をひそめて言う。

「いったい、どういう風の吹き回しかね」

冷えた麦茶を用意しながら、沙帆は早口で聞き返した。

「由梨亜ちゃんから、ゆうべ連絡がありませんでしたか」

「ああ、電話をもらった。きみから、母親を連れて行くと連絡があったので、きょうのレッスンは休む、と言ってきた」

ほっとする。

「実は、ゆうべ麻里奈さんから突然、先生の家へ一緒に連れて行ってほしい、と電話があったんです。わたしはかまわない、と返事をしましたけれど、ご迷惑でしたでしょうか」

低い声で説明すると、本間は肩をすくめた。

「別に、迷惑ではないさ。そんなことより、ゆうべの電話で由梨亜くんに、もうレッスンには来なくていい、と言っておいたよ」

沙帆は虚をつかれて、本間の顔を見直した。

「なぜですか。気を悪くされたのでしたら、わたしからおわびします」

「そうじゃない。先週も言ったが、ギターの初歩に関するかぎり、由梨亜くんに教えるべきことは、ひととおり教えてしまった。あとは、自分で練習すればいい。それで腕が上がったら、今度こそ父親に習うのが、ベストだろう。わしの役目は、終わったんじゃよ」

その〈じゃよ〉が、いつもと違って妙に老人臭く聞こえたのは、気のせいだろうか。

「それで、由梨亜ちゃんは」

「分かりましたと言って、あっさり引き下がった。先週のレッスンで、わしが何を考えているか、うすうす感じたらしい。勘のいい娘だからな」

もう一度、ほっとする。

先週、由梨亜と途中まで一緒に帰ったが、いつもに比べて口数が少なかった。本間が言ったように、レッスンがそろそろ終わることを、感じていたのかもしれない。

本間が、奥へ原稿を取りに行っているあいだに、沙帆は麦茶を運んで洋室にもどった。

麻里奈が、探るように目を向けてくる。

由梨亜の勘のよさは、母親譲りといってもいい。

麻里奈も、沙帆がキッチンで本間と何か、密談を交わしたのではないかと、疑っているような気がした。

麦茶をテーブルに並べたとき、本間が原稿を手にもどって来た。

いつものように、向かいのソファにぴょんと飛び乗り、原稿を沙帆に手渡す。

沙帆はそれを、麻里奈に回した。

「話は、あとでゆっくりするとして、先に原稿を読んでもらおうか」

本間はそう言って、麦茶をがぶりと飲んだ。

本間と麻里奈が、伯父と姪の関係にあることを意識させるものは、これまでのところ何もなかった。

65

【E・T・A・ホフマンに関する報告書・十一】

――(働きかけが)功を奏して、王立劇場におけるオペラ『ウンディーネ』の上演が、内定したらしい。ただし、来年(一八一六年)夏の予定で、一年以上も先の話だから、まだしばらくは公表されないだろう。

この種の話は、状況しだいでしばしば、白紙にもどされることがある。

したがって、あなたも正式な発表があるまで、他言しないようにお願いする。わたし自身、固く口止めされているので、くれぐれも注意していただきたい。

ETAが働きかけた相手は、王立劇場の支配人兼舞台監督を務める、カール・フォン・ブリュール伯爵だ。ETAは、大審院での仕事が終わったあと、いつもカフェ〈マンデルレエ〉に立ち寄って、作家仲間と遅くまで議論を交わす。

やはり最近の話題は、どうしたら『ウンディーネ』を、原作と脚本を書いたフケーと、作曲したETAの思いどおりに、上演させられるかということだ。

ブリュール伯爵は、『ウンディーネ』を非常に高く評価している。そのため、ぜひ王立劇場で上演したい、という気持ちが強い。ETAにもフケーにも、異存のあろうはずがない。

ただ、ETAによると伯爵は、このオペラに序幕がついていないことに、多少不満を感じているらしい。

しかし、フケーもETAも序幕の必要性を感じておらず、オリジナルのままで上演したい意向だ。〈マンデルレエ〉に集まる連中も、ETAとフケーの考えに同調している。

そのあたりの、ブリュール伯爵との調整に、多少の不安が残って——（一部欠落）

——（ベルリンの文壇）では、最近ETAに関わる奇妙な噂が一つ二つ、ひそかな話題を呼んでいる。

一つは十年ほど前、一八〇四年に出版された“Nachtwachen（夜警）”という、奇妙な小説（らしきもの）の作者がETAだ、との噂が流れたことだ。

これは、空中を自由自在に移動でき、どこの家にでもはいり込める夜警が、さまざまな現実的、あるいは空想的な場面に遭遇して、人とやりとりしたり思索したりする、独白体の物語だ。

作者は、ただボナヴェントゥラ（Bonaventura）としてあるだけで、どこのだれとも知られていない。発表されたときも、さほど世間の注目を引くことはなかった。

しかし出版の翌年、かのジャン・パウルが友人に書いた手紙の中で、この作品が自作の『気球乗りジャノッツォ』の、巧みな焼き直しだと指摘したことから、いちやく読書界の話題になり、作者探しが始まった。

ジャン・パウルは、その作者を哲学者のヴィルヘルム・シェリングに擬したが、シェリング本人は沈黙を保ったままだ。

また、シェリングの妻カロリーネも、候補の一人に挙げられはしたが、やがてその説も立ち消えになった。しまいには、当のジャン・パウルが書いたのではないか、という説まで出てくる始末だった。これはどう考えても、ありえないことだ。

結局、その後もだれ一人原作者として、名乗りを上げる者はいなかった。

ただ、思い出したようにときどき、それらしい人物が単なる噂として、原作者に擬せられる状況が続いた。

ところが、ここへきてなぜか分からないが、ふたたび原作者探しの気運が、盛り上がってきた。

そこで、真っ先に候補に挙げられたのが、ETAの名前という次第だ。

それには、理由がある。

ETAの文名が上がり、名前と作品が世間に広まるにつれて、型破りなその作風と文体の類似から、『夜警』と同じ作者なのではないか、との臆測が飛んだのだ。

ETAは、もちろんそれを一笑に付しているし、わたしも同じように否定する。

ただわたしは、だれがあの作品を書いたのか興味があり、ETAに心当たりがあるかどうか、聞いてみた。するとETAは、にやにや笑いを浮かべながら、こう答えた。

「もちろんぼくは、だれが書いたか知っているつもりだ。しかしその名前は、まだ言いたくないね」

「なぜだい。だれにも言わないから、ぜひ教えてもらいたいな。たとえば、ぼくの知っている人物かね」

「もちろん、名前くらいは、知っているだろう。ただ、彼は今や小説以外の世界で名をなし、確固たる地位を築いているんだ。今さら、昔書いた奇妙な小説の著者でございと、名乗り出るほどのお調子者ではないよ。それを考えると、そっとしておいてやるのが、いちばんなのさ」

というわけで、わたしもETAではないことだけしか、知らないのだ。

もう一つの話題も、それとよく似ている。

この春匿名で出版された、〝Schwester Monica（尼僧モニカ）〟という好色小説の作者が、これまたE

TAではないかとの噂が、ひそかに流れているのだ。

この小説は、昨年フランスのどこかの病院で死んだ、ドナティアン・アルフォンス・フランソワ・ド・サドという、侯爵を自称する作家の背徳的な小説、『悪徳の栄え』などから影響を受けた、とみられる作品だ。

誤解を受けないように言っておくが、わたしはふだんこうした小説を読む習慣がない。ただ、ETAが書いたという噂がささやかれたため、やむなく目を通したのだ。

一読して、ETAの手になるものでないことは、明らかだった。

しかし、ETAが書いたのではないか、と思わせる要素がまったくない、というわけでもない。ラテン語やフランス語、イタリア語などを適度にちりばめ、小説はもちろん哲学や法律、自然科学の書籍などを、広く渉猟したあとのみられる作品ではある。

ただ、それは形式的なことだけであって、登場人物に血のかよった者は一人もおらず、筋にも前後の脈絡がない。単に、肉欲をそそる場面を適当に、つなげただけにすぎない。ETAのような、奔放な創造力はかけらもない、といってよい。

わたしは、たとえ根も葉もない噂にせよ、ETAがこうした小説の作者に擬せられるのを、ほうっておくのは好ましくない、と考える口だ。

そこでETAに、噂を否定する声明を出したらどうか、と進言した。

ETAは、首を振った。

「いや、やめておくよ。ぼくが、むきになって弁明すればするほど、かえって原作者ではないか、という疑惑を深めるだけだ。心ある読者は、ぼくが書いたものだなんて、夢にも思わないさ」

ボナヴェントゥラのときは、半分おもしろがりながら否定したくせに、今度は妙にまじめな顔で、そう言った。

わたしは、念のために聞いた。

「この小説の作者について、心当たりがあるのかね」

「いや、ないね。あったとしても、ぼくは臆測でものを言うつもりはない」

「しかし、このまま口を閉ざしていたのでは、後世の研究者がこの噂を信じて、ホフマン作と断定するおそれが、あるんじゃないか」

するとETAは、にやりと笑った。

「後世に名が残るのは、たとえそれが悪名にしたところで、悪いことじゃなかろうよ」

読む人が読めば、ETAの書いたものでないことぐらい、一目で分かるはずだという自信が、そこに見てとれた。

その様子から、わたしはそれ以上言うのを、やめたわけだ。

さて、五月に移った新居の住み心地は、いかがだろうか。

タウベン街と、シャルロッテン街が交差する十字路の角で、しかもジャンダルマン広場に面する、ベルリンでも有数の繁華街だから、これ以上は望めない立地ではある。

さらに、三階建ての建物の最上階で、部屋数も広さも申し分ない。ことに、二つの通りを見下ろす角部屋を、あなたの専用にしたのはETAの、せめてもの心遣いだと思う。

また、料理人を兼ねるメイドのルイーゼ・ベルクマン（Louise Bergmann）も、自分だけの部屋ができて、うれしいだろう。


そしてETA自身は、仕事部屋の窓から目の前の広場に建つ、壮大な王立劇場（裏側とはいえ）を、間近に見ることができる。バンベルクでの狭い貸し部屋、あちこちでの仮住まいや、ホテル暮らしに比べれば、天国と地獄といってよかろう。

ことに、バンベルクではあまりの狭さに、家にいることがほとんどなく、クンツの家や〈薔薇亭〉、郊外のブークにあるレストランなどに、入りびたっていたものだ。あなたもようやく、腰を落ち着ける場所ができた、という感慨にふけっておられよう。

ここにはユリアもいないし、クンツ夫人ヴィルヘルミネもいない。わたしも、このベルリンでETAがはめをはずさないよう、よく──（一部欠落）

──（いや、読んだことが）ないね、とわたしは答えた。

するとETAは首を振って、手にした古い革装の本を掲げ、熱心な口調で言った。

「この、“Descriptio Regni Japoniae（日本伝聞記）”は、ベルンハルドゥス・ヴァレニウス（Bernhardus Varenius）なる地理学者が、百六十六年前にアムステルダムで出した、日本の案内書なんだ。著者は、ラテン語の名前をつけているが、実際はベルンハルト・ヴァレン（Bernhard Varen）という、ドイツ人でね。しかも実際には、一度も日本へ行ったことがないのさ」

「行ったことがない、とね。すると、その本はヴァレニウスとやらの、想像の産物というわけかね」

「いや、そうとも限らない。それまで、イエズス会の宣教師やポルトガル、オランダの商人など、大勢の人間が日本へ行っている。その中で、日本から得た知識や体験を、書簡で本国へ報告したり、帰国後本を書いて出したりした者も、少なくない。ルイス・フロイスや、アレサンドロ・ヴァリニャーニなどは、その代表的な者だろう。二百年以上も、前の話だがね」

「つまりは、そういう先人たちが残した、貴重な資料や記録を読み散らして、つぎはぎしただけの本じゃないのかね」

皮肉を言うと、ＥＴＡは苦笑した。

「だとするなら、今の作家はその昔のホメロスやアイソポス、あるいはソクラテスやアリストファネス、プラトンなどを読みあさって、つぎはぎしただけと言われても、しかたがないね」

これにはわたしも、苦笑を返すしかなかった。

真顔にもどって、ＥＴＡは続けた。

「まあ、ぼくも日本へ行ったことがないし、フロイスも含めて日本に関する本は、ほとんど読んでいない。したがって、この本に書いてあることが真実かどうか、ぼくには判断できない。とはいえ、これはいささか信じがたい、と思われる記述がいくつか見られる。それはしかたがないだろうね」

ＥＴＡが、そのような遠い異国に関する本まで、読んでいようとは——（以下欠落）

［本間・訳注］
この前後、短い欠落がいくつか目につくが、ここでまた報告書が中断して、しばらく長めの空白がある。
そこで、その空白期間を埋めるとともに、若干の補足を加えようと思う。
ホフマン夫妻は、ヨハネスの報告書にもあるとおり、ライプツィヒからベルリンに移った翌年、一八一五年五月にジャンダルマン広場を見下ろす、広いアパートメントに居を移した。

生活環境は、ヨハネスの言うように劇的なまでに、改善された。

しかも、大審院での仕事は発送担当事務官という単純な仕事で、時間的にもさほど縛られることがない。執筆、作曲の仕事がはかどるのは、当然のことといえる。

ジャンダルマン広場に居を定める前、夫妻はベルリン入りした直後の宿、ホテル〈金鷲亭〉を一週間ほどで引き払い、フランス街二十八番のアパートメントに、仮住まいを移した。

その通りの二本北側が、いわゆるウンター・デン・リンデンの大通りで、そこに〈マンデルレエ〉という有名なカフェがある。そこがホフマンの、お気に入りの店だった。

フランス街にいるあいだ、ホフマンは大審院（王立劇場の東側を南北に走るマルクグラフェン街と、南西へ斜行するリンデン街との交差点の、向かい側にあった）での仕事を終えたあと、〈マンデルレエ〉の個室に足を運んで、作家仲間と交歓するのが習慣になった。

常連はおなじみのヒツィヒ、シャミッソーなどで、ときにはフケーも加わった。アイヒェンドルフも一、二度顔を出したようだ。

ここでは、互いに自作を朗読し合うことも、行なわれた。そうした、創作者同士による丁々発止の議論が、ホフマンに刺激を与えたことは、間違いない。

しかし、夫妻にとってアパートメントはやはり、住むには狭すぎたのだろう。

そのため、数カ月で現在のジャンダルマン広場に面した、広い住居に転居したものと思われる。この建物は、広場に立つ王立劇場の裏側と、向き合っていた。

ちなみに『ウンディーネ』は、結局翌一八一六年の八月初旬、序幕の追加なしに原作のまま、その王立劇場で初演の運びとなった。

これは、予想どおり大ヒットして、翌年夏まで繰り返し上演された。

閑話休題。

今回の報告書に出てきた、『夜警』と『尼僧モニカ』について、補足する。

この二つの作品の、原作者探しが本格的に始まったのは、おおむね二十世紀になってから、といってよかろう。

　報告書によると、当時すでに種々の噂が流れていたとのことだが、そうした状況が実際にあったかどうかは、確認されていない。

ただ、『夜警』については刊行後ほどない時期に、ジャン・パウルが言及したらしいので、比較的早くから原作者探しが行なわれていた、と考えられる。

　本間の知るかぎりでは、報告書に挙げられたジャン・パウルや、シェリング夫妻のほかに、ドイツ浪漫派のクレメンス・ブレンターノも、原作者の一人に擬された。

　しかしその後の研究で、作者ボナヴェントゥラの正体は、ホフマンより三年遅く生まれ、三年早く死んだ同時代の作家、F・G・ヴェツェル（Friedrich G. Wetzel／一七七九〜一八一九年）だ、との見解が有力になった。決定的な証拠はないものの、これは長いあいだ通説として受け入れられ、そのように記述する資料も多かった。

　同書の邦訳は、一九六七年に現代思潮社から、古典文庫シリーズの一冊として、出版された。

訳者の平井正《ただし》はあとがきで、フリードリヒ・シュルツ（Friedrich Schultz）なる人物が一九〇九年、〈ヴェツェル＝原作者〉説を主唱したことを、紹介している。

　シュルツの研究と分析によれば、ボナヴェントゥラとヴェツェルの作品には、モチーフや文体の上で、かなりの相似が認められる、という。しかし、決め手になるほどのものがなく、ただ積極的に否定する根拠がないため、これまで消極的に支持されてきた、というだけにすぎない。

　しかるに、近年その説を頭からくつがえす、きわめて貴重な史料が見つかり、新たな候補者が提示された。

　ルート・ハアグという研究者が、やはりホフマンと同時代の作家であり、劇作家でもあるE・A・F・クリンゲマン（Ernst August Friedrich Klingemann／一七七七〜一八三一年）こそ、『夜警』の真の原作者だとの見解を、発表した。

　ハアグは一九八七年、アムステルダム大学の図書館で、クリンゲマン自筆の著作リストを発見し、その中に『夜警』が含まれているのを確認した、という。

これは、従来のさまざまな説に欠けていた、有力な具体的証拠と考えられた。

そのため、現在は〈クリンゲマン=原作者〉説で、いちおう落ち着いているようだ。

ホフマンは、ヨハネスの報告書の記述を信じるならば、真の作者がクリンゲマンだということを、知っていたかにみえる。

その真否は、いずれ明らかになるだろう。

ちなみに、クリンゲマンは一八一〇年に、舞台女優のエリーゼ・アンシュッツと結婚し、演劇評論家兼演出家として、大いに腕を振るい始めた。一八一八年には、ブラウンシュヴァイク劇場の支配人になり、これを一流の劇場に育て上げる。この劇場は、ゲーテの『ファウスト』を初演したことで、よく知られている。

だとすれば、功なり名を遂げたクリンゲマンが、『夜警』の原作者たる事実を隠さねばならぬ理由は、何一つない。『夜警』は、当初からそれなりに、高い評価を受けていた。したがって、原作者として名乗りを上げても、さらなる勲章にこそなれ、キャリアを汚すことには、ならないからだ。

それが、〈クリンゲマン=原作者〉説に対する、大きな疑問の一つといえよう。

残念ながら、ヴェツェルにせよクリンゲマンにせよ、専門のドイツ文学者以外の人びとには、まずなじみのない作家だ。

ジャン・パウル説かホフマン説ならば、今少し世間の注目を引くこともできようが、このレベルでは単なる専門家の茶飲み話で、終わってしまうだろう。

ヴェツェルもクリンゲマンも、生前のホフマンとそれなりの交渉があった。

ヴェツェルは、一時期ホフマンと同じバンベルクに、居を定めていた。ホフマンの日記にも、二度ほど名前が出てくるので、少なくとも面識はあった、と考えられる。

またクリンゲマンは、晩年のホフマンをベルリンの自宅に訪ねており、のちにヨハネスの報告書にも出てくるので、これ以上は触れずにおく。

*

次に『尼僧モニカ』だが、この好色本の匿名の原作者をホフマン、と断定したのはグスタフ・グーギッツなる人物だ。

グーギッツは一九一〇年、同書に綿密な校訂と長い解説をつけ、ホフマンの作品として、復刻再刊した。

この〈ホフマン＝原作者〉説は、ハンス・フォン・ミュラーなど、当時の歴としたホフマンの研究家から、徹底的に批判され、否定された。

さらに時代がくだって、一九六五年にホフマニアンを自称する、ルドルフ・フランク（一八八六〜一九七九年）という人物が、グーギッツの校訂本を凝った装丁で限定出版し、〈ホフマン＝原作者〉説をよみがえらせた。フランクはそのあとがきで、ホフマンのオリジナル原稿にまつわる、いささか信じがたいエピソードを、付け加えている。

フランクは俳優であり、舞台監督であり、作家でもあるので、まったくの素人というわけではない。

一九二四年には、ホフマン全集全十一巻を監修出版し、そこへ『尼僧モニカ』も入れようとしたが、さすがに出版社はうんと言わなかった。

それをフランクは、戦後二十年たって特装版に仕立て、刊行したというわけらしい。


この作品は一九六九年に、二見《ふたみ》書房から『悪女モニカ』という邦題で、翻訳出版された。しかも、堂々と作者をE・T・A・ホフマン、とうたっている。

ただし、これはフランス語版からの重訳で、仏訳の訳者も〈E・L〉とあるだけで、明らかにされていない。また、日本語版の訳者（峯信一）について、本間は知るところがない。

仏訳者〈E・L〉の名前で、冒頭に〈「モニカ」について〉と題する、短い解説がつけられている。これはおおむね、フランクが書いたドイツ語版のあとがきに、依拠するものと考えられる。

ちなみに、前川道介《みちすけ》著『愉しいビーダーマイヤー』（国書刊行会／一九九三年）に、『尼僧モニカ』に触れた一章がある。

そこでは前述の、グーギッツによる復刻のいきさつが、手際よく紹介されている。もちろん、前川もホフマン原作者説を、まっこうから否定する。

同書を読んだ本間は、ルドルフ・フランクが原書のあとがきの中で述べた、いささか眉に唾をつけたくなるエピソードが、意外なところで紹介されていることを、教えられた。

第二次大戦中、イギリス秘密情報部（MI6）のスパイを務めたドイツ人、パウル・ロスバウトの伝記、『暗号名グリフィン』（アーノルド・クラミッシュ著／新潮文庫／一九九二年）に、フランクの名前が出てくるのだ。

その内容を、ざっと紹介しよう。

スパイになる前、ロスバウトはフランクフルトの、メタルゲゼルシャフト社という、金属関係の会社に勤務していた。

ロスバウトの妻ヒルデガルトは、ルドルフ・フランクの妹だった。

ある晩（一九二〇年代後半か）、ロスバウト夫妻とフランクは、メタルゲゼルシャフト社の社長、エルンスト・A・ハウザー博士なる人物と、夕食をともにする機会があった。

たまたまヒルデガルトは、兄のフランクが『尼僧モニカ』の作者を、E・T・A・ホフマンだと考えていることを、話題に出した。

すると、ハウザー博士はまるで当然のように、フランクにこう言った。

「それはまったく、お説のとおりですよ、ヘル・フランク。現にわたしは、ホフマン自筆の『尼僧モニカ』のオリジナル原稿を、ミュンヘンの自宅に保管しているのです」

フランクは、その驚くべき発言にあっけにとられながら、博士に詳しい事情を問いただした。

ハウザー博士の説明は、次のようなものだった。

博士は、俳優のマックス・デフリントの娘、ズザンナと結婚していた。

マックスは、ドイツ浪漫派時代の舞台の名優、ルートヴィヒ・デフリントの甥の、カール・デフリントの息子だった。

ルートヴィヒ・デフリントは、ベルリン時代のホフマンの親友として、よく知られる人物だ。ヨハネスの報告書にも、このあとしばしば登場するので、覚えておいてもらいたい。

そういう関係もあって、ホフマンが親友のルートヴィヒに未発表原稿や、オリジナルの原稿を託した可能性は、まったくゼロとは言いきれない。

ルートヴィヒは、ホフマンの没後十年の一八三二年に、亡くなった。

ただし、生涯独身だったのでその遺産と遺品は、甥のカールに贈られた。

それならば、遺品がカールからさらに息子のマックス、マックスから娘のズザンナに引き継がれた、という流れは十分に考えられる。

しかるに、当のズザンナは毒物による不審死を遂げ、すでに亡くなってしまった。その結果、遺品は夫のハウザー博士の手元に、残されることになったわけだ。

ズザンナの死については、夫の博士に濃い嫌疑がかかったものの、証拠不十分で無罪になった、という経緯がある。

博士は、ズザンナと結婚する前の先妻の死にも、関わっているといわれた。しかし、それはまた別席の閑談になるので、ここでは触れないことにする。

さて、ホフマンの原稿の話を聞いたフランクは、ただちに親しくしている出版社の経営者で、同じくホフマニアンのヴィルヘルム・ヤスパートに、連絡をとった。

そして、ミュンヘンのハウザー博士の自宅に急行し、自分のかわりにその原稿を見てきてほしい、と頼んだ。

ヤスパートは時をおかず、博士にホフマンの遺品を見せてほしいと申し入れ、ミュンヘンの博士の自宅へ飛んで行った。

その結果ハウザー博士は、確かに『尼僧モニカ』の原稿のほか、未発表の楽譜や絵などを含む、相当数のホフマンの遺品を保管していることが、明らかになった。

ヤスパートは、それらをフランクの監修のもとに、出版しようともくろむ。

しかし、実現しないうちにヤスパートは、ユダヤ人でもあったのか、ナチスの手で殺害された。

一方、ハウザー博士はその後アメリカに渡り、結局ホフマンの遺品なるものは、所在が分からなくなった。

フランクは戦後の一九五七年に、フランクフルトのブックフェアに行ったおり、その昔住んでいた自宅の周辺を、訪ねてみた。

すると、ハウザー博士がかつて社長を務めていた、メタルゲゼルシャフト社の名を掲げる、新しいビルを見つけた。

フランクは、さっそく中にはいって事情を話し、博士のことを調べてもらった。

すると、一八九七年生まれのハウザー博士は、つい前年の一九五六年に、アメリカで亡くなっていたことが、判明した。

以上は、フランクの手記によるもので、真偽のほどは検証されていない。

むろん、『暗号名グリフィン』を書いたクラミッシュも、その本をたまたま読んで取り上げた前川道介も、フランクの証言を全面的に信じている、とは思えない。

いずれにしても、『尼僧モニカ』の原稿を含むホフマンの遺品は、かりにそういうものが存在したにせよ、無窮の闇に消えてしまった。

それらが今後、どこからか姿を現す可能性があるかどうかは、神のみぞ知るとしか言いようがない。

＊

最後に、ベルンハルドゥス・ヴァレニウスの著作について、簡単に触れておこう。

この本は、『日本伝聞記』というタイトルで、一九七五年に邦訳が出た。

そのもととなったドイツ語版は、前年の七四年に出版されたばかりで、それまで三百二十五年のあいだ、他の言語に翻訳されたことは一度もない、という。

ちなみにヴァレニウスは、一六五〇年に二十八歳の若さで、死んだらしい。

アムステルダムで、ラテン語版の『日本伝聞記』を出版した、翌年のことだった。

＊

この解読翻訳原稿の、原文となる報告書の後半部分が、本間家の先祖に伝わったことは、すでに述べてきたとおりである。

それと関連して、本間はＥＴＡと日本とのあいだに、何かつながりがあったのではないか、と推測した。ＥＴＡが、『日本伝聞記』を読んでいたとの記述は、それを裏づける証拠の一つ、と考えられる。

ＥＴＡは、ラテン語に通暁していたから、同書を原文で読むことができたはずだ。

ついでながら、ＥＴＡは『牡猫ムルの人生観』の中で、唐突に〈日本の天皇〉という呼称を、出したりもしている。

　だとすれば、少なくともＥＴＡが日本について、なにがしかの知識、関心を持っていた可能性は、いかにもありそうなことに思える。

＊

　そうした状況から敷衍して、本間はフランツ・フォン・ジーボルトと交渉のあった、日本語学者のＪＪ（ヨハン・ヨゼフ）ホフマンを、ＥＴＡの甥ではないかとの仮説を、立てるにいたった。

　少なくとも、二人のあいだに音楽や文筆、絵画に関する知識と才能という点で、共通するものがあったことは、間違いない。

　とはいえ、そうした情況証拠はいくつか提示できるものの、決定的な証拠を見つけることは、かなわなかった。

　結局のところ、仮説の域を出ずに終わってしまったのは、まことにもって残念、といわざるをえない。

66

　倉石麻里奈は、原稿の最後の一枚を読み終えて、古閑沙帆に回した。

　沙帆も、それにざっと目を通してから、原稿の束をとんとんとそろえ、テーブルに置き直す。

　本間鋭太が、麦茶のはいったグラスを片手に、好奇心のこもった目で沙帆と麻里奈を、交互に見比べた。

「どうだね、今回の報告書は」

　沙帆は麻里奈に目を向け、お先にどうぞという意味を込めて、軽くうなずいた。

　麻里奈は背筋を伸ばし、やや事務的な口調で言った。

「今回というより、全体的なことになりますけど、わたしが最初にお願いした、前半部分に関しては、とても興味深く読ませていただきました。ただ、先生がお手元にお持ちの、後半部分にはいってからは、欠落による空白が目立つような、そんな気がしますが」

　本間は、顎を引いた。

「それは、きみの言うとおりだ。そこにも書いたとおり、一連の報告書の後半部分は、理由不明のまま本間家の先祖に、伝わってきたものでね。なぜ本間家に伝わったか、今のところ分かっておらん。むろん、いくつかの情況証拠を組み合わせて、それなりの仮説を立てることも、不可能ではない。しかし、そうしたやり方は、あまり学問的な態度、とはいえんだろう」

麻里奈がうなずく。

「そのあたりの事情は、沙帆さんからざっと聞かせてもらいました。ご先祖は、江戸時代の本間道斎という蘭学者だ、とうかがいましたが」

「そのとおりだ。ただ、報告書に欠落がいつごろ、なぜ生じたのかは、定かでない。道斎からあと、何代か伝わるうちに、失われたのか。あるいは、日本へ持ち込まれた時点で、すでに失われていたのか。いまだに不明のままだし、今後も明らかにはならんだろう」

「書かれてから、ざっと二百年ほどたっているわけですから、それはしかたがないと思います」

麻里奈が、そう言ったあとを引き取って、沙帆は口を開いた。

「ただ、その分先生の訳注が増えたせいで、分かりにくい部分が適切に補足されている、という感じがします」

少しほめすぎかと思ったが、麻里奈も同感だというように、うなずく。

「わたしも、そう思います。今回の報告書でも、『夜警』と『悪女モニカ』の補足説明が詳しくて、よく理解できました」

本間は、くすぐったげに鼻の下をこすり、聞き返してきた。

「きみたちは、これまでその二つの原作者論争について、聞いたり読んだりしたことがあるかね」

本間の問いに、麻里奈は少し考えるそぶりを見せた。

「『夜警』のボナヴェントゥラが、ホフマンの変名ではないかという説は、承知しています。でも、『悪女モニカ』については、そうした本が存在することすら、知りませんでした」

まったく同じだ、という意味で沙帆もうなずく。

本間は、指を立てて振った。

「それは、無理もあるまいて。『悪女モニカ』は、きみたちが生まれる前に翻訳が出た、いわば希覯本だからな。もちろん、重版がかかるような本でもない。確認はしておらんがね」

麻里奈は背筋を伸ばし、両手を膝の上で組んだ。

「そうした本についての、先生のご意見はいかがですか」

沙帆は、麻里奈の顔をちらり、と見た。

麻里奈は相変わらず、本間を実の伯父として容認する姿勢を、見せようとしない。あくまで、解読翻訳を依頼したドイツ文学者、とみなす態度だ。

一方の本間も、まるでそれに合わせるかのように、きまじめな表情を崩さない。

「最初の『夜警』については、ホフマン以外ならばだれでもいい、という感じだな。今では、『夜警』の原書はクリンゲマン著として、刊行されておる。もっとも、いつまた別の説が現れるか、知れたものではないが」

本間の返事に、麻里奈が応じる。

「わたしは、『夜警』を読んでいます。もっとも、原語ではなく翻訳でしたから、厳密にホフマンの文体かどうかは、分かりません。ただ、全体の雰囲気から、やはりホフマンが書いたものではない、という印象を受けました」

本間は、麻里奈を興味深げに、見返した。

「きみもホフマンを、よく読んでいるようだな」

「はい。沙帆さんと同じ大学で、ドイツ文学を専攻しました」

そう応じたあと、麻里奈は少しためらいながら、付け加えた。

「卒論にも、ホフマンを選んでいます」

沙帆は驚いて、体を固くした。

そのことは、これまであえて本間に話さずに、すませてきたのだった。おそらく麻里奈は、それを知られるのをいやがるだろう、と思ったからだ。

本間が、あっさりうなずく。

「承知しているよ。きみの卒論には、目を通した覚えがあるからな」

ますます驚き、沙帆は麻里奈の様子をうかがった。

麻里奈は、軽く唇を引き締めたものの、何も言わない。

沙帆は、冷や汗をかいた。

最初に、解読翻訳の仕事を頼むため、このアパートを訪ねたとき、本間は沙帆の卒論を読んだ、と言った。

聖独大学時代のゼミ担当は、牧村謹吾という独文の教授で、本間の後輩だった。

本間は、その牧村から沙帆の卒論のコピーを、借りて読んだらしい。しかし、麻里奈の卒論まで読んでいたとは、思いもよらなかった。

沙帆は、麻里奈を見て言った。

「先生は、わたしが書いたシャミッソーの卒論も、昔読んだとおっしゃったの。でも、麻里奈の卒論まで読んでいらしたとは、考えもしなかったわ」

口とは裏腹に、そういうことも十分にありうる、という気がしていた。

本間が、割り込んでくる。

「きみたちの卒論だけではない。あのころ、牧村くんが担当していたゼミの卒論には、あらかた目を通していたのさ」

沙帆はあきれて、首を振った。

「先生も、物好きでいらっしゃいますね。学生が書いた論文まで、まめにお読みになるなんて」

「物好きで読んだわけではない。その時どきの、ドイツ文学にたずさわる若者たちの、レベルを承知しておきたかっただけだ」

麻里奈が、口を開く。

「先生からごらんになれば、わたしのような小娘のホフマン論などは、児戯に類するものだったでしょうね」

いかにも、自虐的な口ぶりだった。

しかし本間は、まじめな顔で首を振った。

「いや、そうでもなかった。あの当時、インターネットが今ほど普及していないころ、限られた資料でよくあそこまで書けた、と感心するくらいだ。あの卒論には、当時日本で手にはいるホフマンの資料を、手当たりしだい渉猟したあとがあった。牧村くんにも、そう言った覚えがある」

沙帆は、ちらりと麻里奈を見た。

麻里奈も、ほめられることなど予想していなかったとみえ、とまどったように顎を引いた。

頰を赤らめながら言う。

「先生に、そう言っていただけるなんて、考えてもみませんでした。ありがとうございます」

沙帆は、麻里奈の膝を軽く叩いた。

「よかったじゃないの。わたしのシャミッソー論なんか、なかなかよく書けていた、とかいうひとことだけで、片付けられたのよ」

「それでもわしにすれば、最大限のほめ言葉だぞ」

本間は、臆面もなくそう言いながら、一人でうなずいた。

麻里奈が背筋を伸ばし、さりげない口調で言う。

「わたしのホフマン論の評価には、先生とわたしのあいだに血縁関係があることも、影響しているかもしれませんね」

あまりに唐突な発言に、沙帆は全身の血がさっと冷えるような、緊張感を覚えた。

しかし、驚いたことに本間はその不意打ちにも、まったく動じなかった。

「そんなことで、わしが点数を水増しするような、甘い男に見えるかね」

口調は穏やかだったが、目の光はいつにも増して、厳しかった。

そのころすでに、麻里奈との血縁関係を知っていたのか、と思わせる発言に驚く。

さすがに、麻里奈も気おされた面持ちで、目を伏せた。

凍りついたその場を、なんとか取りつくろおうとして、沙帆は口を挟んだ。

「そうしますと、わたしのシャミッソー論を、なかなかよく書けていた、とほめてくださったのは、額面どおりに受け取ってよい、ということですね」

本間は顎を引き、その指摘をどう解釈すればいいのか、考えるようにまばたきした。

それから、さもおかしそうに、くっくっと笑う。

「きみは、気をそらすのが、なかなか巧みだな」

それにつられたように、麻里奈もふっと肩の力を緩めて、くすりと笑いを漏らす。

沙帆は続けた。

「そもそも、先生が由梨亜ちゃんに興味を示されたのは、ユリア・マルクからの連想というより、血のつながった姪の麻里奈さんの、娘さんと会ってみたいという、そんなお気持ちだったのでしょう」

本間は、ソファの上でもぞもぞとすわり直し、また鼻の下をこすった。

「まあ、そんなとこじゃな」

今度は麻里奈も、遠慮なく笑った。

沙帆は、さらに続けた。

「でも、先生と麻里奈さんに伯父、姪のつながりがあることを、なぜ黙っていらしたのですか。前にも、お尋ねしましたけれど」

「そのときに、答えたとおりさ。仕事を引き受けることと、血のつながりがあることのあいだには、なんの関わりもないからな」

「でも」

そう言ったきり、沙帆は言葉が続かず、口を閉じた。

麻里奈が逆に、助け舟を出してくる。

「そうよ、沙帆。先生のおっしゃるとおりだわ。わたしも、沙帆から初めてそのことを聞いたときは、確かにショックを受けた。でも、別にショックを受けるほどの、たいした秘密じゃないと、そう思い直したの。たまたま、そういう巡り合わせだっただけ、ということでしょう」

そう言われてみると、確かにそのとおりだ。

それは、あくまで本間と麻里奈の個人的な問題で、沙帆が気に病むことではない。

麻里奈は、あらためて本間に目を向けた。

「これまで、解読翻訳料とかオリジナルの手稿の扱いとか、いろいろとやりとりがありましたけど、わたしの方から結論を申し上げます」

何を言い出すのかと、沙帆は麻里奈の顔を見た。

本間が表情も変えず、麻里奈に聞き返す。

「ほう。なんだね、その結論というのは」

「まず、解読翻訳料については、これまでの繰り返しになりますが、ただということにしていただきます」

本間が苦笑して、ひょいと肩をすくめる。

「それは、伯父と姪という関係にかんがみて、ということかね」

麻里奈も、笑みを浮かべた。

「そういうことです。わたしも、最初は解読作業が終わるのを待って、お引き渡しするつもりでしたけど、それもなんだかビジネスライクなので、やめることにしました。このまま、解読作業を続けていただくということで、先にお渡ししておきます」

そう言って、足元のトートバッグに腕を差し入れ、例の手稿の束を取り出すと、無造作にテーブルに置いた。

「先日返却していただいた、前半部分のオリジナルの古文書です」

あっけにとられて、沙帆は麻里奈を見つめた。

つい先日、手稿の引き渡しは解読作業が終わってから、と決めたはずだ。それを、作業終了を待たずに引き渡すとは、どういう風の吹き回しか。

やはり伯父と姪のあいだ柄で、そこまで杓子定規な取引をするのは避けたい、と考え直したのか。

　本間も、そう簡単に麻里奈が手稿を引き渡すとは、考えていなかったらしい。

　また、もぞもぞと体を動かして、テーブルに置かれた手稿を、ちらちらと見る。

　咳払いをして、おもむろに言った。

「それはまた、ありがたい話ではあるが、倉石くんは承知しているのかね。確かスペインで、大枚を払って手に入れた、と聞いたが」

「倉石は、古文書の裏に書かれた楽譜さえあれば、満足なんです。それも、オリジナルじゃなくて、コピーで十分だと言っています」

　麻里奈のそっけない返事に、本間は相変わらず居心地が悪そうに、ソファの上で何度もすわり直した。

　それから、ふといい考えが浮かんだという顔つきで、麻里奈に指を振り立てる。

「倉石くんが、それでいいと言うのなら、わしの方からも礼をせねばならん。例のパヘスを、かわりに進呈しようじゃないか」

67

倉石麻里奈が、きょとんとして聞き返す。

「例のパヘスって、なんのことですか」

古閑沙帆は、あわてて取りつくろった。

「前にちょっと、話したでしょう。先生がお持ちの、古いギターの製作者の名前よ」

麻里奈が、眉根を寄せる。

「ああ、そう言えば、聞いたことがあるかも」

気配を察したのか、本間鋭太がそれとなく補足する。

「倉石くんがギタリストで、十九世紀ギターの研究家でもあることは、古閑くんから聞いておる」

麻里奈は、あいまいにうなずいた。

「ええ。といっても、ギター教室のかたわら研究しているだけで、コレクターでもなんでもないんです。その時代の古いギターを、何本か持っているくらいで」

「そうか。それはたぶん、パノルモかラコートあたりだろう。そのラベルのギターは、けっこう市場に出回っておるからな」

沙帆はまた、はらはらした。

たぶんどころか、倉石がここへパヘスを見に来たとき、自分でそう言ったのだ。

麻里奈が、いささか腑に落ちないという様子で、聞き返す。

「進呈するとおっしゃっても、そのパヘスという製作家のギターは、貴重な楽器じゃないんですか」

本間は、小さく肩をすくめた。

「実を言えば、底板に製作者のラベルが貼ってないので、パヘスの作品と断定することはできぬ。ヘッドの形や装飾のデザイン、それに音や響きから判断して、パヘス作と推定される、というだけの話だ」

「もし本物のパヘスだとしたら、どれくらいの価値があるんですか」

麻里奈の率直な問いに、本間は耳の後ろを掻いた。

「現在までのところ、パヘス作と認定されているギターは、世界でもわずか五本にとどまる。わしのギターが六本目だとすれば、状態からしても三百万はくだるまいな」

沙帆がちらりと目を送ると、麻里奈は眉一つ動かさずに応じた。

「それが高いのか安いのか、わたしには分かりませんが」

本間は笑った。

「わしにも分からん。高いといえば高いし、安いといえば安いだろうな」

麻里奈が、言葉に詰まったという面持ちで、顎を引く。

「わしがそいつを、ハバナの蚤の市で見つけたときは、一万円の値がついとった。それと比べれば、めちゃめちゃ高いことになる」

そのことは、すでに麻里奈にも話してあったが、念のため沙帆は続けた。

「先生は、それを五千円に値切って、お買いになったんですって。本物のパヘスだとしたら、とんでもない掘り出し物よね」

麻里奈がうなずくのを見て、本間は言った。

「専門家の倉石くんが見れば、本物か偽物か見当がつくだろう。たとえ偽物だとしても、持っていて損のない、れっきとした十九世紀ギターだ」

本間が保証すると、麻里奈はやおらすわり直し、背筋を伸ばした。

「このかび臭い古文書の束が、そんな価値のあるギターに化けたと知ったら、倉石はきっと大喜びするでしょうね。少なくとも、紙の裏側に書かれた楽譜ほしさに、大枚をはたいただけの甲斐があったと、納得するに違いないわ」

沙帆は、ほっと息をついた。

いってみれば倉石は、日本円にしてわずか十万円ほどで、貴重な〈伝パヘス〉を手に入れることになるのだ。

ただ、倉石自身はそんなことよりも、古文書とパヘスのギターを交換する、という取引に応じた、麻里奈の翻意を喜ぶに違いない。

そう思う気持ちとは裏腹に、沙帆はちょっと意地悪な質問をした。

「古文書を手放すとなると、ホフマンの卒論を新たに書き直す、という麻里奈の目標はどうなるの」

するると、麻里奈は珍しく屈託のない笑みを浮かべ、沙帆と本間を交互に見た。

「その仕事は、本間先生にお任せするわ。先生には、ぜひこのヨハネスの報告書を、綿密な考証と解説をつけて、発表していただきたいと思います。そして沙帆も、そのプロジェクトにアシスタントとして、加わってほしいの」

あざやかな切り返しに、沙帆はそんな皮肉めいたことを口にした自分を、ひそかに恥じた。

同時に、本間が自分の母親の兄だと分かったことで、麻里奈がそれまで身にまとっていた何かを、脱ぎ捨てたような印象を受けもしたのだ。

本間が言う。

「すまんが、古閑くん。麦茶を、入れ替えてきてくれんかね。それと、食器棚のカウンターに、〈もち吉《きち》〉の煎餅がはいった缶が、載っておる。適当に見つくろって、何枚か一緒に持ってきてくれたまえ」

たまえ、ときたか。

沙帆は、トレーにからのグラスを三つ載せて、キッチンへ行った。

麦茶をいれ直し、一枚ずつ袋にはいった煎餅を何枚か取って、洋室にもどる。

「〈もち吉〉も、今でこそ有名ブランドになって、いろんな煎餅を作るようになったが、その昔はサラダ味としょうゆ味の、二種類しかなかったんだ。わしは今でも、その二種類しか食べん。まあ、試してみたまえ」

沙帆は、あまり期待せずに袋を破り、煎餅を口に入れた。

ちょっと驚く。めったに、煎餅なるものを食べない沙帆だが、本間の言うとおり〈もち吉〉は確かに、ふつうの煎餅とは違った。

麻里奈も、声を上げる。

「ほんとだ。こんなにおいしいお煎餅、食べたことありません」

同じように煎餅をかじりながら、本間は満足げに相好を崩した。

それから、唐突に話をもどす。

「ちなみに、ホフマンの作品を初めて日本に紹介したのは、だれだか知っとるだろうな」

麻里奈は、すぐにうなずいた。

「森鷗外ですよね。確か、ドイツ留学から帰国してほどなく、一八九二年だったと思いますが、初めて手がけた翻訳小説集の中に、『スキュデリー嬢』を加えたのが、最初だったはずです。『玉を懐《いだ》いて罪あり』というこむずかしいタイトルでしたけど」

本間はそれこそ、こむずかしい顔をした。

「うむ。間違いではないが、正確に言えば『玉を懐いて罪あり』は、一八八九年から鷗外が読売新聞で始めた、続きものの翻訳短編小説の一つだった。この作品は、同年の春から十三回に分けて、掲載された。それが一八九二年になって、『舞姫』などを含む『みなわ集』なる単行本が出たとき、合わせて収載されたというわけさ。そのとき、タイトルの〈みなわ〉は、美しいに奈良の奈、平和の和、となっていた。水沫《すいまつ》と書く〈みなわ〉になったのは、十四年後の一九〇六年になって、改訂二版が出たときのことさ」

沙帆は、口を挟んだ。

「ずいぶん、間があいたのですね」

「さよう。しかも改訂二版は、序文つきだった。このとき鷗外は、アラン・ポーを読む者は、ホフマンまでさかのぼらざるべからず、と書いた。『玉を懐いて罪あり』は、自分の好みとはいささか遠いものの、探偵小説の好きな読者に知らしめたい、と思って収録したなどと、もっともらしく述べておる。どうやら鷗外は、ホフマンをさして評価していなかったのに、おもしろく読まされてしまったものだから、つい入れてしまった。そうした自分への、言い訳めいた述懐とみてもよかろう。そもそも、初版が出た一八九二年は明治二十五年で、そのころは探偵小説などというジャンルも概念も、十分に成熟していなかったはずだ」

熱がはいった証拠に、口の端に唾がたまるのが見えた。

「鷗外は、留学中にドイツ文学だけではなく、フランスやスペイン、ロシアの文学についても、ドイツ語訳で読んでいたんですよね」

麻里奈が言うと、本間は軽く眉根を寄せた。

「うむ。『水沫集』には、西部劇にいくつか原作を提供した、ブレット・ハートという米国作家の作品まで、はいっておる」

西部劇の原作というと、つまりは西部小説の書き手か。

森鷗外との、いかにも珍妙な取り合わせに、沙帆は麻里奈と顔を見合わせた。

「ともかく、鷗外は幅広く外国文学を日本に紹介したい、という意欲を持っていたに違いない。それにしても、その中で初めて訳したドイツ文学が、ゲーテでもシラーでもなく、ましてレッシングでもなく、ホフマンの作品だったということに、何か意味があると思わんかね」

麻里奈はまた、沙帆とちらりと視線を交わしてから、口を開いた。

「大衆受けする、というか、親しみを感じさせる、という意味でホフマンが最適、と思ったんじゃないでしょうか。少なくとも、ドイツ文学を代表する作家とまでは、考えていなかったと思います」

「さよう。日本文学には、上田秋成の『雨月物語』に代表される、もっと言えば『今昔物語』や『古今著聞集』以来の、怪談奇談への嗜好の伝統がある。ホフマンの小説は、そうした好みに合致する作品、と考えたのかもしれぬ。『スキュデリー嬢』などは、『古今著聞集』に出てきてもおかしくない、奇談中の奇談だ。ミステリーとしては、あまりフェアではないがな」

確かに、〈秘密の抜け道〉という密室の設定は、今どきの推理小説の観点からすれば、フェアなトリックではない。

「怪談奇談への嗜好は、日本人に限らないようにも、思いますけど」

麻里奈が口を出すと、本間は人差し指をぴんと立てた。

「そのとおりだ。しかし、日本人のそれは西洋人のそれと違って、少しばかり精神性が強い。石川淳《じゅん》が、こう書いておる」

突然出た名前に、沙帆は面食らった。

「石川淳、ですか」

名前は知っているが、作品を読んだことはない。

「さよう。石川淳は、森鷗外の信奉者だった。短いものだが、鷗外論も書いておる。その石川淳の、ごく初期の〈カジン〉という短編に、こういう一節がある。ちなみに、〈カジン〉は明治時代の政治小説、『佳人之《かじんの》奇遇《きぐう》』の佳人だ」

沙帆は、〈佳人〉という漢字を思い浮かべた。

読んではいないが、たまたま『佳人之奇遇』という題には、聞き覚えがある。しかし、『佳人』の方はむろん読んでいないし、題を聞いたこともない。

本間が続ける。

「石川淳は、こう書いておる。〈わたしの樽の中には、この世の醜悪に満ちた毒々しい話がだぶだぶしているのだが、もしへたな自然主義の小説まがいに、人生の醜悪の上に薄い紙を敷いて、それを絵筆でなぞって、あとは涼しい顔の昼寝でもしていよう、というだけならば、わたしはいっそペンを叩き折って、市井の無頼漢に伍して、どぶろくでも飲むほうがましであろう。わたしの努力は、この醜悪を怪奇にまで高めることだ〉」

まるで、目の前にあるその本を読み上げるかのように、とうとうと暗誦してみせた。

麻里奈はもちろん、沙帆も言葉を失ったかたちで、ぽかんと本間を見返した。

本間は、照れたように鼻の脇を搔き、あらためて言った。

「戦前の石川淳は、一つの文章が読点で延々と続いて、その分句点の少ない文体だったから、すらすら読むと分かりにくい。それで、聞き取りやすいようにところどころ、段落を入れて朗唱したわけだ。最後の〈怪奇〉という言葉は、その後の版で〈奇異〉とあらためられたが、それはたいした問題ではない。これはつまり、石川淳の反自然主義宣言といっても、大きな間違いではない。どちらにしても、この一節はホフマンの小説にも当てはまる、名言というべきだろう」

そこで一息入れ、さらに続けた。

「石川淳は、こうも書いておる。〈わたしは、かの古代人の熱病、ニンフォレプシイにおかされ、長らくその毒気に悩んでいたのだが〉うんぬん、とな。これは、ホフマンのいわゆる〈放浪する情熱家〉、あるいは〈漂泊の熱情家〉と呼ばれる、ヨハネス・クライスラーによく似ている、とは思わんかね」

麻里奈が聞き返す。

「そうしますと、石川淳はホフマンを読んでいたのでしょうか」

「それは分からん。少なくとも、鷗外訳の『スキュデリー嬢』は、読んだと思うがね」

沙帆は、本間が暗誦した石川淳の一節を、頭の中で復唱した。

〈わたしの努力は、この醜悪を怪奇にまで高めることだ〉

〈わたしは、かの古代人の熱病、ニンフォレプシイにおかされ、長らくその毒気に悩んでいた〉

石川淳が、どのような小説を書いたか知らないが、この言葉はまさにホフマンの小説の本質を、言い当てているような気がした。

68

「ところで、と」

ふたたび、本間鋭太が口を開く。

「森鷗外や石川淳のほかにも、ホフマンの影響を受けたかもしれぬ、二、三の日本人作家がいる。だれだか、分かるかね」

古閑沙帆は、倉石麻里奈を見た。

麻里奈は沙帆を見返し、小さくうなずいてから、その問いに答えた。

「そう言われて、急に思いついただけですけど、谷崎潤一郎なんかはどうでしょうか。谷崎は若いころ、探偵小説まがいの短編をいくつか書いていた、と思いますが」

本間が、満足げにうなずく。

「当たらずといえども、遠からずだ。谷崎が、ホフマンを読んでいたかどうか知らぬが、描いていた世界には相通じるものがある。『刺青』などにも、その萌芽が認められる。刺青を、人肌に描く壁画とみなせば、だがな。しかし、谷崎が描く心象世界とその絢爛たる文体は、厳密にいえば日本人でなければ、分からぬところがある。それはあたかも、ドイツ人でなければホフマンを、真に理解することができんのと、同じことだ」

その、まわりくどい言い回しに、沙帆は頭が混乱した。

それをはねのけようと、つい口を出してしまう。

「今考えると、高校生のときに読んだ夢野久作の作品に、ホフマンを思わせるものがあったように思います。たとえば、『ドグラ・マグラ』とか、『瓶詰地獄』とか」

本間が、もっともらしく、指を立てる。

「そう、夢野久作の方がよりホフマンに近い、といえるだろうな。久作には、近親婚をにおわせる作品が、いくつかある。今、きみが言った『瓶詰地獄』もそうだし、有名な『押絵の奇蹟』もそうだ。資質的には、いちばん近いかもしれん」

「そういう発想って、洋の東西を問わないのですね」

「さよう。ホフマンとタイプの似た作家が、ほかにも何人かいる。たとえば、日影丈吉とか、オオイズミ・コクセキだ」

沙帆は眉根を寄せた。

日影丈吉はともかく、オオイズミなんとかは初耳だ。

麻里奈が、あっさりと言う。

「日影丈吉は分かりますけど、もう一人の人は知りません」

沙帆も、うなずいてそれに同意し、あとを続けた。

「大泉はいいとして、コクセキはどういう字を書くのですか」

「黒い石ころ、と書く」

麻里奈が、沙帆に目を向ける。

「大泉黒石なんて、聞いたことないわよね」

沙帆が、もう一度うなずくより早く、本間は指を立てて言った。

「大正中期に、彗星のごとく現れて星屑のように消えた、ロシア人との混血作家じゃ。昭和半ばの珍優、オオイズミ・アキラ（大泉滉）の父親でもある。これがまた、親子そっくりの顔でな」

沙帆も麻里奈も、同時に笑ってしまう。

「全然、お話についていけないんですけど」

麻里奈が、遠慮のない口調で言うと、本間は苦笑した。

「ま、きみたちの年では、無理もあるまいな」

「ともかく、その大泉黒石が、ホフマンと似ている、と」

念を押す沙帆に、本間はうなずいた。

「まあ、そういうことだ。ご当人は、ホフマンの短編のどれだかを、みずから翻訳したことがある、と称しているらしいしな」

「ほんとうですか」

「どの書誌にも載っておらんから、真偽のほどは分からん」

麻里奈が、突っ込みを入れる。

「先生は黒石の作品を、お読みになったんですか」

本間は、耳の後ろを掻いた。

「全部ではないが、中短編をいくつか読んだ。黒石は、ロシア文学と支那文学に明るい男で、戯作体のそうとう凝った文章を書く。まあ、自己流のそしりは免れぬが」

「どちらにしても、忘れられた作家の一人でしょう」

麻里奈が切り捨てると、本間はソファの背にもたれた。

「まあ、そう言ってしまえば、身も蓋もないがね。ただ、英文学者の由良君美《ゆらきみよし》は黒石を、日本のゴーゴリになれたかもしれぬ作家、と評価しとるようだ」

きりがなさそうな雲行きに、沙帆は思い切って口調を変えた。

「黒石もけっこうですが、もう少し名の知れた作家はいないのですか」

本間も、ソファから体を起こして、ほっとしたように応じた。

「そうそう、うっかりした。もっと直接的に、ホフマンと似た嗜好の持ち主がいるのを、忘れておったわ。江戸川乱歩じゃよ」

足をすくわれたかたちで、沙帆はまた麻里奈と顔を見合わせた。

確かに、江戸川乱歩がいた。なぜそこに、気がつかなかったのだろう。

本間が続ける。

「乱歩が、ホフマンを読んでいたのは、間違いない。『郷愁としてのグロテスク』と題するエッセイに、〈ドイツ浪漫派の巨匠、ホフマンの『砂男』その他の怪奇作品は、もっともグロテスク文学の名にふさわしい〉などと、書いているからな。それどころか、昭和四年に改造社から出た、袖珍《しゅうちん》文庫判の世界大衆文学全集の、〈ポー、ホフマン集〉の訳者にもなった。そこにはホフマンの、『砂男』と『スキュデリ嬢の秘密』が、収載されとるんだ」

沙帆は、首をひねった。

「乱歩は、ドイツ語もできたのでしょうか」

「それは、わしにも分からぬ。英訳が出ていれば、そこから重訳することができたはずだし、だれかドイツ語のできる者に下訳をさせた、という可能性もある。あるいは、当時すでに出ていた訳書を参考に、乱歩が書き直したのかもしれぬ」

「訳書って、まさか鷗外の」

そう言いかけて、さすがに沙帆は口を閉じた。

本間は苦笑した。

「まあ、それはないだろう。大正十四年に、郁文堂《いくぶんどう》という語学本の出版社から、『スキュデリー嬢』の独和対訳本が出ている。用語、言い回しなどからして、それを参考にした形跡もみられる。ともかく、乱歩の訳は逐語訳ではない。いわば、ルパンを訳した保篠龍緒《ほしのたつお》ばりの、自由訳に近い」

麻里奈が、体を乗り出す。

「確かに乱歩は、ホフマンが興味を示した機械や道具に、同じように関心を抱いていますね。人形とか鏡とか、レンズとか遠眼鏡とか」

本間が、にっと笑う。

「さすがに詳しいな。乱歩が書いた、『人形』や『レンズ嗜好症』と題するエッセイなどは、小説よりよほどぞくぞくさせられる。ホフマンに読ませたいくらいじゃ」

「わたしには、乱歩の方が分かりやすいですけど、共通点があることは確かですね」

「そのとおり。ホフマンの『廃屋』や『自動人形』、『砂男』、『不気味な客』、『磁気催眠術師』などは、乱歩が書いてもおかしくない作品だ。逆にホフマンが、『鏡地獄』や『押絵と旅する男』、『屋根裏の散歩者』、あるいは『人間椅子』を書いても、これまたおかしくあるまい。両者を対照すると、二人が取り上げるテーマに、共通点を見いだすのは、さほどむずかしいことではない」

沙帆は、身を乗り出した。

「乱歩の『鏡地獄』は、内側に鏡を張り詰めた球体の中にはいって、狂い死にする男の話ですよね」

「さよう」

「よく、そんなとっぴな話を、思いついたものですね」

「乱歩の独創、というわけでもあるまい。乱歩以前に、ゲオルク・ブランデスが『獨逸浪漫派』の中で、こう書いておる。人が鏡面に包囲された部屋にはいると、自分の姿が前後上下左右六面に、何重にも映る。それを見て、人はある種のめまいを感じるだろうが、浪漫派の芸術形式がしばしば、われわれにめまいを感じさせるのも、それと同じようなものである、とな」

初めて聞く話だ。

ブランデスの名は初耳だが、なかなかうまいことを言う。

「すると、乱歩はそのブランデスとやらを読んで、『鏡地獄』を思いついたとも考えられますね」

沙帆が言うと、本間はうれしそうに指を立てた。

「ありえぬことではないな」

麻里奈が、口を出す。

「今まで、ホフマンと乱歩の類似性を論じた人は、いなかったんですか」

「いたかもしれんが、どれも断片的なものだろう。わしの知るかぎり、初めて二人を本格的に論じたのは、ヒラノ・ヨシヒコだ」

「ヒラノ・ヨシヒコ」

沙帆がおうむ返しに言うと、本間はソファから飛びおりた。

サイドボードの本立てから、薄めの白っぽい本を取って来て、テーブルに置く。

みすず書房の本で、平野嘉彦『ホフマンと乱歩　人形と光学器械のエロス』と、長いタイトルがついている。

「わしと同年配の、ドイツ文学者でな。その本はコンパクトながら、ホフマンの『砂男』と乱歩の『押絵と旅する男』を比較研究した、なかなかユニークな著作だ。副題からも分かるだろうが、両方の作品に登場する〈人形〉と〈遠眼鏡〉をキーワードに、共通点と相違点をあぶり出す、意欲的な文学論といってよい。これまで、だれも書かなかったのが不思議なくらい、おもしろい着想だと思う」

何ごとも、めったにほめない本間にしては、珍しく力のこもった口調だ。

考えてみれば、日本のドイツ文学者の手になる、単独のホフマン論ないし評伝は、吉田六郎の『ホフマン——浪曼派の芸術家』以外に、思い浮かばない。

「ホフマンの評伝や作品論を、吉田六郎以外に単行本で出した独文学者は、いないのですか」

沙帆が聞くと、本間がすぐに応じた。

「いないことはない。キノ・ミツジが、『ロマン主義の自我・幻想・都市像』という労作を、関西学院大学の出版会から出している。副題は〈E・T・A・ホフマンの文学世界〉で、作品論が中心だから評伝の部分は、相対的に少ない。吉田六郎の方は、索引がずさんなうらみがあるから、本としてはキノ・ミツジの方が、きちんとしている」

沙帆が確認すると、著者は〈木野光司〉と書くそうだ。

麻里奈が口を挟む。

「その本のことは、大学を卒業したあとしばらくして、知りました。あらためて、卒論を書き直すわけにもいかないし、わたしはざっと読んだだけです」

本間はうなずいた。

「労作ではあるが、従来のホフマン像をくつがえすような、新しい知見はなかったように思う。もちろん、吉田六郎以降に書かれた海外の著作にも、目配りを忘れていないがね」

少しのあいだ、沈黙がただよう。

麻里奈が、話をもどして言った。

「さっきの続きになりますけど、ほかにもホフマンの作風に似た、日本人の近代作家がいるでしょうか」

本間が、天井を仰ぐ。

「広い意味でいえば、泉鏡花《きょうか》や小栗《おぐり》風葉《ふうよう》なども、はいるかもしれん。あるいは、岡本綺堂《きどう》の怪談話、探偵譚にしても、ホフマンに近いものがある」

「岡本綺堂も、ホフマンを読んでいたのですか」

沙帆が聞くと、本間はうなずいた。

「もちろん、読んでいたさ。現に綺堂は、西洋の怪談を翻訳したアンソロジーに、ホフマンの『廃屋』を入れている」

「綺堂が、あきらかにホフマンの影響を受けた、という形跡はあるのですか」

少しむきになった感じで、沙帆は切り込んだ。

本間が、つるりと鼻をなで下ろして、うなずく。

「あるとも。綺堂の作品には、何人か一堂に集まった連中が、入れかわり立ちかわり自分の体験や、ひとから聞いた話を披露するという、連作形式のものがかなりある。あれは、ホフマンの『ゼラピオン同人集』のスタイルと、ほぼ同じじゃないかね」

「わたしは、国文学にはあまり明るくないですけれど、江戸時代に怪談話の百物語とかいう、そうした形式のものがあった、と聞いています。綺堂は、江戸に詳しい人だったそうですから、むしろその影響が大きかったのでは」

調子に乗って言いつのると、本間はぐいと顎を引き締めた。

上目遣いに、にらむように沙帆を見返す。

「それくらいのことは、とうに承知しとるよ、きみ。ああいう枠物語の形式は、『アラビアン・ナイト』や『カンタベリー物語』をはじめ、世界中どこにでもある。別に、ホフマンの発明でもないし、江戸の咄本《はなしぼん》作者の発明でもない」

その語勢に押され、沙帆はあわてて頭を下げた。

「はい、分かりました。すみません」

言いすぎたと思ったのか、本間は気まずそうにソファの上で、体をもぞもぞさせた。

「別に、あやまらんでもいい。綺堂が、だれの影響も受けなかった可能性も、ないではないからな」

わずかな沈黙のすきをついて、麻里奈が助け舟を出すように、口を開く。

「話は変わりますが、日本浪曼派の保田與重郎《やすだよじゅうろう》については、いかがですか。ドイツ浪漫派の影響を受けた、といわれていますけど」

本間は、わざとらしくこほんと咳をして、おもむろにすわり直す。

「わしの見るところ、保田與重郎は、少なくともホフマンとは、縁のない作家だな」

にべもなく、切り捨てた。

麻里奈は黙り込み、沙帆はそっとため息をついた。

あらためて考えると、どの作家も名前こそ耳にしたことはあるものの、まともに読んだ記憶がない。

麻里奈の場合、沙帆よりは読んでいるようだったが、それ以上何も言わなかった。

二人の様子を見て、本間がいたずらっぽい笑みを浮かべる。

口調を和らげて言う。

「まあ、わしの講義は、これくらいにしておこう。ちょっと待っていてくれ。花をつみに行ってくる」

そう言い残し、洋室を出て行った。

麻里奈が、くすりと笑う。

「花をつみに行くなんて、ずいぶん女っぽいことを言うわね」

沙帆も、頬を緩めた。

「わたしも、つんでこようかしら。先生ににらまれて、冷や汗をかいたわ」

それに、麦茶を飲みすぎたようだ。

本間と入れ違いに、沙帆も廊下の突き当たりにある、トイレに行った。

洋室にもどると、本間が例の『カロ風幻想作品集』の初版本、全四巻をテーブルにきちんと並べ、麻里奈に蘊蓄を傾けているところだった。

現物を目にして、麻里奈もさすがに気持ちが高ぶったらしく、固まったまま身じろぎもしなかった。

やがてため息をつき、本を重ねて本間の方に押しもどす。

「わたし、フラクトゥールはほとんど読めませんけど、目の保養になりました。これを、ホフマンと同時代の人が手に取って、読みふけっていたのかと思うと、なんとなく不思議な感じがします」


本間は立ち上がり、それら四冊を平野嘉彦の本と一緒に、サイドボードにしまった。

かわりに、別の本を一冊手にして、ソファにもどる。

「これなども、なかなかユニークな著作だ」

のぞき込むと、『探偵・推理小説と法文化』というタイトルで、著者は駒城鎮一。併記されたローマ字によれば、〈コウジョウ・シンイチ〉と読むらしい。

帯には、〈刑事裁判における「謎解き」はどこまで可能か〉とある。

「これは、世界思想社という終戦後に創業した、京都の小さな出版社が出した本だ。ドイツ文学者、あるいはホフマンの研究者でも、なかなか目にしにくい著作、といってよかろう」

麻里奈が、それを手に取る。

沙帆も、横からのぞき込んだ。目次をざっと目で追う。

すると、〈三島由紀夫と刑事訴訟法〉や〈ポーと探偵・推理小説〉に交じって、〈『スキュデリー嬢』と探偵・推理小説〉〈『スキュデリー嬢』と法治国家〉〈『スキュデリー嬢』と犯罪物語〉といった見出しが、ずらりと並んでいた。

「この駒城鎮一という著者は、どういうキャリアの人なんですか」

麻里奈の問いに、本間が答える。

「詳しくは知らんが、巻末の著者紹介によると、大阪大学で法学の博士号を取得して、最後は富山大学の名誉教授で終わった学者、とある」

沙帆は、本間を見た。

「ドイツ文学者でもないのに、ホフマンに関心を持つ人がいるとは、知りませんでした。『スキュデリー嬢』を、法学書の事例として取り上げるとは、ユニークな人ですね」

正直に言うと、本間は指を立てて振った。

「ホフマンの本職が、裁判官だったことを忘れてはいかん。その著者は、法律家としてのホフマンに、興味を抱いたのさ。おそらくは、アンゼルム・フォイエルバハを調べるうちに、ホフマンと遭遇したんじゃろう。フォイエルバハを知っとるかね」

麻里奈が口を開く。

「フォイエルバハは、ええと、ドイツの法学者ですよね。十八世紀か十九世紀の」

沙帆も、負けずに言った。

「確か、〈カスパル・ハウザー〉のことを、書いた人ですよね」

カスパル・ハウザーは、ホフマンの死後数年たって、どこからともなくニュルンベルクに現われた、謎の若者だ。

ほとんど話せず、出自もはっきりしないため、いかさま師なのか詐欺師なのか、それとも精神疾患の患者なのかと、議論が沸騰した。

あるいは、どこか高貴の家に生まれながら、事情があって捨てられた子供ではないか、などとさまざまな説が飛び交った。

その事件に関わったのが、確かフォイエルバハだった、と記憶する。

本間がうなずく。

「さよう。ホフマンとは、一歳年長なだけの同時代人だ。フォイエルバハとホフマンは、まんざら関係がなくもないんじゃ」

「ホフマンは、フォイエルバハと面識があったんですか」

声が上ずった麻里奈の問いを、本間は手を上げて押しとどめる。

「いや、面識はない。フォイエルバハは、ユリアを失ったホフマンが去ったあと、一八一四年にバンベルクの控訴院の、第二院長として赴任しただけの縁だ。バンベルクには、三年ほどしかいなかったが、そのあいだフォイエルバハは、ホフマンの作品をしきりに愛読した、といわれている。クンツをはじめ、共通の知人が何人かできたとしても、不思議はないだろう」

「それだけの縁なんですか」

麻里奈が、肩透かしをくらったような口調で、言い放った。

本間は苦笑したが、気を悪くした様子もなく、話を続けた。

「ホフマンは、フォイエルバハの刑法理論を、よく勉強していたらしい。後年、ベルリンの大審院でいろいろな裁判を担当したとき、その理論を駆使して法の正義をつらぬいた、といわれておる」

麻里奈は、納得したようにうなずき、手にした本を置いた。

「分かりました。失礼しました」

本間も、あらためてすわり直すと、ソファに背を預けた。


麻里奈に目を向け、急にしかつめらしい口調で言う。

「きょう初めて、きみとわたしはお互いに伯父、姪の関係にあることを、認め合ったわけだ。それについて、何か言いたいことがあるかね」

にわかに、自分の呼び方が〈わし〉から〈わたし〉に、あらたまった。

とまどった顔で、麻里奈は上体を引いた。

少し考えてから、硬い声で応じる。

「なぜか分かりませんが、先生が所属されたゼラピオン同人会のことは、父からも母からもいっさい、聞かされませんでした。倉石の両親についても、同様でした。不思議にも、自分たちの若いころのことについては、何も話してくれなかったんです」

「倉石くんと結婚したとき、お互いの戸籍謄本なり抄本を、取っただろう。そのときに、自分の戸籍も見たはずだ。そうすれば、母親が本間家から秋野家へ、養女としてはいったことが、分かったんじゃないかね」

「相手の倉石の謄本は、しっかり見た覚えがあります。でもわたしの方は、よく覚えていないんです。自分でも、いいかげんだった、と思いますが」

きちんとした性格の麻里奈が、自分の出自を詳しく調べなかったのは、なんの疑いも抱いてなかったからかもしれない。

おそらく久光創が、倉石家の養子にはいって玉絵と結婚し、倉石学の父親になったいきさつに、気を取られていたのだろう。

本間が、顎をなでて言う。

「だとすると、わたしがきみの母親の兄だ、といきなり言われても、ぴんとはこなかっただろうな」

麻里奈は目を伏せ、声を落として応じた。

「正直に言うと、おっしゃるとおりです」

本間は、よく分かると言わぬばかりに、二度うなずいた。

「それが、当然だ。これからも、今までどおりでいい。きみに、おじさんなどと呼ばれたら、わたしもくすぐったいからな」

くすりと笑ったものの、すぐに麻里奈は真顔にもどった。

「くどいようですが、沙帆さんに由梨亜を連れて来るように、とおっしゃったのは、ユリア・マルクからの連想ではなかった、ということですね」

「むろんだ。妹の依里奈の孫の顔を、見ておきたかったからにすぎんよ。きみとも、いずれは会うことになる、と思っていたしな」

「由梨亜の印象は、いかがでしたか」

「きみと依里奈の、いいところをすべて兼ね備えた美少女、といってよかろうな」

「ユリア・マルクのように、ですか」

麻里奈の追及に、本間はまた苦笑した。

「一枚だけ残っている、ユリア・マルクの肖像画を見ると、ただの田舎のばあさん、という印象だ。それも当然さ。残念ながら、四十八歳のときの肖像画だからな」

麻里奈も沙帆も、黙っていた。

まずいことを言ったと思ったのか、本間はあわてて付け加えた。

「まあ、十九世紀の前半は、ヨーロッパでも平均余命が短かったし、四十八歳は十分にばあさん、というか、おばさんだったろう」

なんの言い訳にもなっていない。

沙帆は、助け舟を出した。

「ユリアは、確かホフマンよりちょうど二十歳、年下でしたよね」

本間が、ほっとしたようにうなずく。

「さよう、そのとおりだ。ユリアは、一七九六年生まれだからな」

「だいぶ前の訳注で、ユリアはずいぶん長生きした、とお書きになりませんでしたか」

「ああ、書いた覚えがある。ユリアは、一八六三年まで、長生きした。あと二日で、六十七歳になるところだった。当時としては、かなりの長命だった、といってよい」

麻里奈が言う。

「一八六三年というと、明治維新の直前ですよね」

「そうなるな。あたかも、徳富蘇峰《とくとみそほう》が生まれた年だ。ついでに言えば、新渡戸稲造《にとべいなぞう》や黒岩涙香《るいこう》、森鷗外らが生まれた翌年、ということになる」

本間は口を閉じ、あらためて切り出した。

「念のために聞くが、麻里奈くんがわたしの姪だという話を、倉石くんにはしたのかね」

突然話が変わり、麻里奈はさすがにたじろいだ様子で、ちょっと顔を伏せた。

沙帆も、そのことが気になっていたので、どう答えるか耳をすました。

麻里奈が顔を上げ、固い声で応じる。

「話していません。わたしもまだ、気持ちの整理がつかないものですから」

本間は、あっさりうなずいた。

「ああ、それならそれでいい。話すも話さぬも、きみの自由だ。倉石くんにしても、それが分かったからといって、ショックを受けたりはするまい。まあ、大喜びをすることも、ないだろうがね」

そう言って、くくくと笑う。

麻里奈も、口元をほころばせた。

「ギターのこともありますし、黙っているわけにいきませんから、近いうちに話すことにします」

69

本間鋭太は指を立て、思いついたように言った。

「さてと、また話を変えてもいいかね」

「もちろんです」

倉石麻里奈が応じて、よどんだ気分を入れ替えるように、すわり直す。

本間は、テーブルの上の報告書に、うなずいてみせた。

「今回の報告書で、いささか長い訳注をつけたが、そこに書かなかった興味深い話が、もう一つある。ホフマンに、直接関わりがあるわけではないが、まったくないともいえない仮説だ。そのことに触れた著述は、今のところ現われていない」

「とおっしゃると、それはまだ先生の中にしか存在しない、ということですか」

「そういうことになるな」

麻里奈が何か言う前に、古閑沙帆は口を挟んだ。

「先生が、あえてお書きにならなかったとすれば、やはり大胆な推測の域を出ないお話、ということですね」

本間はいやな顔をして、沙帆をじろりと見やった。

「見すかしたようなことを、言うものではない。これだとて、醜悪を怪奇にまで高めるような、浪漫的な話かもしれんぞ」

麻里奈が、沙帆に目を向ける。

「黙って、拝聴しましょうよ」

「はい、はい」

沙帆は、麻里奈にならって膝の上に、両手をそろえた。

背筋を伸ばし、本間の話を待つ体勢になる。

それを見ると、本間はいかにも居心地が悪そうに、尻をもぞもぞと動かした。

「話というのは、さっきの『悪女モニカ』を書いたのはだれか、という問題だ」

沙帆は、つっかい棒をはずされたような気分で、かくんとなった。

うっかり、また口を出してしまう。

「その種のポルノのお話でしたら、ホフマンが書いたのではない、という確認だけで十分だ、と思いますが」

麻里奈が、顔を向けてきた。

「いいじゃないの。かりに、行方不明になった問題の自筆原稿が、いまだにどこかに埋もれたままだとしたら、また出てくる可能性もゼロではないわよね。それを確認しないかぎり、ホフマンが書いたのではない、と断定することはできないわ」

妙に、理屈っぽいことを言う。

「それにしたって、ベルリン時代にホフマンと親しかった、ルートヴィヒ・デフリントなる俳優の子孫、それも傍系の子孫の家に伝わった、というだけの話でしょう。本物の可能性は、きわめて低いと思うわ」

本間が両手を上げ、二人をなだめる。

「まあ、待ちたまえ。議論は、話を聞いてからにしてもらいたい」

沙帆は、麻里奈と顔を見合わせ、あわてて本間に頭を下げた。

「すみません」

二人の声が重なり、思わず笑ってしまう。

本間は、もっともらしく話を始めた。

「ホフマンと同時代の女性に、ヴィルヘルミネ・シュレーダーと称する、オペラ歌手がいた。生まれは一八〇四年十二月で、死んだのは一八六〇年一月だ。享年五十五だから、当時としてはまずまずの寿命だろう。美女かどうかは分からんが、オペラ歌手は美女でないと売り出せんので、そこそこの美女だったに違いあるまい」

麻里奈が、少しじれったげに、口を出す。

「ホフマンとは、三十歳近く年が離れていますけど、交流はあったんですか」

「いや、あったという話は、聞いておらん。父親は声楽家で、母親は俳優だったそうだから、ヴィルヘルミネもそれなりの美貌と、音楽的才能の持ち主だったのだろう。少なくとも両親は、そうした娘の長所を伸ばすような教育を、施したに違いない」

本間は言葉を切り、ぐいとグラスをあけた。

沙帆は、また麦茶をいれ替えてこようか、と思った。しかし、話の続きを聞き逃すのが惜しくて、席を立つのをやめた。

本間が続ける。

「ヴィルヘルミネは十七歳のとき、モーツァルトの『魔笛』でパミーナ役を務めて、オペラ界で将来を嘱望される、確固たる基礎を築いた。さらに、二十五歳のときに、結婚している。その相手がだれか、分かるかね」

「分かりません」

また、二人の声が、重なった。分かるわけがない、という不満げな口調まで、一緒だった。

本間は、おもむろに言った。

「例の、カール・デフリントだ」

また、デフリント一族かと、少々うんざりする。

それを見すかしたように、本間が報告書を指で示した。

「その中に、出てきたじゃろう。ルートヴィヒ・デフリントの甥だ」

麻里奈がうなずく。

「ええ、そうでした。『悪女モニカ』の生原稿は、ホフマンからルートヴィヒ・デフリントの手に渡り、さらにその死後甥のカールに遺された、という流れでしたね」

沙帆も、記憶をたどった。

「その原稿は、カールから息子のマックスに託され、さらにマックスの娘のズザンナに、引き継がれました。そして、ズザンナが不審死を遂げたために、夫のハウザー博士の手元に遺された、というお話ですね」

頭の中で、もう一度整理し直すために、繰り返してみせる。

本間がうれしそうに、ソファの肘掛けを叩く。

「そう、そのとおりじゃ」

「それとヴィルヘルミネと、どういう関係があるんですか」

麻里奈が、いくらかいらだちのこもった口調で、本間に聞く。

本間は鼻の下をこすり、いたずらっぽい目をした。

いやな予感がする。

「ヴィルヘルミネは、『ある女性歌手の回想録』という独白体の自伝を、残したんじゃ」

だいぶ前から、〈だ〉と〈じゃ〉が混在し始めている。

そういうときは、警戒しなければならない。

麻里奈が、少し体を乗り出す。

「その中に、ホフマンのことが書かれてるんですか」

その真剣な口調に、本間はちょっと鼻白んだようだった。

肘掛けにつかまって体を浮かせ、また何度かすわり直す。

「いや、そういうわけではない。この本は、十九世紀にはやった典型的な、ポルノ小説の一つらしいのだ」

麻里奈は、顎を引いた。

「功なり、名を遂げたオペラ歌手が、自伝でポルノを書いたんですか」

その見幕に、本間はソファに背を張りつかせた。

「まあ、そういうことじゃ。結局、カール・デフリントはヴィルヘルミネと離婚したが、その別れ際に妻の自伝の生原稿を、持ち去ったのではないか、と思われる」

あたりが、しんとした。

にわかに、窓越しに聞こえるアブラゼミの鳴き声が、大きくなる。

麻里奈が小さく、咳払いをした。

「つまり、最終的にハウザー博士に引き継がれたのは、ホフマンではなくてヴィルヘルミネの原稿、ということですか」

本間の言いたいことを、先取りしたような発言だった。

沙帆はひやりとして、本間の顔を盗み見した。

しかし本間は、顔色も変えずに応じた。

「人間同士のつながりからいっても、ホフマンよりヴィルヘルミネの原稿と考える方が、理屈が通ると思わんかね」

そう言って、こめかみに浮いた汗を、指でぬぐう。

それもまた、珍しいことだった。

その反応を見て、なんとなくこちらも眉に汗ならぬ、唾をつけた方がよさそうだ、と沙帆は思った。

麻里奈が聞く。

「今のお話は、先生の創作ですか」

鼓膜を突き抜けそうな、鋭い口調だった。

本間は、少しのあいだ固まっていたが、やがて張っていた肩をほっと緩め、ソファに沈み込んだ。

できれば、クッションの下にもぐり込みたい、という風情だった。

しぶしぶのように、口を開く。

「いや、作り話ではない。ヴィルヘルミネは、ゲーテの対話録にも名前が出てくる、れっきとした実在の歌手だ。カール・デフリントと結婚したのも、事実じゃ」

「その自伝とやらを書いたのは、ヴィルヘルミネ自身なんですか。先生はそれを、お読みになったんですか」

麻里奈は、追及の手を緩めなかった。

「まあ、『ある女性歌手の回想録』なるタイトルからすれば、ヴィルヘルミネが書いたものと思われそうだが、実際には偽作に間違いない。現役当時、飛ぶ鳥も落とす人気を誇った、ヴィルヘルミネの名を借りれば、売れると思っただれかのしわざさ。むろん、翻訳なんかされとらんだろうし、わしも読んだことがない」

本間は、見たこともないほどしおれた様子で、しかも蚊の鳴くような声だった。

麻里奈は腕を組み、長椅子の背がきしむほど勢いよく、もたれかかった。

「いくら先生でも、そんなお話を訳注に入れるわけには、いきませんよね」

その皮肉に、本間はうつむいたまま二人に向かって、両手をかざした。

「すまん、すまん。きみたちのことだから、すぐにおかしいことに気がついて、笑い話になると思ったんじゃ。勘弁、勘弁」

沙帆は、本間があまりすなおにあやまったので、少し拍子抜けがした。

もっとしぶとく、ああだこうだと理屈をこね回して、言い抜けると思ったのだ。

二人が黙っていると、本間はちらりと様子をうかがうように、目を上げた。

「考えてもみたまえ。ヴィルヘルミネの生まれは、一八〇四年と言ったはずじゃ。『尼僧モニカ』が出た、とされる一八一五年にはまだ、十歳かそこらだろう。ポルノなど、とても書ける年ごろではない。きみたちも、それですぐに気がつく、と思ったんじゃがね」

沙帆は、またまた麻里奈と顔を見合わせ、苦笑を交わすしかなかった。

確かにそれを、聞き過ごしてしまった。

麻里奈が頬を緩めたまま、また本間に声をかける。

「もう少し、信憑性のあるエピソードは、ないんですか」

本間は、両手の指先を突き合わせて、天井を見た。

「ううむ。今のところは、種切れじゃな」

麻里奈は、テーブルの報告書を取り上げ、ていねいにそろえ直した。

「話をもどしますが、この報告書はあとどれくらい、続くのでしょうか。今の報告の時点から、ホフマンが死ぬ一八二二年まで、まだ六、七年あるはずですが」

本題にもどったので、本間はほっとしたように腕を組んだ。

「欠落が多いから、そう長くはならんはずだ。解読の方は、昔あらかたすませておいたから、あとは翻訳するだけじゃ」

麻里奈は、ちらりと沙帆を見てうなずき、本間に頭を下げた。

「分かりました。きょうは、突然押しかけてしまって、失礼しました。沙帆さんから、いつも先生のお話を聞かされていましたし、ぜひお目にかかりたいと思ったものですから」

いかにも麻里奈らしい、さっぱりした切り上げ方だ。

本間は、ようやく余裕を取りもどしたように、体の力を緩めた。

「別に、気にしておらんよ。今度から、きみが直接取りに来ても、かまわんくらいじゃ」

沙帆はぎくりとして、麻里奈の顔を盗み見した。

「ありがとうございます。でもこのプロジェクトは、沙帆さんを通じてスタートしましたから、最後まで彼女にお願いするつもりです」

今度は逆にほっとして、スカートのしわを直すふりをする。

麻里奈は、自分のトートバッグに報告書をしまい、長椅子を立った。

「それでは、失礼します。麦茶とおせんべいを、ごちそうさまでした」

沙帆も腰を上げ、麻里奈のために体をどける。

麻里奈は先に立ち、廊下に出て行った。

沙帆があとに続こうとしたとき、ソファを飛びおりた本間が小さく、咳払いをした。

目を向けると、本間は沙帆に指を立てて軽くウインクし、にっと笑った。

沙帆はあいまいに頭を下げ、麻里奈に続いて洋室を出た。

〈ディオサ弁天〉から路地を抜けて、日の照りつける表通りに出る。

少し歩くと、以前倉石学や由梨亜とはいったカフェテリア、〈ゴールドスター〉に差しかかった。

「冷たいものでも、飲んでいかない」

麻里奈が言い、沙帆もそうね、と応じる。

窓際の席で、アイスコーヒーを飲みながら、その日の感想を話し合った。

「もっと気むずかしい、いわゆる学者ばかかと思っていたけど、実物は全然そうじゃないのね」

麻里奈の感想に、沙帆はうなずいた。

「変人には違いないし、浮世離れしているところもあるけれど、思った以上にまともな人よ」

「先生のところへ、由梨亜を行かせてだいじょうぶかなんて、そんなことを思ったのがおかしいくらい。先生が言ったとおり、自分の妹の孫に会いたいっていう、素朴な関心だったわけね」

「ええ。そうならそうと、最初から言えばいいのにね」

麻里奈が急に、くすりと笑う。

「でも、おもしろい人よね。最後に持ち出した、ヴィルヘルミネなんとかいうオペラ歌手の、ポルノの話なんか本筋と関係ないじゃない。ただ、デフリントの一族と結婚した、というだけで」

「ただ、そのポルノが『悪女モニカ』として、デフリントの子孫に流れたという説は、いかにもありそうじゃない。ホフマンから、ルートヴィヒ・デフリントに託された、というよりはよほど説得力がある、と思うわ」

「そのくせ、『悪女モニカ』がヴィルヘルミネの自伝だとしたら、十歳かそこらで書いたことになるという、偽作の種明かしをするなんてね。最初から、それがねらいだったのよ。きっと、伯父と姪のぎくしゃくした関係を、解きほぐそうとしたんだわ。垣根を取り払おうとか、せめて低くしようとか、そういうねらいがあったんじゃないかしら」

沙帆は、窓の外を眺めていた目を、麻里奈にもどした。

「そうかしら。どうして、そう思うの」

「だって、沙帆は気がつかなかったかもしれないけど、わたし、ずいぶん緊張していたのよ、途中まで」

「ほんとに」

沙帆はそのまま、言葉を途切らせた。

きょうの顔合わせのあいだ、麻里奈が緊張していたのはほんの最初だけで、あとはふだんと変わらないように、見えたのだ。

「わたしも、初めのうちは確かに、構えていたの。話してるうちに、だんだん先生の人柄が分かってきて、最後の方には気持ちがほぐれてきたわ。きっと、先生の方が気を遣って、最後にあんなばからしい話を、持ち出したのよ。自分に対して、別に構えることはないよという、メッセージなんだわ」

そう言われて、沙帆は洋室を出るときに本間がのぞかせた、意味ありげなウインクと笑いが、頭によみがえった。

それが、たった今麻里奈が言ったことを、裏付けているような気がした。

とはいえ、本間も隠したはずのそのねらいを、麻里奈に見抜かれていたことまでは、気づいていないだろう。

「そういえば」

ふと思い出して、沙帆は麻里奈を見た。

「よく決心したわね。あの古文書を、解読作業の終わる前に、進呈すること」

麻里奈が、ため息まじりに応じる。

「未練たらしく、手元に置いておいても、しかたないもの。宝の持ち腐れだわよ。今のうちに進呈すれば、先生も解読作業を目いっぱい急ごう、という気にもなるでしょう」

「そうね。わたしとしては、麻里奈にあの報告書を使って、ホフマンの卒論をもう一度、書き直してほしかったけれど」

麻里奈が、自嘲めいた笑みを浮かべる。

「最初のうちは、わたしもやる気満々だったのよ。でも、本間先生の解読原稿と訳注を読むうちに、とてもわたしの出る幕じゃないって、気がついたの。それより、あれだけの学識と素養がありながら、なぜ今まで本間先生はホフマンの本を、書かなかったのかしら。むしろ、その方が不思議だわ」

「それはきっと、本間先生のこれからの仕事になる、と思うわ」

そうとしか、言いようがなかった。

麻里奈は、アイスコーヒーを飲み、しばらく黙っていた。

それから、さりげない口調で言う。

「ところで、原稿はわたしがきょう受け取っちゃったから、沙帆はあしたうちに来ないわけ」

質問とも、確認ともつかぬあいまいな問いかけに、沙帆はとまどった。

「麻里奈も、本間先生のお話を一緒に聞いたことだし、行くまでもないでしょう」

「でも、帆太郎くんはいつもどおり、倉石にレッスンを受けに来るのよね」

「たぶん。学校で、何もなければ」

麻里奈は、顔をガラス窓の方に向けたまま、早口で言った。

「それじゃその前に、沙帆だけ一人で帆太郎くんより先に、来てくれないかな」

「どうして」

「倉石に、本間先生がわたしの母の兄だと分かったこと、つまりわたしが先生の姪だということを、話したいのよ。一人だと、なんとなく不安だから、沙帆に同席してほしいの」

意外な頼みごとに、沙帆は面食らった。

「わたしが同席したって、なんの役にも立たないと思うわ」

麻里奈が、椅子ごと沙帆の方に向き直り、両手を合わせる。

「何も言わなくていいの。そばにいてくれるだけで。お願い」

当惑のあまり、言葉が出てこない。

倉石とのあいだには、麻里奈に話していない共通の内緒ごとが、いくつかある。

倉石から個人的に、〈響生園〉にいる母親の話などを、聞かされたこと。

由梨亜に、本間のレッスンを受けさせたこと。

本間の家に倉石を連れて行き、パヘスのギターを試奏させたこと。

どれも、頭の隅にこびりついて残り、忘れたことはない。

そうした負い目を考えると、倉石と麻里奈の前で自然に振る舞えるかどうか、不安になってしまう。

こうなると分かっていたら、最初からすべて隠さずに話した方がよかった、という思いにとらわれた。

なんとなく、自分にも倉石夫婦にも、腹が立ってくる。

「きょう、本間先生のお宅に行くと決めた時点で、倉石さんに話せばよかったのに」

恨みがましく言うと、麻里奈は目を伏せた。

「言おうとしたけど、言えなかったのよ。きょうのことだって、友だちの家に行くとか言って、嘘をついたくらいだから」

つい、ため息が出る。

まったく、めんどうなことになってしまった。

70

カフェテリアを出る。

五分ほど歩いて、都営地下鉄大江戸線の牛込柳町駅に着いたとき、倉石麻里奈が突然言い出した。

「ねえ、沙帆。わたし急に、カレーが食べたくなっちゃった。神保町《じんぼうちょう》に行かない」

そう聞かれて、古閑沙帆はとまどった。

確かに、古書街として知られる神田神保町は、カレーライスのメッカでもある。

「いいけれど、ちょっと中途半端な時間ね。まだ四時半よ」

「お店は、午後の休憩があったとしても、五時か五時半にはあくわよ。あいてなければ、東京堂か三省堂で時間をつぶせばいいし」

夏休みになってから、神保町にはご無沙汰したままなので、少し食指が動いた。

考えてみると、しばらくカレーライスを食べていないし、時間があれば北沢書店の古書部も、のぞいてみたい。

沙帆は家に電話をして、義母のさつきにその旨を伝え、夕食を息子の帆太郎とすませてほしい、と頼んだ。

さつきは、いつものようにこころよく、承知してくれた。もともと帆太郎は、沙帆よりも祖母の作る手料理の方を、気に入っているのだ。

大江戸線で春日へ回り、三田線に乗り換えて神保町に出る。

東京堂と三省堂を一回りして、そのあと神保町の交差点を九段下の方へ渡り、北沢書店へ行った。

北沢書店は、もと老舗の洋書の専門店で、以前は一階で新刊本を販売し、二階で古書を扱っていた。

しかし、インターネットの普及で洋書の入手が簡単になり、店頭での販売に影がさしてきた。そのため、だいぶ前に新刊本のフロアをテナントに回し、児童書の専門店に衣替えした。

ただ、二階の古書部だけは今も、営業を続けている。

目につく掘り出し物もなく、たちまち六時近くになってしまった。

古書センタービルにある、カレーライスの名店〈ボンディ〉に行こうと、靖国通りを引き返した。

ビルの少し手前に、〈文耕堂〉という好事家向きの書店があり、平台を出していた。

そこは、廃刊になった古い雑誌のバックナンバーや、映画のプログラムなどを専門に扱う店で、沙帆は一度も中にはいったことがない。

麻里奈が突然足を止め、平台の奥の小棚に、目を向けた。

ケースつきの古めかしい本が、ずらりと並んでいる。

背表紙に、〈江戸秘本集成〉とある。

「大昔の、江戸の好色文学のシリーズね。ばら売りみたいだけど」

麻里奈はそう言って、平台に近づいた。

「海外ものもあるわ。ブラントームの『艶婦伝』。クリーランドの『ファニー・ヒル』。バルザックの『艶笑滑稽譚』、チョーサーの『カンタベリー物語』。どれも、一冊二百円ですって」

沙帆も、しかたなくそばに行って、一緒に平台をのぞき込む。

「ここは確か、ビジュアル系の雑誌のバックナンバーが、専門でしょう」

「そうだけど、仕入れに交じっていた専門外の本は、こうやって平台に出すの。そういう本は、いわゆる専門店よりずっと値付けが安いし、ときどき掘り出し物があるのよ」

「でも、この台はあやしい本が、ほとんどだわ」

「いいじゃないの。わたしは別に、好色文学やポルノに、偏見を持ってないわ。こうした本は、言葉や文字と同時に生まれた、といってもいいくらい、古いんだから。たとえば、アリストファネスの『女の平和』なんか、その最たるものでしょう」

「知らない。アリストファネスって、ギリシャの喜劇詩人じゃないの」

「セックスそのものが、ほとんど喜劇でしょうが」

「はい、はい。もしかすると、ここに例の『悪女モニカ』が、あるかもね」

平台に、ぎっしり詰め込まれた文庫本の、背表紙の列に目をこらす。

なんとなく視線を走らせていると、突然目の中に〈歌姫〉という文字が、飛び込んできた。

あわてて見直す。

すると、黒い背に黄色い文字で書かれたタイトルが、『ある歌姫の想い出』と読み取れた。

ぎくりとして、さらに目を寄せる。

作者名が小さい字で、〈W・S・デフリエント〉とあった。

沙帆は、急いで手を伸ばして、それを抜こうとした。しかし、文庫本は隙間なく詰まっているため、指がなかなかはいらない。

「ちょっと、これを見て」

そう言って、麻里奈の肘をつつく。

麻里奈も、何ごとかとばかり平台に目を近づけ、沙帆の指先をのぞいた。

次の瞬間、頓狂な声を上げる。

「まさか。嘘、嘘でしょ」

麻里奈は、ためらわずに沙帆の手を押しのけ、長い爪の先を隙間に差し込んで、その文庫本を無理やり抜き出した。

二人とも、あまりのことに言葉もなく、それを見つめる。

カバーは全体が黒だが、表だけ白抜きの額縁になっており、大きな帽子に赤い長手袋をした、女の絵が描かれている。

原題は、"MEMOIRES D'UNE CHANTEUSE ALLEMANDE"。フランス語のタイトルだ。その下に、カバーの絵を描いた画家の名前も、横文字で〈Kuniyoshi Kaneko〉と出ている。

上部を確かめると、日本語で確かに『ある歌姫の想い出』、W・S・デフリエントとあった。

おそらく、フランス語訳からの重訳だろうが、先刻本間鋭太のところで話題になった、ヴィルヘルミネ・シュレーダー＝デフリントの回想記に違いない。

麻里奈が、興奮した口ぶりで言う。

「本間先生が、『ある女性歌手の回想録』とか言ってた本は、作者の名前からしても、これのことよね。デフリエントと、一字違いだけど」

「そうとしか思えないわ。先生は、翻訳なんかされてないだろうし、オリジナルも読んだことがない、とおっしゃっていたけれど」

沙帆が応じると、麻里奈は本を振り立てた。

「もしこれが、ヴィルヘルミネの自伝の訳本だとしたら、まさに先生をあっと言わせる大発見だわよ」

その口調に乗せられて、沙帆もさすがに気分が高揚する。

「そうね。これぞユングの言う、〈シンクロニシティ〉かもね」

「うん。わたし、急にカレーを食べたくなることなんて、めったにないもの。あれは、この本と巡り合うための偶然、というより必然的予兆だったんだわ」

確かにこんな偶然は、めったにないだろう。

何かに導かれた必然、としか思えなかった。

麻里奈が、すばやく奥付を開く。沙帆も、横からのぞいて見た。

発売元は、富士見書房。富士見ロマン文庫、という
シリーズの一冊らしい。
発行は昭和五十三年、つまり一九七八年の十一月の
奥付で、沙帆も麻里奈もまだ生まれていない。
麻里奈はぱたんと本を閉じて、すばやく平台に指を
走らせ始めた。
何を探しているのかと思ったら、すぐにまた別の列
のあいだに指を差し込んで、新たな文庫本を引き抜く。
よく見ると、少し状態は悪いが、同じ〈歌姫〉の本
だった。
「こういう平台には、よく同じ本が並んでいるのよ。
とくに、文庫本はね。見逃す手はないわ」
麻里奈が言うのを聞いて、沙帆はすぐにぴんときた。
「分かった。それは、本間先生の分ね」
「そう。これで先生から、一本取ることができるわ。
でも、こっちの方は沙帆に、預けておく。ちゃんと目
を通して、来週また一緒に行ったときに、先生に進呈
するのよ」
沙帆はなんとなく、ためらった。
「わたし、この手のものは得意じゃないから、麻里奈
が持って行ってよ」
麻里奈が、横目でにらむ。
「お堅いことは、言いっこなし。これだってホフマン
研究の、貴重な資料かもしれないじゃないの」
そう言ってから、急にいたずらっぽい目をして、あ
とを続けた。
「それとも、現在独り身の沙帆が読むには、ちょっと
刺激が強すぎるかしらね」
「ばかなこと、言わないでよ」
笑って言い返しながら、内心少しどぎまぎした。
麻里奈は、二冊の『ある歌姫の想い出』を手に持ち、
すたすたと店にはいって行った。
沙帆は気後れがして、その場で待つはめになった。
出て来ると、麻里奈は紙袋にはいった一冊を、沙帆
に押しつけた。
腕時計を見て、高らかに宣言する。
「さてと、ユングの恵みのありがたいカレーを、食べ
に行こうじゃないの」

＊

翌日の午後。
沙帆は、帆太郎のレッスンが始まる一時間前に、一

人で本駒込のマンションに行った。

倉石学は、帆太郎の一つ前のレッスンを終え、リビングで麻里奈と紅茶を飲みながら、休憩をとっていた。

由梨亜は、学校の友だちと上野の国立博物館に行った、という。

沙帆を見て、倉石はいかにも愛想笑いと分かる、わざとらしい笑みを浮かべた。

「どうも。暑いですね」

言うことも、紋切り型のせりふだ。

麻里奈が、新しい紅茶の用意をすると言って、ソファを立つ。

沙帆は、洗面所を借りると断わりを入れ、一緒に腰を上げた。

よほどの場合を除いて、化粧直しなどめったにしないのだが、倉石と二人きりになるのが、なんとなく気詰まりだった。

かたちばかり口紅を直して、リビングにもどる。

麻里奈は、沙帆が長椅子にすわるのを待って、紅茶をすすめた。

それから、おもむろに言う。

「わざわざ来てもらったのに、ごめんなさいね。実はゆうべ、倉石に本間先生とわたしの血縁関係を、報告してしまったの」

沙帆は、一口飲んだ紅茶を置き、背筋を伸ばした。

「あら、そうなの」

そう言いながら、倉石に目を移す。

倉石は、なんとなく釈然としない様子で、小さくうなずいた。

「まさかと思ったけど、冗談じゃなさそうだった」

「ええ。ほんとうに、麻里奈さんは本間先生の、姪御さんなんです」

そう請け合いながら、沙帆は気持ちの張りを失った感じで、肩の力が抜けた。

一人では、なんとなく不安だから立ち会ってほしいと、確か麻里奈はそう言っていたはずだ。

麻里奈が続ける。

「ついでに、きのう沙帆と本間先生のお宅にうかがって、伯父と姪の対面を果たしたことも、話しちゃったの」

少しのあいだ、沈黙が漂った。

倉石が、その場を取りつくろうように、口を開く。

「本間先生は、最初から家内が姪だということを、ご存じだったわけでしょう。それをどうして、今まで黙っておられたのかな」

わざとらしいほど、ていねいな物言いだ。

麻里奈が、その問いに答えようとしないので、沙帆はやむをえず言った。

「本間先生によれば、そのことと今回の解読翻訳の仕事とは、直接関係がないから黙っていたと、そうおっしゃっていました」

「関係のあるなしじゃなくて、濃い血のつながりがあると分かれば、すぐにも打ち明けるのが、ふつうじゃないかな。まあ、隠さなければいけない事情があるのなら、話は別ですけどね」

「それはない、と思います。本間先生がおっしゃるには、妹の依里奈さんは秋野家の戸籍にはいって、本間家とは別の家の人に、なってしまった。自分とは、もはや関わりのない人だから、その娘の麻里奈さんについても同様である、ということらしいです」

倉石の口元に、皮肉めいた笑みが浮かぶ。

「そうかな。先生が古閑さんに、由梨亜を連れて来てもらいたがったのは、ホフマンとユリアのエピソードとは関係なくて、単に実の姪の娘に会いたかったからじゃないのかな」

沙帆は、あいまいにうなずいた。

「まあ、そんなところだ、と思います」

また、会話が途切れる。

倉石がなんとなく、おもしろくなさそうにしていることは、その口ぶりから分かった。

しかし倉石自身にも、個人的に沙帆に母親の玉絵の話をしたことや、由梨亜に本間鋭太のレッスンを受けさせたこと、さらに沙帆と由梨亜と一緒に本間宅へ行き、パヘスのギターを試奏したことなど、麻里奈に黙っている事実がいくつかある。

そうしたことに対して、倉石が少しも後ろめたい様子を見せないのが、沙帆にはむしろ腹立たしかった。

本間ばかりを責めるのは、フェアとはいえない。

沙帆は気を取り直し、思い切って麻里奈に言う。

「あのことは、倉石さんに話したの」

麻里奈は、きょとんとした。

「あのことって」

「古文書と、パヘスのことよ」

「ああ、あのこと」

二人のやりとりに、倉石が興味を抱いた様子で、割り込んでくる。

「古文書とパヘスって、なんのことだ」

麻里奈は、沙帆を見返しただけで、何も言わない。

しかたなく、沙帆は口を開いた。

「麻里奈が、解読翻訳料のかわりに、例の古文書の前半部分を、本間先生に進呈する、と正式に申し出たんです」

倉石が、いかにも納得できるというように、うんうんと二度うなずく。

「それがいちばん、リーズナブルなお礼だろうね。翻訳原稿さえあれば、麻里奈が論文を書くのにも、十分だろうし」

麻里奈は目を伏せ、紅茶を一口飲んだだけで、何も言わなかった。

倉石が、付け加える。

「それに、伯父と姪の名乗りを上げげた、記念にもなるしね」

相変わらず、麻里奈が黙ったままなのを見て、沙帆は続けた。

「そのかわり、本間先生は手持ちのパヘスのギターを、古文書と引き換えに倉石さんに進呈する、とおっしゃいました」

それを聞くと、倉石は目を大きく見開いて、上体を起こした。

「ほんとですか。嘘でしょう」

声がほとんど、ひっくり返っている。

やっと麻里奈が、口を開いた。

「ほんとよ。そのギターは、あなたが持っている方がいい、とわたしも思うわ。あの古文書が、あちらの手元にあるべきだというのと、同じようにね」

倉石が、めったにないほど真剣な目で、麻里奈を見る。

「しかし、きみはそれでいいのか。あの古文書には、最初からずいぶん固執していた、と思ったけど」

「いいのよ。それなりの価値があるものは、収まるべきところに収まるのが、ベストでしょう」

倉石は、少しのあいだ麻里奈を見つめ、軽く頭を下げた。

「きみには、礼を言わなければならないな。あの古い手記が、きみにとってどんなに貴重なものかは、分かっているつもりだ。それをぼくのために、パヘスのギターと交換してくれるとは、考えてもいなかった」

麻里奈は、困ったような顔をして、ちらりと沙帆を見た。

「あなたのためにといっても、もともとあの古文書はあなたが見つけて、買ったものじゃないの。そんなに感謝されたら、くすぐったいわよ」

沙帆も、口を出す。

「そうよ。十万円の投資が、十倍だか二十倍だか知らないけれど、大きくなって返ってきたんだから、すなおに喜ばなくては」

倉石は、首を振った。

「いやいや。あの古文書の価値は、そんなものじゃないような気がする。少なくとも、パヘスの市場価格よりは上だ、と思うな」

だいぶ興奮したらしく、唇の脇に唾が浮いている。

そのとき、チャイムが鳴った。

時計を見ると、すでに帆太郎のレッスンの時間になっていた。

71

倉石麻里奈が、紅茶をいれ替える。

古閑沙帆は、新しいクッキーに、手を出した。

レッスン室から、ギターの音が小さく、流れてくる。

帆太郎のレッスンが、始まったのだ。

「わざわざ来てもらって、悪かったわね。けさ、よっぽど沙帆に電話して、きょうは来てくれなくていいって、そう言おうかと思ったのよ」

麻里奈の言葉に、沙帆は首を振った。

「いいのよ。でも倉石さん、あまり納得した様子ではなかったわよね。本間先生が、麻里奈との血縁関係を、ずっと黙っていたことに対して」

麻里奈が、含み笑いをする。

「それも、先生があの古文書と引き換えに、パヘスとやらを差し出すと聞いて、機嫌が直ったはずよ。男って、単純だからね」

笑いを嚙み殺す。

「あの古文書は、もともと倉石さんがマドリードで、掘り出したものよね。そしてパヘスは、本間先生が確かハバナの蚤の市で、発掘したものでしょう。麻里奈の言うとおり、その二つがそれぞれ、収まるべきところへ収まったわけだから、めでたし、めでたしじゃないの」

麻里奈は、大きく息をついて、ソファに背を預けた。

「そうよね。これで、卒論を書き直そうなんていう、だいそれた妄想もけし飛んだし、ほんとにめでたし、めでたしだわ」

沙帆は、それについて何も言わずに、紅茶に口をつけた。

最初の勢いはどこへやら、麻里奈は本気で卒論の書き直しを、あきらめたようだ。

そもそも、新たに手を入れ直したからといって、すぐに発表できるというものではない。

ただ、何かしら熱中できるものを持つのは、悪いことではないと思う。もし、ほんとうに麻里奈があきらめたのなら、かわりに自分がやってもいいという、新たな意欲さえわくほどだ。

麻里奈が、体を乗り出して急に声をひそめ、聞いてくる。

「ところで、きのうの文庫本、読んでみた」

沙帆はわれに返り、さりげなくまた一口、紅茶を飲んだ。

「〈あとがき〉だけ、ざっとね」

そっけなく答えたものの、実のところ本文の方も、最初の三十ページほどは、読んでみたのだ。

しかし、あまりの過激さに体がしだいに熱くなり、途中でやめてしまった。

もともと、こうした本を読む習慣がなかったため、免疫ができていなかったせいもあるだろう。読み続けることに、妙な罪悪感のようなものを感じ、本を閉じてしまった。

正直にいえば、家事を終えてベッドにはいったあと、久しぶりにいたずらをしてみようか、という気にもなったほどだ。

とはいえ、それもまたさらに強い罪悪感に襲われて、がまんしたのだった。

つくづく、損な性格だと思う。

麻里奈が疑わしげに、横目でにらんでくる。

「わたしはね、ゆうべ九時ごろまでテレビで、くだらないバラエティを見ていたのよ。それから、このソファで読み始めたわけ。そうしたら、やめられなくなっちゃってね。読み終わったら、夜中の二時。久しぶりに、興奮したわ」

それを聞いただけで、沙帆は顔がほてってった。

麻里奈の率直さが、うらやましくなる。

「そんなに、過激な内容なの」

さりげなく聞き返すと、麻里奈はきゅっと眉根を寄せた。

「というか、今のポルノ小説って露骨で、そのシーンばかりでしょう。ことさら、卑猥な造語を駆使したりしててね」

さすがに、苦笑してしまう。

麻里奈が、そんなものを読んでいるとは、知らなかった。

麻里奈は続けた。

「そういうのと比べると、ヴィルヘルミネの回想記はおとなしいし、女心がよく書けているのよね。文学的、と言っていいかどうか分からないけど、ただの好色本じゃないと思うわ」

「ほんとうに、ヴィルヘルミネが書いたのかしら」

「それはどうかな。なんともいえないわね。第一部は、ほとんど自分の性体験の羅列だけど、第二部になると音楽とか仕事のことが、ちらちら出てくるの。ただ、第一部はヴィルヘルミネが死んだ二年後、第二部は十年後に出版されたとかで、なんとなく印象が異なるのよね。訳文からは分からないけど、書き手が違うんじゃないか、という気がするわ。少なくとも、連続して書かれたものじゃない、と思う。第二部は、マルキ・ド・サドのことに触れたり、ジョルジュ・サンドとミュッセの色模様に言及したり、どうもタッチが変わるの。一部と二部は、時代的に話が連続しているのに、出版がなぜ八年もあいたのか、意味が分からないわ。別人が、続きを書いた可能性が、高いと思う」

それを聞くかぎり、麻里奈はかなり気を入れて読んだようだ。

麻里奈が続ける。

「それに、第二部にはヴィルヘルミネが、ポルノ写真を見るくだりがあるのよ。ヴィルヘルミネの若いころ、つまり一八三〇年前後には写真はまだ、発明されていなかったと思うわ。かりに、プロトタイプは作られていたとしても、それが一般に出回るほど普及していた、とは考えられない。第二部が出版された、一八七〇年ごろなら分かるけどね」

「そのころにはもう、ヴィルヘルミネは死んでしまっているわね」

「そう。だから、少なくとも第二部は、ヴィルヘルミネの作ではない、といっていいんじゃないかしら。訳者はそのあたりに、まったく触れてないけどね」

麻里奈が、ただ漫然と読んでいたわけではない、と分かって沙帆は感心した。

「〈あとがき〉によると、この自伝はヴィルヘルミネの性病を治療した、主治医だか恋人だかに宛てた手記、という体裁をとっているようね」

沙帆が確認すると、麻里奈は体を引いた。

「どちらにしても、ヴィルヘルミネが書いたのだとすれば、ただ音楽や歌の才能があっただけじゃなくて、文才にも恵まれていたと思うわ。ただし、第一部に関するかぎり、という条件つきだけど」

「ほんとうに、楽才と文才を兼備しているのなら、ホフマンも顔負けね」

「そう。でも文才については、訳者の筆力に負うところがあるかも。須賀なんとかさん、なんて人は聞いたこともないけど」

「訳者の筆力が高いとしたら、伊藤整《せい》と『チャタレイ夫人』の関係と、同じかしら」

麻里奈は笑った。

「チャタレイまではいかないにしても、この本だって今の時代に残るだけのものはある、という気がするわ。沙帆も、読んでみなさいよ。せめて、第一部だけでも」

沙帆はおおげさに、肩をすくめてみせた。

「やめておくわ。体に悪そうだから」

麻里奈は奔放に笑い、それからもう一度上体を乗り出して、声をひそめた。

「読んでから、もてあましちゃってね。ぐっすり寝ている、倉石のベッドにもぐり込んだの。本間先生の話をしたのは、そのついでというわけ」

沙帆は、めったに聞かない麻里奈ののろけ話に、顔が赤くなるのを感じた。

「いいかげんにしてよ、麻里奈ったら。わたしの身にも、なってほしいわ」

半分本音で言うと、麻里奈は真顔にもどった。

「ごめんね、調子に乗って。それより、〈あとがき〉を読んだって、言ったわよね。来週また、本間先生のところへ行くのに、要点を整理しておきましょうよ。ただ単に、訳本を見つけましたというだけじゃ、おもしろくないわ。先生をぎゃふん、と言わせなきゃ」

そう言ってソファを立ち、サイドボードの中からブックカバーをした、文庫本を取って来た。

沙帆も、トートバッグの中から、同じ本を取り出す。

麻里奈は、本を開いて言った。

「タイトルや内容からして、この本は明らかに『悪女モニカ』と、別物よね。それ一つをとっても、本間先生の悪い冗談だと分かるわ。偽作かどうかはともかく、オペラ歌手かそれに近い人が書いたことは、間違いなさそうだから」

それにならって、沙帆も冒頭の部分を開く。

「〈あとがき〉も、きちんとしているわよね。訳者の名前は須賀、なんと読むのかな。習慣の慣、慣れるという一字だけど。スガ・カン、かしら」

「聞いたことない人だけど、訳文や解説の文章を見るかぎり、ちゃんとした仏文学者、という気もするわね」

麻里奈に言われ、沙帆はあらためて〈あとがき〉を、開いてみた。

冒頭の記述によると、ギョーム・アポリネールがみずから編纂した、〈愛の巨匠〉シリーズにこの作品を入れ、初めてフランスに紹介した、とある。

その解説で、アポリネールは次のように書いている、という。


ドイツでこれほど有名な『ある歌姫の想い出』と名付けられた書物がいままでフランス語に翻訳されなかったことはふしぎに思える。(原文のまま)

そして訳者の須賀慣もまた、これほどの作品が今日まで邦訳されなかったのは、はなはだ奇妙だと付け加えている。

ふと気づいて、沙帆は言った。

「アポリネールが、フランスに初めて紹介したときの解説を、ここに入れてほしかったわね。そうしたら、この本ももう少し知られただろうし、話題になったかもしれないのに」

麻里奈もうなずく。

「そうね。単なるきわもの、と見なされるには惜しい作品だわ。この本はヴィルヘルミネの、と言って言いすぎなら、ある若いオペラ歌手の、〈ウィタ・セクスアリス〉だもの。だから、沙帆も来週先生のところへ行くまでに、ちゃんと読んでらっしゃいよ」

「はいはい、分かりました」

おどけた返事をしながら、沙帆はまじめに読んでみよう、という気になっていた。

【E・T・A・ホフマンに関する報告書・十二】

——しばしば、〈Auf Freude folgt Leid.（楽あれば苦あり）〉といわれるように、いいことばかりは続かない。

あなたたち夫妻が、ベルリンに居を移してほぼ二年後の八月三日（一八一六年）、王立劇場で初演された『ウンディーネ』は、大当たりを取った。何度も再演されて、そのたびに好評を博したことは、あなたもご存じのとおりだ。

むろんETAの音楽と、フケーの台本がよかったことが、いちばんの理由だった。

そのほかに、ETAが強力に推して起用した建築家、カール・F・シンケルの舞台装置が、圧倒的な評価を得たことも、特筆に値する。

それと併せて、わずか十八歳のヨハンナ・オイニケを、プリマ・ドンナに抜擢したことも、成功の要因の一つといえよう。

つまり、こうした条件がすべてうまく組み合わさって、『ウンディーネ』は大成功を収めたわけだ。

カール・マリア・フォン・ヴェーバーは、五カ月ほどたった翌一八一七年一月、〈AMZ〉に『ウンディーネ』について好意的な、というより絶賛に近い評論を寄せた。

このことは、ETAにとって大きな励みになった。同時に、いわゆる浪漫派の音楽を、世に知らしめる原動力にもなった、といってよい。

ともかくこの作品で、ETAの作曲家としての力量が、はっきりと認められた。

ただ、今後音楽家としてETAが、これほどの成功を収める機会が、ふたたびあるかどうか。

近ごろ、厳しさを増す一方の時間的制約を考えると、正直なところかなりむずかしい、という気がする。

お分かりのように昨年、『ウンディーネ』が初演される四カ月前の四月、あなたにとってもETAにとっても、社会的立場が大きく変わる出来事があった。

ETAが、大審院のただの発送担当事務官（Versand）から、正式の判事に昇進したことが、それだ。

そう、『ウンディーネ』の初演のおり、超満員の聴衆から大歓声で舞台に呼び上げられ、拍手喝采を受けたとき、ETAはまぎれもない大審院の、新任判事だったのだ！

この異動によって、従来不安定だった家計が安定したわけだから、あなたにとっては歓迎すべき出来事だった、といってよかろう。

しかしながら、ETAにとって判事への昇進は、痛しかゆしだったと思う。

当然仕事は、従来よりはるかに忙しくなり、執筆時間を大幅に食われるから、作家活動に支障をきたしたはずだ。『ウンディーネ』は、早くから準備ができていたからいいが、新たに何か作曲しようとすれば、これまた時間が足りなくなる。

その配分をどうするかが、今後の大きな課題といえよう——（以下欠落）

——（喜びのあとに）悲しみがくる、ということわざの典型が、七月二十九日（一八一七年）に発生した、例の王立劇場の大火事だ。

劇場はそのつい二日前、七月二十七日に『ウンディーネ』の、十四回目の公演を終えたばかりだった。


出火の原因は、今のところ不明のままだ。

一部には放火説もあるが、いずれにせよ舞台装置や背景、小道具、役者の衣装から膨大な数のかつらまで、何もかも丸焼けになってしまった。

ETAが、書斎でわたしと話しているとき、急に外が騒がしくなった。

間なしに、あなたが駆け込んで来て、劇場が燃えていると知らせたのだった。

わたしたちは、すぐに窓をあけて、外を見た。まさしく、劇場から火の手が上がっていた。

わたしは、へたをするとこちらの建物にも、飛び火するのではないかと焦った。

ところが、ETAもあなたもまったく取り乱さず、メイドのルイーゼと一緒に、窓側に置いてあったベッドや家具類を、火から離れた奥の部屋に移し始めたのだ。むろん、わたしも手を貸した。

しかし手伝いながらも、どうせなら今のうちに外へ運び出して、早く避難した方がよかろう、と進言した。

しかるに、ETAだけでなくあなたまでが、いざとなるまで何も運び出さないし、避難するつもりもない、と言うではないか。

正直なところ、わたしは火事が大の苦手だったから、内心大いに焦った。

外をのぞくと、現にほかの部屋の人びとが家具や荷物を、懸命に運び出しているのが見えた。しかも危惧したとおり、ほどなく劇場の火がこちらの建物にも飛び火して、屋根が燃え始めたのにには肝をつぶした。

それでも、あなたたちは避難しなかった。

ETAにいたっては、枠のペンキが熱で溶け落ちる窓から、はらはらするほど身を乗り出して、火事を見物する始末だった。髪がほとんど、ちりちりしていたと思う。あれほど焦ったのは、これまでの人生で始めてだ。

しかし、ほどなく駆けつけて来た蒸気ポンプ車が、必死になって周囲の建物に放水したので、なんとか類焼はまぬがれた。

窓ガラスは全部割れ、書斎はみずびたし、すすだらけになってしまったが、貴重品は奥に移してあったので、さしたる被害はなかった。

隣人たちが、あわてて外へ運び出した家財道具は、火が移ったり放水を浴びたりして、みんな使い物にならなくなった。

無事だったのは、皮肉なことにあなたたちのものだけで、カップ一つなくならなかったと、ETAは自慢げに言った。

まずは不幸中のさいわい、といわなければなるまい。

さて、肝腎の王立劇場が煙となって消え去った今、『ウンディーネ』の舞台はどうなるのだろう。

オペラそのものは、台本と楽譜と劇場さえあれば、どこでも再演が可能だ。

王立劇場も、そうとうの時間と手間とお金がかかるにせよ、よりりっぱなものが再建されるだろう。

ただ、取り返しがつかないのは、例の建築家シンケルが考案し、制作した衣装とか舞台装置、舞台装飾がすべて、灰燼に帰してしまい――（一部欠落）

――（王立劇場が焼けたあと）ETAは、『ウンディーネ』をほかの劇場で公演することを、かたくなに許さなかった。

この判断は、いかがなものであったか。

確かに、王立劇場に匹敵するほどのオペラハウスは、ほかになかった。

また、シンケル自慢の衣装や舞台装置などが、すべて灰になった今となっては、それなしで舞台にかけることなどできない、とETAは言う。

シンケルもまた、そっくり同じものを作ることに、難色を示しているらしい。

かりに、デザイン画や設計図も一緒に失われた、というのがほんとうだとしても、それらはきちんとシンケルの頭の中に、残されているはずだ。

シンケルの本音は、真の芸術家たる者は一度作ったものを、みずからまねて再現するのを、いさぎよしとしないという——（一部欠落）

——（これをきっかけに）ETAは、文筆にすべての力をそそぎ始めた、といってよかろう。いくら多才とはいえ、大審院の判事をしながら小説を書き、作曲し、絵を描くことを続けるのは、どだい無理な話だった。

それより前、作家としてのETAは、大作『悪魔の霊液』の第一部と第二部、あるいは『砂男』を含む『夜景作品集』を、出版した。

また、カフェ〈マンデルレエ〉で始まった、作家の集まりが〈ゼラピオン同人会〉として、正式に発足する運びにもなった。

その日はたまたま、あなたが持っていた故国ポーランドの暦を見て、〈聖ゼラピオンの日〉と分かったことから、それを同人の名称にしたのだった。あとで、実は日を間違えていたことが、判明したのだが。

ETAが、史上最高といわれる偉大なシェークスピア役者、ルートヴィヒ・デフリントと親しくなったのは、つい最近のことだ。むろんあなたもETAも、シャルロッテン街の今のアパートの三階に転居したとき、隣の部屋に当のデフリントが住んでいたとは、知らなかっただろう。

もともと、デフリントは商人の息子だったが、今ではシェークスピア劇を得意とする、当代一の名優として広く知られる存在だ。

むろんデフリントの舞台は、あなたもETAと何度か見たことが、おありだろう。

しかし、役者としてのデフリントの真骨頂は、舞台の上だけのことではない。

最近、ETAが入りびたっている近くの居酒屋、〈ルター・ウント・ヴェグナー〉における、デフリントの即興演技を見る機会が、あなたにもあればと思う。

デフリントは、その場にある小説や台本をなんでも取り上げ、さっと流し読みをする。そしてそこに、気に入った登場人物を見つけるや、たちまちその当人になりきって、演技を始める。

するとあたかも、デフリントという俳優がかき消え、演じられている当の作中人物が、その場に姿を現したかのような、強い存在感を呼び起こすのだ。

こういう天才を、ETAがほうっておくはずがない。二人はたちまち意気投合して、その居酒屋の隅の指定席で酒を飲みながら、一晩中芸術論を戦わせるようになった。

しかも間なしに、お互いにドゥツェン（duzen=きみ付き合い）を許す、きわめて親しい関係に発展した。

それを見聞きするだけのために、客たちが〈ルター・ウント・ヴェグナー〉に押しかけるので、店はいつも大繁盛するのだった。もちろんわたしも、その中の一人なのだが。

そうしたとき、店のあちこちにたむろする女たちには、二人とも見向きもしない。それはわたしが、保証する。

ともかく二人は、お互いに相手のほかにそこにだれもいない、といわぬばかりの熱中ぶりなのだ。

たいていの場合、ETAは大審院での仕事を片付けたあと、デフリントの主演する舞台を、見に行く。そして、先に〈ルター・ウント・ヴェグナー〉に足を運び、相方が来るのを待ち構える。

舞台を終え、デフリントがやって来て向かいにすわると、ホフマンは何も言わずに相手の手を、ぎゅっと握る。

握る力が強ければ強いほど、その日のデフリントの舞台がよかった、という賛辞になるらしい。

一方、握手の力が弱ければそれだけ、その日の出来がよくないことを、意味するのだそうだ。むろんそんな日は、めったにないのだが。

火事の前、わたしはETAと一緒に王立劇場へ行き、シェークスピアの『ヘンリー四世』の第一部、第二部をとおして見た。

そのときデフリントは、よく知られた大兵肥満のおどけ者、フォルスタフをみごとに演じてのけ、拍手喝采を浴びた。わたしも、すばらしい出来だと思った。

デフリントは一方で、同じシェークスピアの代表的な悲劇的人物、ハムレットをも完璧に演じることができる。

これこそ、まさに希有の俳優というべく、天才以外の何ものでもない。

ともかく、その夜のデフリントのフォルスタフは、すばらしい出来だった！

わたしたちが、〈ルター・ウント・ヴェグナー〉の定席で待っていると、平服に着替えたデフリントが、得意満面でやって来た。

ＥＴＡの向かいにすわるなり、デフリントは自信満々でテーブル越しに、手を差し出した。おそらくは、手がしびれるほど強い握手を返してもらえる、と期待していたに違いない。

ところが、ＥＴＡはむすっとした顔で腕を組んだきり、手を出そうとしない。

デフリントは、どうかしたのかとばかり不審げな顔で、差し出した手の指をせっつくように、ぴくぴくと動かした。

それでもＥＴＡは、指一本出そうとしない。

さすがのデフリントも、これには堪忍袋の緒を切らしたらしい。

いきなりその手を伸ばして、固く組まれたＥＴＡの肘をむずとつかみ、揺さぶりながら言った。

「おい、テオドル。今夜のおれの演技に、何か文句があるのか。あるなら、さっさと言ってみたまえ」

その見幕に、店中の者がおしゃべりをやめて静まり返り、どうなることかとかたずをのんで、二人を見守った。

ＥＴＡが、おもむろに口を開く。

「今夜のきみの演技は、百点満点のせいぜい五十点がいいところだな」

それを聞くなり、デフリントは満面に朱をそそいで、言い返した。

「言ったな、テオドル。それなら、今夜のおれの演技の、どこが五十点も足りないのか、聞かせてもらおうじゃないか」

ＥＴＡの酷評に驚いたわたしも、ぜひそのわけを知りたかった。

ＥＴＡは腕を解き、デフリントに指を突きつけた。

「きみが演じた、第一部のフォルスタフは、完璧だった。そこだけ見れば、百点満点といってよい」

「それなら、文句はあるまい。おれは第二部でも同じように完璧に、フォルスタフを演じたつもりだ」

「そのとおりだ。しかし、それがいかん」

「完璧がいかん、とはどういうわけだ」

デフリントが、気色ばんで問い詰めると、ETAは肩をすくめて応じた。

「きみは、第一部でも第二部でも同じように、完璧なフォルスタフを演じてしまった。しかし、第一部と第二部のフォルスタフは、同じではないのだ。第一部では、フォルスタフは周囲の人間にからかわれ、ばかにされる道化者にすぎなかった。しかし第二部では、同じ道化者でも逆に周囲の人間をからかう、別の性格に変わっているのだ。したがって、きみは第一部と第二部で同じ人物を、別人のように演じなければならない。今夜のように、第一部と第二部を同じように完璧に演じては、せっかくの『ヘンリー四世』が台なしになる。そうは思わんかね」

それを聞くなり、デフリントは雷にでも打たれたように、体をこわばらせてETAを見返した。

しばらくのあいだ、無言のまま考え込む。

それから、デフリントはいきなり椅子を鳴らして、立ち上がった。両手で髪を掻きむしり、床の上を忙しく行ったり来たりしながら、うめくように言った。

「そうだ、そうだった。きみの言うとおりだよ、テオドル。おれはどうして今まで、そのことに気づかなかったんだろう」

それから、テーブルに載ったポンチを一息であけ、ETAを見た。

「テオドル。あしたも、おれのフォルスタフを見に来てくれ。舞台が終わったら、またここで会おう。返事はそのときに、聞こうじゃないか」

そう言い残して、デフリントは一直線に〈ルター・ウント・ヴェグナー〉を、飛び出して行った。

次の夜デフリントが、ETAから指の骨が砕けぬばかりの、強い握手の返礼を受けたことは、あなたにも容易に想像がつくはずだ。

［本間・訳注］

ホフマンが、『ウンディーネ』を王立劇場以外の場所で、上演するのを許さなかったという話は、いくつかの資料が伝えている。確かに、しばらくのあいだは、そうだったかもしれない。

しかし、王立劇場がかの建築家シンケルの設計で、装いも新たに再建されたのは、一八二一年のことだった。その間、『ウンディーネ』がどこかの劇場で、一度も上演されなかったとは、考えられない。

現に、音楽評論家の武川寛海《ひろみ》が翻訳した、『ホフマン音楽小説集』の訳者後記によれば、一八二一年に一度だけプラークの市立劇場で、上演されたらしい。

この当時、市立劇場の舞台監督ないし支配人を務めていた、旧知のホルバインが行なった興行だった、と思われる。ただ、たいした成功は収められなかった、という。

こうして、『ウンディーネ』が足踏みしているあいだに、ほかの新しいオペラが次つぎに生まれ、競争相手が増えたことは間違いあるまい。

決定的な打撃となったのは、王立劇場が新たにオープンした直後、一八二一年六月十八日に、かのヴェーバーの『魔弾の射手』が初演され、大好評を博したことだった。

これは余談になるが、ヴェーバーはホフマンに劣らず、あるいはホフマンの上を行くほど、悲惨な晩年を送った。

以前の【報告書・五】にもあったとおり、ヴェーバーは生まれつき右大腿関節が、脱臼していた。そのため、ちゃんとした歩行ができなかった。身長は百六十センチに満たず、その点もいとこのコンスタンツェの夫、モーツァルトと共通点があった。ホフマンが、ヴェーバーに親しみを抱いたのも、そうした背景を考えるならば、よく理解できるだろう。

ヴェーバーは若いころから、おそらく遺伝性の結核に侵されて、生涯それに悩まされた。最後には菌が全身に回り、ホフマンの死からわずか四年後、三十九歳の若さでロンドンに客死する。まさに、『魔弾の射手』を作るだけのために、生まれてきた音楽家といえよう。

遺体はロンドンに埋葬されたが、一八四四年にリヒァルト・ヴァグナーの尽力で、いささか縁のあるドレスデンにもどされ、そこに新たな墓が作られた。

ヴェーバーの生涯もまた、一編の物語となるだろう。

話を進める。

スウェーデンの浪漫派の作家、ペル・ダニエル・アマデウス・アターボムも、最後になった『ウンディーネ』の、王立劇場での公演を観劇した。

その二日後、敬愛するホフマンの面識を得たいものと、シャルロッテン街を訪れたまさにそのとき、アターボムは王立劇場の火事に、遭遇したのだ。

アターボムが、向かいの建物の三階を見上げると、住居の窓から首を出して火事を見物する、ホフマンの姿があった。

ホフマンは、その痩せこけた体を窓から乗り出し、紅蓮の炎に包まれた劇場を、身じろぎもせずに眺めていた、という。

ところで、今回はホフマンとデフリントの、交友についての報告が含まれている。

ホフマンは、相手がたとえどんなに親しい仲であっても、めったに二人称の親称〈du（きみ）〉で、呼ぶことをしなかった。ほとんど例外なく、敬称の〈Sie（あなた）〉で通した。例の、自分の最初の作品集を出版してくれた、バンベルクでの親しい友クンツに対しても、それをつらぬいた。

ちなみに〈du〉を許したのは、わずかに幼なじみのヒペルほか数えるほどで、デフリントもその中に加えられたのだった。ホフマンにとって、デフリントがどれほど気を許す相手だったか、それだけでも分かるだろう。

ここで注目したいのは、ホフマンがデフリントの舞台を見たあと、かの〈ルター・ウント・ヴェグナー〉で当人を待ち構え、握手の強さでその日の出来を評価した、というくだりだ。

ほかの資料によると、握手ではなくホフマンがデフリントの太もも、あるいはすねを指でつねって、その痛みが強いほど出来がよかったことを示す、としている。

どちらが真実かは分からないが、つねることで評価する方法というのは、いささか作り話めいており、不自然な感じだ。握手の強さで示す方が、ほんとうらしいように思える。

さて、デフリントと親しくなってから、明け方にまで及ぶ深酒がたたったか、ホフマンはしばしば体調を崩すようになった。

一八一八年の初夏から、下痢を繰り返したり腫瘍に悩まされたり、神経熱をわずらったりし始めた、と伝えられる。

そんな中で、一八一八年の夏に牡猫を手に入れ、ムルと名付けてかわいがるようになったのが、いくらか救いとなったようだ。この猫が、のちに『牡猫ムルの人生観』の、主人公を務めることになる。

翌一八一九年の夏ごろから、判事の仕事が何かと複雑な様相を、呈してきた。

ホフマン夫妻は七月に、二人でベルリンの二百キロほど東にある、シレジアの温泉地ヴァルムブルンへ、保養旅行に出かけた。

それが、二人にとってほとんど最後の、息抜きになったことだろう。

73

倉石麻里奈が、報告書・十二の最後の一枚を、読み終わる。

それを、隣にいる古閑沙帆に、手渡した。

その日、いつもどおり午後三時少し前に、二人で〈ディオサ弁天〉を訪れた。

三時ちょうどに、本間鋭太が奥から現われるのを待とうと、勝手に洋室に上がった。

すると、テーブルの上にすでに原稿が置かれ、手書きのメモが添えてあった。


急ぎの原稿を書き上げねばならぬので、とりあえず報告書に、目を通しておいてほしい。
三、四十分で片付けるからよろしく！
お茶は適当に用意すること。


読み終わった原稿をそろえ、壁の時計を見上げると、三時半過ぎだった。そろそろ、書き上がるころだろう。

沙帆がいれた茶を飲んで、麻里奈が不満げに言う。

「今回も、けっこう欠落があるわね」

「ええ。今回のハイライトは、『ウンディーネ』がヒットしたことと、王立劇場が火事でやけたこと。それくらいかしら」

沙帆が応じると、麻里奈は腕を組んだ。

「それと、例のルートヴィヒ・デフリントとの、交流が始まったことね」

「そうね。ホフマンとデフリントの、〈ルター・ウント・ヴェグナー〉でのやりとりも、おもしろかったわ」

麻里奈は、長椅子の背にもたれた。

「ホフマンが、デフリントの演技の善し悪しを、足のつねり方で伝えたという話は、あちこちで読んだわ。そのとき、なんでそんなとこをつねるのかって、違和感を覚えた記憶があるの。ヨハネスの報告の、握手の強さで表わしたという方が、まだ自然だと思う。ずっと、ほんとうらしいわよ」

「わたしも、そう思うわ。本間先生も、同じ意見のようね」

麻里奈は息をつき、話を変えた。

「ヴェーバーの、『魔弾の射手』が大ヒットしたあおりで、『ウンディーネ』が忘れ去られたのは、ちょっと残念な気がするけど。あのとき、王立劇場が火事で焼失しなければ、状況が変わっていたかもね」

「でも、忘れ去られたというのは、言いすぎよ。今でもたまに、上演されているらしいじゃないの」

「だけど、ホフマンで知られているのは、『くるみ割り人形』と『ホフマン物語』くらいよね」

麻里奈が言い捨てたので、沙帆は苦笑した。

「どちらも、物語の原作はホフマンだけれど、作曲したのはホフマンじゃないでしょう」

作曲者はそれぞれ、チャイコフスキーとオッフェンバックだ。

「それはそうだけど」

麻里奈は言って、すぐに付け加えた。

「ネットで調べてみたら、ドイツではここ何年も前から、ホフマン作曲の交響曲とか、ピアノ・ソナタがCDになって、市販されてるのよね」

以前本間も、そんなことを言っていたのを、思い出した。

「そうらしいわね」

「ええ。それに、『ウンディーネ』以外の、オペラ作品なんかも」

「ふうん。聞いてみたいような、みたくないような」

沙帆があいまいに応じると、麻里奈は組んだ腕を解いた。

「よくも悪くも、モーツァルトの亜流じゃないかな。そうじゃなかったら、もっと古くから録音されていた、と思うわ」

「厳しいわね。モーツァルトの、未発見の作品とでも勘違いされたら、少しは話題になるかも」

「結局、その域には達していなかった、ということでしょう」

麻里奈は容赦なく、そう決めつけた。

そのとき、廊下に足音が響いて、引き戸があく。

本間は、なんと浅葱色の麻らしいゆかたに、鶯《うぐいす》色の帯を巻いていた。

すでに、八月下旬になっており、もはやゆかたで夕涼みという時節ではない。やはり、どこかピントがずれている。

「待たせてすまんね」

そう言って、本間はソファにどかり、とあぐらをかいた。ふところから扇子を出し、ぱたぱたと襟元へ風を送る。

洋室は、いつもに似ずクーラーが効いており、むしろ涼しすぎるほどだった。

気にするふうもなく、麻里奈が口を開く。

「急ぎのお原稿は、書き上げられたんですか」

「ああ、ちゃんと書き上げた。ファクスで送ったから、もう心配せんでいい。それより、報告書を読んだかね」

「はい、読ませていただきました。大好評だった『ウンディーネ』が、『魔弾の射手』の陰に隠れてしまうくだりは、なんだかせつなくなりますね」

麻里奈の言葉に、本間は扇子をあおぐ手を止めて、眉根を寄せた。

「まあ、しかたがないだろう。大衆の耳は、旋律のなじみやすい方に傾くもの、と相場が決まっとるからな。音楽には、やはりすぐに耳にぴんとくる、さわりが必要だ」

単純明快な切り捨て方だ。

沙帆は話題を変えた。

「今回始まった、ルートヴィヒ・デフリントとの交友は、このあともずっと続くわけですね」

「もちろん、続くとも。幼なじみのヒペル、判事仲間のヒツィヒ、それにバンベルクのクンツも、親しいことに変わりはないし、いろいろとホフマンを助けてくれる、だいじな友人ではある。しかし、芸術に対する理解度や感性の点では、デフリントがいちばんホフマンに、近かった。ともかく、その連中のうちのだれが欠けても、ホフマンには大きな痛手になっただろうな」

本間の口ぶりは、妙にしみじみとしていた。

麻里奈が、小さく咳払いをして、さりげなく切り出す。

「今回の報告も、ところどころに欠落がありますね」

「わしの手元にある後半部分は、特に欠落が多い。日本へたどり着くまで、長い旅をして来たわけだから、やむをえんだろうが」

沙帆は口を挟んだ。

「日本へきてからは、先生のご一族がだいじにだいじに、受け継いでこられたわけですから、欠落はないはずでは」

「それは、なんとも言えんな。おやじから、初めて現物を見せられたときは、油紙に包まれた状態だった。それ以後の欠落はない、と思うがね」

わずかな沈黙。

その隙をついて、麻里奈が待ち兼ねたように口を開く。

「ところで、先週先生からうかがった、ヴィルヘルミネ・シュレーダー゠デフリントの、ポルノ小説の件ですけど」

本間は、おもしろくなさそうな顔で、じろりと麻里奈を見た。

「あれは、ただの座興にすぎんよ。そう言ったはずだぞ」

「座興にしても、なかなかおもしろいお話でした。それにあのあと、驚くべき発見があったんです」

麻里奈の、気を持たせるような言い方に、本間は扇子を動かす手を止め、ちらりと沙帆に目を向けた。

その気配を察して、沙帆はすばやく目を伏せ、バッグの中をのぞくふりをした。

本間が言う。

「驚くべき発見をした、とね。どんな発見じゃ」

いかにも、わざとらしい〈じゃ〉だ。

麻里奈が、おもむろに言う。

「翻訳は出ていない、と先生はおっしゃいましたけど、帰り道にわたしたちは、その翻訳本らしきものを、神保町で発見しました」

わたしたち、という一言に少したじろいで、沙帆は目を上げた。

本間も、いつものじろりという感じで、また沙帆を見る。

それから、麻里奈に言い返した。

「そうかね。まあ、神保町なら、見つかるかもしれんな」

麻里奈は顎を引き、ちらりと沙帆を見てから、本間に目をもどした。

「それはつまり、翻訳が出ていたことをご存じの上で、出ていないとおっしゃったわけですか」

本間は所在なげに、耳の後ろを掻いた。

「まあ、そんなとこじゃな。『ある歌姫の想い出』は『悪女モニカ』より、いささか刺激が強いからな」

先週言った、『ある女性歌手の回想録』ではなく、訳本の日本語タイトルを正しく、口にした。

麻里奈が、うれしそうに続ける。

「ということは、先生も読んでいないとおっしゃったのに、読んでいらっしゃったわけですね」

「もちろん読んだざ。学生のころ、原書でな。辞書を引きながらだが、けっこう刺激が強かった」

「わたしたちは、もう学生じゃなくて、おとななんですけど」

「それは、分かっとるよ。しかし、間違って由梨亜くんが読んだりしたら、教育上よろしくないではないか」

本間が、道学者のようなせりふを吐いたので、沙帆は危うく吹き出すところだった。

麻里奈は、遠慮なく笑った。

「心配していただいて、ありがとうございます。でもわたしは、こうした教育上問題のある本を、そのあたりにほうり出しておくような、不注意な母親じゃありませんから」

本間はそれを無視して、単刀直入に聞き返した。

「その、教育上問題のある本とやらを読んだ感想を、聞かせてもらいたいな」

麻里奈が、たじろぐ様子もなく、応じる。

「今の尺度で見れば、たいしたことはないと思います。ただ、実際に、ヴィルヘルミネが書いたとしても、第一部だけですね。第二部は、あきらかに偽作でしょう」

本間は一度、唇を引き結んだ。

「そうかね。第二部は、ドイツの音楽事情とかにも触れているし、ほかの三文文士の偽作とは、言い切れぬだろう。ミュッセとジョルジュ・サンドの関係、それにサド侯爵についても、詳しい言及がある」

よく覚えているものだ。

「でもヴィルヘルミネが、ジョルジュ・サンドのいかがわしい写真を、六枚も見たなんていうくだりは、とても信用できませんね。ゴリラや、種馬と交わっている写真なんて、ばかばかしくて笑っちゃいます。そもそも、この本の背景になっている時代に、写真がそれほど普及していた、とは思えませんし」

ずけずけ言う麻里奈に、沙帆ははらはらして下を向いた。

「ヨーロッパでは、ダゲレオタイプの写真が一八四〇年代に、いっせいに出回ったといわれているがね」

本間は、どうということもない口調で反論し、すぐに付け加えた。

「もっとも、ポートレートを一枚撮るだけでも、とてつもない手間と金がかかったそうだから、確かにそのくだりは眉唾ものだな」

「要するに第二部は、写真が普及し始めたあとで別の女性が、ヴィルヘルミネの名を借りて、書いたんじゃないでしょうか。もちろん、第一部にしてもヴィルヘルミネが書いた、という保証はなさそうですけど」

麻里奈が言い切ると、本間は肩をすくめただけで、何も言わなかった。

実のところ、沙帆もこの日までに一応読み上げてきたのだが、第二部の方は退屈した。ことに、女同士でたわむれる場面には、うんざりした。

思い切って、口をはさむ。

「フランス語版には、アポリネールの序文がついているそうですが、翻訳本にはついていませんね。なぜ、収録しなかったのでしょうか。アポリネールの賛辞があれば、それだけで売れるのではないか、と思いますが」

本間は小さく、肩を揺すった。

「カットした理由は、わしにも分からんな。翻訳したのは、アポリネールの作品も手がけている、よく知られたフランス文学者なんだが」

沙帆も麻里奈も、例の文庫本をバッグから取り出した。

麻里奈が言う。

「この、スガ・カンという訳者が、よく知られたフランス文学者なんですか」

本間は笑った。

「スガ・カンではない。習慣の慣で、ナレルと読ませるのだ」

沙帆も麻里奈も、カバーの訳者名を見直した。

須賀慣で、スガ・ナレルと読ませるのか。

本間が続ける。

「つまりそのペンネームは、モリエールの戯曲の主人公の名前、スガナレルをもじったものさ。いかにも、フランス文学者らしい遊びではないかね」

沙帆は思わず笑って、麻里奈と顔を見合わせた。

確かにモリエールの作品に、そういうタイトルの喜劇があった。

麻里奈は、笑ったもののすぐ真顔になり、本間に目をもどした。

「須賀慣の本名は、なんとおっしゃるんですか」

「スズキ・ユタカだ。もう亡くなったが、早稲田大学の名誉教授だった人だ。スズキはふつうの鈴木、ユタカは豊作の豊と書く」

鈴木豊か。

沙帆も、フランス文学者については、あまりよく知らない。初めて耳にする名前だ。

麻里奈が、もっともらしく言う。

「フランス文学って、昔はそこそこ人気がありましたけど、今はそれほどじゃないですよね。フランス文学者も、昔は鈴木信太郎とか辰野隆《たつのゆたか》とか杉捷夫《としお》とか、名のある先生がたくさんいた、と思います。でも、澁澤《しぶさわ》龍彦《たつひこ》亡きあとは野崎歓《かん》とか、鹿島茂くらいしか思い浮かばないわ」

沙帆は笑った。

「いくらなんでも、それじゃあいだがあきすぎでしょう」

「それなら、だれがいるの」

そう聞き返されて、ぐっと詰まる。

「わたしも、思いつかないけれど」

麻里奈は、本間を見た。

「外国語の語学の先生がたは、大学のお給料や辞典や語学本の執筆だけでは、食べていけませんよね。翻訳の仕事でもしなければ、生活が成り立たないでしょう」

遠慮のない指摘に、自分もその一人に当たる沙帆としては、いささか忸怩たるものがあった。

「そのとおりじゃ。もっとも、売れない本をせっせと訳したところで、いくらにもならぬだろう。訳した本が売れるかどうかは、出してみなければ分からぬから、翻訳はかならずしも、わりのいい仕事ではない。ただ、質のよいポルノ小説は事前にある程度、売れ行きが見込まれる。出版社も訳者も、そこに商機を求めているわけさ。ただ鈴木豊先生は、正体を隠そうとして別名を使った、というわけではあるまい。本業以外の、お遊びのペンネーム、とみてよかろう。たとえ片手間にせよ、翻訳の文章もこなれておるし、ただの小遣い稼ぎではない」

本間が、珍しく他の学者を弁護したので、沙帆は驚いた。鈴木豊と、知り合いだったのか、と思いたくなるほどだ。

本間は、さらに続けた。

「そもそも富士見ロマン文庫は、ただの際物のシリーズではないぞ。なんといっても、カバーの絵を描いているのは、かのカネコ・クニヨシだからな」

沙帆は、カバーの絵の下の横文字を、あらためて見直した。

なるほど、〈cover painting by Kuniyoshi Kaneko〉とある。

「有名な画家さんなのですか」

本間が、不機嫌そうに人差し指を立てて、左右に振る。

「カバーの袖を見てみたまえ」

あわててカバーをめくると、そこに〈カバー　金子國義〉とあった。

どちらにしても、聞いたことのない名前だ。

「すみません。絵の世界には、とんとうといものですから」

本間は眉根を寄せたまま、麻里奈に目を向ける。

「きみも初耳かね」

麻里奈は、背筋を伸ばした。

「ええと、名前だけは知っています。このカバーの絵でも分かりますけど、いわゆるデカダンふうの、独特の絵を描く人ですよね」

本間は、まだ不満そうだった。

「まあ、それを知っとるだけ、ましな方だ。とにかく、彼は鬼才だった。わしは昔、金子國義と銀座のバーで知り合って、『バグダッドの黄金』という映画のビデオを、進呈したことがある。なぜかあの御仁は、ベリーダンスがはいった映画に、目がなかったのでな」

麻里奈は沙帆を見て、軽く肩をすくめた。

本間が続ける。

「そうしたら、お返しにサイン入りの本をくれたよ。これなんか、ファンなら垂涎の的だぞ、きみ。残念ながらこの人も、何年か前に亡くなったがね」

それほどの有名画家とは知らず、沙帆は自分の無知を少し恥じた。

爪のささくれを調べるふりをして、なんとかやり過ごす。

麻里奈が、すかさず話を変えた。

「ところで、鈴木豊先生は本名でも翻訳のお仕事を、してらしたんですか」

本間は、出ばなをくじかれたように、もぞもぞとすわり直した。

不承不承という感じで、その問いに答える。

「ああ、かなりの数をこなしていた。ミステリー作家のミッシェル・ルブラン、カトリーヌ・アルレー、それにジョルジュ・シムノンのメグレものも、一つ二つあったな。須賀慣名義は、アポリネールも含めてポルノ小説だけの、ペンネームだったようじゃ」

「だとしたら、鈴木先生はフランス文学の翻訳者として、かなりの売れっ子だったわけですね」

「そう言ってもいいだろうな」

麻里奈は、ふと思い出したように、文庫本をめくり直した。

「鈴木先生は〈あとがき〉で、いろいろ興味深いエピソードを、紹介しておられますね。たとえば、ヴィルヘルミネ自身が書いた序文を読むと、この原稿が公表を意図したものではなく、ある特定の人物に宛てて書かれた私記だ、と指摘しています」

「そのとおりだ」

「それと、作者の序文にはドレスデン、一八五一年二月七日、と日付がはいっていますから、ヴィルヘルミネが一八〇四年生まれとすれば、四十六、七歳のころに書かれたもの、ということになりますね」

本間がうなずく。

「その序文を読むだけでも、いかにも本物らしいじゃないか」

「ええ。訳者によると、ヴィルヘルミネはヴェーバーの『魔弾の射手』の主役、マックスの恋人のアガーテ役も、務めたことがあるそうです。でも、それほどの人がこんな手記を書くなんて、ちょっと信じられませんね」

「訳者の調べたところによると、この手記はヴィルヘルミネの死後、彼女の甥が発見して出版したらしい、というのだが」

本間の指摘に、麻里奈は目を上げた。

「確かに、そう書いてありますね」

「例の『悪女モニカ』の原稿が、ルートヴィヒ・デフリントから甥に引き継がれ、巡り巡ってハウザー博士の手に渡った、という話と似とらんかね」

本間はそう言って、麻里奈と沙帆の顔を見比べた。

沙帆はしかたなく、口を開いた。

「甥がからむ、という点で共通しているだけ、と思います。甥というのは、いつも都合のいい狂言回しとして、登場してきますね」

麻里奈が割り込んでくる。

「そう、そう。ベートーヴェンの甥とか、ラモーの甥とか」

すると本間は、いかにもつまらなそうな顔をして、ぱちりと扇子を閉じた。

にわかに、すわり直して言う。

「さてと、きょうはこれくらいにしておこう。ではまた、来週にな」

取りつく島もない口調だった。

沙帆と麻里奈は、ほとんど追い立てられるようにして、〈ディオサ弁天〉を辞去した。

74

【E・T・A・ホフマンに関する報告書・十三】


――（ETAは一八一九年の）十月一日、国王フリードリヒ・ヴィルヘルム三世が設けた、〈国家反逆罪等に当たる危険な活動を行なう団体を調査する国王直属委員会〉の、委員に選ばれた。

この委員会は、その直前にメテルニヒ（オーストリア首相）の主導による、自由主義運動弾圧のための言論統制、監視強化対策を盛り込んだ、いわゆる〈カールスバート決議〉が採択された結果、創設された組織だった。

委員長は、ベルリン大審院の副院長フォン・トリュチュラーで、委員はホフマンを含む大審院判事二名、陪席判事二名からなっている。

この人事が、ETAの精神的、肉体的健康を、いちじるしくむしばむとともに、小説の執筆時間を大いに侵食したことは、間違いない。

しかし、驚いたことにETAの執筆の速度と量は、衰えるどころかますます上がっていったのだ。あなたをそばにはべらせて、一晩中書き続けることもあるそうだから、体調を崩さぬ方がおかしいだろう。

ETAが、委員に任命される二カ月半ほど前、フリードリヒ・ヤーンが逮捕された。

あなたも、名前くらいは聞いたことがあるだろう。

ヤーンは、体操教育の理論と実践のシステムを確立し、わが国の〈体操の父〉と呼ばれている人物だ。

しかし、その活動がかなり過激なために、〈ドイツ同盟〉なる反政府団体への関与を疑われて、逮捕されたわけだ。

こうした弾圧のきっかけになったのは、今年の三月下旬に発生した〈ブルシェンシャフト（学生組合）〉の組合員、カール・L・ザントによる老作家アウグスト・フォン・コツェブーの、殺害事件だった。

コツェブーは、自由主義運動に批判的な共産主義のスパイ、とみなされていた。もっとも、その疑いは間違いだったらしいが。

ともかく、その結果ザントは、反政府団体や結社のあいだで、英雄視されることになった。神経をとがらせた政府側が、そうした団体に弾圧を加え始めたのは、当然の結果といえる。

ヤーンは、そのとばっちりを食らった、と見なされた。

直属委員会の取り調べに対して、ヤーンは罪状をまっこうから否認した。

取り調べに当たったETAは、ヤーンの主張を大筋で認めて、釈放の判決をくだした。

その、ETAの前に立ち塞がったのが、プロイセン政府の内務大臣フリードリヒ・シュクマンと、警察庁長官のカール・A・カンプツだった。

そもそも、委員に任命された直後からETAは、それまでに逮捕勾留されていた、扇動者と見なされる多くの活動家について、釈放を認める判決を連発していた。

それがシュクマンや、カンプツの怒りを招いたことは、想像にかたくない。

カンプツは例の〈フォス新聞〉で、ヤーンの有罪を確実視する記事を、発表した。

これに対して、ヤーンはカンプツを名誉毀損罪で、告訴した。

ETAは、この告訴を受理して審理にはいったが、カンプツらが法務省に圧力をかけたとみえ、法務大臣のキルヒアイゼンから、公訴棄却を命じられる。

カンプツは、危うく大審院の召喚をまぬがれたが、ETAに対して強い怒りを覚えたはずだ。

その結果——（以下欠落）

——二月二十四日（翌一八二〇年）、ETAは大審

院の名において、以下のような法務省宛の上申書を、起草した。

小職は、ヤーンのカンプツに対する名誉毀損の告訴を、法的になんら問題ないと思考いたします。たとえ、警察庁長官のような政府の高官といえども、法の埒外に置かれるものではありません。役人であれ民間人であれ、法に従うことを求められる点では、なんら変わりがないのであります。……国家的見地から、法の運用に制限をかける権限をお持ちなのは、国王ただお一人だと信じております。

果たして翌月の三月十三日、国王フリードリヒ・ヴィルヘルム三世は、ヤーンのカンプツに対する告訴を、棄却すべしとの勅令を発した。

カンプツへの召喚状は、撤回された。その裏にカンプツ、シュクマンの策謀があったことは、想像にかたくあるまい。

こうした騒動によって、大審院、とりわけETAが反政府運動の味方だ、という風評が広がることは、避けられなかっただろう。

またこれをきっかけに、カンプツらがホフマンに対して、なんらかの報復を考えることは、大いにありうると思われる。威《おど》かすわけではないが、ETAと同様あなた自身も、その覚悟をしておいた方がいい。

さて、ETAはそうしたごたごたのあいだにも、執筆活動を精力的に続けてきた。

昨年から今年にかけて、『ゼラピオン同人集』を第一巻から第四巻まで、断続的に書き継いで出版社に渡したし、『牡猫ムルの人生観』の第一部も、書き上げた。

わたしには、そうしたエネルギーがどこから生まれるのか、よく分からない。

ETAからはしばしば、判決文や上申書の下書きを見せてもらうが、その理路整然とした厳密、正確な文章は、小説を書くときの自由奔放な文章と、まったくの別物だ。

大審院の院長以下、多くの判事がETAの法律家としての能力を、等しく認めているのも当然だろう。

ともかく、ETAの生活がきわめて忙しいことは、あなたがいちばんよくご存じだと思う。

ただ、さいわいにもETAは週に二日（月曜と木曜)、大審院での午前中の執務を免除されて、それを執筆時間にあてることが可能になった。たいした特権ではないが、それでもETAにとっては、ありがたいことだったはずだ。

もっとも夜になると、三日にあげず芝居やオペラを見に、劇場へ足を運ぶ。

それがはねたあとは、〈ルター・ウント・ヴェグナー〉などの酒場へ繰り出して、明け方まで飲むこともしばしばだ。わたしといえども、とても毎日はお付き合いできないほどで、その肉体と精神の強靭さには、舌を巻いてしまう。

しかし、あらためて繰り返すが、そうした不摂生がETAの体を、少しずつむしばんでいることは、間違いない。

その生き方をやめさせるのは、わたしはもちろんあなたにとっても、至難のわざだ。ETAの創作エネルギーは、そこからしか生まれないのだから。

それにしても、あなたはほんとうによくできた奥方、といわなければならない。

あなたは、そうしたETAの気性や生き方を理解し、決して愚痴をこぼすことがない。むろん、ETAに張りついてじゃまをしたり、よけいな口出しをしたりすることもなく、黙って自宅に閉じこもったまま、静かに過ごす。

ETAもそれを、よく承知している。

あなたをわずらわせないために、人と会うときは相手を自宅ではなく、毎度〈ルター・ウント・ヴェグナー〉に呼び出して、そこでてきぱきと応対する。

したがって、友人も知人もあなたという存在を、ほとんど忘れてしまっている。もちろん、わたしだけは例外だが。

そうそう、つい先日、かのベートーヴェンからETAあてに、手紙がきたのをご存じだろう。

あなたは、それをETAに見せられたそうだが、ドイツ語の、それもかなりの悪筆で書かれた手紙だったので、読めなかったと言ったね。

かわりにわたしが、多少の語句を補いながら読みやすく、清書してあげることにする。

この手紙は、三月二十三日(一八二〇年)の日付で書かれたもので、ETAが第五交響曲をはじめとする、ベートーヴェンが発表した楽曲の多くを、好意的に評論したことへの礼状、と考えてよい。

文面は、以下のとおりだ。

台下

愚生は、ネベリヒ氏を仲介者として得たこの機会に、台下のような聡明なる貴紳に、ごあいさつさせていただくことを、光栄に思うものであります。

台下は、すでに愚生や愚生の作品について、いくつか記事をお書きくださいました。また、わが柔弱なるシュタルケ氏も、台下が愚生について書かれた短評のメモを、見せてくれました。そのようなわけで、愚生は台下が愚生の作品に対して、なにがしかの関心をお寄せくださっている、と信じるものであります。それが、台下のようなすぐれた才能を持つ、貴紳からのお言葉であっただけに、愚生にとって非常な喜びであったことを、ぜひお伝えしたいと考え、ここに一筆したためた次第であります。

すべて美しく、よきものが台下に恵まれますように。

台下の忠実なしもべ

ベートーヴェン

ぎくしゃくした、あまり洗練された文章とはいえないが、ベートーヴェンらしい無骨な誠実さが、表われていると思う。

アダム・ネベリヒは、ベートーヴェンがヨーロッパ一、と評価するワイン商人だ。ベートーヴェンは、ホフマンを知るネベリヒを通じて、好意的な音楽評論の礼を述べた、という次第だろう。ちなみにネベリヒは、クレメンス・ブレンターノとベッティナ兄妹の、異母兄に当たる。

またシュタルケは、ベートーヴェンの甥カールのピアノ教師で――(以下欠落)

――八月(同じく一八二〇年)になって、先ごろ『ブランビラ王女』が完成したばかりというのに、またまためごとが発生した。

昨年、国家反逆罪の容疑で逮捕された、ルートヴィヒ・フォン・ミュレンフェルスが、このほど釈放された。そのきっかけとなる報告書を、直属委員会として作成したのは、またもETAだった。

ETAの一貫した考えは、〈人はその思考、思想によってではなく、実際に犯した行為によってのみ、罰せられる〉というものだった。

つまり、頭の中で何を考えようと犯罪にはならず、それを実行に移して初めて犯罪になる、という考え方だ。

むろん、この方針は国王や政府高官の考えに、反している。

そのため、内閣は国王直属委員会の権限を大きくけずり、さらにそれを厳重に管理するため、新たに内閣委員会を組織した。

それにもかかわらず、ETAは容疑者の釈放判決を出し続け、内務大臣や法務大臣を悩ますことを、やめなかった。

そうした高官たちの意を受けて、ETAの前に立ち塞がったのが、例の警察庁長官カンプツだったのだ。

［本間・訳注］

このあたりから、ホフマンの創作意欲はいや増しに増して、次から次へと作品を発表していく。それはあたかも、大審院での日中の仕事が忙しくなるのと、ほとんど比例するようだ。

夜の劇場がよいや、そのあとの酒場での乱痴気騒ぎをやめれば、もっと執筆スピードがあがったはずだ、と考えるのはおそらく間違いだろう。ヨハネスの言うとおり、それはホフマンにとって時間の浪費などでは、まったくない。創作のための、助走だった。

法律の解釈と運用で、こちこちに固まった脳みそを解きほぐし、想像を掻き立てる柔らかさを取りもどすには、精神を活性化させる観劇と飲酒に加えて、親しい友人たちとの才気煥発な言葉の応酬が、必要不可欠だったのだ。

それを、酔っ払いのたわごと小説にすぎぬ、などと切り捨てる評論家の愚論など、一顧だにする価値もない。

今回紹介された、ベートーヴェンのホフマンに対する礼状については、すでに【報告書・四】の［本間・訳注］でも、一度触れている。

二人は、親しい付き合いもなければ、面識すらもなかった。

にもかかわらず、ベートーヴェンは冒頭でEuer Wohlgeboren（台下）と、最高度の敬語でホフマンに呼びかけている。それを見ると、いささかへりくだりすぎの感が、なきにしもあらずだ。

しかし、その当時ベートーヴェンは、ホフマンが率先して称揚するまで、後世に残るほどの大作曲家、とまでは考えられていなかった。

一方、ホフマンはこの礼状が書かれたころ、すでに売れっ子の作家の一人として、そこそこに名を知られる存在になっていた。ベートーヴェンが、これほど礼を尽くした手紙を書いたのも、うべなるかなといえよう。

以前にもあったように、第五交響曲〈運命〉は当初音楽界で、かならずしも好意的な受け止め方を、されていなかった。ホフマンが綿密な分析とともに、好意的な評論を発表して初めて、注目されるようになったのだ。また、第六交響曲〈田園〉（本来はこちらが先の第五番）も、最初は似たような評価だった。

そうしたことから、ホフマンこそ近代的な音楽評論の創始者、といっても過言ではないのだ。

〈運命〉は、のちにフランツ・リストの手で、ピアノ独奏用に編曲された。この編曲は、グレン・グールドなど二十世紀のピアニストによっても、しばしば演奏されている。

実は、この交響曲が発表されてほどない時期に、フリードリヒ・シュナイダーという作曲家による、ピアノ連弾用の編曲が同じ出版社から、出版されたという。

あいにく、本間はそれを聞いたことがないし、今でも弾くピアニストがいるのかどうか、承知していない。

余談はさておき、今回の報告書によってホフマンの身辺が、しだいにあわただしくなってきたことが、うかがわれよう。ミーシャにとって、ホフマンのそばからユリア・マルクが消えた今、その行動の一部始終を知る必要は、なくなったようにみえる。

報告書にあるとおり、ミーシャはホフマンの仕事や交友関係に、口を挟むことはなかった。ある意味では、理想的な妻といえるだろう。

しかし、ヨハネスが指摘するとおり、これまでの飲酒や破天荒な仕事ぶりで、ホフマンの体がむしばまれつつあったことは、容易に想像がつく。

ここにおいて、死にいたるまでのわずかな年月に、ホフマンの波瀾万丈の人生が、きわめて濃厚に凝縮されていることは、十分に予測することができよう。

75

「もう九月か。早いものだな」

本間鋭太が、珍しくしみじみした口調で、述懐する。

同じことを考えていたので、古閑沙帆もすなおにうなずいた。

「ほんとうに。最初に、このお仕事のご相談にうかがったのは、確か五月のことだったと思います」

本間は、紺の筒袖の甚兵衛にステテコ、といういでたちだ。

まだ残暑の季節だが、この日は朝から曇りがちで気温が上がらず、沙帆はブラウスの上に白のサマーニット、という装いだった。

「きょうは、麻里奈くんは来ないのかね」

本間の問いに、心なしか残念そうな色合いが、にじんでいた。

これまで、伯父と姪の関係に無頓着だったのが、いくらか変わってきたらしい。

「はい。このプロジェクトもあと少しですし、原稿の受け渡しはわたしに任せる、と言っていますので」

「そうか」

本間は、ソファの上で体を揺すり、さらに続けた。

「ヨハネスの報告書も、そろそろ大詰めにきておるよ」

沙帆は、原稿の束に手をふれた。

「そのようですね。読んでいて、分かります。かなり飛びとびになって、もう一八二〇年にはいりましたし。お書きになったとおり、ホフマンが亡くなったのは一八二二年ですから、あと二年しかありませんね」

本間は少し考え、ふと思いついたように言った。

「ヨハネスの報告書には、ホフマンの著作に関する記述が、ほとんど出てこない。もちろん、題名くらいは顔を出すが、それがどういう小説であるとか、どんな反響をよんだかとか、そうしたことにほとんど触れていないのだ」

沙帆もそのことは、十分に承知していた。

ただ、自分としてはホフマンの作品というよりも、ホフマン自身の生き方に関心を引かれていたから、ほとんど気にならなかった。

「これはあくまで、奥さんのミーシャへの報告書ですから、ヨハネスもあえて作品に触れる必要はない、と考えたのではないでしょうか。そもそも、この報告書が長く続いたのは、バンベルクでのユリア・マルクとの、危ない関係が始まったせいです。ユリアが、グレーペルと意に染まぬ結婚をして、ホフマンとの関係が断絶したあとは、ミーシャの心配も消えてしまった、とみていいわけですね。だとすれば、ヨハネスがそれ以後報告を続ける理由も、実質的になくなった気がしますが」

沙帆が言うと、本間は軽く首をかしげた。

「それは、どうかな。ホフマンは、『ウンディーネ』でプリマ・ドンナに起用した、ヨハンナ・オイニケにユリアの面影を、見いだしたように思えるが」

わざわざホフマンの、トラブルの種を探しているようだ。

「ヨハンナは、ユリアと似ていたのですか」

「外見だけを見れば、ユリアより美しかったようだな。むろん、十代でプリマ・ドンナを務めるほどだから、ヨハンナがすばらしい才能に恵まれた、オペラ歌手だったことは間違いない。まあ、年はユリアより二つ三つ下だったから、ホフマンがそこに知り合ったころの、ユリアの面影を見たと考えることも、できるがね」

「ただヨハネスも、ヨハンナのことをユリアの後釜のようには、報告していませんね。これまでに、ヨハンナをそのように位置づけた論評は、なかったのですか」

「なくもなかったが、強力にそれを主張するホフマン論は、読んだ覚えがないな。ただホフマンは、死ぬ直前までけっこう筆まめに、ヨハンナに手紙を書いていた。それも、おおげさな賛美の言葉を並べ立てて、だ。少なくとも、ホフマンが無意識にせよヨハンナの中に、ユリアの面影を求めていたことは、間違いあるまいて」

「でも、ユリアのときのように、頭に血がのぼるほどではなかったのでしょう」

念を押すと、本間は小さく肩をすくめた。

「まあ、ホフマンもいくらかおとなになった、ということじゃな」

矛を収める様子に、沙帆も話を移す。

「ヨハンナ・オイニケは、このあいだから話題になっている、ヴィルヘルミネ・シュレーダー＝デフリントと比べて、どうだったのですか。つまり、オペラ歌手として、ですが」

本間は、またその話かというように、眉を動かした。

「当然ながら、二人の歌を聞いたことがないから、なんともいえんな。しかしヨハンナの方が、一般大衆に人気があったことは、確かなようだ。あのハイネでさえ、ウンター・デン・リンデンで偶然ヨハンナを見かけたとき、興奮のあまりぼうっとなって倒れた、とかいう話もあるくらいだからな」

思わず、笑ってしまう。

「今でいう、アイドル歌手みたいですね」

「まあ、そういうことだ。しかし、それも長くは続かなかった。ヨハンナは、『顧問官クレスペル』に出てくるアントニエと、同じ運命をたどったのさ」

沙帆は、唇を引き締めた。

ホフマンの『顧問官クレスペル』は、読んだことがある。

クレスペルの娘アントニエは、たぐいまれな美しい声を持ちながら、歌うことをやめないと命にかかわる、と医者に宣告された。

そのため、父親から歌うことを禁じられた、悲劇の歌姫だ。

「つまりヨハンナは、歌えなくなったのですか」

「さよう。三十にもならぬうちに、声が出なくなったのだ。もっとも、その後クリューガーという宮廷画家と結婚して、幸せに暮らしたらしい。ユリアも、グレーペルとの結婚こそ失敗だったが、二度目はうまくいったといわれている。長い目で見れば、かならずしも美人薄命とばかりは、言えぬようだな」

そろそろ切り上げようと思い、沙帆はテーブルに置いた原稿を取り上げ、とんとんとそろえた。

それを見透かしたように、本間が新たに口を開く。

「ところできみ、タルコフスキーを知っとるかね。アンドレイ・タルコフスキーを」

沙帆は、記憶をたどった。

「タルコフスキーって、ロシアの映画監督じゃありませんか」

本間が、うれしそうに指を立てる。

「そう、そのタルコフスキーだ」

「子供のころ、テレビで『僕の村は戦場だった』という映画を、見た覚えがあります。あれって、タルコフスキーですよね」

「さよう。そのタルコフスキーが、実はホフマンのことを書いとるんだ」

沙帆は、顎を引いた。

「ほんとうですか。小説ですか、評論ですか」

「あえて言えば小説に近いが、映画のための構成メモのようなものだ。正式の脚本、台本ではないがね」

「公表されているのですか」

「それどころか、日本語で翻訳出版もされている」

本間はソファから飛びおり、背後の例のサイドボードの中から、本を取って来た。

テーブルに置かれたのは、チョコレート色の帯がかかった、白いカバーの薄い本だった。

手に取って見る。

『ホフマニアーナ』、アンドレイ・タルコフスキー。

帯には、〈タルコフスキー　幻の8作目〉とある。

本間が言う。

「来週まで預けておくから、読んでみたまえ。薄いし、読みやすい訳だから、二時間もあれば読める」

76

【E・T・A・ホフマンに関する報告書・十四】

――五月五日（一八二一年）に、ナポレオンが死んだ。

その報が伝えられたとき、わたしはETAがいったいどんな反応を示すか、大いに興味があった。

なぜなら、ナポレオンの侵略によってETAは、ワルシャワに赴任してからこのかた、行く先ざきで迷惑をこうむっていたからだ。

ワルシャワでは判事の職を失い、市内からの立ち退きを余儀なくされた。

その後、ドレスデンでもライプツィヒでも、大砲の音に悩まされ続けた。もちろん、あなたも同じだろうが。

この戦争は、ETAの音楽活動にも文筆活動にも、大きな障害となった。

ETAにすれば、ナポレオンが勝とうとプロイセン・ロシア連合軍が勝とうと、関係なかった。とにかく、戦争さえ終わってくれればそれでいい、と思っていたはずだ。

ただ、ETAは戦闘行為そのものに対しては、強い関心をいだいていた。

そのため、しばしばわたしを誘っては、前線の見物に出かけたものだった。もっとも、どちらが勝ちそうかを自分で見極めよう、という野次馬根性的な気持ちが、あったのかもしれない。

戦争がなければ、ETAは昼間判事の仕事を続けながら、夜は心静かに作曲ができ、小説や評論の原稿も書けたのだ。ETAは、自分の仕事がだれにも邪魔されず、思うとおりに好きなだけできれば、だれが支配者だろうとかまわなかった。

ともかく、ナポレオンさえ存在しなかったら、今度の戦争は起こらなかった、とETAは信じていたのだ。したがって、わたしはETAがナポレオンの死を知れば、小躍りして喜ぶとまではいかぬまでも、あなたが作るお得意のポンチで、祝杯を上げるくらいのことはする、と予想していた。

ところが、〈ルター・ウント・ヴェグナー〉に、ナポレオンの死を告げる新聞が届いたとき、どうであったか。

店中が、歓声で沸き返ったまさにそのとき、ETAはかのルートヴィヒ・デフリントと額を寄せ合い、何かひそひそ話をしていた。

ETAは、周囲の騒ぎに迷惑そうに眉根を寄せ、デフリントの話をよく聞き取ろうと、身を乗り出して耳に手を当てた。

わたしは、たまたま同じテーブルにいたのだが、二人の話がほとんど聞こえなかった。どうやら、シェークスピアのどれかの劇の、演技についての話だったようだ。

ともかく、ETAを喜ばせようと思って、わたしも二人の方に体を傾け、大声でどなった。

「朗報だぞ、きみたち。かのナポレオンが、ついに死んだそうだ」

すると、ETAとデフリントはわたしを見るなり、声をそろえてこう言った。

「それがどうした」

次の瞬間、二人はもう二人だけの話題に、もどっていた。

すでにナポレオンは失脚し、戦争はひととおり終わっていた。今さら元皇帝の死など、ワイングラスに落ちた蠅ほどにも、興味を引かないようだった。

二人のあいだでは、ナポレオンはとうに――（以下欠落）

――（ナポレオンが）死んだおよそ一カ月後（六月十八日）、ようやく再建されたベルリン王立劇場で、ヴェーバーの『魔弾の射手』が初めて、上演された。あなたも、ETAやわたしと一緒に見たから、そのことは承知しておられよう。

実はその一カ月ほど前、前年五月に国王の招聘でベルリンに来た、イタリアの人気作曲家スポンティーニのオペラ、『ヴェスタの巫女』がさる劇場で上演された。

しかし聴衆の反応は、今ひとつだった。

ベルリン市民は、スポンティーニが旧来のイタリア歌劇を脱して、むしろわがグルックが目指した、新しいオペラに取り組みつつあることに、ほとんど関心を払わなかった。

要するに、国王や宮廷がドイツの音楽家を差し置いて、イタリアの作曲家をちやほやすることが、おもしろくなかったのだ。

スポンティーニの代表作の一つ、『オリンピア』は舞台に実物の象を出すなど、人目を驚かす演出と大音響で、いっとき話題になった。

ハインリヒ・ハイネによると、世間ではこのやかましいオペラを、落成間近の新しい王立劇場で上演して、壁がどの程度の音響に耐えられるか、試したらよかろうなどと噂し合ったそうだ。

その一カ月後に、新築なった新王立劇場のこけら落としで、『魔弾の射手』が上演されたわけだ。

当日の公演には、わたしたちのほかにハイネ、そしてまだ十二歳の天才ピアニスト、フェリクス・メンデルスゾーンなども、足を運んだ。

この『魔弾の射手』の大成功によって、『オリンピア』はもちろんのこと、かの『ウンディーネ』も影が薄くなり、話題性を失ったことは否定できない。

ともかくこのオペラが、『ウンディーネ』の初演に勝るとも劣らぬ、盛大な拍手喝采をもって迎えられたことは、ご存じのとおりだ。

従来、オペラはスポンティーニに代表される、華麗なイタリアものが圧倒的に、人気を誇っていた。

しかるに、モーツァルト以来初めてヴェーバーが、ドイツ・オペラをイタリアものに比肩する、高いレベルに引き上げたと評価された。

ETAの身になってみれば、王立劇場の火事で舞台装置や衣装が焼け、再演が不可能になる事故さえなければ、『ウンディーネ』がその栄誉に浴していたはずだ、という思いがあっただろう。

たまたま、上演からしばらくあと〈フォス新聞〉に、『魔弾の射手』を手厳しく批判する、匿名の音楽評が掲載された。

世間では、その記事を書いたのはETAに違いない、との噂がもっぱらだった。

当時ヴェーバーが、あれだけ『ウンディーネ』を絶賛したのに、ETAはその恩を仇で返した、と非難された。

むろんETAは、そのような卑劣なまねをする男ではないから、噂など歯牙にもかけなかった。あなたも、そんな心ない噂など、信じてはいけない。

当のヴェーバーも、そうした噂はためにする中傷にすぎない、と承知していたと思う。

確かにETAは、ヴェーバーに『魔弾の射手』の音楽評を書く、と約束していた。

しかしながら、あなたもすでにご存じのとおり、最近博士の診断で明らかになった、例の脊髄癆《せきずいろう》がETAの体をむしばみ始めており、筆をとるのが苦痛になりつつあった。

さらに、出版社に約束した原稿の執筆が、たくさんたまっている。その中には、すでに前払いしてもらったものも、少なくなかった。

それらを、次から次へとこなさなければ、生活が破綻することは明らかだった。

そのことは、あなたがいちばんよく、ご存じのはずだ。

そんなこんなで、ETAは約束の音楽評を執筆する余裕が、なかったわけだ。

したがって、批判したとか黙殺したとかいう指摘は、見当違いの噂にすぎない。

ただETAは、そうした言い訳をするのを、いさぎよしとしなかった。それで、沈黙をつらぬいたのだ。

せめて、あなただけはその苦衷のほどを、理解してやってほしい。

ご記憶だろう。『魔弾の射手』の初演が、大盛況のうちに終わった直後、ETAは舞台上でみずからヴェーバーに、特大の月桂冠を手渡した。そうやって、最大限の祝意と称賛の意を表わすことで、自分の気持ちを伝えたのだった。

わたしは、そのように理解している。

どちらにせよ、ヴェーバーが喜びのうちにも、いくらかわだかまりを残しながら、ベルリンを立ち去ったたであろうことは、想像にかたくない。

それからしばらくして、ETAはライプツィヒにいるフランツ・ホルバインから、手紙を受け取った。

あなたも知るとおり、ホルバインはETAと組んでいたころ、バンベルク劇場をプロイセンでも一、二を争う一流劇場に育て上げた、功労者だ。

ETAより三つ年若だが、役人をやめてギタリストに転身した変わり種で、音楽監督としても指折りのオ能の持ち主、といってよい。

そのキャリアを認められて、バンベルク劇場の音楽監督に就任し、ETAの助力を仰いだわけだ。

ホルバインはETAへの手紙に、少なからぬ楽譜を同封してきた。

なんでも、ホルバインの友人のギタリストが、パリで活動するスペインのギタリスト、フェルナンド・ソルの弟子だそうだ。ホルバイン自身も、一度ソルのレッスンを受けたことがある、と言っていた。

その友人が、先ごろ帰国してホルバインのもとを訪ね、ソルが作曲したギター曲の楽譜を、何曲分か置いていったらしい。

ホルバインはETAに、もし曲が気に入ったらそれらを別紙に写し、原譜をまた送り返してくれればいい、と書いてきたそうだ。

わたしは、ETAにその楽譜を手渡されたうえ、写譜してもらえないかと頼まれた。

ETAが忙しいことは、わたしも重々承知していたので、気軽に引き受けた。

楽譜を眺めると、なるほどそれはソルの新作に違いなく、モーツァルトの『魔笛』のアリアを主題とする、序奏つきの変奏曲と分かった。ほかにもいくつか、練習曲らしいものが含まれており、量は十数枚に及んでいた。

モーツァルトを信奉するETAは、どうしてもそれを自分で弾きたいようだった。わたし自身も、弾いてみたくなった。

もっともETAは、最近の思わしくない体の状態からして、ふたたびギターを手にすることが、できるかどうか。

できればいいが、むずかしいところだ。

写譜するうちに、わたしもいよいよその曲を弾いてみたくなり——(以下欠落)

［本間・訳注］

このくだりから、まずは本報告書の何枚かの裏に、ギターの楽譜が書かれていた理由が、はしなくも判明したような気がする。

そしてその書き手が、ヨハネス自身らしいことも、明らかになった。

ヨハネスはホフマン、あるいは自分のために写譜した紙の裏を、報告書を書くのに使ってしまったのだろう。あたかも、『牡猫ムルの人生観』の小説作法を、彷彿とさせるしわざだ。

当時は、紙が今よりもはるかに貴重だったから、楽譜が頭にはいった時点で用なしになり、報告書に使い回しをしたのかもしれない。

——昨年（一八二一年）の十月八日、ＥＴＡが大審院の評議員に転任したのは、当人にとってもあなたにとっても、まことにめでたい異動だった。

おかげで、ＥＴＡは例の国王直属委員会の気の重い、神経をすり減らす仕事から解放されて、ようやく心休まる環境に落ち着いた。

しかも、この評議員なる肩書の実態はといえば、仕事量が減って給料は上がるという、願ってもない名誉職なのだ。

一方、ＥＴＡを目の上のたんこぶとみなす、政府上層部の連中からすれば、やっかい者を追い払ってせいせいした、というところだろう。

さりながら、いいことばかりは続かない。

その六週間ほどあと、ＥＴＡにとってもあなたにとっても、つらい出来事があった。

十一月の末、あなたたちがかわいがっていた牡猫ムルが、あっけなく病気で死んでしまった、あの一件だ。

飼い始めたのが、確か一八一八年の夏だったはずだから、一緒に暮らしたのはわずか三年ほどの、短い期間でしかなかった。

ショックだっただろうが、ＥＴＡはムルの死をことのほか悲しんで、親しい友人に大まじめな筆致で、死亡通知を出した。

ヒツィヒには、ムルが死んだその日（十一月三十日）のうちに、使いの者にメッセージを持たせた。

ヒペルには、翌日（十二月一日）の日付で、はがきを出した。

文面はいずれもほぼ同じで、次のようなメッセージだった。

　この、十一月二十九日から三十日にかけての夜、わが得がたき愛弟子の牡猫ムルが、輝かしき前途を控えながらわずか四年の生涯を終え、さらなるすばらしき存在を目指して、天国へ旅立ちました。生前のムルを知り、美徳と廉直の王道をあゆむその姿を、間近に目にしてきた諸氏諸賢には、小生の悲しみをお察しいただくとともに、どうかムルの冥福をお祈りくださるよう、心よりお願いする次第であります。

ホフマン

同じように、ムルの死を悲しむあなたのために、ETAは新たにオウムを飼おう、と提案したそうだね。あなたが、それを断わったのは、当然だろう。ムルのかわりになるものなど、何もないからだ。

それにからんで、もう一つ。

ムルの死の、数日前のことだ。

朝方、あなたが慈善バザーの手伝いに出かけ、わたしがETAの話し相手をしているとき、例のルートヴィヒ・デフリントとアウグスト・クリンゲマンが、二人でやって来た。

ETAは、このところ体調がすぐれず、寝たり起きたりの生活だったから、デフリントが心配して、見舞いに現われたのだ。

著述家であり、劇場支配人でもあるクリンゲマンは、それまでETAとは面識がなかったが、デフリントに誘われて同行したらしい。

初対面とはいえ、ETAもクリンゲマンもそれぞれ、お互いの名前と仕事ぶりについては、よく承知していたようだ。

あとでETAに聞いたところ、以前話題になった『夜警』の匿名の著者、ボナヴェントゥラの正体は、このクリンゲマンだということだ。

あのおり、ETAはなぜか正体を知りながら、明かそうとしなかった。

会ったこともないのに、クリンゲマンが見舞いに来てくれたのを喜んで、教える気になったのかもしれない。

ETAは、ほどなく慈善バザーから帰って来たあなたに、例のポンチを作って二人に出すように、と言った。

あなたの作るポンチは、〈ルター・ウント・ヴェグナー〉であれどこであれ、ほかでは絶対に飲むことができない、ETAのお気に入りの飲み物だ。したがって、だれかれかまわず飲ませる、というものではない。わたし自身、ETAがそれを自宅で、客に振る舞うのを目にするのは、めったにないことだった。あなたにとっても、同じではないか。

おそらくは、親友のデフリントが連れて来た人物だから、ETAも特別にクリンゲマンを、歓待したに違いない。

あなたが席をはずしたあと、ETAはデフリントとクリンゲマンを相手に、ときどきわたしにあいづちを求めながら、機嫌よくバンベルクやライプツィヒでの音楽活動、演劇活動の話をして聞かせた。

二人とも熱心に、ETAの話に耳を傾けていた。

そのうち、ETAとデフリントはひたいを寄せ合い、二人だけでひそひそ話を始めた。

それとともに、今まで生きいきと輝いていたETAの瞳に、陰りが差してきた。やがては、表情そのものが夜のとばりのように、深く暗く沈んでしまった。

ひそひそ話を始めると、ETAもデフリントも決まって、二人だけの世界にはいり込んでしまう。そうなると、二人とも周囲のことが何も見えなくなり、耳にはいらなくなるのだ。

わたしには、にわかに深刻になったETAの口調や、断片的に聞こえてくる医者とか病気、重症、治療法といった言葉から、何の話かすぐに察しがついた。

クリンゲマンは、初めのうちETA自身の病気の件だ、と思ったらしい。それでおとなしく、口を挟まずに聞いていた。

しかし、途中でどうもそうではないようだ、と気がついたとみえる。

クリンゲマンは、控えめな口調で二人の話に割り込み、ETAにこう尋ねた。

「どなたかご家族、あるいは親しいご友人の中に、病気のかたがおられるのですか」

すると、ETAはやおら立ち上がり、黙ってクリンゲマンの肘をとらえた。

それから、隣の部屋のドアにクリンゲマンを導いて、中をのぞかせた。

わたしは、その部屋で牡猫ムルが末期の病に苦しみ、小さな死の床に横たわっているのを、よく承知していた。

　クリンゲマンは、ETAたちの話の対象が人間ではなく、猫だと知って少々とまどったようだった。

　それでも、口の中で何やらぼそぼそと、慰めの言葉をつぶやいた。

　ほどなく、わたしたちはETAの住まいを辞して、ジャンダルマン広場に出た。

　歩きながら、デフリントは言った。

「あの猫が、今ベルリンの読書界をにぎわしている、牡猫ムルなんですよ。もうすぐ、第二部が出ますがね」

　それを聞いて、クリンゲマンは——　（以下欠落）

——（つい先ごろ）出た『牡猫ムルの人生観』の第二部の末尾に、作者による牡猫ムル死亡の事実が、付け加えられた。

　その中で、ETAは作中のムルが死んだあと、生前書かれた備忘録や回想録、吸い取り紙に使ったクライスラーの伝記本の残りが、寝床の中から見つかった、と書いている。

　その上で、ETAはそれらのムルの遺稿を、次の復活祭（一八二二年四月二十一日の日曜日か）の前後に出版予定の、第三部の中で紹介するつもりだ、と予告した。

　ETAの中では、飼い猫のムルと小説の中のムルとが、完全に一致していたのだ。

　思えば第一部の冒頭を飾った、ETA自身の絵筆によるムルの肖像画は、その毛並みや模様からして、飼い猫ムルとそっくり——　（以下欠落）

——気づいておられるだろうが、ETAは今めんどうな状況に立たされている。

　昨年（一八二一年）の十一月初旬から、フランクフルト・アム・マインにある、ヴィルマンスという出版社に、何回かに分けて送り始めた新作、『蚤の親方』の一件だ。

　この作品は断続的に書き継がれて、十二月中にはとりあえず最終稿が送られた、と承知している。

　内容は、第一から第七までの七つのエピソードで構成され、わたしは一つのエピソードが書き上げられるたびに、その草稿を読まされた。

　最初の方はともかく、第四のエピソードからにわかに、雲行きが怪しくなる。第五のエピソードにも、それがさらに過激なかたちで、引き継がれた。

これはひょっとすると、物議をかもすことになりかねない内容だ、と直感した。

この小説は、一応メルヒェンの形をとっているが、ETAは書き進めているうちに、あの国王直属委員会でのひどい体験を、作中に取り込もうと決めたに違いない。

つまり、反政府運動の容疑で逮捕された、急進的な活動家の処分を巡って、まっこうから対立した警察庁長官、カール・A・カンプツの卑劣なやり口を、槍玉に挙げたのだ。

人はその思想ではなく、行動によって裁かれなければならない、というETAの法理論を、カンプツはまっこうから否定した。

直属委員会の権限を抑えるため、国王を動かしてこれを問答無用で統制する、内閣委員会を設置したカンプツは、ETAにとって許しがたい敵となった。

例によって、ETAの作品は分かりやすく要約できないし、あなたにとってわずらわしいだけだから、ごく簡単に説明することにしよう。

まず、『蚤の親方』の主人公は、愛書家のペレグリヌス・テュス、という男だ。

ペレグリヌスは、ふだんから親しくしている製本業者、レンマーヒルトの家でアリーヌと名乗る、美しい娘と出会う。

アリーヌは、実の名をデルティィエ・エルファディンクといい、〈蚤のサーカス〉の興行主ロイヴェンヘークの姪で、伯父の客集めの手伝いをしている。

ロイヴェンヘークは、一匹の〈蚤の親方〉に蚤の一団を統率させ、サーカス興行を打つのを生業とする。

そのため、万が一にも〈蚤の親方〉がいなくなると、ロイヴェンヘークは食べていけなくなる。

またデルティィエも、ふだんから大動脈の鬱血症状に悩んでおり、ときどき〈蚤の親方〉に血を吸ってもらわないと、死んでしまう。

つまり、二人にとって〈蚤の親方〉は、生死に関わるたいせつな存在なのだ。

さて、ペレグリヌスはレンマーヒルトの家を出たあと、寒さのため路上で気を失ったデルティィエを抱き、家へ運んで行く。

ところが、そのことでペレグリヌスはなんと、婦女誘拐の嫌疑を受けるはめになり、逮捕されてしまうのだ。

しかし、審理の結果裁判官は犯罪の証拠がなく、したがって勾留する理由がないと判断し、ペレグリヌスを釈放しようとする。

そこへ現われたのが、枢密顧問官のクナルパンティだ。

クナルパンティは、こう宣言する。

「まず犯人を逮捕勾留すれば、犯罪はおのずと明らかになる。たとえ、容疑者がかたくなに否定しようとも、あちこちつつき回して矛盾点をほじくり出せば、勾留を正当化する証拠が、見つかるはずだ。それができずに、容疑者を釈放するような裁判官は、はなから裁判官の資格がない」

たいした暴論だ。

さらにクナルパンティは、ペレグリヌスの日記を蚤取りまなこで、調べ上げる。

その結果、容疑者が尋常ならぬ女たらしであり、婦女誘拐を何度も繰り返している、との〈証拠〉を山ほど積み上げてみせる。

その中の一つ、たとえば「この誘拐は、すてきもすてき、上出来だ」などと、〈誘拐〉なる言葉が何度も出てくる日記の書き込みを、有力な証拠だと主張する。

しかしペレグリヌスの書き込みは、あるオペラを見たあとの感想なのだ。

「わたしは、モーツァルトの『後宮からの誘拐』を、これで二十回見たことになるが、いつもと変わらず感動した。この誘拐は、すてきもすてき、上出来だ」

クナルパンティは、このように書き込みの一部分だけを抜き出して、〈証拠〉と主張するにすぎないのだった。

これはほんのさわりで、クナルパンティの挙げた〈証拠〉なるものは、全部が全部こうしたこじつけから、でき上がっている。

となれば、『蚤の親方』におけるこのようなエピソードが、警察庁長官カンプツのきたない手口への当てつけだ、ということは読む者が読めば、すぐに分かるだろう。

そもそも、クナルパンティ（Knarrpanti）という名前をよくみれば、〈あほうのカンプツ（Narr Kamptz)〉をもじったもので、これもまた一目瞭然の嘲弄といってよい。

しかも、クナルパンティが街を歩くたびに、通行人は汚物を見たように鼻をつまみ、レストランでテーブルに着くやいなや、周囲の客が席を立ってしまうなど、作中でこの男をさんざんにやっつけている。

こうした悪ふざけが、単に活字の上だけのことですめば、カンプツや官憲も見過ごしただろう。たとえ、連中の目に留まったところで、にがにがしく思うには違いないが、それほどの騒ぎにはならなかったかもしれぬ。

ところが、ETAはこれらの当てつけやこじつけ話を、本ができ上がらぬうちからあちこちで、おもしろおかしく吹聴しまくった。

それどころか、行きつけの酒場〈ルター・ウント・ヴェグナー〉では、例のデフリントを相手役に仕立て、実演まで披露してしまったのだ。

わたしは、何度かその寸劇の場に居合わせたが、裏の事情を知る者も知らぬ者も、クナルパンティを演じるデフリントの妙技に、怒ったりあきれたり笑ったりして、それはそれはたいした見ものだった。

あまりの盛り上がりに、さすがのわたしも少し控えた方がいい、と忠告した。

しかし、ETAはこうすれば話題になって、本の売れ行きにつながるだろう、とうそぶいた。

それどころか、そうなってしかるべきなのだ、と言い放った。

ところが、悪知恵の回るしたたかなカンプツは、ふだんからこうした酒場を含む盛り場に、多くの密偵を送り込んでいた。

そのため、ホフマンがしでかしたこの大騒ぎが、カンプツの耳に届くのは時間の問題、といってよかった。

案の定、『蚤の親方』の内容は出版されるよりも早く、今年（一八二二年）一月のうちには、カンプツの知るところとなった。

ミーシャよ。

あなたにも、その風評がカンプツを激怒させたことは、容易に想像できるだろう。

カンプツは、オターシュテットという警察の密偵から、出版社がフランクフルトのヴィルマンスだ、との報告を受けた。

さっそくカンプツは、フランクフルトにクリントヴォルトという、特別捜査官を送り込んだ。

フランクフルトは自由都市で、独立した政庁を持っていたから、いくらプロシア政府の高官の手先でも、勝手に権力を行使するわけにいかない。

クリントヴォルトは、正規の外交手続きを踏んで政庁の許可をとり、ヴィルマンス出版社にETAの原稿など、必要な証拠物件を残らず提出するよう、要求した。

ヴィルマンスは縮み上がって、ETAから預かった原稿はもちろん、トラブルを防ごうと原稿の一部削除を指示した、ETA自身の手紙まで洗いざらい、引き渡してしまった。

しかし、そこは抜け目のないヴィルマンスのこと、万一のために保証金二千六百グルデンを、要求した。

(続く)

［本間・訳注］
前にも書いたことだが、当時のドイツ語圏では、地域によってグルデン、ターラー、フリードリヒスドール、ドゥカテン、フロリン、グロシェンなど、多種多様な通貨が流通していた。それを、互いにどう換算していたかについて、信頼すべき資料は残っていない。したがって、現在の通貨に換算することも、ほとんど不可能かつ無意味である。
大体の目安で、一グルデンを千五百円として換算するならば、二千六百グルデンは三百九十万円となるが、これはあくまで参考値にすぎない。

クリントヴォルトは、その押収品でホフマンを十分に有罪にできると踏み、言われたとおりの保証金を払った。

押収品を手に入れたカンプツは、例のやり口で原稿や手紙の一字一句に、目を通したに違いない。

このとき、小説の中に実際の裁判調書を流用した、と難癖をつけるのはカンプツにとって、容易なことだっただろう。なにしろ、調書のいくつかはETA自身が書き、カンプツの頭にもまだ鮮明に残っている、判決文だったのだから！

それをもって、カンプツが裁判官の守秘義務違反に相当する、と難癖をつけるのは簡単なことだった。

こうしたいきさつから、それらの押収証拠の大多数が、国家機密を暴露するものであるばかりか、過激な革命思想をあおるものだとして、ETAを告発する根拠にしたらしい。

それを聞いたETAは、わたしにこううそぶいた。

「国家機密とは、笑わせるじゃないか、ヨハネス。それはつまり、カンプツが度しがたい大ばか者だという、だれもが知る国家機密のことに違いないな」

しかし、いざ実際にカンプツに告発されてみると、ETAものんびりしてはいられなくなった。

一つには、ETAがこのところ悩んでいた、病気の問題がある。

あなたも、医者から説明を受けたと思うが、ETAは脊髄癆というやっかいな病気を、わずらっている。

その症状がこのところ、いちじるしく悪化してきたことは、隠しようもない。

それはあなたが、いちばん承知しておられるだろうから、あえて詳しくは言うまい。

ただ、脊髄癆は体のあちこちに激痛が走り、手足がしだいに麻痺していくという、やっかいな病気だ。

その苦しみは、ETAの闘争心をくじく危険が、十分にある。

ともかく、その病床にあってETAが、カンプツの告発に対処するのは、たいへんなことだ。

わたしも、できるだけの援助をするつもりでいる。

それ以外に、ETAが抱えている仕事上の悩みで、あなたが知っておくべき問題については、今後もできるだけ早く報告することにしよう。

77

［本間・訳注］

今回の報告書も、書かれた時期がしばしば飛んでいる上、ところどころ欠落がある。

したがって、すでに過ぎ去った出来事をおさらいする、という場合も少なくない。

それはミーシャに、ホフマンが置かれている微妙な立場を、輪郭だけでも伝えておきたいという、ヨハネスの気持ちのあらわれと思われる。

ついでながら、今回報告されたホフマンの愛猫ムルの死に関連して、例の夏目漱石の『吾輩は猫である』との関係に、多少の筆をついやす必要があるだろう。

漱石は、『吾輩』の連載を始めるに際して、ホフマンの『ムル』を剽窃したのか。

それとも、猫を擬人化して一人称の小説にしたのは、単なる偶然なのか。

これは、連載中からしばしば取り沙汰された、微妙な争点だ。

ホフマンの『ムル』第一部、第二部は、一八二〇年前後に相次いで、刊行された。

一方漱石が、〈ホトトギス〉に『吾輩』の連載を開始したのは、一九〇五年の頭からだ。

つまり、両者のあいだにはおよそ八十五年の、開きがある。

一九〇〇年代初頭には、『ムル』はまだ日本語に翻訳されていなかった。

ともかく、漱石は英文学が専門だったこともあり、『ムル』をドイツ語の原書で読んだ、とは思われない。

ただ漱石は、一九〇〇年から足かけ四年にわたり、イギリスに留学している。

イギリスでは、ホフマンの死後一八二〇年代の後半から、トマス・カーライルらによって浪漫派の作家、作品が紹介されるようになった。

しかし、ホフマンの翻訳作品は『黄金宝壺』や、『悪魔の霊液』『蚤の親方』くらいで、『ムル』の翻訳はそれらより大幅に、遅れたらしい。初訳は一九六九年、とする極端に遅い説もあるようだが、これはネット情報だから保証の限りではない。

ともかく、帰国するまでに英訳が出なかったとすれば、漱石が『ムル』を読んだ可能性は、皆無に近いだろう。

ホフマンの死後、ウォルター・スコットや当のカーライルが、ある面でその作風や作品を評価しながら、ときとして手厳しく批判もしたため、イギリスではフランス、ロシアほどには、人気が出なかったようだ。

そのフランス、ロシアにおいても、生前のホフマンはまったくといっていいほど、知られていなかった。それが、かのゲーテと並び称されるまでに、高い人気を得るにいたったのは、あくまでその死後に翻訳が次つぎと、出回り始めてからのことだ。

ことにフランスでは、ゼラピオン同人の一人でもあった、コレフ博士の力にあずかるところが、大きかった。

ダフィト・フェルディナント・コレフ博士は、フランツ・A・メスメルが開発したメスメリズム、いわゆる〈動物磁気催眠療法〉をベルリン大学で教え、プロイセン首相ハルデンベルクの侍医を務めるなどした、著名な人物だ。

博士は、ホフマンの死後パリへ移住して、その作品の翻訳を積極的に推し進め、知名度を上げるのに大きな功があった。

ユーゴーやデュマ、シャトーブリアン、バルザック、スタンダール、ボードレール、メリメ等々、当時の錚々たる作家たちと親交を結んで、ホフマンの名をフランスの文壇に、広く浸透させた。ボードレールなどは、『ブランビラ王女』を数あるホフマン作品中の白眉、と断言してはばからなかったという。

こうしてみると、フランスにおけるホフマン受容の、最大の推進者はコレフ博士に、とどめを刺すだろう。

これに関連して、大阪芸術大学の美学・芸術学の教授、長野順子の『ホフマン物語』（ありな書房）に、触れておきたい。

この本は、オッフェンバックのオペラ『ホフマン物語』を、多角的に分析した労作だが、その序論ともいうべきフランスでのホフマンの評価に、類書にない綿密な考察がみられる。

したがって、ここでは繰り返さないことにする。

一方、ロシアでも文豪ドストエフスキーが、兄ミハイルとの手紙のやりとりの中で、何度かホフマンに言及している。

一八三八年八月九日付の、十六歳のときの兄宛ての手紙では、〈ホフマンの作品は、ロシア語の翻訳とドイツ語の原書（未訳の『ムル』など）で、全部読んだ〉と書いた。

また十八歳のときの手紙では、兄とともにホフマンの作品を数多く読み、たくさん語り合ったことを回想している。

ほかに、『死せる魂』のゴーゴリや、『現代の英雄』のレルモントフも、ホフマンを愛読したといわれるが、余談はこのあたりでやめておこう。

＊

漱石に話をもどす。

漱石は『吾輩』の連載の最終回で、『ムル』について次のように言及した。

……先達てカーテル、ムルと云《い》ふ見ず知らずの同族が突然大氣燄《だいきえん》を揚げたので一寸吃驚した。よく〳〵聞いて見たら、實は百年前に死んだのだが、不圖《ふと》した好奇心からわざと幽靈になつて吾輩を驚かせる爲に、遠い冥土から出張したのださうだ。（中略）――こんな豪傑が既に一世紀も前に出現して居るなら、吾輩の様な碌でなしはとうに御暇を頂戴して無何有の鄕に歸臥してもいゝはずであつた。（以下略）

〈ホトトギス〉一九〇六年（明治三十九年）
八月号（最終回）

このくだりには、伏線があった。

これより三カ月前、〈新小説〉という当時の文芸雑誌の一九〇六年五月号に、藤代《ふじしろ》素《そ》人《じん》（本名・禎《てい》輔《すけ》）が『猫文士氣燄錄』なる、興味深い戯文を寄せている。

文末には、〈明治三十九年四月十日〉と、脱稿の日付がしるしてある。

手元にあるその雑誌から、問題の戯文の冒頭と、中間の厳しい指摘の部分を、引用しよう。

猫文士氣燄錄

カーテル、ムル 口述
素人 筆記

此頃日本の文壇で夏目の猫と云ふのが、恐ろしく幅を利かして居ると、今は天國に居る吾輩の耳にも聞えたから、或る方法を以て其《その》著書を見た所が、表題に「吾輩ハ猫デアル」とあつて下の方に夏目漱石著と出て居る。シテ見ると猫の名が夏目漱石と云ふのであらう。妙な猫名もあるものだと考へながら中を開けて見ると

吾輩は猫である、名前はまだ無い

と本文の冒頭に書いてある。ハテ變《へん》なこともあるものだ。名前の無いものが夏目漱石と名告《なの》る譯《わけ》がない。（中略）

――まだ世界文學の知識が足らぬ爲《た》めかも知れぬ

が、文筆を以て世に立つのは同族中己れが元祖だと云はぬばかりの顔附をして、百年も前に吾輩と云ふ大天才が獨逸《ドイツ》文壇の相場を狂はした事を、おくびにも出さない。若《も》し知て居るのなら、先輩に對《たい》して甚だ禮《れい》を欠いて居る譯だ。現に吾輩等はチークが紹介してロマンチックの大立物となつた「長靴を履いた猫」を斯道の先祖と仰いで、著書の中で敬意至れり盡《つく》せりだ。（後略）

藤代は、猫が書いた小説と称する漱石のアイディアには、すでに別の作家（つまりホフマン）の前例があること、さらに賢い猫ならルートヴィヒ・ティークの、『長靴を履いた猫』なる先輩がいることを、カーテル（牡猫）・ムルになりすます、という巧みな裏わざを使って、明らかにしたのだ。

四百字詰め原稿用紙に換算すると、およそ十九枚ほどの掌編にすぎないが、わさびのきいた小気味よい戯文、といってよい。

前掲の、『吾輩』における漱石の猫の独白は疑いもなく、これを受けて書かれたものだ。

この戯文の筆致からすれば、〈ホトトギス〉に連載が開始される以前に、藤代がホフマンのことを教えたにもかかわらず、漱石が作中でそれにまったく触れなかったため、いささかつむじを曲げて寄稿した、とみることもできる。

だとすれば、藤代の筆致が少々皮肉に流れるのも、無理ならぬものがある。

もっとも漱石と藤代は、東京帝国大学時代以来の親しい友人だから、お互いに遊び心でこの応酬を楽しんだ、という見方もできよう。

このあたりの事情は、やはり『ムル』の翻訳者の一人で、『ホフマン——浪曼派の芸術家』（一九七一年）の著者でもある吉田六郎が、『「吾輩は猫である」論——漱石の「猫」とホフマンの「猫」』（勁草書房／一九六八年）で、さらに詳しく論じている。

吉田は大筋で、漱石がホフマンの『ムル』から、『吾輩』の着想を得た可能性があることを、すなおに認めた。

吉田はまた、漱石がやはり古い友人の一人で、英文学者の畔柳都太郎《くろやなぎくにたろう》（吉田は郁太郎と誤記）から、『ムル』の話を聞いたことを示唆する証拠として、一九一六年（大正五年）一月の〈新小説〉増刊号への寄稿など、三つの資料を挙げている。

しかし、結論としては吉田は次のように、漱石を弁護する立場をとる。


もしも着想・趣向・外形の類似を以て、一作を他作と比較するとすれば、『猫』はあるいは『ムル』の盗作であると云えるかも知れぬ。然し漱石はたぎる情熱をそそぐために『ムル』の器をかりたにすぎず、『猫』がどこまでも漱石のものであることは、ことごとしく弁ずるまでもあるまい。その意味で漱石は猫文学の先蹤《せんしょう》を無視したのであって、『ムル』の影響なぞは問題とするに足りぬほど、『猫』は燦然とした独創である。


この一文を読むと、ホフマンへの限りない愛惜と裏腹に、文豪夏目漱石をおとしめてはならぬという、吉田の板ばさみの苦渋がにじみ出ている。

一方、文芸評論家の板垣直子《なおこ》は、その著『漱石文学の背景』（鱒書房／一九五六年）で、筆鋒鋭く漱石の剽窃を追及した。

板垣は漱石の『吾輩』が、『ムル』から着想を得て書かれたことを、事細かに分析して例証を挙げ、真っ向からその非をとがめている。

その論調はほとんど、〈糾弾〉しているといってもいいほど、厳しいものがある。

その中で、例の畔柳都太郎の名を〈郁太郎〉、と誤記しているところをみると、前述の吉田は板垣の著書を参照して、同じ誤りを犯したものと推測される。

こうした経緯からすれば、時期はともかく漱石が藤代、畔柳のどちらかから、あるいは両方から、ホフマンの『ムル』の存在を聞いたことは、確かなように思える。

さらに、漱石はモデルにした飼い猫が死んだとき、弟子の野上豊一郎《とよいちろう》、小宮豊隆《とよたか》らに宛てて、死亡通知を出している。


「辱知猫儀久々病氣の處、療養不相叶、昨夜いつの間にかうらの物置のヘツイの上にて逝去致候。埋葬の儀は車屋をたのみ箱詰にて裏の庭先にて執行仕候。但主人「三四郎」執筆中につき、御會葬には及び不申候。以上」

これを見ると、漱石はホフマンがムルの死亡通知を出した、という挿話も藤代あるいは畔柳から教えられ、承知していたと考えていいのではないか。

その上で、ホフマンのひそみにならったか、あるいはいっそ開き直るかしての、最後っぺと解釈すべきかもしれない。

とはいえ本間としても、その是非をここであげつらう気は、さらさらない。

やはり、『ムル』と『吾輩』は設定こそ似ているものの、まったく別の作品といってよかろう。

*

そもそも、ホフマン自身が他の作家の作品から着想を得て、というよりアイディアをそのままいただいて、いくつもの作品を書いていることを、指摘しておかなければならない。

たとえば、最大の長編小説『悪魔の霊液』は、イギリス作家マシュー・グレゴリー・ルイスの恐怖小説、『モンク（修道士）』を下敷きにしている。大筋においても、個々のシークエンスにおいても、類似箇所がかなりあることは明らかだ。

また『大晦日の夜の冒険』は、友人シャミッソーの傑作『影を売った男（ペーター・シュレミール奇譚）』の、剽窃といってもよい。単に、なくすのが〈自分の影〉ではなく、〈鏡の中の自分の映像〉というだけのことだ。

もっともシャミッソー自身が、おもしろがって許したとのことだから、これは公認のアイディア盗用、としておこう。

さらに、短編『顧問官クレスペル』の主人公は、ベルンハルト・クレスペルという名の、実在の人物をモデルにしたそうだ。

本物のクレスペルも、実際に風変わりな人物だったらしく、自分で設計した奇抜な建物に、住んでいたという。しかも、そのクレスペルなる人物は、よりによって若いころ、あの煙たいゲーテの友人だった、と伝えられる。

ホフマンは、その男の話を同じ浪漫派の作家、クレメンス・ブレンターノから聞かされて、小説に仕立てたといわれる。

この時代、他人の作品の一部を適当につまんだり、アイディアをちょうだいしたりして書く、というやり方は今の時代ほどには、責められることではなかったようだ。少なくとも、それがそのオリジナルの作品と同等か、さらに上を行くものであれば、大目に見られたのだろう。

現にハインリヒ・ハイネは、『ベルリンだより』第三信で『悪魔の霊液』を、ネタ元になったルイスの『モンク』よりも、はるかに高く評価している。

*

ついでながら『牡猫ムルの人生観』は、ムルの〈自伝〉とクライスラーの〈伝記〉が交互に、しかも途切れとぎれに出てくる、ややこしい構成を持つ。

ただし〈伝記〉の中にも、ムルはクライスラーの音楽の旧師、アブラハムの飼い猫として、しばしば登場する。口こそきかないものの、ムルは何やかやとクライスラーやアブラハムに、からんでくる。

ムルの〈自伝〉の部分は、ほぼ時間の経過に従って、つながりがあるように、書かれている。

しかし、クライスラーの〈伝記〉の方は、前後が行ったり来たりして、時間どおりにはつながらない。

たとえば第二部の最後で、ムルは飼い主のアブラハムが旅行に出るため、クライスラーに預けられることになった、と述懐している。

しかるに第一部の冒頭では、アブラハムがクライスラーにこう言う。

「すまんが、ヨハネス。わたしが旅からもどるまで、あのムルを預かってもらえないかね」

この構成から見れば、小説全体の流れは第二部の末尾から、第一部の冒頭へ逆もどりする、というかたちになる。

こころみに、クライスラーの伝記部分だけを抜き出し、並べ直せば筋がつながるのではないか、という気もしよう。

しかし、ただ順序が狂っているだけでなく、途中あちこちに欠落があるので、その作業はむだに終わるだろう。

以上、念のため、一言しておく。

もう一つ、頭がこんがらかるという意味では、例の『ブランビラ王女』も『ムル』に劣らぬ、手ごわい作品だ。主人公のジグリオとジアチンタが、いつのまにか芝居の中のコルネリオ王子、ブランビラ王女になり、愛し合ったり喧嘩別れしたりを、繰り返す。二人以外の登場人物も、ころころと役がらが変わって、敵になったり味方になったりと忙しく、応接にいとまがない。

想像が飛躍する、と表現すれば聞こえはいいが、ただの酔っ払いの妄想と極めつけられても、返す言葉があるまい。まさに、頭がこんがらかるとしか、言いようがない。

しかし、ハイネはこの作品に、最大級の評価を与えた。

この小説を読んで、頭がおかしくならないようなやからは、はなから頭の持ち合わせがないのだ、と喝破している。

*

余談はさておき、本題にもどろう。

肝腎の『蚤の親方』だが、ホフマンは仇敵カンプツのことを、甘く見ていたふしがある。

むろん、頭の切れという点でカンプツは、ホフマンの敵ではない。しかし、カンプツは絶大な権力を掌握しており、しかもその使い方を熟知している。

ホフマンとて、大審院判事という歴とした地位にあるが、権力の利用のしかたという点では、カンプツに太刀打ちできない。

〈クナルパンティ〉と、アナグラムまがいの変名をつけて、そのやり口を糾弾したところで、カンプツ当人は痛くもかゆくもあるまい。ホフマンにすれば、ただ告発する口実を与えるだけで、なんの得にもならない。

ちなみに、日本語を当てればカンプツは〈奸物〉に通じて、ぴったりなのだが。

ホフマンも、活字だけにとどめておけばよかったものを、人前で寸劇まで演じてしまったのは、さすがにやりすぎだった。

それに気づいたホフマンは、ただちにフランクフルトの出版社に手紙を書き、問題になりそうな箇所をいくつか、印刷原稿から削除するように指示した。

しかし、ヨハネスの報告書にもあるとおり、ヴィルマンス出版社は問題の原稿ばかりか、ホフマンが削除を指示した当の手紙まで、カンプツの手先に引き渡してしまった。

その顚末に関しては、次回の報告書を待つことにしよう。

ここで、ホフマンがわずらった病気について、一言しておきたい。

脊髄癆は、いわゆる神経梅毒の一つで、潜伏期間が十年ないし二十五年と、長期にわたるという。

ホフマンの場合、おそらく一八〇〇年に二十四歳で赴任した、ポーゼンでのご乱行が原因で、罹患したのだろう。通常の梅毒を完全に治さずにおくと、後年この症状が現われる、といわれる。

初期には下肢の電撃性疼痛、中期には運動失調、筋力の減退等がひどくなり、やがて下半身から全身の麻痺にいたったのち、衰弱して死亡する。

その間の経年数は、十数年にも及ぶ場合がある、という。

現在ではペニシリン系、セフェム系の抗生物質が効くらしいが、当時は致命的な難病だった、と思われる。

ホフマンにとって、この時期にカンプツとの確執が顕在化したのは、不運というべきだろう。

しかしホフマンの闘争心は、最後まで消えなかった。

78

ちょうど読み終わったとき、廊下に例のそうぞうしい足音が響いた。

洋室にはいって来るなり、本間鋭太は立ったまま麦茶のコップを取り上げ、一息に飲み干した。

それから、いつものように後ろ向きに、ソファに飛び乗る。

九月も、はや二週目にはいったとはいえ、このところ残暑が厳しい。

それにおかまいなしに、本間は厚手のグレイのスラックスと、青いフランネルのシャツを着ている。

先週は逆に、むしろ涼しかったにもかかわらず、甚兵衛にステテコ、といういでたちではなかったか。

季節感が、まるでちぐはぐだ。

本間が、テーブルに向かって、顎をしゃくる。

「読んだかね」

古閑沙帆は、うなずいた。

「はい。今回は、報告書も先生の訳注も、かなり長いですね」

そう応じると、本間はいらだたしげに指を振り立て、もう一度顎をしゃくり直した。

「わしの原稿ではない。その隣の、タルコフスキーじゃよ」

沙帆はあわてて、原稿のそばに置いた『ホフマニアーナ』を、取り上げた。

「ええと、はい。読ませていただきました」

先週、本間から読んでみるようにと、貸し与えられたものだ。

「どうだ。すぐに読めたじゃろうが」

「はい。確かに二時間ほどで、読み終わりました。でも、そのわりに読みでのある、密度の濃い作品でした。映画にならなかったのが、惜しまれますね」

アンドレイ・タルコフスキーはロシアの映像作家で、亡命後一九八六年にパリで亡くなった、という。まだ五十代だったそうだ。

本間が言う。

「おそらくタルコフスキーは、ドストエフスキーやゴーゴリを読んで、ホフマンを知ったんじゃろうな」

この日はのっけから、〈じゃ〉の連発だ。くつろいだ気分とみえる。

「タルコフスキーが、ホフマンのどこに引かれたのか知りませんが、この本を読むかぎりでは、かなり心酔していたようですね」

沙帆が応じると、本間は満足そうにうなずいた。

「そのとおりじゃ。開巻早々『ドン・ジュアン』や、『大晦日の夜の冒険』のエピソードが出てくる。もちろん、ユリア・マルクもな」

「ユリアの従兄で、ホフマンの親しい友人でもある、シュパイア博士も登場しますね」

「ホフマン夫人の、ミーシャもだ」

「はい」

ホフマンはユリアのことで、ミーシャと口喧嘩をしたりもする。

ミーシャに、日記を取り上げられたことも出てくるし、ホフマンがユリアの婚約者グレーペルを、ポンマースフェルデンでののしる場面もある。

そうやって、すべてのエピソードが脈絡もなく、続いていく。

ホフマン自身のエピソードに、作品の一部が割り込んできたりもする。

それが、タルコフスキーらしいところかもしれないが、子供のころ『僕の村は戦場だった』を見ただけの沙帆には、判断がつかなかった。

映像メモは、八十ページほどの量にすぎず、長めのシノプシスといったところで、筋らしい筋も結末もなく、突然終わってしまう。

映画の構想として、もともとそこで終わってしまうのか、完結する前に投げ出されたのか、判然としない。

「これを読んで、映像になったときにどんなふうになるのか、ある程度想像はつくんじゃないかね」

本間の問いに、沙帆は首をひねった。

「ですが、こうした筋があるようなないような、いわゆるシンボリックな映画は、実際に映像表現を見てみないと、善し悪しが分かりませんね。だれか、別の監督がこの構成案をもとに、映画を作ってくれればいいのですが」

本間が、軽く首をかしげる。

「それはどうかな。タルコフスキーの、ホフマンに対する強い思い入れを、そっくりそのまま再現できる監督は、タルコフスキー以外におらんだろう」

沙帆はうなずいた。

本間の言うとおりだと思う。

本間は少し間をおき、本題にはいってきた。

「ところで、ヨハネスの今回の報告書は、どうかね」

沙帆は、原稿をそろえ直した。

「なんといってもトピックスは、倉石さんがマドリードで手に入れた古文書の裏に、ギターの楽譜が書かれていた理由が、明らかになったことでしょう。今さらながら、驚きました。あれを書いたのは、ヨハネスだったのですね」

本間の顔が、くしゃくしゃになる。

「さよう。わしも、手元にある代々の文書を最初に読んだとき、読み流したせいで楽譜のくだりを、忘れておったようだ。これで、倉石くんが発見した部分の楽譜の謎が、いちおう解明されたわけだ」

「はい。倉石さんもきっと、喜ぶと思います」

沙帆が言うと、本間はもぞもぞとすわり直して、口調を変えた。

「さてと、本題にもどろう。今回の報告で、追い詰められたホフマンの様子が、よく分かるじゃろう」

とっさに、本間の顔を見直す。

その口調に、どこかホフマンの苦境を楽しんでいるような、はずんだものを感じたのだった。

「そうなったのも自業自得だ、とおっしゃりたいのですか」

そう聞き返すと、本間は思わぬ逆襲にあったというように、ぐいと顎を引いた。

「まあ、そう言ってしまえば身も蓋もないが、ともかく自分でまいた種だからな。活字だけならともかく、酒場の酔漢相手に寸劇まで演じてみせたのは、いかにも軽率だった。持ちまえのサービス精神が、つい頭をもたげたんだろうがね」

「そんなことをすれば、カンプツが黙っていないことくらい、分かっていたはずですが」

「ああ、そのとおりだ。しかし、いざおおごとになりそうだと知って、出版社に一部削除を指示したのは、ホフマンらしからぬ弱腰だな。その覚悟をしていなかったのは、まったくもってホフマンらしくない、としか言いようがない」

そう言う本間の目に、沙帆はめったに見たことのない、強い失望の色を認めた。

本間の言うとおりかもしれない。

土壇場でばたばたして、みずからの失策を糊塗しようとするなど、確かにホフマンらしからぬ所業ではある。

本間は、もぞもぞと体を動かして、すわり直した。

「あるいは、ミーシャのことを、考えたのかもしれんな。生活苦や脊髄癆で、さんざんミーシャに苦労をかけておきながら、その上名誉毀損や国家機密漏洩罪で訴えられたりしたら、申し訳が立たんだろう」

それを聞いて、沙帆もなんとなく居心地が悪くなり、長椅子の上ですわり直した。

意識して、話を変える。

「そういえば、『夜警』を書いたボナヴェントゥラは、クリンゲマンだと明らかにしていますね」

本間も、気分を入れ替えるように、元気よくうなずいた。

「そう。これで、ボナヴェントゥラの正体もようやく、特定されたわけだ」

「クリンゲマン説は、ドイツでも認められているのですか」

「今のところはな。いつまた、別人だという説が出てくるか、分からんがね」

沙帆は、本間の原稿をめくり直した。

「それと今回、先生は訳注で漱石の『吾輩は猫である』と、ホフマンの『牡猫ムルの人生観』に、ずいぶん綿密な考証を加えておられますね」

本間は首をひねり、耳たぶを引っ張った。

「厳密にいえば、わし自身の考証ではない。そこに書いた、吉田六郎の『吾輩』論や〈新小説〉の古いのを、引っ張り出しただけのことさ。一般に、文豪の夏目漱石がホフマンの作品を剽窃した、と認めるのを避ける風潮があるのは、きみも承知しとるだろう」

「はい。でも、吉田六郎は剽窃したと認めていませんし、本間先生も同じご意見のようですが」

「限りなく黒に近いが、決定的な証拠がない以上は、しかたあるまいて。ちなみに、おもての外苑東通りを、北へ百五十メートルほどのぼると、早稲田通りにぶつかる。そこが、弁天町の交差点だが、その少し手前を左にはいった先の右側に、漱石公園というのがあるんじゃ」

初めて聞く話に、沙帆は背筋を起こした。

「漱石公園。夏目漱石の、公園ですか」

「さよう。そのあたりに、晩年の漱石が住んだ〈漱石山房〉があって、一部が公園になっとるんじゃ。そこに、石を重ねて造った〈猫塚〉というのが、残っとるのさ」

さすがに驚く。

「〈猫塚〉ですか。そういう、ゆかりの史跡がすぐ近くにあるなんて、単なる偶然とは思えませんね」

「これも、何かの縁じゃろうて」

そう言って、本間は得意げな笑みを漏らした。

またシンクロニシティ、という言葉が頭に浮かぶ。

「おっしゃるとおりですね。びっくりしました」

どちらにせよ、本間の性格からして漱石が剽窃した、と考えているのは間違いない、という気がした。

息をついて、話をもどす。

「ところで、先生が触れておられる板垣直子、という文芸評論家はかなり手厳しく、漱石に当たっているようですね。まるで盗作した、と言わぬばかりに。どういう人なのですか」

「詳しいキャリアは、わしも知らぬ。一九五〇年代に、そうした著作を出版できるほどだから、当時はそれなりの評論家だったのだろうな」

「ただの評論家だとすれば、ホフマンの信奉者というわけでは、なさそうですね」

「ホフマンに肩入れするというより、文豪漱石の作品研究に一石を投じよう、あるいはいっそ手投げ弾をお見舞いしよう、という意図があったのだろう。だれもが、あまり触れたがらないテーマに、挑みたかったのさ」

少し考える。

「漱石は『吾輩』を書くまで、さして文名は高くなかったわけですね。つまり、作家としてはまだ、一家をなしていなかった。そこで何か、だれも書いたことのない、変わった小説を書こう、と考えた。そこへたまたま、『ムル』の話をだれかに聞かされて、その日本版を書くことを、思いついた。そんなところでは、ないでしょうか」

本間は、肩をすくめた。

「うむ。それが、思いのほか大当たりしたものだから、あちこちで雑音が起こり始めた。そんなところじゃろう」

「そうですね。とにかく、いきなりあれだけの作品を書いて、しかもそのあと切れ目なしに、傑作を発表し続けたわけですから、さすが漱石としなくては」

「まあ、藤代素人にしてみれば、一言挨拶があってしかるべきだ、というところだろう。その気持ちも、分からぬではないがね」

麦茶を飲み、本間を見返す。

「先生も、板垣直子の著作はともかくとして、〈新小説〉とかいう明治の古い雑誌など、よくお持ちですね」

水を向けると、本間は鼻をうごめかした。

「吉田六郎が目を通した資料は、おおむね手に入れたつもりだ」

それから、予想したとおり身を乗り出して、あとを続ける。

「どうしても見たければ、拝ませてやってもいいがね」

沙帆は、自分でもわざとらしいと思うほど、目を輝かせてみせた。

「ほんとうですか。ぜひ、拝見させてください」

言い終わらぬうちに、本間はソファを飛びおりた。

背後のライティング・デスクから、グラシン紙かパラフィン紙でカバーした、古雑誌を取って来る。

沙帆は、それを受け取ってテーブルに置き、ていねいに開いた。

見返しの広告の裏に、赤い文字で〈新小説第十一年第五巻目次〉とあり、〈本欄〉と書かれた冒頭に『猫文士氣燄錄』、「カーテル、ムル口述」「素人筆記」、となっている。

そのあと、〈思潮〉〈雑録〉〈歐洲文藝見聞譚〉などの項目に分かれて、坪内逍遥《しょうよう》、上田敏《びん》、島村抱月《ほうげつ》、泉鏡花といった、錚々たる執筆陣が目に飛び込んできた。

奥付を見ると、明治三十九年五月一日発行で、発行所は春陽堂《しゅんようどう》。一冊二十五銭。

対向面の赤いページには、〈森鷗外の『水沫集』訂正増版中〉と、広告が載っている。

藤代素人が書いた、「カーテル、ムル口述」と称する戯文の冒頭は、今回の報告書の訳注に引用されたのと、そのまま同じだった。

その先を、続けて読んでみる。

――何かこれには仔細のあることだらうと思つて序文を讀んで見ると夏目漱石とは人間の名前で、此《この》名前の持主が猫に假托《かこつけ》て著したもの丶様に見せ掛けて居る。けれども吾輩の鋭い眼で看破して見ると、これは人の物を我物顔に濟《す》まし込む人間慣用の猾手段であることが見え透いて居る。人間社會では此様な横着手段を「猫ばゞ」にすると云て居るが、これは我々猫族を見縊《みくび》つた怪しからぬ言葉で聞棄《ききずて》にならぬ。自分共の方が餘程《よほど》質が悪く出來て居ながら、猫ばゞもないものだ。此言葉は以來「人間ばゞ」と改正するが宜い。(後略)

沙帆はつい、笑ってしまった。

「けっこう、きついことを書いていますね。戯文には、違いありませんが」

本間も苦笑する。

「まあ、素人は漱石と古い付き合いだから、遠慮がないんだろうよ。ついでに、終わりの方の第十ページ、七行目のパラグラフを読んでみたまえ」

ページをめくり、その箇所を探した。

――表題は前にも云た通りカーテル・ムルで通るが、此原書を出版した人はアマデウス・ホフマンと云ふ音樂者と畫工と兼ねたロマンチックの詩人だ。此男が吾輩の著書を出版する時に、音樂師クライスレルの傳記と吾輩の著述と入れ混ぜて印刷して仕舞つた。(後略)

そのあとも、『牡猫ムル』の構成の妙について、正確な記述が続いている。

「藤代素人という人は、『牡猫ムル』をきちんと読んで、きちんと把握していますね。ホフマンのことも、よく知っているようですし」

沙帆が感心して言うと、本間はわが意を得たりとばかりに、肘掛けを叩いた。

「そのとおり。藤代としては、たとえ相手がどれほど親しい友人でも、漱石の前にホフマンありきと、そう言わずにはおれなかったんじゃ」

沙帆は、雑誌を閉じた。

「短い原稿とはいっても、こうして巻頭を飾るくらいの扱いですから、編集部としては当時の『吾輩』の人気にからんで、話題作りをねらったのでしょうね」

「それは、そのとおりだろうな。ただ、最終回とはいえ漱石先生も、連載の中で藤代の指摘に大まじめに、答えているわけだ。それはそれで、さすがだと思わんかね」

「ええ。しゃれっけがありますね。きっと、仲のいいお友だちだったのでしょうね」

「さよう」

本間は短く応じ、壁の時計を見上げた。

まじめな口調で言う。

「今日は、ここまでとしよう。翻訳も、ほどなくおしまいになるわけだが、麻里奈くんに渡された報告書の前半部分は、約束どおりこのまま頂戴しておく。引き換えに、パヘスのギターは倉石くんに、進呈しよう。倉石くん夫婦も、それで異存はないだろうな」

沙帆は神妙に、頭を下げた。

「はい。ないと思います」

麻里奈も、今さら返してほしいとは、言わないだろう。

「ところでギターは、きみに預けていいかね。それとも倉石くんが、自分で取りに来るかね、一緒に」

「倉石さんに、聞いてみます。もしかすると麻里奈さんも、ご挨拶に来たがるかもしれませんし」

沙帆の返事に、本間が少し体を乗り出す。

「せっかくだから、そのときは由梨亜くんも、連れて来たらどうかね」

沙帆は躊躇した。

「それも、聞いてみることにします」

由梨亜が、ここへギターを習いに来ていたことは、まだ麻里奈に話していない。

今さらの感もあるが、最後の段階でそれを打ち明けられては、麻里奈もいい気はしないだろう。

また、重い荷物を背負わされた気分で、沙帆は〈ディオサ弁天〉をあとにした。

79

【E・T・A・ホフマンに関する報告書・十五】


――（特別捜査官クリントヴォルトによって）押収された原稿を読み、警察庁長官カール・A・カンプツは、これでETAを有罪にできる、と確信したらしい。

罪名は、名誉毀損罪、国家機密漏洩罪、官憲侮辱罪など、いくらでもつけられる。

一月三十一日（一八二二年）、カンプツはプロイセンの内務大臣、フリードリヒ・フォン・シュクマンに、ETAに対する告発状の草稿を、提出したという。

それを受けて、シュクマンは二月初めハルデンベルク首相に、ETAの判事としての資質に異を唱え、なんらかの処分を求める書簡を送った、と思われる。

ETAを、大審院評議員から解任せよとか、どこか僻地へ左遷させるべしとか、そういった内容だと漏れ聞いた。

たとえば、インスターブルク（ホフマンが生まれた、ケーニヒスベルク＝現カリニングラドの東方、約八十キロに位置する町）あたりはどうか、と地名まで出たという。インスターブルクは、東プロイセンのほとんど東端の僻地で、ロシアでいえばシベリアへの流刑に、相当する。

しかしハルデンベルクは、大審院もそうした命令には従うまい、と判断したようだ。

その証拠に、シュクマンがあの手この手で、ETAの処分を迫ったにもかかわらず、そうした発令は行なわれなかった。

ヴィルマンス出版社によれば、その後シュクマン本人から、『蚤の親方』の不都合と思われる部分、つまり第四章の全部と第五章の前半三分の一を、削除するよう要請してきたそうだ。

そうすれば、プロイセン政府は押収した原稿等を返却し、出版を許可するという。

それらを、押収したまま返却しなければ、押収時に支払った二千六百グルデン、という高額の保証金がもどらなくなる。

シュクマンとしても、そうしたむだな損失だけは、避けたかったのだろう。

ヴィルマンスは判断に迷い、その要請に応じるべきかどうかを、ETAに手紙で問い合わせてきた。

ETAは、すでに指示した以上の手直しや、削除に応じるつもりがなかった。そこで、ヴィルマンスにそのように返事をしていいか、とわたしに意見を求めた。

わたしは、ETAがそう決めているのなら、そのように返事をすればいい、と答えた。

ただ、一部分だけでもシュクマンの要請に応じて、相手の顔を立てるやり方もあるだろう、と付け加えた。

しばらく考えたあと、ETAは首を振った。

「きみの言うことも分かるが、ぼくにも譲れることと譲れないことがある。ぼくが指示した以上の、削除と訂正の要請にはいっさい応じるな、と言ってやろう」

ヴィルマンスはやむをえず、シュクマンにそのとおり回答した、と思われる。

そうこうするうちに、国王のフリードリヒ・ヴィルヘルム三世は、いっこうにらちの明かぬ状況に、業を煮やしたらしい。

大審院の院長、ヨハン・D・ヴォルダーマンに対して、ただちにETAの尋問を実施するよう、特命をくだしたことが伝えられた。

おそらく、シュクマンにやいのやいのと言われて、ハルデンベルクが国王の判断を、仰いだのだろう。

それがこの、二月八日のことだ。

ヴォルダーマンは、大審院判事としてのETAの能力を、高く評価していた。したがって、国王の特命には頭を抱えたに違いない。

このときに当たって、あなたもよく知るETAの親友で、幼いころからもっとも頼りにしてきた、テオドル・ヒペルが立ち上がった。

ヒペルはたまたま、赴任地のマリエンヴェルダーから長期出張で、ベルリンに滞在中だった。ハルデンベルクとは、ナポレオン戦争時に秘書官を務めるなど、旧知の仲だったこともあって、プロシア政府には顔がきいた。

ヒペルは、手始めにハルデンベルクの娘婿で、ETAとも相識のピュクラー・フォン・ムスカウ侯爵に、口利きを求めた。

しかし、グルメでもあり遊び人でもある侯爵は、その種の事件に関わるのを嫌ってか、あっさり助力を断わってきた。

次いで、ハルデンベルク本人への嘆願も、不調に終わった。首相としても、内務大臣など他の閣僚と、対立するのを避けたかったもの、と思われる。

結局、ヒペルの必死の裏工作もむなしく、日ごろETAと親しかった者たちまで、関わるのをいやがった。ETAは、表向きの交際範囲こそ広かったが、真の友だちと呼べる相手は、きわめて少なかったのだ。

時間稼ぎのため、ヒペルはETAがここ数年リウマチ、肝臓障害をわずらい、今や脊髄癆にも侵されていることを訴えて、尋問期日の延期を国王に嘆願した。

ハインリヒ・マイヤー博士（ETAの主治医）も、ETAの病状を詳述した診断書を提出し、当分は尋問に応じられる状態にない、とのヒペルの主張を裏付けた。

国王はやむなく、二週間の猶予を認めた。

ヴォルダーマンは、たとえわずかな期間とはいえ、気の重い仕事が延期になって、さぞほっとしたことだろう。

そのあいだにも、シュクマンはカンプツにせっつかれて、『蚤の親方』の原稿を手直しするよう、ヴィルマンス出版社にしつこく要求し続けた。

しかし、当初はみずから削除訂正を指示していたETAも、シュクマンらの権柄ずくのやり方に怒り、結論が出るまでそれ以上の要求に応じないよう、今一度指示した。

かくて、二週間後の二月二十二日にあらためて、尋問の期日がやってきたわけだ。

もはや、回避するすべはない。

それより前、尋問の延期が決まったあとETAは、あなたを通じてヒペル、ヒツィヒ、デフリント、それにわたしを病床に呼び集めた。

そこで、ヴォルダーマンの尋問に対して、どう応じたらよいかについて、細かい検討が行なわれた。

どのような質問が出るか、予想するのはむずかしくなかった。

裁判官としてのETAが、ここ三年ほどカンプツにとって、大きな悩みの種であったことは、だれの目にも明らかだった。

したがって、カンプツがどこをどう突いてくるか、ETAにはあらかた見当がついていた。

そのため、クナルパンティを登場させた一件は、あくまで作家として悪気のない、単なる軽率と不注意のなせるわざだ、というスタンスで押しとおすことを決めた。

最終的に、シュクマンやカンプツが問題視する箇所につき、作家の立場からどんな理由で書いたか、またそれによって何を表現しようとしたかを、細かく弁明する準備書類を作成した。

もちろん、ETAは手が震えてもはや字が書けず、ヒツィヒが代筆した。

まずは、それに基づいて尋問に対応する、という方針だった。

さらにその書類自体を、当人の弁明書として提出できるならば、それに越したことはなかった。

しかし、推敲に多くの時間がかかり、清書は尋問の当日までに、仕上がらなかった。

そのためETAは、とりあえず草稿を何度も読み返して、内容をしっかりと頭に叩き込んだ。

二月二十二日、大審院の院長ヴォルダーマンが、書記役の事務官ヘッカーを引き連れ、ETA宅にやって来た。

ヴォルダーマンは作法どおり、白い髪粉を振りかけたかつらをかぶり、重たげな下げ髪を後ろにたらして、黒い法服に身を包んだいでたちだった。

わたしたち友人は、あなたとともに奥の別室に、控えるつもりでいた。ところがヴォルダーマンから、四人のうち一人だけなら立ち会いを認める、と許可が出た。

そこで合議の結果、わたしが同席することになった。

ベッドに横たわったETAに、とくに緊張した様子はなかった。むしろ、いつもより元気そうに見えた。

ただ、ヴォルダーマンからすればETAは、ひどくやつれた印象だったに違いない。

顔は、青みがかった粘土のような色で、頬骨がとがって見えるほど、こけている。白いものが交じった髪は、鳥の巣さながらに乱れたままだ。

しかし、ヴォルダーマンを見上げる目はきらきらと輝き、法廷で判決を言い渡すときのように、生気に満ちていた。

ヴォルダーマンとヘッカーは、ベッドから少し離れた位置に用意された、肘掛け椅子にすわった。目の前には、小さなテーブルが置かれている。

わたしは、ベッドの足元の側に据えられた椅子に、腰を下ろした。その位置からだと、ETAとヴォルダーマンたちの顔を、両方とも見ることができる。

ヴォルダーマンは冒頭で、国王の特命により問題の案件につき、尋問を行なう旨を告げた。

ETAは小さな声で、しかしはっきりした口調で、それに応じる旨を答えた。

ヘッカーが、手持ちの小さなかばんから羽根ペンとインキ壺、紐で綴じられたノートを、取り出し、テーブルに並べた。

ヴォルダーマンは、まずETAの氏名、生年月日、出身地など、いわゆる人定質問を行なった。

ヘッカーが、そのやりとりを逐一、書き留める。

それがすむと、ヴォルダーマンは書類入れの中から、紙の束を取り出した。

表側をETAに示し、形式張った口調で質問する。

「この、『蚤の親方』という著作物の原稿は、貴下の書かれたものであるか」

その原稿は、例の特別捜査官クリントヴォルトが、ヴィルマンス出版社に保証金を払って、押収したものだ。

ETAは、ためらわずに自分の原稿である、と認めた。

ヘッカーが、ノートにペンを走らせる。

ヴォルダーマンは原稿をめくり、付箋が貼られたページの数字と、問題とされている箇所の文章を、いくつか読み上げた。

その上で、それを書いたのがETA本人かどうかを、同じような口調で尋ねた。

すると、ETAは少し間をおいてから、打ち合わせどおりこう切り出した。

「院長が質問をなさり、それに対してわたしが回答するのを、ヘッカー氏が書き留めるという作業は、あまりにも時間を浪費するもの、と考えます。それについて、わたしから提案があるのですが、聞いていただけますか」

ヴォルダーマンは、いくらかとまどいの色を見せたが、すぐにこう応じた。

「提案があると言われるなら、こちらにも聞く用意がある。続けたまえ」

「ありがとうございます」

ETAは、前日打ち合わせたとおり、質問に対する回答を文書にまとめ、弁明書として翌日提出する、ということでどうかと提案した。

さらに、その方が口述して供述書を作成し、読み聞かせと加除訂正を繰り返すより、手間がかからぬ上にずっと正確であろう、と説明を加える。

ヴォルダーマンは少し考え、それからヘッカーの方に体を傾けて、何かささやいた。

ヘッカーも同じように、ささやき返す。

そうやって、しばらく二人で何か協議したあと、ヴォルダーマンは大きくうなずいて、ETAの方に向き直った。

「なるほど、貴下の提案はもっとも、と思われる。ついては、明日の正午にこのヘッカー君を、ここへよこすことにする。そのとき、大審院評議員としての名誉にかけて、間違いなく弁明書を提出する、と誓うかね」

そう言いながら、右手を上げるしぐさをする。

「誓います」

ETAも応じて、シーツの胸に置かれた右手を、上げようとした。

しかし、それはかすかに指が震えただけで、上がらなかった。

ヴォルダーマンは、急いで手を丸めて口をおおい、咳払いをした。

「よろしい。これで、手続きは終わったもの、とする。だいじにしたまえ」

この日の尋問は、こうしてあっさり終了した。

ヴォルダーマンにとっても、ETAの提案に従う方が気分的に楽だし、手間がかからないのは明らかだ。

話が決まると、来たときのいかにも気重な様子はどこへやら、二人は足取りも軽く引き上げて行った。

肩の荷がおりた、という風情だった。

そのあと、わたしたちはもう一度ETAを囲み、額を集めて文章を推敲した。

最終的に、ヒツィヒがETAにそれを読み聞かせ、若干の訂正をへて清書に取りかかった。

そして、翌日の正午に出直して来たヘッカーに、わたしたち四人の立ち会いのもと、あなたが夫のETAに代わって、清書された弁明書を手渡したわけだ。

ヘッカーは、その場で弁明書を一字一句違えずに筆写し、かたちの整った供述書に仕上げた。

最後に読み合わせを行ない、間違いのないことを確認してから、供述書の末尾にETAが署名した。さらにその下に、ヘッカーが認証署名をする。

ETAは、両腕ともほとんどきかない状態だったが、署名だけはなんとか羽根ペンを握り、時間をかけてきちんとすませた。

供述書は、二月二十三日の日付で国王に提出されたが、あなたにもその内容をおおまかに、お知らせしておこう。

もっとも、『蚤の親方』を読んでいないあなたに、問題点を細かく説明したところで、おそらくちんぷんかんぷんだ、と思う。

したがって、要点だけ短く述べることにする。

この、たわいもないメルヒェンにおいて、カンプツがことさら問題視したのは、おもに次のような部分だった。

ペレグリヌス、という内気な主人公の青年が、身に覚えのない婦女誘拐の容疑で、官憲に拘束されて取り調べを受ける、という例のエピソードのくだりだ。

ETAはそこで、ペレグリヌスをことさら苦境に追い込むため、枢密顧問官のクナルパンティという、理不尽な取り調べを行なう戯画的な人物を、登場させた。

それについて、ETAはこう説明する。

枢密顧問官のクナルパンティなる人物は、ひたすらペレグリヌスを窮地に追い込むための存在で、それゆえきわめて横暴かつ狡猾な性格に描かれなければなりません。

しかし、現実の世界にこのような人物のモデルを求めても、それはむだな努力に終わるでしょう。このような人物は、あくまで作家の想像の世界でしか、生まれないものだからです。

つまり、ここでETAはクナルパンティのモデルが、カンプツではありえないことを、作家の立場から言明したのだった。

こう言明しておけば、読者がクナルパンティをだれになぞらえようと、作家の責任ではないと言い抜けられる。

また、ヴィルマンス出版社に手紙を出し、何カ所かを削除するよう指示したのは、そうした部分が官憲侮辱罪、あるいは名誉毀損罪に問われる恐れがある、と判断したからではないことも、主張した。

つまり、クナルパンティを見て人びとが鼻をつまむとか、同席を嫌って立ち去るとかいう場面は、実在のだれかに当てつけたものではない。

単に、他の作家（実名は挙げていない）が書いた、別の作品の同じような表現を、そこに挿入した方が効果的だと判断して、あとから付け加えたものにすぎない。原稿の、その部分をよく調べてもらえるなら、取ってつけたように後日加筆した跡が、明瞭に確認できるはずだ。

しかし、よくよく考えれば他の作家のアイディアを、どんなかたちにせよ自作に転用するのは、同じ作家として安易にすぎるし、自慢できることではない。そこで、あとから書き足した箇所の削除を、指示した次第だ。

それがＥＴＡの、言い分だった。

事実はどうあれ、これらは作家の弁明としてそれなりに、筋の通ったものといえよう。

ただ、判事としてどうしても譲れない点については、ＥＴＡも堂々と主張する。

それだけは、供述書どおりに書き留めておこう。

わたしはこの機会に、しばしば発生する法律上の問題点を二つ、指摘しておきたいと思います。

一つは、尋問官が実際に行なわれた犯罪の事実を把握せずに、行き当たりばったりに取り調べを行なうケース。

今一つは、尋問官がかたくなな先入観にとらわれ、それをもって法的手続きの規範とするケース。

少なくともこの二つだけは、尋問官が厳につつしむべきあやまちである、と愚考するものであります。

これはつまり、カンプツの汚いやり方を暗に批判したものだが、むろんＥＴＡはそれを露骨には、におわせていない。

しかし、言うべきことは言っておこうという、強い意志が感じられる。

このあたりは、国王の目に留まることを、期待しての所為だろう。

さらに、こういう法律上の問題点を、メルヒェンに持ち込んだ理由について、ETAはこう弁明する。


いかなる作家も、自分の専門分野から逃れることはできず、物語の中にそれを持ち込むことに、楽しみを見いだすものであります。わたしの場合は、それが法律だというだけにすぎません。


こじつけともとられようし、もっともらしくも聞こえるだろうが、このETAの説明に反論するのは、なかなかむずかしかろう。

三月一日、ETAはわたしに前日のうちに、『蚤の親方』の訂正部分を、書き上げたと言った。

「きょう、風呂に入れてもらったあとで、最終チェックをする。それを、あすの昼までに〈B〉に清書させて、夕方の郵便馬車でフランクフルトの、ヴィルマンス出版社へ送るつもりだ」

ただ、ETAは読者がその物語の結末に、病気による著者の衰弱を感じ取るのではないか、という不安に駆られているようだった。

翌二日、ETAは〈B〉が清書を終えておらず、月曜日までかかると言っている、とこぼした。

わたしは、〈B〉のことを個人的には、あまりよく知らない。

どうやら彼について、ETAはその仕事ぶりに十分満足している、というわけではないようだ。

ただ、ETAは本人を傷つけたくないらしく、〈B〉の名前を明かそうとしないので、わたしもそれにならうことにする。

続けてETAは、〈B〉から取り返した草稿をわたしによこして、ヒツィヒに目を通してもらった上、翌々日の便でフランクフルトへ送るよう、手配を——

(以下欠落)

［本間・訳注］
今回の報告は、『蚤の親方』事件の経過説明に、終始している。
ホフマンの弁明書（供述書）は、深田甫によるホフマン全集（創土社）第九巻に、付録として収録された。

この文書は従来、大審院の院長ヴォルダーマンがホフマンを尋問し、事務官ヘッカーがその供述を書き取って、最後にホフマン自身が署名したもの、と理解されてきた。

しかし、重い脊髄癆に侵されたホフマンが、長時間続けての尋問に応じたばかりか、ヘッカーが書き留めた草稿に目を通し、今一度口頭で加除訂正を施したあと、さらにそれが清書されるのを待つ、といったためんどうな作業に耐えられた、とは考えにくい。

それよりも、ホフマンが二週間の猶予期間のうちに、知恵を絞って準備作成した弁明書を、一日遅れながら清書した上で提出した、というヨハネスの報告書の記述の方が、よほど信憑性があるだろう。

このような状況下でも、ホフマンは『蚤の親方』を完成させようと、病床にありながらも口述筆記を続けたようだ。

しかも書き上げたあとで、気力の衰えを読者に見抜かれるのではないか、との不安を訴えている。その作家根性には、胸を打たれるものがある。


こうしたいきさつをへたあと、結果として『蚤の親方』は、ＥＴＡが指示した数箇所を削除、あるいは訂正されたかたちで、ようやく一八二二年四月十三日に、ヴィルマンス出版社から刊行された。

政府がそれを認めたのは、保証金に差し出した二千六百グルデンを、よほど惜しんだからに違いない。

ついでながら、一九七五年に公刊されたある資料によれば、当時のレートで一グルデンを五ドル、と算定している。それを当てはめれば、一万三千ドルに相当する。

当時の平均対米レート、三百円弱で換算すれば、およそ四百万円に当たる。ただしこの数字は、あくまで参考にすぎない。

＊

ホフマンを巡る、一連のこうした騒ぎに対しては、ベルリンの知識人が何人か、抗議の声を上げた。

カール・アウグスト・ファルンハーゲンは、文学サロンの主宰者として著名な、ラーエル（旧姓レーヴィン）の夫だが、上流社会の消息通としても知られる。

ファルンハーゲンは日記に、通常は流布しない官界や文壇の内部情報を、まめに書き留める習性があった。

この『蚤の親方』事件についても、一八二二年二月一日の日記に、フリードリヒ・シュライアマハアが、声明を出したことを記録している。

すなわち、間違ってもホフマンが免職されたりしたら、大審院の判事はすべて辞任するもの、と信じる。もし、大審院がホフマンの一件を黙視するならば、自分はあらゆる機会に大審院を非難し、以後はその裁判権を認めないだろう。

シュライアマハアは、そのように言明したというのだ。

*

出版から、およそ十週間後の六月二十五日、ホフマンは完全版を見る機会を持たぬまま、四十六歳で死去した。

皮肉なことに、ホフマンを毛嫌いしていたあのゲーテが、不完全なかたちで出た『蚤の親方』を、ある程度評価したらしいことが、伝えられている。

逆に、ホフマンを高く買っていたハイネは、これを手放しでほめてはいない。第一章は傑作だが、そのあとは退屈な小説だ、と切り捨てる。

全体に、構成が緊密を欠き、盛り上がりがない。かりに『牡猫ムル』の、クライスラーの伝記部分のように、ページの順序をわきまえずに製本しても、読者は気がつかないだろう、うんぬん。

もし、最初の原稿どおりに出版されていたら、ゲーテとハイネの評価は、逆転したのではないか。

そう考えるのは、死んだ子の年を数えるのと同じで、無益なことだろう。

*

ついでながら、報告書には報告されていないが、ホフマンはこの最後の長編を、ヨハンナ・オイニケに献本した。

そのおり、本に添えられた愛情あふれる献辞を、紹介しよう。

覚えていようが、ヨハンナはかのユリア・マルクより、二歳年若の美しいソプラノ歌手だ。

オペラ『ウンディーネ』では、十八歳でプリマ・

ドンナを務めているし、ホフマンから熱烈にかわいがられたせいで、第二のユリアにも擬せられる女性だ。

削除版の刊行から、二週間と少し過ぎた五月一日、『蚤の親方』が以下の献辞とともに、ベルリン市内に住むヨハンナのもとに、届けられた。


ヨハンナ！　小生は、あなたのやさしい眼差しを見ることもできますし、甘くかわいらしい声を聞くこともできます。それどころか、しばしば眠れぬ夜などに、〝かくも明るき朝よ……〟（『ウンディーネ』のヨハンナの歌の一節）などとささやく、あなたの声さえ聞こえてきます。

それを耳にすると、この三カ月半というもの、小生をベッドに縛りつけて離そうとしない、いわく言いがたいひどい苦痛が、和らげられる思いがするのです。手も足も麻痺しているため、『蚤の親方』を直接お渡しすることができず、手紙をつけてお届けします（蚤の話だけに、跳んで行くと書きたいですが）。それが、小生ならぬ使いの者に持たせた、この本です。

これを読んで大いに笑い、あなたの元気いっぱいの活力と、すばらしい機知が何をもたらすものか、よくお考えいただきたい。それに対して、いかなる政府のお偉がたといえども、反論の声を上げられますまい。どうかあなたが、神とともにありますように。近いうちに、またお目にかかれるよう、心から祈っております。


ホフマンは、〈蚤のサーカス〉団の興行主、ロイヴェンヘークの姪デルティェに、ヨハンナの面影を映したといわれる。

この文面は、ユリアを相手にしたときに劣らぬ、愛情と賛美に満ちたものだ。

＊

『蚤の親方』の一件記録は、ベルリンの国家機密文書館に長いあいだ、死蔵されていた。

それが、事件から八十年以上たった二十世紀の初頭、ゲオルク・エリンガーという一研究者の手で、発掘された。

エリンガーは、『蚤の親方』の削除された部分を復元し、完全版として公刊した。

　このとき、ホフマンが苦心のうえ作成した弁明書も、日の目を見ることになった。

　現在、日本語で読める『蚤の親方』は前出の深田甫訳と、集英社の世界文学全集に収められた池内紀《おさむ》訳の、おそらく二つだけである。

　深田訳のホフマン全集には、一八二二年の初版本で訂正、削除された部分が、本文のどの箇所かという指摘とともに、すべて収録されている。

　それらの部分をチェックすると、今の目から見ればさほど問題がある、とは思われない。もっとも、当てつけられたカンプツにしてみれば、確かに不愉快だったに違いあるまい。

　ともかく、現在の観点で判断するかぎり、かりに告発されたとしても、立件はされないと思われる。むしろ、つまらぬことで騒ぎ立てると受け取られ、笑いものになるのが落ちだろう。

　カンプツ自身も、そのこと自体に腹を立てたというより、判事ホフマンが自分の捜査方針に、ことごとく楯ついたことに対して、どうにも黙っていられなくなった、というのが本音ではないか。

　つまり、自分の方針をすべて違法捜査、と断じられたことにがまんがならず、その意趣を晴らそうとしたのが真相、とみてよい。

　結局のところ、この事件のいきさつを理解するためには、前掲の二種類の訳書のいずれかを、読んでみることが不可欠なので、これ以上の解説は控えることにする。

　ホフマンの立場からいえば、このようなおとなげない振る舞いによって、晩年の貴重な時間をむだに費やしたのは、まことに惜しむべきである。この一件が、もともと長くなかったホフマンの命を、さらに短く縮めてしまったことは、間違いあるまい。

　ちなみに、これ以降のヨハネスの報告書は、きわめて簡略になっている。

　当然ながら、ホフマンは外出することができず、そばにいるミーシャに報告する話など、なかったからだろう。

　ただ、ベッドに寝たきりのホフマンに、親友のヒペルが別れを告げに来たり、あるいは今ではとうてい考えられない、荒療治が行なわれたときの様子などが、報告されている。

それは次回の原稿で、紹介されることになろう。

80

古閑沙帆は、原稿を閉じた。

今回は、ヨハネスの報告も本間鋭太の訳注も、いくらか短い気がする。前回が、夏目漱石の『吾輩は猫である』との比較論で、かなり長くなったせいだろう。

それにそろそろ、大詰めに近づいた雰囲気だ。

この日、沙帆はいつものように三時少し前に、〈ディオサ弁天〉に着いた。

本間はすぐに原稿を手渡し、二十分もしたら仕事が終わると言い残して、奥へ消えた。

それからすでに、三十分以上たっている。

いつも、読み終わるころを見計らったように、廊下を鳴らしながらやって来る本間が、珍しくなかなか姿を現さない。

万が一にも、書斎で倒れていたりはしないかなどと、ありそうもないことを考える。

そう思いつつも、にわかに不安をかき立てられて、沙帆は腰を上げげた。

戸口へ向かおうとしたとたん、いつものあわただしい足音が、廊下に鳴り渡った。

ほっとして、立ったまま本間を待つ。

部屋にはいって来るなり、本間は指で沙帆にすわるように合図して、自分もソファに飛び乗った。

この日は、淡いピンクのカッターシャツを身に着け、腕まくりをしている。下は、裾をくるぶしまでまくり上げた、ジーンズというういでたちだ。

「今回の報告書で分かるとおり、あとは臨終を待つばかりだ」

のっけからそう言われて、さすがに面食らう。

「確かに、展開からすればそんな感じですが、その前に何か一波乱ないのでしょうか。このまま、あっさり終わってしまうのは、なんとなく心残りのような気がしますが」

そう応じると、本間はくすぐったそうな顔をして、鼻の下をこすった。

「まあ、そう言いたもうな。報告書は、あくまで報告書であって、小説ではない。それより、どうだね。前回が長かった分、今回はいささか、物足りなかったんじゃないかね」

「というか、終わりが近いことが惻々と伝わってきて、なんとなく胸をつかれました」

「すると今回は、取り立てて疑問点も感想もない、ということかな」

そう言って、探るような目を向けてくる。

沙帆は少し考えた。

「とりあえず、ヴォルダーマンの尋問について、お尋ねします。報告書によると、これまでは質問とそれに対する回答を、その場で事務官が書き留めて清書し、供述書に仕上げて署名させた、というのが定説だったわけですね」

「まあ、ふつうはそのように書かれているが、正しくはこうした手続きで行なわれた、ということだろう」

「はい。報告書では、あらかじめホフマンが作成した弁明書を、翌日ヘッカーという事務官が取りに来て、供述書に仕上げたことになっていますね」

「うむ。ヘッカーが、ホフマンの弁明書をただちにリライトして、供述書のかたちにととのえた。その文書に、ホフマンがみずから署名した、というわけだ」

「ヘッカーがわざわざ、弁明書を供述書にリライトしたとすると、あまり手間が省けたとは、いえないのでは」

「そうはいっても、事前に文書で用意しておいた方が、意を尽くせるだろう。ホフマンにすれば、文句はないはずだ」

「するとやはり、実際はこの報告書に書かれたとおりの手続きで、進められたということですか」

「それで、間違いあるまい」

そう言って、自信ありげにうなずく。

沙帆はあらためて、報告書をめくった。

「これによると、仲間うちであれやこれやと文案を練って、ホフマンが最終的にオーケーを出し、それをヒツィヒが清書した、とありますね。なぜヨハネスが、清書しなかったのですか。ヨハネスこそ、もっともホフマンの身近にいた人物だ、と思っていましたが」

その問いに、本間はいかにも虚をつかれた様子で、もぞもぞとすわり直した。

「ヨハネスは、あくまで陰の存在なんじゃ。ヒツィヒは、ホフマンと同じ判事を務めていたし、文筆家でもあった。幼なじみのヒペルを除けば、ホフマンといちばん親しい人物だった、といってよい。ホフマンを、ベルリンの作家たちに紹介したのも、ホフマンの死後真っ先に評伝を書いたのも、ヒツィヒだ。弁明書を代筆するには、最適の人物じゃろう」

なんとなく、取ってつけたような〈じゃろう〉に聞こえた。

「ただ、親しかったにもかかわらず、ホフマンはヒツィヒとドゥツェン（duzen ＝きみ付き合い）しなかった、と吉田六郎の評伝に書いてありましたが」

本間は顎を引き、一度唇を引き結んだ。

「少なくとも、当時のドイツでは家族とか親友とか、よほど親しい相手でないかぎり、ズィーツェン（siezen ＝あなた付き合い）で通すのが、ふつうだった。ゲーテだって、そうだった。きみもドイツ語学者なら、それくらい知っておろうが」

「はい、一応は。当然ながら、幼なじみのテオドル・ヒペルとは、ドゥツェンし合う仲だった、と聞いています。ただ、ルートヴィヒ・デフリントともそうだったと、何回か前の報告書に書いてありましたね。ヒツィヒより、だいぶあとの知り合いですが」

「確かに、デフリントは新しい友人だが、ホフマンと心に通じ合うものがあった。もっと古く、バンベルクで親しくなったクンツとさえ、ホフマンはきみ付き合いをしなかった。ホフマンにはホフマンなりの、基準があったのさ」

「クンツとの付き合いには、お互いに持ちつ持たれつとでもいうか、打算的な面があったからでは」

「まあ、そうだろうな。ただ、クンツとの手紙のやりとりは、ホフマンがバンベルクを去ったあとも、ずっと頻繁に行なわれていた。そのあたりの心情は、日本人には分からん」

「クンツ宛のホフマンの手紙は、かなり残っているのですか」

「ああ、たくさん残っている。むろん、いちばん多いのは、音楽や出版関係の仕事先を除けば、幼なじみの親友ヒペル宛の手紙だ。ただクンツ宛も、ホフマンの二番目に古い友人の、ヒツィヒに負けぬくらいある。クンツもヒツィヒも、ホフマンが死んだら伝記を書こう、という心づもりがあったから、だいじに保管していたのさ」

「ホフマンへの来信の方は、どうなんですか」

本間は軽く、肩を揺すった。

「ホフマンもある程度は、手元に残していたようだ。書簡集にも、ごくわずかだが収録されている。むろん、ヒペルやヒッィヒの手元に、もどったものもあるだろう。しかし、大半はホフマンの死後、妻のミーシャが絵や楽譜と一緒に、競売にかけて処分したらしい」

沙帆は驚き、背筋を伸ばした。

「ほんとうですか。遺品を、競売にかけるほど、お金に困っていた、と」

「そういうことだろうな」

「でも、ホフマンは本でだいぶ稼いだはずですから、かなりお金を残したと思いますが」

本間が、指を立てる。

「今とは時代が違うよ、きみ。本の発行部数は、今よりはるかに少ないし、増刷などもほとんどなかった。一般の市民は、小説などめったに買わなかったんだ。読みたいときは、貸本屋で借りたのさ」

沙帆は驚いた。

「それじゃ作家は、ご飯が食べられなかったでしょう」

「あの時代に、作家一本で飯を食った人間など、ほとんどおらんよ。みんな、本業を持っていたんだ」

そう言われると、思い当たるものがある。

「確かに、あのゲーテでさえ死ぬまで宮廷勤めを、やめなかったんですよね」

本間は、右手を払いのけるように振って、なんとなく否定的なしぐさをした。

「ゲーテはもともと、権威主義的な人物だからな」

「先生はゲーテが、あまりお好きでないようですね」

沙帆の指摘に、こめかみを掻く。

「まあ、ナポレオンにすり寄るような人物を、好かんだけさ」

「それだけですか」

本間はもぞもぞと、すわり直した。

「ゲーテが、イギリスのある大主教と会った話を、取り巻きの一人に語ったことがある」

「エッカーマンですか」

すかさず、知ったかぶりをしたが、本間は首を振った。

「いや。ゲーテの晩年の、腰巾着の一人さ。その男の話によると、大主教はのっけから偉そうな態度で、ゲーテを迎えたらしい。例の『ヴェルテル』について、とんでもない不道徳本だとか、若者たちに自殺をそそのかした、あんたの罪はとんでもなく重いとか、さんざんに言いつのったそうだ。すると、ゲーテは切り返した。たった一枚の召集令状で、そうした若者たちを戦場に送り、死なせた連中の責任はどうなるのだ、とな。その上、『ヴェルテル』を読んで自殺した若者は、ただの愚か者だと切り捨てた。それどころか、そういう若者はすべて、現世では役に立たない連中だった、とまで言いきった」

沙帆はつい、喉を動かしてしまった。

「ゲーテが、そんなことを言ったのですか」

「少なくとも、フレデリック・ソレーは、そう書き留めておる。ソレーは自然科学者で、ホフマンが死んだ年の夏、二十代の後半でヴァイマールに出て、ゲーテと知り合った。それからおよそ十年、ゲーテが死ぬまで親しく付き合って、二人のあいだに交わされた会話を、まめに書き留めたのさ」

「日本語に、翻訳されているのですか」

「白水社の『ゲーテ対話録』には、いくつか収録されとるだろう。もっともわしが読んだのは、戦時中に弘文堂の〈世界文庫〉にはいった、『ゲーテと共に在りし十年』という、仙花紙《せんかし》の文庫本じゃがね」

いささか自慢げな、〈じゃがね〉に聞こえた。

ともかく、本間の話に沙帆は少なからず、意外の念を覚えた。

「ゲーテが、自作の『ヴェルテル』について、そんなことを言ったなんて、少しも知りませんでした」

「ひとに優れた業績と、相応の地位を持つ自分のような人物は、それにふさわしい接遇を受けて、しかるべきだと考えていたのだろう。たとえば、ベートーヴェンと一緒に歩いているとき、通りかかった政府の高官だか貴族だかに、ゲーテが道を譲ってうやうやしく挨拶した、という話を知らんかね」

「ええと、どこかで読んだ覚えがあります。そのとき、ベートーヴェンはむしろ堂々として、逆に相手からうやうやしく挨拶された、という話ですよね」

沙帆の返事に、本間は肘掛けを叩いて喜んだ。

「そう、そのとおりじゃ。ゲーテは、上に礼を厚くしたわりに、下にはいばりくさった。ベートーヴェンは、だれに対しても同じように振る舞った、ということさ」

本間のゲーテ嫌いは、徹底しているようだ。

ホフマンのゲーテ観も、そこまでひどくはなかった気がする。

沙帆は話を変えた。

「ゲーテを除いて、その時代に筆一本で生活できた作家は、いなかったのですか」

本間は、またこめかみを掻いて、少し考えた。

「さよう、ルートヴィヒ・ティークなどは、数少ない専業作家の一人だろう。日本でもそのころ、つまり江戸後期のことだが、作家業だけで食えたのは十返舎一九と、滝沢馬琴くらいしかいなかった。山東京伝《さんとうきょうでん》、式亭三馬《しきていさんば》は別に収入を得る店があったし、貧乏旗本や御家人がこまめに洒落本などを書いたのも、足りない食いぶちを少しでもおぎなおう、という事情があったからだ。あのころはどこの国でも、筆一本で飯を食えるやつなぞ、めったにいなかったのさ」

そうとは知らず、沙帆は肩から力が抜けた。

「式亭三馬などは、『浮世風呂』や『浮世床』が売れて、左うちわか、と思いましたが」

「なかなかどうして、そんなに楽ではなかったんじゃ。ちなみに式亭三馬と平田篤胤《あつたね》は、西暦でいえば一七七六年の生まれだから、ホフマンと同い年だった。篤胤は、六十代後半まで長生きしたが、三馬はホフマンと同じ一八二二年に、仲よく死んでおる」

初めて聞く話に、にわかに世界が開けたような気がする。

恥ずかしながら、文学史をそのような視点でとらえたことは、一度もなかった。

文学史だけでなく、日本史と世界史そのものをそれぞれ、別個に考えていた気がする。それはほとんど、長崎の出島を通じてしか世界を知らなかった、江戸時代の人びとの狭い視野と、変わりがないではないか。

「どうしたんじゃ、そんな情けない顔をして」

本間にからかわれて、われに返った。

「すみません。自分の視野の狭さに、あきれていただけです」

正直に言うと、本間も眉根を寄せて、真顔にもどる。

「ホフマンも、酒場がよいさえほどほどにしておけば、判事をやめて一本立ちできたかもしれん。それを口約束で、出版社から前借りを繰り返したために、金なんかほとんど残らなかった。というより、借金の方が多かったんじゃ」

暗然とする。

「それにしても、遺品まで売り払わなければならなかったなんて、ミーシャもかわいそうですね。せっかく、ホフマンのような才能のある人と、結婚したのに」

ミーシャの人生を思うと、ついため息が出てしまう。

かまわず、本間は続けた。

「たとえば、酒場の〈ルター・ウント・ヴェグナー〉あたりには、多額の酒代のつけが残ったそうだ。店主のJ・C・ルターが、それを請求するのをやめたから、ミーシャも少しは助かったわけだが」

「つけをちゃらにするなんて、ずいぶん太っ腹な店主ですね」

沙帆がすなおに感心すると、本間はわざとらしく瞳を回した。

「ホフマンが、毎日せっせとかよってくれたおかげで、客が引きも切らずやって来たわけだから、ルターはむしろ恩義を感じていたのさ。一説によれば、ホフマンが残した借財の総額は、二千三百ターラーだという。そのうち千百十六ターラー、つまり半分近くがルターへの、未払い勘定だったそうだ」

「今のお金にして、どれくらいなのですか」

「貨幣価値も物価も違うから、正確な比較はできんだろう。ただ、吉田六郎はホフマン伝の中で、一ターラーを三マルク、一マルクを百円に換算している。本が出版された、一九七〇年前後の換算率だろうが、それを当てはめるとホフマンの借財は、約七十万円ということになる。ルターのつけは、その半分程度だな」

たいした額ではないので、拍子抜けがする。

「今は、物価がずっと上がっていますから、もっと多いのでは」

「さよう。その五倍でも、おかしくないくらいだ。ともかく、単純に今の数字と比較するのは、ナンセンスというものさ」

そのとおりかもしれない。

「店主が、つけを回収しないことにしたのは、それを差し引いてもお釣りがくる、と判断したからですね」

沙帆が言うと、本間は指を振り立てた。

「まあ、そんなとこだな」

ふと気がついて、居住まいを正す。

「でも、先生。ヨハネスの報告書では、まだホフマンは亡くなっていないんですよね。死後の話をするのは、ちょっと早すぎるんじゃないでしょうか」

本間も、にわかにまじめな顔になり、すわり直した。

「おう、そうだった、そうだった。縁起でもないことを、話題にしてしまった」

その反応に、つい笑ってしまう。

「二百年も前の話ですから、今さら縁起がいいも悪いもない、と思います。ただ、なんとなく結末を迎えるのが、寂しく感じられるものですから」

本間は腕を組んで、めったにないほど思慮深い顔をした。

「二百年もたって、遠い日本でこのような作業が行なわれている、と知ったらホフマンも感激するだろう。墓の下で、ポンチを飲んどるかもしれんぞ」

ふと思い出して、報告書をめくり直す。

「そういえば、あと一つだけ、お聞きしたいことがあります。この報告書によると、ホフマンは手足にまで麻痺が及んで、ペンを取れない状態だったわけですね。署名するくらいが、関の山で」

「そうじゃ」

「だとすれば、ヨハンナ・オイニケに本を送ったとき、そこに添えられた献辞を書いたのは、だれなのでしょうか」

沙帆の問いに、本間はなぜかうれしそうに唇の端に、笑みを浮かべた。

「それはなかなか、いい質問だ。だれだと思うかね」

「当然、ヨハネスだと思います。だからこそ、ヨハネスは報告書でそのことに、いっさい触れなかったのでしょう」

本間は小さく、首を振った。

「この献辞を代筆したのは、ホフマンの書簡集を編纂した、例のハンス・フォン・ミュラーによれば、当時ホフマン家のメイドをしていた、ルイーゼ・ベルクマンのようだ」

ルイーゼ・ベルクマン。

その名前は以前、報告書の中で目にした覚えがある。

本間が、さらに続ける。

「ルイーゼは、あまり学問がなかったとみえて、ホフマンの代筆をした手紙には、だいぶ綴りの間違いがあったらしい。ミュラーは書簡集に収載するとき、その間違いをいちいち訂正して、リストにしている。文面からすると、ヨハンナに届けたのはポストボーテ（郵便配達人）ではなく、ルイーゼ自身だった可能性もある」

沙帆は、首をかしげた。

「でも、ホフマンがそんな熱烈な献辞を、ルイーゼに口述筆記させたり、届けさせたりするでしょうか。ルイーゼが、ミーシャに言いつけたりしたら、たいへんでしょう」

「ホフマンは、ルイーゼを信頼していたのさ。それに、ルイーゼもホフマンの気質を、よく承知していた。わざわざ、つまらぬことをミーシャの耳に入れて、悩ませたくなかったはずだ。どっちみちホフマンには、ヨハンナに言い寄るだけの気力も体力も、なかったわけだからな」

そこで、はっと気がつく。

沙帆は原稿をめくり直し、当該の箇所を確認した。

「この報告書に、初めて〈B〉という名前が出てきますね。ホフマンが、原稿の清書を頼んだ人物、となっています。ヨハネスも、かしら文字しか書いていませんし、正体は明らかになっていないのですか」

「さよう。だから、わしもあえて訳注で、触れなかったわけさ」

本間の返事に、沙帆は胸を張った。

「もしかして、この〈B〉はルイーゼ・ベルクマンの、〈B〉ではないでしょうか」

ふとした勘の働きに、つい息がはずんでしまう。

本間は、つくづくと沙帆の顔を見直し、いきなりにっと笑った。

「なかなか、いいところに目をつけたな。わしも五秒くらいは、同じことを考えたがね」

その返事に、肩の力が抜ける。

「違うのですか」

「報告書を、よく見てみたまえ。少しあとにヨハネスは、ホフマンが〈彼に満足していない〉、という意味のことを書いとるじゃろう。つまり、〈ihm〉となっているからには、女ではなく男だということさ」

沙帆は、もう一度報告書をのぞき込み、それを確かめた。

なるほど、〈彼に〉となっている。

ドイツ語の名詞や人称代名詞は、男性・女性・中性で格ごとの語形が、複雑に分けられているのだ。

「ほんとうですね。早とちりでした」

がっかりしながら、すなおに認める。

本間はなぐさめるように、明るい声で続けた。

「さっきも言ったが、当時の平均的な労働者階級の女性は、みんな学問に縁がなかった。ルイーゼのように、ひととおり読み書きができれば、上出来だったのさ」

なるほど、そうかもしれない。

さらに、本間が続ける。

「実は、ルイーゼには救いがたいほど貧乏な、男の兄弟がいた。ホフマンはときどき、この男を援助していたらしいから、清書の仕事を回してやったのではと、一瞬わしも考えたくらいだ。しかし、その男にしてもルイーゼと同じく、労働者階級だからな。清書の仕事は、どだい無理だろう」

さすがに、本間はあらゆる可能性を視野に入れ、その適否を検証しているようだ。

気を取り直して、話を進める。

「ルイーゼは、洗濯をしたり料理をしたり、家事をこなすのに忙しかったはずですね。かりに知識と能力があっても、ホフマンの小説の口述筆記や手紙の代筆、ましてや介護をする余裕など、なかったような気がしますが」

本間は、厳粛な面持ちになった。

「いかにも、そのとおりじゃ。ホフマンの症状がここまで進んでくると、ミーシャやルイーゼのような女性には、介護の仕事はきつすぎよう。ベッドから運び出して、風呂に入れたり日光浴をさせたりするには、どうしても男手が必要だ。主治医のマイヤーも、四六時中詰めているわけにはいかん。なにしろ、一八二二年のベルリンは、総人口二十万人に対する医者の数が、内科外科全部引っくるめて百八十人ほどしか、いなかったからな」

びっくりして、顎を引く。

その数の多少よりも、そんなことを知っている本間に、しんそこ驚いた。

本間が笑う。

「まあ、千人に一人弱という数字が、今の東京と比べて多いか少ないか、はっきりとは知らんがね。もしかすると、当時のベルリンの方が、多いのかもしれんぞ」

沙帆は、すわり直して気分を入れ替え、話を続けた。

「ええと、そうした介護の仕事を、親しいヨハネスが引き受けた、ということではないのですか」

本間は、すぐに首を振った。

「いや、それはない。だれにせよ、ずぶの素人に重病人の介護をさせるのは、とうてい無理な相談だ。知識と経験のある、そう、今でいうなら専門の介護士でなければ、務まらんだろう」

なるほど、言われてみれば、そのとおりだ。

「つまり、そうした介護を専門にする人が、ホフマンについていた、ということですか」

「さよう。それにホフマンも、創作意欲だけは衰えていなかったから、介護と同時に口述筆記や、手紙の代筆を引き受けられるだけの、知的レベルの高い介添人が、必要だった。そうでなけりゃ、務まらんからな」

「そんな人が、いたのですか」

今まで考えもしなかったが、確かにそうした介添人が必要なことは、理解できる。

「実のところ、脊髄癆が進行してから、四六時中ホフマンのそばにいて、秘書兼介護士の仕事を務める男が、いたことはいたのさ。フリードリヒ・ヴィルヘルム・リーガーという男だ」

「リーガー、ですか」

「さよう」

ホフマンに関わる人物で、報告書や本間の訳注に出てきた人物は、きちんと頭の中にインプットされている。少なくとも、そのつもりでいた。

しかし、フリードリヒ・ヴィルヘルム・リーガーは、初めて耳にする名前だ。

「どんな素性の人なのですか、そのリーガーという人物は」

「詳しいことは分からぬ。吉田六郎の評伝にも、ザフランスキーその他の翻訳書にも、いっさい姿を見せておらぬ。わずかに、石丸静雄《しずお》が『ホフマンの愛と生活』の中で、名なしの看護人がいたことに、触れているだけじゃ」

石丸静雄はその昔、ホフマンの作品を相当数翻訳した、独文学者だ。

「その看護人は、ドイツ語の一時資料にも、出てこないのですか」

「かろうじて、ミュラーが編纂したホフマンの書簡集の、最後の方に二、三度名前が出てくるだけさ。まあ、見落としがあるかもしれんが、今のところ名前以外に、消息を伝えるものは何もない」

「書簡集には、どのようなかたちで、出てくるのですか」

「いくつかの手紙に、これはリーガーが代筆した、と書き添えてあるだけだ。それも、数はきわめて少ない。それだけではなく、『蚤の親方』を含めた晩年の作品のほとんどは、ホフマンの口述をリーガーが筆記したもの、とみてよかろう」

「どういう人なのか、ヒントらしきものもないのですか」

沙帆の問いに、本間は少し考えた。

「ホフマンが、死の床で書いたものに〈Die Naivität〉という、一ページにも満たぬ断章がある。深田甫が『無邪気』、前川道介が『天真爛漫』という題で、邦訳しておる。病人が、夜中に朗々と歌っとるのに、看護人として雇われた若者が、まるで目を覚まさぬ。そこで、病人がそいつを大声で呼び起こして、歌がうるさくなかったか、と聞く。すると、看護人はうんにゃ、うるさくねえだ。おいらは、いたって寝つきのいい方だでな。そう応じて、また眠ってしまう。しかたなく、病人がふたたび朗々と歌い出すという、それだけの、いってみれば小咄じゃよ」

そのおどけた話しぶりに、沙帆はあいさつに困って、もじもじした。

「ええと、ホフマンがそれをわざわざ口述して、リーガーに筆記させたとしたら、ちょっと皮肉がきついのでは」

「まあ、かろうじてホフマンが、まだ自分で書くことができたあいだの、いたずら書きかもしれん。そういえば、明らかに口述筆記になってから書いた、『いとこの隅窓』にも看護人が出てきたな。こちらは、小牧《こまき》健夫《たけお》の古い訳によれば、しわだらけの老廃兵、となっとるが」

「老廃兵といいますと、負傷して引退した老軍人、ということですか」

「さよう。今度は老人、というわけじゃ」

そう極端に変わると、どちらも真のモデルになっていない、という気がする。

どちらにせよ、口述筆記を任せるほどの人物なのに、リーガーの詳細が伝わっていないのは、不思議に思える。

ともかく、ホフマン再評価の最大の功労者、とされるハンス・フォン・ミュラーさえ、名前しか把握していなかったとすれば、それ以上のことはだれにも分かるまい。

あらためて聞く。

「モデルかどうかはともかく、ヨハンナへの献辞を代筆したのも、メイドのルイーゼではなくて、そのリーガーかもしれませんね」

「いや。その献辞に関するかぎり、ミュラーはルイーゼが書いた、と認めておる。リーガーなら、ルイーゼのような初歩的な綴り間違いは、しなかったはずだからな」

本間はそう言って、思い出したように壁の時計に、目を向けた。

「おっと、四時を回ってしまった。今日は、これくらいにしておこう。まだ一仕事、残っとるのでな」

そう言って、ソファから飛びおりる。

81

翌日。

古閑沙帆は、帆太郎と一緒に倉石学のマンションへ、報告書を届けに行った。

帆太郎が、倉石のレッスンを受けているあいだに、紅茶をいれてくれた麻里奈に、原稿を読ませる。

麻里奈は、すばやく流し読みして、顔を上げた。

「前回に比べると、今回はけっこう短いわね。そろそろ終わりに近づいた、ということかしら」

「そうね。ホフマンが、家で寝たきりになってからは、ヨハネスも報告することが、なくなったんじゃないかしら」

「そうか。ミーシャが、いつもホフマンのそばについているから、わざわざ報告するまでもないわけね」

沙帆はうなずいた。

「ええ。せいぜい、ミーシャが席をはずしているあいだに、ホフマンがヨハネスに話したこと、それくらいしかないと思うわ」

「それだって、たかが知れてるわよね。あとは、だれかにあてて伝言を頼まれるとか、その程度でしょう。そんなこと、報告したってしょうがないし。最後の方は、もっと短くなるかもね。ミーシャを慰める、お悔やみの言葉だったりして」

麻里奈の口ぶりに、つい苦笑してしまう。

「あまり、期待してないみたいね」

沙帆が言うと、麻里奈は軽く肩をすくめた。

「まあね。ホフマンの臨終前後のことは、卒論を書くときにけっこう調べたから、新しい情報はほとんどない、と思うわ」

そう言って、ぱらぱらと報告書をめくり直す。

沙帆は、話題を変えた。

「ところで、報告書の裏に書かれた楽譜のこと、倉石さんに話したの」

麻里奈が、顔を上げる。

「うん、話した。なんだか知らないけど、すごく喜んでたわ。考えてみたら、報告書を書いたヨハネスが、ついでに裏に楽譜を写しましたなんて、おもしろくもおかしくもない話よね、あたりまえすぎて」

「そう言ってしまったら、身も蓋もないじゃないの」

沙帆が言い返すと、麻里奈は頭の後ろで手を組んで、ソファの背にもたれた。

「それもそうね。すなおに、喜ばせておけばいいわ」

すぐに体を起こして、あとを続ける。

「ところで、先生から何か、新しい話は出なかったの」

沙帆は、紅茶に口をつけた。

「一つだけ、報告書になかった話を、聞かされたわ。晩年のホフマンには、口述筆記も担当した専門の介護士が、ついていたらしいの」

麻里奈が、小さくうなずく。

「そう言われれば、石丸静雄のホフマンの評伝だか何かで、専門の看護人だか介護士がいた、という話を読んだ覚えがあるわ」

「先生も、そんなことをおっしゃっていたわ」

「その介護士には、名前があるのかしら」

「ええ。フリードリヒ・ヴィルヘルム・リーガーですって」

それを聞いたとたん、麻里奈が吹き出した。

「ドイツ人の男性の名前って、フリードリヒとヴィルヘルムしか、ないみたいね」

沙帆もつい、笑ってしまう。

「ほんとね。あと、ヨハネスとハインリヒと、ルートヴィヒ」

ひとしきり笑ったあと、麻里奈は続けた。

「それで、そのリーガーなる介護士は、どういう人なの。確か、吉田六郎の評伝にもどの翻訳本にも、名前どころか介護士の存在すら、出てこなかったと思うわ」

「そうらしいわね。先生によると、ミュラーが編纂した書簡集の、最後の方に名前が二、三度出てくるだけですって。氏素姓については、何も書いてないそうよ」

麻里奈は唇をとがらせ、ソファの背にもたれ直した。

「そのリーガーなる人物が、死ぬ間際のホフマンのことを詳しく、書き残してくれたらよかったのにね」

「もしかすると、どこかにその人の手記かなんか、残ってるんじゃないかしら」

沙帆が言うと、麻里奈は首を振った。

「文学とも、音楽とも関係ない無名の人じゃ、無理でしょう。存在するなら、とうにだれかが見つけてるわよ」

「ホフマンの最期を、詳しく書き残している人って、いったいだれかしら。ヨハネスは、別としてよ」

沙帆の問いに、麻里奈はうなずいた。

「知られているのは、ヒツィヒとクンツくらいでしょうね。ホフマンの評伝を書く人は、だいたいこの二人の回想記を、利用してるのよ。ただクンツは、バンベルクからホフマンのところへ、見舞いに行った形跡がないわ。それに、評伝を書くに当たっては、ヒツィヒから資料の提供を、受けているくらいだしね。晩年のことは、詳しく知らないはずよ」

「その二人の回想記って、両方とも翻訳されてないんでしょう」

「ええ。わたしなんか、原書さえ持ってないもの。せめて、英訳でもされていれば、なんとかなったのにね」

「ヨハネスの、最後の報告書にはそのあたりのことが、詳しく書いてあるかもね」

麻里奈が、首をひねる。

「それはどうかな。ヨハネスが、臨終に立ち会ったかどうか、分からないでしょう。それに、ミーシャはその場にいたはずだから、報告を受ける必要がないしね」

ほどなく、帆太郎のレッスンが終わった。

それと前後して、学習塾に寄っていた由梨亜も、帰って来た。

おしゃべりをしているうちに、久しぶりにみんなで食事をしよう、ということで衆議一決した。

沙帆は、義母のさつきに電話して、その旨を伝えた。

倉石が、麻布十番にある〈バルレストランテ・ミヤカワ〉という、スペイン料理店を予約する。

当日にもかかわらず、急なキャンセルが出たとかで、運よく五人すわれるテーブルを、取ることができた。

麻布十番は、本駒込から地下鉄南北線で一本なので、行き帰りが便利だ。

駅から店まで、にぎやかな商店街を歩くあいだに、軒を並べる珍しい店に立ち寄る。

めったに来ないこともあって、豆菓子やチョコレート、団子など、ふだんあまり食べないものまで、買ってしまった。

帆太郎と由梨亜は、親をそっちのけで二人仲よく歩き、しきりに笑い声を立てるかと思えば、急にひそひそ話をしたりして、久しぶりのデートらしきものを、楽しんでいた。

目当ての〈ミヤカワ〉は、さして広い店ではなかった。

しかし、奥の席は壁にさえぎられており、落ち着いた雰囲気で食事ができる。

バスク料理だという、おいしい前菜をいくつか食べたあと、最後にオックステールの煮込みが出た。

倉石のおすすめだけあって、これはめったにない極上の肉料理で、五人とも大いに満足した。ことに、柔らかく煮込まれた骨の髄は、絶品というにふさわしい味だった。

そのせいもあってか、帆太郎と由梨亜は翌日の日曜日に、一緒に映画に行く約束をするなど、二人でしきりに盛り上がっていた。

＊

その三日後、火曜日の夜。

沙帆が、一カ月ほど前に小さな出版社から頼まれた、『ドイツ浪漫派傑作短編集』の構成を考えていると、携帯電話が鳴った。

表示を見ると、以前登録した例の〈響生園〉の介護士、南川みどりからだった。

なんとなく気が重かったが、しかたなく通話ボタンを押す。

「古閑沙帆さまでいらっしゃいますか」

相変わらずの口調だ。

「はい、古閑ですが」

「〈響生園〉の介護士の、南川でございます。その節は、失礼いたしました」

「ああ、南川さん。ご無沙汰しています。倉石玉絵さんのご様子は、いかがですか」

できるだけ自然で、穏やかな対応をしようと意識したのに、やはり紋切り型の口上が出てしまう。

「ここのところ、だいぶお加減がよくなったように、お見受けしております。ご心配いただいて、ありがとうございます」

　相手も負けずに、紋切り型の物言いだった。

「いいえ、こちらこそ。それで、ご用件は」

「またか、とおっしゃるかもしれませんが、実は玉絵さまがもう一度、古閑さまにお越しいただけないか、と申しておられます。いかがでございましょうか」

　体の力が抜ける。

　そんな気がしていたのだ。それ以外に、南川介護士が電話をよこす用事など、あるはずがない。

「どんなご用件かしら」

　前回は、確か七月末の日曜日だったたから、ほぼ二カ月近くたっている。

「わたくしには、何もおっしゃいませんので、分かりかねます。ただ、とてもだいじなことだとだけ、お伝えしてほしいと」

　そっと息をつく。

　倉石玉絵にとってはそうかもしれないが、自分には直接関わりのないことだ。

「倉石さんご夫妻には、お伝えしてあるのですか」

　少し、いじわるな気持ちになって、わざと聞いてみる。

　南川介護士は、動じなかった。

「いいえ。倉石さまご夫妻には、前回と同じくお知らせしないように、と言われております」

　沙帆は間をあけ、考えるふりをした。

　しかし、断るわけにいかないという、妙な強迫観念に取りつかれる。

「いつごろでしょうか」

　聞き返したものの、自分の声ではないようだった。

「なんとか今週中、できればあすかあさってのうちに、いかがでしょうか」

　決して、押しつけがましくはないのに、なぜかいやとは言わせぬ圧力を、ひしひしと感じる。

　手帳を見るまでもなかった。

　あすは、午前中に授業が一コマはいっており、午後は出版社と打ち合わせがある。後期が始まったばかりだし、まさか休講にするわけにはいかない。

　あさっては、午前中美容院の予約がはいっているが、午後はとくに予定がない。

　久しぶりに映画に行くか、今作業中の短編集の構成を決めるために、候補作を読み直すか。そんなことを、考えていたのだ。

沙帆は、ため息をついて言った。

「あさって、木曜の午後ならなんとかなる、と思います」

「ありがとうございます。それでは午後二時に、お待ちしております」

電話を切ったあと、手が汗ばんでいるのに気づく。

いったい玉絵は、なんの用があるのだろうか。

82

古閑沙帆は、京王線の柴崎駅を出た。

前回一人で来たときは、まだ夏の盛りの七月末のことで、ひどく暑かった記憶がある。

あれからすでに二カ月近くたち、九月も下旬にはいった。

残暑は、かすかに感じられるものの、秋の気配が濃くなっている。

いつの間にか、速足で歩いていたらしい。約束の二時より十分も早く、〈響生園〉に着いてしまった。

前回も、そうだったことを思い出して、つい苦笑を漏らす。

門の受付で手続きをすませ、五階建の赤レンガの建物を目指した。

しのぎやすい気候になったせいか、園内を車椅子で行き来する入居者や、付き添いの介護士の姿が、ずいぶん目につく。

南川みどりは、一階のロビーで待っていた。

いかつい体を包む、例のピンクの制服にはしわ一つ、見当たらない。

黒目がちの瞳が、いささかの揺るぎもなく、沙帆を見返してくる。

「何度もお呼び立てして、申し訳ございません」

南川介護士は、わびの言葉というよりも、むしろ文句があるかと言いたげな口調で、声をかけてきた。

「いいえ。少しでも、玉絵さんのお気持ちがまぎれるようでしたら、わたしはかまいません」

つい本心とは裏腹な、当たり障りのない返事をしてしまう。

「玉絵さまは、古閑さまがお気に入られたようでございます」

硬い表情で返され、沙帆は困惑して背筋を伸ばした。

「あら、そんな。ところで、きょうのご様子は、いかがですか」

急いで話を変えると、南川介護士は唇を引き結んだ。

「このところご体調もご気分も、だいぶよろしいようでございます」

ほっとした。

念のため、聞いてみる。

「その後、倉石さんご夫妻は」

「お二人とも、お見えになっておられません」

そっけない返事に、沙帆は少し気おされた。

南川介護士は口元を引き締め、エレベーターホールへ向かった。

三階に上がると、介護士の控室の前で足を止め、そろえた手の先で前方を示す。

「あちらの、三〇一号室でございます。ご用ができましたら、前回も申し上げたとおり、枕元の赤いボタンを、押してください。すぐにまいりますから」

沙帆は、手にした紙袋を持ち上げ、南川介護士に示した。

「これ、玉絵さんに買って来たおせんべいなんですけど、かまいませんか」

最初のとき、手土産を召し上げられたのを思い出し、念のため聞いてみたのだ。

南川介護士は少し考え、なぜか親指と小指だけ立てた右手を、目の前に掲げた。

「おせんべいなら、お持ちくださってかまいません」

そう言い残して、控室に姿を消す。

沙帆は三〇一号室に行き、一つ深呼吸をしてから、ドアをノックした。

すぐに返事があった。

「どうぞ」

中にはいり、ドアを閉じて、向き直る。

前回はなかった、籐のスクリーンが目の前に立っており、中が見えなかった。

「失礼します」

声をかけ、恐るおそるスクリーンの陰から、顔をのぞかせる。

窓を背にして、車椅子にちょこんとすわった玉絵が、沙帆を見返した。

「いらっしゃい」

そう言って、微笑する。

心なしか顔の色つやがよく、肌も前回より張りがあるように見える。南川介護士が言ったとおり、体調がいいようだ。

白いカーディガンを羽織り、薄手の膝掛けにくるまれた玉絵は、ベッドの足元のテーブルに、うなずきかけた。

「どうぞ、おすわりになって」

落ち着いたその声は、以前沙帆をののしったことが嘘のような、穏やかな口調だった。

「失礼します」

沙帆は言われたとおり、テーブルの手前の椅子に足を運び、腰を下ろした。

テーブルの上のトレーには、給湯ポットと急須と湯飲みが三つ、それに茶筒が置いてあった。

そのわきに、手土産の紙袋を載せる。

一カ月ほど前、倉石麻里奈と〈ディオサ弁天〉を訪れたとき、本間鋭太に教えられた銘菓だ。

「わたしの好きな、〈もち吉〉のおせんべいを、お持ちしました。お口に合うかどうか、分かりませんが」

玉絵が、眉を上げた。

「あら。わたしも、しばらくいただいてないけれど、〈もち吉〉は大好きよ。ありがとうございます。それより、何度もお呼び立てして、申し訳ありませんわね」

微笑しながらそう言い、車椅子をテーブルの反対側に、移動させて来る。

「いえ。ご気分は、いかがですか」

「このところ、ずっと具合がいいみたい。認知症は認知症だけれど、なぜか記憶がはっきりすることが、ときどきあるんですよ」

「いい傾向ですね。認知症にも、いろいろあるのでは」

「そうね。わたしの場合は、出たり出なかったりでね。それがある意味では、都合がいいのよ。前にも言ったような気がしますけれど」

ぼけている、と思わせておく方が楽な場合もある、と言ったのを思い出した。

玉絵が、紙袋を指さす。

「せっかくだから、おせんべいをいただくわ。あけてくださる」

沙帆は、紙袋から包みを取り出した。

〈もち吉〉のせんべいは、四角い缶にきちんと区分けされ、何種類かはいっている。

缶をあけているあいだに、玉絵がお茶をいれてくれた。

　蓋を取って中を示すと、玉絵はためらわずに海苔で巻いた、醬油味のせんべいの袋を選んだ。

　沙帆も同じタイプの、サラダ味を選ぶ。

　玉絵は、心地よい音を立てて、ものも言わずに食べ終わった。

　満足そうにお茶を一口飲み、しみじみとした口調で言う。

「〈もち吉〉のおせんべいは、ほんとうに久しぶり。いついただいても、おいしいわね」

「わたしも、そう思います」

　沙帆も応じて、次の言葉を待った。

　玉絵の唇に、海苔の切れ端がくっついていたが、何も言わずにおく。

　玉絵はゆっくりと、車椅子の背にもたれた。

　膝掛けの上で手を組み、思慮深い目で沙帆を見る。

「このあいだ、わたしが学のことを〈しゃあちゃん〉と呼んだ、という話が出たわね」

　ぎくりとして、沙帆は喉を動かした。

　その話題を玉絵の方から、それもなんの前触れもなしに持ち出す、とは思わなかった。

「はい」

　短く答えて、様子をうかがう。

　玉絵に緊張した様子はなく、異変の兆候も見られなかった。

「学が、〈しゃあちゃん〉でないことは、分かっていたの。このあいだも言ったように、わたしにはドッペルゲンガーがいて、わたし自身を外から見ているのよ。おかしい、と思うかもしれないけれど」

「いいえ。その感覚は、わたしにも分かります」

　沙帆が請け合うと、玉絵は頰を緩めた。

「もう一人のわたしは、学が〈しゃあちゃん〉でないことを、よく承知しているの。でもね、学は〈しゃあちゃん〉に、そっくりなのよ。顔かたちが、というよりも、存在そのものが」

「はい」

　うなずくほかはない。

「〈しゃあちゃん〉は、お亡くなりになったのですか」

　さりげなく聞くと、玉絵はゆっくりと顔を上げて、遠くを見るような目をした。

「わたしより、五つも若かったのに」

　だとすると、やはり養子縁組して夫になった、久光創のことだろうか。

玉絵が続ける。

「まだ、三十二だったわ」

独り言のような口調だった。

倉石学が、久光創の死んだ年齢を三十四歳、と言っていたのを思い出す。〈しゃあちゃん〉とは、久光創のことではないのだろうか。

認知症のせいで、記憶が混乱しているのかもしれない。

勇を鼓して、どうしても尋ねたかったことを、口にする。

「話は変わりますが、お母さまはお若いころゼラピオン同人会、というドイツ文学の研究会に、所属しておられませんでしたか」

上を見ていた、玉絵の瞳がゆっくりと下がって、沙帆に向けられる。

玉絵は、抑揚のない声で言った。

「ゼラピオン同人会ね。ええ、所属していたわ。よくご存じね。〈しゃあちゃん〉もわたしも、そこの同人だったのよ」

あっさり認めたことに、少し意外感を覚える。

同人の名前が、次つぎと頭を去来した。

本間鋭太。寺本風鶏。秋野依里奈。戸浦波止。倉石玉絵。久光創。

久光創と、口の中でつぶやいたそのとき、天啓のようにひらめくものがあった。

久光創。

ヒサミツソウ。ヒサミッソウ。サミッソウ。

シャミッソー。

そうだ。〈しゃあちゃん〉とはやはり、久光創の発音になぞらえたシャミッソーの、シャの字を取った愛称に違いない。

思わず、生唾をのむ。

かつて卒論のテーマに選んだ、アデルベルト・フォン・シャミッソーが突然、その場に姿を現わしたような気がして、沙帆は胸が高鳴った。

年齢の食い違いはともかく、〈しゃあちゃん〉が、若くして亡くなった玉絵の夫、久光創のことだとすれば、話のつじつまが合う。

会いに来た息子のことを、玉絵が死んだ夫だと思い込むのも、認知症の症状の一つと考えれば、納得できる。

そう考えながらも、まだどこか釈然としないものが残り、沙帆は口を閉じた。

息子を夫と思い込むことはあっても、初めて会った沙帆を昔の恋がたきと間違える、などという錯誤例があるだろうか。

本間も同じようなことを言ったが、それほど自分は戸浦波止という女性と、似ているのだろうか。

沙帆は頭が混乱して、目の前がくらくらした。

そのとき、突然ドアにノックの音がして、われに返る。

玉絵は背筋を伸ばし、はきはきした口調で応じた。

「どうぞ」

ドアが開いて、スクリーンの陰から南川介護士の、野太い声が聞こえた。

「お呼びになったかたが、下のロビーにお見えになりました」

沙帆は意表をつかれて、玉絵の顔を見直した。

自分とは別に、ほかのだれかを呼び寄せていたのか。

玉絵が、目をきらきらさせて、沙帆を見返す。

「実はもう一人、面会の約束があるの」

そう言ってから、スクリーンに向かって声をかけた。

「南川さん。そのまま外で、待っていてちょうだい」

「分かりました」

ドアの閉じる音。

玉絵が、意味ありげに横目を遣う。

「〈しゃあちゃん〉を呼んだのよ。会わせてあげようと思ってね」

沙帆は声をのみ、玉絵を見返した。

玉絵の目は、今やきらきらというより、らんらんと光っていた。

また、発作が起きるのではないかと、不安が頭をもたげてくる。

「あの、さっきは、〈しゃあちゃん〉は若いときに亡くなったと、そうおっしゃいませんでしたか」

おずおずと聞き返すと、玉絵は行灯の油をなめる化け猫のように、ぺろりと唇に舌をはわせた。

くっついていた海苔が、舌と一緒に消える。

「それがね、つい最近生き返ったのよ。だから、呼び寄せたわけ。あなたも、会ってみたいでしょう」

そう問いかけられ、沙帆は椅子にすわったまま、体をこわばらせた。あまりに唐突な展開に、すぐには言葉が出なかった。

玉絵が正気なのか、それとも正気を失ってしまったのか、判断がつかない。

ドアの外に、南川介護士がいると分かっていても、込み上げる不安は収まらなかった。

パニックにおちいりそうになり、沙帆は急いで立ち上がった。

「あの、わたしはこれで、失礼させていただきます。おじゃまをしたくありませんので」

目を光らせたまま、玉絵がじっと見上げてくる。

引き留められるかと思ったが、玉絵はあっさりうなずいた。

「あら、そう。残念ね。紹介しようと思って、せっかく来ていただいたのに」

その言葉が、目の前にいる沙帆に向けられたものか、それとも〈しゃあちゃん〉に向けられたものか、分からない。

「どうも、おじゃましました」

沙帆は頭を下げ、そのまま逃げるように、ドアに向かった。

正直なところ、それだけのために呼びつけられたのかと、どこか割り切れないものが残った。

とはいえ、文句を言うわけにもいかない。

玉絵の声が、追いかけてくる。

「おいしいおせんべいを、どうもありがとう。それと南川さんに、すぐお客さまをお通しするように、伝えてくださらない」

沙帆は、スクリーンのわきで足を止め、向き直った。

「承知しました。どうぞ、くれぐれもおだいじに」

外に出ると、南川介護士が待ち構えていた。

「エレベーターまで、ご一緒いたします」

玉絵の声が、聞こえたらしい。

そのそっけない態度に、この女も玉絵とぐるなのではないか、という気がしてきた。

南川介護士は、沙帆が帰るものと決めつけていたように、ためらいもなく歩き出した。

しかたなく、あとを追う。

エレベーターの前まで来たとき、沙帆は背後から声をかけた。

「わたしは、お手洗いに寄って行きますので、どうぞお先に」

振り向いた南川介護士に、ホールの先のトイレを目で示す。

「分かりました」

南川介護士は表情も変えずに応じ、一人でさっさとエレベーターに乗り込んだ。

動き出すのを待って、沙帆は脇の階段を二階との境の踊り場へ、おりて行った。そこで足を止める。

それから、今度は靴音を立てないように、また三階のフロアへもどった。

上がり口の角に背を預け、バッグからコンパクトを取り出す。

不審を招かぬため、化粧直しをしているように、装ったつもりだ。

しかし、廊下にも階段にもあきれるほど、人けがない。見ている者は、だれもいなかった。

先刻の外の様子から、散歩の時間なのだろうと見当をつける。そのほかの入居者は、昼寝というところか。

どちらにしても、人目を気にする必要はなさそうだ。

三分もすると、エレベーターがのぼって来た。

チャイムが鳴り、三階のドアが開く。人がおりる気配。

続いて、リノリウムの床を踏む足音が二つ、響き始めた。

角から目をのぞかせると、南川介護士が先に立って奥へ向かい、その後ろから背広姿の小柄な男が、特徴のある歩き方でついて行くのが見えた。

男は、今どき珍しいソフト帽をかぶり、どこにもベンツのない、グレイの上着を着ていた。

まるで、筒のように胴をぴたりと押さえる、クラシックなスーツだ。

これで、ピークトラペルのダブルの仕立てだとすれば、二十世紀も半ば前後のファッション、ということになる。

南川介護士に案内され、男が三〇一号室にはいるのを見届けて、沙帆は階段をおりた。

心臓が高鳴っていた。

前回来たとき、最後の方で〈しゃあちゃん〉の話を持ち出したとたん、玉絵の様子が急変したのを、あらためて思い出す。

そのときはあわてて、逃げるように退散したのだが、沙帆が部屋を出る間際に玉絵は、しきりに独り言をつぶやいていた。

しゃあちゃん。しゃるふ。しゃあちゃん。しゃるふ。

しゃあちゃん、しゃるふ。

それが鮮明に、耳の底に残っている。

そして、たった今その意味が電撃のように、脳裡にひらめいた。

しゃあちゃんの〈しゃ〉は、シャミッソーではなかった。

しゃるふ、の〈しゃ〉だったのだ。

シャルフ（scharf）は、英語でいえばシャープ（sharp）、つまり〈鋭い〉という意味の、ドイツ語だった。

〈しゃあちゃん〉とは、ゼラピオン同人会の同じメンバーだった、本間鋭太のことに違いなかった。

偶然ということは、ありえない。玉絵は本間の名前をシャルフと略し、さらに〈しゃあちゃん〉と呼んで、愛称にしたに違いない。

沙帆はそれを確信した。

今しがた目にした、オールドファッションの男のどしどし、という感じで歩くあの足取りは、まぎれもなく本間鋭太のものだった。

めまいを覚え、階段をおりる足を止める。

壁に手をついて、体を支えた。


一つだけ、分からないことがある。

南川介護士は、〈お呼びになったかたが、下のロビーに〉うんぬんと、確かにそう言った。

玉絵自身も、自分から〈しゃあちゃん〉を呼び寄せた、と認めた。

すると、最初に沙帆を呼んだときと同じように、南川介護士に電話をかけさせて、呼び寄せたのだろうか。

そのためには、電話番号を知っていなければならないが、玉絵は本間と長いあいだ、接触が途絶えていたはずだ。本間の、電話番号や住所といった連絡先を、知っているとは思えない。

本間の方から、〈響生園〉に電話をした可能性も、ないとはいえない。

確か本間は、倉石夫婦と沙帆が玉絵を見舞った話を、由梨亜から聞いたと言っていた。

そのときに、〈響生園〉というホーム名も出たとすれば、番号を調べるのはたやすいことだ。

もっとも、そうまでして本間が玉絵に会いたがる、何か特別な理由があるかどうかは、沙帆の知るところではない。

つい、ため息が出た。

玉絵は本間に、直前まで沙帆が居室にいたことを、話すだろうか。

沙帆は壁から手を離し、またゆっくりと階段をおり始めた。

そもそも、なぜ玉絵はきびすを接するような間隔で、沙帆と本間を呼びつけたのだろうか。

ほんとうに、二人を会わせるつもりでいたのか。そうだったのなら、無理にも引き止めようとしなかったのが、かえっておかしい。

どう考えても、分からない。

いつもなら、あしたはまた〈ディオサ弁天〉へ、原稿を取りに行く日だ。

しかし、こうしてみると本間のところへ行くのが、なんとなくおっくうになる。

もし、玉絵が本間に沙帆のことを話すとすれば、本間はきょうのことを話題にするかもしれない。

あるいは、二人ながら何食わぬ顔で原稿の受け渡しをし、何ごともなかったように意見を交わすだけで、終わるのだろうか。

沙帆は重い気分で、〈響生園〉をあとにした。

83

翌日の金曜日。

さんざん迷ったあげく、古閑沙帆はいつもどおり午後三時少し前に、〈ディオサ弁天〉に行った。

あらかじめ、電話してみようかと迷いもしたが、それもなんとなくはばかられた。

万が一にも、〈響生園〉で目にしたことが、自分の思い違いだったとしたら、どうしよう。

しかし、自分の目と勘が正しいことには、それなりの自信があった。

それに本間鋭太が、沙帆に後ろ姿を見られたことに気づいた、とは考えられない。

ただ倉石玉絵から、直前まで沙帆が来ていたことを、聞かされた可能性は十分にある。

前日の出来事は、玉絵が沙帆と本間を鉢合わせさせるために、わざと仕組んだことなのだ。

認知症であろうとなかろうと、玉絵にそんなことをする理由が、何かあるのだろうか。

玉絵の言う、ドッペルゲンガーのしわざなのか。

そもそも、玉絵は本間と沙帆の関係を、承知していないはずではないか。

玉絵と、二人きりで会ったのは二度だけだが、その中で本間は話題にものぼらず、名前すら出なかった。

沙帆は、腕時計に目を向けた。

いつの間にか、三時一分前になっている。

肚を決めて、ガラス戸を引いた。

予想に反して、びくともしなかった。今度は、格子に両手を掛けて試したが、やはりガラス戸は開かない。

その昔、ここへ勉強にかよっていたころから、この戸に鍵がかかっていたことは、一度もなかった。

途方に暮れて、あたりを見回す。これまでと、どこにも変わりはなかった。

よく、マットの下に鍵を隠す話を耳にするが、今立っている狭いポーチには、そもそもマットがない。

だめと承知で、もう一度ガラス戸を引いてみる。

戸は、それ自体が本間の意志のように、固く閉ざされたままだった。

思い切ってガラス戸を、格子ごと叩いてみようか。

それとも、声をかけてみようかと、しばし迷う。

今さら電話をして、在不在を確かめる気も起こらず、沙帆は少しのあいだその場に、立ち尽くした。

ふと、勝手口があることを思い出す。

そちらも、施錠されているかもしれないが、試してみる価値はあるだろう。

建物の横の、枯れ葉がいくつか散った細い通路を、奥へ向かう。

勝手口の戸も、やはり鍵がかかっていた。

少し考えてから、さらに裏手へ回ってみよう、と決めた。書斎は、裏庭に面していたはずだ。

以前、倉石由梨亜が沙帆に何も言わずに、ギターを習いにここへやって来たとき、様子をうかがおうとして、こっそり裏庭へ忍び入ったのを、思い出す。

あれはまったく、冷や汗ものだった。

裏庭の出窓の下に、前回はなかったものが見えた。

土が掘り返された跡があり、蒲鉾板のような木片が立っている。

沙帆はそばに行き、身をかがめてのぞき込んだ。

木片には、本間の手らしい癖のある字で、次のように書いてあった。


〈愛猫ムル、ここに眠る〉

思わず、息をのむ。

ふてぶてしいまでに、ホフマンのムルを彷彿とさせたあの野良猫が、やはり飼い主に等しい本間より先に、死んでしまったのか。にわかには、信じられなかった。

その粗末な墓標の肩に、赤いリボンにつながれた鍵が、掛かっている。

沙帆は、ムルの墓に手を合わせて、鍵を取り上げた。

飼い猫ではないし、あの本間が手続きしてムルを火葬にした、とは思えない。

埋めるのに、どれだけ掘り下げたか見当もつかないが、ともかく葬ったことに変わりはあるまい。

簡素なものにもせよ、墓は墓だった。

おもてのガラス戸は、残された鍵でわけなく開いた。

狭い三和土《たたき》は、これまでと違って真冬のように、冷えきっていた。玄関は、まだいくらか明るいものの、廊下の奥までは光が届かない。

なんとなく、胸騒ぎがする。

「本間先生。ご在宅ですか」

念のため声をかけてみたが、それはまっすぐ奥の暗がりへ、吸い込まれてしまった。

これといった理由もないのに、いやな予感が肩口にまとわりつく。

思い切って靴を脱ぎ、廊下に上がった。

「おじゃまします」

また、わざと大きく声をかけ、奥へ向かう。

廊下の右側は、居間兼寝室になっているが、開いた襖の内側にはひとけがなく、書棚がおとなしく並んでいるだけだ。

左側のキッチンをのぞくと、テーブルの上はきちんと整頓されており、流しも洗い物がたまったりしておらず、きれいになっていた。

突き当たりの左側に、トイレがある。

右へ曲がった左手が、本間の書斎だった。その奥は、小さな納戸になっている。

廊下にも、書斎の中にも照明は点灯しておらず、ドアの上部にはめ込まれたガラスに、出窓の薄明かりが映っているだけだ。

試しに、ドアをノックしてみたが、なんの応答もない。

「失礼します」

一応声をかけ、緊張しながらノブをひねって、ドアを押しあけた。

薄暗い六畳ほどの洋室に、人の気配はなかった。

窓際の、驚くほど大きなデスクの上に、縦長のA4画面のワープロ。

それと並んで、小型のパソコンと、プリンター。

そのほかの壁は、書籍の詰まった不ぞろいの書棚で、埋まっている。あらかたがドイツ語の本で、日本語といえば辞典、辞書類と国文学、国語学関係の書籍が、ほとんどだった。

部屋の中央に、小さなテーブルが置いてある。隅の方に、少し斜めにかしいだ、からの譜面台。

雑然としてはいるが、散らかった印象はない。

ざっと探してみたが、例の古文書も解読原稿らしきものも、見つからなかった。ギターケースも、見当たらない。

その様子から、一時的に留守にしただけという雰囲気は、うかがわれなかった。

まさか、にわかに転居したわけでもあるまいが、しばらくはもどって来そうもない、森閑とした空気が漂っている。

沙帆は、首をひねった。本間はいったい、どこへ行ったのだろうか。

隣の住人か、アパートの管理人に聞いてみようか、と思う。

しかし、本間が親しく隣人付き合いをしていた、とは考えられない。他の入居者も管理人も、本間の行く先を知らないどころか、姿を消したことにさえ気がつかないだろう。

本間が、携帯電話を使うのを見たことはないし、持っていたとしても番号を知らない。

それにしても、この期に及んで約束した仕事を投げ出し、何も言わずに姿をくらますとは、本間らしくない振る舞いだ。

そう考えたとき、ムルの墓のことを思い出した。

姿を消したものの、本間が家の鍵を残したことには、それなりの意味があるはずだ。

沙帆は書斎を飛び出し、急いで玄関へもどった。

とっつきの、ふだん原稿を受け取る洋室の引き戸を、引きあける。

肩の力が抜けた。

テーブルの上に、原稿の束などがきちんと積まれ、本間愛用のソファにはギターケースが、ぽつねんと載っていた。

なんとなく、ほっと安堵の息をつきながら、中にはいる。

長椅子に腰を下ろすと、暑くもないのに体中に汗が吹き出すような、異様な興奮を覚えた。

いちばん上に、いつもの解読原稿がある。

その下に包装紙にくるまれた、いささか厚みのあるものが、置いてあった。

解読原稿の上に、二つに折った紙が載っている。

広げてみると、メモ用紙におなじみの悪筆で、短いメッセージが書かれていた。

古閑沙帆さま
これが、最後の報告書です。

お預かりしていた倉石家所有の、オリジナルの報告書の前半部分は、約束どおり小生が頂戴することにします。

ただし、念のためにその前半部分と、小生所有の後半部分をコピーして、両方残していきます。倉石麻里奈くん、ないしはあなたに活用していただきたい、と思います。

また、これも約束どおり、伝フランシスコ・パヘスのギターを、置いて行きます。あなたが代わりに、倉石夫妻に届けてやってください。

なお、お帰りの際は、戸締まりを忘れずに。スペアがありますから、お手元の鍵はあなたにお預けします。いずれ、返していただく機会も、あるでしょう。

長いあいだ、ご苦労さまでした。

本間鋭太

沙帆は、頰を押さえた。

なんとか読み取った、珍しくばかていねいなその文面に接して、全部終わらないうちにわけもなく、涙があふれてきた。

どうにも、こらえることができなかった。

こういう結果になったのは、本間鋭太が前日〈響生園〉に行き、倉石玉絵と再会したことが、原因なのではないか。

さらにその上、直前まで沙帆が来ていたことを、聞かされたからではないのか。

なんとなく、そんな気がしてくる。

自分が〈響生園〉を出て行ったあと、二人のあいだに何があったにせよ、沙帆には考えの及ばぬことだった。

想像したとおり、〈しゃあちゃん〉の正体が実際に、本間だったとしよう。

その本間を、戸浦波止が玉絵から横取りしたのだとすれば、ただではすまなかったかもしれない。

もっとも、本間によると波止はすでに他界した、とのことだった。それが事実なら、もはや争いにはならないのではないか。

とはいえ、玉絵が沙帆を波止と思い込んで、あれほど取り乱したところをみると、まだ古い傷あとが残っている、とみることもできる。

ただ沙帆が、ここ二回二人きりで面談したかぎりでは、玉絵にそうした発作を起こしそうな気配は、ないように思える。

いくら考えても、堂々巡りを繰り返すだけだ。

沙帆は深呼吸をして、頭の中を整理した。

それとは別に、たとえ一時的にせよ本間自身が、姿を消さなければならないような、予想外の事件が出来したのだろうか。

かりに本間と会ったことで、玉絵の病状が急変したのだとすれば、〈響生園〉から倉石夫妻の方に、連絡があるはずだ。場合によっては、沙帆自身に南川介護士か、麻里奈から電話があっても、不思議はない。

沙帆は、メモを見直した。

どちらにせよ、それを読むかぎりでは本間も、しばらく家をあけるというだけで、何か短気を起こすような気配は、なさそうに思える。

そもそも、短気を起こす理由など何もないはずだし、むしろそれを案じる自分の心配性が、おかしかった。

なぜ本間が、突然姿を消すことになったのか、なんとなく分からないでもない、という気がする。ただ、何ゆえにそんな気がするのかが、分からなかった。

メモにもあるように、いずれまた本間と会える日がくる、と思う。

というより、本間はさほど日がたたないうちに、もどって来るに違いない。

少なくとも、そう信じたい。

沙帆は頬をぬぐい、解読原稿を手元に引き寄せて、読み始めた。

【E・T・A・ホフマンに関する報告書・十六】

——（書記役のヘッカー事務官が）供述書を持ち帰った翌日から、ETAは体調がよくないときを除いて、まだ完結していない『蚤の親方』の、最後の部分の口述を続けた。

三月二十六日（一八二二年）には、あなたの同席のもとに連名で、遺言状を書き取らせた。むろん、万一の場合に備えて、のことだ。

あなたも知るとおり、ETAは著作権を含むすべての財産を、あなたに遺すと記録させた。

しかし、これについてもあなたの知るとおり、遺産より借財の方が多かった。

なぜなら、〈ルター・ウント・ヴェグナー〉その他の酒場の莫大なツケと、まだ書いてもいない作品の、出版社に対する原稿料の前借りで、首も回らない状態だったからだ。

当然ながら、あなたはそれを百も承知だったが、一言もETAを責めようとせず、黙って遺言状に連署した。

そして、ETA自身もそのことがよく分かっており、あとでわたしにこう言った。

「ぼくが死んだあと、借金取りに追い回されないように、ミーシャに相続権を放棄せよ、と言ってくれたまえ」

もちろんETAが死んだあと、相続を放棄しただけではすまないことも、分かっていたはずだ。生計を維持する手段が、ないからだ。

そのため、ETAはあなたがいないときを見計らって、ヒツィヒやデフリントを呼び寄せ、手元に残っている原稿や楽譜の断片、描き散らしたカリカチュアなどを換金して、生活の足しにするよう手配を頼んだ。

そうした合間に、ETAは天気がよくて病状も落ち着いているとき、リーガー（秘書兼介護士）の手を借りて、近所の公園に木々の緑を見に行ったり、ベッドから窓際に置かれたソファに場所を移して、眼下に広がるジャンダルマン広場の雑踏を、あきずに眺めたりする。

ETAにとっては、それさえも創作意欲をかき立てる、強い刺激になるようだった。

その精細な観察から、『いとこの隅窓』というETAにしては珍しい、写実的で静謐な小品が、生まれたわけだ——（中断）

——（四月にはいって）非常につらい別れがあった。ETAのもっともたいせつな竹馬の友、テオドル・ヒペルの出立の日が、目前に迫っていた。

長期のベルリン滞在のあと、ヒペルは避けられぬ事情のため、どうしても勤務地のマリエンヴェルダーへ、もどらねばならなかった。

しかも、もどるべき予定の期日はすでに、何日も過ぎていた。

マリエンヴェルダーと、ベルリンのあいだはおよそ七十マイル弱（プロイセン・マイル、約五百キロメートル）足らずだが、そう簡単に行き来できる距離ではない。郵便馬車を、昼夜兼行で走らせても、ゆうに片道六日はかかるだろう。

ETAの病状が奇跡的に、そして劇的に改善されれば話は別だが、今のままでは二度と会えない可能性もある。


あなたも知るとおり、ヒペルはマリエンヴェルダーへ去ることを告げるために、ここ一週間ほど毎日のように、ETAのところへ来ていた。

しかし、いつもそれを告げそびれてしまい、そのたびに期日は一日一日と、先送りにされる。ヒペルは、衰弱しきったETAの顔を見ると、なかなか切り出せないのだった。

ETAはETAで、見舞いに来たヒペルが帰ろうとするたびに、もう少しいてくれと執拗に哀願し、あなたやまわりの者たちを困らせる。まるで、だだをこねる子供のような、やるせない振る舞いだ。

もし、ヒペルがマリエンヴェルダーへ去り、二度と生きて会えなくなる恐れがある、と知ったらどんな修羅場になるか、考えるだけでもつらいものがある。

そうならないように、ETAに別れを告げずに出立してほしい、とヒペルに頼んだらどうか、と意見も出た。

あなたはもちろん、ヒツィヒもわたしもそれが最善の方法だ、と分かっていた。

しかし、心やさしいヒペルにそれはできまいし、無理じいすればヒペル自身をも、後悔させる結果になる。

結局、その案は沙汰やみになった。

そしてとうとう、これ以上は延ばせない四月十四日が、やってきた。

午後九時のこと。

ヒペルは、翌朝一番に出るケーニヒスベルク行きの郵便馬車で、ベルリンを立つべく心を決めていた。

もはや、それをETAに告げずに去ることは、できなかった。

ヒペルが、とうとうつらい別れを口にしたとき、ETAはこれまで見せたこともない、恐ろしい愁嘆場を繰り広げた。

わたしたち友人はもちろん、あなたもETAがあのように自分を失い、狂乱する姿を目にしたことは、一度もないだろう。

わたしの耳には、麻痺した体から最後の力を振り絞り、ベッドの中で痙攣しながらのたうち回って、狂ったように泣き叫ぶETAの声が、今でも耳の底に残っている。

嘘だ、嘘だ……。嘘だと言ってくれ！　ぼくを見捨てて、行ってしまうなんてことが、きみにできるはずがない！　頼む、頼む。どうか、行かないでくれ！


そのときわたしは、ETAにとってヒペルが、どれほどたいせつな友であったか、あらためて思い知った。

ETAが職を失い、パンと水だけで暮らすはめになったとき、手を差し伸べたのはヒペルだった。

色恋沙汰も含めて、何もかも手紙で報告、相談をした相手も、ヒペルだった。

判事として、大審院に返り咲く道をつけてくれたのも、ヒペルだった。

筆禍事件で、絶体絶命の窮地に立たされたとき、救助のために奔走してくれたのも、ヒペルだった。

子供のときから、ヒペルはETAに終生変わらぬ友情を、注ぎ続けたのだ。ETAはヒペルに、何度苦境を救われたことか。

ヒペルがいなければ、ETAはベルリンでまともに生活することも、できなかった。

もし、判事として復帰を果たせなかったら、ETAは生活のために相変わらず、音楽の教師をしたり音楽評論を寄稿したり、戯画を売ったりして細ぼそと稼ぐしか、道がなかっただろう。

判事という定職を得たからこそ、ETAは後顧の憂いなく文筆の才能に、花を咲かせることができたのだ。

何度か断絶はあったにせよ、ETAは実にまめにヒペルに手紙を書き、同じくらいまめに、返事をもらいもした。わたしはそのことを、よく承知している。ただ、ヒペルとETAとは任地が違うこともあり、実際に会う機会は少なかった。

そのため、ETAはヒペルを話題にすることが、あまりなかった。それは、あなたに対しても、同様ではなかったか。

しかし、今になって初めてわたしは、悟るところがあった。

作家E・T・A・ホフマンを、真に作家たらしめたのはクンツでもなく、ヒツィヒでもなく、まさにテオドル・ヒペルだったのだ。

そのヒペルが去ったあと、たった一つETAの慰めになったのは、あの名優ルートヴィヒ・デフリントが、舞台の合間を見ては病床を訪れることだった。

デフリントが来るたびに、ETAは病人とは思えぬほど生気を取りもどし、二人のあいだで際限もなく、芸術論が戦わされる。

ETAの注文に応じて、デフリントが室内を縦横に歩き回り、得意のシェークスピア劇の登場人物、ハムレットやフォルスタフを舞台さながらに、再現してみせることもたびたびだった。

それを見る、ETAの瞳はめらめらと炎のごとく燃えて、麻痺した体が今にも飛び出しそうになるほど、ベッドの中でのたうち回るのだ——（中断）

——一カ月ほど前のこと、ETAに対して主治医のマイヤーが、恐ろしい治療の試みを行なった。

患部の脊柱下部の両側に、灼熱した鉄の鏝《こて》を当てて焼くという、身の毛もよだつような療法だ。それによって、生命力をふたたび呼び起こそうという、新たな試みらしい。

マイヤー博士が、その療法をどうやって思いついたのか、わたしは知らない。他の患者に関して、効果があったという症例を目にするか、耳にするかしたのだと思う。

わたしには分からないが、この施術によって脊髄癆の患部が焼けただれ、生きる元気を取りもどす、という寸法だろうか。

それで果たして、麻痺した力が取りもどせるのだろうか。

ともかく、このまま手をこまねいていたのでは、おっつけ死を免れないことは、だれの目にも明らかだ。

おそらく、この施術はマイヤー博士としても、一か八かの試みだろう。ETAもまた、黙ってそれに賭けるしかない、と覚悟したに違いない。

デフリントにも知らせたかったが、舞台出演のためニュルンベルクに行っており、連絡がかなわなかった。

立ち会う予定だったヒツィヒは、どうしてもはずせない重要な法廷があって、すぐには来ることができなかった。それでも終わりしだい、飛んで来ることになっていた。

その施術が行なわれるあいだ、あなたとわたしは住居の建物の並びにある、〈カフェ・シュテーリ〉に一時待避することになった。

同じフロアにいるかぎり、たとえ別室でも施術中の不穏な騒ぎが、聞こえてくるに違いない。わたしは、それをあなたの耳に入れたくなかったし、わたし自身もあなたと一緒にいるべきだ、と思った。

したがって、寝室に残ったのはマイヤー博士とその助手、秘書兼介護士のリーガー、そしてメイドのルイーゼの、四人だけだった。

実はルイーゼも、マイヤー博士に退去をうながされたのだが、長年仕えた主人のために残ると言い張り、がんとして譲らなかった。実に、気丈な女性ではある。

〈シュテーリ〉は、天井が高く真四角なフロアのカフェで、壁にはさまざまな絵がかけてある。フロアの中央は、踊りや音楽の実演ができるようにあいており、客用のテーブルは壁際に並んでいた。

わたしたちはそこで、シナモンのワッフルとコーヒーを頼み、待機することにした。

じりじりしながら待つうちに、小一時間もするとルイーゼがのめるように、カフェに駆け込んで来た。

さすがに頰がこわばり、顔から血の気が引いていた。しかし、思ったよりしっかりした口調で、施術が無事に終わったことを告げた。

ほっとはしたものの、〈無事に〉とはとにかく死にはしなかった、という意味のように聞こえて、あまりいい気はしなかった。

急いでもどろうと、カフェから飛び出したところで、ちょうど駆けつけて来たヒツィヒと、ばったり顔を合わせた。

わたしたちは大急ぎで、三階のETAの住居へ駆け上がった。

入り口をはいるなり、かすかになんともいえぬ異様なにおいが、鼻をついてきた。

ルイーゼはあわてて、あちこちの窓をあけた。

居間では、施術を終えたマイヤー博士と助手が、たいへんな力仕事を終えたあとのように、乱れた施術着のまま椅子にもたれて、コーヒーを飲んでいた。

ヒツィヒとわたしは、あなたと博士たちをルイーゼに任せて、ETAの寝室に行った。

リーガーが窓をあけ、施術の後片付けをしているところだった。

ベッドに目を向けると、ETAはシーツにくるまれた姿で、うつぶせのまま顔だけこちらにねじ曲げ、苦しげに息をしていた。

わたしたちは言葉もなく、息をのんでETAを見つめた。

ETAは、わたしたちを横目で見返し、口をもぐもぐさせた。

くぐもった声で言う。

「どうだね、きみたち。うまそうな、ステーキのにおいがしないかね」

ヒツィヒもわたしも、絶句してその場に立ちすくんだ。

――ここにて口述終了。

85

［本間・訳注］

ヨハネスの報告書は、これをもってすべて終了する。

ホフマンの晩年の様子は、残された自筆ないし代筆の手紙類と、ヒツィヒの手で死の翌年に刊行された、『E・T・A・ホフマンの生涯と遺稿』で、ほぼ正確に伝えられている。

最後の報告書にある、信じられぬような凄惨極まる荒療治のあとも、ホフマンの病状は改善しなかった。

ついに麻痺は、全身に及んだ。

それでもホフマンは、死力を振り絞って口述筆記に取り組み、その執念と奮闘は死の直前まで続いた、という。

以下、ホフマンの死までの状況は、ヒツィヒが自分自身の目で見たこと、ミーシャやリーガーなど関係者から聞いたことを、ホフマンの評伝にまとめた報告によるもので、信頼性はかなり高いと判断できる。

六月二十五日の早朝、ホフマンの背中の裂けた傷口から、激しい出血があった。

ミーシャや介護士のリーガー、メイドのルイーゼなど、その場にいた者はみな、死期が近いことを悟った。

ホフマンは、リーガーをそばに呼んで、何か言った。もはや、何を言っているか、分からなかった。

ミーシャがベッドにかがむと、ホフマンはまた何か言った。

すると、ミーシャはそれを聞き取ったらしく、ホフマンの麻痺した両手を取り上げ、胸の上で組み合わせてやった。

生気を失ったホフマンの目は、まっすぐに天井に向けられていた。

ヒツィヒが、あとからミーシャに聞いた、とされるところによれば、その目は天国を見つめているようだった、という。

それからミーシャは、ホフマンが次のようにつぶやくのを、耳にした。

Man muß doch auch an Gott denken!

（人たるものは詰まるところ、神のことをも考えねばならんのだな）

それからしばらくして、ホフマンはいくらか気分がよくなったらしい。

にわかに、中途まで口述筆記を進めていた、『仇敵（Der Feind）』という作品の、先を続けたいと言いだした。そしてリーガーに、先に口述したところまで読み聞かせてほしい、と求めた。

しかしそれは、ミーシャに止められた。

ホフマンは、ミーシャに頼んで顔を体ごと壁の方へ、向けてもらった。

それからほどなく、ホフマンの喉がごろごろと、音を立て始めた。午前十時半近かった。

死期が近いことは、もはや疑いがなかった。

ミーシャは、ルイーゼに急いで裁判所へ行き、ヒツィヒを呼んで来るように、と言いつけた。

またリーガーも、主治医のマイヤー博士を呼びに、飛び出して行った。

リンデン街の大審院で、公判に立ち会っていたヒツィヒは、取るものもとりあえず法廷を抜け出し、ホフマンのもとへ駆けつけた。

しかし、ヒツィヒもマイヤー博士もわずかの差で、臨終に間に合わなかった。

かくして、エルンスト・テオドル・ヴィルヘルム(アマデウス)・ホフマンは、一八二二年六月二十五日、午前十一時に永眠した。

享年四十六だった。

*

葬儀は三日後の、六月二十八日に行なわれた。

あいにく本間は、会葬者の名前を詳しく伝える資料を、目にしたことがない。

どちらにせよ、マリエンヴェルダーのヒペルはもちろん、バンベルクのシュパイア博士やクンツにも、参列する時間がなかったはずだ。当時の、郵便馬車の事情を考えれば、死亡の知らせが届くころにはすでに、葬儀は終わっていただろう。

したがって、ベルリンとその周辺に住む友人知人、裁判所の関係者くらいしか、参列できなかったと思われる。

ただ『ベルリン文学地図』(宇佐美幸彦著/二〇〇八年)に、ハインリヒ・ハイネが参列した、との情報があるのがわずかな救い、といえよう。

ホフマンの遺骸はベルリン南部の、ハレ門外にあるエルサレム墓地に、埋葬された。

のちに、親しい友人たちの手で、次のような碑文を刻んだ、墓標が立てられた。

E.T.W.ホフマン
プロイセンのケーニヒスベルクにて
1776年1月24日に生まれ
1822年6月25日
ベルリンに死す

大審院判事の
公務において
また文学者として
また音楽家として
さらに画家として
卓越せる人物なり

友人一同この墓碑銘を刻む

＊

ホフマンの死後。

ミーシャは、ホフマンの指示による友人たちの進言に従って、七月一日に遺産相続権を放棄した。

前回にも話したが、その十日ほどあとミーシャは友人たちの手を借りて、ホフマンが収集した絵画、器物などの動産を競売にかけた。

かつてドレスデン時代に、ヒペルからプレゼントされた金側の時計も、背に腹は代えられなかったとみえて、売り払われた。

さらに七月下旬には、ホフマンの筆になる相当数の絵画類が、売りに出された。

しかし、それもさしたる生計の足しにならず、十月にはホフマン手書きの楽譜類、楽器類が処分された。例の、ステファノ・パチーニのギターも、同じ運命をたどったに違いない。

しまいには、ホフマンがだいじにしていた蔵書類も、競売に付された。

さて、その中でヨハネスがミーシャに宛てて、せっせと書き続けたこの報告書は、どんな運命をたどったのか。

それについては、あらためて後段で明らかにするつもりなので、ここでは触れないことにする。

＊

ミーシャのその後については、多少の報告がある。いくら、夫の遺品を金に換えたところで、生活のたづきを持たぬミーシャには、ほんの一時しのぎにすぎなかった。

以下、前回口頭である程度明かしたことも含むが、あらためていくつかの事実を、書き留めておこう。

内容は主として、忘却の闇にうずもれていたホフマンを、百年ぶりにドイツの文学界に呼びもどした、ハンス・フォン・ミュラーの研究に依拠する。その原典は、日本語にも英語にも、ほんの断片的にしか紹介されていないので、多少とも興味を引くだろう。

ホフマンの死後、ヒツィヒはホフマンが出版社に前借りした借金を、棒引きにするよう交渉して回った。ヒツィヒ自身が判事であり、文筆家であり、さらに出版社経営の経験もあったから、これはおおむね成功したようだ。

またヒツィヒは、生前からホフマンに評伝を書く、と約束していた。

冒頭でも触れたが、早くも死後一年たった一八二三年に、ヒツィヒは『E・T・A・ホフマンの生涯と遺稿』を、自費で出版した。

しかも、支払われるべき印税の受取人を、ミーシャに指定した。これは、相続権を放棄したこととと関係なく、ミーシャの受け取るところとなった。ヒツィヒの善意が、よく表われている。

ポーランド出身のミーシャは、ドイツ語の知識や能力が十分とはいえない。そのためホフマンの死後、母親の住むポーゼンへもどった。

はっきりした足取りは不明だが、母親とともに一八三〇年代半ばまでそこで生活し、その後独身の姪マティルデ・ゴトヴァルトと、暮らすようになった。

マティルデは、ミーシャの姉カタリナの娘だ。

また、一時ホフマン夫妻が養女として預かった、ミヒャリナ（ミーシャと同名）の姉でもある。

そうしたあいだも、ヒツィヒはミーシャとの連絡を絶やさず、わずかながらもホフマンの年金を、受け取れるように手配した。

また、三カ月ごとに二人の住まいの家賃、十五ターラーを払い続けた。

その上、ホフマンの作品を出した出版社と掛け合い、前借りを帳消しにしただけにとどまらず、死後に刊行ないし増刷した分の印税を、ミーシャに支払うよう話をつけた。

本来なら、相続権を放棄したミーシャに請求権はないが、出版社もヒツィヒの温情に打たれて、それに報いることにしたようだ。

そのヒツィヒも、一八四九年に六十九歳で亡くなった。

さらに、幼友だちのヒペルも同じ六十九歳で、六年早い一八四三年に死去している。

それでも、やはり旧友の未亡人のことを忘れず、生前は必要に応じてミーシャのために、ペンションを借りてやったりした。

ホフマン夫妻の生涯を通じて、二人に対するヒツィヒとヒペルの奉仕は、まことにもって献身的だった、というべきだろう。

ちなみに、ホフマン伝を書いた吉田六郎は、「ヒツィヒは……ホフマンの友人であることを誇称して、ホフマンの理解者、同情者さては庇護者であることを公衆に強く印象づけようとする人であった」うんぬんと、ある面で批判的な評価をしている。

しかし、残念ながら吉田の考察は、ホフマンの死後にまで、及んでいない。いろいろな文献を通覧するかぎり、吉田の批判はかならずしも当たらない、と本間は考える。

ミーシャとマティルデは、ヒペルやヒツィヒが亡くなったあと、一八五〇年代からブレスラウで暮らしたのち、最終的にシレジアのヴァルムブルンに、居を移したらしい。ここはかつて、ミーシャが体調を崩した夫の保養のために、一緒に訪れた温泉地だ。

ミーシャは、一八五九年一月二十七日に、思い出のこの地で亡くなった。

夫に遅れること約三十七年、天寿をまっとうしての死だった。

ホフマンの陰に隠れて、ミーシャは地味で控えめな存在ではあったが、どの資料にも奇矯な夫にはもったいない、絶世の美女だったと書いてある。

ホフマンは、ミーシャの柔順の美徳があって初めて、作家として名を残すことができた、と言ったら言いすぎだろうか。

＊

ミーシャについて、今少し補足しておく。

小説に限らず、ホフマンはその著作の中でミーシャ、ないしはミーシャを彷彿させる女性を、ほとんど書くことがなかった。

ユリア・マルクをはじめ、ほかの女性はしばしば作中に登場し、それなりの印象を残しているが、ミーシャだけは例外だった。

作中に取り入れたとしても、黒褐色の髪とか濃青色の瞳とか、ミーシャだけのものではない、一般的な特徴しか描写しなかった。

作中ばかりでなく、ホフマンは親しい友人や周囲の者に対しても、ミーシャについて話すことは、めったになかったと伝えられる。

したがって、いろいろな評伝にミーシャの名は出てきても、そのエピソードが語られることは、ほとんどない。

ミーシャに言及する内容は、ごく簡単なことに限られる。

何はさておき、ホフマンには不釣り合いなほど、たぐいまれな美貌の持ち主だったこと。

柔順を絵に描いたような、万事控えめな女性だったこと。

家計の苦しい時代でも、愚痴をこぼさず、所帯持ちがよかったこと。

まさに、男にとって理想的な良妻、というべきだろう。

ちなみに、当時のプロイセン王国における、女性の社会的地位はきわめて低かった。それは、連邦を結成したあとのドイツ帝国でも、ほとんど変わらなかった。

一部の上流階級を除いて、女性はまともな教育を受けることなく、もっぱら苛酷な家事雑役の労働に、従事していた。

その、男尊女卑的な差別の様相は、同時代の江戸後期の日本の状況と、似たりよったりだった、といっても過言ではない。

こうした事情を考えるならば、ミーシャは当時の平均的な女性の生き方と比べて、いちじるしく恵まれていなかった、とまではいえないかもしれない。

余談ながら、バンベルク時代の友人だったクンツは、一八三六年に出版した〈ホフマン伝〉の中に、例の皮肉っぽい口調でこう書き残している。

ホフマンは、自分の妻を知的で読書好きな女性として、前面に押し出そうとするきらいがあった。しかし、わたしの前では、その傾向が強かった。しかし、彼女と話をしてみると、そういうタイプの女性ではないと分かるのに、さほど時間はかからなかった。わたしや、まわりの友人たちのそぶりで、彼女が自分の主張するとおりの女性、と思われていないことを悟ると、ホフマンはひどく不機嫌になった。

さらにクンツは、ホフマンが女神のようにあがめた、あのユリア・マルクの資質についても、「彼女には、ホフマンの賛美するような芸術的、美的感性など、毛ほどもなかった」と、にべもない筆致でやっつけている。

クンツが真の友人だとしたら、ホフマンの死後にこのようなことを、あからさまには書かなかっただろう。

再婚したあと、しあわせな生活を送っていたユリアは、それを読んでいたく傷つけられた。さすがに黙っておられず、いとこでもありホフマンの友人でもあった、シュパイア博士に長文の手紙を書いて、クンツの記述が事実と異なることを、強く訴えた。

その手紙の中で、ユリアはホフマンに対する当時の心情を、すなおに吐露している。

それは、ユリアがホフマンの愛情を十分に認識し、自分もその気持ちに動かされていたことを、控えめながら認めるものだった。

生きているあいだに、ホフマンがこの手紙を読んでいたら、と考えるのは無益なことだが、それでも熱烈なホフマニアンにとっては、いささかの慰めになるだろう。

手紙を読んだシュパイアは、ユリアに代わって謝罪と訂正を求めるべく、クンツに強く抗議した。しかし、クンツがぬらりくらりと逃げ回るうちに、シュパイアは病を得て死亡する。

そのため、この一件は結局うやむやのうちに、終わってしまった。

こうしたことから、多くのホフマン研究者はクンツの〈ホフマン伝〉に、不快と不信の念を抱いている。

しかし、バンベルク時代のクンツの証言が、もっとも身近にいたクンツの証言が、どれほど貴重なものであるかは、言をまたない。したがって、研究者がその信頼性に疑義を挟みつつ、引用せざるを得ないのが実情、といえよう。

確かに、クンツはある意味で俗物根性丸出しの、小市民的な商売人だったかもしれない。しかし、ホフマンの人物や作品を評価できないほど、愚かではなかっただろう。

あやまちや誤解、悪意などが混じっていたにせよ、その証言がホフマンを理解するための、貴重な資料の一つであることは、認めなければなるまい。

＊

吉田のホフマン伝は、文字どおり労作の名にふさわしい、貴重な評伝だ。

ただ、微に入り細をうがつ精密な前半部分に比べて、後半はいささか息切れした印象がある。ことにホフマンの、発病から死にいたるまでの記述は、駆け足になった感を否めない。

一九〇八年生まれで、出版当時（一九七一年）すでに六十歳を超えていた吉田にも、この評伝に関わる長年月（一九三九〜七一年）の刻苦勉励の結果、高齢化による体力の減退が、緊張の持続を許さなかったのかもしれない。

とはいえ吉田のホフマン伝は、膨大な一次資料を精力的に渉猟し、縦横に駆使した渾身の力作、といってよい。

そのほかに、ホフマン作品を多く翻訳した石丸静雄が、『ホフマンの愛と生活』を残している。これは、角川書店の〈世界の人間像〉シリーズの一冊に、他作家の別作品と併録された、物語ふうのホフマン伝だ。

単独本ではないが、原稿用紙にして二百五十枚を超える、貴重な評伝となっている。やはり、ドイツ語の研究書を丹念に渉猟した結果、吉田本にない情報もかなり含まれており、資するところの多い労作といえる。

ところで、日本独文学会の機関誌『ドイツ文学』の、第八十五号（一九九〇年秋号）に掲載された、ホフマンの作品翻訳・研究文献の書誌（梅内幸信《うめないゆきのぶ》編）を一覧すると、その数の多さに驚かされる。

まとまった評伝こそ少数にとどまるが、機関誌や紀要に発表された個別の論文は、想像以上に多い。かりに、これを分類してジャンルごとにまとめれば、何冊ものホフマン研究書が、でき上がるだろう。一般の目に触れないのが、惜しまれるほどだ。

この書誌を見るかぎり、ホフマンの長編小説も数多い短編小説も、若いころの失われた原稿、あるいは晩年の未完の小品などを除いて、ほとんどの作品が翻訳されていることが分かる。

編者による、著作探索の対象期間は十九世紀末に始まり、一九八〇年代末にまで及んでいる。これまた、称賛に値する労作というべく、研究者には欠かせない貴重な資料である。

ちなみに音楽評論は、『ベートーヴェンの第五交響曲』など、わずかな数しか翻訳されていない。英語文献では、ホフマンの音楽関係の小説、エッセイ、それに音楽評論を集積した翻訳書が、つとに出版されている。

とはいえ国内でも、最近は音楽家としてのホフマンの研究が、しだいに進められつつあるようだ。それらを斟酌しても、日本における総合的なホフマン研究は、まだまだ道半ばといってよかろう。

*

最後に、ホフマンのことをミーシャに報告し続けた、ヨハネスとはいかなる人物だったのかを、考察する。

もったいぶらずに、正直に言おう。

この報告書の原文を見たとき、本間にはすぐだれの手になるものか、ほぼ察しがついた。

心ある読者は、すでにお気づきだろう。これを書いたのは、あのヨハネスに違いあるまい、と。

さよう、『クライスレリアーナ』や『牡猫ムルの人生観』でおなじみの、ホフマンその人の〈分身〉ともいうべき、ヨハネス・クライスラーこそが、この報告書の書き手なのである。

一八一二年四月二十八日付で、ベルリンのヒッツィヒに宛てて書いた、ホフマンの長い手紙の中に、次のようなくだりがある。

現在書き進めている、音楽学に関する拙論の中で、小生は音楽を巡る個人的な考え方、ことに楽曲における内部構造についての見解を、披露する所存でおります。一見奇矯と思われる考えに対して、現に存在する余地や居場所を与えるため、〈狂える音楽家〉が正気のときに書いたもの、というかたちをとります。

ホフマンが、〈狂える音楽家（wahnsinnige Musiker）〉の着想を得たのは、このときが初めてだったと思われる。これがのちに『クライスレリアーナ』や、『牡猫ムルの人生観』のヨハネス・クライスラーとして、結実することになったのだ。

そのヨハネス、つまりホフマンの分身が報告者と明かされて、あるいは驚いた読者もおられるかもしれない。

しかし、だまされたなどとは、思わないでいただきたい。

この場合の〈分身〉は、ホフマンが書いた短編作品、『分身』の原題から敷衍して考えるならば、〈ドッペルトゲンガー（Doppeltgänger）〉と綴られなければならない。

すなわち、一般に表記される〈ドッペルゲンガー（Doppelgänger）〉とは、〈t〉のあるとなしとで厳密に、区別する必要がある。

ホフマンは、一八〇四年一月六日の日記に初めて、次のように書き入れた。

〈……Anwandlung von Todes Ahndungen――Doppeltgänger（突然、死に神の罰を受けたくなる――分身）〉

ホフマン全集の訳者深田甫によれば、〈t〉のはいった用語を遣い始めたのは、ジャン・パウルだという。


まず、〈t〉がはいらぬ方の表記は、一人の人間の中の〈二重の自我〉、ないし〈二重の人格〉を意味しよう。

一方〈t〉がはいるものは、自分とまったく同一の人間が、別個に存在するのを意識する、あるいは現に目撃するといった意味に、とらえられる。

したがってこれは、〈分身〉と呼ぶべきだろう。

つまり、ホフマンはおりに触れて、自分の分身であるクライスラーを、実在のものとして意識したり、目にしたりするのだ。

逆にクライスラーは、自分とそっくりのホフマンが、自分とは別個に存在するのを、見ることになる。

そして二人は、ときどき入れ替わる。まるで、ホフマンのいくつかの作品の、登場人物のように。

その典型的な例が、今回の報告書にちらりと出てきた、“Des Vetters Eckfenster（いとこの隅窓）”だろう。

この作品は吉田六郎、小牧健夫、池内紀らによる翻訳があるが、ホフマンが脊髄癆の病床で、口述筆記によって書き上げた、最晩年の短編だ。

主人公の〈ぼく〉は、死病に侵された〈いとこ〉を見舞いに、住居のある三階の角部屋を、訪ねて行く。〈いとこ〉は作家だが、すでに余命いくばくもない。わずかに、窓から見下ろす大きな広場を、日がな一日眺めて暮らすのを、慰めとしている。

この広場は名前が出てこないが、ホフマンの住居の直下にあった、ジャンダルマン広場だ、とすぐに見当がつく。

つまり、この〈いとこ〉は脊髄癆を病む、ホフマン自身なのだ。そして、それを見舞う〈ぼく〉もまた、ホフマンその人と想像がつく。

二人は広場を見下ろして、そこに群がる人びとを事細かに観察し、彼らが何をしているか、何を考えているかを想像しながら、対話を続ける。その描写は、従来の浪漫主義というよりも、むしろ次代の写実主義に近いものがある。

目に見えるものを、つぶさに点描しただけの作品なのだが、これはまさしくホフマンとその分身、ヨハネス・クライスラーの相互独白的対話、と理解されよう。

さらに言えば、『牡猫ムルの人生観』においても、ムルが現実世界のホフマンの投影だとすれば、クライスラーは幻想世界におけるその分身、ととらえることができる。

そのようなことが、心理学上ないし精神医学上ありうるのか、という疑問を抱くのは無意味だろう。そして、その答えを探そうとすることは、さらに無意味である。

このような事象について、音楽学の分野に例を求めるならば、こうもなろうか。

たとえば、ハ調より半音高い〈嬰ハ調〉と、ニ調より半音低い〈変ニ調〉は、呼び名こそ違え平均律の上では、同じ音に聞こえる。しかし、音響学からみれば振動数が異なるため、音楽学的には別の音調に属することになる。

これを、異名同音（エンハルモニク）と呼ぶが、いわばホフマンとクライスラーは、相互に異名同音的転換、ないし移動を繰り返す存在、とみることもできよう。

二回目の報告書の訳注で、本間は書き手がだれであるかについて、あれこれと意見を述べた覚えがある。

その中で、ヨハネスはヨハネス・クライスラーである可能性、つまりはホフマン自身が書いた可能性もあることに、言及した。

ただ、筆跡が似ているだけで、別人が書いたようにも見える。

いずれ、専門家による鑑定の機会が得られるならば、おそらく同一人物のものと判明するだろう。

あの時点では、まだそこまでの確信はなかったのだが、新たに発見された報告書の前半部分と、自分が所持する後半部分とを比較精査して、そう結論するにいたった。

報告書の筆跡、書体は、今に残るホフマン自身の原稿、書簡のそれと比較して、まったく同じとはいえないものの、各所に共通の書き癖が認められる。

ホフマンが、意識してそれを変えたかどうかは、分からない。クライスラーになりきって、報告書を書いたかどうかも不明だ。

本間が思うに、これは日ごろかえりみないミーシャへの、ホフマンの真情の吐露であり、謝意の披瀝だろう。

前述のように、ホフマンは著作の中ではいっさい、ミーシャに触れなかった。

しかし手紙では、ときにミーシャに言及することがあった。心を許したヒペルに対しては、しばしばそれが見られた。

ベルリンで、大審院の仕事を得たホフマンは、一八一五年三月十二日付のヒペル宛の手紙で、次のように本音を漏らしている。


……ぼくは何があろうと、もはや芸術を捨て去ることはできない。もし、ぼくと苦労をともにしてきた愛する妻（Herzensliebe）に、安楽な生活をもたらす必要がなかったなら、ぼくは法曹界という圧延工場で押し延ばされるより、もう一度音楽の教師にでもなる方が、まだましだ。


ホフマンは、日常生活の面でもその他の面でも、ミーシャに重荷を負わせていた。

その負い目から、ふだん一緒に行動しないミーシャに、自分が家の外でどんなことをしているのか、正直に書き留めておくべきだという気持ちも、あったに違いない。

そうした心の葛藤が、ヨハネスとなって報告書を残すかたちで、現われたのではないか。

本間は今や、そう確信している。

しかし、こうした現象を理屈で説明しようとするのは、まったく浪漫的な態度でないことを、書き添えておこう。

＊

そして、さらに。

事実が、そのとおりであるとするならば、この報告書はミーシャに手渡されず、ホフマンによって日記とは別個に、筐底《きょうてい》深くしまい込まれていたはずだ。いっさい、ミーシャの目に触れないように、ひそかに保管されていたに違いない。

そして夫の死後、遺品を整理しているあいだにミーシャは、はしなくもこの報告書を発見した。

当然ながら、ドイツ語に明るくないミーシャにとって、手書きの亀甲文字は難物だっただろう。

とはいえ、断片的にしろいくらかはその内容を、読み取れたはずだ。少なくとも、それが自分に宛てた夫の秘密の手記だ、と見当がつく程度には。

ミーシャは、この報告書をだれの目にも触れぬよう、競売に付する遺品の中からいち早く、除外したに違いない。

そうでなければ、評伝を書くと決めていたヒツィヒやクンツ、あるいはホフマンの未発表の原稿を、喉から手が出るほどほしがっていた出版社が、この報告書を見逃すはずがない。

おそらく、死後の処理がすべて片付いたあと、ミーシャはこの報告書を後生大事に携えて、母親の住むポーゼンへ向かったのだろう。

むろん、これはあくまで希望的な観測であって、実際にはミーシャが生活のために、どこかでそれを売却した可能性が高い、と考えられる。

ともかく、報告書はいつかどこかで人手に渡り、前半部分はドイツの外へ持ち出されて、最終的にマドリードの古書市場に、出回った。

そして後半部分は海を越え、流れ流れて東の果ての日本へ渡来した、という次第だろう。

現時点で考えられることは、それくらいしかない。

話を少しもどそう。

＊

例の、カンプツ事件が始まったあたりから、報告書の筆跡がしだいに乱れ始めた。本間がコピーした、報告書後半の最後の方と比べてみれば、その変化がはっきりする。

今回の報告書の末尾の、〈ここにて口述終了〉という部分に、注目してほしい。

体調を崩したホフマンは、脊髄癆が急激に悪化し始めたことで、手足の麻痺が始まった。それが進行するにつれて、ペンを取るのがむずかしくなるのは、当然の結果といえよう。

そのため、ホフマンは自分の小説はおろか、報告書を書くこともままならぬ、苦境に追い込まれた。

そうなると、あとは口述筆記しかない。

ミーシャは、簡単な日常会話にはさほど不自由しないが、ドイツ語の読み書きは生涯苦手だった、といわれる。したがって、口述筆記を頼むことはできない。

まして、小説や手紙のたぐいならまだしも、ミーシャへの秘密の報告書を、当人に口述筆記させるなど、論外だろう。

そのために、秘書兼介護士のリーガーが雇われた、と考えられる。

ときには手紙など、メイドのルイーゼを使うこともあったが、誤記が多いため口述筆記には向かない。やむをえないときしか、頼まなかったはずだ。

ホフマンは、ミーシャがいないときを見計らって、今回の最後の報告書をリーガーに口述し、書き取らせたに違いない。

リーガーは、いちおう筆の立つ男のようではあるが、ホフマン、あるいはクライスラーのような、流麗な字は書けなかった。

それ以前のものは、亀甲文字の手書き書体で書かれており、まずまず端正な筆跡だった。

一方、最後の最後に口述筆記した部分の筆跡は、間違いこそさほど多くないものの、端正でもなければ美しくもない。明らかに別人、リーガーの手になるものだ。

自分への、信じがたい荒療治をかくのごとく、しゃれのめして口述するホフマンの作家魂には、鬼気迫るものが感じられる。

以上、書き漏らしたこともあるかと思われるが、これをもってヨハネスの報告書の解読、およびその訳注を終えることとする。

86

古閑沙帆は、緊張に固まった体を、ほっと緩めた。

本間鋭太の長い訳注を読んで、無意識に肩に力がはいっていたことに、気がつく。ホフマンに対する、強い思い入れが熱となって伝わるような、力のこもった原稿だ。訳注というよりも、本間自身の論稿とみなしていいだろう。

深呼吸を繰り返すうちに、張り詰めた気持ちが少しずつ、解けるのを覚える。

同時に、報告書がついに終了したという事実が、予想以上のさびしさとなって胸に広がるのを、身に染みて感じた。

また、新たな涙がにじみ出るのを意識して、ぐったりと長椅子の背に体を預ける。

この報告書の書き手が、ホフマンの分身ともいうべき、ヨハネス・クライスラーだと明かされて、呆然としたのは確かだ。

とはいえ、正面切ってそうと指摘されれば、自分も意識下でその答えを予想していた、という気もする。

そもそも、この報告書の書き手として、ヨハネスの名が出てくる以上、それはしごく当然の結果、とみなしてもいいだろう。ヨハネスこと、ヨハネス・クライスラーはまぎれもなく、ホフマンその人だったのだ。

訳注にあるとおり、ヨハネスはホフマンの〈ドッペルゲンガー〉ではなく、〈ドッペルトゲンガー〉なのだ、と納得できる。二人が、別々に行動する場面があったとしても、さして違和感を感じずにいられるのは、不思議なほどだった。

そうしてみると、あの倉石玉絵が口にした〈ドッペルゲンガー〉も、その説明から推断するかぎり、正しくは〈ドッペルトゲンガー〉といわなければなるまい。

ともかくヨハネスが、ホフマンになり代わってこれを書いた、とする本間の指摘は納得できるものだし、あえてそれに異を唱える気はない。

ヨハネス、すなわちホフマンということならば、報告書にしばしば見られたアンビバレントな心情も、よく理解できる。

それにしても、ホフマンの最期についてはすでに、ある程度承知していたことだが、かなり凄絶なものがあったようだ。

たとえ、平均余命が短い時代だったにせよ、もう少し長生きしてほしかった、と惜しまずにはいられない。やはり若き日の、ポーゼンにおける並はずれた放蕩が、たたったのだろう。

それはさておき、夫が死んだあとのミーシャの消息まで、本間が詳しく書いてくれたことには、救われる思いがした。

ミーシャは、そこに書かれた内容を詳しく知らぬまま、この報告書を人手に渡してしまったのだろうか。

もし、その前に姪のマティルデにでも、読み聞かせてもらっていれば、決して手放しはしなかったはずだ。

おそらく、死ぬまでこれを肌身離さず持ち歩き、一緒に自分の墓に入れてもらうか、マティルデの手に残したに違いない。

いずれにせよ、結局はミーシャがホフマンの死後、早い時点で手放したのだろう。

それにしても、この報告書はいったいどんな経路をたどって、スペインと日本へ別れわかれに、伝えられたのか。

いくら考えても、分からない。

ふとわれに返り、訳注の最後の紙をめくる。

するとそこに、別の新たな原稿が現れた。

手に取って見る。

報告書と同じくワープロで、きれいに打たれた文章が、連なっていた。

読み始めると、それは沙帆自身に宛てた本間のメッセージだ、と分かった。


〈本間のメッセージ〉

最後に、個人的なことを書かせてもらう。

これはきみ宛の私信だから、麻里奈くんに渡したり、見せたりする必要はない。

おとといの夜、わたしは〈響生園〉という老人ホームの、南川みどりと名乗る介護士から、電話を受けた。倉石玉絵の、介護を担当している、とのことだった。

南川みどりは、玉絵がわたしに会いたがっている旨を告げ、翌日、つまりきのうの午後二時半に、来園してもらえないか、と要請してきた。

あまりにも突然だったので、わたしもさすがに面食らった。

以前、由梨亜くんと電話で話したとき、きみが倉石夫婦と一緒に施設を訪ね、入所している祖母を見舞った、という話は聞いていた。

もちろん、わたしにもそれが玉絵のことだ、とすぐに分かった。

それにしても、玉絵ないし南川みどりがなぜ、わたしの電話番号を知っているのか、腑に落ちなかった。とはいえ、玉絵へのなつかしさもあったし、向こうが会いたがっているのならと、さして迷うこともなく承知した。

きみも、了解しているかもしれないが、その昔の戸浦波止を巡る確執も、遠いものになったのだろう、と善意に解釈した。

それで、きのうの昼過ぎ柴崎へ、出向いたわけだ。

ただ、〈響生園〉に行くのは初めてなので、どれくらい時間がかかるか分からず、柴崎駅に着いたときは、まだ一時二十分だった。〈響生園〉までは、駅から十五分ほどと聞いたので、二時半まではまだだいぶ間がある。

駅前の古い喫茶店で、時間をつぶすことにした。

コーヒーを飲みながら、ぼんやりガラス窓の外を眺めていると、なんと十分もしないうちに、きみが通り過ぎるのが目にはいった。

一瞬、偶然か、人違いかと見直したが、すぐにそうではない、と思い当たった。

倉石夫婦と一緒ならともかく、きみ一人となると話は別になる。

わたしはとっさに、玉絵が無理やりきみとわたしを、鉢合わせさせるつもりに違いない、と悟ったわけだ。

きみがいつだったか、庭で鳩がうるさく鳴いているのを聞いて、波止という名前を耳にした、と言い出したことがあった。それで確か、倉石玉絵がどこかの施設にはいっており、見舞いに行ったきみを波止と間違えた、という話になったはずだ。

それを思い出して、これはきみとわたしを引き合わせるために、玉絵が仕組んだたくらみに違いない、と察しをつけた。つまり、波止とそっくりのきみを引き合わせて、わたしがどんな顔をするのか見よう、という魂胆なのだ。

女の恨みというのは、年を取っても消えないものだ、と苦笑が出た。

やはり女と男は、根本的に違うようだな。

とにかく、わたしは肚を決めて時間どおりに、〈響生園〉へ行ったわけだ。

すると、案に相違してきみの姿は、すでになかった。あまりにおとなげない、と玉絵が考え直して、きみを帰らせたのか、と思った。

どちらにせよ、玉絵は直前まできみが来ていたことなど、おくびにも出さなかった。認知症という気配も、ほとんど感じられなかった。

玉絵と会うのはほぼ四十年ぶり、正確にいえば、三十八年ぶりのことだ。

にもかかわらず、玉絵がわたしの電話番号を知っていた理由が、会ってみてやっと分かった。

玉絵によれば、四日前の日曜日の午後、思いもかけぬ見舞い客が二人、やって来たという。

一人は、倉石夫婦の娘、由梨亜。

もう一人は、きみの息子のハンタロウくんだ。きみの息子だとすれば、たぶん帆太郎と書くのだろう。

由梨亜は、以前両親ときみが玉絵を見舞ったとき、帆太郎くんと一緒に同行するはずだった。にもかかわらず、なんとなく気が重くなり、行きそびれてしまった。

それがずっと気になっていて、日曜日には映画を見る予定だったのを、お見舞いに切り替えることにした、といういきさつらしい。

二人とも、〈響生園〉には予約なしに行ったので、入り口で多少もめたようだ。しかし、南川介護士の口添えで面会を認められた、とのことだった。

その面会のあいだに、何かの話の流れで由梨亜が、わたしにこっそりギターを習っている、と玉絵に告げたそうだ。

そこで玉絵は、わたしとは昔なじみだと打ち明けて、由梨亜から電話番号を聞き出した、という次第だった。

そう、あらためて白状するが、その昔玉絵とわたしは、言葉の真の意味で（翻訳調の表現を許してくれたまえ）、好いた同士の仲だったのだ。少なくとも戸浦波止が、ゼラピオン同人会にはいって来るまでは、の話だが。

波止が割り込んで来たために、三人のあいだでいざこざが起きて、残念な結果になった。しかし、今さらその痴話話をきみに述べ立てても、しかたがあるまい。

ともかく、それなりのいきさつがあって、玉絵とわたしは別れることになった。

その結果、当時わたしと玉絵を争っていた久光創、という別の同人のメンバーが、わたしの後釜にすわった。

ほどなく二人は結婚して、久光は倉石家の養子にはいり、倉石創と名を変えた。

その後、二人のあいだに子供ができたこと、さらには倉石創が癌に侵され、若死にしたことなどを、風の便りに耳にした。

ついでながら、波止とわたしも長続きせずに、別れるはめになった。そして、波止もほどなく病を得て、早死にした。

いろいろ思い出すことがあって、事情を知らぬ第三者のきみを相手に、つい長ながと昔話をしてしまった。

玉絵が、わたしを〈響生園〉へ呼びつけたのには、もう一つ理由があったのだ。

玉絵は、わたしに言いたいことがあり、それを伝えるときの証人として、きみを同席させようとしたに違いない。

しかし、どのみちきみには関わりのないことだから、きみがさっさと（かどうかは知らぬが）帰ってしまったのは、正解だったともいえる。

玉絵が、わたしに言いたかったことは、ただ一つだけだ。

わたしと別れた直後、玉絵は身ごもっていることに気づいた、と打ち明けたのだ。

倉石創は、自分の子供だと信じていたが、玉絵にすれば生まれ月から逆算して、微妙にそうではないことが分かった、と言うのだった。

実際には、倉石創も多少疑いを抱いていたらしいが、それについてはひと言も口にせずに、世を去ったそうだ。

今の医学をもってすれば、真実を知るのはたやすいことだろう。

しかし、今さらそれを突きとめたところで、市が栄えるわけではない。

また、わたしが姿を消すことにしたのは、それだけが理由ではない。一人になって、やらねばならぬことがまだ、たくさん残っているのだ。

倉石夫婦には、事情があってドイツへ渡った、とでも言っておいてくれたまえ。よけいなことは、言わなくていい。

このアパートの部屋は、残して行くことにする。家賃は、今後もきちんと払い続けるから、心配しないでほしい。ただ、きみがときどきのぞきに来て、空気を入れ替えてくれれば、ありがたい。

そのほか、書棚の蔵書類を利用したいなら、自由に閲覧してくれていい。内外を問わず、E・T・A・ホフマンを含むドイツ浪漫派の、貴重な資料がそろっている。

学生を連れて来て勉強会、場合によっては宴会をやってもかまわぬ。ただし資料の持ち出しは、遠慮してもらいたい。

当然のことながら、火事だけは出さんでくれたまえ。あの報告書(全部がコピーだが)を利用して、きみか麻里奈くんがホフマン論を書いてくれたら、ヨハネスもさぞ喜ぶだろうと思う。

それでは、Auf Wiedersehen!

本間鋭太
この独白に、沙帆はしんそこ驚かされた。

きのう、〈響生園〉で目にした男は思ったとおり、本間鋭太だったのだ。

そして、その本間が〈響生園〉に姿を現した理由も、これではっきりした。

五日前の日曜日、沙帆は帆太郎が由梨亜と映画に行った、とばかり思っていた。

前日の土曜日に、倉石一家とそろって食事をしたおり、由梨亜とのあいだでそんな話が出たのを、聞いていたからだ。

ところが帆太郎は、実際には由梨亜と二人連れ立って、倉石玉絵を見舞いに行ったという。たぶん、一人で行くのに腰が引けた由梨亜に、一緒に行ってほしいと頼み込まれて、気軽に承知したのだろう。

そのあげく由梨亜は、見舞ったことを両親に知られぬように、帆太郎に口止めしたに違いない。

現に帆太郎は、一緒に見舞いに行ったことなど、おくびにも出さなかった。

理由は分からないが、おそらくそういう筋書きだろう。

ただ、そのこと自体は、たいした問題ではなかった。

それより、本間の独白にはもっと重大なことが、におわされている。

梅雨明けの前に、倉石とポルトガル料理を食べたとき、倉石から同じようなことを別の言葉で、聞かされた覚えがあった。

「わたしのおやじは、実はそうちゃんじゃなくて、しゃあちゃんなのかもしれない」

倉石は確かに、そう言ったのだ。

とはいえ、その意味を深く追及するのは、気が進まなかった。どのみち自分には、関わりのないことだ。

沙帆は、報告書と本間のメッセージを、トートバッグにしまった。

いちばん下にあった、包装紙をあけてみる。

また、新たな紙の束が、現われた。

今回の報告書よりは、だいぶ厚みがある。大きさは同じ、Ａ４のサイズだ。

開いてみると、それは本間がメモに書いていた、報告書原文すべてのコピーだった。前半部分は、麻里奈が本間にオリジナルを渡す前、自分用にコピーを取ったはずだが、別に重なっても不都合はない。

あらためて、ぱらぱらとめくってみる。

亀甲文字の筆記体で、やはり沙帆には断片的にしか、読み取れなかった。

ただ、後半部の最後の方をチェックすると、にわかに書体が変わってしまう。

それまで、流れるように続いていたペンの運びが、ぎくしゃくした筆跡になるのだ。

本間が、書き残したとおりだった。

これはやはり、ヨハネス・クライスラーことホフマンが、全身麻痺のためにペンが持てなくなり、リーガーという秘書兼介護士に命じて、口述筆記させた結果だろう。

リーガーは、おそらくホフマンの指示を受けて、ヨハネスその人が書いたように、口述をそのまま筆記したに違いない。

筆跡さえ変わらなければヨハネス、つまりホフマン自身が書いたといっても、分からなかったはずだ。

そのコピーを包み直そうとして、下から大きめの封筒がのぞいているのに、気がつく。

抜き取ってみると、指先に厚さおよそ一センチほどの、四角いケースらしきものの感触が、伝わってきた。

糊づけされてなかったので、試しに口を傾けてみた。

十センチ四方ほどの大きさの、プラスチックのケースが手のひらに、落ちてくる。それと一緒に、今度はきちんと封緘された、小さな封筒が滑り出てきた。

おもて側に、大きな字で〈逢坂　剛先生　侍史〉とだけ、書いてある。

封筒の下部に、沙帆に宛てた別のメモが、貼られていた。

古閑くん
別添のフロッピディスクを、この手紙と同梱で、作家の逢坂剛氏の仕事場へ、宅配便で送付するように、お願いする。発送伝票もつけておく。依頼主は便宜上、新潮社総務部としておいた。
送る前に読みたければ、わたしの書斎のワープロを使ってくれていい。使い方は、分かるだろう。
逢坂氏から、なんらかの問い合わせがある場合は、わたし宛に直接連絡するように、手紙に書いておいた。したがって、きみや新潮社をわずらわせることは、いっさいない。安心してくれたまえ。

それではよろしく。本間

最初のメモと違って、こちらは悪筆にふさわしいともいえる、そっけない事務的な筆致だった。

ケースを開いてみる。

最近目にすることのない、三・五インチのフロッピディスクが二枚、向かい合わせにはいっていた。

ラベルに①②と、番号が振ってある。ほかには何も記載がない。

あらためて封筒をのぞくと、確かに宅配便の発送伝票が、はいっていた。

届け先は、千代田区神田神保町の逢坂剛。

依頼主は、新宿区矢来町の新潮社総務部。

伝票には、ビニール袋にはいった五千円札が、添えてある。配送料のつもりだろう。

逢坂剛宛の封書には、折り畳んだ便箋らしきものが何枚か、はいっているようだ。

読んだことはないが、逢坂剛という作家の名前は、耳にしている。

とはいえ、新潮社の名をかたっていきなり、あやしげなものを送りつけたりして、いいものだろうか。

不審物と思われて、開封されることなく廃棄される可能性も、ないではないと思う。せめて、添付の手紙だけでも読んでくれたら、御の字というところだろう。

あらためて、メモを読み直す。

文面からすると、手紙の中に本間の連絡先らしきものが、書いてあるらしい。

こっそり、この封緘を開いて中を盗み読みし、本間の居場所を確かめようか。あとで、うまく封をし直しておけば、相手には分かるまい。試してみる価値はある。

というより、そうすべきだと思った。

しかし、盗み読みという言葉が頭をよぎると、たちまち動悸が激しくなった。性分からして、それはできなかった。

その思いを振り払い、沙帆はフロッピディスクを取り上げた。こちらは、読みたければ読んでいいと、本間のメモにそう書いてある。

だとすれば、読まずにはいられない。

ケースを持って、奥の書斎へ行った。椅子にすわって、ワープロの電源を入れる。

それはかなり昔、生産中止になってしまった、シャープのワープロの最高機種、〈書院／WD－MF01〉だ。

沙帆は大学に在学中、独文科の研究室でこのワープロを、愛用したものだった。

ほかの学生の多くは、すでにだいぶ進化していたパソコンで、卒論を書き始めていた。

しかし沙帆は、日本語を打つ作業に特化したこのマシーンを、何よりも重宝した覚えがある。おそらく今でも、日本語の原稿を作成することだけに限れば、パソコンも追いつけないはずだ。

すでに交換用の基盤、部品の保管期限が過ぎたはずだから、故障すれば修理は不可能だろう。

それを、今でも本間が使用しているとすれば、少なくともここ十年以上は、修理していないことになる。もしかすると、一度として故障したことがないのかもしれない。つくづく、生産中止になったのが惜しまれる、すぐれたワープロだった。

スロットに、フロッピディスクの①をセットして、文書呼び出しのボタンを押す。

表示された画面から、最初の文書番号〈１００〉のブロックを選び、ディスプレイに呼び出した。

それを読み始めた沙帆は、しだいに頭が混乱してきた。

フロッピの内容は、次のようなかたちで、始まっていた。

＊＊＊＊

鏡影劇場

——ある文学者、音楽家、画家にして判事の、途方もなく深刻な悩みについて——

本間鋭太

プロローグ

マドリードの、初夏の夕暮れどき。

プエルタ・デル・ソル（太陽の門）広場から続くアレナル街は、パセオ（散策）を楽しむ夫婦連れや家族連れ、恋人同士や学生仲間等の群れで、たいへんな人出だった。

とはいえ、それは昨日今日始まったことではない。たそがれどきのパセオは、すでに何十年、いや、おそらくは何百年も続いてきた、スペイン人に欠かせぬ習慣の一つ、といわれている。

差し当たり、ドミンゴ・エステソのギターを後生大事に抱えて、人とぶつからないように歩くのが、精一杯だった。

そのエステソは、一九二一年に製作された年代ものだが、所有するギターの中で特別古い、というわけではない。もっと古いギターを、何本か持っている。

ちなみに今は、アレナル街と交差するボルダドレス街にある、ビセンテ・サグレラスのピソ（マンション）へ、向かう途中だった——

〈あとがき〉


読者諸君。

本間鋭太なる人物から、フロッピディスクで送られてきた小説は、ここで唐突に終わりを告げる。

フロッピディスクは、①と②の二枚に分けられていたが、もしかすると③以下を送り忘れた、とも考えられる。

あるいは、①と②までしか完成しておらず、おっつけ続きが手元に届くのではないか、という期待も一時はあった。

結局、その期待もむなしく、以後は何も送られてこなかった。

つまりは、ここで終わりということだろう。

その唐突さも含めて、この作品には奇妙かつ不可解な点が、いくつか見られる。

それについて、本作品発表の仲介者たるわたし逢坂剛は、〈あとがき〉代わりに解説めいた補足を、付け加えなければなるまい。あるいは蛇足になるかもしれないが、本書を読み解く参考になればと考え、書き記す次第である。

まず目を引かれるのは、原作者と称する本間鋭太が、そのまま主要人物の一人として、作品中に登場することだ。

となると、この作品は原作者自身が実際に行なった、例の古文書の解読と翻訳の作業、もしくは自分の専門分野の研究成果を、小説ふうに組み立ててまとめたもの、ということになろうか。

それならば、あえて小説仕立てにする必要は、なかったようにも思える。たとえ仕立てるとしても、一人称の小説のかたちにするのが、ふつうではないか。

しかし、この小説はそのようなかたちでは、書かれていない。

本作品の現代に相当する部分は、わたしの読みそこないでなければ、終始〈古閑沙帆〉という一女性の視点で、進められる。三人称で書かれてはいるが、〈古閑沙帆〉の一人称小説、といってもいいくらいだ。他の登場人物の視点描写は、見たところ一つもない。それは、あきれるほど徹底している。

ただしプロローグの、マドリードのエピソードだけは、別だ。

ここは、自称代名詞こそ現れないものの、開巻ほどなく登場する主要人物の一人、〈倉石学〉の一人称視点だということが、明らかになる。

とはいえ、この設定は本筋の必然的要請ではなく、イスパノフィロたるわたしの気を引き、書き出しだけでも読ませようという、あざといねらいがあったようにもみえる。

もっともそうしたことは、さほど重要な問題ではない。

まず注目すべきは、末尾が尋常の小説の終わり方ではない、という点にある。

本作品の末尾は、古閑沙帆が本間鋭太から託された、フロッピディスクをワープロにセットして、中身を読み始めたところで終わる。

そしてその始まりは、わたしに送られてきた『鏡影劇場』の書き出し、つまり倉石学のマドリードでのエピソードの冒頭が、そっくりそのまま再現されたものなのだ。

よく考えれば、それは別に不思議ではないように、受け止められる。

本間が沙帆に指示を与え、その小説をわたしに送りつけてきたとすれば、事実そのとおりの展開だからだ。

しかし、それをそのまま最後まで読んでいくと、また冒頭のエピソードにもどる、という繰り返しになるだろう。

こうした仕組みは、いったい何を意味するのか。

この小説は、ふたたび冒頭へもどって同じ物語が始まり、それが何度となく繰り返されて、永久に終わらないのだろうか。

つまりは、『鏡影劇場』というタイトルにふさわしく、鏡の中に鏡を映して無限の映像を作る、あの仕掛けになっているのだろうか。

それこそ、ホフマンが考えそうな凝った手口だが、当面その答えを得る手掛かりは、どこにもありそうにない。

もっとも、ギゼラ・ホーン『ロマンを生きた女たち』（一九九八年／現代思潮社）の編訳者、伊藤秀一は〈まえがきに代えて〉の中で、次のように喝破している。


たとえば小説は、いつもすでにはじまったものとしてしか開始しないし、決して最終的にまだ終わっていないものとしてしか終わらない。つまり、どんな小説の冒頭を見ても、すでに物語は開始してしまっているし、どんな小説の最後も、いや最後だけではなくてあらゆる部分が、新たな展開の萌芽を持っている。（原文のまま）

まさに小説は、ある時間の流れの途中から突然始まり、その流れの途中でまた突然終わるもの、と相場が決まっているのだ。

そういう視点からみれば、この『鏡影劇場』も取り立てて奇抜な小説、とはいえまい。

さりながら、わたしはこの作品の出版を仲介した者として、読者にそれなりの理解を促すべく、不明瞭な部分を補足し、解説する責任があると考える。

そこで、可能な範囲で行なった追跡調査の結果を、以下のとおり報告したい。

＊

読了した読者諸君は、すでにお分かりのことと思う。

この小説は、ドイツ浪漫主義時代の鬼才といわれる、E・T・A・ホフマンの後半生をたどった、ある種の書簡体の報告書を主軸としている。

おおまかにいうと、ドイツ浪漫主義は十八世紀の中盤以降、レッシング、ヘルダーからゲーテ、シラーにいたる古典主義時代、さらに疾風怒濤（シュトゥルム・ウント・ドゥラング）時代をへて、十八世紀末に始まった芸術運動の一つだ。

余談ながら、〈疾風怒濤〉のドイツ語の原語は〈Sturm und Drang〉で、直訳すれば〈激発と衝動〉といった意味になる。それを、著名なドイツ文学者の成瀬無極《むきょく》は、原語の〈S〉と〈D〉の頭韻を踏んで、〈疾風怒濤〉と訳した。発音、語感ともにその原意をよく伝えており、けだし名訳といえよう。

ドイツ浪漫主義の運動は、やがてフランス、ロシアなど国外にも波及し、十九世紀後半以降の自然主義、写実主義に移行していく。

ホフマンは、そうした浪漫主義時代の文学をいろどる、後期浪漫派の作家の一人とされる。また、それだけにとどまらず、ハインリヒ・フォン・クライストとともに、のちの写実主義への橋渡しをした作家、とも見られている。

そのホフマンの、後半生の日常行動を克明に観察し、断続的にホフマン夫人ミーシャに報告した、ある人物の手記が本編を構成する報告書、ということになる。

その報告書と対照的に、並行して展開される現代の日本の物語は、料理で言うつなぎのような役割を、果たしている。

報告書の部分は、ホフマンのごく身近にいたらしい、ヨハネスなにがしの視点で、描かれる。

そして、ヨハネスの正体が明らかにされぬまま、報告書は終わる。

ただし、ヨハネスが何者であったかは、原作者でもあり登場人物の一人でもある、本間鋭太の訳注によって、的確に指摘されることになる。

報告者ヨハネスは、ホフマンが創造した〈狂える音楽家〉の、ヨハネス・クライスラーだ、というのだ。

そう、『西洋の没落』を書いたシュペングラーが、「ドイツの音楽家魂の、もっとも深遠な文学的表象であって、その意義はファウストと並ぶものだ」と言いきった、あのヨハネス・クライスラーなのだ。

それは、取りも直さずこの文書の報告者が、ホフマン自身であることを示す。

ホフマンは、『クライスレリアーナ』や『牡猫ムルの人生観』で、ヨハネス・クライスラーに存分に、自分のありのままの姿を表象した。

もっともそのこと自体は、驚くほどの仕掛けではない。

ヨハネス・クライスラーが、生みの親であるホフマンの音楽的投影だということは、少なくともドイツ文学の専門家のあいだでは、広く知られた事実だからだ。

とはいえ、例のハインリヒ・フォン・クライストの、自殺事件の詳細を調べるためにヨハネスが、バンベルクからベルリンへ赴くエピソードなど、たとえ分身（ドッペルトゲンガー）の存在を認めるにせよ、にわかに首肯しがたい部分も、ないではない。

また、クライストとホフマンの会見にしても、対話内容からは大いにありそうに思えるが、信じるに足る証拠は提示されていない。

ただそうしたエピソードは、自我の解放と精神の飛躍を本領とする、浪漫派特有の視点や志向を考慮すれば、かならずしも不条理とはいえないだろう。

＊

ところで、ドイツで集積されたホフマンに関する文献資料は、今や質量ともに文豪ゲーテに迫るものがある、ともいわれる。

作品全集はもちろん、日記、書簡、絵画、戯画、知人友人の証言記録、さらにそれらを利用した評伝、研究書のたぐいは汗牛充棟、といっても言いすぎではない。

もっとも、生きているあいだのホフマンは、作品こそよく読まれたものの、プロイセンをはじめとするドイツ語圏での、死後の評価はきわめて低かった。ただの通俗作家、としか見なされなかった。

それは一つには、かのゲーテがホフマンの作品に、拒否反応を示したことが影響した、と考えられる。

ゲーテは、自殺したハインリヒ・フォン・クライストのことも、ある程度才能は認めながら、やはり嫌っていた。

ホフマン、クライストのような、自分にとって健全な精神の持ち主ではない、と感じられる作家に対して、ゲーテは根っから好意を示さなかったのだ。

エッカーマンは、ゲーテの発言を丹念に書き留めた中に、こんなことも記録している。

古典主義は〈健康的〉であり、浪漫主義は〈病的〉である。

もともと、『ヴィルヘルム・マイスターの修業時代』を、浪漫主義の鑑として称揚することで、ごくふつうの人気作家だったゲーテを、神のような大作家に祭り上げたのは、シュレーゲル兄弟やルートヴィヒ・ティークなど、初期浪漫派の評論家や作家だった。

逆にゲーテは、浪漫派の作家たちにさしたる興味を示さず、むしろありがた迷惑と言わぬばかりに、距離をおく立場をとった。

ことにホフマンには、めったに関心を寄せなかったらしい。

作品もほとんど読んでおらず、まともに読んだのはホフマンが死ぬまぎわ、あるいは死んだあとという説も、あるほどだ。

さらに、ゲーテの次のようなホフマン批判は、同じくホフマンを手厳しく論じた、イギリスの作家ウォルター・スコットの、受け売りだともいわれている。


国民の文化に真に関心を持つ者は、この病的な人物（ホフマンのことだ）の気味の悪い小説が、長年にわたってドイツに影響を及ぼし、かくも異常な思考がすこぶる有益な革新的思想として、健全なる精神に植えつけられてきたことを、だれしも嘆かわしいと思わずにはいられないだろう。


ゲーテがどれだけ偉いか知らぬが、かかる狭量な言辞を弄する人物でもある、ということを覚えておいてほしい。

ともかく当時、文豪ゲーテがだれかについて、なにがしか批判的な意見を述べれば、その影響はとてつもなく大きかったのだ。

現に、ゲーテが批判した同時代の通俗作家たちで、後世に名を残した者はほとんどいない。

たとえば、H・クラウレン（H.Clauren ＝本名 Carl Heun のアナグラム）という、そのころドイツ語圏で人気のあった、通俗（とされる）作家がいる。

クラウレンは、シェリー夫人の『フランケンシュタイン』や、アラン・ポーの『アッシャー家の崩壊』の、原型になった小説を書いたともいわれる、人気作家だった。

しかし、ゲーテにうとんじられたこともあり、今ではすっかり忘れ去られた存在になった。シェリー夫人や、ポーを読む者はそれを忘れぬよう、心してほしい。

ホフマンも、当初はそれに近い状況だった。

ただフランス、ロシアなど非ドイツ語圏の国では、その死後作品が翻訳され始めるとともに、ホフマンの評価は逆に高まっていった。

ヴィクトル・ユーゴー、アルフレッド・ド・ミュッセら、フランスでの浪漫派作家の台頭は、ホフマンの影響が大きかった、といわれる。

ゴーゴリ、ドストエフスキーら、ロシアの作家がホフマンを愛読したことは、本文で本間鋭太が指摘しているとおりだ。

ドイツ語圏内で、ホフマンの再評価の気運が高まり、全集や日記、書簡その他の貴重な資料が、少しずつ整備され始めたのは、ドイツ帝国が成立した一八七一年以降、十九世紀も末になってからのことである。さらに、真に評価されるようになるまでには、二十世紀を待たなければならなかった。

ただしそうした状況は、本文の報告書や訳注にも詳しいので、これ以上は触れないことにする。

＊

それはさておき。

この物語は、現代の日本と十九世紀初頭のドイツを、自在に行き来しながら進行する、二重構造の小説になっている。

原作者が、小説中のホフマン学者と同一人物ならば、こういう物語を書いたとしても、不思議はない。

その発想というか、思いつきには独特のものがある。

なかんずく、ヨハネスの報告書の後半部分が、江戸時代から続く解読者本間鋭太の、家代々に伝わったとするもっともらしい展開は、まさに奇想天外といってよかろう。いささか無理筋の気もするが、エピソードとしてはおもしろい。

よく知られた日本語学者、J・J・ホフマンとジーボルトの出会いや、ハイネとジーボルトの助手ビュルガーの邂逅は、それなりの記録が残っているらしく、フィクションではないようだ。

これらの挿話はJJとETA、両ホフマンの因縁を強く暗示して、ある種のシンクロニシティを想起させる。

ホフマンの伝記に関する部分は、その死の直前にいたるまで、ヨハネスの報告書と訳注により、つまびらかにされている。執筆に当たって、日本語、ドイツ語を問わず、内外の資料を幅広く、渉猟した形跡が認められる。

ただ、どこまでが史実でどこまでがフィクションか、これは専門家でなければ分からないので、その評価はここでは控えることにする。

ともかく、ホフマンの報告書の部分については、一応完結したものとみてよかろう。

最後の最後まで、介護士に口述筆記させたホフマンの執念には、たとえフィクションだとしても、鬼気迫るものがある。

それにひきかえ、報告書以外の現代の部分については、奥歯にものが挟まったままの感を、まぬがれない。まだ、解決しきっていない部分が、いくつか残されている。つまり、先へ続きそうな雰囲気を漂わせながら、小説は唐突に途切れてしまったわけだ。

まさにベルゲングリューンは、ホフマンの評伝『E・T・A・ホフマン』の中で、次のように指摘している。


（ホフマンは）或る着想がぱっと浮かぶと、あとをどう処理するか考えないで書きはじめるのである。かれのたいへんすばらしい作品の中に、均衡を崩したもの、結末まで構想を練り抜かれていないもの、断章的なものが混淆しているのは、まさしくこの理由によるものであり、前半、巨匠的な手腕を発揮して物語の筋を錯綜させながら、後半、無味乾燥な結末となりがちな弱点をもつのも、このためである。……（中略）ひとつの文章を一日がかりで推敲して、その文章が正真正銘のリズムをもっているように見せかける、というやり方をかれはやらない。トルストイがそうだったように、かれもまた物語の結末へ近づいてから、脇役の諸人物に最初つけた名前を忘れ、改めてあっさり別の名前をつけることがある。（原文のまま）

——朝日出版社・一九七一年刊・大森五郎訳

まさか、そのひそみにならったわけではないだろうが、原作者にいくぶんそうした傾向がみられることは、否定できないだろう。

おそらく原作者は、ホフマンに関する問題の報告書が、ホフマンの死によって杜絶したため、わが事終われりとしたのではないか。

その点はおくとしても、原作者がホフマン自身の影響を受けた、と推測できる部分は確かにある。

たとえば、登場人物の血筋が入り組んでいる点は、ホフマンほどおどろおどろしくないにせよ、『悪魔の霊液』のメダルドゥスに与えられた、複雑な血縁関係とよく似ている。

また、本筋と直接関わりのない挿話が、あちこちに挟み込まれるという趣向も、ホフマンの手法を取り入れたもの、とみてよかろう。

話をもどす。

原作者によれば、もし刊行を引き受ける出版社が現われた場合、種々の手続きやゲラのやりとりなど、わずらわしい作業はすべてわたしに任せる、とのことだった。

読み終わったあと、わたしとしてもいささかの不満を覚えながら、そうした事務的な作業を代行してもよい、という気持ちになっていた。

そこで、送られてきたフロッピディスクの、発送依頼人として社名を使われた、新潮社の担当編集者氏に原稿を渡し、出版を検討してもらえないか、と打診してみた。

編集者氏は、ひととおり読んではくれたものの、当初はさほど乗り気でなかった。

テーマが、あまり一般的とはいえないし、だいいち長すぎる。出版不況のこのご時世では、売る自信がないということらしい。

ただし、と編集者氏は付け加えた。もし、逢坂剛自身の作品として刊行するならば、検討してもいいというのだ。

わたしも、三秒ほどは考えたものの、さすがにそれはいかがなものか、と判断してお断りした。

そのかわり、必要と思われる加除訂正を行なうとともに、責任をもって校了まで見届けるから、と請け合った。

それで、ようやく編集者氏も重い腰を、上げてくれたのだった。

ちなみに、フロッピディスクに添付された手紙には、編集の段階で手直しが必要と判断された場合、遠慮なくわたしに手を入れてもらっていい、と書いてあった。

いろいろ考えたあげく、わたしは原作のオリジナリティを保つため、若干の漢字変換ミスと誤字脱字の訂正など、最小限の手直しにとどめることにした。

＊

忘れないうちに、読み終わってから気づいた、原作者のひそやかな遊びに、触れておきたい。

すでに、途中でお分かりになった読者も、おられるだろう。

原作者は登場人物の何人かに、ホフマンの〈ゼラピオン同人〉の作家の名前を、織り込んでいるのだ。

まず、本間鋭太という名前は当然ながら、Ｅ・Ｔ・Ａ・ホフマンの前後を入れ替えた、もじりにすぎない。

次に、本文で種明かしがされたが、久光創はアデルベルト・フォン・シャミッソーだ。

寺本風鶏は、『ウンディーネ』の作者、デ・ラ・モット・フケーだろう。

この二人は、ホフマンともっとも親しい、作家たちだった。

そのほか戸浦波止は、ユリア・マルクを知る以前の、若き日の大学生ホフマンと、道ならぬ関係にあった、人妻ドラ・ハット。

さらに倉石という名字には、ハインリヒ・フォン・クライストが、ひそんでいるかもしれない。

ついでながら、古閑沙帆は〈ＯＨＳＡＫＡＧＯ〉の、単純なアナグラムだ。

これらは、いわば児戯に類するお遊びだが、分かる読者に分かればそれでいい、という原作者の忍び笑いが、聞こえてくるようだ。

余談はともかく。

わたしとしても、原作者とまったく顔を合わせずに、編集作業を進めるというのは、やはり抵抗がある。もちろん、不安も残る。

そこで、せめて印刷に取りかかる前に、一度くらいは会っておくべきだろう、と考え直した。もし、この作品の続きがあるなら読んでみたいし、奇妙な終わり方をした理由が何かあるのなら、それも聞いてみたい。

ところで、同梱された原作者の手紙には、電話番号が書かれておらず、連絡先は〈青梅市青梅東郵便局私書箱二十五号〉となっていた。

そのため、原作者との連絡はその私書箱を経由して、手紙のやりとりで行なわれたのだった。

こうなったからには、めんどうでも青梅市へ出向き、原作者との接触を試みなければならない、と肚を決めた。

＊

仕事の合間に、わたしは一日青梅市まで足を延ばして、青梅東郵便局を訪ねた。

局員に調べてもらったところ、本間鋭太名義で使用された私書箱二十五号は、すでに本人から〈使用廃止届〉が出ており、現在は空きになっているとのことだった。

これには当惑したが、すぐにあきらめるわけにはいかない。

ひとまず、自分が前に二、三度当該の私書箱を通じて、本間と連絡し合った者であることを、告げた。

さらに名刺を渡して、正体を明らかにした。

名刺を見るなり、局員はにわかに硬い表情を崩して、わたしの小説を何冊か読んだ、と言いだした。どれもおもしろかった、と付け加えさえした。

これは脈がありそうだと思い、さりげなく私書箱の使用者、本間鋭太の住所や電話番号など、連絡先を教えてほしいと頼んでみた。

するると、局員はみじんも笑みを消さずに、愛想よく応じた。

「それは、使用者の個人情報ですので、お教えするわけにはいきません」

そのあと、あの手この手を尽くして食い下がったが、ついに局員をうんと言わせることは、できなかった。

言うまでもなく、そのような個人情報の開示を求めても、教えてもらえるわけがない。それは百も承知だったが、わざわざ青梅まで出向いて来た上に、相手が愛読者らしいと分かったため、だめでもともとという気持ちで、聞いてみただけだ。

最後の手段として、局員自身が本人と連絡をとり、連絡先を教えていいかどうか、確かめてもらえないか、と持ちかけた。

しかしその懇願も、あえなく却下された。

まったく、愛想はいいが頭の硬い、しかし職務に忠実な局員だった。

ともかく、わたしとしてもここまできたら、もはやあともどりはできない。

引き続き、登場する人物に関わりのある場所を、順にチェックすることにしよう、と決めた。何か、原作者につながる手掛かりが、つかめるかもしれない。

仕事場へもどり、まず老人ホームの〈響生園〉を、探してみた。

柴崎を含む、京王線に沿った広い地域に、そういう名称の施設は、見当たらなかった。

念のため、探索対象を東京全域に広げてみたが、やはり架空の施設だったとみえて、から振りに終わった。

倉石学一家が住む、本駒込駅に近いマンション〈オブラス曙〉も、古閑沙帆母子が住む義父母のマンション、北区神谷界隈の〈パライソ神谷〉も、見つからなかった。あるいは、周辺にモデルになったマンションが、実在するのではないか、という気もした。

しかし、それらしい物件を探し歩く時間は、残念ながらない。

作中で、古閑沙帆や倉石麻里奈が関わった大学、由梨亜がかよっていた中学校も、見当たらない。名前が出てくるレストラン、飲食店、古書店などもわずかな例外を除いて、実在しなかった。

最後に、これが最大の手掛かりになるはずの、〈ディオサ弁天〉を当たることにした。すなわち、作中の本間鋭太が住んでいるという、東京都新宿区弁天町の古いアパートだ。

小説には、都営地下鉄大江戸線の、牛込柳町駅からの道筋が、ひととおり細かく描かれている。

とりあえずその周辺を、地図で当たってみた。

すると、新宿区弁天町のほとんど小説と重なる場所に、〈グロリア弁天町〉と称する建物が、見つかった。

地図では、マンションかアパートメントか分からないが、そこがモデルかもしれない。直感的に、そうひらめいた。

ふと思いついて、手元にある四十年以上も前の版の、新宿区の住宅地図帳を参照してみた。

すると、ほぼ変わらぬ場所に同じ名称の建物、〈グロリア弁天町〉が載っているではないか。すぐ近くに、作中にちらりと出てくる、それらしい寺もある。

少なからず、心が騒いだ。

何十年も前の古い住宅地図帳に、現在と同じ名前の建物が残っているとすれば、これは有力な手掛かりになる。小説と名称は異なっても、〈ディオサ弁天〉と同様かなり古い建物には、違いあるまい。

なんとなく、そこがモデルだという可能性が、高まったような気がした。

＊

矢も盾もたまらず、わたしはさっそく新宿区の弁天町へ、出向いた。

それは真冬の、ぞくぞくするほど寒い日の、夕方のことだった。

地図を頼りに、地下鉄大江戸線の牛込柳町駅から、外苑東通りを北へたどった。

やがて小説にもあったとおり、右側にこれが寺かと疑いたくなるほど、モダンなデザインの建物が、見えてきた。数十年前までは、おそらく昔ながらの木造建築の、寺らしい寺だったはずだ。

地図を確かめ、その手前の細い道をはいる。

あちこちと、周囲を見回しながら足を運んだが、どちらを向いても小型の集合住宅が、目につくばかりだ。

多少くねってはいたが、迷うことのない一本道だった。

やがて真正面に、目当てのものらしき建造物が、見えてきた。

そこは、少し斜めになったT字路の突き当たりで、小型車ならなんとか通れそうな、狭い左向きの一方通行の道路が、左右に延びている。

いかにも古風な、多少汚れの目立つ白い建物だ。木造モルタル造りらしく、周囲の比較的新しい集合住宅とは、明らかにおもむきが違う。

門柱の表札によれば、確かにそれが〈グロリア弁天町〉だった。

ただ、小説から想像していた建物に比べると、さほど古ぼけた感じはしない。だいぶ前にもせよ、外壁の改修工事が行なわれたのだろう。

見たところ上下二部屋ずつ、合わせて四部屋だけの建造物だ。建物の左右に、それぞれ二階へ上がる外階段が、のぞいている。

玄関ホールが一つしかない、いわゆる小規模マンションとは、構造が違う。戸別に、おのおの小さな外玄関がついた、アパートメント形式のようだ。

そう、要するに小説と同じ構造の、アパートメントハウスといってよい。〈ディオサ弁天〉が、このアパートをモデルにしたことは、確かだという気がした。

少しはげた、白塗りの鉄柵の内側に、飛び石がYの字型に枝分かれして、奥へ延びるのが見える。

その分岐点には、枯れ枝や蔓や蔦でおおわれた木の柵が、立ちふさがっていた。小説の中では、それほど詳しい描写は、されていなかった。

レバー式の取っ手をひねり、鉄柵を押してみる。

ロックされているのか、揺れただけで開く気配はない。

御影石の門柱の、右側の中ほどに埋め込まれた、四枚の小さな表札が目にはいった。

どの表札にも、押しボタンがついているのは、呼び出し用と思われた。

表札の名前は、それぞれ内田、高澤、中村となっている。

残りの左下の一枚は、何も書かれていない。空室のようだが、位置関係からして一階の左側の部屋、と見当がついた。

小説の中の、本間の住まいもその部屋だった。

目を上げると、門柱の内側の上の方から、白いカバーボックスでおおわれた、監視カメラらしきものが、のぞいている。

外でボタンを押すと、居住者がそのカメラで来訪者を確認する、という仕組みらしい。

何も期待せずに、名前のない表札のボタンを、押してみた。

しばらく待ったが、なんの応答もなかった。やはり、空室のようだ。

一階の右側、つまり本間の部屋の隣に当たる、内田と書かれた表札のボタンを、押してみようかと思った。

しかし、ひとに何か聞こうにも、何をどう聞けばいいのか、分からない。

途方に暮れていると、突然頭の上から声が降ってきた。

「どなたさまでしょうか」

*

落ち着いた、女の声だった。

監視カメラと同じ位置から、聞こえてきたようだ。インタフォンのスピーカーも、併設されているとみえる。

わたしは、驚きながらもカメラを見返し、低い声で言った。

「突然で、申し訳ありません。わたしは、作家の逢坂剛といいますが、少しお尋ねしたいことがありまして、おじゃましました」

少し間があき、声がもどってくる。

「どういったご用件でしょうか」

空室ではなく、住人がいるらしいと分かって、いくらか希望がわいた。

それにしても、わたしの名前は相手になんの感慨も、与えなかったようだ。

「こちらに、本間鋭太さんというご年配のかたが、お住まいではありませんか。本間さんからお預かりした、原稿の件でお目にかかりたいと思いまして、うかがったのですが。いきなりで、申し訳ありません」

しどろもどろに言うと、しばらく静寂が続いた。

それから、どこかで錠がはずれるような、かちゃりという音がした。

試しに、レバーをひねって鉄柵を押すと、今度はすっと開いた。どうやら、オートロックが解除されたようだ。

これにはいささか、面食らった。

中にはいれ、という意味の解錠だとすれば、本間鋭太がその部屋にいるのを、認めたことになるのだろうか。

すばやく、中にはいった。

飛び石伝いに、蔓や蔦のからまった木の柵を、左に回り込む。

右側の、隣との境目はほぼ腰と同じ高さの、柴垣になっていた。

正面に、予期した小説のガラス戸とは異なる、木のドアが見える。

白いペンキが塗られているが、いささか汚れが目立った。

顔の高さに、三十センチ四方ほどの大きさの、鉄線入りの波模様のガラスが、はめ込まれている。

ドアには、呼び鈴のボタンもなければ、表札もなかった。

ノックをしようか、どうしようかと考える間もなく、またかちゃりという解錠の音が、耳を打った。

なんとなく、『注文の多い料理店』の客になったような、いやな感じがした。

しかし読者のためにも、ここでくじけてはならぬと自分を励まし、思い切ってドアのノブを回す。

そっと引くと、ドアは音もなく開いた。

玄関の内側は、照明があるとしても点灯しておらず、真っ暗だった。

窓はなく、明かりはドアのガラスから射し込む、外光だけのようだ。

中にはいると、そこは土間ならぬコンクリートの、幅一間ほどの三和土だった。まるで氷の上にいるように、ひしと冷えきっていた。

ドアを閉じ、正面に向き直る。

外光を背にしたわたしの影が、ぼんやりと上がり框の板の間に映った。

框は、五十センチほどの高さにあり、手前に御影石の靴脱ぎが見える。履物は見当たらず、下駄箱や靴箱らしきものもない。

板の間の上に、デパートの名前がはいった紙袋が、置いてあった。

奥に向かって、廊下が延びているようだが、光が届かないので分からない。

暗い廊下の奥へ、声をかけてみた。

「ごめんください」

その声は、洞穴へ向かって呼びかけたように、暗闇の奥に吸い込まれた。

なんの反応もない。

小説の最後の方に描かれた、古閑沙帆の当惑と緊張がそこはかとなく、思い出された。

それと同時に、虚構の世界に引き込まれたような、奇妙な錯覚を覚える。

もう一度、口を開こうとしたとき、突然廊下の突き当たりに、明かりがついた。

その光を背にして、奥の方から人影がゆらゆらと、やって来る。

こちら側は暗く、正面がまともな逆光になるため、顔も姿かたちも分からない。女と思われる輪郭が、ぼんやりと浮かぶだけだ。

人影は、ドアの外光が届かないあたりで止まり、その場に正座した。

裾模様の有無は分からないが、とにかく冠婚葬祭で身に着けるような、黒い和服の装いに見える。

「ご用件を、どうぞ」

そっけなくはないが、ほとんど感情のこもらないその口調は、やはり女の声だった。

色白だ、ということだけは、なんとなく分かる。ただ、年寄りなのか若い娘なのか、声からは判断できなかった。

あらためて名を告げ、ここを訪ねるにいたった事情を、かいつまんで伝える。

あまりはしょったのでは、話が通じない恐れもあるので、原稿を預かったいきさつだけは、詳しく話した。

女はみじろぎもせず、一言も発せずに聞いていた。

「そういう次第ですので、ぜひ本間鋭太氏にお目にかかりたいのですが」

わたしが話を結ぶと、女は抑揚のない声で応じた。

「せっかくですが、今本間鋭太はここにおりません。当分、もどる予定もございません」

にべもない返事に、言葉の接ぎ穂を失う。

しかし、中へ入れてくれたからには、まったく関心がないわけでもあるまい。

ふと、頭にひらめくものがあり、ぶっつけに聞いてみる。

「失礼ですが、そちらのお名前は古閑沙帆さん、とおっしゃるのではありませんか」

一瞬、間があいた。

「いいえ。ここに、そういう名前の女性は、おりません」

礼を失しない程度に、きっぱりした口調だ。

「失礼ですが本間さんの、ご家族のかたでいらっしゃいますか」

続いて尋ねると、身じろぎもしなかった女の肩が、かすかに揺れたような気がした。

女がすわったために、廊下の奥の天井に取りつけられた明かりが、まともにこちらの目を射るかたちになり、まぶしくてしかたがない。

女が、おもむろに答える。

「わたくしは、本間鋭太の孫でございます。ユリアと申します」

＊

その返事に、足が冷たい三和土に沈み込みそうになり、頭がぐるぐる回るような気がした。

小説で明らかにされた、登場人物の複雑な人間関係が、次つぎに浮かんでくる。

それを整理すれば、倉石由梨亜の母麻里奈は、寺本風鶏を父とし、秋野依里奈を母とする。つまりその二人が、由梨亜の母方の祖父母になる。

ちなみに祖母依里奈は、秋野家へ養女にはいって姓が変わったが、もともとは本間鋭太の実の妹だ。

わたしは、疑問をぶつけた。

「ええと、小説の中では、由梨亜さんは本間鋭太氏の姪御さん、つまり倉石麻里奈さんのお嬢さん、となっておられますが」

「わたくしは、その小説を読んでおりません」

取りつく島もない返事に、一瞬言葉を失う。

そう、確かにあれは、小説の中での話だった。そもそも、由梨亜はまだ中学生になりたての、少女でしかなかったはずだ。

女が続けて、口を開く。

「そしてわたくしの父は、倉石学でございます」

さすがのわたしも、その言をすぐには受け止められず、一瞬ぽかんとした。

由梨亜が、倉石学の娘であることは小説の中で、はっきりしている。また、寺本風鶏の孫だというなら、何も問題はない。

しかし、先に本間鋭太の孫と言われたあとでは、すぐには納得がいかない。それは、別の新たな意味合いを、含んでくる。

本間鋭太の孫であり、本間の実の妹依里奈（倉石麻里奈の母）の孫でもある、という血縁関係は、常識的には考えられないことだ。

だとすれば、倉石学こそが本間鋭太の息子、ということになる。

小説の中で示唆されたとおり、倉石玉絵を妊娠させた相手は久光創ではなく、やはり本間鋭太だったということか。

倉石学が、本間鋭太の息子だとするなら、由梨亜の父は倉石であると同時に、祖父は本間ということになる。

いや、それはあくまで、小説の中での話だ。

本間鋭太は、古閑沙帆に宛てた独白の中で、玉絵から聞かされた往時の打ち明け話を、書き留めている。

それによると、倉石玉絵は本間を戸浦波止に奪われたあと、妊娠していることに気づいた。

その後倉石家に養子としてはいり、玉絵と結婚して倉石姓になった久光創は、生まれた学を自分の息子として、何も言わずに受け入れた。

久光創も、多少の疑いは抱いていたかもしれないが、そのことには一言も触れずに、逝ってしまったとのことだった。

もし、倉石が本間の実の息子だとすれば、由梨亜は確かに本間の孫に当たる。

さらに、麻里奈が本間の妹の娘であるならば、倉石と麻里奈はいとこ同士の関係で、いわゆる近親婚になる。

いとこ同士の結婚は、法律上認められてはいるものの、近親婚であることに変わりはない。ある地方、地域の伝承や、家系維持等の事情にもよるだろうが、今では件数が少なくなっている、と推測される。

そこで思い当たるのは、ホフマンの父クリストフ・ルートヴィヒと、母のルイーゼ・アルベルティネが、いとこ同士だったことだ。

さらに、ホフマンの最初の婚約者だった、一つ年上のヴィルヘルミネも、確かホフマンの母方の、いとこではなかったか。

その婚約を、ホフマンが最終的に突然破棄したのは、父母と同じようになりたくなかった、というのが理由の一つだった、と伝えられる。

先にも触れたとおり、ホフマンの代表作の一つ『悪魔の霊液』は、まさに近親婚の問題を扱った作品だった。

さらに、あの『牡猫ムルの人生観』にも、それを思い起こさせるくだりがある。

ムルが、愛猫ミースミースを他の猫に奪われたあと、しばらくして今度は若い牝猫ミーナに、惚れてしまう。ところが、そのさなかにムルはミースミースから、ミーナはあなたの子だと打ち明けられる。つまり、ここでもまたそれを暗示するメロディが、奏でられることになるのだ。

ホフマンの深層心理に、このテーマが色濃く投影されていることは、確かな事実と思われる。

ホフマンは、持って生まれた肉体的な不均衡と、卓越した芸術的才能の確執という、アンビバレントな自我意識の対立を、近親婚の結果によるもの、と理解したのではないか。

そしてその苦悩を、筆に託したに相違ない。

原作者の本間鋭太に、そうした意識があったかもしれないことは、容易に想像できる。

ただ小説である以上、そこにどのような人間関係が設定されようと、別に問題はない。

したがって、その件をあげつらうのはこのあたりに、とどめておこう。

一つだけ気になるのは、由梨亜のことだ。

ユリアと名乗り、本間鋭太の孫と明かした以上は、この女が倉石由梨亜か、そのモデルであることに、間違いはあるまい。

さりながら、くどいことを承知でいえば、小説に出てくる由梨亜は、まだ中学一年生の少女にすぎなかった。

だが、目の前に端座しているこの女は、顔かたちこそ見えないものの、その立ち居振る舞いや言葉遣いからして、とうてい中学生とは思われない。

逆に、その声は十分おとなびているとはいえ、さほどの年齢にも聞こえない。

いくらかためらったものの、わたしは思い切って尋ねることにした。

「まことに失礼ながら、あなたは今年、おいくつになられましたか」

女の眉がぴくり、と動いたような気がした。もちろん、実際に見えたわけではない。

「初対面のおかたから、そのようなご質問をお受けする筋合いはない、と存じます」

ばかていねいな口調だが、相変わらず抑揚のない声だった。

「小説の中では、あなたは中学一年生、という設定になっています。それは今から、何年前のことになりますか」

「そのお尋ねは、同じことでございましょう」

ぐっと言葉に詰まる。

＊

女は続けた。

「そちらがおっしゃる小説とやらは、いつの時代のお話でございますか」

答えようとしたが、これも同じく返事ができない。

あらためて考えると、あの小説には年代が書かれてなかった。それほど古いとは思えないが、きのうきょうの話でもなさそうだ。

しかたなく答える。

「わたしにも、いつの時代の話か、分からないのです。小説には、年月日など細かい日付が、いっさい明示されていないので」

返事は、何もなかった。

沈黙が漂い、気まずい空気が流れる。

これ以上、長居のできる雰囲気ではなかった。

やむなく、頭を下げる。

「どうも、おじゃましました。ぶしつけなことばかりお尋ねして、申し訳ありませんでした。これで、失礼します」

いかにも唐突ながら、そう言うよりほかなかった。

「どういたしまして」

まるで予期していたように、今度はもろにそっけない挨拶が、返ってくる。

わたしは、名刺を取り出して上がり框に置き、未練がましく言った。

「もし、本間鋭太氏がおもどりになるか、こちらにご連絡があるかした場合は、この名刺の電話番号に、電話していただきたいと、そうお伝え願えませんか」

女は言下に応じた。

「それは無理か、と存じます。祖父は、だいぶ前から入院しておりまして、退院できる見込みはございません」

これには、虚をつかれた。

「ご病気とは、存じませんでした。おだいじにしてくださいますように」

しかたなく言って、もう一度頭を下げる。

「ありがとうございます。残念ながら、担当医から助かる可能性はない、と言われております。脊髄癆のために、全身が麻痺しておりますので」

愕然とした。

今どき、ホフマンがわずらった脊髄癆、などという病気が存在するのだろうか。

いくら、本間が根っからのホフマニアンにせよ、そこまでホフマンに倣うとは考えられない。

どうやらこの女に、からかわれているようだ。

もしかすると、この女が本間鋭太になりすまして、あの小説を書いたのではないか、という気もする。

そう、当人は否定したが、やはりこの女が古閑沙帆であり、本間鋭太の名義で『鏡影劇場』を、書いたのかもしれない。

あるいは本間鋭太が口述し、女が筆記したとも考えられる。

どちらにせよ、この女が小説の内容を承知していない、ということはないはずだ。

しかしもはや、それを確かめるすべはなかった。

三たび、頭を下げる。

「長ながとおじゃまして、申し訳ありませんでした。これで、失礼します」

すると、すかさずという感じで、女が言葉を返した。

「どういたしまして。よろしければ、それをお持ちくださいませ」

闇の中で、白い手がひるがえるのが、かすかに見える。

その指先は、すぐ横手の板の間に置かれた、デパートの紙袋を指しているようだった。

聞き返そうとするより早く、女が腰を上げる気配がする。

名刺には、手も触れなかった。

黒い和服姿が、奥へ向かって遠ざかり、廊下の端に達する。

とたんに、女の頭上の明かりが消えて、あたりは真の闇になった。

すでに日が落ちたとみえ、ドアのガラス窓からはいってくる外光も、ほとんど闇に沈んでいる。

少しのあいだ、その場にたたずんでいたが、もはやできることは何もない。

手探りで紙袋を取り上げ、ドアの方に向きを変える。

そのとき、廊下の奥からかすかな音が、届いてきた。

ギターの音だった。バッハらしき曲だ。

和服のまま、ギターを弾く女の姿が、ちらりと頭をかすめる。それとも、別のだれかか。

わたしは、追い立てられるような気分で、外に出た。

背後で、自動的にドアに施錠される、かちゃりという音がする。

門を出て、〈グロリア弁天町〉を十分に離れてから、持ち重りのする紙袋の中を、あらためてみた。

そこには、ドイツ語の亀甲文字とおぼしき筆跡で埋まった、古い文書の束がはいっていた。

わたしによる調査は、これをもって終了する。

謎がすべて、きれいに氷解したわけではないが、大きな疑問については過不足なく、カバーしたと思う。

これでも、まだ納得できないという向きは、〈グロリア弁天町〉を訪ねてみるのも、一興だろう。ただし、建物が現在も残っているかどうかは、保証のかぎりではない。

なお、倉石由梨亜（と名乗る女）から渡された問題の古文書が、小説で扱われたものであることは、確かなように思われた。そのうち、十六枚の裏側には小説にあるとおり、古い楽譜が手書きされていたからだ。

どちらにしてもその古文書は、わたしの手に負えるものではない。したがって、近ぢかバンベルクにある〈ホフマン協会〉に、寄贈するつもりでいる。

最後に、ここまでお付き合いいただいた読者諸氏に、深く感謝したいと思う。

＊

逢坂　剛

【謝辞】

まず、本邦未訳の〈ホフマンの日記〉の私家版翻訳コピー、および慶應大学日吉紀要所載の論文、『バンベルク時代のE・T・A・ホフマンとその周辺』を、こころよく提供してくださった慶應大学文学部教授、識名章喜氏に深く謝意を表したい。

次に、同じく未訳の『E・T・A・ホフマンの思い出』（ユリア・マルク記／一八三七年）を、個人的に翻訳してくださった猪股和夫氏（元新潮社）にも、感謝の意を捧げたいと思う。猪股氏は、その後病を得て逝去された事情もあり、この場を借りて心よりご冥福をお祈りする。

また、早稲田大学文化構想学部教授、松永美穂氏にも、ベルリンの資料を提供していただいたほか、何かと有益な助言をたまわった。

さらに、広く〈ベルリン学者〉として知られるHerr Michael Bienertからは、署名入りの著書“E.T.A.Hoffmanns Berlin”を贈られたばかりか、ホフマンの墓を案内していただくなど、いろいろとご厚意にあずかった。

併せて、厚く御礼を申し上げる。

なお、深田甫氏（慶應大学名誉教授）が試みられた、『ホフマン全集』全十巻の個人訳は、一九七一年から二十年以上の長い年月をかけて、第九巻まで世に送り出された。しかし、諸般の事情で最後の一巻を残したまま、断絶する運命をたどった。その後深田氏は、残された第十巻の〈評論・書簡・日記・評伝〉の翻訳に、着手されていたとも聞く。さりながら、その宿願もかなわず、惜しくも二〇二〇年三月二十六日、心不全のために死去された。享年八十五。最終巻を欠くとはいえ、『ホフマン全集』の訳業はまさしく、日本の独文学界に遺された巨歩、といわなければならない。

謹んで、ご冥福をお祈りしたい。

【鏡影劇場／主要文献一覧】

本編を執筆するに当たって、参考にしたおもな文献の一部を、年代順に掲げる。

ただし、作中に出典を明示した文献については、省略したものもある。

この一覧表は、E.T.A.ホフマン、ドイツ浪漫派に興味を抱かれた読者、あるいは後進の研究者のため、および作者自身の心覚えのために残すもので、文献資料の博捜を誇るものではない。

いずれにしても、上記諸氏の有形無形の励ましと支援、またここに掲げたものを含む、数かずの貴重な資料の助けなしには、本編の完成はかなわなかっただろう。

あらためて、深く感謝する次第である。

書名/著者/編者	訳者等	版元/刊行年
★水沫集		
ホフマンほか	森　鷗外	春陽堂/1906
★ケーベル博士続々小品集		
ケーベル、R.	久保　勉	岩波書店/1924
★『伝記』「シーボルトと本間玄調」		
森　銑三		南光社/1935
★『独逸文学』「ホフマンに現はれたるユリア事件の影響とその展開」		
湯浅　温		有朋堂/1938
★告白・回想		
ハイネ、H.	土井義信	改造文庫/1939
★牡猫ムルの人生観		
ホフマン、E.T.A.	石丸静雄	角川文庫/1958
★『ゲーテとその時代』「ゲーテに照して見たホフマン」		
石川　進		郁文堂出版/1959
★一法律家の生涯		
ラートブルフ、G.	菊池榮一/宮澤浩一	東京大学出版会/1963

★世界の人間像・17「ホフマンの愛と生活」
石丸静雄　角川書店/1965
★江戸参府紀行
ジーボルト、P.F.　斎藤　信　平凡社東洋文庫/1967
★ホフマン――浪曼派の芸術家
吉田六郎　勁草書房/1971
★E.T.A.ホフマン――幻想の芸術
ベルゲングリューン、W.　大森五郎　朝日出版社/1971
★ホフマン全集（既刊全9巻）
ホフマン、E.T.A.　深田　甫　創土社/1971～93
★ベートーヴェンの生涯
セイヤー、A.W.　大築邦雄　音楽之友社/1971・74
★大音楽家の病歴
ケルナー、D.　石山昱夫　音楽之友社/1974
★ユリイカ／ホフマン特集号
池内紀/種村季弘ほか　青土社/1975
★フェルナンド・ソル
ジェファリ、B.　浜田滋郎　現代ギター社/1979
★ドイツ・ロマン派全集・3、13　ホフマンⅠ・Ⅱ
前川道介ほか　国書刊行会/1983・89
★愛の孤独について「ホフマン、音楽に生きた人」
石丸静雄　沖積舎/1985
★ドイツロマン主義研究
プラング、H.　加藤慶二ほか　エンヨー/1987
★ベルリン 王都の近代
川越　修　ミネルヴァ書房/1988
★『ドイツ文学』「日本におけるE.T.A.ホフマン」
梅内幸信　日本独文学会/1990
★ドイツ・ロマン派全集・19　詩人たちの回廊
鈴木　潔ほか　国書刊行会/1991
★愉しいビーダーマイヤー
前川道介　国書刊行会/1993

★E.T.A.ホフマン
ザフランスキー、R.　識名章喜　法政大学出版局/1994
★ゲーテとその時代
坂井栄八郎　朝日新聞社/1996
★ヨーロッパ・ロマン主義を読み直す
高辻知義ほか　岩波書店/1997
★E.T.A.ホフマンの世界
ロータース、E.　金森誠也　吉夏社/2000
★図説 プロイセンの歴史
ハフナー、S.　魚住昌良/川口由紀子　東洋書林/2000
★江戸のオランダ人
片桐一男　中公新書/2000
★ロマン主義の自我・幻想・都市像
木野光司　関西学院大学出版会/2002
★ホフマンと乱歩 人形と光学器械のエロス
平野嘉彦　みすず書房/2007
★ベルリン文学地図
宇佐美幸彦　関西大学出版部/2008
★欧米探偵小説のナラトロジー
前田彰一　彩流社/2008
★探偵・推理小説と法文化
駒城鎮一　世界思想社/2009
★ロマン主義――あるドイツ的な事件
ザフランスキー、R.　津山拓也　法政大学出版局/2010
★ホフマンの日記
E.T.A.ホフマン　識名章喜　私家版/2014
★E.T.A.ホフマンの思い出
ユリア・マルク　猪股和夫　私家版/2014
★オペラのイコノロジー6　ホフマン物語
長野順子　ありな書房/2018

★ E.T.A.Hoffmanns Briefwechsel（ホフマン書簡集）
Hans von Müller & Friedrich Schnapp/Winkler-Verlag,1967-8
★ HOFFMANN:Author of the Tales（ホフマン：物語作家）
Harvey W. Hewett-Thayer/Octagon Books,1971
★ E.T.A.Hoffmann Tagebücher（ホフマンの日記）
Hans von Müller & Friedrich Schnapp/Winkler-Verlag,1971
★ El Alucinante Mundo de E.T.A.Hoffmann（ホフマンのめくるめく世界）
Carmen Bravo-Villasante/Nostromo,1973
★ E.T.A.Hoffmann in Aufzeichnungen seiner Freunde und Bekannten（友人知人によるホフマンの記録）
Friedrich Schnapp/Winkler-Verlag,1974
★ E.T.A.Hoffmann : Leben und Werk（ホフマン：生涯と作品）
Klaus Günzel/Verlag der Nation,1976
★ Selected Letters of E.T.A.Hoffmann（ホフマン書簡集）
Johanna C. Sahlin/Univ.of Chicago Press,1977
★ E.T.A.Hoffmanns Leben und Nachlass（ホフマンの生涯と遺稿）
Julius Eduard Hitzig/Insel Verlag,1986
★ E.T.A.Hoffmann's Musical Writings（ホフマンの音楽関係著作集）
David Charlton/Cambridge University Press,1989
★ E.T.A.Hoffmanns Bamberg（ホフマンのバンベルク）
Rainer Lewandowski/Verlag Fränkischer Tag,1996
★ Berlin and Its Culture（ベルリンとその文化）
Ronald Taylor/Yale University Press,1997
★ E.T.A.Hoffmanns Berlin（ホフマンのベルリン）
Michael Bienert/VBB,2015
★ Das Bamberg des E.T.A.Hoffmann（ホフマンのバンベルク）
J.K.Hultenreich/A.B.Fischer,2016

〈編者跋語〉

好奇心豊かな読者諸君。

以上で、編者に送られてきた原稿は、完結する。

これより以下は、編者による正真正銘の〈跋語〉であり、原作者が付け足したのは〈あとがき〉に見せかけた、いわゆるエピローグに当たるものだ。

念の入った仕掛けではあるが、きちんと謝辞、参考文献までつけているのは、誠実な態度と評価していいだろう。

その〈あとがき〉が指摘するとおり、本文におけるホフマンの報告書は、ひとまず完結しているようにみえる。ただし、その報告書が解読される過程を描いた、現代編については確かに、未解決の部分がある。

それはある程度、原作者の偽作による〈あとがき〉の中で、解決されたといってよい。

とはいえこれから先、倉石学と麻里奈夫妻の関係がどうなるのか、そこへ古閑沙帆がどうからんでくるのかなど、残された課題もいくつかある。

ただこの小説の末尾が、さながら冒頭へもどるかたちで終わる構成は、永久運動を示唆するとの原作者の指摘によって、なんとなく納得させられる。

逆に、新たな謎がそこに提示された、と思われる箇所もある。

編者になりすました原作者が、作中の〈ディオサ弁天〉のモデルとおぼしき、〈グロリア弁天町〉を訪ねて行くくだりが、それに当たる。

そこに待ち構えていた、顔かたちの分からない女がユリア、と名乗るのにはどの読者も等しく、虚をつかれるだろう。

ここは、〈あとがき〉でも触れられているように、古閑沙帆であってもおかしくない。むしろその方が、未解決部分を解き明かす展開としては、適切だったかもしれない。

しかし、原作者はあえてその展開を避け、細かい部分を未解決のまま残した。

実際、そうしたあいまいさを含むところが、この小説の持ち味でもあろう。さらにいえば、そのあたりの奇妙で怪しい雰囲気こそ、ホフマンを彷彿させはしまいか。

ここまで読み進んだ読者の中には、ひょっとして〈ディオサ弁天〉のモデルを探しに、現地へ足を運ぶ好奇心旺盛な向きも、あるかもしれない。

もしかすると、そこに和服姿の謎の美女（らしき女）が待ち構え、この作品で明らかにされなかった部分を、説き明かしてくれるのではないか。現に原作者も、そのようにほのめかしている。

読者が、それにそそのかされたとしても、無理はないだろう。実をいえば、編者もその一人であったことを、正直に告白する。

ただし、そうした期待が果たされたかどうかは、真に好奇心豊かな読者のために、ここでは伏せておくことにしよう。

ただ、編者はこの仕事を終えたあと、手紙をやりとりした青梅市の本間鋭太宅を、訪ねて行ったことを報告する。

手紙のやりとりが、とどこおりなく行なわれたところから、その住まいが実在することは、分かっていた。

事実、編者は青梅市の某所を訪ねて、そこに本間鋭太宅を発見した。

その場で、〈あとがき〉で展開されたような、不可思議なやりとりがあったのでは、などと期待しないでいただきたい。

ただ、本間鋭太氏が病気療養のため入院中で、面会はかなわなかったという点は、同じだった。

編者に応対してくれたのは、七十代半ばとみられる白髪の老婦人で、本間氏の夫人と名乗った。知的な、みごとに整った顔立ちの持ち主で、若いころはかなりの美女だった、と思わせるものがあった。

本間氏の病名が、脊髄癆かどうかを確かめる勇気は、編者にはなかった。

編者の手紙は、夫人の手から本間氏の手に渡り、返事は夫人が氏の口述を受けて、代筆したという。

夫人は、氏が書いた小説を読んでいないとのことで、なぜか本になっても読むつもりはない、と言明した。

編者は、『鏡影劇場』の印税を支払う新潮社のために、振り込み口座の詳細を教えてほしい、と頼んだ。

夫人は、その要請にすなおに応じ、メモ用紙に銀行名や口座番号を、書いてくれた。

その口座の名義人は、〈本間沙帆〉となっていた。

それを見たとたん、この夫人こそが〈本間鋭太〉になりすまし、〈古閑沙帆〉を記録者に仕立てて、本作をものしたのではないか、との考えが編者の脳裡をよぎった。

とはいえ、それを口にするのは、いかにも愚かしく思えて、控えることにした。

＊

最後に、本書の出版に当たって、辛抱強く支えてくれた新潮社の編集者U氏、N氏、T氏、E氏、そしてこのめんどうな作品を、辛抱強く精査してくださった校閲の諸氏に、正体不明の原作者になり代わって、厚くお礼を申し上げる。

編者・逢坂　剛　跋

初出　小説新潮2015年４月号～10月号（偶数月号）
　　　2016年１月号～11月号（奇数月号）
　　　2017年１月号～11月号（奇数月号）
　　　2018年１月号、３月号、７月号、９月号、12月号
　　　2019年２月号～12月号（偶数月号）
　　　2020年２月号～５月号

装幀　新潮社装幀室